葛飾北齋畫

大望

대망 6 도쿠가와 이에야스

야마오카 소하치/박재희 옮김

도쿠가와 이에야스
대망6/차례

여자 간파쿠(關白)

히데요시의 아내 네네는 시누이 아사히히메에게 차를 권하면서 스스로 자기 말이 우스워졌다. 우란분회(盂蘭盆會) 다음 날인 16일에 둘이 함께 소에키로부터 다도 예법을 배운 뒤였다.

히데마사가 죽은 뒤 줄곧 넋 잃고 있는 아사히히메에게, 네네는 마치 어머니 같은 말투로 계속 설득했다. 아무리 슬퍼해도 죽은 사람이 돌아올 수는 없다. 이쯤에서 기분을 바꿔 간파쿠의 아내답게, 누이동생답게 살아가자는 것이었다. 설득하는 네네는 올해 38살. 힘없이 듣고 있는 아사히히메는 다섯 살 위인 43살이었다. 14살에 26살 난 히데요시의 아내가 되어 그 뒤 줄곧 손위 올케로서 아사히히메를 대해왔기 때문이었다.

그러므로 우스운 것은 네네 자신 속에 있었다. 성안에서는 니시노마루(西丸)님이라 불렸고, 남편이 내대신이 되고 나서는 정식으로 기타노만도코로(北政所)라 불리고 있다. 그런데 이번 11일에 히데요시가 간파쿠로 임명됨과 동시에, 종3품 도요토미 요시코(豊臣吉子)라고 이름도 성도 바뀌어버렸다.

생각해 보면 그야말로 꿈만 같았다. 14살에 기요스의 숙모네 행랑채에서 짚단 위에 돗자리를 깔고 혼례를 올렸는데, 지금은 이 드넓은 오사카성 안 서쪽 성의 주인이 된 것이다. 생전에 하느님처럼 우러러 존경하던 노부나가며 노부나가의 아내보다 이들 부부의 지위가 훨씬 높지 않은가. 처음에 노부나가에게 '원숭이'라 불렸고, 그러다가 '털 빠진 쥐'로 불린 히데요시는 간파쿠 전하가 되고 그의 아내 네네는 종3품 기타노만도코로…….

설득하는 쪽은 말하자면 세상에도 드문 행운아의 아내이고, 듣는 쪽은 불운하기 짝이 없는 미망인이다. 그렇건만 역시 네네는 설득하지 않으면 안 되었다. 함부로 그냥 그러는 게 아니라, 더 이상 이 가엾은 시누이의 운명을 불행의 낭떠러지로 빠뜨리지 않게 하기 위한 올케의 의무라고 생각했다.

"누님이 그렇듯 우울해 계시면, 대감은 말할 것도 없고 어머니도 병환이 생길지 몰라요. 게다가……."

네네는 소나기가 내릴 것 같은 뜰의 하늘을 쳐다보며 말을 이었다.

"돌아가신 히데마사 님 뜻에도 어긋나지 않겠어요."

아사히히메는 대답하는 대신 흘끔 네네를 바라볼 뿐이었다.

"히데마사 님은 천하를 위해 모든 것을……이라는 뜻으로 쓰라린 고집을 관철하셨지요. 이제는 그 죽음을 허사로 돌리지 않는 게 보다 중대한 여자의 도리가 아니겠어요…… 이렇게 말하면, 누님은 또 우실지 모르지요. 그 심정을 모르는 바 아니지만, 이건 생각을 달리하시지 않으면 안 돼요. 대감 뜻을 거역한다면 히데마사 님도 지하에서 누님을 원망할 거예요."

그렇게 말하며 과자를 권하다가 이번에는 네네 스스로 자신이 싫어졌다. 상대는 여전히 네네의 말 같은 건 마음에 통하지 않는 기척이었다. 어쩌면 골똘히 죽음만 생각하고 있는지도 모른다…….

'그렇건만 나는 어쩌면 말도 목소리도 활기를 띠고 있을까…….'

사람을 설득하거나 꾸짖는 데는 효과적인 때가 있는 법이다. 그때를 그르치면 도리어 반감만 사게 되는 것을 잘 알면서도 설득하지 않을 수 없는 입장의 네네였고, 행운에 겨운 네네이기도 했다.

"만도코로님, 아사히 님은 먹는 것을 줄여 그대로 히데마사 님 뒤를 따를 작정이 아닐까요? 시녀들 말로는 통 식사를 하지 않으시나 봐요."

네네의 동생이며 아사노 나가마사의 아내가 된 오야야(屋屋)가 그렇게 귀띔해 주었다. 오야야에게 들을 것도 없이 네네도 시어머니 오만도코로에게서 그런 걱정을 자주 들어왔다. 그래서 일부러 거실을 오만도코로와 네네 양쪽에서 살필 수 있도록 같은 건물에 두고, 틈 있을 때마다 기분 전환을 시키려 애쓰고 있는 것이었다.

그러나 네네도 여자인지라 자기의 기쁨과 자랑스러움을 감추지 못하여 때때로 문득 깨닫고 보면 성질대로 강요하듯 지나치게 설득하는 일이 있다. 지금도 그것을 알아차리고 입을 다물었다.

아사히는 차를 들면서 움직이지 않는 뜰의 푸른 잎새에 멍하니 시선을 던지고 있었다. 여름을 타서 야윈 탓이기도 하겠지만 지금까지는 나이보다 훨씬 젊어 보였었는데 갑자기 팍 늙어서 시들어 보인다.

'또 시작하는군…….'

그런 식으로 네네의 말을 진심으로 들으려 하지 않는 것을 잘 알 수 있었다.

"아사히 님."

"네."

"누님은 너무 골똘히 생각에만 잠겨 있군요."

"……."

"사람에게 어찌할 수 없는 기분이란 있는 법. 그럼, 차라리 내가 대감께 누님 생각을 전할까요. 내가 누님을 화내게 한 것 같군요."

아사히는 또 흘끔 시선을 네네에게 돌리며 자지러지듯 한숨을 내쉬고 말했다.

"소용없는 일입니다."

"소용없다는 건…… 대감께서 들어주지 않을 거라는 뜻인가요?"

"네, 대감은 이미 옛날의 오빠가 아니에요."

네네는 되도록 부드럽게 말을 이었다.

"그건 말예요, 뭐니 해도 간파쿠라는 무거운 신분이 되셨기 때문에."

"그렇기 때문에…… 아무 말도 않겠어요. 마음대로 하세요…… 하지만 병에는 이길 수 없어요."

네네는 일부러 거스르지 않고 맞장구쳤다.

"정말, 그 몸으로는 어떻게 할 수도 없겠어요. 무엇보다도 건강이 첫째예요. 차라리 대감께 부탁해 아리마(有馬)로 온천요양이라도 가실까요?"

남편 히데요시가 아사히히메의 혼담을 서두르지 않게 된 것도 이 생각지 못했던 동생의 상심 때문이라고 알고 있으니만치 네네도 다시 생각을 고치지 않을 수 없었다. 그녀가 듣고 있는 바로는, 이에야스 쪽도 다른 뜻이 없으며 사이에 선 가즈마사로부터 언제든 맞이하겠다는 회답이 있었는데, 아사히히메의 상태가 이러하므로 이야기를 진전시킬 수 없어 난처하다는 것이었다.

"그래요, 온천요양이 좋겠어! 어머니도 함께 셋이 아리마로 여행가 기분 전환을 해요. 그게 좋겠어……."

그러나 아사히히메는 대답하지 않았다. 살며시 찻잔을 내려놓고 다시금 넋 잃은 사람처럼 뜰로 시선을 던지고 있다.

네네는 자신이 미워졌다. 상대에게 같은 여성으로서의 동정을 쏟기보다 간파쿠 히데요시의 좋은 아내가 되려는 의식 쪽이 훨씬 기승하여, 여기서 아사히히메를 어떻게 설득할까 조바심하고 있는 것을 스스로도 또렷이 알기 때문이었다.

'무참한 올케……'

마음으로 빌면서도 역시 뒤로 물러설 수 없는 네네의 기질이었다.

세간에서는 히데요시에게 간파쿠 어명이 내리자 네네에게 곧 '여자 간파쿠'라고 별명을 붙였다던가. 아무 앞에서나 감히 히데요시에게 양보하지 않고 때로는 시녀며 이야기꾼 앞에서도 분명하게 쏘아붙인다.

"짚단 위에서 혼례한 걸 잊으셨나요."

그것은 야릇한 유머가 되어 히데요시를 결코 화나게 하지 않는다. 노부나가의 정실로 뛰어난 여장부였던 노히메가 마에다 도시이에의 아내 오마쓰와 네네는 여자로 태어난 게 아깝다고 입을 모아 격찬했던 재녀였다.

그만한 재녀이니만큼 아사히히메의 마음쯤 환히 알고 있다. 알면서도 여기서 무리하게 남편 뜻에 따르게 하려니 때로 견딜 수 없는 기분이 되었다.

"그렇지요? 온천요양이 좋겠어!"

네네는 또 몸을 밀어내듯하며 말했다.

"누님이 좋다면 당장에라도 대감께 부탁드립시다. 네, 아사히 님?"

"내버려둬 주세요. 나는 아무 데도 가고 싶지 않아요."

"아이 참, 그러면 몸이……."

네네는 상대가 찬성하지 않을 줄 알면서도 이야기의 실마리를 찾으려는 것이었다.

"아리마는 여기보다 훨씬 시원해요. 하루 빨리 휴양해서 건강해지면 생각도, 하고 싶은 일도 생기겠지요. 생각도 말하지 않고 하고 싶은 일도 하지 않는다면, 누님 입장만 점점 더 괴로워질 뿐이에요. 마음대로 하라고 하지 말고 누님 쪽에서 대감을 놀라게 할 만한 말을 해 주도록 해요."

"언니."

"네, 네, 무엇인가요."

"나는 대감의 말 같은 건 듣지 않을래요."

"그럼, 마음대로 하라고 한 것은?"

"음식을 먹지 않고 앓다가 죽을 작정이에요."

"네?"

네네는 호들갑스럽게 소리 지르며 놀란 척해 보였다. 모두 너무나 잘 알고 있으면서도…….

"무슨 그런 대담한 말씀을! 그런 말은 함부로 입 밖에 내지 마셔요. 그야말로 어머니가 놀라 쓰러지실 거예요. 그렇지만 잘 말해 주셨어요. 대체 무엇 때문이지요?"

"더 이상 창피하게 살고 싶지 않아요. 내가 죽는다면 이에야스 님도 마음이 홀가분해질 거예요. 이 나이에…… 아니, 진정한 행복을 바라고 가는 거라면 또 몰라도, 나를 보내 이에야스 님을 방심케 하여 그를 멸망시키려는 속셈인 줄 알면서 출가하다니…… 이 아사히로서는 할 수 없어요."

네네는 재미있다는 듯 웃었다.

"호호……."

웃으면서 이것이 이 여자의 진심에서 우러난 부르짖음이라고 생각하니 가슴속이 에는 듯한 느낌이었다. 밝은 소리로 웃어대다가 네네는 상대가 깜짝 놀랄 만큼 엄한 얼굴이 되었다.

"아사히 님, 누님은 대감을 그런 분으로 여기시나요, 누님의 친오빠를?"

아사히히메는 대답하는 대신 올케에게서 살며시 시선을 돌렸다.

"그것이 난세의 관습이겠지요. 특별히 오빠를 비난하지는 않아요."

"아이 참…… 아사히 님이 뒤떨어진 생각만 하고 있으니! 그렇다면 대감이 우실 거예요."

"그 말씀은 도쿠가와 집안에 적의 같은 건 갖고 있지 않다는 건가요."

"아사히 님."

"네."

"누님은 아까 난세의 관습이라고 하셨지요?"

"그랬어요. 그러므로 한 여자의 행복 같은 건……."

네네는 매섭게 말을 가로막았다.

"좀 들어보세요! 그 난세는 이미 끝났어요. 쇼군이던 무로마치 막부는 영락하여 아무 힘없으므로 누님의 오빠가 간파쿠 자리를 이어 분명 천하를 장악했어요. 그러므로 이제는 난세가 아니에요."

"그렇지만 아직 그 지시를 안 따르는 사람도……."

"없는 건 아니에요. 그러므로 누님을 이에야스 님에게 출가시켜 미요시 님과 히데나가 님 집안에 이에야스 님 힘을 보태 천하를 다스리실 뜻인데, 어찌 이에야스 님을 적으로 돌릴 생각 따위를 하겠어요. 그건 누님의 잘못 생각이에요."

매섭게 여겨질 정도의 말투로 말한 다음 네네는 다시 웃기 시작했다.

"호호…… 연상인 누님에게 언니 행세하느라 애쓰는군요. 용서하세요. 그렇지 않아요, 아사히 님. 하지만…… 역시 이야기하지 않고는 있을 수 없어요. 대감께서 어찌 누님의 불행을 바라겠어요. 이에야스 님은 누가 보아도 대감 다음가는, 일본 으뜸가는 대장이에요. 그 무장을, 하나밖에 없는 누이동생이기 때문에 매부로 삼으려고 생각한 거예요…… 그 생각 가운데 비록 여자 마음의 애절함을 모르는 대목이 있다 하더라도, 불행을 바라는 마음이 추호라도 있어서야 되겠어요."

거기까지 말하고 네네는 갑자기 눈을 빛내며 목소리를 낮추었다.

"이건 누님이므로 털어놓는 거예요. 아무에게도 입 밖에 내지 마세요."

"무슨 말인데……?"

"대감의 본심 말이에요. 나는 사카이 사람들이 모인 자리에서 흘러나온 말을 들었어요. 대감의 뜻은 이미 일본에 있지 않아요. 명나라에서 천축, 남만으로 달리고 있지요."

"넷? 저 명나라에서 천축으로……."

"그래요. 이대로 국내에서 시시한 싸움으로 지새고 있다가는 남만 사람들에게 온 세계가 짓밟힐 거예요. 그것을 구하는 게 참다운 간파쿠. 세계의 간파쿠가 되시라는 사카이 사람들 진언에 크게 머리를 끄덕이셨어요. 아시겠어요, 아사히 님……? 그렇게 되면 대감은 머잖아 일본에 계시지 않게 될 거예요. 그럴 경우 일본의 간파쿠를 맡겨 틀림없을 인물은…… 그렇게 생각하시고 이에야스 님을 지목하시어 누님 신랑으로…… 생각하신 거지요. 이건 아직 다른 데 말해서는 안 돼요."

한순간 아사히히메는 멍한 표정으로 매끄럽게 움직이는 올케의 입술을 바라보고 있었다.

아사히히메에게 있어 네네의 말은 걷잡을 수 없는 꿈같은 말이었다. 떠돌이무사나 주위 사람들에게서 들어온 말로는, 히데요시의 장애물은 이에야스로 그 한 사람을 제거하기 위해 갖은 지혜를 다 기울이고 있다고 했다. 그런데 네네의 말을 들어보면 완전히 반대였다. 히데요시의 뜻은 이미 해외로 향해 있고 자기가 없을 때 일본에서 대리 역을 맡아줄 유능한 인물을 찾고 있다는 것이다. 그리고 그의 눈에 든 큰 인물이 이에야스이며, 그러므로 매부로 삼고 싶어 한다……는 것이다.

"아사히 님, 알겠어요? 이런 말이 세상에 새어나가면 대감께서 안 계시는 틈을 노리는 고약한 자가 곧바로 나오지 않는다고 장담할 수 없어요. 그러니 아직 당분간은 비밀로 해야 돼요."

아사히히메는 아직 멍하니 올케를 바라보고 있다. 그런데 이상하게도 지금까지 어둡게 막혔던 가슴에 푸른 하늘로 난 창문이 하나 스르르 열리는 것 같은 기분이었다.

"야심을 위해서는 동기간까지도……."

그런 생각으로 가득 차 있던 마음에 구멍이 뻐끔하게 뚫렸다.

'오빠라면 그 정도 일을 생각하고 있을지도 몰라…….'

그러고 보면 요즘 '다도'를 빙자하여 사카이 사람들과 더욱 빈번히 만나고 있다. 시고쿠와 규슈 공략도 물론 고려하고 있겠지만, 그것이 끝난다 해서 어려서부터 억세게 달려온 오빠의 발이 멈춰질 것 같지 않았다.

"아사히 님, 이쯤에서 기분 전환으로 오만도코로님을 모시고 아리마에 가보시지 않겠어요?"

"아니오, 그건 안 돼요."

"고집 세시기도 하셔라, 왜 그러세요."

"오빠가 북쪽 공략에 마음 태우고 계시는데 그런 말을 했다가는 행복에 겨워 그런다고 오만도코로님에게 꾸중 들어요."

네네는 문득 웃으려다가 가까스로 그 웃음을 참았다.

'이제 마음이 풀리기 시작했어……'

그렇게 여겨지자 사람 좋은 아사히히메가 못 견디게 가엾어졌다. 어떻든 이렇게 정직하고 사람 좋아서야 상대를 멋있게 조종한다는 것은 생각조차 할 수 없으며 부부싸움에서도 비참하게 져버릴 것 같았다.

'그걸 잘 알면서 출가시키려는…… 내가 훨씬 더 악인이지'

"그만 마음에도 없는 말을 했군요. 용서하세요. 그렇지만 지금 이야기를 대감께서 들으신다면 틀림없이 눈물을 흘리며 기뻐하실 거예요."

그 말에는 대답하지 않고 아사히히메는 어느새 또 시선을 뜰의 수목에 던지고 간간이 들려오는 매미소리를 듣고 있는 표정이었다.

구름의 흐름이 빨라지더니 주위가 갑자기 어두워졌다. 소나기가 한 줄기 쏟아지겠군…… 아니, 야마자키 가도 언저리에는 벌써 비가 내리고 있는지도 모른다.

"한 줄기 비라도 쏟아지면 시원하겠군요."

"정말 바람이 좀 서늘해졌어요."

"야마시로에서 불어오는 폭풍일 거예요. 참, 툇마루에 헝겊을 널어놓았는데……."

더 이상 이야기해도 오늘은 소용없음을 알고 네네는 일어서 그대로 툇마루에 나가 큰소리로 시녀를 불렀다.

아사히히메도 그것을 기회로 자리에서 일어섰다.

네네가 보는 히데요시는 세상의 평가와는 상당한 차이가 있었다. 네네는 히데요시가 조금도 무섭지 않았다. 번개처럼 돌아가는 두뇌와 그보다 더한 실행력…… 그 밖에 또 한 가지 네네가 경탄하는 것은 무한한 정직성이었다. 세간에서는 히데요시를 권모술수의 화신처럼 생각하고 있는 모양이지만 전혀 달랐다.

뜻밖에 아주 차가운 얼음에 닿으면, 인간은 지각의 착각을 일으켜 소리칠 때가 있다.

"엇 뜨거워!"

히데요시를 권모술수에 능한 인물로 보는 사람들에게는 그 같은 착각이 있는 듯 느껴졌다. 너무나 개방적인 정직함을 보여주면 보는 사람이 어리둥절해지는 것이다. 히데요시의 경우 화낼 때도 진실했고, 그런 다음에 곧 잘못되었다고 어깨를 툭툭 치는 것도 진실했다.

"어쩌면 그런 호언장담을?"

그렇게 생각할 때도 실은 나름대로 그의 신조였으며, 할 만큼 다하는 선전 또한 그의 자신감과 환희의 표현인 듯했다. 바꾸어 말하면 그는 세상사람들의 정직관으로는 헤아릴 수 없는 정직성을 지녔으며, 더욱이 그것이 시시한 책략이나 허위와는 비교도 안 되는 '힘'을 발휘한다는 것을 본능적으로 알고 있는 인간 같았다.

그러므로 네네도 스스로 꾀하는 엉큼함이 없는 한 조금도 사양하지 않았다. 정치에 관해서든, 대인관계든, 부부간의 애정이든, 모자간의 야릇한 정이든 무엇에나 당당하게 나서서 때로는 싸우고 때로는 히데요시 이상으로 솔직담백하게 사과하기도 했다. 그리하여 이제는 그러한 서로의 숨김없는 점이 알맞은 존경심을 가질 수 있는 생활을 이룩했다고 할 수 있는 부부였다.

그러한 네네가 남편을 위해 아사히히메를 설득하여 한 줄기 빛을 찾아낸 것이다. 찾아내고 보니 네네 역시 이상한 천분을 지닌 재녀였다.

남편이 자기 거실로 들어오자 그녀는 곧 거만하게 여겨질 정도의 어조로 말했다.

"간파쿠 전하에게 크게 생각이 못 미친 일이 있었어요."

"뭔데?"

황실 건축 일로 무언가 언짢은 게 있었는지 오늘은 여느 때보다 날카로운 데가 있었다.

"그대는 내 관직을 비웃는가, 네네."

"아니에요, 그 이름에 짜부러지지 않을 등뼈인지 어떤지 그 굵기를 염려하고 있답니다."

"입이 고약한 여자군! 내 등뼈는 보기에는 가늘지만 남만철이야. 걱정마라."

"호호…… 자, 전하께 빨리 진짓상을 올려라. 그리고 술도 가져오도록. 오늘 저녁에는 좀 대담해지게 해드려 물어볼 말이 있어. 빨리 해."

시녀들은 난처한 듯 웃으며 허둥지둥 식사준비를 했다. 모두 잘 길들여져 그리 놀라는 것 같지 않았다.

히데요시는 입술을 일그러뜨리고 탄식했다.

"어처구니없는 여자군. 그러니까 벌써 여자 간파쿠니 하고 엉뚱한 소문이 났지. 이 주제넘은 사나운 말 같은 것아."

"호호……주제넘은 사나운 말이라니 잘 됐어요. 그러나 그 정도의 욕쯤으로는 아무렇지도 않아요. 아무튼 돌아가신 우대신님은 욕 잘 하시는 명수가 아니셨던가요."

네네는 웃으면서 시녀가 가져온 술병을 집어 들었다.

"그대가 술을 따를 것까지는 없어. 젊은 여자들에게 시키지."

"그건 안 되겠어요. 이 털 빠진 쥐는 주제넘은 사나운 말의 귀중한 남편이니까."

히데요시는 혀를 찼다.

"입으로는 그대에게 못 당하겠군. 어쨌든 우대신님이 고약한 별명을 붙여 주셨어. 털 빠진 쥐라니……."

"아니에요, 이만큼 잘 표현된 별명은 없을 거예요. 그리움이 샘물처럼 솟아나는 걸요."

"네네……."

"화나셨나요, 전하께서?"

"그대가 그런 말을 할 때는 틀림없이 뭔가 꾀하는 게 있을 때야. 종3품 기타노 만도코로님, 뭐가 부족해 독설을 퍼붓는 거지?"

"호호……."

네네는 즐거운 듯 웃으며 또 술을 따랐다.

"그렇듯 곧 알아차려주시니 말하기 좋군요. 아사히 님이 여간해서 대감 말을 듣지 않는 이유를 알았어요."

"뭐? 알았다고?"

"네, 그 마음을 풀어줄 열쇠만은 발견했지요."

"그래? 그거 잘 됐군. 단순한 미련에서 그런 것만은 아니었구면."

"네, 대감에 대한 불신이었어요."

"나에 대한 불신……."

"대감, 이건 중대한 일이에요. 자, 한 잔 더 드시고 그 불신을 풀어줄 수 있을지 없을지 살펴보고 싶습니다."

히데요시는 고개를 갸우뚱하며 잔을 내려놓았다.

"불신이 풀릴지 어떨지라니, 그럼, 내가 아사히에게 뭔가 증거를 내보이기라도 해야 한단 말인가."

"네, 그래요."

"그것이 대체 뭐지?"

"그 전에 제가 여쭙고 싶은 일이 있어요. 간파쿠 전하는 이에야스 님을 두려워하고 계시나요."

"뭐…… 내가 이에야스를 두려워한다고?"

"네, 달리 전하가 두려워하실 분은 없어요. 그러나 이에야스 님만은……."

"아사히가 그렇게 말하던가!"

"아사히 님이 그렇게 여길 정도라면, 영주들 가운데도 그렇게 생각하는 사람이 많을 거라는 게 저의 추측입니다."

"음."

히데요시의 얼굴이 갑자기 불쾌하게 일그러졌다. 그것은 히데요시가 가장 싫어하는 말이었고 또 진실에 가깝기도 했다.

"그래? 아사히가 그런 말을……."

"혹시 그렇게 생각하고 계신다면 출가할 마음이 안 나겠지요. 저 같아도 거절하겠어요."

히데요시는 갑자기 큰소리로 웃으며 술잔을 집어들었다.

"왓핫핫핫…… 알았어! 왓핫핫…… 그래서 기타노만도코로님이 히데요시의 등뼈가 가늘다고 했구만. 알았어! 그러나 염려 마. 나는 이에야스를 두려워하기는커녕 좋아서 죽을 지경이야. 그 사람은 내가 좀 봐주면 일본을 충분히 요리할 수 있는 사나이가 될 거야. 본인은 아직 그것을 느끼고 있을지 어떨지 모르지만 말야. 그래서 천하를 위해 봐주려는 거야."

네네는 방싯 웃으며 한무릎 다가앉았다. 네네는 히데요시가 어떻게 대답할 것인지 충분히 계산하고 교묘하게 말을 끌어갔다. 생각한 대로 상대가 말에 이끌려오자 이번에는 갑자기 진지한 얼굴을 했다. 그런 태도로 짐작하건대, 히데요시가 이에야스를 두려워하고 있다는 소문은 네네로서도 히데요시 이상으로 속 타고 화나는 일이었음에 틀림없다.

네네는 야무진 시선으로 남편을 쳐다보았다.

"대감…… 내버려둬서는 안 됩니다. 이런 소문이 퍼지면 위엄에도 영향이 있을 거예요."

"이번에는 충고하는가, 만도코로?"

"대감의 배포가 크신 것을 아직 모두 모르고 있습니다. 그것은 대감에게도 실수가 있기 때문이에요."

"뭐, 나에게도 실수가 있다고……? 이거 놀라운 소리를 하는데, 사나운 말이. 설마 그렇게 해서 만도코로 자신이 남편인 간파쿠의 껍데기를 벗기려는 건 아니겠지."

네네는 불쑥 터져 나오려는 웃음을 참았다.

"농담이 아니에요! 대감의 싸우시는 방식이 간파쿠답지 않다는 것을 모르세요? 하시바 히데요시의 싸우는 방식과 간파쿠 히데요시의 싸우는 방식 사이에 어떤 차이가 있어야 하는지 거기 대한 사려가 모자라십니다."

"뭐…… 뭣! 하시바 히데요시의 싸우는 방식과 간파쿠의 싸우는 방식이라고?"

히데요시는 아닌 게 아니라 뜨끔해진 모양이었다.

'뭔가 말하고 싶은 게 있다……'

그렇지 않고는 이렇듯 진지한 농담으로 맞서올 네네가 아니다…… 그렇게 생각했지만, 네네가 하고 싶은 말이 그처럼 대단한 의미를 가진 충고였을 줄은 깨닫지 못했던 것이다.

'큰소리치는데!'

그렇게 생각하는 신경질과 아내에 대한 야릇한 애정이 뒤얽혔다.

'역시 네네야!'

히데요시는 복잡한 감정을 헤치며 나직이 신음했다.

"음, 기타노만도코로는 이 히데요시보다도 먼저 간파쿠가 되어 있다는 말이구면."

"네, 그렇게 말한다고 해서 꾸짖으실 대감은 아니시지요."

"들어보자, 네네! 그대는 나의 기슈 공략 전투태세에 불만이 있다는 것이겠지."

말한 다음 히데요시는 차마 한자리에 있는 시녀들이 들어도 괜찮을까 하고 주위를 둘러보았다. 네네는 웃으면서 그럴 필요가 없다고 눈짓으로 나타냈다. 그러고 보면 처음부터 네네는 믿을 수 없는 여자 따위는 결코 가까이에 두지 않았다.

"그 경우에는 기슈 공략이어서는 안 되지요. 어디까지나 정벌이 아니면 말예요."

"음, 아니꼬운 소리를 하는군. 공략과 정벌이 어떻게 다르지?"

"공략이란 멸망시켜 이겨야만 되고, 정벌이란 항복시키면 충분한 싸움이지요. 그런데 대감은 일부러 네고로 무리들 가운데 열 몇인가를 항복시키지 않고 도토우미로 쫓아버리셨다면서요. 저는 그 점이 천하인의 싸우는 방식이라고 생각되지 않아요."

히데요시는 탁 소리 내며 술잔을 상에 놓았다. 금방 가볍게 응수할 말이 나오지 않는 모양이었다. 아마 히데요시를 향해 이처럼 따끔한 말을 던질 수 있는 사람은 따로 없을 것이다. 네고로 무리들 가운데 아이젠인, 네고로 다이젠, 에이후쿠인, 이즈미보 이하 16명을 놓쳐 이에야스의 하마마쓰성으로 도망치게 한 것은 구로다 간베에와 함께 히데요시가 이를 갈며 분해 한 일이었다. 네네가 그걸 알고 있는 것도 이상한데, 그런 싸움은 천하인의 방식이 아니라고 서슴없이 말해 온다. 정말 네네의 말이 맞으므로 대꾸할 말이 없었다. 히데요시가 놓친 그 네고로 무리들이 버젓이 이에야스의 보호 아래 있다는 사실이 도야마성 삿사 나리마사의 반역심을 얼마나 크게 조장하고 있는지!

"그래, 천하인의 싸움은 항복시키는 게 목표였던가?"

"그걸 쳐서 멸망시키려 하시니 상대는 두려워 도쿠가와 님 쪽으로 도망친 거지요. 도망쳐온 사람은 도와줘야만 되는 것……도쿠가와 님도 속으로는 괴롭지만 전하의 적이 되었지요. 그걸 보고 여기저기서 또 마음이 움직이는 사람이 나오겠지요. 그런 싸움 방식은 이제 고치세요. 대감답지 못한 옹졸한 태도예요."

히데요시는 다시금 잔을 들고 흐흐흐……웃으면서 네네 앞으로 내밀었다.

"네네……아니, 여자 간파쿠님."

"네, 또 뭔가 납득되지 않으시는 것이."

"그대 의견에 따르면, 나는 삿사 나리마사도 쳐서 멸망시키지 말고 정벌해야만 되겠구먼."

"물론이지요! 간파쿠는 이미 천하인이에요. 천하인이 제 부하를 마음대로 움직일 수 없다면 크나큰 수치. 스스로의 그런 무 재주에 화내어 귀중한 부하를 쳐서 죽이다니 이치에도 도리에도 안 맞는 일이에요."

히데요시는 갑자기 네네의 한 손을 잡아끌었다. 여느 때의 익살스러운 부부의 얼굴로 돌아가 말했다.

"간파쿠 전하, 황공하오, 황공하오."

"대감."

"예, 왜 그러십니까?"

"삿사 나리마사는 세상에 이름난 외고집쟁이라지요."

"바로 그러하옵니다."

"그 외고집쟁이를 단번에 손바닥에 올려놓아보세요. 그러면 모든 영주들은 물론 도쿠가와 님 마음도 풀리고, 아사히 님인들 어찌 대감을 의심하겠어요. 그것이 천하인의 도량이에요."

히데요시는 어느새 익살스레 웃음지은 얼굴을 긴장시키고 입술을 일그러뜨렸다. 화낸 게 아니라, 이 버릇없고 거센 아내의 마음에 감동하여 하마터면 눈물지을 뻔했던 것이다.

"그래? 정벌이란 치는 게 아니란 말이지."

"치고 나면 원한이 남습니다. 복종하게 하여 즐겁게 일을 시키는 것이 진정한 간파쿠겠지요."

"네네!"

"네."

"이 털 빠진 쥐의 머리를 호되게 한 번 때려줄 수 없나."

"원, 천만의 말씀! 그렇게 말씀하시던 무렵의 돌아가신 우대신님 편지에도, 온 일본을 다 뒤져도 대감만 한 좋은 남편은 없을 테니 시샘을 삼가라고 하셨습니다. 천만에요, 천만에—"

히데요시와 네네의 화목에는 언제부터인지 하나의 줄이 생겼다. 처음에는 농담 섞인 말다툼을 하여 차츰 격렬해지면 가까이 있는 이들은 조마조마해졌다. 어느 쪽도 조심성 같은 건 조금도 없는 말투였지만 마지막에는 어김없이 서로 손잡고 상대를 칭찬하는 것이었다. 그러므로 지금도 둘이 손을 잡게 되자 누구랄 것 없이 안도의 한숨을 내쉬었다. 그중에는 눈물짓는 사람까지 있다.

'이것이 참다운 부부이리라……'

네네에게는 시녀 하나하나에게까지 그렇게 여기도록 하지 않고는 못 배기는 기질 센 데가 있었다.

이 거센 성품도 처음에는 히데요시의 활동과 발전에 지지 않으려는 세상의 여느 여자다운 열성에 집중되어 있었다. 그것이 언제부터인지 격렬한 투지로 바뀌어 간 것은 역시 히데요시가 이런저런 측실을 두기 시작할 때부터였다.

측실에게 빠져 결코 거취를 그르치는 일은 없었지만, 그 대신 히데요시는 극단적일 만큼 여자의 신분을 중하게 여겼다. 자기 출신이 미천하기 때문에 명문 여자를 좋아한다고 세간에서는 쑥덕거렸지만 네네의 눈에는 그렇게 보이지 않았다. 그 당시의 무장이라면 누구나 그렇듯, 히데요시는 측녀를 안방의 장식물로 여기고 있다. 장식물이라면 젊고 아름다우며 이름난 사람이 만든 출처가 분명한 게 아니면 안 된다. 말하자면 일종의 골동취미이며 미술 취미 같기도 했다.

네네가 히데요시에게 강하게 부닥쳐간 것은 그런 안목이 선 다음이었다. 혹시 명문 출신 일품(逸品)에게 자기 이상의 재능이 있다고 여겨진다면 네네의 입장은 무너진다. 그래서 네네는 누구보다도 먼저 깊이, 노부나가가 말한 '털 빠진 쥐'의 가치와 성격 이해에 힘썼다.

이것은 예사로운 싸움이 아니었다. 만약 걸음이 뒤늦어 히데요시의 모습을 잃어버리는 일이라도 생긴다면 노부나가와 노마님에게서 '재녀'로 인정받는 네네는 이 세상에서 가장 비참한 아내가 되리라. 측실이 모두 명문 출신이라는 것은 우매하고 미천한 정실을 살아 있는 짐승으로 만들어 발길로 차서 떨어뜨리는 거나 마찬가지인 것이다.

그러나 지금 네네는 그 두려움에서 이미 완전히 벗어나 있었다. 종3품 만도코로. 측실들은 모두 네네에게 예의를 다하여 절하고 있었고, 히데요시도 그녀만은 완전히 인정하고 있었다.

그러나 네네는 조금도 방심하지 않았다. 그녀의 분석으로 파악한 남편의 성격은, 한마디로 말해 '뒤돌아보지 않는 사나이'였다. 아니 '뒤돌아보게 해서는 안 될 사나이'라고 하는 게 좋을지도 모른다. 어디까지 걸어갈 것인가? 그것은 네네도 모른다. 그러나……그것으로 좋다고 네네는 생각한다. 아마 죽을 때까지 무엇인가 바라보며 계속 걸어갈 사람. 그 걸음의 길잡이를 하고 있는 한 히데요시는 네네를 경멸하거나 무시할 수 없다. 그런 의미에서 네네는 확고한 자신감을 가지고 있었다.

'나는 간파쿠 히데요시의 지팡이다. 나를 제쳐두고 이 털 빠진 쥐의 지팡이가 될 여자가 있을 게 뭐람……'

그 히데요시가 이번에는 스스로 술병을 들고 네네에게 공손히 술을 따랐다.

"네네, 나는 눈을 떴어."

히데요시가 여느 때의 버릇처럼 과장된 태도로 말을 꺼내자 네네 또한 소녀 같은 아양으로 대답했다.

"거짓말…… 대감은 무엇이든 다 알고 계시면서, 공연히."

"그렇지 않아. 나는 속으로 이에야스를 두려워하고 있었어. 두려웠다는 말이 맞지 않다면 적어도 나와 대등한, 방심할 수 없는 사나이라고 생각하고 있었지. 그게 애당초 잘못이었어."

"대감과 도쿠가와 님은 비교가 안 됩니다. 겉모습은 닮았지만 구리주전자와 황금주전자만큼 차이가 있어요. 자, 한 잔 더 드세요."

"들고말고! 술맛이 좋아, 네네."

"네, 저는 행복해요."

"아니, 행복한 건 나야. 나는 고사(故事)의 사례를 조사시켜 그대에게 여자로서 최고의 지위를 주도록 황실에 청원할 작정이야."

"황송해라, 저는 이것으로도 충분해요. 다만 대감께서야말로 앞으로도 멈추지 말고 계속 나아가셔요."

"알았어! 알았어!"

그렇게 말하자 히데요시는 그제야 마음 놓고 앉아 있는 시녀들에게 장난꾸러기 같은 시선을 돌렸다.

"나는 이제 일본의 총대장이 되었다. 이제부터는 이에야스도 나리마사도 모토치카도 모두 부하로 삼아 그들을 이끌고 당나라 천축까지 갈 거야. 알겠나, 만도코로님은 그 세계의 총대장 마님이시다. 결코 소홀하게 대접해서는 안 돼."

점잖게 하는 말에 모두들 머리를 조아리며 대답했다.

"네."

히데요시는 다시 부채질이라도 하는 듯한 손짓을 하며 말을 덧붙였다.

"모두들 만도코로님을 잘 보고 배우는 게 좋을 거야. 이야말로 여자 중의 여자. 세계 으뜸가는 여장부지, 알겠나."

그 앞에서 네네는 조금도 멋쩍어하는 표정이 아니었다.

"뭘요, 나 같은 건 별수 없는 여자야. 그러나 대감 같은 분은 천 년에 한 사람도 나오지 않는 분, 해님의 아들이지. 모두들 그 덕분에 이렇듯 편안히 살 수 있는 거야. 이 은혜를 잊어서는 안 돼."

네네는 문득 생각했다.

'이 털 빠진 쥐…… 정말 당나라 천축까지 쳐들어갈지도 모르지.'

사카이 사람들이 열심히 권하고 있고, 배도 만들기 시작했다. 수명이 다하여 어디선가 세상을 끝마칠 때까지는 아마 계속 꿈을 쫓아갈 것이다.

그러나 그것으로 좋다고 네네는 생각한다. 그만한 자신이 없으면 힘의 우열만 가려온 지금의 영주들을 누를 수 없다. 그들은 굴복하면 좋은 가신이지만 틈을 보이면 모두 적인 것이다……

히데요시는 꽤 취한 것 같았다. 취하니 고개를 심하게 흔드는 여느 때의 버릇이 눈에 띄었다.

"대감, 이제 침실로 가세요. 가가 부인이 기다리고 있답니다."

"아니, 오늘 밤은 다른 데 안가. 오늘 밤은 그대와 함께 지내겠어…… 천하 으뜸 가는 여장부여, 자, 한 잔 더 따라줘."

네네는 후후 웃었다. 그녀도 역시 여자였다. 어디엔가 질투의 끄나풀이 달라붙어 있다.

그러나 그것을 냉정하게 돌아볼 수 있는 네네였다.

허허실실

큰 병을 치르고 난 다음 이에야스는 말했었다.

"히데요시도 없고 이에야스도 없다. 천하를 위해 두 사람을 심판하는 신불의 입장에 서겠다."

그리고 간파쿠가 된 히데요시의 심경은 이에야스 따위는 문제 삼지 않는 입장에서 큰 뜻을 펴나가려는 것이었다.

이 두 사람이 저마다 군사를 이끌고 움직이기 시작한 것은 7월 그믐께.

병석에서 일어난 이에야스가 먼저 슨푸로 나아가 군사 지휘에 나서지 않을 수 없었던 것은 얄궂은 일이었다.

히데요시는 이에야스로부터 가즈마사를 통해 중신의 인질이야기는 뜻밖이라는 회답을 받았다.

"내가 나빴다. 이에야스가 그런 생각이라면 새삼스레 무엇 때문에 인질 같은 게 필요하겠나."

깨끗이 그 말을 거두어들이고, 다시 혼다 사쿠자에몬을 통해 청해온 속 깊은 이에야스의 탐색에도 웃으며 응했다.

"어미가 위독하니 혼다 센치요를 급히 귀국시켜 주시기 바람."

"오, 좋고말고. 인간은 효심이 으뜸이야. 마음껏 간호해 드리도록 해라."

따라서 인질을 내놓지 않았을 뿐 아니라 센치요까지 되받아간 이에야스 쪽의 책략은 일단 뜻대로 된 듯했으나, 히데요시의 두뇌 또한 그리 단순하지 않았다.

그는 인질을 잡지 않는 대신 이에야스의 전투력을 한 군데 못박아두어 삿사 나리마사의 도야마 공략을 결코 방해하지 못하도록 매섭게 손써두었다. 다름 아니다. 에치고의 우에스기 가게카쓰를 시켜, 신슈의 우에다성에 있는 사나다 마사유키(眞田昌幸) 부자로 하여금 이에야스에게 반기를 들게 한 것이다. 이 술책은 어쩌면 인질 거부 따위와는 비교도 안 되는 묘수였을지 모른다.

도쿠가와 집안의 가장 큰 편은 이에야스가 그의 딸 고고히메(小督姬)를 출가시켜둔 오다와라의 호조 우지나오와 그의 부친 우지마사였다. 그런데 그 호조씨와 우에다성의 사나다 마사유키 사이에 이즈음 한 가지 다툼이 생겼다. 사나다 부자가 빼앗은 죠슈의 누마타성을 호조 집안에서 넘기라고 요구해온 것이다. 사나다 부자는 물론 거부했다. 이에야스가 나서서 경작할 땅을 주어 교묘하게 두 집안을 납득시키려 했으나, 예리한 히데요시가 그분쟁을 보고 놓칠 리 없어 곧 우에스기 가게카쓰에게 마사유키를 뒤에서 돕도록 획책했던 것이다.

우에스기 집안의 원군이 오면 마사유키는 호조씨를 따를 리 없으며, 호조씨가 불만을 늘어놓게 되면 이제 유일한 편이라는 점에서 이에야스가 못 본 체할 수 없어 마사유키를 치지 않으면 안 된다.

이에야스가 마사유키의 우에다성을 공격하면 그동안 히데요시는 2, 3명 인질보다 안심하고 나리마사를 칠 수 있는 졸을 두어놓고 그다음에 차가 뜨는 장기의 묘수처럼, 병석에서 일어난 이에야스를 꼼짝없이 슨푸까지 나서게 해서 히데요시보다 한 발 먼저 우에다성 공격 지휘에 나서지 않으면 안 되게끔 손썼다.

그렇다 해서 이로써 이에야스의 장기판에 패색이 짙어진 것은 아니었다. 그 증거로 이에야스는 슨푸로 나서던 날 말 위에서 여느 때보다 훨씬 풍만한 웃음을 얼굴에 떠올렸다. 히데요시에게는 히데요시의 계산이 있고, 이에야스에게는 이에야스의 계산이 있었다. 그리고 이것은 때로 두 사람을 더불어 이롭게 하는 경우가 있었다. 히데요시로서는 이에야스의 주력을 우에다성에 못 박아 놓는 게 나리마사를 치기 위해 절대로 필요하고 이로웠는데, 그 히데요시의 이득은 이에야스에게도 결코 불리하지 않을 것 같았다.

그는 말을 달려 자기 뒤에 따라오는 마사노부를 돌아보며 오이강에 가까운 따가운 햇볕 아래에서 비로소 말을 꺼냈다.

"잘 되어가는군."

마사노부도 웃었다.

"그렇습니다. 히데요시도 제법 좋은 일을 하는군요."

"음……이제 호조 부자에게 의심받지 않고 당당하게 슨푸성 수리를 할 수 있겠군."

이에야스가 고슈와 신슈를 굳히기 위해 슨푸성 대개조를 해둬야겠다고 생각한 것은 몇 해 전부터였다. 전국(戰國)의 우군은 결코 우군이 아니다. 현재 우지마사의 아들 우지나오를 사위로 삼고 있는 이에야스지만, 우지마사는 우지나오를 아직 한 번도 이에야스와 만나게 해주지 않았다. 고고히메를 출가시킨 지 4년이나 되는데…… 따라서 겉으로는 나무랄 데 없는 한편이지만 뒤로 서로 경계하고 있었다. 이번 우에다성 공격도 물론 그런 타산을 의리처럼 내보이는 행동이었지만, 덕분에 슨푸성 대개조라는 숙원을 이루게 된 것은 고슈와 신슈뿐 아니라 호조씨에의 대비를 위해서도 절대로 필요한 일이었다.

"히데요시가 나리마사를 항복시킬 동안 팔짱끼고 있어야만 할 까닭도 없겠지."

"그렇습니다."

"이번 싸움에는 세어보니 세 가지 이득이 있어."

"세 가지뿐입니까?"

"음, 그 첫째는 슨푸성 개조이고, 둘째는 이로써 사기가 높아져 고슈와 신슈의 지반이 굳혀지는 일이지."

"셋째는……."

말하는데 마사노부가 허리에서 대나무 통을 끌러 이에야스에게 건네줬다.

"땀이 많이 나셨습니다. 시원한 물을 드시지요."

"음, 역시 아직 몸이 쾌치 못한걸."

이에야스는 순순히 한 모금 마시고 마사노부에게 물통을 돌려주었다.

"셋째는 이로써 히데요시도 손잡기 쉬워졌다고 생각하겠지."

"그런데 네 번째가 또 있습니다."

"흐흐, 네 번째는 뭐지?"

"주군께서 의리 굳다고 호조 부자가 감사할 겁니다. 결코 작은 이득이 아닙니다."

"흐흐……."

길이 메말라 군사 행렬 뒤쪽은 흙먼지로 보이지 않았다. 바람도 없고 구름도 없다. 양쪽 논에서 김이 오를 것만 같은 더위였다.

"주군께 또 한 가지 여쭈어볼 게 있습니다."

"뭐야, 다섯 번째 이득인가?"

"아닙니다. 주군께서는 진정으로 사나다 부자를 멸망시켜 버릴 생각이신지요?"

그 말을 듣자 이에야스는 몹시 당황해 주위를 둘러보았다.

"쉿, 바보 같은 소리 마라, 마사노부!"

꾸중 듣고 마사노부는 주위를 보았다. 두 사람의 대화는 아무 귀에도 들리지 않은 듯 바로 뒤에 따르는 아베 마사카쓰(阿部正勝)와 마키노 야스시게(牧野康茂)는 줄곧 앞길의 북쪽 산맥을 가리키며 뭔가 말을 주고받고 있다.

"멸망시키니 안 시키니 하는 말은 경솔하게 입 밖에 내는 게 아냐. 사기에 영향을 미치게 되면 어떻게 할 테냐."

"죄송합니다."

"그런데……."

이에야스는 다시 한번 말을 다가 대듯하며 덧붙였다.

"무리해서까지 멸망시켜야 할 상대는 아니지, 사나다 부자는."

"저도 그렇게 알고 있습니다."

"히데요시가 나리마사와 싸우고 있는 동안 이쪽도 멋지게 싸우면서 슨푸에 성을 쌓으면 되는 거야."

마사노부는 진지하게 머리를 끄덕이며 말을 떼어냈다. 거기까지 들으면 이에야스의 속셈을 환히 알 수 있었다. 사나다 부자 뒤에는 우에스기 가게카쓰가 있고 히데요시가 있다. 섣불리 멸망시키면, 나리마사를 처리한 뒤 히데요시와 가게카쓰의 창끝이 이에야스에게로 돌려질 게 틀림없다. 사나다 부자와 맞겨루어 굳이 승부를 결판내지 않고 둔다면 히데요시가 중간에 들어 화의를 제안할 것이다. 거기서 히데요시는 체면을 세우고 군사를 철수하면서 사나다 부자를 살아남게 한다. 그렇게 되면 히데요시에 대한 호조 부자의 적개심은 커질 것이고, 그 적개심이 도쿠가와 집안에의 접근을 도모케 하여 사나다 부자를 멸망시킨 이상의 효력으로 반 히데요시의 '힘'이 될 수 있다. 이 미묘한 역학적인 책략이 과연 이에야스의 머릿속에 있는지 어떤지 마사노부는 살펴보고 싶었던 것이다…….

전에는 이에야스도, 노부나가도 다만 살아남기 위해 어떻게든 적을 쓰러뜨리고 이기지 않으면 안 되었던 시대가 있었다. 그러나 그런 무서운 전국의 양상은 사라져가고 바둑판 밖에서도 승부를 서서히 고쳐보지 않으면 안 될 시기로 들어서고 있다. 강하기만 한 무장이 아니라 충분한 정치 수완과 외교 수완이 필요하게 되어가고 있는 것이다. 때문에 용맹을 떨치는 사카이, 혼다 헤이하치, 이이, 사카키바라 같은 사람 외에 혼다 마사노부, 아베 마사카쓰, 마키노 야스시게 등이 언제나 이에야스 가까이 있으면서 의견을 내놓도록 되어 있었는데…….

이렇듯 이에야스가 슨푸성에 들어간 지 10여 일. 8월 첫 무렵에 들어서서야 히데요시도 다시 군사를 이끌고 오사카성을 나섰다.

히데요시의 출전 방식은 더욱 한가로워 보였다. 교토에서 오사카강에 배를 띄워 새 간파쿠의 위력을 과시하고, 사카이로 나가 세계 정세에 대한 설명을 시키고 차를 즐기는 등 여유를 부린 다음 마침내 나리마사를 처분할 진두에 나섰을 때 그 군장(軍裝)의 호화로움은 그야말로 사람들 눈을 아찔하게 하고, 간담을 서늘케 하기에 충분했다. 일찍이 미노의 사이토 다쓰오키 공격 때 쓰기 시작했던 호리병박 마표는 지금 금빛 찬란하게 햇살을 튕겨내었고, 자랑으로 삼는 투구도 눈부실 만큼 황금 후광을 번쩍였다. 눈썹을 붙이고 수염을 단 화장은 새로운 간파쿠로서의 히데요시 면모를 완전히 바꾸어 그대로 그림 속에서 뛰쳐나온 듯 눈부신 장관이었다.

이렇듯 모든 준비를 굉장하게 갖춘 히데요시도 물론 나리마사 따위와 진심으로 싸울 마음은 전혀 없었다…… 이에야스의 주력이 우에다성 언저리에 집결할 것은 뻔한 노릇이고, 시고쿠를 억누를 준비는 충분히 지시해 놓았다. 따라서 히데요시의 이번 행군은 유람이나 다를 바 없었다. 사카이 사람들이 권해서 일부러 데려온 소로리 신자에몬을 오다 우라쿠사이 등과 함께 이야기꾼으로 새로이 집어넣어, 어디에서나 새 간파쿠가 얼마나 평민적이고 인정 있는지 천하에 선전해 가면 충분한 것이다.

나리마사가 아무리 반항해본들 니와 나가히데는 이미 자결해 버렸고, 이에야스의 주력은 다른 곳에 못 박혀 있을 터이니 별 수 없는 것이다. 따라서 그를 완전히 포위해 놓고 이 이름난 고집쟁이를 마음껏 놀려줄 작정이었다. 이 경우에 놀려주는 것은 결코 전략 전술에 의해서가 아니고 어디까지나 인간과 인간의 그릇

차이, 외고집스러운 옛날식 무장과 새 간파쿠의 정치력 차이를 보여주려는 것이다······.

그런 의미에서 나리마사에게는 일찍이 없었던 하나의 행운과 하나의 불운이 찾아들 것 같다. 행운은 처음부터 멸망당할 두려움이 없다는 것이고, 불운은 목숨은 이어가지만 히데요시의 위대함을 증명시켜 줄 선전도구가 되어버린다는 것이었다.

이에야스는 히데요시도 제법 좋은 일을 한다면서 웃었다.

히데요시 역시 그 점에서는 마찬가지였다. 그는 노부카쓰가 밀고해 온 우에다에서의 이에야스 군 포진을 듣고 실눈을 지으며 웃었다. 이에야스는 슨푸에서 지휘하고 있으며 현지로 파견한 군세는 오쿠보 다다요, 도리이 모토타다, 히라이와 지카요시, 시바타 야스타다, 오카베 나가모리(岡部長盛), 스와 요리타다, 호시나 마사나오(保科正直), 마쓰다이라 야스쿠니, 야시로 가쓰나가(屋代勝永), 미키 마사키치(三枝昌吉), 시로 마사시게(城昌茂), 소네 마사요(曾根昌世) 등을 제1군으로 하고, 직속무장으로 이이 나오마사, 오스가 야스타카, 마쓰다이라 야스시게, 마키노 야스나리, 스가누마 도조(菅沼藤藏) 등 약 1만5000명이 동원되고 있음을 알았다.

"그만한 군세를 나눠 내보내놓고 양면작전을 할 수는 없지."

그러나 그 말 외에 히데요시는 또 한 가지 아무에게도 말하지 않은 기대를 가슴속에 감추고 있었다. 그도 또한 이에야스가 진심으로 우에다성 언저리에서 대소모전을 펴리라고 생각지는 않았지만, 그러나 그가 깊숙이 말려들 동안 다행히 우에스기 가게카쓰의 에치고 세력이 원군으로 도착한다면······하는 가상이었다.

싸움은 유동적인 것이다. 도쿠가와 세력이 혹시 시나노에서 우에스기와 사나다 연합군에 의해 퇴로를 차단당하는 일이 생기면, 거기에서 생각지 않았던 큰 조우전이 벌어지지 않으리라고 할 수 없다. 그렇게 되면 사나다 세력 따위는 문제도 아니고 이에야스와 우에스기가 피비린내 나는 결전을 계속하지 않을 수 없게 되어 두 호랑이가 함께 상처입고 그 힘이 반감되리라는 것이었다.

'그렇게 되면 도쿠가와도 우에스기도 발톱 잃은 고양이가 되는데······.'

첫 번째 계획으로 충분히 견제 효과를 내면서, 여기에도 두 번째 세 번째 단계로 허허실실의 무서운 꾀가 감춰져 있었다.

그런 의미에서 양쪽 다 전혀 권모술수를 쓸 수 없는 대치 상태로 한쪽은 우에다성에서, 한쪽은 호쿠리쿠 땅에서 서로 싸움이 시작되었다.

8월 2일에 우에다성의 사나다 마사유키에게 첫 공격을 명령한 이에야스는 그 뒤 화난 듯 아닌 듯한 태도로 군사를 전진시키다가는 후퇴시키고, 후퇴한 뒤에는 원군을 보냈다. 이 동안의 일이 전기(戰記)에는 한결같이 사나다 세력의 탁월한 대비와 왕성한 사기 때문에 도쿠가와 군이 고전하여 공격하지 못했던 것처럼 기록되어 있다. 사나다 군을 얕볼 수 없었던 것은 말할 나위도 없었으나 사실 이에야스로서는 우에스기 군의 도착과 히데요시의 움직임을 보면서 여기서 비로소 고슈, 신슈 땅에서 얻은 새 부하의 실력을 시험하는 일대 연습을 펼칠 작정이었던 것이다.

물론 그동안에 슨푸성이 착착 쌓이고 있었던 건 말할 나위도 없다.

새 가신의 연습 상대로 사나다 군은 참으로 얻기 어려운 상대였다. 그들은 그 때까지 적이었던 도쿠가와 군과 처음으로 손잡고 신출귀몰하는 사나다 군에 맞서 자연스럽게 우군으로서의 공감과 친밀도를 더하면서 '도쿠가와 집안에도 더욱 신뢰를 심어갔던 것이다.

그 가운데 우에스기의 원군을 이끌고 신슈 땅에 들어온 후지타 노토노카미(藤田能登守)와 기소에 있는 오가사와라의 원군을 이이 나오마사가 맡아서 단번에 무찔러버린 실력은 참으로 믿음직스러웠다.

이에야스가 히데요시의 진퇴를 노려보면서 그에 맞춰 우에다 언저리의 군세에 철수를 명령한 것은 9월 26일이었다.

이에야스는 이보다 닷새 전 일단 하마마쓰성으로 돌아와 남아 있는 여러 장수를 모아 협의를 끝내고, 우에다에 철수 명령이 전달된 26일에는 미카와의 니시오에서 기라 성채를 유유히 돌아보고 있었다. 예상한 대로 북쪽 공략을 끝낸 히데요시는 다시 우에스기 가게카쓰와 동맹 맺고 오사카에 돌아가 마침내 시고쿠 공략을 떠나려 하고 있다. 그 우세한 히데요시의 해상군이 혹시 미카와로 기습 상륙하는 일이 생겨서는 안 된다는 조심성에서였는데, 여기도 사기가 왕성하고 대비도 나무랄 데 없었다. 따라서 히데요시도 뜻대로 일이 성취되었지만 이에야스 또한 허실의 거래에서 결코 그에 못지않은 효과를 거둔 것이다.

다만 사나다 부자를 격멸하지 않고 철수한 일로 오다와라의 호조 우지마사가 몹시 기분 나빠 하고 있는 것은 예기했지만 단 한 가지 꺼림칙한 일이었다. 만약 우지마사가 이번 사나다 공격 중에 슨푸 축성 계략이 있었던 것을 깨닫는다면 매우 격노하여 슨푸로 진군해 올지도 모른다.

'이쯤에서 그 감정을 좀 부드럽혀놓지 않으면 안 되겠다.'

10월 3일 하마마쓰에 돌아온 이에야스는 그때 비로소 우지마사 부자에 대한 대책을 이것저것 생각하기 시작했다. 사위 우지나오와는 아직 대면도 하지 않고 있다. 이 기회에 우지마사, 우지나오 부자와 어디서 만나 이번 철병은 히데요시라는 서로의 공통된 적을 경계하기 위해 불가피한 일이었음을 납득시키지 않으면 안 된다. 그런 의미에서 볼 때 호조 부자에게는 떼쓰는 어린아이 같은 면이 있다. 히데요시와는 비교도 안 되는 고집통 작은 인물인 것이다…….

그렇게 여기면서 이것저것 생각하고 있을 때 뜻밖의 어려운 문제가 히데요시 쪽에서 터져 나왔다. 그것은 이제부터 시고쿠와 규슈를 비롯한 일본 전국을 평정하기까지 모든 영주는 오사카에 인질을 보내 히데요시에게 협력하기로 되었다, 저마다 모두 승복했으니 이에야스도 여러 영주들처럼 다시 급히 인질을 보내라는 것이었다. 히데요시의 정책이 왜 이렇듯 갑자기 강경해 진 것일까?

그것은 그가 나리마사 정복을 시험해 본 새로운 정책이 보기 좋게 성공한 것 외에 또 한 가지 원인이 있었다. 히데요시는 간파쿠임과 동시에 이즈음 벌써 다죠(太政) 대신 자리를 약속받고 있어, 단순히 일본의 실권자일 뿐 아니라 불세출의 대 영웅으로 최고의 벼슬에 오를 윤곽도 잡혀 있었다. 그렇게 되면 히데요시는 이미 힘과 힘의 느낌으로 여러 영주들을 대할 게 아니라 배경에 조정의 권위를 둔 당당한 명령자가 아니면 안 된다.

게다가 그는 이번 일로 이에야스를 차츰 얕보게 되었다. 이에야스는 마침내 히데요시의 콧김이 걸린 우에다성 하나도 처리하지 못하고 군사를 거두었다. 이 일은 이에야스가 히데요시에게 뜻하는 바를 충분히 풍긴 행동이라고도, 또는 스스로의 힘의 한계를 알고 한 신중성이라고도 판단되었다.

게다가 삿사 나리마사가 그에게 순종하여 순진할 만큼 단순하게 정벌에 나섰던 히데요시를 따라 교토로 나가 그의 위력을 나타내주었고, 우에스기 가게카쓰 또한 적의를 거의 보이지 않고 새 간파쿠에게 협력을 맹세했다. 여러 영주들이 군소리 없이 인질을 보낸 건 말할 것도 없다.

정세는 점점 히데요시에게 호전되고 있어 그 혼자서 요구한 게 아니라 명령자로서 모든 영주에게 요구하는 것이라고 뜻을 정했다.

'이만하면 이에야스도 거부하지 못할 것이다.'

오다 노부카쓰를 통해 이 명령을 받은 도쿠가와 집안 가신들은 얼굴빛이 달라지며 크게 흥분했다.

그들은 이번 일도 히데요시가 유리했다고는 조금도 생각지 않았다. 우에다성은 함락시키지 못하고 물러났지만 공연한 군사 손상을 피하고 호조 우지마사에의 복잡한 견제를 위한 일이므로, 도쿠가와 집안의 실력 자체는 더욱 충실해졌을지언정 추호도 쇠퇴되지 않았다고 믿고 있었다.

그런 때 다시 이에야스의 아들에 중신 가족까지 곁들여 오사카로 보내라고 말해온 것이다. 그렇지 않아도 사쿠자의 아들 센치요를 돌려와 모두 쾌재를 부르고 있는 때였다.

히데요시는 아마 난제라고 생각지 않고 있으리라. 이제는 정세를 살펴, 마땅히 해야 될 일이므로 그리 알라는 뜻이겠지만, 사기가 드높은 도쿠가와 쪽으로서는 철두철미 이렇게 생각할 뿐이었다.

"얄미운 히데요시 놈의 난제!"

그 난제에 어떻게 대처해야 되는가? 중신들 사이에 빈번한 왕래가 시작된 것은 10월 15일. 다시 독촉받고 하마마쓰성으로 모든 중신의 비상소집이 있은 것은 어느덧 대지에 서리 내음이 풍기는 그달 28일이었다.

본성 대서원으로 잇따라 모여드는 중신들 얼굴에는 누구 할 것 없이 분노의 빛이 넘치고 있는 듯했다. 사카이 다다쓰구, 혼다 헤이하치, 혼다 사쿠자에몬, 사카키바라 고헤이타, 이이 나오마사, 마쓰다이라 이에타다, 오쿠보 다다요, 혼다 마사노부 등등…….

그 가운데 이시카와 가즈마사만이 이상하게 침착해 보이는 것은, 그 혼자만 냉정히 있는 게 아니라 다른 사람들이 극도로 흥분해 있는 증거였다.

정면에 앉은 이에야스도 못마땅한 표정이었다.

"다다쓰구, 그대부터 의견을 말해 봐. 이미 모든 인질이 오사카에 모였다. 무사히 규슈 정벌이 끝날 때까지는 아마 인질을 오사카에 둘 거라는 노부카쓰 님으로부터의 통지였다."

이에야스의 말이 끝나기도 전에 다다쓰구가 내뱉듯 답했다.

"거절하십시오. 이 집안은 히데요시에게 꼬리칠 아무 이유가 없습니다. 오기마루 님으로 부족하다니 당치도 않은 소리!"

이에야스는 그 말에는 고개도 끄덕이지 않고, 그렇다고 나무라지도 않으며 옆에 앉은 이에타다에게 말했다.

"그대 생각은······?"

온후한 이에타다는 대답했다.

"그렇다면······ 간파쿠가 된 히데요시 님 명령이니 반항하는 것처럼 보여서는 안 되겠지만, 이미 오기마루 님이 간파쿠의 양자가 되어 친척 사이인데 가신 같은 취급은 마시도록 정중하게 말씀하시는 게 좋을 것 같습니다."

"사쿠자는?"

사쿠자는 허리를 구부려 앞으로 쓱 내밀면서 증오하듯 단 한마디 짓듯 대답했다.

"우쭐대지 말라고 하시는 게 좋겠소."

"다다요는?"

"오기마루 님 신상에 만일의 일이 없도록 온건하게 거절하시는 게 좋을 듯합니다."

"헤이하치는?"

이에야스의 목소리는 물처럼 조용했지만 그 눈은 깊이 있는 광채를 띠고 차츰 고뇌가 짙어갔다.

"한바탕 싸울 각오로 거절하십시오. 이대로 끝난다고 생각하신다면 억울한 변을 당하겠지요. 이쪽에 그 각오만 있다면 반드시 히데요시 놈을 물러서게 할 수 있습니다."

"고헤이타는?"

"헤이하치와 같은 의견입니다. 여기서 굽히면 다음 난제가 나올 것입니다. 가신이 되느냐 일전을 벌이느냐, 그 갈림길이라고 생각합니다."

"나오마사는?"

가장 젊은 이이 나오마사는 노골적으로 노여움을 드러내 보이며 절했다.

"여러분 의견대로 언제든지 싸움터로 달려가겠습니다."

이에야스는 그제야 씁쓸하게 볼을 일그러뜨리며 웃었다.

"그럼, 한 사람도 찬성하는 자가 없구먼. 모두 거절하라는 게 아니냐…… 가즈마사, 그대는 어떻게 생각하지?"

이시카와 가즈마사는 벌써부터 눈을 감고 자는 듯 움직이지 않고 있었다.

"가즈마사, 그대 생각을 말해 보란 말이다."

이에야스가 무릎을 쳤을 때에야 그는 눈을 떴다.

"제 생각은 이미 몇 번이나 주군께 말씀드렸습니다. 새삼스럽게 드릴 말씀이 없습니다."

"음, 그대만은 히데요시와 싸우지 말란 말이지?"

이에야스가 중얼거리듯 말하자 사쿠자에몬이 다다미를 치며 무릎을 내밀었다.

"가즈마사는 인질을 내주라는 거요?"

"내가 그렇게 말해봐야 중신들 의견이 모두 반대라면 어쩔 수 없지. 나도 역시 결정된 대로 따를 수밖에 없소."

사쿠자가 다시 한무릎 나앉으며 눈꼬리를 확 치켜세웠다.

"가즈마사! 그대는 비겁하군."

"허, 참으로 묘한 소리를 하는군, 사쿠자가."

"사나이는 옳다고 생각되면 비록 모두의 의견이 어떻든 당당하게 소신을 관철해야 되는 법이오. 중의(衆議)에 따른다는 식의 약한 소리는 말란 말이오."

가즈마사는 찔끔하여 사쿠자에몬을 다시 보았다. 사쿠자에몬이 하는 말뜻이 예리하게 가슴을 찔러 창자를 도려내는 것 같았다.

언젠가 성에서 나올 때 사쿠자네 집에서 둘이 했던 말이 있다.

"귀하와 나만은 세상에 흔한 영달(榮達)에서 비켜서 있기로 하세. 아무도 알아주지 않더라도 말없이 도쿠가 집안 기둥이 되어 사나이 고집을 관철하세. 귀하가 먼저일지 내가 먼저일지는 모르지만 여하튼 편안한 말년을 맞지는 못할 거야."

그렇게 말한 뒤 둘이서 주고받았던 그때와 똑같은 눈빛이 지금 사쿠자의 두 눈에 깃들어 있다.

가즈마사는 웃었다.

"흐흐…… 사쿠자, 오사카에서 센치요를 다시 데려오더니 갑자기 우쭐해진 모양이군?"

"이거 참, 재미있는 소리를 하는군. 그럼, 가쓰치요를 남겨뒀으니 다음 인질을 오사카로 보내라는 거요?"

그들의 말투가 끊고 맺는 듯 격렬해지자 모두들 긴장하며 숨죽였다. 이에야스는 씁쓸한 표정으로 턱을 문질렀다.

가즈마사는 말했다.

"사쿠자! 굳이 물어왔으니 의견을 말하겠소. 대체 주군이 바라시는 게 무엇이오?"

"말할 나위 없이 다 아는 일, 천하 아니오."

"그러나 난리가 나서 손댈 수 없는 천하는 아니겠지. 싸움 없는 천하. 태평 초래…… 이것이 주군의 소원이실 거요."

"그것이 이번 인질과 무슨 관계있다는 거요. 그걸 말해 보오."

"말하지. 지금 이 집안이 히데요시와 싸우면 어떻게 되겠소? 어느 편이 이겨도 천하는 다시 대소란. 아니, 때에는 때의 형세가 있소. 7, 8할까지는 우리 집안이 질 거요. 그런 싸움을 하는 건 필부의 용기. 여기서 힘들지만 인내하며 왜 히데요시를 돕지 못하는 거요. 히데요시를 도우면서 태평천하를 노리는 길이 있다고 생각지 못하오?"

거기까지 말하자 사방팔방에서 날카로운 비난의 소리가 일었다.

"가즈마사!"

"이시카와 님."

"그만두시오."

아마 이에야스가 나서지 않았다면 가즈마사에게 덤벼드는 사람까지 있었을지도 몰랐다. 참으며 히데요시에게 협력하라는 의견은, 그만큼 지금의 도쿠가와 집안사람으로서는 해서 안 될 말이었다. 그걸 일부러 사쿠자에몬은 가즈마사에게 말하도록 한 것이다…….

"조용히 해, 떠들지 마라."

이에야스가 제지했을 때, 그것을 알기 때문에 가즈마사는 화내는 것과는 전혀 다른 고독을 느끼며 입을 다물었다.

'끝내 올 것이 왔다…….'

이에야스는 다시 한번 모두들을 꾸짖었다.

"가즈마사는 의견을 말했을 뿐이야. 채택하고 않고는 나의 생각에 있다. 조용히 해. 그러나 모두들이 인질을 내놓지 않겠다고 하면 가즈마사도 그것에 따르겠다……는 말이지?"

"어쩔 수 없습니다. 결정은 주군께서 하시는 일이니."

"사쿠자는 또 무슨 할 말이 더 있나?"

"있습니다. 가즈마사 의견은, 의견으로서도 허리뼈가 빠진 거요. 싸우면 7, 8할까지는 질 거라니 무슨 잠꼬대 같은 소리인지. 막상 한바탕 붙어봐야, 나 혼자서라도 히데요시의 목을 베어보이겠소. 그런 용사는 주군의 깃발 아래 비로 쓸어낼 만큼 있잖소?"

그러나 그 무렵부터 사쿠자의 눈 속에 이상하게 슬픈 빛이 움직이기 시작한 것을 가즈마사는 또렷이 느꼈다.

"그래, 싸움은 수효로만 이기는 게 아니지."

"그렇고말고, 히데요시 군따위…… 실제로 고마키, 나가이사테에서 혼내 주었잖소."

"게다가 우리는 고슈, 신슈 땅의 산과 들에서 더욱 단련되었으니 말야."

다시 떠들썩해지는 사람들 표정을 가즈마사는 심술궂을 만큼 조용한 눈으로 둘러보았다. 어떤 얼굴을 보아도 씩씩하여 그 점에서는 미더웠다. 그러나 그 분노는 얕아보였다. 아니, 분노라기보다 그것은 일종의 흥분된 늠름함이며, 슬픔의 밑바닥을 들여다보지 못하는 눈이요 자세였다.

여기까지……생각하다가 뜻밖에도 이에야스와 시선이 마주쳐 가즈마사는 뜨끔해졌다. 사쿠자의 눈 속에 넘쳐나기 시작한 이상한 비애가, 여기서는 천연덕스러운 냉정한 그늘에 숨어 가슴이 덜컥할 만큼 깊고 슬프게 감춰져 있다.

가즈마사는 그 순간 가슴이 단번에 뜨거워졌다.

'이에야스와 사쿠자 둘만은 내가 한 말을 잘 알고 있다.'

가즈마사는 가볍게 머리 숙였다.

"죄송합니다. 사쿠자가 추켜올리는 바람에 저도 모르게 사기에 관계되는, 해선 안 될 말을 했습니다. 모두 용서하십시오."

사쿠자는 몸을 확 돌려 여느 때와 같이 교묘하게 감정을 감췄다. 다른 사람들은 이로써 납득한 사람도 있고 아직 알지 못하는 사람도 있는 것 같았다.

어느덧 주위가 어두워지고 시동이 등불을 날라 왔다. 인질에 반대한다는 건 움직일 수 없는 일임을 알았지만, 그 대책을 어떻게 해야 될 것인가에 대해서는 아직 타합해야 될 일이 많았다.

"그럼, 이쯤하고 주먹밥이라도 먹기로 할까."

이에야스는 말하며 마사노부를 돌아보았다.

허허실실 책략은 사실 적에 대해서보다 자기편에 더 필요한 것이었다. 히데요시가 자신만만하게 모든 영주에게 청해 온 이번 인질은, 거절하면 어쩔 수 없이 한바탕 소동이 일어날 것 같았다. 그것을 미연에 막으려면 그럴 만한 포석이 필요하다. 가장 간단한 방법은 인질을 내놓지 않고 히데요시를 납득시키는 것이지만 애당초 되지도 않는 소리다. 그렇다면 히데요시가 어디서 쳐들어와도 무너지지 않을 대비가 중요해진다.

삿사 나리마사는 히데요시에게 손들어버렸고, 우에스기 가게카쓰는 적으로 돌아갔다. 우에다성 일로 호조 우지마사 부자는 적잖게 불쾌한 감정을 안고 있을 터이고, 인질을 거절하면 위신에 관계되는 문제이니 오다 노부카쓰도 화내지 않으리라고 볼 수 없다.

그렇게 되자 왕성한 사기가 도리어 걱정거리 씨앗이 되어, 하마마쓰성에는 일찍이 없었던 야릇한 위기가 찾아들었다. 만일 히데요시가 격노하여 오기마루를 죽이겠다고 할 경우도 생각해 두어야 하고, 해상 방비도 충분히 해두지 않으면 안되었다. 그러한 협의가 밤새워 계속되어 결국 세 가지 일이 가장 주요한 사항으로 결정되었다.

참으로 야릇하다면 너무도 야릇한 일이었는데, 히데요시의 인질은 거절하는 대신 이에야스가 모든 중신들로 하여금 하마마쓰로 인질을 데려다놓게 하는 것. 이것은 만일 경우의 결전태세……라는 의미 외에, 히데요시에의 견제를 뜻하기도 했다. 이 정도까지 하면서 히데요시에게 대비하고 있다는 결의를 보이는 것이다.

다음에는 이에야스가 급히 오다와라 영지까지 가서 호조 부자와 만나 두 집안의 친목을 도모할 뿐 아니라, 중신들까지 모조리 서로 서약서를 교환해 두려는 것이었다. 여기서 만일 히데요시와 호조씨가 손잡는 날이면 그야말로 도쿠가와 집안은 둥둥 떠버린 외딴섬이 된다.

지금까지 몇 차례 만나려고 생각했었지만, 장소 때문에 언제나 이야기가 중단되어 왔다. 호조 부자에게 슨푸로 오라고 할 수도 없고, 이에야스가 그쪽으로 간다는 것도 체면에 관한 문제였다…… 그런데 이번에는 이에야스 쪽에서 기세강(黃瀬川)을 건너 미시마로 가더라도 이 기회에 꼼짝 못 하도록 두 집안 사이를 굳혀 두지 않으면 안 된다는 결론이 나온 것이다.

셋째로는 역시 오다 노부카쓰를 통해 히데요시의 감정을 누그러뜨려 두는 것이다. 그러나 이 일은 그리 효과를 기대할 수 있을 것 같지 않았다.

이렇게 협의를 마쳤을 때는 완전히 밤이 새어 10월 29일 햇살이 환하게 뜰 위에 비치고 있었다.

모두들 자리에서 일어서려고 하자 이에야스는 말했다.

"수고했다. 오늘 아침에는 성찬이 마련되어 있다. 그대로 여기서 기다리도록."

그리고 준비시켜 둔 상을 날라 오게 했다. 무슨 생각을 했는지 이에야스는 가즈마사의 이름을 맨 먼저 부르며 말했다.

"가즈마사, 어떤가? 내가 잡아온 학으로 끓인 국일세."

그리고 웃는 얼굴로 모두들을 둘러보았다.

"자, 주먹밥으로 배가 고팠을 거야. 고깃국이나 한 그릇씩 들도록 해."

가즈마사는 이때도 눈물이 왈칵 쏟아질 것 같아 입술을 꽉 깨물고 아침 뜰을 뚫어지게 바라보았다.

"오, 정말 학이군!"

"학이라니 재수 좋은데. 어쨌든 올해는 일찍도 날아왔군."

"재수가 좋겠는걸."

"아니, 이건 학고기보다 야채가 많잖나."

상 앞에서 저마다 소곤대는 중신들은 어딘지 모르게 소년다운 순진스러움을 지니고 있다. 그러므로 싱글벙글하며 학을 잡아온 자랑을 들려주는 이에야스의 웃음 지은 얼굴 뒤에 숨어 있는 고뇌를 알지 못하는 것 같았다.

식사가 끝나자 저마다 돌아갈 준비를 시작했다. 히데요시에게 내놓는 대신 이에야스에게 가족을 인질로 보낸다……는 일에 대해서는 아무도 미심쩍게 느끼지 않는 모양이다. 자기편이라면 무조건 믿어버리는 대신, 적이라면 철저하게 미워하려는 완고한 무장 기질이었다. 그러나 그 때문에 오늘의 도쿠가와 집안이 있다고도 할 수 있다.

가즈마사가 큰 현관을 나서서 말에 오르려는데 사쿠자에몬이 뒤에서 불러 세웠다.

"가즈마사, 어떠했소, 오늘의 학고기 맛은? 들렀다 가지 않겠소? 우리 두 사람의 입씨름 때문에 언제나 조마조마해 하던 여편네가 귀하 얼굴이 보고 싶은가 봐."

가즈마사는 분명하게 말했다.

"아니, 오늘은 그만두겠어. 어젯밤부터 주군의 눈이 가엾게 여겨져 견딜 수 없소."

"흥, 그럼, 이것으로 끝인가."

"뭐라고?"

"아무튼 좋아. 들르지 않겠다는 사람에게 억지로 권할 수는 없지."

"사쿠자."

"뭐요?"

"주군은 미시마까지 나가 호조 부자에게 무릎 꿇고 비위를 맞출 모양이오."

"그게 어떻다는 거요?"

"히데요시의 비위를 맞추지 않고, 그 손톱 때만도 못한 호조 부자에게 머리 숙이게 하는 게 충신인가?"

"흥분했군."

"뭐라고!"

"나를 비꼬아 뭐가 되겠소. 하하…… 어쨌든 좋소. 오늘 아침의 학고기 맛 말이오, 서로 잊지 맙시다."

"오, 잊다니. 주군은 마음속으로 울고 계셨소."

"있을 수 있는 일이지. 억센 매를 너무 많이 길러 곤란당하는 일도 가끔 있는 거요. 그렇다고 그 매의 발톱을 잘라버리면 본전도 못 찾지. 어리석은 넋두리는 마시오."

"어리석은 넋두리?"

가즈마사는 눈을 부릅뜨다가 생각을 돌린 듯 하인 손에서 말고삐를 받았다.

"그럼, 부인께 안부 말씀 전해 주오."

사쿠자는 대답 대신 고개를 끄덕인 것 같았다. 가즈마사는 그대로 말을 몰아 성을 나왔다. 성을 나서자 눈물이 왈칵 쏟아져 나와 서리 내린 대지의 아침이 한꺼번에 그 눈 속에 녹아들었다.

'허(虛)와 실(實)……'

인생의 어느 것이 허이고 어느 것이 실인가.

이제 자신의 생애에서 다시는 이 성을 보지 못할 것……이라고 생각하자 보이지 않을 줄 알면서도 다시 돌아보지 않고는 견딜 수 없었다.

"주군! 안녕히 계십시오……."

가즈마사는 힘차게 말을 한 번 후려쳤다.

탈출

오카자키성에 돌아오자 가즈마사는 그대로 거실에 들어박혔다. 조용히 책상 앞에 앉아 벼루를 끌어다 붓을 들고는 새삼스레 히데요시의 얼굴과 이에야스의 얼굴을 나란히 망막 속에 그려보았다.

붓끝을 깨물어 먹을 찍은 다음 백지 위에 먼저 썼다.

"도쿠가와 집안 군법에 대해."

그렇게 쓰고 스스로의 마음에 속삭였다.

"가즈마사, 후회는 없느냐?"

이상하리만치 마음이 맑고 잔잔했다. 이제부터 도쿠가와 집안의 군사 기밀을 자세하게 써서 그것을 가지고 히데요시에게 투항하려는 것이다. 물론 이것은 하나의 배반이었다. 외고집쟁이만 모인 미카와 무사에게 묻는다면 갈가리 찢어 죽여도 시원치 않은 파렴치한 행위이고, 불충이며, 녹에 눈이 먼 더러운 불의한(不義漢)일 것이다.

"주군이 또 믿는 도끼에 발등 찍혔다."

지난날의 오가 야시로 사건을 돌이켜 생각하며 가신들은 가즈마사를 저주하는 것만으로 모자라 이에야스의 너그러움마저 책망할 것이다. 어떤 자는 오사카에 있는 가쓰치요의 애정에 넋이 빠진 겁쟁이라고 증오하고, 어떤 자는 고마키 싸움 뒤 이미 가즈마사는 히데요시와 내통하고 있었다고 소문낼 것이다.

가즈마사는 생각했다.

'그래도 좋다…….'

아무도 모르더라도, 이 세상에 가즈마사의 본심을 알아주는 세 사람이 있다. 한 사람은 히데요시, 한 사람은 이에야스, 그리고 또 한 사람은 겉으로 강경파의 우두머리처럼 행세하고 있는 혼다 사쿠자에몬이었다. 아니, 비록 그 세 사람이 행여 오해한다 해도 신불은 알고 있다.

가즈마사는 지금 미카와 무사의 상식과 무사도를 초월하여 스스로 적의 품에 뛰어들어 도쿠가와 집안을 구하고, 히데요시를 구하고, 그리고 두 사람의 격돌에 의해 일어날 백성의 고통을 구하려는 것이다.

사실 이에야스는 자신이 키워 길들인 매의 사나움에 곤란 겪고 있다. 이 매는 그들 주인 이에야스가 히데요시와 손잡을 때까지는 그 사나운 성질을 거두지 않을 것이다.

지금대로 내버려두면 히데요시는 이에야스 공격을 뒤로 미루고 시고쿠, 규슈를 평정한 다음 힘을 다하여 오다와라 공격을 꾀할 게 틀림없다. 그 오다와라의 호조씨와 이에야스는 손잡으려 하고 있다. 비록 이것이 본심에서가 아니더라도, 그렇게 되면 도쿠가와 집안의 입장은 난처해질 것으로 여겨졌다. 호조씨와 손잡고 싸워도 멸망, 홀로 외톨이로 남아 있어도 멸망…… 따라서 히데요시와 손잡을 시기는 벌써 막다른 마당인데 다른 결정을 내려버리고 말았다.

'규슈 공격 전!'

그것을 두고 좋은 기회라고 생각한다면 그 자체가 벌써 역사의 흐름을 거스르는 일이었다. 히데요시가 이만큼 강해진 것은 그의 위대한 재능과, 싸움에 질려 평화를 갈망하는 민중의 뜻이 하나로 일치되는 데 있었다.

"그러한 흐름에 무력으로 맞서 이기리라 여기고 있다……."

가즈마사는 담담한 심경으로 붓을 달리면서 다시금 고지식하기 짝이 없는 사나운 매들의 우직성에 화가 치밀었다. 이에야스는 아직 가즈마사가 이런 결심을 하고 돌아갔으리라고는 생각지 않을 것이고, 히데요시도 요구한 인질 대신 가즈마사가 오카자키성을 뛰쳐나오리라고는 생각지 못할 것이다.

그러므로 이 탈출이 성공한다면 적도 자기편도 모두 깜짝 놀랄 것이다. 도쿠가와 집안에는 큰 경종이 되고, 히데요시로서는 도쿠가와 집안과의 싸움을 서두를 필요 없다는 자신감이 생길 것이다. 군사 기밀을 가져가버리면 이에야스는 진의 배치를 바꾸지 않으면 안 된다. 진의 배치를 갓 바꾼 군대가 충분한 힘을 낼 수 없다. 양쪽의 그 자계(自戒)와 자신(自信)의 틈이, 바로 가즈마사가 노리는 바였다.

가즈마사는 거기서 이에야스를 공격하는 게 얼마나 히데요시의 신망과 위신을 깎는 싸움이 될 것인지 설득시키면서 말한다.

"쓸데없는 싸움을 하지 말고 아사히히메 님의 혼사 문제를 추진하십시오. 이에야스는 반드시 이에 따를 것입니다."

그리고 어떤 경우에는 자신의 탈출도 이에야스와 타합 지은 일인 듯한 인상을 보일 결심이었다. 그러나 문제는 그 탈출이 과연 가즈마사의 계획대로 성공할 것인가였다. 오카자키는 서 미카와이지만 도쿠가와 영지의 최전방은 아니었다. 만일에 대비해 최전선에는 맹호 중의 맹호들이 눈을 번뜩이며 경계하고 있다. 아니, 그뿐 아니라 가즈마사가 거느린 군사 가운데에도 엉뚱한 소문을 믿고 나들이 가는 곳까지 은밀히 붙어 다니는 자가 있는 이즈음의 형편이었다.

"이시카와 님을 감시하라."

탈출 도중 그런 자들에게 칼이라도 맞게 된다면 그야말로 고심한 모든 일이 수포로 돌아가게 된다.

하마마쓰에서 돌아온 다음 날인 10월 2일부터 가즈마사가 방 안에 들어박혀 군사 기밀을 써내려가기 시작한 것도 실은 그동안 탈출 방법을 생각해 보려는 또 하나의 목적이 있기 때문이었다.

가즈마사는 자기 방에 꼼짝 않고 있다가 5일째 되는 날 성을 나와 오규(大給)에 있는 마쓰다이라 이에노리(松平家乘)의 진막을 찾아보고 돌아왔다. 마쓰다이라 이에노리는 아직 어리므로 마쓰다이라 지카마사(松平近正)가 대신 진을 맡아 보고 있었다. 그 지카마사와 만나 잠시 차를 마시며 세상이야기를 나누고 돌아온 것이다.

그리고 6일이 되자 성 아래 살고 있는 측근 스기우라 도키마사(杉浦時勝)를 불러 일부러 술을 대접하면서 말했다.

"도키마사, 이달에 들어서 훨씬 날씨가 따뜻해졌어. 이렇게 날씨가 바뀔 때는 자칫 묘한 뜬소문 같은 게 떠도는 법인데 백성들 사이에 그런 고약한 일은 없나?"

"예, 이 며칠 동안 날씨가 예사롭지 않은지라 싸움이 벌어지거나 큰 지진이라도 있을 징조가 아닌가 걱정하는 사람들이 있습니다."

"음, 싸움이라면 역시 히데요시하겠지. 소문대로 말해 봐."

"소문대로…… 그대로 말씀드려도 괜찮을까요?"

"무슨 사양이 필요한가. 말해 봐."

"그럼, 말씀드리지요."

젊은 도키마사는 어깨를 추키고 한무릎 앞으로 다가앉으며 말했다.

"싸움이 되면, 곧 적을 오카자키로 불러들이는 내통자가 나올지도 모른다며 떠들어대고 있습니다."

그렇게 말하더니 가즈마사를 노려보며 숨을 삼켰다.

가즈마사는 일부러 엄한 표정으로 되물었다.

"내통자가 나오다니, 대체 누구를 두고 하는 말이냐?"

도키마사는 제법 미카와 무사다운 기골로 몸을 뒤로 젖히며 대답했다.

"그것은 성주 대리님을 가리키는 것입니다."

"뭐, 내가 내통자라고?"

"소문입니다."

"도키마사…… 그대도 그 소문을 믿는가?"

"믿고 싶지 않습니다."

가즈마사는 비로소 웃음 지은 얼굴을 보였다.

"만일 내게 그런 기색이 있고, 적이 국경까지 쳐들어왔을 때는 어떻게 하겠나?"

"말할 나위도 없이 제가 성주 대리님 목을 치겠습니다."

"그래, 그 말을 듣고 안심했다. 그런 기개를 가진 건 그대뿐이 아니겠지?"

"물론! 신시로 시치노스케(新城七之助), 나미키 하루카쓰(並木晴勝) 모두 그럴 작정으로 조심하고 있습니다."

"좋아. 그러나 도키마사, 만일 싸움이 벌어지면 그대들은 어느 편이 이기리라고 생각하나? 사양할 것 없이 말해 봐."

"말할 것도 없지요! 미카와는 아직 한 번도 져 본 일이 없습니다."

"음, 그 긍지를 손상시켜서는 안 돼. 나에게도, 국경에도 충분히 주의를 게을리 하지 마라."

"알겠습니다."

꿋꿋하게 대답하는 도키마사를 보면서 가즈마사는 마음속으로 생각했다.

'여기에서도 거의 한계에 이르렀구나…….'

아마도 이 도키마사의 대답은 이에야스를 따라다니는 친위대 80기(騎)를 대표하는 말이겠지만, 모든 이들이 중신회의 때와 같은 분위기를 몸에 지니고 히데요시에게 오가는 가즈마사에게 무서운 의혹과 반감을 안고 있다. 더욱이 싸우면 이긴다고 믿고, 졌을 때의 처참한 결과를 생각하지 않고 있는 것이다.

'이렇게 되면 몹시 약한 점이 나타날 것인데!'

그날 밤 태연하게 도키마사를 돌려보내고 그 뒤 2, 3일은 아무렇지도 않은 듯 말을 타고 성 아래 가까운 마을들을 돌아보았다. 나서면 언제나 뒤에 미행자가 따라붙는다. 이에야스가 그 같은 명령을 내렸을 리 없지만 중신 가운데 누군가가 부하들에게 은밀히 일러 그들의 반감을 부채질하고 있는 게 틀림없었다.

"가즈마사를 감시하라."

가즈마사는 10일까지 가족에게도, 가신에게도 자신의 결심을 한결같이 감추고 있었다.

11일 오후였다. 그날도 오전에 성안을 여기저기 돌아다니다가 거실로 들어가며 맏아들 야스나가에게 말했다.

"야스나가, 한사부로와 어머니를 모시고 내 방으로 오너라."

"무슨 일이신지요. 어머니와 한사부로를 데려왔습니다만."

야스나가가 들어오자 가즈마사는 부드러운 눈으로 세 사람을 둘러보았다.

"알겠나. 이 일은 너희들 의견을 묻는 게 아니고 명령이다."

그리고 가즈마사는 목소리를 낮추었다.

"나는 하마마쓰의 주군에게 정이 떨어졌다. 주군과의 관계를 끊고 모레 이 성을 떠나 히데요시 님에게 종사한다. 모두 그럴 작정으로 마음의 준비를 해두도록."

가즈마사의 말이 너무도 조용했으므로 아내와 자식들은 잠시 말뜻을 알아차리지 못한 것 같았다.

아내가 맏아들의 얼굴을 보고 고개를 갸웃하며 되물었다.

"뭐라고 하셨어요? 하마마쓰의 주군에게…… 어떻다고 되셨다고요?"

"주군에게 정이 떨어져 모레 이 성을 떠나 히데요시 님에게 종사한다고 말했어."

어머니와 아들은 어안이 벙벙한 표정으로 다시 한번 얼굴을 마주보았다. 더욱 알 수 없다는 표정으로, 다음에는 호호호…… 하고 아내의 웃음소리가 크게 울렸다.

"이거 참, 묘한 말을 듣는군요. 그렇지, 야스나가. 아버지가 대감님에게 정이 떨어지셨대."

야스나가는 그제야 일의 중대함을 깨달았다.

"아버지! 그럼, 드디어 대감님 허락이 내리신 겁니까?"

"대감님 허락이란 무엇을 말하는 거냐?"

"히데요시에게 종사하는 것처럼 꾸며 뛰어들어 잠든 목을 베는 것 말이지요."

그 말을 듣자 가즈마사는 씁쓸한 표정으로 입을 다물었다. 차츰 주위가 어두워지고 방 안 가득히 음산한 추위가 스며드는 것 같았다. 가즈마사는 얼마 동안 자기감정을 마음속에서 정리했다.

"야스나가"

전에는 분명 야스나가와 그리 차이 없었던 가즈마사였다. 이에야스와 히데요시 사이에 서서, 서서히 몰려든 감정에 고집이 겹쳐 히데요시 품에 뛰어들어 미카와 무사의 기개를 보여줄까…….

그러나 그 생각은 이제 그림자가 희미해졌다. 그런 식으로는 문제가 조금도 풀리지 않는다. 노부나가가 보여준 난세 종식의 이상을 어떻게 이 땅 위에 결실 맺게 할까……? 그것이 이에야스의 이상이요, 히데요시의 목적일 것이었다. 그런데 그것에 야심과 자아와 측근의 순진한 고집이 겹쳐 그대로 내버려두면 다시 이전의 난세로 되돌아갈 듯한 위기를 맞고 있다…….

그 때문에 이에야스를 떠나 히데요시 쪽에 뛰어들어 노부나가에게서 히데요시로, 히데요시에게서 이에야스로 자연히 꽃을 번식하는 방향으로 길을 열기 위해 뛰쳐 나서려는 것이었는데 야스나가에게 과연 통할 수 있을지 어떨지……?

'야스나가 또한 이에야스의 이름 한 자를 얻어 기른 미카와 놈이다…….'

가즈마사는 다시 말했다.

"야스나가…… 너희들, 이 아비를 믿으며 아무것도 묻지 말고 따를 수 없겠느냐?"

"그렇다면 처자식에게도 참뜻을 밝힐 수 없다는 것입니까?"

"밝히지 않더라도 알아줄 수 없느냐는 거야."

야스나가는 긴장된 얼굴로 보이며 어머니 쪽으로 돌아앉았다.

"어머니, 어떻게 생각하십니까. 이 말씀으로는 대감님 허락이 없으신 것 같은데."

아내는 쏘는 듯한 눈을 남편에게로 돌린 채 역시 곧 대답하지 않았다.

야스나가가 다시 입을 열었다.

"아버지는 모르고 계십니다. 대감님 허락도 안 받고 가족과 함께 이 성을 탈출한다는 건 생각도 할 수 없는 일이지요. 성 아래에서는 아버지가 히데요시와 내통하고 있다는 소문이 떠돌아 우리가 밖에 나가면 누군가가 반드시 뒤따라 다닙니다."

"야스나가는 그게 두려우냐?"

"아버지는 두렵지 않으십니까? 교묘하게 성공하면 좋지요. 그러나 만일 도중에 잡히는 날이면 그야말로 지독한 꼴을 당하게 됩니다. 그러므로 그럴 때 상대를 납득시킬 만한 대감님 허락 표지가 없으면 안 됩니다. 그러므로 그 준비가 있으신지 어떤지 여쭙는 겁니다."

가즈마사는 고개를 조금 끄덕였다.

"그거라면 없다. 있을 리 없지."

"예? 뭐라고 하셨습니까."

"없다고 했다."

"그럼, 역시 대감님 허락은 없으셨군요."

가즈마사는 쓸쓸히 웃었다.

"그런 표지 같은 걸 가지고 있다가 히데요시에게 새어 들어가면 어떻게 되겠느냐? 마찬가지 아니냐. 미카와를 나서도 어디에선가 죽게 된다, 히데요시에게……."

야스나가는 또 숨을 죽이고 어머니를 돌아보았다.

막내 한사부로만은 무엇인가 변화를 바라는 듯 눈을 빛내며 형과 아버지를 번갈아보고 있었으나 아내는 어느새 고개를 숙이고 물끄러미 무릎만 내려다보고 있었다.

"알겠느냐, 다시 한번 말한다. 이 이시카와 가즈마사는 하마마쓰의 주군에게 정나미가 떨어졌다. 그렇기 때문에 이 성을 떠나 히데요시 님에게 종사한다. 아무

것도 묻지 말고 이 아비에게 동의할 수 있는지 없는지, 그것만 대답하면 된다."

"동의할 수 없다고 저희들이 말씀드린다면 어떻게 하시겠습니까?"

"베어버리고 가지."

가즈마사의 목소리는 얼어붙을 만큼 냉랭했다.

"큰일을 털어놓고 그대로 버려둘 수는 없다."

"그렇다면 아버지는 책략을 위해서가 아니라 진정 히데요시에게 꼬리칠 생각이십니까?"

"그렇다. 꼬리친다는 말은 좀 못마땅하다만."

"어머니! 어떻게 하시겠어요? 왜 잠자코 계십니까? 뭔가 의견이 있으실 듯한데."

그러자 아내는 살며시 다다미에 두 손을 짚고 가늘게 말했다.

"어디로든 데려가주세요."

"당신은 납득했구면."

"네, 저는 당신이 나쁜 짓을 하시리라고는 생각되지 않아요. 다만 도중에 어려운 일이 생길 때는 그 자리에서 곧 베어버리세요. 치욕을 당하고 싶지 않으니까요."

그러자 다음에는 막내 한사부로가 어깨를 으쓱거리며 말을 받았다.

"그렇지요. 아버지가 나쁜 짓을 하실 리 있겠어요. 형님, 한사부로도 따라가겠어요."

야스나가는 당황해 동생을 막았다.

"서두르지 마라, 한사부로. 문제는 이 성을 무사히 빠져나갈 수 있을까 하는 거야. 우리 집은 벌써 번들거리는 눈에 감시받고 있어…… 너는 그걸 모르지."

이번에는 아내가 맏아들을 막았다.

"야스나가, 잠자코 있거라. 네가 그렇게 말한다고 한 번 마음을 정하신 아버지가 생각을 바꾸실 줄 아니."

어머니의 말에 야스나가는 더욱 다그쳤다.

"그렇다고 대감님 허락도 없이 이 성을 떠날 수 있을 줄 아십니까? 그건 모반이나 같은 겁니다. 물론 오사카에는 동생 가쓰치요가 있지요. 그러나 그 가쓰치요의 사랑에 끌려 주군을 배반했다고 하면 뒤에 남을 증조모님을 비롯한 친족들은 어떻게 됩니까?"

"얘야, 좀 기다려라."

아내는 또 부드럽게 말을 가로막고 살며시 남편의 얼굴빛을 살폈다. 가즈마사는 눈을 감은 채 잠자코 어머니와 아들의 대화를 듣고 있다.

"아버지는 나나 너로서는 어찌할 수 없는 업이 있으시단다. 아마 무사히 떠날 수 있는 방법을 생각해 두셨을 거다. 여기서는 아버지 말씀을 그대로 따르자."

"어머니는 또 업이라고 하시는군…… 업이란 무엇입니까? 그 때문에 일가일족을 희생시키지 않으면 안 될 만큼 값어치 있는 것으로 생각되지 않습니다."

아내는 문득 표정을 굳히고 야스나가 쪽으로 돌아앉았다.

"그게 무슨 소리냐……! 아버지는 이게 옳다…… 이것이 살 보람 있는 일이라고 생각하신 일이라면 단념하지 못하시는 성품을 지니셨다. 그게 업이지. 20여 년을 모시면서 나는 그걸 잘 알고 있어. 부탁이다. 아버지가 옳은 삶이라고 믿으신 일에 대해 너도 굽힐 수 없겠니?"

또 힘을 얻은 듯이 어린 한사부로가 대답했다.

"그렇지요! 아버지는 옳지 않은 일은 안 하는 분이니까."

가즈마사는 눈을 감고 한사부로를 제지했다.

"기다려! 좋아, 나의 업에 찬성하지 않는 야스나가까지 데리고 가지는 않겠다. 베는 것도 그만둔다. 너는 혼슈사(本宗寺)로 가서 증조모님 계신 곳에 있도록 해라."

증조모란 가즈마사의 조부 이시카와 아키(石川安芸)의 부인이며 열성적인 진언종(眞言宗) 신자로 지금 암자에 살고 있는 묘사이니를 가리키는 것이었는데, 그 말을 듣자 차마 야스나가도 입을 다물었다.

'아버지의 탈출에 관해 모르고 있었다…….'

그런 변명으로 만일 자기 목숨을 살려준다면 그것은 이에야스와의 사이에 어떤 은밀한 양해가 있었음에 틀림없다고 생각되었기 때문이다.

"숙부 이에나리도 있고 하니 네 변명에 따라서는 반드시 베리라고 할 수만은 없다. 좋아, 벌써 동행할 가신들도 모였겠지. 이리 불러들이시오."

가즈마사는 아내에게 말하고, 한사부로에게도 일렀다.

"등잔과 화로를."

혼자 남은 야스나가는 네모지게 앉은 채 돌처럼 까딱도 하지 않는다.

"야스나가, 너는 이제 자리를 비켜라."

"그러시면 아버지는 가신들도 모두 데리고."

"그렇다. 심복이 없으면 거기 가서 일할 수 없다. 그들은 너처럼 불신을 갖고 있지 않아."

거기에 아마노 마타자에몬을 선두로 와타나베 긴나이, 사노 긴에몬(佐野金右衛門), 혼다 시치베에(本田七兵衛), 무라코시 덴시치(村越傳七), 나카지마 사쿠에몬(中島作右衛門), 반 산에몬(伴三右衛門), 아라카와 소자에몬(荒川惣左衛門) 등 가즈마사의 심복들이 조용히 들어왔다.

야스나가가 가즈마사 앞에 두 손을 짚었다.

"저도 가겠습니다!"

부르짖듯 말한 것은 8명의 심복이 가즈마사를 빙 둘러싸고 조용히 앉은 다음이었다.

가즈마사는 가볍게 머리를 끄덕였다.

"좋다. 알고 있었어."

가볍게 웃고 곧 모두들 쪽으로 돌아앉았다.

"그 일을 지금 가족들에게 이야기하던 참이야."

나카지마 사쿠에몬이 깜짝 놀란 듯 되물었다.

"그러시면 지금까지?"

"말이 새면 모두들에게 큰 어려움이 닥치게 돼. 그런데 나카지마는 비슈와의 연락을 눈치채지 않게 잘 해놨겠지."

"예, 요네노(米野)의 나카가와 산시로(中川三四郞) 님이 말 100필과 삿갓 100개를 도중의 국경까지 틀림없이 내놓을 테니 안심하시라고 하셨습니다."

비슈 요네노의 나카가와는 오다 노부카쓰의 가신으로 가즈마사 처가 쪽의 먼 친척이었다. 아마도 가즈마사는 거기까지 가서 하룻밤 묵고, 다시 여장을 갖춘 다음 교토에서 오사카로 갈 작정임에 틀림없다.

"좋아. 그럼, 마타자에몬은 내일 오후 오규에 있는 진지의 대리장수에게로 말을 달리도록 해주겠나."

아마노 마타자에몬은 긴장해서 크게 대답했다.

"예, 알겠습니다!"

"흐흐흐, 마타자에몬은 분발이 좀 지나치군."

"예."

"무리도 아니지, 오규의 대리장수 마쓰다이라 지카마사는 가신들 중에서도 이름난 고집쟁이야. 그 완고한 자에게 히데요시에게 함께 투항하지 않겠느냐고 배반을 권유하러 가는 거니 말야."

가즈마사는 반은 자기 자식인 야스나가에게 들려주는 투로 말했다.

"알겠나, 마타자에몬. 정월 첫 무렵에 우리는 오사카로 새해인사를 하러 가는데 그때 함께 미카와를 물러나지 않겠느냐, 반드시 히데요시에게 추천하겠다고 말하는 거야."

"알고 있습니다."

"그러면 지카마사가 격노할 테니 베이지 않도록 조심해. 심부름꾼이므로 다만 회답만 듣고 싶다고 말하며 너무 가까이 다가가지 말아."

"알겠습니다."

아마노 마타자에몬이 대답하자 가즈마사는 다시 야스나가를 돌아보았다.

"오규에는 내가 며칠 전에 갔었다. 내일 마타자에몬이 또 가면, 의심을 품은 혈기왕성한 자들이 모두 마타자에몬 뒤를 따를 거야. 그동안에 가신들은 가족을 데리고 밤사이 오카자키를 떠나는 거야. 그것이 제1대이고, 나는 모레 해질 무렵 모두들 성을 나가 저녁을 먹을 때쯤 성을 나선다."

"그러면 불안하지 않겠습니까?"

야스나가가 몸을 내밀며 묻자 가즈마사는 진지한 표정으로 대답했다.

"오규의 대리장수가 가즈마사는 정월에 돌아선다고 일부러 퍼뜨려 줄 테니까. 생각하면 죄스러운 일이지만……."

와타나베 긴나이가 가즈마사보다 더 침착하게 재촉했다.

"그럼, 내일 밤 오카자키를 떠날 사람과, 모레 주군을 따라갈 사람을 여기서 정해 주십시오."

이미 준비도 순서도 완전히 되어 있는 듯한 말투였다.

날이 새면 10월 12일—

아마노 마타자에몬이 오규를 향해 출발하자, 가즈마사의 행동을 의심하고 있던 감시꾼들의 눈초리가 모두 거기로 쏠렸다. 어젯밤 성안 가즈마사의 거실에 모였던 일이 벌써 누설되었기 때문이었다. 오규에서는 대리장수인 마쓰다이라 지카마사가 아마노 마타자에몬의 말을 듣자 칼집을 두드리며 격노했다.

"뭐, 대답하라고…… 넋 빠진 자식, 또 그런 소리를 하면 죽여 버릴 테다."

시뻘개져서 쫓아버렸으나 벌써 밤이 되었으므로 보고는 하지 않았다.

다음 13일은 주인 이에노리의 불사(佛事)가 있어, 14일에 이르러 지카마사는 말했다.

"이 같은 유혹을 받은 것은 나에게 부족함이 있기 때문이다."

그리고 외아들 신지로(新治郎)를 인질로 하여 가신들을 딸려 하마마쓰의 이에야스에게 보냈는데, 그때 벌써 가즈마사는 오카자키성을 떠난 뒤였다.

13일 저녁때였다. 성 안팎에 사는 무사들이 저마다 집에서 옷을 갈아입고 이제부터 편히 저녁상을 받으려 하고 있을 때 느닷없이 성안의 경종(警鐘) 소리가 요란스럽게 울리기 시작했다. 처음에 사람들은 화재를 떠올리고 저마다 문 밖으로 달려 나왔으나 불길은 아무 데도 보이지 않았다.

"무엇일까?"

"어쨌든 등성해 봐야겠군."

"예삿일이 아니야. 성지기의 저 허둥대는 종소리는."

맨 먼저 뛰어온 것은 스기우라 도키마사였는데, 그때는 벌써 미처 도망치지 못한 가즈마사의 잡병 몇 명을 해자 가까이에서 보았을 뿐 잠시 동안 무슨 일인지 알지 못했다.

"성지기, 어찌된 거야! 무슨 경종이지?"

"예, 이시카와 님이 무장을 갖추어 부하들을 이끌고 성을 나가셨으므로."

"뭐, 이시카와 님이……?"

당황해서 확인하는 동안 신시로 시치노스케가 달려와 우선 성문부터 닫게 했다.

가즈마사의 행동을 수상하게 여겨 세밀히 감시하면서도, 그들은 설마 가즈마사가 여느 때처럼 유유히 가족까지 데리고 돌아서리라고는 생각지 못했던 것이다.

사방으로 사자가 달려가고 차츰 성 아래거리가 동요하기 시작했다.

어떤 사람은 가까이에 히데요시 세력이 밀어닥쳤을 것이라 하고, 어떤 사람은 야하기강 동쪽으로 쳐들어온 잡병의 모습을 봤다고 말했다.

성안은 쥐 죽은 듯 잠잠하건만 성 아래 네거리에는 경호병이 서고, 거리 입구마다 말 탄 감시병이 졸개를 거느리고 경비를 굳히지 않으면 안 되었다. 오가 야시로의 경우와 달리, 어떻든 상대는 도쿠가와 집안 기둥이라 일컬어지는 이시카와 가즈마사이다. 너무 갑작스러운 일이라 추격할 겨를도 없고, 도리어 수세(守勢)에 서서 뜬소문들을 진압시키지 않으면 안 되게 되어버린 것이다…….

"조용히 하시오, 떠들지 말고."

30리나 떨어진 후카미조(深溝)에서 마쓰다이라 이에타다가 땀에 젖은 말을 채찍질해 달려왔을 때는 벌써 자정이 가까웠고, 이어서 마쓰다이라 시게카쓰도 부하를 이끌고 쫓아왔다. 성 아래거리가 잠잠해진 것은 14일 아침 8시 무렵 요시다에서 사카이 다다쓰구가 노발대발하여 도착한 뒤였다.

가즈마사가 탈출한 다음 미카와의 혼란도 격심했지만 가가미강(鏡川)을 건너 오와리에 들어서기까지 가즈마사의 심경 또한 단순하지 않았다. 만일 도중에 추격당해 목숨을 잃는 일이 생긴다면 지금까지 애써온 것이 수포로 돌아가 버릴 뿐 아니라, 지금은 도요토미라고 성을 고친 히데요시와 도쿠가와 집안 사이를 맺어주는 귀중한 화평의 끈이 끊어지고 만다.

'아마 나의 탈출을 알더라도 이에야스는 곧 뒤쫓게 하지 않을 것이다.'

그렇게 믿으면서도 만일에 대비하여 물샐틈없는 태세를 굳히고 있었다.

심복인 가신 중에서 나카지마 사쿠에몬, 반 산에몬, 아라카와 소자에몬 셋은 전날 밤 벌써 요네노로 먼저 보내 말 100필과 삿갓 100개를 가지고 국경까지 영접 나와 주도록 수배해 두었기 때문에 와타나베 긴나이, 사노 긴에몬, 혼다 시치베에, 무라코시 덴시치 등을 모두 무장시켜 가족과 함께 뒤쪽을 경계하도록 했다.

맨 앞에 맏아들 야스나가와 막내 한사부로를 세우고, 이어 여자들과 아이들이 따랐으며, 가즈마사 자신은 그 아녀자들과 후군 사이에서 앞뒤를 지켰다.

13일을 택한 것은 물론 밤길을 생각해 달돋이를 계산에 넣은 결정이었다. 그러나 가즈마사 혼자 말을 탔고, 다른 사람은 모두 걸어가게 했다.

여행에 필요한 말 100필은 현재 모든 경우에 대비하고 있는 도쿠가와 집안으로서는 귀중한 전력(戰力)이므로, 그것을 가즈마사가 그대로 끌고 가 축내버릴 수 없었다.

'말까지 오와리에 청한 그 마음을 완고한 자들이 알아줄 것인지……?'

아마 가즈마사가 떠나더라도, 일족인 이시카와 이에나리나 가즈마사의 조모 묘사이니에게 이에야스의 추궁은 없을 것이다. 그렇지만 미카와 안에서 잡힌다면 모반자로 형틀에 묶일 것은 정해진 이치였다. 그렇게 된다면 손자 가즈마사에게 어려서부터 불도를 설법한 조모의 슬픔은 상상하고도 남음이 있다.

"추격자가 있으면 사정 볼 것 없어. 칼을 뽑아 쫓아버려라. 그리고 큰소리치는 거야. 가가미강 건너편에 영접 나온 군사가 와 있다고."

그러면 사실을 확인하러 척후병이 국경으로 먼저 뛰어갈지도 모른다. 가보면 말 100필을 끌고 온 나카가와 산시로와, 선발로 떠난 나카지마 사쿠에몬 등이 있으므로 달빛 아래에서 넉넉히 수많은 군사로 보이리라는 계산이었다. 그러나 그 계략이 예정대로 되어 가면 갈수록 가즈마사는 방약무인한 태도로 주군을 배반하고 성을 탈출한 모반자, 미카와 무사로서는 용납할 수 없는 비열한 사나이라는 고약한 악담을 듣게 될 것이었다.

'가장 욕심 없는 자가 탐욕에 유혹당한 불의자(不義者)로 보인다……'

그래도 좋다! 라고 생각할 때마다 가즈마사의 망막 속에 이에야스의 얼굴이 명멸했다. 6살에 볼모로 끌려가던 때의 천진난만한 이에야스의 얼굴. 슨푸의 큰 방에서 후지산을 바라보며 유유히 오줌 누던 8살 때의 얼굴. 쓰키야마 마님과 결혼식을 올릴 때의 젊은 무사 모습에서, 덴가쿠 골짜기 싸움이 끝난 뒤의 얼굴…… 그리고 마지막으로 학고깃국을 먹으라고 말을 걸어주던 겨우 12일 전의 얼굴을 떠올리니 가즈마사는 숨이 콱 막힐 것만 같았다.

'나는 주군한테 너무 반해 있어……'

반하면 모든 이성을 초월하게 된다. 이에야스가 6살에 인질로 끌려갈 때 가즈마사는 10살이었다. 그로부터 38년 동안 첫째도 이에야스, 둘째도 이에야스로 살아와 가즈마사 자신의 생활은 전혀 없었다 해도 과언이 아니다. 더욱이 가즈마사는 그러한 헌신에 언제나 만족하고 있었다. 이상하다면 이보다 더 이상한 일은 없다. 이에야스가 웃으면 즐거웠고, 한탄하면 슬펐으며 사나워지면 함께 흥분하여 피가 끓었다. 그리고 지금도 그 감정에 조금도 다름이 없는 것 같았다. 불도의 '참(眞)'이라는 입장에 서서 천하의 화평을 위해 봉사한다…… 그런 표면상의 태도

이면에 이러한 염원이 아무 모순도 없이 몸에 배어버린 것이다.

'이에야스에게 천하를 잡게 하고 싶다!'

그리고 지금 온몸에 배어 있는 철석같은 긍지를 버리고, 배반자라는 이름을 얻어도 마음은 더욱 충족되어 있다.

'누구를 위해? 물론 이에야스를 위해서……'

자문자답하는 동안 우스워져 가즈마사는 혼자 웃었다.

"주군을 위하는 일이 어느새 나를 위하는 것과 같은 게 되었군…… 그렇지, 이시카와 가즈마사는 지금 스스로의 업을 위해 오카자키를 떠나는 것이다."

13일 달이 어느덧 머리 위에서 비추고 행렬 맨 앞에 선 야스나가의 외침 소리와 함께 걸음이 멈춰졌다. 쫓는 자가 없으므로 마음 놓고 있던 참에 앞쪽에서 누군가가 소리친 모양이다.

가즈마사는 고삐를 당기며 대열 앞으로 갔다.

"야스나가, 무슨 일이냐?"

"예, 지리유의 초소를 지키고 있는 감시병입니다."

"그래, 이름은?"

앞길을 막아선 말 위의 그림자가 창끝을 번뜩이며 큰 소리로 대답했다.

"노노야마 도고로(野野山藤五郎)."

"오, 노노야마인가, 수고한다. 이시카와 가즈마사다."

"그러므로 미심쩍어서 묻는 겁니다. 밤중에 성주 대리님은 어디로 가십니까."

그가 데리고 있는 게 하인 둘 뿐인 것을 가즈마사는 확인했다.

"도고로, 잠자코 보내서는 그대 체면이 안 서겠지. 여기서 싸우다 죽든가 아니면 급한 사태를 오카자키에 알리든가, 어느 쪽이든 그대 좋도록 하라."

"그러시면 혹시 소문과 다름없이……."

"핫핫핫…… 주군에게 정나미가 떨어져 탈출하는 거다. 덤비겠나?"

"주군에게 정나미가……?"

"그렇다, 맞아줄 군대가 국경까지 와 있다. 이런 경우의 처리는 내가 늘 일러두었을 텐데. 흥분하여 이성을 잃어 뒤에 웃음거리가 되지 마라."

상대는 말 위에서 신음했다.

"음."

"하하…… 아직 아무도 모르고 있다, 나의 탈출을. 싸우다 죽는 게 도리인가. 먼저 급한 사태를 알리는 게 선결문제인가."

"실례!"

틈을 주지 않고 상대는 창을 꼬나들고 말을 달렸다. 가즈마사는 가까스로 몸을 피하며 칼을 뽑았다.

"덤비지 마라! 덤비지 마라, 야스나가."

가즈마사는 억누르는 소리로 덤벼드는 아들을 말렸다.

"장하다. 한 번 찔렀지, 도고로."

"에잇, 배반자 놈!"

"못난 것! 두 번 찌르지 마라. 먼저 위급을 알려라, 오카자키에. 그렇지 않으면 그대는 우둔한 놈이라는 말을 듣는다."

그러나 그때 도고로는 다시 한번 말과 함께 가즈마사에게 부딪치듯 무서운 기세로 두 번째 창을 내질렀다.

쨍그랑 소리 내며 창은 허공으로 튕겨 올랐다.

"실례!"

그 순간 양쪽 말이 발버둥치는 틈을 타 도고로는 쏜살같이 동쪽으로 질주했다.

가즈마사는 칼집에 칼을 꽂으면서 뒤를 보고 소리쳤다.

"쫓지 마라. 길을 열어줘라. 가도록 해줘."

두 하인은 어느새 왼쪽 밭으로 도망쳐 덤불 속으로 모습을 감췄다.

"야스나가, 훌륭했지?"

"예."

"한 번 찌른 것으로 고집은 선다. 그런데 그 녀석은 두 번이나 찌르려고 덤비다가 달아났어. 그 기개가 있는 한 미카와 무사는 꿇리지 않는다."

그리고 가즈마사는 생각난 듯 웃으며 말머리를 고쳐 세웠다.

"하하하…… 이제는 그 미카와 무사의 적이 됐어. 칭찬만 하고 있을 수는 없지. 자, 가자."

행렬은 다시 야스나가를 선두로 걷기 시작했다. 발견한 자가 동쪽을 향해 달려가 버렸으니 다시 습격당할 걱정은 없다.

야스나가는 그 무렵부터 차츰 아버지의 마음을 알게 되었다.

"왜 베어버리지 않았어요, 형님?"

달라붙듯 자기 옆에 바싹 붙어 걸어가는 막내 한사부로가 숨을 헐떡이며 묻는 말에 그는 이렇게 되물었다.

"그걸 한사부로는 모르겠니?"

그런 다음 당황하여 말끝을 흐려버렸다.

"너무 세어서 못 베었던 거야. 아냐, 추격하여 시간 보내고 있을 여행이 못 되거든. 여자와 어린애도 많으니까."

"아까운 걸 놓쳤어요."

"응, 재빠른 놈이었어."

말하면서 아버지를 돌아보았다. 말 위의 아버지는 똑바로 달을 쳐다보며 조용히 안장에 흔들리고 있다. 미덥게 우뚝 솟은 콧마루만 하얗게 비칠 뿐 달처럼 무표정한 아버지 얼굴이었다.

'이렇게 고향을 버리고 떠난다…… 아버지는 역시 주군의 허락을 얻는 게 확실해.'

만약 그렇다면 그럴수록 섣불리 입 밖에 내서는 안 될 일이라고 야스나가는 다시금 느꼈다.

잠시 뒤 야스나가는 다시 아버지를 돌아보며 큰 소리로 말했다.

"아, 보입니다, 가가미강이."

말 위의 아버지가 자기보다 먼저 알고 있으리라고 생각하면서도 알리지 않을 수 없었던 것이다.

"아무 소리 말고 가거라. 강 건너에 마중 나온 등불이 잔뜩 보이는구나."

귀 기울이면 벌써 물 흐르는 소리까지 들릴 것 같은 거리였다.

희생의 바람

본진을 사카이로 옮겨 시고쿠 공략을 시작한 히데요시 쪽에서는 가즈마사의 오카자키 탈출이 그리 큰 문제로 보이지 않았으나, 도쿠가와의 가신들로서는 아닌 밤중에 홍두깨 격인 대사건이었다.

하마마쓰의 이에야스에게 이 소식이 알려진 것은 14일 날이 밝기 전, 요시다성의 사카이 다다쓰구로부터였다.

다다쓰구는 이에야스에게 급보를 전하고 곧 말을 오카자키로 몰아 마쓰다이라 이에타다와 함께 아침 8시에 벌써 성 밖에 도착했다. 그들은 어떻게 되나 하고 떠들어대는 백성들을 진정시켰다.

물론 다다쓰구도 이에타다도 이때는 아직 가즈마사가 무엇을 생각하고 있는지 알 리 없었다. 단순한 탈출인가. 그렇잖으면 그 이상으로 적을 유도해 들이려는 생각으로 한 짓인가……?

하마마쓰성에서 다다쓰구의 사자를 만난 혼다 마사노부는 얼굴빛이 달라져 이에야스의 침실로 들어갔다. 베갯머리로 가서 떨리는 목소리로 깨웠다.

"큰일 났습니다. 일어나십시오."

벌써 새벽 2시가 지났다. 매서운 추위가 희미한 등불 주위에 원을 그리고 희끄무레한 정적이 감돌았다.

"무슨 짓이냐, 소리도 없이 침실에 들어오다니!"

이에야스는 우선 마사노부를 꾸짖고 이불 위에 일어나 앉았다. 동침하고 있던 측실 오쓰마(於津摩)가 부끄러운 듯 매무새를 고치고 일어나 앉은 것도 야릇하게 으스스한 느낌이 들었다.

이에야스는 오쓰마가 고쳐 앉는 것을 본 다음 나직한 소리로 물었다.

"무엇이 큰일인가, 말해 봐."

"예, 밤중에 대단히 송구합니다만, 오카자키의 성주 대리 이시카와 가즈마사가 일족 낭당을 이끌고 탈출했다고 요시다의 다다쓰구 님에게서 파발마가……."

"뭐, 가즈마사가……?"

"예, 다다쓰구 님은 곧장 오카자키로 달려갔답니다. 소동이 벌어지면 큰일이니 대감께서도 곧 나오시도록 말씀드려 달라고 했습니다."

"허……!"

한순간 이에야스는 이상한 눈을 하고 마사노부를 바라보았다. 아마 이에야스로서도 뜻밖의 일이었을 것이다. 다시 한번 스스로에게 말하듯 중얼거렸다.

"그래? 가즈마사가…… 좋아, 그대는 작은 서원에서 기다려. 오쓰마, 갈아입을 옷을."

오쓰마는 덴쇼 11년(1583) 이후 이에야스에게 종사해 온 다케다 집안의 떠돌이 무사 아키야마 도라야스(秋山虎康)의 딸이었다.

"그럼, 서원에서 기다리고 있겠습니다."

마사노부가 물러가자 이에야스는 오쓰마를 돌아보며 흐흐흐 웃었다.

"마사노부 녀석, 제 딴에는 제법 똑똑한 척하면서 당황해 가지고…… 좋아, 아무도 깨우지 마라."

그렇게 말하고 옷을 갈아입더니 손수 칼을 들고 곧장 작은 서원으로 갔다. 작은 서원에는 벌써 시동과 동자들이 일어나 이에야스가 나오기를 기다리고 있었다.

"차를."

마사노부는 동자에게 이르고 말을 이었다.

"혼다 사쿠자에몬 님을 곧 부르시는 게 어떨지요?"

이에야스는 조용히 고개를 저으며 자리에 앉았다.

"날이 밝고 나서 불러도 되겠지."

"어쨌든 전혀 생각지 못했던 가즈마사 님 행동이군요."

"······."

"충성과 성실, 무쇠 같은 마음, 바위 같은 배짱은 미카와 무사 긍지······ 그것을 보기 좋게 배반하다니 몇 대에 걸친 은혜를 어떻게 여겼는지."

"······."

"이렇게 되고 보니 역시 고마키 이래의 풍설이 사실이며, 그 무렵부터 히데요시에게 내통하고 있었던 게 틀림없다!······고 스스로 자백한 거나 다름없습니다."

"마사노부."

"예."

"오카자키성을 당장에 개축해야겠구먼."

"예······?"

"성 내부를 가즈마사는 너무나 잘 알고 있다."

"그······그렇지요."

"그리고 니시오성에서 바다 쪽 방비도 바꾸어야겠어."

"정말 얄미운 가즈마사 님 소행이군요."

이에야스는 그 말에는 대답하려 하지 않았다.

"히데요시가 물어본다면 거짓말할 수도 없겠지."

"예? 뭐라고 하셨습니까?"

"가즈마사 말이야, 히데요시가 물으면 거짓말을 못하겠지. 그러니 방비를 바꾸어야만 한다."

"지당한 말씀입니다."

"마사노부."

"예."

"날이 밝으면 고슈의 도리이 모토타다와 나리세 마사카즈에게 사자를 보내 곧 나오도록 해다오."

"저, 도리이 님과 나리세 님에게······?"

그때 도리이는 고슈의 군수 대리였고 나리세는 행정관이었다.

"그럼, 고슈에서까지 군대를 되돌리지 않으면 수습이 안 된다······고 주군은 생각하고 계신가요?"

이에야스는 갑자기 미간을 모으며 쓰게 웃었다.

"마사노부."

"무슨 다른 생각이……."

"그대는 역시 군사 문제에 우둔하군."

"그……그럴까요."

"내가 도라이와 나리세를 부르는 것은 군대를 끌고 오라는 게 아니야. 그들에게 미리 신겐 님의 국법과 군대 배치에서 무기, 전략 등 모든 것을 자세히 조사해 놓도록 명령해 두었다. 그것을 가져오라는 뜻이야."

"……."

"알겠지, 가즈마사는 히데요시가 물으면 거짓말을 못할 사람이다. 그러니 여기서 도쿠가와 집안의 진법도 단번에 바꿔놓지 않으면 속을 빤히 들여다보이게 되어버리는 거야."

그 말을 듣고 마사노부는 갑자기 그 자리에 꿇어 엎드렸다. 뜻밖에 벌어진 가즈마사의 탈출로 마사노부가 걱정하는 것은 오늘 내일의 소란이고, 이에야스가 우려하는 것은 그보다 더 앞날의 일이었다.

"그럼, 주군께서는 벌써…… 가즈마사 님의 배반을 내다보고 계셨군요."

이에야스는 슬그머니 외면했다. 이에야스는 말했다.

"차를……."

동자가 차를 날라 오자 이에야스는 그것을 천천히 마셨다. 아직 날은 밝지 않았고 솥에서 나는 물 끓는 소리와 긴장한 시동들의 숨소리가 차츰 방 안을 포근하게 했다.

"주군 눈에도 역시 가즈마사 님 거동이 수상하게 보였던가요?"

이에야스는 거기에 대해서도 역시 대답하지 않았다. 수상하게 보였다고도 그렇지 않다고도 할 수 없다. 그러나 급한 대로 왠지 가즈마사의 탈출을 기다리고 있었던 것 같기도 했다.

"여기서 대담하게 히데요시의 측근에 뛰어들어 그쪽 내부에서 움직여줄 사람이 있다면……."

그러나 완고한 의리를 존중하며 그럼으로써 미카와 무사라는 이름을 얻어온 그의 가신들한테서는 바랄만 한 일이 못되었다. 어디까지나 소박하고 고지식하게 굳건한 단결로 밀고 나가려는 가풍이, 작은 꾀를 부린다는 인상 때문에 무너져버린다면 그야말로 처마 아래 조망을 바라보려고 기둥을 뽑는 어리석음이나 다름없다. 그러므로 가즈마사 앞에서 문득 그런 눈치를 보이려다가 당황해 자중한 적도 한두 번이 아니었다.

"아무튼 날이 새면 움직여야 합니다. 가신들 가운데 가즈마사 님과 같은 생각을 가진 자도 반드시 있을 터이니 은밀히 지시해 주셨으면 합니다."

"음, 또 다른 큰일을 생각지 못한 게 있나?"

"황송하오나, 가즈마사 님 일족에 대한 처리는?"

"이에나리와 늙은 여승 말이지?"

"예, 이것은 어떻든 모반입니다. 모반죄는 구족(九族)에 미친다고 합니다."

"하하…… 이에나리나 늙은 여승이 가즈마사의 탈출을 어찌 알았겠나. 사람 하나를 잃고 혼란을 일으킨다면 웃음거리가 돼."

"그럼, 일족에게는 상관없이……."

"죄 없는 사람을 벌한다면 가신들 결속이 되지 않아."

"그럼, 오카자키성 성주 대리는?"

"그것은 노신들과 상의한 다음의 일이야. 그대에게도 생각이 있을 터이니 그때 말하도록 해."

"주군!"

"뭐냐, 새삼스레."

"사람들을 좀 물리쳐주십시오."

"허, 또 중요한 걸 말하지 않은 게 있었나. 좋아, 모두들 좀 나가 있거라."

그 소리에 시동과 동자들은 등잔의 심지를 자르고 옆방으로 물러갔다. 차츰 창밖이 밝아오고 호수에서는 바람이 일고 있는 모양이었다.

"주군! 저에게는 납득되지 않는 게 있습니다."

"음."

"주군은 가즈마사 님 탈출에 그리 놀라지 않고 계십니다. 아니, 놀라시지 않는 것은 침착하신 성품 때문이신 줄 알고 있으나 조금도 미워하시는 기색이 보이지 않습니다. 이건 대체 어찌된 일이신지."

"그래? 미워하지 않는 것처럼 보이나?"

"예, 황송하오나 가즈마사 님은 주군의 비밀지령이라도……."

마사노부가 거기까지 말하자 이에야스는 예리한 눈을 하며 무릎을 쳤다.

"쉿! 함부로 말하지 마라, 마사노부. 내가 그렇듯 작은 꾀를 부릴 사나이로 보이나, 그대 눈에는!"

이에야스에게 꾸중 듣고도 마사노부는 여전히 깜박임을 잊은 듯 상대에게서 눈을 떼지 않았다.

'이에야스는 확실히 가즈마사를 미워하지 않는다……'

만약 가즈마사가 이에야스의 비밀지령을 받고 탈출한 것이라면 그도 충분히 알아두어야만 할 일이었다.

"마사노부, 그대는 의심하는 모양이군."

"예……예."

"그렇다면 들려주겠는데, 그런 하찮은 술책은 이 이에야스가 취할 바 아니다. 또 히데요시가 그런 걸 눈치채지 못할 위인도 아니지. 그러나……"

"그러나……"

마사노부는 앵무새처럼 대답하고 다시 몸을 앞으로 구부려 조용히 귀를 가까이 댔다.

"그러나 가즈마사가 나를 증오하고 원망하여 뛰쳐나갔다고는 생각되지 않아. 어쩌면 가즈마사의 가슴에는 그대가 의심하는 것 같은 어떤 꿈이 있어서인지도 모른다고, 나도 갈피를 못잡고 있다만……"

이에야스는 거기까지 말하고 잠시 말을 끊었다가 다시 이었다.

"내가 가즈마사의 배반을 미워하지 않는다고 보여서는 가신들 결속을 바라기 어렵다. 그 점은 충분히 주의하마."

마사노부는 비로소 시선을 돌려 어깨로 숨을 몰아쉬었다.

"이유는 어떻든 역시 배반은 배반이니……"

"그렇지, 가즈마사 놈이 그 점을 충분히 예측했기에 처자까지 데리고 갔겠지. 좋아, 날이 샐 때까지 기다릴 수 없다. 곧 사쿠자를 불러라. 사쿠자를 불러 아무튼 국경까지 추격시키지 않으면 안 되겠다."

"그렇습니다, 비록 주군의 비밀 지령을 받았다 하더라도……"

마사노부가 거기까지 말했을 때 복도에서 거칠게 발소리가 나며 사쿠자에몬의 목소리가 들렸다.

"주군! 주군! 주군! 가즈마사 놈이 방약무인하게 처자까지 데리고 보란 듯 오카자키를 뛰쳐나간 모양입니다."

"오, 사쿠자인가. 지금 맞으러 보내려던 참이다."

이에야스가 소리쳤을 때 사쿠자는 벌써 마사노부 옆에 앉아 거칠게 숨을 몰아쉬고 있었다.

"주군이 너무 관대해서 그렇습니다. 내가 가즈마사 놈의 거동이 수상하다고 그토록 말씀드려도 믿지 않으셨지요. 믿는 도끼에 발등 찍혔으니…… 주군은 대체어, 어떻게 하실 셈이오."

그 분노가 너무나 절실했으므로 마사노부는 눈을 깜빡거리며 사쿠자와 이에야스를 번갈아보았다.

이에야스는 씁쓸한 얼굴을 하고 눈을 돌렸다.

"소리가 크구나, 사쿠자."

"그렇소, 그렇듯 관대하셔서야 가신들 단속을 어떻게 하겠습니까. 오카자키에는 다다쓰구 님과 이에타다 님이 달려갔다고 하므로, 가즈마사를 붙잡아 갈가리 찢어놓으라고 주군의 지시를 기다리지 않고 먼저 사자를 보냈습니다. 아, 그리고 마사노부. 그대는 자리를 좀 비키게. 나는 주군과 따져야 할 일이 있어. 주군!"

사쿠자는 희끗희끗한 머리를 흔들며 대들 듯 이에야스에게로 돌아앉았다.

사쿠자의 태도가 너무나 사나워 마사노부는 깜짝 놀라 옆방으로 물러갔다.

'이건 허튼 소리가 아니다……'

만약 이에야스의 은밀한 승낙이 있었다면 사쿠자가 이렇듯 격노할 리 없다……고 마사노부의 의심은 풀린 것 같았다.

마사노부가 나가자 사쿠자는 또 꾸짖는 듯한 소리로 부르며 한무릎 다가앉았다.

"주군! 뒷일의 지시는…… 아니, 지시만으로는 안 됩니다. 배짱은 분명히 정하셨겠지요."

따지듯 말하는 사쿠자의 눈에서 무엇인가 알아내려고 이에야스는 말없이 지켜보았다.

"첫째는 니시오의 해상 방위, 둘째는 오카자키성의 구조 변경, 셋째는 진법 개혁……"

사쿠자가 세어나가는 것을 이에야스는 긍정도 부정도 하지 않고 보고 있다. 어느덧 장지문이 훤해지고 작은 새소리가 뜨락 여기저기서 들려왔다. 추위는 더욱 쌀쌀하게 몸에 스며드는 것 같았다.

"이 셋째까지는 누구나 생각할 수 있는 일이니 새삼스레 말씀드리지 않아도 알고 계시겠지요. 그러나 넷째, 다섯째의 복안을 결정지으셨는지 사쿠자는 그것이 알고 싶습니다."

"사쿠자, 그대가 말하는 넷째란?"

"가즈마사 놈을 히데요시에게 빼앗겼으니, 그는 주군의 뱃속을 속속들이 다 알게 되었습니다. 히데요시가 그것을 묻지 않고 가만히 둘 인물이 아니지요. 다 일러줘도 좋다는 각오와 복안과 대책의 세 가지가 갖추어지지 않으면 안 됩니다."

"그러니 그대 생각을 말해 보라는 게 아닌가."

"주군은 또 능청스럽게!"

사쿠자는 혀를 차더니 갑자기 쏘는 듯한 눈길이 되었다.

"주군······."

"······."

"넷째는, 위신을 버리고 오다와라의 호조 부자와 곧 손잡아야 합니다."

"다섯째는?"

"뻔한 일이지요. 오다와라의 호조 집안과 물샐틈없는 관계처럼 보이게 굳혀놓고, 히데요시 쪽의 혼담을 승낙하시는 겁니다."

사쿠자의 입에서 비로소 그 말이 나왔으므로 이에야스는 깜짝 놀라 되물었다.

"뭐, 혼담?"

그러나 그때 벌써 사쿠자는 이에야스의 시선을 피하여 이상하게 기죽은 듯 어깨를 떨구고 있었다. 생각 탓일까, 지금까지 대들 듯 번들거리던 그의 눈이 왠지 가엾게 젖어 보인다. 이에야스는 뜨끔하게 가슴이 찔렸다.

"사쿠자!"

"왜 그러십니까?"

"그대는······ 그대는······ 가즈마사와 의논했구나."

이번에는 사쿠자의 몸이 꿈틀 하고 크게 물결쳤다.

"그렇지. 가즈마사는 그대에게 뭔가 말하고 갔겠지?"

"……"

"나는 아까도 마사노부에게 야단맞았다. 그러나 아무래도 가즈마사를 미워할 수 없구나. 가즈마사 놈, 지금쯤 어디선가 눈물을 뚝뚝 흘리며 걷고 있겠지……하는 생각이 들어 못 견디겠어."

그러나 사쿠자는 입을 구부려 다물고 돌처럼 아무 말이 없었다.

이에야스는 몸을 내밀 듯하며 다시 한번 말을 건넸다.

"사쿠자, 왜 잠자코 있는 거냐. 이 방에는 그대와 나뿐 아닌가."

사쿠자는 우는 것도 같고 비웃는 것 같기도 한 소리로 웃었다.

"흥. 그럼, 주군은 이 사쿠자가 가즈마사와 의논해 소중한 가풍을 무너뜨릴 잔꾀를 부릴……그런 사나이로 알고 계셨습니까?"

"그렇지는 않아. 가즈마사가 혹시 속셈을 털어놓는다면 그대밖에 없으리라고 생각한 거지."

"주군은 못난이오!"

"그럴까."

"큰 바보요! 미카와 무사의 특질은 검소하고 강건하며 표리 없는 굳은 의리에 있지요."

"음."

"재기발랄한 작은 재주꾼이란 때로 어디에나 있는 겁니다. 그러나 표리 없는 의리로만 통하는 가풍이 3년이나 5년으로 이루어진다고 생각하십니까? 나는 주군의 지금 말씀에 실망했소……."

이에야스는 다시 눈을 똑바로 뜨고 사쿠자를 지켜보기 시작했다. 가즈마사를 위해 울어주고 싶은 이에야스의 감정에 이 고약한 친구는 입을 모아 욕을 퍼붓는 것이다…….

"그렇다면 가즈마사가 비록 어떤 뜻을 안고 떠나갔다 하더라도 면목이 서지 못할 겁니다. 그런 얕은 마음으로 보인다면."

"……"

"가즈마사가 비록 저에게 속을 털어놓았다 하더라도 그런 것을 입 밖에 낸다든가 거기에 찬성하는 사쿠자……라고 여겨진다는 게 어처구니없습니다. 주군은 주군의 가장 소중한 보물을 잊고 계십니다. 주군의 보물은 미카와 무사의 기질입니다. 촌스럽지만 의리 깊은 가풍이지요! 이것을 잊고 소중한 가풍을 무너뜨릴 잔꾀에 무엇 때문에 가담하겠습니까? 나는……나는……진정으로 가즈마사를 미워할 것입니다."

이에야스는 다시 뜨끔하게 가슴이 찔리는 듯한 심정으로 눈을 번뜩였다. 주름투성이 사쿠자의 눈에서 주르르 한 줄기 눈물이 줄을 긋고 있다.

'그렇군, 사쿠자 녀석, 알고는 있으나 미워한다는 말이구나…….'

가풍.

표리 없는 가풍.

어느덧 주위는 밝아지고 다 타버린 촛대의 불이 푸지직 소리 내며 꺼져갔다.

"그래……내가 큰 바보였던가."

"주군! 말이 지나쳤다면 용서하십시오."

"그런지도 모르지. 그렇다면 그대도, 그리고 가즈마사도 가엾지 않나?"

"아닙니다, 가즈마사는 밉습니다! 미운 놈입니다."

"사쿠자."

"예."

"각오는 정했다. 나는 오늘 오카자키에 가지 않겠어."

"오카자키로 가지 않으시면 어떻게 하시렵니까?"

"오다와라에 사자를 보내자. 그게 먼저 할 일이야."

"과연 넷째번 과제가 맨 먼저라."

"그리고 오카자키에는 내일 떠나고, 니시오 방비부터 한 다음 오카자키의 내부 개조에 착수해야겠어. 진법 변경 문제는 수배를 끝냈지."

"그럼, 그다음은?"

"나도 정실을 맞도록 하겠다. 그게 좋을 것 같아. 좋아, 마사노부를 불러 아침식사를 준비시키도록 하자. 그대도 함께 들고 가게."

이에야스는 크게 손뼉 쳤다.

사쿠자에몬은 아침상을 받고도 여전히 무언가 불만스러운 듯 이에야스에게 돌리는 시선에 쌀쌀한 가시가 느껴졌다.

이에야스는 그것이 어처구니없었다.

'아직 무언가 말하고 싶은 게 있구나, 사쿠자는…….'

그러나 일부러 그것을 입 밖에 내지 않고 묵묵히 아침식사를 들었다.

사쿠자도 식사가 끝날 때까지 가끔 사나운 눈초리를 돌릴 뿐 아무 말도 하지 않았다.

식사가 끝난 다음 시종이 상을 물려갔다.

"사쿠자, 그대는 나 대신 곧 오카자키로 가다오."

사쿠자는 그 말에는 대답하지 않고 입을 열었다.

"주군은 오다와라 일을 먼저 해야겠다고 말씀하셨지요."

"그래서 그대에게 오카자키로 가라는 거야."

"오다와라의 호조 부자를 만나는 데도 방식이 있습니다."

"알고 있어. 위신을 생각하지 말고 그에게 머리 숙이라는 거지. 염려 마라, 나는 기세강을 건너 미시마까지 갈 작정이다. 그러면 호조 부자는 내가 굽힌 줄 알고 마음 놓을 거야."

사쿠자는 그 말을 듣자 더욱 험상스러운 눈초리로 들으라는 듯 혀를 찼다.

"주군!"

"또 불평인가. 그 눈초리는 뭐야?"

"주군은 정말 한심스러운 분이군요……."

사쿠자는 다시 그 눈에 눈물을 글썽이며 한숨지었다.

"할 수 없군요. 사쿠자는 하지 말아야 할 말씀을 드리겠습니다."

"오, 하고 싶은 말이 있으면 해봐. 그러나 말이 지나치면 용서 않겠다."

사쿠자에몬은 목소리를 낮추었다.

"만일 탈출한 가즈마사에게 그런 뜻이 있었다면 어떻게 하시겠습니까…… 도쿠가와 집안의 보배는 오직 의리 굳은 강직함. 그러나 지금은 그것만으로 끝나는 게 아닙니다. 상대가 히데요시라는 고약한 인물이니 이쪽에서도 어쩔 수 없이 책략을 꾸며야 할 때…… 다만 그것을 겉으로부터 가신들에게 도모하다가는 그런 정직하지 못한 세계도 있었던가 하고 고지식한 가신들이 깜짝 놀랄 것이며, 나아가 그것이 한결같이 강직한 가풍을 무너뜨리는 근본이 된다……고 생각하여, 아무와도 책략을 도모하지 말고 나 혼자 희생이 되자…… 이것은 어디까지나 예로 든 말이지만, 만일 그런 마음으로 가즈마사가 뛰쳐나갔다면 어떻게 하시겠습니까? 주군은 기세강을 건너가 호조 부자에게 꼴사납게 머리 숙여 도쿠가와 님은 너구리다, 자기에게 유리할 때는 어떤 바보 같은 얼굴을 하고라도 머리 숙인다, 못 믿을 사람, 표리 있는 사람……이라고 소문나더라도 후회하지 않으시겠습니까? 아니, 그런 데까지 생각하신 결심이신지 그걸 아뢰고 싶습니다."

이에야스는 물끄러미 사쿠자를 쳐다본 채 저도 모르게 자세를 바로하고 있었다.

'이제 알았다!'

사쿠자가 무엇을 생각하고 있으며…… 가즈마사가 어떤 이야기를 전에 사쿠자에게 했었는지를.

"사쿠자."

"예."

"알고 있어."

"알고 계십니까?"

"알고 있기 때문에 이에야스는 어쩔 수 없이 일생에 단 한 번 불신을 저지르는 거다. 용서해라."

"그럼, 알고 계시면서 호조 부자에게 불신을 저지르신다는 말씀입니까."

이번에는 사쿠자의 눈이 놀라는 빛으로 바뀌었다.

"물론 알고서 하는 일이지. 내가 기세강을 건너가면 호조 부자는 이에야스가 마침내 그들에게 굴복했다고 어린애처럼 기뻐하겠지. 그 부자는 그 정도로 순진해. 그러나 히데요시는 아직 그걸 알지 못할 거야. 온 일본을 꽉 틀어쥐고 있는 명문의 기초란 일본 굴지의 견고함이라고 역시 믿고 있지. 그러므로 여기서 이에야스가 나서지 않으면 안 되는 거야……."

거기까지 말하고 이에야스 역시 깊은 암시를 말 속에 풍겼다.

"만일…… 가즈마사가 그대 말처럼 충신이었다고 치고, 그러한 가신의 마음에 보답하기 위해서라도 나는 그저 앉아서 보고만 있을 수는 없겠지. 여기서 할 수 있는 데까지의 일을 해야만 돼."

사쿠자에몬의 머리가 차츰 숙여지는 듯 싶더니 살며시 오른손으로 눈두덩을 눌렀다. 아마 이때 가즈마사의 얼굴이 그의 눈앞에 아른거려 견딜 수 없었던 것이리라.

"주군, 그 이야기는 이제 그만두기로 합시다."

"알겠나, 사쿠자도."

"마음이 우울해지는군요. 주군은 역시 천하를 위해 참으며 머리 숙이는 것입니다. 가신 따위를 위한 게 아닙니다!"

"물론 뜻은 한 가지 아닌가."

"주군이 거기까지 생각하고 계신다면 저에게 무슨 불만이 있겠습니까. 주군이 참으신 만큼 저도 또한 내부의 단결을 굳히기 위해 힘을 다할 따름입니다. 그럼, 주군! 저는 곧 오카자키로 떠나겠습니다."

"그렇게 해다오."

"그리고 오카자키 놈들을 모조리 혼내겠습니다. 내통자의 탈출도 모르고 있었다니 웬 말이냐고. 네놈들 눈이 보이지 않았던 건 정신이 해이해진 탓이라고 꾸짖어놓겠습니다."

사쿠자는 꾸벅 머리 숙이고 그대로 자리에서 일어섰다. 눈시울에는 아직 북받쳐 오른 눈물자국이 남아 있었다. 이에야스의 말로 다시 연상되어 오는 가즈마사의 환상은 지우려 하면 할수록 도리어 뚜렷하게 나타난다……

'가즈마사…… 귀하는 행복한가. 아니면 불행한 제비를 뽑은 것인가……?'

이에야스는 가즈마사의 심정을 짐작하고 있다. 그런 뜻으로는 매우 행복한 사람으로 생각되었지만, 그것은 어디까지나 이에야스 한 사람에 한한 일이고 가신들에게 영원히 배반자로 경멸받으리라……는 점에서는 역시 불행한 희생자에 틀림없었다.

'용서하라, 가즈마사! 나는 이제부터 일일이 귀하의 이름을 들어 욕할 것이다. 귀하의 훌륭함이 범속함을 넘어섰기 때문에 초래한 불행이야. 그 대신 나도…… 이 사쿠자도…… 언젠가 말한 대로 세속적인 영달 밖에 서겠어. 행복 같은 걸 어찌 바라겠나. 나도 사나이인데 결코 귀하에게 지지 않겠어……'

큰 현관을 나서자 사쿠자는 하인이 내놓는 짚신을 바삐 발에 걸치고 곧장 아침햇살을 받으면서 자기 집으로 걸음을 재촉했다.

우거진 나무 사이를 오가며 지저귀는 새소리가 아직 요란스러웠다.

산다화(山茶花)

　가즈마사의 탈출이 사카이에 있는 히데요시에게 알려진 것은 11월 16일.

　이어서 가즈마사와 담합하여 신슈 마쓰모토(松本)의 오가사와라 사다요시도 히데요시에게 투항했다는 통지가 있었다. 사다요시의 아들 고와카마루(幸若丸)가 오카자키에 인질로 와 있던 것을 가즈마사가 선물로 데려갔기 때문이었다.

　"간파쿠가 되고 나니 효력이 있군. 이제부터는 잇따라 투항해 오는 자들뿐이야……"

　히데요시는 근위무사들에게 아무렇지도 않은 듯 웃어 보이고 얼마 동안 잊어 버린 태도를 꾸몄지만 마음속으로는 몹시 편치 않았다.

　가즈마사의 탈출은 히데요시에게 있어 여러 가지 의미를 갖는다. 가즈마사가 정말로 이에야스에게 정이 떨어져 신변의 위험을 피하지 않으면 안 되게 되었다면 심상치 않은 큰일이었다. 그것은 이에야스가 히데요시에게 싸움을 벌일 결심을 한 것을 뜻하기 때문이다.

　만일 그렇지 않고 이제 도쿠가와 집안에 있기 거북하게 되었다는 이유뿐이라면 그것은 이중 삼중으로 안심하지 못할 일, 그런 점에서 미욱하게 상대의 첩자를 포섭해 들일 히데요시는 아니었다.

　셋째는 가즈마사가 자기 집의 번영을 바라는 마음에서 욕심 부린 경우였다. 이 경우라면 그리 염려할 것 없고 또 기꺼이 중용할 필요도 없다. 도쿠가와 집안에 있을 때보다 얼마쯤 더 녹을 주고 끌어들여 둘이 가진 날개의 크기를 비교해 볼 수 있게 할 정도로 충분한 것이다.

히데요시는 이 세 가지 가운데 어떤 경우인지 서둘러 알아내기 위해 오다 우라쿠에게 명하여 가즈마사가 오사카에 도착하면 적당히 환대하면서 속셈을 알아보도록 했다.

그런데 얼마 뒤 우라쿠에게서 사카이로 전해진 회답에 의하면 그 어느 것에도 해당되지 않는다고 했다. 가즈마사는 천하를 위해 히데요시에게 직접 진언하고 싶은 것이 있어서 교토를 거쳐 오사카성을 찾아왔지만 히데요시에게 종사할 생각은 추호도 없는 듯하다는 것이었다.

히데요시는 입을 크게 벌리고 웃었다.

"바보 같은 우라쿠가 가즈마사에게 속아 넘어갔군."

그러고 보면 가즈마사는 우라쿠가 다룰 수 있는 인물이 아닌지도 모른다. 우라쿠보다 가즈마사가 얼마쯤 앞서는 인물인 것이다.

"이 간파쿠가 잘못이지. 그 둘 가운데 어느 쪽에 녹을 더 줄 거냐고 묻는다면 역시 가즈마사에게 더 주고 싶으니 말이야."

히데요시는 23일, 궁성에 보낼 진상물 때문에 오사카성으로 온 길에 가즈마사를 만나보기로 했다. 우라쿠에게 깨끗이 거절한 가즈마사가 자기를 보면 무엇이라고 할지 히데요시에게도 흥미 있는 문제였다.

"나는 사카이에서 제법 재주깨나 있다는 사람들을 만나고 왔어. 가즈마사란 작자는 어느 정도일까. 칼집장이 소로리 신자에몬과 꾀를 겨루게 해볼까."

이시다 미쓰나리에게 이런 농담을 하면서, 처음에는 그가 자랑으로 여기는 접견실에서 양쪽에 죽 가신들을 세워놓고 면회했다.

물론 이런 자리에서 가즈마사가 아무 말도 하지 않을 것은 너무나 잘 알고 있었다. 다만 새로 간파쿠가 된 위엄을 자랑하고 떠돌이가 된 가즈마사의 얼굴빛을 보는 것만으로도 큰 즐거움이었다. 만나는 동안 가즈마사는 단정한 태도로 인사하면서 그리 동요하는 빛을 보이지 않고 흥분한 데도 없었다.

자못 냉정한 태도로 슬며시 장난기가 일어 히데요시는 놀리기 시작했다.

"그대는 이에야스에게 정이 떨어져서 왔다지?"

가즈마사는 여러 영주들이 늘어앉은 가운데에서 단호하게 말했다.

"정이 떨어져서는 아닙니다. 사람은 누구나 그 나름의 식견이며 살아가는 방식이 있을 것입니다. 도쿠가와 집안에서는 이 가즈마사의 뜻을 펴나갈 수 없다고 생각되어 미련을 남긴 채 떠나왔을 뿐입니다."

둘러앉은 무장들은 가즈마사에게로 일제히 시선을 돌렸다. 소문처럼 이에야스를 배반하고 온 것이라면 어느 정도 욕설은 당연히 들으리라 예기하고 있었던 모양이다.

"허, 그러면 그대는 아직 이에야스의 훌륭함을 인정하고 있다는 말이군?"

가즈마사는 대답했다.

"물론 그렇지요. 이에야스는 간파쿠 전하보다 그리 떨어지지 않는 인물이라고 생각하나, 사람에게는 행운과 불운이 있습니다."

히데요시가 뜨끔하여 얼굴빛을 바꾸었다.

"뭐, 행운과 불운이라고?"

"예, 이에야스는 불운하게도 용맹무쌍한 무사를 많이 거느리긴 했으나 천하를 내다보는 가신을 갖지 못하고 있습니다. 그래서 큰일이 빗나가는 것을 차마 볼 수 없어 가즈마사는 일족의 수난을 각오하고 이렇게 떠나온 겁니다."

그 말을 듣자 한 번 변했던 히데요시의 얼굴이 복잡한 빛을 띠며 다시 부드러워졌다.

"그렇군, 그런 의견이었던가…… 자세한 것은 내 거실에서 듣기로 하지. 좋아, 가즈마사에게 잔을 들게 하라."

그리고 술자리가 끝나자 곧바로 미쓰나리를 시켜 천수각 2층에 있는 거실로 불러들였다.

여기서도 가즈마사는 히데요시가 초조해질 정도로 너무나 침착했다. 꽃이 없는 계절이므로 일부러 문 앞에 들여놓게 한 화분의 산다화(山茶花)를 천천히 바라보았다.

"겨울에 피는 진기한 꽃도 다 있군요. 동백 같으면서 동백도 아니고…… 이건 무슨 꽃입니까?"

가즈마사가 히데요시에게 묻자 히데요시는 대답하기 전에 사람들을 모두 내보냈다.

"가즈마사, 그대는 정말 이 꽃을 모르나?"

"예, 모르겠습니다. 그런데 동백을 꼭 닮았군요. 그러나 동백보다 꽃도 잎도 한

결 작아 갑자기 머리에 떠오르는 게 있습니다."

"뭔가, 이 꽃을 보고 생각한 것이……?"

"예, 동백을 간파쿠에 비한다면 이에야스는 이 꽃 정도일까요, 쏙 빼닮았으면서 좀 작군요. 이에야스를 위해 애석하게 생각됩니다."

히데요시는 남쪽에서 비쳐드는 햇살에 노골적으로 얼굴을 찌푸리며 햇빛 속을 돌아 윗자리로 가 앉았다.

"가즈마사, 그것은 그대의 아첨인가?"

가즈마사는 대답하지 않고 말없이 주머니에서 도쿠가와 집안의 진법과 군비에 대해 적은 것을 꺼냈다.

"아첨인지 아닌지 이걸 보시면 아실 겁니다. 이에야스는 역시 이 꽃…… 그러나 모르는 자는 동백꽃으로 잘못 볼지도 모르겠습니다만……."

진지한 표정으로 태도는 어디까지나 공손했다. 히데요시는 말없이 가즈마사의 손에서 서류를 받아 그대로 옆에 놓았다. 동백꽃과 산다화…… 그것은 이에야스가 다른 사람 눈에는 히데요시와 어깨를 견줄 만한 큰 인물로도 보일 터이니 그에 대한 대비가 되어 있느냐는 비꼬는 말로 들렸기 때문이었다.

"가즈마사."

"예."

"그대는 우라쿠에게, 나에게 종사할 생각은 없다고 했다던데?"

"예, 그렇게 말했습니다."

"그것은 그대 자신을 비싸게 팔기 위해서인가, 아니면 이제 봉공하는 게 싫어졌다는 뜻인가."

"황송하오나 그 어느 쪽도 아닙니다."

"뭐, 그 어느 쪽도 아니라고……?"

"예, 저는 간파쿠 전하에게, 그리고 이에야스에게 약속드린 일이 있습니다. 미력하나마 가즈마사가 도쿠가와 집안에 있는 한 전하 집안과의 교섭을 통해 싸움을 벌이지 않도록 하겠다……고. 그런데 이번에 전하께서는 중신을 인질로 보내라는 엄명이신데 이에야스는 못따르겠다고 합니다. 이에야스가 따를 수 없는 엄명을 내리시게 한 것은 가즈마사의 태만, 그리고 노신들을 설복하지 못해 인질을 보내도록 역할을 해내지 못한 것도 가즈마사의 미숙함이니 양편에 사과드리는 게 먼저 해야 될 일입니다."

"음, 그러면 이에야스가 따를 수 없는 무리한 명령을 내가 내렸으니 그것이 좋지 않았다는 말인가?"

"아닙니다. 명령 내리실 때는 그만한 이유가 있으셨을 겁니다. 천하 평정을 위해 어쩔 수 없으셨으리라고 알면서도 이 가즈마사에게는 노신들을 설복시킬 능력이 없었습니다. 그것을 부끄럽게 여긴 탈출이기 때문에 함부로 종사하겠다는 말씀을 드릴 수 없습니다."

히데요시는 무엇을 생각했는지 양지쪽의 산다화로 시선을 옮기며 흐흐 웃었다. 가즈마사의 말이 무엇을 의미하고 무엇을 바라는지 짐작할 수 있었기 때문임에 틀림없다.

"가즈마사, 그대는 짧은 동안에 부쩍 장부의 틀이 잡혔군."

"부끄럽습니다. 전하의 집안을 몇 차례 오가는 사이 세상일에 좀 눈뜨게 되어…… 괴로운 존재가 되었습니다."

"그렇군, 알겠어. 결국 이 히데요시에게 종사하느냐 않느냐는 것은 조건 여하게 따른다는 것이겠지."

"그렇습니다. 그렇지 않으면 가즈마사는 욕심에 못 이겨 주인을 배반한, 괄시받아 마땅할 바보 소리를 영원히 듣게 될 것입니다."

"좋아. 그럼, 그 조건을 말해 봐."

"죄송하오나 전하 쪽에 도쿠가와 집안 내부 사정을 이 가즈마사보다 더 잘 아는 사람은 없을 것입니다."

"그건 당연한 일이지."

"그렇다면 도쿠가와 집안에의 대책은 이 가즈마사에게 맡겨주십시오. 그러면 뼈가 닳도록 힘을 다하겠습니다만……."

"그렇잖으면 평생 떠돌이로 지낼 텐가?"

이번에는 가즈마사가 부드럽게 미소 지었다.

"글쎄, 그건 모르겠습니다. 어쩌면 가즈마사는 쓰쿠시(筑紫) 땅 끝까지 흘러 다니면서 간파쿠 전하의 적으로 돌아설지도 알 수 없으니…… 차라리 베어버리는 것이 전하 집안을 위해 좋을 듯합니다."

"하하하…… 많이 생각했구먼, 가즈마사. 그대가 생각대로 말을 들어 주든가,

베든가…… 이것 참, 내가 무서운 협박을 당하는군, 핫핫핫……."

히데요시는 큰 소리 내어 웃으면서도 그 눈은 오히려 날카롭게 가즈마사의 이마에 집중되고 있었다…….

히데요시는 웃음을 거두고 이번에는 윗몸을 앞으로 내밀며 어린아이를 타이르는 듯한 투로 말했다.

"가즈마사, 나는 아직 남의 말을 듣고 움직이려고는 생각지 않아. 그러나 가신의 의견이라면 무엇이든 허심탄회하게 듣지. 들어보고 내 뜻에 맞으면 채택하고, 안 맞으면 받아들이지 않아. 그대도 그 이상으로 이 히데요시를 조정할 수 있다고는 생각지 않겠지?"

"조종하다니 물론 생각지도 못할 일입니다. 다만……."

"그 말은 더 안 해도 좋아. 자, 들어보기로 하지…… 도쿠가와 집안일을 그대에게 맡기면 우선 어떻게 하라는 거지?"

"예."

가즈마사는 자세를 똑바로 하고 숨을 들이쉬었다. 골똘히 생각했던 탈출이 수포로 돌아가느냐 아니냐의 갈림길이었다. 고집도 위신도 온 정성을 기울였던 고향땅도 다 버리고 자기 목표를 바라보는 한 인간, 그에게 앞으로 살아갈 방향의 가치가 지금 결정되는 것이다…… 그렇게 생각하니 저절로 입술이 말라붙고 가슴이 두근거렸다.

"우선 정식으로 도쿠가와 집안에 화친 사자를 보내시는 게 첫째인가 생각합니다."

"그럼, 중신 인질 문제는 취소하는 것이구면."

"예, 이제까지는 가즈마사가 사이에 서서 이런저런 책략을 꾸미며 의사소통이 잘 안 되는 결함이 있었다, 그래서 다시 정식으로 사자를 보낸다고 하시면 중신 인질 문제로 화내신 줄 알고 한참 걱정하고 있을 때라 그들도 태도를 바꾸어 이로써 정상으로 회복되어 생각을 고치게 될 줄 압니다."

"음, 싸움이 벌어지지 않나 하고 분발하고 있는데, 화친 사자가……."

"예."

"그러나 이에야스는 그것만으로는 오사카에 나오지 않을걸."

"물론입니다. 화친하자는 데 이의는 말할 수 없을 테니 우선 화친부터 성립시킨

다음 나오도록 재촉하는 겁니다."

"그러면 오리라고 생각하나, 이에야스가?"

"노신들이 여간해서는 놓아주지 않을 것입니다."

"그러면 셋째 방법은?"

"아사히히메 님의 혼사를 정식으로 청하셔서……"

"그렇지, 아사히를 말이지."

"예, 이 일은 이제 결코 거절하지 않을 것입니다. 그때 혼사 타합을 빙자로 완고한 노신들을 몇 차례 오사카로 부르시는 겁니다. 그러시면 반드시 그들도 눈을 뜨게 될 것입니다."

히데요시는 비로소 크게 머리를 끄덕이며 연거푸 무릎을 쳤다. 그러고 보니 이가즈마사 역시 히데요시와 자주 회담을 거듭하는 동안 어느덧 완고한 편견을 버리게 된 것이다.

"옳지, 혼사 타합으로 노신들을 불러……"

"예, 넓은 세상을 보여주기 위해 이보다 효과적인 방법은 없을 듯합니다."

"그럼, 누구누구를 부르는 게 좋겠나?"

"그러시다면…… 혼다 헤이하치로, 사카키바라 고헤이타, 그리고 사카이 다다쓰구 같은 사람이 좋을 듯합니다……"

거기까지 말하자 히데요시는 다시 소리 내어 웃었다.

"음, 그게 미카와의 세 고집쟁이인가. 하하…… 좋아, 좋아. 가즈마사, 그대 마음은 잘 알았다. 그대의 장래는 이 히데요시가 보장해 주지."

"그럼, 이 가즈마사의 의견을 채택해 주시렵니까?"

가즈마사의 목소리는 저도 모르게 흥분되고 있었다.

"보장해 주지 않으면 이 히데요시가 거짓말했다고 웃음거리가 될 테니까."

히데요시는 의식적으로 목소리를 낮추고 실눈을 지었다.

"그러나 가즈마사, 구해 주는 데도 방식이 있겠지. 큰 영토를 갖는 대영주로 구해주는 것도, 이야기꾼으로 쓰는 것도, 직속무장으로 창을 메게 하는 것도 모두 구해 주는 것이니까. 그대는 무엇을 바라나, 그걸 한 번 말해 보지 않겠나?"

가즈마사는 아직도 알 수 없는 떨림이 몸에서 사라지지 않았다. 히데요시가 자기 마음을 진심으로 이해해 준 것일까. 아니면 얼마쯤 이용가치가 있다고 생각했을까…… 아무튼 탈출한 목적만은 이루어질 것 같다고 생각하니, 이 질문은 소홀히 여길 수 없는 상당히 깊은 뜻을 지닌 것 같았다.

"어때, 바라는 것을 말해 봐. 이왕 구해 줄 바에야 나도 그대가 기쁘게끔 해주고 싶군."

"그 문제는……."

"그 문제는 어떤가?"

"생각해 본 적이 없어서 뭐라고 곧 말씀드리기 곤란합니다."

"뭐, 생각해 본 적 없다고."

"예, 베일지 포섭될지…… 그것만 골똘히 생각하느라 그 이상의 생각은 할 수 없었던 소심한 사람입니다."

"음."

히데요시는 반은 감동한 것 같고 반은 놀리는 듯한 웃음을 입가에 띠며 조용히 머리를 끄덕였다.

"가즈마사."

"예."

"나는 그대를 분수에 맞는 영주로 해주려 한다…… 알겠나? 그러나 내 측근들이 그리 좋아하지 않을 거야."

"글쎄요, 저로서는 도무지 그 문제는……?"

"아니, 좋아하지 않을 걸세. 그렇잖으면 이에야스가 보낸 첩자인지도 모르고 포섭하여 큰 녹을 주었다고 생각하겠지. 어때, 그 문제는……?"

가즈마사는 화가 났다. 생각지 않은 바는 아니었으나, 이런 말을 듣는다는 것은 천만뜻밖이었다.

'그렇다면 가즈마사의 진정한 자세와는 너무도 동떨어진다…….'

"황송하오나 그런 우려가 있으시다면 영주 같은 건 안 시켜 주시는 게 좋겠습니다."

"그래, 그래도 좋은가?"

"말씀드리겠습니다!"

"뭐냐?"

"이제야 깨달았습니다! 실은 저에게 소망이 있다는 것을."

"그렇겠지, 없어서는 안 될 일이야. 말해 봐."

"가즈마사를 진정으로 구해 주신다면 살려서 구해 주시기 바랍니다."

"물론이지, 송장을 포섭해 본들 쓸데없는 일이지."

"가즈마사는 천하를 위해! 오직 이 한 줄기로만 살고 싶습니다. 이렇게 탈출한 이상 도쿠가와 집안의 가신이 아닌 것은 물론이지만 간파쿠 전하의 가신도 되고 싶지 않습니다. 가신은 아니지만 전하를 통해 일하며 천하를 위해 언제든 목숨 바쳐 힘껏 일하는…… 그 같은 자유로운 입장에 서게 해주신다면, 녹은 처자의 입을 풀칠하는 정도로도 충분합니다."

대담하게 말하고 나니 가즈마사는 마음이 후련했다. 생각한 바를 생각대로 말할 수 있는 기쁨. 그것은 스스로도 깜짝 놀랄 만큼 상쾌한 맑은 바람을 자신에게 되돌려주었다.

"뭐라고, 누구의 가신도 아닌 자유라고?"

"예, 말하자면 천하를 위한 부하, 천하를 위하는 둘도 없는 충신이 되고 싶습니다."

"큰소리쳤으렷다, 가즈마사!"

히데요시는 그제야 크게 무릎을 치면서 몸을 내밀었다.

"거참 사카이의 허풍선이들 가운데 내놓아도 결코 손색없는 대단한 허풍선이로군!"

"그럴까요?"

"그렇고말고, 지금 이 히데요시 앞에서 그만큼 대단한 허풍을 떨 수 있는 놈은 없을걸. 이에야스의 부하도 아니고 히데요시의 부하도 아니라는 것은 천하의 감독관이 되고 싶다는 말이야. 좋지 못한 일이 있다면 히데요시도 용납 않고 이에야스도 용납 않는다. 핫핫핫핫……멋진 소리를 배짱 좋게 하는군, 가즈마사가."

"죄송합니다. 우직한 일념이, 몰린 끝에 도달한 꼼짝할 수 없는 막다른 길입니다."

"알겠어! 그 우직한 일념을 이 히데요시가 구해 주지 않으면 안 되겠지!"

"감사합니다."

"이래도 히데요시는 천하의 간파쿠다. 그 간파쿠가 그대 같은 감독관을 두려워 멀리했다고 하면 언제까지나 이 마음을 의심받게 되지. 좋고말고! 히데요시든 이에야스든 할 것 없이 천하를 그르치고 있다고 생각되면 언제든 목을 베어라."

"예……."

"천하를 위한 대충신이라, 핫핫핫하…… 그렇게 듣고 보니 값싸게 살 수가 없군, 가즈마사."

"그 같은 문제는……."

"그런 소리 말아. 내 눈은 옹이구멍이 아니야. 그대가 얕은꾀로 나를 속이고 있지 않다는 것을 잘 알았어. 정직한 일념이 잔재주로는 미치지 못할 데까지 그대를 밀어 올린 거야."

"글쎄요……?"

"좋아, 좋아, 나는 다른 사람 아닌 히데요시다. 떳떳이 영주로 대우해 주지. 그러나…… 지금 당장은 안 돼. 측근들에게 일일이 내가 그대의 값어치를 설득하고 있을 수는 없으니까. 얼마 동안은 내 동생 히데나가가 가진 것 중에서 2만 석, 그것으로 집안사람들 생계는 보장되겠지."

"그야 뭐……."

"물론 그게 그대의 값어치는 아니야. 아사히의 일이 끝나면, 곧 한 성의 주인으로 해주지. 그것도……."

히데요시는 장난스럽게 목을 움츠렸다.

"그대에게 가장 알맞은 데를 주마. 예를 들면 나와 이에야스 세력의 경계되는 곳에 말일세. 가즈마사……그렇게 되면 그대는 어느 쪽이 천하를 위하는지, 그 성에서 언제나 노려보며 비교해 볼 수 있을 거야. 그리고 히데요시가 못난 놈이라고 생각되면 언제든지 이에야스 쪽으로 돌아가도 좋다. 어때? 이런 포섭 방법이라면 그대의 골똘한 생각으로도 이해되겠지."

가즈마사는 다시 몸이 부르르 떨렸다. 이번은 육체로서가 아니라 영혼 속에서 우러나는 떨림이었다.

'이것은…… 얼마나 천진난만한 크나큰 그릇인가……!'

"핫핫핫…… 가즈마사, 이야기는 이것으로 끝났다. 알겠나, 그대가 한 번 안으로 들어가 아사히에게 힘을 북돋아주지 않겠나. 그게 가엾어서 말야. 다음 일은, 히데나가에게 지시해 둘 터이니 성 밖에 집을 얻어 두도록."

그 말을 듣고 히데요시의 거실을 나서자 가즈마사는 아직도 꿈속에 있는 듯한 심정이었다. 이에야스도 어슴푸레 자기 뜻을 알아주고 있었지만 히데요시가 이토록 간단하게, 더욱이 딱 들어맞게 자기 고민을 알아맞히리라고는 생각지 못했었다. 오히려 자신이 파악하지 못한 데까지 히데요시는 날카롭게 파헤쳐 가즈마사의 위치를 정해 주었다 해도 과언이 아니다. 이 정도라면 도쿠가와 집안과의 교섭에 가즈마사의 의견이 거의 다 받아들여질 것은 틀림없고, 받아들여진다면 우선 두 집안 사이에 싸움이 벌어질 우려는 없을 거라고 생각되었다.

'이것은 역시 천하를 평정할 때가 되었기 때문이다…….'

가즈마사는 그렇게 생각하지 않을 수 없었다. 노부나가 다음에 히데요시가 나온 것도, 이에야스가 그같이 조심스러운 성격을 지니고 있는 것도 모두 자연의 요구에 따른 시대의 대세인지 모른다. 가즈마사는 이제 그 천하의 평정을 위해서만 살면 되는 것이다! 히데요시 앞에서 몰린 끝에 호언장담한 큰소리 그대로 살아가는 게 가장 정세를 잘 내다본 견식이었다고 자부해도 좋은 것이다…….

가즈마사는 이 성의 총감독격인 하시바 히데나가를 찾아 본성 대기실로 가면서 스스로의 가슴이 절로 열려지는 것을 느끼며 쓸쓸히 웃었다. 일찍이 오카자키 성에서는 느껴본 일 없는 활발함을 오사카성 안에서 맛보다니 이 얼마나 야릇한 일인가. 아니, 이도저도 다 사람을 활용해 부리는 이상한 술책을 알고 있는 히데요시의 그릇이 큰 때문이라고도 할 수 있다.

"이제부터 잠시 내전으로 들어가 아사히 님을 찾아뵈려 합니다만."

히데나가에게 말하자, 그는 100칸 복도 입구까지 선뜻 직접 안내하여 내전 시녀에게 그 뜻을 전해주었다. 아사히히메는 히데나가에게도 귀여운 누이동생인 것이다. 가즈마사가 어째서 그의 누이동생을 만나려 하는지 아마 뚜렷이 알고 있기 때문임에 틀림없다.

걸으면서 가즈마사는 시녀에게 물었다.

"그런데 지금 아사이 나가마사 님 따님들은 어디에 계신가요?"

"네, 가운데따님과 막내따님은 출가하셨고 맨 위의 자차히메님은 지금 우라쿠 님 저택에 계십니다."

"허, 두 분은 벌써 출가하셨군."

"네, 가운데따님은 교고쿠 집안, 막내따님은 단바의 히데카쓰 님에게……"

그런 다음 시녀는 갑자기 목소리를 낮추어 한마디 덧붙였다.

"그렇지만 히데카쓰 님은 건강이 좋지 않아 막내따님이 가엾습니다."

"허, 그거 안됐군……."

히데카쓰는 노부나가의 친아들로 다쓰히메와는 사촌 사이인데, 소문에 의하면 히데카쓰는 가슴병에 걸렸다고 했다.

'시대와 운명…….'

세 자매 가운데 누가 어떤 행복과 불행으로 갈라질 것인가……? 문득 그 생각을 했을 때 긴 복도를 다 건너 아사히히메의 거실 앞에 이르러 있었다.

시녀는 안을 향해 또렷한 목소리로 말했다.

"노녀께 말씀드립니다. 이시카와 가즈마사 님이 아사히히메 님에게 문안드리러 오셨습니다."

가즈마사가 노녀에게 안내되어 들어가자, 아사히히메는 책상 앞에 앉아 무언가 쓰고 있었던지 당황해 붓을 놓고 돌아앉는 참이었다.

'불경을 베끼고 있었구나…….'

그런 생각이 들자 가즈마사는 짜릿하게 가슴이 아파왔다. 전에 그를 내전으로 안내해 주던 것은 언제나 사람 좋은 사지 히데마사였다. 그러나 그는 이미 이 세상에 없다. 그리고 세상 떠난 그 사람을 추도하여 경문을 베끼고 있는 가엾은 여인에게, 지금 가즈마사는 도쿠가와 집안으로 출가하도록 권해야만 할 입장이었다.

'이도저도 다 천하를 위해…….'

전에는 강한 반발을 느꼈던 그 말에 이제는 자신을 납득시키려 하고 있다.

'얄궂은 일이다…….'

그렇게 생각하면서 단정하게 인사하고 문득 눈을 들어보니 여기에도 바다 건너에서 가져온 듯한 작은 항아리에 한 가지의 산다화가 꽂혀 있었다.

"담담하군요…… 그러나 좋은 꽃입니다그려."

아사히히메는 가즈마사가 히데마사에게서 처음 소개받았을 때보다 3, 4살쯤 더 겉늙어 보이는 개운치 못한 표정으로 흘끔 꽃을 건너다보았으나 그것에 대해서는 별로 대답이 없었다.

"우라쿠 님에게서 들었습니다. 도쿠가와 집안을 떠나오셨다구요?"

"예, 그 사정은 간파쿠 전하께서 잘 알고 계십니다."

"그런데…… 나는 역시 도쿠가와 집안으로 가지 않으면 안 되나요?"

상대는 그것만이 마음에 걸리는 듯 집념에 찬 느낌의 질문이었다.

가즈마사는 미소 지으려 했으나 그만 한숨이 앞섰다.

"간파쿠 전하도 그렇게 말씀하시더군요. 아사히 님께서 여러 가지로 물어볼 말씀이 있으실 것이니 아는 데까지 솔직하게 대답해 드리라고."

"그럼, 역시 가야만 되는 거로군요."

"솔직히 말씀드리면……."

그렇다고 직접 말하기 난처해 가즈마사는 천장으로 눈을 돌렸다.

"간파쿠 전하와 이에야스가 친밀하게 손잡는 것이 천하 평정의 가장 지름길이 되지 않겠습니까."

"이시카와 님!"

"예, 무슨……?"

"귀하는 아사이의 막내따님 결혼을 세간에서 뭐라고 쑤군대고 있는지 아십니까?"

"아니오, 전혀 모릅니다만."

"세간에서는…… 아니, 세간에서가 아닙니다. 이 내전의 여자들이라고 해도 좋아요. 히데카쓰 님은 가슴을 앓고 있어 여자를 가까이 하는 게 가장 큰 해독인데 전하가 일부러 건강한 다쓰 님을 강요해 보내셨으니 무서운 짓이라는 소문이 돌고 있습니다."

"그…… 그…… 그게 대체 무슨 말씀입니까?"

"전하는 양자인 히데카쓰 님보다 자기 육친인 누님의 아들 미요시 히데쓰구에게 뒤를 잇게 하고 싶어졌다, 그래서 일부러 가장 해독이 되는 여자를 곁으로 보냈다고…… 나도 역시 그와 같은 경우겠지요, 이시카와 님."

가즈마사는 너무도 뜻밖의 날카로운 빈정거림을 듣고 곧 대꾸할 말이 없었다.

아사히히메는 몰아대듯 다시 말했다.

"너무하지요, 안 그래요? 이도저도 다 천하를 위해서라고 하겠지요. 천하를 위한다는 일이 여기저기서 조그만 인간의 덧없는 행복을 깨뜨리고 말다니…… 나로서는 알 수가 없군요."

가즈마사는 저도 모르게 몸을 내밀며 말을 막았다.

"아사히 님, 그렇지 않습니다!"

"그렇지 않다면 다쓰 님은 히데카쓰 님과 살다가 남편과 사별해도…… 행복하리라고 생각하십니까?"

"아사히 님!"

"나는 때때로 천하라는 게 미워집니다. 오빠의 출세가 미워집니다……."

"아사히 님!"

가즈마사는 자기가 욕먹고 있는 것처럼 당황함을 느끼며 말을 막았다.

"아사히 님이 그렇게 생각하시는 것도 무리는 아닙니다. 그러나 그러신다면 전하의 입장이 난처해지겠지요."

"아닙니다. 난처할 것 없으니 이번에는 다조 대신인지 뭔지가 되시는 것 아니겠어요."

가즈마사는 상대의 말을 꺾으려고 다그쳐 말했다.

"전하 생각으로는…… 어쩌면 히데카쓰 님 병환이 이미 회복될 수 없다는 걸 아시고 일부러 혼인시킨 건지도 모르지요."

아사히히메는 가즈마사를 똑바로 쳐다보았다.

"아니…… 그럼, 죽을 때가 가까웠으니 이 세상에 미련이 없도록 여자를 갖게 해주었다……는 말씀이신가요?"

"예, 전하는 그런 분이라고 저는 생각하고 있습니다."

"그럼, 그 아내가 된 다쓰 님은 어떻게 돼도 좋다는 말이군요. 기껏해야 여자이니 말이지요."

"이건 또 엉뚱한 말씀을…… 아사히 님, 그렇게 짓궂게 말씀하시지 마십시오. 비록 히데카쓰 님에게 만일의 일이 있더라도 전하는 다쓰 님을 돌보지 않을…… 그런 분이 아닙니다. 반드시 그 뒷일도 잘 생각해 두시고……."

거기까지 말하자 아사히히메는 쓸쓸하게 웃으며 손을 내저었다.

"이제 그만!"

가즈마사는 입을 다물었다. 분발하여 상대를 설복시키려 하면서도 왠지 스스로의 말이 몹시 허허로운 울림으로 되돌아오는 것이다.

그러자 아사히히메는 또 쓸쓸하게 웃었다.

"어쩌면 다쓰 님이 히데카쓰 님을 그지없이 사랑하더라도 사별하고 나면 또 다른 데로 출가시키겠지요. 천하인이란 다른 사람을 노리개로 놀리고 있어요. 그래도 괜찮다는 거지요. 나도 이미 체념했어요. 내 힘으로는 어쩔 수 없는 일이니."

가즈마사는 답답했다. 매우 불만스러웠다. 그렇다고 이런 경우 상대를 굴복시킬 만한 생각도 머리에 떠오르지 않았다. 아니, 오히려 아사히히메의 말에 이치가 느껴져 점점 더 당황하고 있는지도 모른다.

그때 노녀가 다과를 가지고 와서 거만스레 말했다.

"드십시오. 아사히 님께서 다과를 내시는 겁니다."

그렇게 듣고 보니 상대는 간파쿠 히데요시의 누이동생이었다.

"예."

가즈마사는 더욱 야릇하게 어리둥절하며 스스로에게 심한 혐오를 느꼈다.

천하와 개인. 여인과 천하. 그것은 분명 상극하는 자리를 끝없이 갖는 듯했다. 바꾸어 말하면 저마다의 이치에서 충돌하고 있다. 과연 어떤 게 옳고 어떤 게 옳지 못하다고 해야 할 것인가. 한쪽은 '큰 벌레를 살리기 위해서'라고 할 것이고 한쪽은 '작은 벌레마저 살 수 없는 천하'라고 저주할 것이다.

'덮어놓고 올 일이 아니었구나…….'

그러나 가즈마사의 오카자키 탈출은, 지금 그의 눈앞에서 '체념했습니다'고 말하는 이 가엾은 여인을 도쿠가와 집안으로 보내지 못한다면 일의 마무리를 맺지 못하게 된다.

"이시카와 님이라고 하셨지요?"

다과상과 함께 그 자리에 앉은 노녀가 단정하게 신분을 가리는 말투로 가즈마사 쪽으로 향해 앉았다.

"들은 바로는 아사히 님께서 도쿠가와 님에게 출가하실 거라고 하던데 도쿠가와 님은 어떤 분이신지요?"

가즈마사는 입으로 공손히 차를 가져가면서 상대를 흘끔 훑어보았다. 공경집 같은 데서 종사해 온 여관(女官)인 듯 무장을 깔보는 말투가 소박한 아사히히메와 비교해 볼 때 어쩐지 몹시 우스꽝스럽고 가엾기도 하여 화나는 대조를 이루었다.

"어떤 분이라니요?"

"예, 취미는 무엇인지요. 시도 지으시나요."

"글쎄요, 그건 모르겠습니다."

한껏 무뚝뚝하게 대답해 놓고 차를 다 마셔갈 무렵부터 가즈마사는 다시 냉정을 되찾았다.

'이대로 물러날 수는 없다……'

생각하는 방식에 너무 거리가 있는 상대이므로 납득하느냐 않느냐는 별문제로 치고, 그는 자기 의견을 분명하게 말해 둬야겠다는 생각이 들었다. 그렇지 않으면 아사히히메는 점점 자기 신세를 덧없이 여겨 두 집안의 앞날을 암담하게 만들 게 틀림없었다.

"어떤 분이냐고 말씀하시니 대답하기 난처하지만, 오늘날 간파쿠 전하 말고는 천하 으뜸가는 거물이라고 할 수 있겠지요."

"어머나…… 그러한……."

"그렇지 않다면 전하께서 일부러 아사히 님을 보내 매부로 삼으실 리 없습니다. 모든 게 전하의 눈에 들었기 때문에……."

거기까지 말하고 가즈마사는 비로소 볼에 미소를 떠올렸다.

"전하의 생각으로는 처남 매부간이 되는 두 분이 천하의 일을 함께 다스려 가시려는 뜻…… 이분을 두고는 아사히 님의 부군될 만한 사람이 없다고 눈독들이신 것입니다…… 그러나 그 일이 아사히 님 마음에는 들지 않으신 모양입니다."

"아니, 그렇듯 큰 인물이신가요?"

"이렇게 말하면 점점 더 아사히 님 마음에 안 드시실지 모르겠습니다. 천하인은 비정하다고 여기고 계시니 말입니다……."

가즈마사는 거기서 또 빙그레 웃었다.

"어려운 일입니다. 전하 같은 분이 반해버린 상대에게, 여자도 반드시 반한다고는 할 수 없나 봅니다. 그렇지요, 노녀님?"

그렇게 말한 다음 아사히히메에게 시선을 돌린 가즈마사는 깜짝 놀랐다. 그 눈에 어슴푸레하나마 빛……을 띤 듯 생기가 다시 돌며 자기를 쳐다보고 있는 게 아닌가.

기회를 놓칠세라 가즈마사는 아사히히메 쪽으로 돌아앉았다.

"아사히 님께 한 말씀만 더 드리고 가즈마사는 물러가겠습니다. 어떤 면에서 본다면 확실히 천하인이 하는 일은 잔인한 것 같습니다…… 그러나 그 잔인함이 전부는 아닙니다. 부디 이 점을 이해하십시오…… 가즈마사는 사나이이므로 전하의 마음을 잘 알 수 있습니다. 전하의 마음속에는 아사히 님에 대한 애정이 참으로 전하다운 형태로 숨겨져 있습니다. 전하는 아사히 님께 천하 으뜸가는 부군을 갖게 해주고 싶다! 둘째가는 인물로는 흡족하지 않다. 자신을 내놓고는 으뜸가는 부군……그렇게 하는 게 가장 큰 애정이라고 굳게 믿고 계시는 겁니다. 아사히 님! 무참함의 이면에 있는 이것이 전하의 애정 아닐까요?"

가즈마사는 아사히히메의 눈이 차츰 불그스레해져 가는 것을 느끼면서 힘찬 어조로 말을 이었다. 그러나 말을 계속하면서 왠지 자신이 싫어지기도 했다. 옆구리를 창에 찔린 무사가 비틀비틀 칼을 내두르면서 미쳐버린……그런 환상이 눈앞에 아른거리는 것이다.

"알겠습니다. 이제 그만……."

아사히히메는 울고 있었다.

물론 납득한 것은 아니리라. 어쩌면 점점 더 괴로워 체념하지 않으면 안 된다고 각오하는지도 모른다.

"그래서…… 도쿠가와 님은 나를 기다리고 있을까요?"

"그건 벌써……."

가즈마사는 가슴에 두 번째 창이 찔린 느낌이었다.

"기다리지 않으실…… 이유가 없습니다."

"이시카와 님."

이번에는 노녀가 몸을 앞으로 내밀었다. 아사히히메를 대신해 조금이라도 더 들어보고 싶어 하는 눈빛이었다.

"아사히 님은 간파쿠 전하의 누이동생님. 그러면 아사히 님을 맞아들일 저택을 벌써 짓고 계시겠군요."

"물론 그것도 준비하고 있는 중입니다."

"가신들도 모두 기뻐하고 있겠지요?"

"어……어째서 그런 말을 물어보십니까. 주군의 기쁨을 가신이 기뻐하지 않을 리 있겠소."

"그걸 들으니 안심됩니다. 입정 사나운 여자들이 바라지도 않는 결혼이라는 둥 소문내므로 아사히 님 마음도 내키지 않으셨던 거예요."

"그럴 리 있겠습니까. 모두들 고대하고 있지요."

가즈마사는 더 견딜 수 없었다.

"그럼, 오래도록 실례했습니다. 이만 물러가겠습니다. 안녕히 계십시오."

입에서 가슴까지 가득 모래를 퍼 먹힌 기분으로 일어섰다. 히데요시에게서 맛보았던 그 상쾌한 감정은 흔적도 없어지고 만신창이가 된 느낌이었다.

'여자는 무서워!'

여자들은 전혀 다른 날카로운 눈길로 남자들 세계를 바라보고 있다. 더욱이 그 눈빛을 가즈마사는 오늘 싫도록 맛볼 수밖에 없었던 것이다.

그리고 그것이 '천하를 위해서'라고 한다면 아사히히메는 어떤 눈을 하고 자기를 볼 것인가…….

가즈마사는 복도로 나서자 세차게 머리를 저으며 입 속으로 중얼거렸다.

"산다화! 산다화!"

그 담담한 꽃잎 빛깔을 생각하면서 가슴을 메운 불쾌한 오물을 제거하려고 초조해하고 있었다.

진동(震動)하는 봄

 히데요시가 보낸 화평 사자가 하마마쓰성에 다시 도착한 것은 이시카와 가즈마사가 탈출한 지 보름째 되는 11월 28일이었다. 히데요시가 직접 보낸 사자로서가 아니라 간파쿠 히데요시가 오다 노부카쓰에게 명해 노부카쓰의 사자라는 형식으로 오다 우라쿠와 노부카쓰의 중신 다키가와 가쓰토시, 히지카타 가쓰히사세 사람이 왔다.

 우라쿠가 사신으로 올 정도니 히데요시의 속마음을 상당히 깊이 알고 왔을게 틀림없으므로 이에야스는 오카자키에서 일부러 하마마쓰로 돌아가 사자를만났다.

 이 무렵 이미 니시오성에서 바다에 이르는 조처는 끝났으며, 이에야스는 오카자키성에서 성 개축을 지시하고 있었다. 군법과 민정의 개혁도 고슈의 예를 참작하도록 명해 놓았고, 오카자키성주 대리는 혼다 사쿠자에몬으로 정했으며, 가즈마사 탈출에 대한 응급조치도 끝나가고 있었다. 따라서 오카자키성 내부의 구조개혁만 끝나면 곧 미시마로 가서 호조 부자와 대면할 작정인 이에야스였다.

 이에야스는 이 사자들이 중신의 인질 문제를 따지러 온 줄 알고 엄하게 거절할생각으로 큰 방에서 그들을 맞았다. 그런데 사자를 대표한 우라쿠의 전갈은 적잖이 이에야스를 어리둥절하게 했다.

 "도쿠가와 님에 대해 히데요시는 전혀 유감이 없으며, 노부카쓰와 모순이 있어일전을 벌이긴 했으나 이미 노부카쓰와도 화의를 맺었으니 도쿠가와 집안과도 무조건 화평하고 싶다."

싸움이 끝난 뒤 이미 오기마루를 양자로 삼고 이제 와서 이에야스에게 새삼 무슨 말을 하려는 것일까? 그러자 생각했던 대로 다음에 가즈마사의 이름이 나왔다.

"이시카와 가즈마사가 귀 가문을 배반했는데, 그가 두 가문 사이에서 도쿠가와 님에게 어떤 말을 했는지 알 수 없으므로 다시 저희들이 사자로 왔습니다."

이에야스는 그제야 가즈마사가 오사카에 가서 어떻게 하고 있는지 어렴풋이 알게 되었다.

"화평에 관해서는 이쪽에도 물론 이의 없소. 언제든 사자를 보내 조인하도록 하겠소."

28일의 대면은 그것으로 끝났다.

그 뒤 그날 밤 향연이 있었는데 그다음 날 29일 아침이 되자 우라쿠는 비로소 이에야스에게 말했다.

"이것은 제 개인 의견입니다만, 어떻습니까…… 이번 화평 조인 때 도쿠가와 님께서 직접 상경하시어 오사카로 가시면?"

"거기에 대해서는 당장 결정할 수 없소. 왜냐하면 지금 여기저기 성을 개축하고 있는 중이라……."

이때 이미 이에야스는 상대의 속셈을 꿰뚫어보았다. 여기서 우라쿠는 결코 억지로 상경하라고 할 리 없다. 그런다고 들어줄 리 없음을 가즈마사가 잘 알므로 히데요시에게 알려주었을 것이기 때문이었다.

"그렇습니까. 그러나 제 생각으로는 도쿠가와 님도 한 번 상경하셔서 간파쿠님과 함께 대궐에 문안드려 두시는 게 좋으리라 생각됩니다."

"아무튼 생각해 보기로 하지요."

이렇듯 29일에 사자를 돌려보내고 난 뒤 해 질 녘부터 심한 함박눈이 쏟아지기 시작하더니 오후 10시쯤 되면서부터 갑자기 온 건물이 천지와 함께 조각배처럼 흔들리기 시작했다.

"이크, 지진이다!"

사람들이 앞다투어 집 밖으로 피신하는 것과 성 이곳저곳이 무서운 소리를 내며 허물어지기 시작한 게 동시였다.

히데요시의 상경 권고를 이에야스가 강경히 거절했다고 하여 가신들은 모두 쾌재를 부르고 있었다. 이 쾌재는 다음에 전운을 초래할 우려가 있다. 그러므로 사기가 더욱 충천했었는데, 29일 눈 속의 큰 지진은 짓궂게도 이에야스가 구실로 삼았던 성 개축이 실제로 각지에 필요할 만큼 큰 파괴를 가져오고 말았다.

맨 처음 10시에 큰 진동이 있었으며 이어 약한 진동이 여러 차례 일고 초하룻날 새벽 2시에 이르러서는 처음보다 더 심한 진동이 있었다. 물론 하마마쓰뿐만이 아니고 가장 피해가 심한 곳은 북쪽의 에치젠과 가가로 사람과 말이 죽거나 상하고 가옥 붕괴, 화재, 산사태, 땅꺼짐 등이 맹위를 떨쳤다.

교토에서도 33칸 불당의 불상이 600개나 쓰러지고, 대궐 궁녀들은 방이 진동하는 바람에 당황해 기도를 다 올렸을 지경이었다. 오와리의 피해도 막심하고 이즈미, 가와치, 셋쓰 등도 마찬가지였지만, 특히 공사 중이던 오카자키성의 피해는 너무나 엄청났다.

개축 중이어서 아직 마르지 않은 망루 벽이 그대로 쓰러지고 갓 쌓은 축대는 무참히도 무너졌다. 다행히 성 아래 동네의 화재는 대단치 않았으나 겨울인 데다 섣달 보름께가 되도록 여전히 진동이 가시지 않았으니 인심의 동요를 누를 길이 없었다.

"이것은 천하에 큰 변고가 있을 징조가 아닐까?"

"그러고 보니 이시카와 님이 탈출하셨을 때부터 어쩐지 심상치 않았어."

"아무튼 여든이 넘은 노인도 이렇듯 큰 지진은 처음이라니 말이지."

"이런 뒤 싸움이라도 벌어지면 어떡하지? 성이 못쓰게 되었다던데."

하마마쓰성의 피해는 그리 심하지 않았으므로 이에야스는 곧 오카자키로 달려가 우도노 젠로쿠, 안도 긴스케(安藤金助), 유키부키 이치에몬(雪吹市右衛門) 등 세 사람을 건축 감독으로 임명하고 스스로도 직접 그것을 독려하면서 개혁한 군법과 민정의 시행에 몰두하지 않으면 안 되었다. 이이 나오마사, 사카키바라 고헤이타, 혼다 헤이하치 세 명이 행정을 맡게 된 것도 이때였다.

'피해는 우리들 영내만이 아니다!'

그렇게 생각하면서도 연내에 호조 부자를 방문한다는 것은 상상도 못하게 되었다.

더욱이 신슈에서 12월 3일에 가즈마사와 내통하여 히데요시에게 투항한 오가

사와라 사다요시가 호시나 마사나오(保科正直)의 거성인 다카도성(高遠城)을 공격한 일까지 있었다.

이미 히데요시의 시고쿠 평정은 끝나 있다. 이에야스로서는 참으로 매서운 섣달바람이었다.

개축은 마침내 봄까지 끝었다.

45살. 언제나의 관습인 탈춤도 끝나고 오카자키에서 하마마쓰, 하마마쓰에서 오카자키로 분주히 오가고 있는 이에야스에게 곧 다시 두 번째 사자가 찾아왔다.

덴쇼 14년(1586) 1월 21일—

이번에는 오다 우라쿠와 다키가와 가쓰토시 외에 도미타 사콘이 따라와 하마마쓰성에 직접 들어오지 않고 강경파의 장본인으로 지목되는 사카이 다다쓰구의 요시다성으로 들어갔다는 말을 들었을 때 이에야스는 저도 모르게 하마마쓰성 자기 거실에서 입술을 꽉 깨물었다.

'드디어 왔구나……'

어려운 조건일 것이 틀림없다. 그러나 요시다성으로 먼저 간 것은 무엇 때문일까?

그 무렵에도 진동은 아직 가시지 않아 이따금 우르릉 하고 땅이 울렸다.

요시다성에 들어간 히데요시의 사자는 우라쿠로 하여금 다다쓰구에게 말하게 했다.

"실은 도쿠가와 님을 뵙기 전에 도쿠가와 가문의 기둥이신 다다쓰구 님으로부터 숨김없는 의견을 들어둘 일이 있어서."

다다쓰구는 못마땅한 표정으로 어깨를 추켰다.

"기둥이라니 무슨 난처한 말씀을. 미카와에 나 같은 건 냇가의 자갈만큼이나 많소. 그러나 모처럼 들려주셨으니 일단 말이나 들어봅시다."

히데요시가 일을 꾸미기 전에는 반드시 상대방 노신을 농락한다는 소문이고, 현재 가즈마사가 그 유혹에 넘어가 히데요시에게로 투항했다고 믿고 있으므로 다다쓰구는 경계와 반감을 감출 길 없었다.

우라쿠가 말했다.

"그럼, 사람을 물리치시고 그날 밤의 일을 잘 아는 가쓰토시 님이 직접 말하시오."

"알았습니다."

다카가와 가쓰토시는 한무릎 다가앉으며 다다쓰구가 근위무사들에게 물러가도록 지시하기를 기다렸다.

"사람을 내보내란 말인가요?"

"그렇소. 남이 듣기를 꺼리는 중대사여서."

"이거 참, 어처구니없군…… 하시바 가문…… 아니, 도요토미 가문이었지. 그 가문의 명사들과 사람을 물리친 밀담 같은 것은 거절하는 수밖에 없소. 이시카와 가즈마사의 예도 있고 하니."

"하하하하…… 사카이 님은 내가 모반이라도 권유하러 온 것같이 말씀하시는데 당치도 않소."

"아니, 그렇게는 생각지 않지만 두 집안의 화평에 아직 조인하지 못하고 있는 판이니……."

"그 화평에 대해 말씀드리려는 것이오. 그러나 사람을 물리칠 수 없다면 굳이 원하지는 않겠소. 그렇잖소, 가쓰토시 님."

가쓰토시도 가볍게 고개를 끄덕였다.

"예, 우리는 하마마쓰로 가서 도쿠가와 님에게 말씀만 드리면 끝나는 것이니까……."

"그럼, 지금 말은 취소하겠소. 다만 귀하에게 미리 말해 두는 게 두 집안을 위한 일이라고 생각했던 것인데 폐를 끼쳐서야 안 되지요."

그 말을 듣자 다다쓰구는 미간에 완고한 주름을 잡고 생각에 잠겼다. 이시카와 가즈마사는 탈출했고 혼다 사쿠자에몬은 오카자키성주 대리가 되어 하마마쓰 땅을 떠나 있다. 그 밖의 중신은 고슈와 신슈 각지로 나가 있으니, 소중한 사자가 내담을 요청해 왔는데 거절해 보냈다고 하면 가신의 책임을 다하지 못한 게 된다.

"내 생각이 좀 옹졸했군요. 좋소, 다들 물러가라."

다다쓰구는 말하고 덧붙였다.

"무슨 이야기인지 들어봅시다."

사자는 셋이서 서로 고개를 끄덕였다. 우라쿠가 말했다.

"그럼 가쓰토시 님, 숨김없이 말하시오."

가쓰토시는 다다쓰구를 보며 말했다.

"이것은 14일 한밤중의 일이었소…… 간파쿠 전하에게서 나와 노부카쓰 공 앞으로 급히 출두하라는 사자가 왔지요."

"허, 14일 한밤중에?"

"예…… 그래서 무슨 일인가 하고 부랴부랴 출두했었지요……."

다다쓰구는 말에 이끌려 윗몸을 앞으로 내밀었다. 가쓰토시의 표정이 잔뜩 긴장해져 목소리까지 엄숙해졌기 때문이었다.

"그랬더니 전하는 한 손에 단도를 드시고 한 손으로는 붉은 띠를 매시며 번들거리는 눈으로 침실에서 나오시더니 생각이 정해졌다! 라고 부르짖듯 말씀하셨소."

가쓰토시는 넌지시 변죽을 울리듯 그러나 진지한 표정으로 말을 이었다.

"나와 노부카쓰 공이 깜짝 놀라 무슨 생각입니까……하고 물었더니 전하께서는 또다시 질타하듯…… 나는 며칠을 두고 생각한 끝에 마침내 이에야스를 상경시키기로 결정했다고……."

다다쓰구는 당황하여 말을 가로막았다.

"잠깐! 그 점은 예사로 들어 넘길 수 없소. 간파쿠님이 결정한다 해도 우리 주군께서……."

"아니, 이것은 그때 본 그대로의 이야기요."

"하긴……."

"시동에게 촛대를 들게 하여 자리에 앉지도 않으시고 말씀하시는 게 예사롭지 않으므로 나도 노부카쓰 공도 깜짝 놀라 도쿠가와 님이 상경하신다는 연락이 왔습니까, 하고 물어보았지요."

"그런 일은 없소. 우리 주군께서는 지금 상경은커녕 아시는 바 지진 때문에……."

"말하는 중이오, 우선 들어보시오."

"아, 그렇지."

"그러자 간파쿠 전하는 목소리를 낮추어, 소문에 듣자니 이에야스에게는 정실이 없다더군, 하고 말씀하셨소."

"음."

"그러니 내 누이동생을 이에야스에게 출가시켜 혼인을 맺기로 하자. 그러면 이에야스는 틀림없이 상경하겠지. 가신으로서가 아니라 친척……나에게는 매부가되니 이에야스의 체면도 설 거라고."

"아니, 그것도 잠깐……."

"이야기 도중이오."

"아니, 비유라 할지언정 비록 그 일이 성사된다 하더라도 상경하시리라고 여겨지지 않으니 만일을 위해 말해 두지 않으면 안 됩니다."

다다쓰구는 어디까지나 언질을 잡히지 않으려고 눈꼬리를 치뜨며 몸을 내밀었다.

"바로 그것이오. 나도 그렇게 말씀드렸소."

"뭐……뭐라구요? 누이와 혼인해도 상경은 하시지 않을 거라고…… 다키가와님이 말씀했단 말이오?"

"그렇소…… 그러나 끝까지 말을 들어보시오. 끝까지 들은 다음 어떻게 하는게 두 집안을 위한 길인지, 그 판단을 바라기 위해 일부러 사카이 님을 찾아온것이오."

"그렇겠군요. 그래서…… 상경하지 않을 거라고 말씀드리니 간파쿠님은 뭐라고하시던가요?"

"그래도 나를 의심하고 상경하지 않는다면 그때는 오만도코로님…… 곧 간파쿠 전하의 자당님을 인질로 보내겠다. 모든 것이 천하를 위해서다. 여기서 이에야스와 손잡고 돌아가신 우대신님 이래의 염원, 사해 평화의 소망을 이룩하지 않으면 안 된다. 그러기 위해 생각을 정했다고 말씀하셨소."

"그럼, 자당까지 인질로 보내시겠다고……?"

과연 다다쓰구의 상상을 너무 초월한 모양이라, 그는 단정히 고쳐 앉아 나직이 신음했다.

히데요시가 누이동생 아사히히메를 인질과 비슷한 입장으로 이에야스의 아내로 보내려 한다는 소문은 다다쓰구도 들은 적 있었다. 그러나 그의 생각으로는 이것이야말로 방심 못할 일이었다.

자신의 야심을 위해서는 누이동생 하나쯤 예사로 희생시킬 히데요시라고 보았기 때문이었다. 그러나 아사히히메를 출가시켜도 여전히 상경하지 않을 때는 어머니까지라도 인질로 내놓는다니, 진정으로 화해를 원한다고밖에 달리 생각할 길이 없었다.

다다쓰구는 스스로 마음의 동요를 경계하는 듯 고개를 갸웃거렸다.

"그러나……지금 세도 당당한 간파쿠 전하쯤 되시는 분이, 그 자당…… 곧 오만도코로님을 우리 주군에게 인질로 내놓으셨다고 하면 세상에 체면이 서지 않을 것 아니오?"

이번에는 우라쿠가 입을 열었다.

"바로 그것이오. 너무 대담한 말씀이므로 나도 그렇게 말씀드려 보았소. 적어도 간파쿠 전하가 오만도코로님을 인질로 내놓으신다면 비할 데 없는 일생의 무훈과 인품에 흠이 갈 거라고."

"옳거니……"

"그랬더니 전하는 크게 웃으셨소. 하하하…… 천하를 위해서는 그 소중한 어머니까지 인질로 내놓는다…… 그만큼 일편단심으로 일본의 평화를 갈망했던 게 히데요시라고 기록되는데 무엇이 불명예냐. 겉으로는 어머니가 딸네 집에 놀러갔다고 하면 되는 일, 옹졸한 소리 말라고 하셨소."

"음!"

"그 뒤에 실은 사자로 온 우리들 외의 다른 두 사람에게 전하는 또 털어놓으셨소."

"그게 누구누구지요?"

"세상에서 전하의 군사님이라 일컫는 하치스카 님과 구로다 님이오. 그랬더니 두 분 다 기겁하며 이 일만은 생각을 돌리시라고 얼굴을 붉히며 간언하셨소. 그러나 전하는 조금도 양보하지 않으시고, 히데요시는 남이 못하는 일을 한다, 그러므로 천하가 다스려지는 거라고 말씀하셨소."

"말대꾸 같소만……"

다다쓰구는 차츰 자기가 꼼짝 못 하게 몰리는 느낌이 들어 다시 한번 윗몸을 고쳐 앉았다.

"그……그……그래도…… 자당님을 인질로 하고도 이에야스 님이 상경하지 않을 때는 어떻게 됩니까?"

"다다쓰구 님."

"예."

"그런 일은 없다, 이에야스는 그렇게까지 말해도 못 알아들을 우둔한 사람이 아니니 걱정마라……고 전하는 우리에게 말씀하셨소. 이만큼 이에야스를 위해 도모해 주려는 내 마음……이 마음이 만일 이에야스에게 통하지 않는다면 그것은 사자로 간 그대들이 무능한 탓이니 돌아올 것 없다, 모두 하마마쓰에서 배를 가르라고 말씀하셨소."

"아니, 배를……?"

"그렇소. 그래서 이건 섣불리 하마마쓰로 들어갈 수 없는 일이라, 할 수 없이 도중에 귀하에게 의논하러 온 것이오."

우라쿠는 다른 두 사람과 얼굴을 마주보며 크게 한숨을 내쉬어 보였다.

다다쓰구는 꼼짝도 하지 않고 세 사람의 사자를 바라보았다. 우라쿠와 가쓰토시는 그래도 가볍게 웃고 있었으나 도미타 사콘은 다다쓰구 이상으로 긴장하고 있다. 이에야스가 만일 혼인을 승낙하지 않는다면 그 자리에서 할복하라니……! 어려운 조건이라기보다 무언지 내막이 있는 말 같아 섣불리 말할 수가 없었다.

'세 사람의 난처함은 거짓이 아닌 모양이다. 그렇다면 이 자리에서 대체 뭐라고 대답해야 좋을 것인가……?'

가쓰토시가 또 크게 한숨지었다.

"이해해 주시겠소? 우리 셋은 그 말씀을 들었을 때 소름이 끼쳤소. 간파쿠 전하 눈에서 불똥이 튀는 것 같아서 말이오."

"그렇소, 그런 무서운 눈빛은 시즈가타케 싸움 이래 처음이라고 시동들도 말하고 있었소."

다다쓰구는 그래도 아직 입을 열지 않고 상대의 속셈을 황급히 이것저것 헤아려보고 있었다.

'이것은 나에 대한 협박이 아닐까? 아니, 히데요시는 그런 인간일지도 몰라…….'

그렇다고 멍하니 상대의 감정에 말려들어서는 위험천만이라고 생각했다. 현재 노부카쓰의 중신이었던 다키가와 가쓰토시가 어느 틈에 히데요시의 심복이 되어 있지 않은가. 여기서 섣불리 그들의 상담에 응하다간 다다쓰구도 가즈마사가 밟은 길을 그대로 되풀이할 우려가 있다.

잠시 뒤 다다쓰구는 바싹 마른 입술을 축이며 말했다.

"이것은 참고삼아 물어보겠는데 여러분들이 만일 할복하게 된다면 그때 간파쿠님은 어떻게 하실 거라고 예측하시오?"

우라쿠가 간단히 고개를 저었다.

"모르겠소."

이 대답은 그때는 단번에 군사를 진격시킨다─고 말하리라 예상하고 물었던 다다쓰구를 어리둥절하게 만들기에 충분했다.

"전하 생각으로는 시고쿠가 이미 평정되었으니 도쿠가와 님과 손잡고 해륙에서 규슈를 정복하실 속셈이리라……고까지는 상상되지만 그 이상에 대해서는 아무 말씀도 없으셨소. 말씀이 없는 일은 알 수 없지요."

마침 그때 또다시 가볍게 땅이 흔들리기 시작했다.

"지진이다."

누군가가 말했으나 다다쓰구는 느끼지 못했다.

다다쓰구가 이들을 기다리게 해놓은 채, 말을 몰아 하마마쓰로 향한 것은 그로부터 한 시간쯤 지나 이미 흐린 햇살이 기울기 시작한 무렵이었다.

술책이 많은 히데요시 따위에게 넘어가서 될쏘냐…… 생각하면서도 그의 판단으로는 사자들에게 뭐라고 대답할 길이 없었다. 우선 세 사람을 요시다성에 머무르게 해놓고 이에야스의 지시를 바라는 수밖에 없었다.

'이에야스가 과연 사자를 하마마쓰로 보내라고 할 것인가……?'

어쩌면 베어버리라 할지도 모르고, 그렇게 되면 물론 여기서부터 싸움이 되어갈 터이지만.

다다쓰구는 날이 저물기 전에 하마마쓰성으로 들어가려고 몰아치는 북풍 속에 미친 듯 채찍을 휘둘렀다.

하마마쓰성에 도착했을 때 주위는 이미 컴컴해졌다. 그 어둠 속에 매화꽃이 새하얗게 떠오르고 큰 현관과 정원에서 때아니게 사람들이 떠들썩한 소리가 났다.

"뭔가, 무슨 일이 있었나?"

"예, 또 지진입니다. 처음 두 번은 약했으나 세 번째는 대단한 진동이라 모두들 모닥불을 끄고 있는 참입니다."

"그런가, 나는 말을 타고 있어서 몰랐는데, 불조심을 잘 하도록."

말을 던지고 다다쓰구는 땀을 씻으면서 이에야스의 거실로 달려갔다.

이에야스는 지진에 대비해 대청 문을 열어젖히고 어두운 하늘을 쳐다보고 있더니 다다쓰구가 온 것을 보자 지진에 대해 먼저 물었다.

"요시다도 심했나."

다다쓰구는 세차게 고개를 저었다.

"대지진입니다, 히데요시 놈의."

"그런가. 그럼, 모두 잠시 나가 있거라."

아무렇지도 않은 듯 말했으나 그 눈빛에 긴장한 광채가 돌았다.

다다쓰구는 촛대에 불이 켜지기를 기다려 말하기 시작했다. 침착하려 하면서도 이따금 심하게 더듬거려지는 말이 지진의 불안과 겹쳐졌다.

이에야스는 다다쓰구가 말을 맺을 때까지 가만히 눈을 감고 팔걸이에 기댄 채 한마디도 입을 열지 않았다.

"히데요시 놈은 주군과 손잡지 않으면 규슈 정벌이 불가능합니다. 언제 우리에게 등을 찔리느냐는 불안뿐 아니라 아직 적당주의를 가진 영주들이 많으므로……."

"……."

"여기서 냉정하게 거절하시더라도 십중팔구 공격해 오지는 않을 겁니다. 우리와 싸우기보다는 규슈가 더 급할 테니까요."

"……."

"다만 곤경에 처한 것은 세 명의 사자인데, 이들은 할복도 마다하지 않을 기세여서."

그래도 이에야스는 여전히 눈을 뜨지 않고 대답도 하지 않았다.

가벼운 진동이 다시 두 번 있었으나 이제는 대단치 않다고 봤는지 성안 여기저기가 밝아지기 시작했다.

"주군! 어쨌든 사자를 어떻게 해야 할지, 그 지시를 내려주십시오…… 그렇지 않으면 그들이 이리로 찾아올지도 모릅니다."

"다다쓰구……."

"생각이 결정되셨습니까?"

"계속 지진이 있었기 때문에 나는 매사냥 겸 기라 방면으로 피해 상황을 둘러보러 떠났다고 말해라."

"그럼…… 저, 하마마쓰를 비우셨다고……?"

다다쓰구가 납득되지 않는 표정으로 다그쳐묻자 이에야스는 천천히 고개를 끄덕였다.

"이 일은 사쿠자하고도 의논해야만 한다. 나는 한 걸음 먼저 마사노부, 마사카쓰, 야스나리 세 사람을 데리고 기라에 가 있겠다. 그동안 그대는 사자를 오카자키로 안내해 두어라."

"그럼, 오카자키에서 만나시겠습니까?"

이에야스는 거기에는 대답하지 않고 말했다.

"그런데 이 혼인에 대한 그대 의견은 어떤가. 거절하는 게 좋겠나, 승낙하는 게 좋겠나. 그대 의견에 따라 사쿠자며 나도 생각을 해야겠으니 말이다."

슬쩍 책임을 떠넘기는 바람에 다다쓰구는 어리둥절했다.

다다쓰구는 이에야스의 말뜻을 알아듣는 데 한참 걸렸다. 그의 생각으로는 이에야스가 아직 아사히히메와의 혼인을 결정해 좋을 때가 아니었다. 이에야스도 늘 말하듯 지금은 히데요시며 우에스기 가문과의 대항상 우선 오다와라의 호조 부자와 그 제휴를 재확인해 두지 않으면 안 될 때였다. 이에야스는 물론 그것을 알면서도 계속되는 지진과 그 피해로 아직 미시마 행을 실천하지 못하고 있다. 그런데 호조 부자와의 대면에 앞서 도요토미 가문과의 혼인을 결정한다면 아마 사태가 확 바뀔 것이다. 호조 부자는 이에야스에게 배신당했다고 화나서 반대로 우에스기 가문과 합세해 조신(上信) 지방에서 가이, 스루가로 공세를 취해 오지 않을까. 그렇게 되면 도쿠가와 가문 지위는 히데요시에 대해 몹시 약해지는 결과가 된다…….

다다쓰구는 말했다.

"황송하오나…… 저나 사쿠자가 만일 찬성한다면 주군께서는 사자에게 승낙의 뜻을 대답하실 작정이십니까."

이에야스는 다다쓰구에게 눈을 돌린 채 모호하게 대답했다.

"그렇게 안 되겠지."

"그럼, 하마마쓰성 아닌 곳으로 사자를 유인하여 거기서 거절하시려는 것인지요?"

"글쎄, 그렇게도 안 될……지 모르지만."

다다쓰구는 답답했다.

"저는 주군의 속마음을 모르겠습니다. 거절하실 생각이신지 승낙하실 생각이신지, 제 행동은 주군님 생각에 달렸으니 생각하시는 것만은 똑똑히 들어두고 싶습니다."

따져들 듯 말하면서 다다쓰구는 자신이 어느 결에 예전의 강경함을 잃고 있다는 것을 미처 깨닫지 못했다.

한참 뒤 이에야스는 자못 생각에 지쳤다는 듯 목소리를 떨구었다.

"다다쓰구…… 당장의 일은 어떻게 사자를 무사히 돌려보내느냐가 문제다. 그렇지 않은가?"

"그것은…… 그렇습니다만……."

"여기서 사자들이 소란 피워, 그 일이 호조 편에 새어나가서는 안 돼. 그러므로 나는 사자를 피해 기라로 매사냥을 간다…… 그 뒤를 사자들이 쫓아왔다, 그래서 하는 수 없이 오카자키에서 만나보기는 했으나……라고 하면 호조 가문이 듣기에도 좋지 않겠나?"

"그렇군요……."

"거기서 내가 뭐라고 대답했는지는 아무도 모를 것이다…… 알았거든 그대는 곧 요시다성으로 되돌아가 나와 엇갈려 못 만났다, 기라로 갔다고 하니 그쪽으로 안내하겠다고 말해라."

다다쓰구는 그제야 크게 고개를 끄덕였다. 이에야스가 무슨 생각을 하고 있는지 겨우 또렷이 납득된 것이다.

'과연 참으로 용의주도하군……!'

하마마쓰에 잠입해 있는 호조 가문 첩자들도 이렇게 되면 틀림없이 이에야스가 사자와의 면회를 꺼려 피신했다고 오다와라에 보고할 것이다.

그렇게 생각하자 다다쓰구는 히데요시에 대한 자신의 반감까지 왠지 모르게 모나지 않게 되어가는 듯 느껴졌다.

다다쓰구는 밤길을 달려 곧장 요시다성으로 되돌아갔다.

다다쓰구가 돌아가자 이에야스는 곧 기라 행차 준비를 명하고, 다음 날인 22일 새벽 아직 짙은 안개 속에 하마마쓰를 떠나 미카와로 향했다.

기라에서 매사냥한다고 널리 알리고 시종으로 혼다 마사노부, 아베 마사카쓰, 마키노 야스나리 세 사람에 매 세 마리를 거느리고 몰이꾼 졸개는 80명쯤 되었다. 혼다, 아베, 마키노 세 사람은 가신들이 너무 무(武)에만 치우치므로 조금이라도 정치 외교에 익숙한 인간을 육성해 두려는 이에야스의 생각에서 요즘 늘 측근에 두는 자들이었다.

아마 오늘 낮때가 지나면 히데요시의 사자가 요시다성을 출발할 것이다. 그들보다 늦게 도착한다면 곤란해진다. 그러므로 오전 동안에는 무턱대고 말을 재촉하느라 측근들에게 말을 건넨 것은 아카사카 언저리에 이른 다음이었다. 하늘은 희뿌옇게 흐리고, 철 아닌 남풍이 바다 쪽에서 후덥지근하게 불어오고 있었다.

"이 바람으로 보아서는 진동이 아직 더 있을 것 같습니다."

혼다 마사노부가 말을 가까이 몰아오자 이에야스는 뚱뚱해진 몸의 살이 쓸리는 것을 걱정하면서 내뱉듯 말했다.

"어떤 일이 있어도 이제 놀라지 않는다!"

그리고 나서 문득 생각을 바꾸어 웃어보였다.

"마사노부, 그대라면 뭐라고 하여 히데요시의 사자를 돌려보내겠나? 거절하면 상대는 할복하겠다는데."

"바로 그것입니다. 대감께서 뭐라고 말씀하실 작정이신지 줄곧 이것저것 상상하면서도 지금껏 알지 못하고 있습니다만."

"흥, 그럴 테지."

"상대의 할복……이라는 건 계략이겠지요."

"그렇지도 않을걸. 이것은……."

말하다가 이에야스는 입을 다물었다. 이시카와 가즈마사의 의견에서 나온 요청……이라고 말하려다가 입 밖에 내어선 안 되는 말이라고 생각을 돌린 것이다.

"어쨌든 오만도코로까지 인질로 내놓겠다니 대담한 조건인데, 정말로 그런 결심을 한 것일까요?"

"마사노부."

"예……."

"야스나리도 마사카쓰도 잘 들어둬라. 이런 때는 지레짐작으로 상대의 속셈을 헤아려보는 게 아니야."

"예……."

"상대의 속셈 따위를 추측했다가는 어느새 그것에 말려들어 내 자신의 형편을 잊어버리게 된다."

"……그렇겠군요."

"그러므로 지금 나는 백지 상태다. 다만 하마마쓰에서 시끄럽게 굴면 곤란하므로 미카와로 간다, 그뿐이지."

"예……."

"그렇다 해서 되는 대로 행동한다는 것은 더욱 좋지 못하지. 알겠나? 기라 언저리에는 아직 기러기가 있을 거다. 그것을 잡아서 상대에게 기러기국이라도 대접하면서 이 눈으로 차근차근 그들의 각오가 어떤지 살펴본다. 그때까지 이쪽은 백지니 상대에 대한 생각을 정할 길이 없겠지."

그런 다음 이에야스는 가볍게 웃었다.

"지금 말해 봤자 모른다…… 좋아, 그러니 그대들도 내가 그들을 어떻게 다루는지 그 눈으로 똑똑히 보도록 해라. 그러면 이해될 것이다."

세 사람은 가만히 얼굴을 마주보며 다함께 고개를 갸웃거렸다.

'기러기국이라도 대접하면서 천천히 상대의 태도를 본다……'

단지 그것만으로는 세 사람 다 도무지 해석할 길이 없었지만 이에야스는 그뿐 더 이상 언급하지 않았다.

직접 오카자키로 가지 않고 니시고리에서 기라로 나와 아무 일도 없었던 것처럼 매사냥을 즐기다가 그 수확물을 가지고 오카자키로 들어간 것은 24일 한낮이 지나서였다.

사자들은 그때까지 오카자키에서 기다리고 있었다. 그러나 그것도 염두에 없는 듯 아직도 계속되고 있는 성 개축 공사를 천천히 돌아보고 나서야 성으로 들어갔다.

새로 성주 대리가 된 혼다 사쿠자에몬은 이에야스의 얼굴을 보고도 사자들 이야기는 입 밖에 내지 않았다. 이에야스가 실눈을 짓고 자랑으로 여기는 매를 바라보는 곁으로 다가갔다.

"많이 잡으셨습니까? 다다쓰구 님은 돌려보냈습니다. 주군의 변덕스러운 매사냥이므로 기다리게 해도 소용없을 것 같아서."

이에야스는 고개를 한 번 끄덕였을 뿐이었다.

"기러기를 두 마리 잡아왔다."

"그러면 이번에는 세 마리째로군요."

"세 마리째……? 그래, 멀리서 온 기러기 말이지."

"그렇습니다. 곧 국을 끓이게 하지요."

"그래 다오. 목욕이나 하고 만나기로 하지. 그동안 술상도 준비하도록."

그렇게 이르고 본성으로 들어갔다.

기다리기에 지친 히데요시의 사자가 본성 큰방으로 불려나온 것은 그날 저녁 촛대에 불이 켜진 뒤였다. 사자들은 모두 한껏 긴장한 얼굴로 혼다 마사노부의 안내로 자리에 앉자 이에야스의 얼굴을 살피듯 쳐다보았다. 그들은 이에야스가 매사냥을 핑계 삼아 일부러 사자를 피했던 것……이라고 짐작하는 듯했다.

"이거 참, 알지 못한 일이라 기다리게 했군. 대신 매사냥 수확물로 대접하여 사과를 대신하겠소. 참, 그리고 대강 이야기는 사쿠자에게서 들었소."

이에야스는 상대의 인사말에 가볍게 답하고 곧 술상을 들여오도록 야스나리에게 일렀다.

우라쿠가 슬쩍 야유 섞인 웃음을 띠며 말을 건넸다.

"도쿠가와 님은 매사냥을 좋아하시는 모양입니다. 저희들이 돌아가는 게 늦어져 어쩌면 간파쿠 전하께서는 일이 잘 되지 않아 할복이라도 했나 하고 걱정하실지도 모르겠습니다."

이에야스는 웃었다.

"거 참, 미안한데. 모르는 것은 어쩔 수 없는 일이라, 나는 어제쯤 올 수 있었을 텐데도 멋모르고 여기저기 돌아다녔지 뭔가."

다키가와 가쓰토시가 정색하고 입을 열었다.

"그럼, 우선 간파쿠 전하의 전갈을……."

"잠깐."

이에야스는 가볍게 제지하고 잔을 가리켰다.

"기다리게 한 사과로 자, 오다 님부터 우선 한 잔."

"그러나……."

"알고 있소. 그렇게 정색하지 않아도…… 실은 나도 이번 사자를 기다리고 있었던 터라."

"기다리셨다고요?"

"그렇소. 자, 시동들아, 정중히 술을 따라드려라."

사쿠자에몬이 못마땅한 얼굴로 흘끗 이에야스를 노려보았다. 이에야스는 이번에 사쿠자의 의견을 전혀 묻지 않았다. 그러므로 이에야스가 뭐라고 대답할지 사쿠자며 근위무사들은 짐작도 할 수 없었다.

세 사자에게 저마다 잔이 돌려졌을 때 이에야스는 날라 온 국을 권했다.

"내가 잡아온 기러기요, 맛을 보아주시오."

그리고 불쑥 한마디 했다.

"나는 간파쿠님에게 아무 원한도 없으니 말이오."

이야기를 진전시키려고 우라쿠가 재빨리 입을 열었다.

"원한을 잊으셨다는 말씀입니까?"

"아니, 본디부터 원한이 없다는 말이오. 내가 한 가닥 의리로 노부카쓰 님 편을 들었으나 그건 어디까지나 돌아가신 우대신님에 대한 의리 때문……그런데 그 노부카쓰 님이 간파쿠님과 화해하셨으니 내 의리도 끝났소."

"그렇게 생각해 주신다면 저희들 체면도 서게 됩니다."

"세워주지 않을 수 없잖소."

이에야스도 술을 한 모금 마셨다.

"여러분들을 할복시킬 수는 없소. 우라쿠 님은 돌아가신 우대신님의 친척이고, 다키가와 님은 듣자니 곧 하시바 시모우사(羽柴下總)라는 명칭을 받게 되었다던가. 거기에 도미타 님까지 함께 오신 사자를 할복시켰다가는 그야말로 원한의 근원이 되겠기에 말이오."

"그럼…… 승낙해 주시는 겁니까, 아사히히메 님과의 혼담을?"

"우라쿠 님."

"예……예."

"간파쿠님이 그렇게까지 말씀하시는 것을 이 이에야스가 거절할 수 있다고 생각하시오?"

"아니, 그러나 그것은……."

"고맙게 받아들이겠소. 천하를 위해서라고 간파쿠님이 말씀하시기 전에."

"주군!"

옆에서 사쿠자가 불렀으나 이에야스는 그쪽을 보지 않았다.

"고맙게 받아들이긴 하겠으나, 시기에 대해서는 이쪽의 형편도 좀 있고 하니……."

"시기에 대해…… 물론 그러시겠지요."

우라쿠 옆에서 가쓰토시가 다급하게 물었다.

"그래, 언제쯤……?"

"그러니…… 사쿠자."

"예."

"성 개축이 끝나는 게 언제쯤 되겠나?"

"이 오카자키의……말입니까?"

"아니, 하마마쓰 말이다. 설마하니 간파쿠님 누이님을 오카자키에 둘 수야 없지 않겠나. 하마마쓰에 따로 저택을 지어야겠지."

"그렇군요."

사쿠자는 비로소 이에야스의 속셈을 알게 되었다. 저택을 새로 짓는다는 구실로 그동안 오다와라의 호조 부자 쪽에 적당히 손쓸 작정임이 틀림없다. 그렇게 하지 않으면 호조 부자는 이에야스가 자기들을 배반했다고 분명 떠들어댈 것이다.

"글쎄요…… 아무래도 석 달쯤 걸리지 않겠습니까?"

"그럴 테지. 앞으로 석 달……이라면 봄은 지나겠지만, 그 무렵에는 여기 저기 벌여 놓은 지진 뒤처리도 끝날 테니까."

너무나 선뜻 승낙받고 이번에는 사자들이 슬며시 얼굴을 마주보았다. 히데요시 생각으로는 이에야스가 체면상 가신들 앞에서 당장 승낙하기 어려울 것이다, 그러므로 오만도코로까지 인질로 내놓겠다고 비치며 이에야스의 상경 결심을 굳히게 하려 한 것이었다.

이에야스는 받아들였다.

'그것은 어디까지나 히데요시의 계산…… 히데요시에게는 히데요시의 형편과

계산이 있겠으나 이에야스에게는 이에야스의 생각과 형편이 있다……'

이에야스는 여기서 사자가 어리둥절할 만큼 선뜻 혼담을 승낙해 놓고, 아사히 히메가 시집오기 전까지 호조 부자를 적당히 납득시킬 작정인 것이다. 호조 부자를 확고하게 우군으로 삼아두면 히데요시는 이에야스를 무시하지 못하게 되고, 이에야스의 동의 없이는 규슈 정벌도 할 수 없다.

이것은 여러 영주들에게 히데요시 한 사람의 천하가 아님을 은근히 인식시키기에 충분하고, 오늘날의 일본 정세로서는 무엇보다도 중요한 일이라는 게 이에야스의 생각이었다.

그 점에 있어 히데요시의 책략과 이에야스의 그것은 비슷한 듯하지만 크게 다른 데가 있었다. 히데요시의 천하 평정에는 간파쿠의 위력을 과시하려는 점이 강했고, 이에야스는 단지 그것만으로는 만족할 수 없는 불안이 있었다.

이에야스의 눈으로 볼 때 히데요시의 패권 확립에는 노부나가나 미쓰히데와 서로 통하는 위험성이 느껴졌다. 자기 힘만 지나치게 믿고 과시하면서 천하를 장악해 가면, 그 개인 생명의 종말이 언제나 난세로의 역행을 뜻하므로 거기에서부터 무한히 반역과 모반이 도발될 것 같아 견딜 수 없었던 것이다…… 따라서 그러한 개인의 위대함에 다시금 한 가닥 의지의 선을 통하게 하여 거기서 다음의 안정 세력을 육성해 가는 계책이 있어야만 한다고 생각했다. 물론 그 히데요시의 다음 안정 세력이 자기 자신이라고 자부하기 시작한 것은 부정할 수 없었지만…….

그러한 사고방식으로 출발한다면 현재 히데요시의 규슈 정벌은 그리 서두르게 할 필요가 없었다. 그보다도 천하의 영주들에게 '난세는 끝났다!'고 여기게 하고, 천하는 개인의 야심으로 말미암아 평화와 난세가 되풀이되어선 안 된다는 '사리'를 명백히 깨닫게 할 필요가 있었다. 그 최초의 궤도에 자신을 올려놓으려고 꾸민 오늘 밤의 기러기국 대접이니 우라쿠 이하 사자들이 어리둥절해 하는 것도 당연한 일이었다.

도미타가 말했다.

"그럼, 참고삼아 여쭤보겠습니다만……봄이 지날 무렵 아사히히메를 맞아들이신다……는 말씀이군요?"

이에야스는 크게 고개를 끄덕였다.

"아까도 말했듯 이에야스는 그것을 기다리고 있었다……고 복명해도 좋소. 지금은 모두 힘을 합해 일본의 평정을 도모하지 않으면 안 되는 때이니."

"그렇다면 한 가지 더 여쭤볼 말이 있습니다만."

"오, 무엇이든지…… 자, 잔을 들면서."

"다름 아닙니다. 아사히히메 님이 출가하신 뒤 간파쿠 전하와 처남 매부간이 되시니 상경하실 것으로 압니다만?"

곁에서 사쿠자가 큰소리로 꾸짖듯 가로막았다.

"그건 안 됩니다! 그것과 이것은 문제가 다르오. 주군! 상경하시는 일을 그렇듯 쉽사리 결정해서는 안 됩니다."

위협하듯 화내며 이에야스에게 대드는 사쿠자에게 우라쿠가 상을 찡그리며 말을 걸었다.

"혼다 님, 지금은 도쿠가와 님과 이야기하는 중이오."

가까스로 큰방의 촛불에 눈이 익게 되어 술잔과 모든 붉은 기물이 온화한 분위기를 그려내고 있던 때이니만큼 좌중은 한순간 어색해지고 말았다.

"뭐, 오다 님은 나더러 가만히 있으라는 말이오?"

"직접 말씀드리는 중이니 삼가시는 게 좋겠다고 말했소."

"이것은 그냥 들어 넘길 수 없는 일! 다른 가문이라면 모르되 도쿠가와 가문에서는 주군의 중대사라고 보았을 때 창을 거두거나 입을 다물지 않는 관습이 있소. 군신수어(君臣水魚), 해야 할 말은 언제든지 말하오."

우라쿠는 흘끗 이에야스를 바라보았다. 이에야스는 소리 내어 국물을 마시고 있었으므로 하는 수 없이 다시 사쿠자를 향해 돌아앉았다.

"그러면 혼다 님은 처남 매부간이 되셔도 상경에 반대라는 말씀이오?"

"그렇소, 나는 간파쿠님을 도무지 믿을 수 없소. 그래서 말리는 거요."

"이거 뜻밖의 말을 듣는구면."

"뜻밖의 말이 아니오. 내가 알기로 이 혼담은 우리 주군을 상경시키기 위한 수단. 상경시켜놓고 다짜고짜 베어버릴 수단이라는 것을 알고서야 말리지 않을 수 없잖소."

사쿠자는 사자들 쪽으로 윗몸을 확 돌리며 말을 이었다.

"천하를 위해서니, 일본을 위해서니 하는 말을 들으면 이 사쿠자는 우스꽝스럽고 불쾌해 견딜 수 없소…… 일일이 이름을 대지 않더라도 잘 아시겠지. 거드름 피우며 이 전국 세상에 살면서 그런 말을 한 자들 가운데 하나라도 천하를 걱정한 자가 있었소. 모두가 내 몸, 내 자신의 야심 때문이었소. 자신을 위해서는 부모 형제도 서로 죽이는…… 그런 세상에서 믿을 수 없는 이야기는 하지도 마시오.”

“이것 참, 듣자하니 점점 더 뜻밖의 말을 하는군. 혼다 님도 들으셨겠지. 간파쿠 전하는 딴마음이 없다는 증거를 나타내시기 위해 오만도코로님까지 보내시겠다고 말씀하고 계시오. 그것을 몰라주다니…….”

“모르오. 도무지 모르겠소! 그렇게까지 해서 천하를 잡고 싶을까, 하고 더욱 어처구니없어질 뿐이오.”

마침내 성미 급한 도미타가 듣다못해 대들었다.

“닥치시오!”

그러자 그때에야 비로소 이에야스는 입을 열었다.

“삼가라, 사쿠자.”

그리고 잔을 들어 우라쿠에게 손수 술을 따랐다.

“그대들 고집도 대단하구나. 알겠나? 지금은 경사스러운 혼담이야기 중이다. 간파쿠님이 지금 당장 상경하라시는 것도 아니다. 공연히 지레짐작해 그리 모나는 말만 하느냐. 우라쿠 님, 도미타 님, 용서하시오. 모두가 아직 어제까지의 난세인 줄 알고 있구려. 그러나 세상은 하루하루 진보하고 있지. 혼담에 대한 일은 이에야스, 틀림없이 승낙했소. 자, 한 잔…….”

이에야스에게 주의받고 사쿠자에몬은 조개 같은 표정으로 입을 다물었다. 아마 마음속으로는 일부러 히데요시에게 가담하여 책략을 꾸민 이시카와 가즈마사의 얼굴을 떠올리면서 이런 기분으로 있는 게 틀림없다.

‘가즈마사, 나도 하고 있다!’

이 자리에서 히데요시의 사자들에게 상경할 약속까지 강요당할 필요는 없다. 그런 뜻에서 혼인 승낙만으로 우선 무사히 사자를 돌려보내려고 생각하는 듯한 이에야스와 물샐틈없는 호흡의 일치라 할 수 있을 것이다.

“가신에 대한 일은 우선 나에게 맡기시오.”

이에야스는 또 웃으면서 술을 마셨다.

“허참, 가끔 이런 고집통들 때문에 얼굴을 붉힐 때도 있지만…… 그러나 이들이 있음으로써 나도 오늘날까지 살아남을 수 있었지요. 간파쿠님 마음은 내가 잘 알고 있으니 이 자리만의 일로 웃어넘기시오."

이에야스에게 그 말을 듣고 보니 사자들도 이제 더 이상 상경에 대해 다짐할 수 없었다.

사쿠자는 아직도 물어뜯을 듯한 눈초리로 이에야스를 노려보고 있다. 이 이상 이 일에 구애되어 가신들의 풍파를 크게 해서는 오히려 일을 그르치게 되리라고 판단하는 수밖에 달리 도리가 없었다. 우라쿠도 웃었다.

"저도 말이 지나쳤습니다. 혼다 님, 용서하시오. 우리들의 첫째 임무는 화평······ 좀 지나쳤나보오."

사쿠자는 여전히 대답하지 않았다.

우라쿠는 이미 그쪽은 상대하지 않고 말을 이었다.

"그럼, 화평에 대한 조언을 받고 혼사에 관해 이것저것 상의한 다음 돌아가겠습니다. 어떻소, 두 분은?"

"옳습니다."

"그게 좋겠지요."

가쓰토시와 도미타는 아직 석연치 않은 표정으로 고개를 끄덕였다. 우라쿠는 그것에도 개의치 않고 이에야스에게로 몸을 돌렸다.

"그럼, 혼사는 4월 무렵이 되겠군요."

"그렇소, 중순께 예정이라고 복명하시오."

"그러면 우리들을 혼사 요청 사자로 생각하시어 귀 가문에서도 마땅한 중신을 보내셔서 정식으로 승낙의 답을 주셔야겠습니다."

"물론이오."

"그럼, 그때 어느 쪽에 어떤 저택을 지으시고 영접하실지, 또는 택일도 어느 날이 좋으실지요?"

"글쎄, 여러분이 돌아간 뒤 곧 의논해서 빠짐없이 준비시키겠소."

우라쿠는 이제 이쯤에서 이야기를 그치려고 생각한 모양이다.

"도쿠가와 님, 이것으로 이제 두 집안을 위해 매우 경사스러운 일이 이루어지게 되었습니다! 간파쿠 전하도 아사히히메 님 혼사에는 한껏 지참금을 주실 생각으로 계시더군요."

"하하…… 지참금을 어찌 바라겠소. 다만 천하의 일로 이것저것 의논해 주시면 그것이 무엇보다도 신랑에게 주는 선물이 될 터이니, 이 같은 내 심정을 간파쿠님에게 잘 전해 주오."

이에야스는 자못 진지하게 말하고 어느덧 고개를 푹 수그리고 있는 사쿠자에게 부드러운 눈길을 보냈다.

"사쿠자, 한 번 추지 않으려나."

사쿠자는 깜짝 놀란 듯한 얼굴을 들었다가 다시 엄하게 꾸민 눈초리로 이에야스를 똑바로 쳐다보았다.

"그렇군, 여기서 그대에게 춤을 추라고 하면 무리한 일이지."

이에야스는 곧 구원의 손을 뻗쳐놓고 슬그머니 다시 사자들의 주의를 사쿠자에게서 돌려갔다.

"다다쓰구가 있었다면 지금쯤 희한한 새우잡이 춤이 벌어졌을 터인데……."

오늘의 이에야스는 얄미우리만치 원만한 태도로 일을 진행시킨다.

"다다쓰구는 그렇듯 성실하면서도 가끔 사람이 달라진 것같이 어릿광대 노릇을 해보이거든. 인간에게는 역시 마음 놓고 한껏 흥겹게 놀아보고 싶은 일면도 있는 모양이지."

이에야스는 웃었다. 세 사람의 사자도 그 웃음에 끌려들었다.

가장 긴장해 있던 도미타가 대꾸했다.

"그렇습니다. 간파쿠 전하께서도 가끔 익살을 부리셔서 우리들을 난처하게 만드신답니다. 그것을 마음 놓은 것으로도 볼 수 있고, 여유로 여길 수도 있겠지요."

이에야스 주종의 계략이 훌륭하게 효과를 나타낸 것이다. 사쿠자는 가신들 의견의 대표로서 어디까지나 히데요시에의 불신을 강하게 인상짓게 하고, 이에야스는 오히려 그 혼담을 기뻐하고 있는 것같이 인식시켰다.

이렇게 생각하다가 사쿠자는 갑자기 그 자리에 더 이상 있을 수 없는 자기혐오에 사로잡혔다.

'이에야스에게 명령받고 한 말은 아니다.'

그러나 그것이 모두 이에야스가 예상한 대로 들어맞았던 것이다. 마치 두 사람이 미리 의논이라도 했던 듯 호흡이 맞으니 그것은 대체 무엇이었을까. 군신수어의 교분이라고 자랑스럽게 그는 말했다. 그러나 그 교분이란 이에야스 속에 사쿠자 자신을 녹여 넣은 것이지, 사쿠자 속에 이에야스가 녹아든 것은 아니었다.

'결코!'

그렇다면 어느 틈에 혼다 사쿠자라는 인간은 없어져버리고, 지금 여기 백발 섞인 머리를 숙이고 있는 사나이는 이에야스의 눈으로 세상을 보고 이에야스의 호흡으로 살아가는 전혀 개성 없는 허수아비가 아니겠는가……?

"너무 취했습니다."

사쿠자는 딱딱하게 말하고 벌떡 일어섰다.

"실례되면 안 되니, 도중에 자리 뜨는 것을 용서하십시오."

그대로 걸어 나가다가 그것이 또 신경에 거슬렸다. 이렇게 일어서는 것까지 이에야스의 예상대로가 아니겠는가. 더 이상 사쿠자는 이 자리에 있을 필요가 없어진 인간인 것이다……

복도에 나오자 사쿠자는 중얼거렸다.

"가즈마사 놈…… 오, 또 지진이로군. 이 진동하는 봄을 네 놈은 생각대로 해치우고 어디선가 기분 좋게 있겠구나, 가즈마사 놈."

뒤에서 마키노 야스나리가 걱정스러운 듯 따라 나왔다.

"노인장, 염려 없겠습니까?"

"뭐라고? 뭐가 염려 없단 말인가."

"술도 그리 안 드신 것 같았는데."

"내버려 둬주게. 나도 모르겠어."

"예?"

"이제 곧 알게 돼, 그대도…… 도무지 까닭을 모르면서 덮어놓고 화나서 못 견딜 때가 있는 법이야."

그러고는 옆에서 얼굴을 들여다보는 야스나리를 거칠게 밀어버렸다.

그리고 또 중얼거렸다.

"가즈마사 놈……!"

시대의 흐름

교토의 자야 시로지로에게 이에야스로부터 비단 능직 300필 주문을 핑계로 밀사가 찾아온 것은 2월 중순께였다.

그 전에 자야는 특사인 오구리 다이로쿠에 의해 호랑이가죽, 표범가죽, 심홍색 비단 등의 주문을 받아 사카이에서 갖추어 하마마쓰로 보낸 지 얼마 안 되었으므로 생각했다.

'드디어 아사히히메와의 혼사가 결정된 모양이다……'

그런데 아마도 그의 지레짐작이었던 것 같다. 오구리 다이로쿠의 부하처럼 꾸며 가게로 찾아온 그 밀사는 앞으로 당분간 히데요시의 동정을 자세히 탐지해 오카자키로 알리라고 명해 온 것이다…….

히데요시의 책모는 사사건건 남의 의표를 찌르므로 혼담인 척해 보이고 느닷없이 기요스까지 출격해 올지도 모른다. 그 대비는 충분히 하고 있지만 히데요시에 대한 방심은 금물이니 그 동정에 눈 떼지 마라……는 뜻의 밀명을 전한 다음, 이가 무리인 듯한 35, 6살 난 그 밀사는 자야 시로지로를 흘끗 바라보았다.

그리고 심각한 얼굴로 말했다.

"이번에 싸움이 일어나면 2, 3년으로는 승부가 안 날 겁니다. 하마마쓰의 대감께서는 고슈, 신슈의 농부들에게서도 인질을 받으셨습니다."

"뭐, 농부들에게까지……?"

"그렇습니다. 만일 히데요시 님이 기요스로 출격해 오는 날이면 기슈, 시고쿠,

호쿠리쿠를 모두 손아귀에 넣었으니 고마키 전투 때보다 군세가 10만쯤 더 많을 것이므로 그에 대항하기 위해서라고 말씀하시더군요.”

“흠!”

“즉 도쿠가와 가문도 고슈며 신슈의 무장들까지 모두 동원해야 하므로, 그들이 없는 동안 불량배들이 폭동이라고 꾀한다면 큰일이라는 깊은 생각에서겠지요.”

밀사는 자야마저도 반쯤 위협하듯 말한다.

“농부들에게서까지 인질을 받는 정도이니 여러 무장들의 인질은 벌써 모두 슨푸에 모였습니다. 이번에는 대대로 섬겨 내려온 분들도 하나 빠짐없이…… 만일 싸움이 시작되면 그 인질은 고스란히 하마마쓰로 옮겨져 오쿠보 다다요 님이 이들을 지키면서 성을 맡으실 예정이랍니다……”

지그시 자야의 눈을 바라보며 다시 싸움이 벌어졌을 때의 진 배치에 대해서까지 이야기했다.

그것에 의하면 선진은 사카이 다다쓰구 이하 5000여 기, 이것을 10분대로 나누어 나루미(鳴海)로 보내고, 다음은 오스카 야스타카의 5000, 혼다 헤이하치의 5000, 사카키바라 고헤이타의 5000으로 히데요시의 선봉과 경호부대를 무찌르게 하고, 이에야스는 직속무사를 이끌고 나가쿠테 싸움 때처럼 이이 나오마사와 함께 1만8000쯤으로 필승의 진을 친다는 것이었다. 접전에는 이시카와 이에나리와 히라이와 지카요시의 각 5000으로 맞서게 하고, 마쓰다이라 야스시게, 오가사와라 노부미네(小笠原信嶺), 호시나 마사나오, 스와(諏訪), 야시로, 스가누마, 가와쿠보(川窪), 아토베(跡部), 소네, 도오야마, 시로, 다마무시, 이마후쿠, 고마이(駒井), 미키, 다케가와(武川) 등의 무장은 저마다 뒤쪽에 대기하고 있다가 히데요시 출병과 동시에 오와리, 미노 땅을 단숨에 침략해 버린다는 이야기였다.

‘무엇 때문에 그런 이야기를 하고 갔을까……?’

밀사를 보낸 뒤 자야는 한동안 멍하니 있었다. 그런 경계를 할 필요가 있을 거라고는 생각지도 못했다.

일부러 동정을 살필 것까지도 없이 요즘 히데요시는 점잖게 교토에서 요도, 하치만, 오사카, 사카이로 돌아다니고 있다. 바로 이달 초에는 사카모토성으로 나가 오쓰 언저리에서도 다도회며 노래짓기를 했던 모양인데, 그것은 어디까지나

풍류를 즐기는 간파쿠인 척하는 놀이로 출진이며 출병 같은 중대한 뜻을 숨기고 있는 것같이 느껴지지 않았다. 그런 의사가 있다면 히데요시는 숨기지 않을 것이다. 그럴 경우 그는 필요 이상의 대대적인 선전으로 싸우기 전부터 상대가 싸울 뜻을 잃게 하는 인해전술 신봉자인 것이다.

그것을 이에야스가 모를 리 없을 텐데…… 생각하자 자야는 고개를 갸웃거리지 않을 수 없었다. 히데요시와는 전혀 다르게 조심스러운 이에야스의 성격은 알고 있다. 어떤 점에서는 의심이 지나치다고 생각될 정도로 신중한 이에야스였지만 그의 움직임이나 지령에 아무 의미가 없었던 일은 일찍이 없었다.

'그렇다면 무엇 때문에 그런 조심을……?'

대장이 부하장수로부터 인질을 받는 것은 사기를 높이고 상대의 각오를 결심시키기 위해 대개 습관화된 부득이한 사정이었지만, 농부에게서까지 인질을 받는 일은 드물다. 그 때문에 오히려 백성들의 반감을 사서 폭동이며 소동을 일으킬 우려가 있기 때문이었다. 그런데 이에야스는 그 일을 감행해서까지 총동원 대비를 완료하고 있다는 것이다…….

자야는 자기 거실 앞 좁은 뜰에 만발한 홍매화를 바라보는 동안 차츰 불안해져왔다. 어쩌면 자기가 전혀 모르는 사정의 변화나 엉킴이 숨어 있는지도 모른다.

'내가 너무 지나치게 안심했던 것일까.'

그는 곧 손뼉 쳐 점원을 불렀다.

"나는 지금부터 사카이에 다녀오겠다. 급한 볼일이 생각났어."

그런 다음 자신의 지식과 세평을 대조해 보려고 물었다.

"그런데 간파쿠 전하는 지금 어디에 계시느냐?"

"예, 요도에서 우치노로 가셔서 호소카와 유사이(細川幽齋) 님이 감독하시는 새 저택 신축공사장에 행차하셨다고 합니다."

"그런가. 그럼, 아직 오사카에 돌아가시지 않았구나."

"예."

"좋아. 그럼, 곧 준비해 주게. 전하가 이곳에 계시다면 소에키 님을 비롯하여 사카이 사람들 대부분이 함께 가서 그곳에 없겠지만 그편이 오히려 물건 사는 데는 나을지도 모르지."

혼자 중얼거리는 척하며 자신도 일어나 몸차림을 하기 시작했다.

아직 시각은 오후 1시, 지금부터 후시미로 달려가면 요도야의 배로 오늘 밤 안에 강을 내려갈 수 있을 것 같았다. 사카이에 소에키나 소큐는 없더라도 나야 쇼안은 있을 것이다. 쇼안을 만나 정보를 확인하자…… 쇼안은 히데요시와 이에야스를 손잡게 하려고 음으로 양으로 애쓰고 있다. 누구 편도 아닌, 큰 뜻에서의 중립적인 인물이었다.

후시미에서 마침 배를 잡을 수 있었다. 쌀을 싣고 올라왔다가 돌아가는 요도야의 배였다. 그 배를 타고 요도강을 내려가면서 자야는 새삼스레 양쪽 기슭에 매여 있는 배의 수효가 많은 데 놀랐다.

요즘 히데요시가 강 물줄기에 밀생해 있는 갈대의 권리를 총애하는 신하 이시다 미쓰나리에게 주는 바람에 배꾼들이 배를 끌었던 자국이 밟아 다져져 산촌의 오솔길보다 훨씬 훌륭한 길이 베어버린 새싹 사이로 만들어져 있었다. 오사카라는 신흥 도시와 이 수송로가 직결되어 교토도 나날이 엄청나게 인구가 늘고 있었다. 말하자면 백성들이 한결같이 평화를 목표로 저마다 걸어 나가기 시작한 증거였다.

'그런 때 이에야스는 다시금 거친 전운을 예기하며 움직이고 있다…….'

그 생각을 하니 자야의 가슴은 야릇하게 설레었다. 이에야스 편이라든가 히데요시 편이라는 것을 떠나, 이렇듯 움트기 시작한 평화를 놓쳐서 될 말인가. 그것을 위해서라면 어떠한 수단이라도 써야만 한다…….

그런 심정으로 배가 요도야 다리 언저리에 멈췄을 때 차라리 요도야 조안을 만나고 갈까 하는 생각도 들었으나 아직 날이 밝지 않았으므로 밤중에 깨워 놀라게 해서는 미안하다고 여겨져 삼갔다.

날이 밝기를 기다려 사카이로 가는 다른 요도야 배로 바꿔 탔다.

"조안 님에게 안부나 전해주게"

배에 실은 짐을 확인하러 와 있는 점원에게 전갈을 부탁하고 곧장 사카이로 떠나갔다.

사카이에 도착한 것은 그날 정오 때쯤이었다. 나야 쇼안의 본댁을 찾아가니 그는 수양딸 고노미를 데리고 기슈로 가는 길목에 가까운 난소사(南宗寺) 언저리에 있는 별장으로 갔다고 했다.

자야는 곧장 그 별장으로 향했다. 가까이에는 이미 매화꽃이 다 지고 여기저기 복숭아꽃이 만발했으며 햇살도 교토와는 비교도 안 될 만큼 따사로웠다.

"이것 참, 걸으면서도 졸음이 오겠는걸."

따라와 준 점원의 안내로 자못 쇼안의 취미다운 거창한 소나무 고목이 담 밖에서 바라보이는 별장 문 앞에 섰을 때 안에서 한가로이 북소리가 들려왔다.

"허, 이건 히구치 이와미(樋口石見) 님 북 소리 같은데."

"예, 실은 오사카 저택에서 호소카와 다다오키 님 부인이 아가씨를 찾아와 계십니다."

"뭐? 호소카와 다다오키 님의……"

"예, 아케치 부인이지요."

"그렇군, 여기는 역시 사카이야."

전에 배로 아케치 부인과 함께 서로 통성명도 않고 사카이에서 교토까지 동행한 적 있는 자야는 저도 모르게 감개 어린 한숨을 내쉬었다.

"그럼, 여쭙고 오겠으니 잠시 여기서 기다려주십시오."

점원은 자야를 현관에 기다리게 하고 일단 안으로 들어갔다가 곧 되돌아왔다.

"어서 들어오십시오. 아가씨와 아케치 부인과 그리고 자야 님도 아시는 그 소에키 님 따님 오긴 님들이 모여 모두들 함께 북을 배우고 계시는 중입니다."

자야는 묘하게 조리에 안 맞는 낭패감을 느꼈다.

'쇼안 님이 북을 배운다……'

어딘지 안심되면서도 그 온화한 분위기 속에 전혀 다른 공기를 집어넣으려는 자신이 견딜 수 없게 느껴졌다.

"이리 들어오십시오."

점원은 긴 복도를 지나 북소리가 나는 곳으로 차츰 가까이 다가갔다.

"교토의 자야 님을 모시고 왔습니다."

그러자 북소리가 멈추고 대신 갑자기 밝은 여자들 웃음소리가 들렸다.

"자야 님, 어서 들어오시오. 뭐 어려워하지 않아도 될 분들뿐이오. 나까지 젊은 여자들 사이에 섞여 북을 배우고 있소."

"이거 참, 오랜만입니다. 모처럼 즐기고 계시는 곳에……."

"뭐, 그리 딱딱한 인사는 빼기로 하고. 자, 고노미, 이 아저씨도 끼워드리자."

고노미가 권하는 방석을 무릎 앞에 놓고 자야는 공손히 절했다.

"황송합니다. 풍류니 예능이니 하는 것과는 도무지 인연이 먼 멋없는 사람이라……."

"아니, 방금 그 멋없는 자의 이야기가 나와서 말이오. 자야 님, 대체 누가 천하 으뜸가는 멋없는 사람인지 그 품평을 하면서 이와미 님의 가락을 듣고 있었지요."

"그렇다면 더욱 황송하군요. 우선 당장 제가 아마도 그럴 것입니다."

그러자 소에키의 딸이며 지금은 모즈야 소젠(万代屋宗金)에게 출가해 있는 오긴이 아케치 부인을 보고 호호호 웃었다.

아케치 부인은 자야를 보고 흠칫한 모양이었으나 곧 얼굴빛이 평상으로 돌아왔다. 아마 과거의 기억에 있는 사람과 흡사하지만 그렇지는 않으리라고 생각했음이 틀림없다.

쇼안이 말했다.

"얘야, 그럴 때는 웃는 게 아니야. 자야 님은 매우 수줍어하는 분이라 꺼려하신다, 하하하……."

"아닙니다. 그런 점으로는 이미 딱지가 붙은 멋없는 사람이라서."

자야가 말을 시작하자 쇼안은 손을 내저었다.

"그것은 이미 결정되었소! 그대 같은 사람이 아니야. 좀 더 거물이오."

"거물……이란 말씀입니까?"

"그렇소, 말해 드릴까요. 천하 으뜸가는 멋없는 사람은 다름 아닌 간파쿠 전하 도요토미 히데요시란 말이오."

"예……? 저, 그건 또……."

"글쎄, 들어보시오. 천하는 드디어 평정되었다, 앞으로는 일본 국내에 이렇다 할 싸움도 없을 것이다, 그러니 나는 슬슬 여자 사냥이라도 해볼까 하고 말했다더군."

"예……? 대체 누가 그랬습니까?"

"간파쿠 전하 자신이지, 하하하……."

"누……누, 누구에게 그런 말씀을 하셨나요?"

"그것이 글쎄, 기타노만도코로님에게 의논했다지 뭐요."

"아니, 자신의 부인에게 말입니까."

"어때, 놀랐소, 자야 님. 그랬더니 기타노만도코로님이 또 기막힌 대답을 한 모

양이더군. 아무쪼록 마음대로 하세요. 그러나 수확물 요리는 나에게 맡겨주세요,
하고 말이오…… 하하하…… 그래서 용모를 자랑하는 모즈야의 마누라와 아케
치 부인이 오들오들 떨고 있는 중이오."

쇼안은 긴 눈썹 밑의 눈을 가늘게 뜨고 온몸으로 웃었다.

자야는 어처구니없어 좌중을 둘러보았다. 히구치 이와미도 싱글싱글 웃고 여
자들 역시 무언가 생각난 듯 얼굴을 마주보며 웃음을 참고 있다.

"그렇다면 간파쿠 전하는 모즈야 님 마님이며 이쪽 부인께도 눈독들이고 계시
단 말씀입니까?"

이번에는 고노미가 목을 움츠리며 말했다.

"그래요. 남편 있는 미인이 아니고는 사냥할 보람이 없다나요. 무서운 세상이
되었어요."

"설마…… 농담이시겠지요?"

"호호호…… 정말로 불려가게 된다면 어떻게 되겠어요. 아무튼 마음 놓고 길을
걷지 못하게 되었어요. 만일의 일이라는 것도 있으니까."

고노미의 말을 이어 이번에는 이와미가 몸을 앞으로 내밀며 말했다.

"그럼, 자야 님에게 또 한 가지 비밀 중의 비밀이야기를 털어놓을까요."

그는 장난스럽게 콧방울을 벌름거렸다.

"비밀 중의 비밀이야기란 말입니까?"

"그렇소, 이만큼 재미있는 이야기는 쉽사리 듣기 어려울 겁니다."

"그거 참…… 꼭 듣고 싶군요."

"이야기해 드리지요. 실은 이 사카이에서 이야기꾼으로 측근에 나가 있는 칼집
장이 소로리 신자에몬이 간파쿠 전하의 애첩 마쓰마루(松丸) 님과 가가 님에게
문안드리러 갔다고 생각해 보시오."

이와미는 매우 거드름피우는 말투였다.

"그랬더니 이 두 분이 눈썹을 곤두세우고 말다툼하던 참이었답니다."

"애첩들이…… 말입니까?"

"그렇소. 싸움의 발단은 젊은 가가 님이 무심코 전하의 불알이 두 개 있더라고
말한 게 다투게 된 원인인데, 그럴 리 없다! 틀림없이 하나다! 하고 마쓰마루 님이
굉장히 화냈다더군요."

"예? 저 불알……이!"

자야는 당황해 다시 좌중을 돌아보았다. 여자들은 얼굴을 돌린 채 웃음을 참고, 쇼안은 여전히 빙글빙글 웃고 있다.

"그렇소, 그 불알 말이오. 한쪽은 두 개, 한쪽은 하나라고 우기면서 아무도 양보하지 않았지요. 그래서 마침내 신자에몬에게 그 결단을 내려달라고 했소. '마쓰마루 님은 하나가 맞아요, 네, 신자에몬 님' 했고, 가가 님은 '두 개가 틀림없지요' 하고 물었소. 신자에몬은 갑자기 대답할 바를 몰라 난처해했소."

"그렇겠군요……."

"한쪽을 두둔하면 한쪽 체면은 완전히 손상되고 마는 거지요. 그래서 뭐라고 대답했다고 생각하시오, 자야 님?"

자야는 고개를 저으며 또 구원을 청하듯 쇼안을 바라보았다.

"하하…… 성품이 느긋하시구려, 자야 님은."

"예……."

"그래서 신자에몬은 두 분 다 옳습니다, 모두 맞습니다, 라고 대답했다더군요."

"옳지……."

"아시겠소, 하나라는 것은 물건으로 볼 때 그렇고, 둘이라는 것은 알맹이를 말하는 것이니 두 분 다 맞습니다, 이렇게 판결 내리고는 부랴나케 도망쳤다니 참으로 천하를 위해 재미있는 이야기가 아니겠소. 안 그렇소, 자야 님?"

"이제 그만하세요, 히구치 님."

참다못해 오긴이 이와미를 흘겨보자 고노미는 진지하게 고개를 갸웃거렸다.

"무슨 말인지 저는 도무지……."

고노미는 자리에서 일어섰다.

"그런데 자야 님은 나에게 무슨 볼일이……."

쇼안이 그렇게 말을 꺼내주지 않았다면 자야는 손님이 돌아갈 때까지 자기 용건을 꺼내지 못했을 것이다. 그만큼 이곳 분위기는 화기애애했다.

'평화의 바람이 어느 틈에 사람 마음을 꽃피게 하고 있다…….'

"실은 특별히 말씀드리고 싶은 일이 있어서."

"그러시겠지. 그럼, 이 자리에서 실례하고 저쪽 별채로 가서 이야기하실까요?"

"그렇게 해주신다면……."

"그럼, 여러분, 잠시 실례합니다. 고노미, 여러분의 식사준비를 하도록 해라. 나중에 나도 자야 님도 식사해야 되니까."

"네, 준비하도록 일러두었어요."

"그럼, 자야 님."

두 사람은 일어나 징검돌을 밟으며 안마당을 사이에 둔 풍아한 별채로 건너갔다. 여기는 벌써 추녀 끝에 벚꽃이 커다랗게 봉오리 져 있다.

삼면으로 툇마루를 두른 다다미가 8장 깔린 다실 한가운데 앉아 쇼안 쪽에서 먼저 말을 꺼냈다.

"미카와에서 또 무슨 전갈이 있었군요."

"예, 마음에 좀 걸리는 점이 있어서."

"그럼, 도쿠가와 님은 싸움 준비라도 하고 계신가요?"

"그것이 말입니다, 간파쿠님이 아사히히메의 혼사를 기화로 방심시켜 일전을 벌일지도 모른다……고 해석하는 모양입니다."

쇼안은 생각에 잠겼다.

"음. 겉으로는 도쿠가와 님도 혼사를 승낙하셨다고 들었는데……."

"예, 지난번에도 그때 쓰실 선물인지 표범가죽과 호랑이가죽, 그 밖에 비단능직 300필의 주문이 있었습니다."

"비단능직 300필."

"예, 그것을 이번에 장만해 보낼 예정으로 여기 왔습니다."

"비단 능직을…… 말이지."

쇼안은 번들거리는 눈을 허공에 박고 생각했다. 쇼안은 혼잣말같이 중얼거렸다.

"간파쿠 전하에게 싸움을 할 생각은 없소. 이것은 소에키나 소로리가 잘 확인하고 있소."

"그럼, 이것은 이에야스 님의 지레짐작일까요?"

"내 말 좀 들으시오. 그런 착각 따위 하실 도쿠가와 님이 아닐 텐데……."

"아무튼 앞으로 당분간 간파쿠 전하의 동정을 잘 살펴서 알리라고 전갈이 왔습니다."

"그것이…… 이상하군요."

"그 밀사가 엄중한 군비에 관한 일이며, 고슈와 신슈에서 농부들에게까지 인질을 받았다는 말을 넌지시 털어놓고 갔습니다. 당장에라도 싸움이 벌어질 것같아……."

"자야 님."

"예."

"이것은 도쿠가와 님 책략이오."

"책략……일까요?"

"그렇소, 목표는 간파쿠 전하가 아니오. 이것은 오다와라에 보이는 겉꾸밈이오. 비단능직 주문도 혼수를 보내기 위해서가 아니라 오다와라에 보내는 선물일 것이오."

그리고 소리 낮추어 싱긋 웃었다.

자야는 저도 모르게 숨을 몰아쉬며 무릎을 내밀었다.

"저, 이번 진상물은 혼수가 아니라는 말씀입니까? 어째서 그렇게 판단하셨는지 좀 들려주시겠습니까?"

쇼안은 또다시 즐거운 듯 눈을 가늘게 뜨고 말했다.

"이야기해 드릴까요. 도쿠가와 님은 결코 자기 쪽에서는 상대에게 싸움을 걸지 않는 사람……이라고 요즘 나는 생각하고 있는데."

"그럴까요."

"예를 들면 고슈와 신슈로의 진출에서도 고마키 싸움에서도 아무튼 싸움을 시작한 자는 따로 있었소. 그런 의미에서는 돌아가신 우대신과 정반대되는 분이오. 거기에 그분의 조모님이며 자당에게서 이어받은 불도의 믿음이 있는 것으로 보이오. 세상에 일이 없으면 가만히 움직이지 않는 게 옳은 일이라는…… 생각이 나이와 더불어 점점 더욱 원숙해져 하나의 깨달음으로 바뀌고 있다고 나는 보고 있소."

"허!"

"그러면 이번 난세의 종식까지 크게 나누어 세 가지 시기가 필요하다고 생각지 않소? 그 하나는 모든 인습을 세차게 타파해 나가는 오다 우대신의 시대. 그리고 다음으로 그 파괴된 세상에 비로소 한 줄기 새로운 길을 열어 대지에 씨를 뿌리는 간파쿠 히데요시 님 시대. 그리고 셋째는, 뿌린 씨앗의 성장을 기다렸다가 수확을 시작하는 누군가의 시대…… 그 사람이 누군지는 아직 확실치 않지요. 그러나 도쿠가와 님은 아마 여기에…… 자신을 적용시켜 생각하고 있는지도 모르오. 그렇지요, 자야 님, 그렇게 안 보입니까?"

"예…… 틀림없이 그렇게 생각하고 계신 것 같습니다……."

"그렇겠지. 그렇게 되면 마땅히 도쿠가와 님 삶의 방침도 정해질 것이오. 오다 님 시대에는 오다 님을 보좌하고 간파쿠 시대에는 간파쿠를 돕는다, 그러면 언젠가는 연시가 무르익을 자신의 시대가 온다…… 그렇게 안다면 여기서 결코 간파쿠와 싸움을 벌이지 않을 것이오."

"그렇군요……."

자야는 그제야 깊은 한숨과 함께 고개를 끄덕였다.

"그 말씀을 듣고 보니 그런 것 같기도……."

"하하…… 나는 틀림없이 그렇다고 봅니다. 그러나 조심성 많은 도쿠가와 님이라 남에게 본심을 드러내 보이지 않으려는 준비는 할 것입니다. 그 준비란 가까이 하고 싶지 않지만 어쩔 수 없이 간파쿠에게 가까이하는 척하면서 그동안에 되도록 천하의 여러 장수들에게 자신의 위력을 과시해 두는 거지요……."

"허……."

"그렇게 하지 않으면 간파쿠 시대가 지나갔을 때 모두들을 누르고 수확할 수 없으니까요, 아시겠소."

"예……."

"거기까지 납득되셨다면, 여기서 간파쿠와 혼인 맺기 전에 오다와라의 호조 부자를 단단히 자기편으로 해두지 않으면 안 된다는 답이 나옵니다. 호조 부자와 결탁해 놓으면 비록 매부로서 오사카성에 간다 하더라도 여러 장수들에 대한 무게가 훨씬 더해지는 법…… 아니, 어쩌면 내 억측이 지나쳤는지도 모르오. 그러니 한 번 그대가 슬쩍 도쿠가와 님께 물어보는 게 좋겠군."

말을 듣고 자야는 다시 한번 어깨를 추석이며 고개를 끄덕였다. 자야는 쇼안을 찾아오기 잘했다고 진심으로 생각했다. 사물을 보는 그의 방법 중에는 언제나 과거와 현재의 움직임 속에서 앞으로 닥쳐올 일을 정확하게 예상해 태세를 갖추게 하는 점이 있었다. 여태까지도 자야는 쇼안의 말을 거의 선견지명으로 신봉하고 있었으며 그 예견이 과녁을 크게 벗어난 적 없었다.

"그렇군요, 잘 알았습니다."

"아셨다면 너무 걱정 마시고, 알리라고 분부하신 일만 통지해 드리도록 하시오."

"그러나……."

"그러나 아직 무언가 마음에 걸리십니까?"

"간파쿠 전하 쪽에서 싸움 걸 리는 결코 없다고 쇼안 님은 단언하십니까?"

"자야 님."

"예!"

"아시겠습니까, 사카이는 당나라 천축에서 남만 끝까지, 멀리 유럽까지도 통하고 있는 도시입니다."

"그것은…… 압니다만."

"그러므로 사카이 상인은 세계의 상인입니다."

"그렇군요."

"그 세계의 상인이 시대의 흐름을 세밀히 관측해 이 사람에게 일본의 천하를……하고 점찍어 추대한 것이 간파쿠입니다. 이 뜻을 다시 한번 잘 음미해 보십시오."

"예……."

"이 음미는 무한한 것이오. 간파쿠 곁에는 늘 사카이 상인이 간파쿠의 눈이 세계로 향하도록 인도하는 역할을 수행하고 있지요. 좀 자랑 같은 이야기지만 간파쿠를 기르는 자가 간파쿠의 마음을 모를 리 있겠습니까?"

자야는 상대가 너무나 담담하게 큰소리치므로 다시 온몸이 굳어졌다.

"간파쿠가 도쿠가와 님과 싸움을 시작하겠다고 하더라도 양육하는 우리들이 용납하지 않습니다. 지금은 그럴 때가 아니다! 한시 빨리 규슈를 평정하고 그곳에 세계로 뻗어가는 출구를 계속 만들어야 할 시기요. 그렇지 않으면 일본인은 이 조그만 섬에 갇혀 사방의 바다로 넘쳐 떨어져 물고기 밥이 될 수밖에 없는 날이 온다…… 먼 장래에 말이오…… 그 같은 중대한 시기이니 간파쿠님이 공격하겠다 하더라도 세계의 상인인 사카이 사람들이 못하게 할 것이오! 그렇게 생각하시면 결코 틀림없습니다."

거기까지 말하고 쇼안은 자기도 열없는 듯 이마를 문지르며 웃었다.

"하하…… 당치도 않게 부처님에게 설교한 셈이군. 자야 님 자신, 눈이 벌개 져

한 뼘의 땅에 집착하며 서로 베고 죽이는 무사 생활에 정떨어져 상인이 된 분이 었지. 자야 님, 모처럼 상인이 되었으니 이 정도 큰 포부쯤은 갖고 살아갑시다그 려. 안그렇소."

자야는 기품 있는 쇼안의 얼굴을 한동안 찬찬히 바라보며 아무 말도 할 수 없었다. 지금 일본에, 간파쿠 히데요시를 우리들이 기르고 있으니 제멋대로의 행동은 안 시키겠다고 큰소리칠 수 있는 인간이 있을 줄이야…… '히데요시는 어쩌면 사카이 사람들의 총지배인인지도 모르지…….' 그러나 만일 히데요시가 그것을 안다면 어떻게 될까? 그것을 생각하니 대답하기 전에 먼저 온몸이 떨려오는 자야였다.

"이야기가 끝났으면 저리로 가실까요. 부인들도 기다리고 있을 테니까."

쇼안은 담담하게 자야를 재촉했다.

대면

이에야스가 자야의 주선으로 마련된 호조 부자에게 줄 선물을 가지고 하마마쓰를 떠나 슨푸에 도착한 것은 2월 26일이었다.

선물은 그즈음으로서는 아직 최고급 깔개였던 호랑이가죽 5장, 표범가죽 5장, 진홍색 외국 모직 2장, 거기다 비단능직 300필, 먹, 모리이에(守家)의 큰 칼, 기쿠이치모지(菊一文字)의 단도, 작은 호신용 칼, 긴 칼, 신식 남만 소총 등의 물건으로 이에야스로서는 더없이 호화로운 것이었다.

수행원으로는 사카이 다다쓰구, 이이 나오마사, 사카키바라 고헤이타 세 중신에 혼다 마사노부, 아베 마사카쓰, 마키노 야스나리 등으로 이 또한 당당한 구성이었으나 이들 수행원은 이에야스가 슨푸성에 도착할 때까지도 그의 본심을 똑똑히 알지 못했다.

이에야스 쪽에서 먼저 특사를 보내 호조 부자에게 대면을 요청한 데 대하여 저쪽의 우지마사로부터 승낙한다는 답이 있었다. 부자가 영토 순시를 나서 미시마까지 들르는 3월 첫 무렵에 서로 영지 접경인 기세강변으로 와서 강을 사이에 두고 만나자는 것이었다. 따라서 이에야스의 수행원들도 그런 식으로 대면이 이루어질 거라고 생각했다.

그런데 슨푸성에 들어오자 이에야스는 모두들을 모아놓고 처음으로 뜻밖의 말을 했다.

"이번에 나는 내 쪽에서 미시마까지 나가 호조 부자의 숙소에서 대면할까 하니 그리 알도록."

이 말을 듣고 수행원들은 깜짝 놀란 듯 얼굴을 마주볼 뿐 금방은 대답하는 자도 없었다.

"모두들 알겠지만, 호조 부자가 강을 사이에 두고 대면하자고 말해 온 것은 동맹자로서의 내 체면을 생각해 주었기 때문이다."

"……."

"그러나 나와 호조 가문과 단순한 동맹자가 아니다. 우지마사는 내 딸 고고의 시아버지이고 우지나오는 내 사위다. 그러니 일가친척이라는 심정으로 임하는 게 예의라고 생각된다. 아베 마사카쓰를 보내 그 뜻을 급히 전하게 할 테니 모두 그리 알도록."

'아하, 그렇구나……'

사카이 다다쓰구만은 이 설명으로 깨달은 모양이나, 젊은 이이 나오마사는 눈썹을 곤두세우고 정면으로 이에야스를 노려보았다.

"황송하오나 그 일에 대해 저희는 반대하겠습니다."

"반대라니? 내 마음가짐에 부족한 데라도 있단 말인가, 나오마사는."

"저쪽에서 기세강을 사이에 두고 대면하자고 말해오기 전이라면 모르되 이미 그럴 생각으로 있는데 이쪽에서 일부러 강을 건너 미시마의 숙소로 간다면 부자의 위력을 두려워해 굴복했다는 말을 듣겠지요. 그래서는 말대에까지 이 가문의 흉이 될 겁니다."

그 말을 듣자 이에야스는 고개를 끄덕이며 부드럽게 웃었다.

"나오마사가 그렇게 생각할 정도라면 강을 꼭 건너가야 되겠군. 편지는 하마마쓰에서 써가지고 왔다. 마사카쓰, 이것을 가지고 곧 우지마사에게 가도록."

그 무렵 우지마사는 이미 영토 안을 순시하던 중이라 누마즈 언저리까지 나와 있는 줄 알고 있었던 것이다.

이에야스가 하는 뜻밖의 말에 이번에는 사카키바라 고헤이타가 한무릎 다가앉았다. 이에야스의 속셈은 이미 대강 알았다. 우선은 상대에게 굴복한 척해 보이고 무언가 이득을 보려는 것이겠지…… 그러나 그 얻으려는 것의 정체를 그는 전혀 알 수 없었다.

"황송하오나 이에야스가 호조 부자에게 굴복했다는 말을 들으면서까지 이렇게 하여 우리 쪽에 대체 어떤 이익이 있는지, 참고삼아 그 내용을 듣고 싶습니다."

그 말을 듣자 이에야스는 좀 불쾌한 표정이 되어 모두를 돌아보았다.

"나오마사도 모르겠나, 그것을……?"

"예, 사카키바라 님과 마찬가지로 아직 짐작이 안 됩니다만."

"어리구나, 아직, 고헤이타도 나오마사도."

"예……"

"이런 일은 일일이 설명 듣지 않고도 짐작해야 하는 법이야. 그러나…… 모른다니 모르는 채로 갈 수는 없는 노릇이지. 알겠나, 잘 명심해 기억해 두도록 해라."

"예."

"나는 간파쿠 히데요시에게는 아직 한 번도 머리를 안 숙였다. 그 일은 보았으니 잘 알고 있을 테지."

고헤이타가 덧붙였다.

"그렇습니다…… 실은 그런 대감께서 어찌하여 호조 부자에게는……하고 그것이 이상해 여쭤본 것입니다."

"그것은 지금 간파쿠에게 머리 숙여서는 안 될 때라고 본 까닭이다. 그러나 호조 부자라면 머리 숙이는 일이 아무 문제가 안 된다."

"……?"

"아직도 모두 모르는 얼굴들이구나. 그다음까지 말을 시킬 텐가. 알겠나, 간파쿠와 호조 우지마사는 기량이 다르기 때문이다."

"뭐, 뭐라고 하셨습니까?"

"답답한 놈들이군. 납득이 안 된다면 말해 주지. 간파쿠쯤 되는 인물에게도 머리 숙이지 않는 나인데 호조 부자 따위에게 머리 숙인다 해서 우리 가문에 흠은 안 간단 말이다. 후세 사람들도 이에야스가 어린애를 달래려고 기세강을 건너갔다고 볼 것이다. 바보 같은 질문은 않는 게 좋다."

말을 듣고 모두들 다시 얼굴을 마주보았다. 이번에는 모두들 명확하게 이해된 표정으로 가장 완고한 사카이 다다쓰구마저 싱글싱글 입가에 웃음을 떠올리고 있었다.

이에야스로부터 미시마의 숙소로 찾아가 대면하겠다는 전갈을 받고 호조 부자는 굉장히 기뻐했다.

"그러면 이웃나라에 대한 체면도 선다. 그래? 인척이니 동맹자로서의 체면 같은 것은 필요 없다는 말이로군……."

그래서 곧 다이도지(大道寺)와 야마스미(山角) 두 노신을 접대역으로 명하여 미시마로 먼저 보내 이에야스를 맞을 준비를 시작했다.

"이거 참, 경사롭게 됐구먼. 미시마까지 도쿠가와 님이 일부러 나와 우리 주군에게 문안드리다니……."

"그렇구말구, 이로써 도쿠가와 님도 호조 가문 휘하에 들어온 거나 마찬가지지."

"글쎄, 세상에서도 깜짝 놀라더군. 이제 호조 가문 만만세다."

그런 소문이 한창일 때 이에야스가 기세강을 건너 미시마로 가서 우지마사 부자와 상면한 것은 3월 9일 오후였다. 이에야스는 이날 처음으로 사위 우지나오를 만났다.

이에야스는 사카이 다다쓰구, 이이 나오마사, 사카키바라 고헤이타 세 중신만 데리고 화려하게 장식된 숙소의 상면 자리로 나갔다.

호조 쪽에서는 우지나오 부자 외에 일족인 우지테루(氏輝), 우지노리(氏規) 등을 비롯하여 30명 가까운 대소 영주들을 양옆에 죽 앉혀놓고 그를 영접케 했으며, 접대역 야마스미의 안내로 이에야스 주종이 들어오자 우지마사는 활짝 웃는 얼굴로 말을 건넸다.

"도쿠가와 님, 잘 오셨습니다. 자, 이리로."

미리 마련되어 있는 이에야스의 자리는 우지마사 부자의 아랫자리였다. 그것을 보고 이이 나오마사의 얼굴빛이 확 달라졌으나 이에야스는 정중하게 머리 숙이고 그들에게 눈짓으로 나무라며 자리에 앉았다. 여기서 우지마사가 그를 윗자리에 앉혔다면 아마도 이에야스는 그때부터 커다란 고민을 짊어지게 되었을 것이다. 그러므로 마음속으로 오히려 마음 놓은 게 틀림없다.

자리에 앉자 이에야스는 비로소 자기 사위를 바라보았다. 우지마사는 아무 부족 없이 자란 성장 속에 오만한 패기와 자부심을 지닌 사나움을 느끼게 하는 인품이었으나 우지나오는 그와 반대였다. 4대, 5대로 내려오는 동안 이토록 개성 없는 표정으로 자랐을까 하고 이상하게 여겨질 만큼 평범하고 온화한 모습이었다.

서로 인사가 끝나고 주연으로 들어가 술잔이 오고 간 다음, 우지노리가 앞으로 나와 제안했다.

"이대로 주연을 계속하기 전에 히데요시에 대한 군사회의를 하시는 게 어떻겠습니까?"

이것도 아마 우지마사가 미리 명령해 둔 것이리라. 우지나오 옆에 앉아 있던 우지테루도 말했다.

"그렇지, 그것을 먼저 하시는 게 좋겠습니다."

우지마사가 이에야스에게 의논했다.

"어떨까요, 도쿠가와 님."

"글쎄요……"

이에야스는 우지마사가 건네준 술잔을 천천히 내려놓고 진지하게 두세 번 고개를 끄덕였다.

"교토 쪽 일에 관해서라면 뭐 새삼스럽게 다시 군사회의를 할 필요가 없다고 생각됩니다만."

"새삼스러운 일이라고 생각하십니까."

"그렇습니다. 우리들은 교토 쪽 방비를 충분히 하고 있습니다. 그러므로 지금 형편으로는 서로의 숙원을 푸는 게 으뜸이라고 여겨져 이곳까지 온 겁니다. 혹시 귀하 쪽에서 원하신다면 두 집안의 경계를 걷어치워도 무방하다고 생각하며…… 두 집안이 힘을 모아 부딪친다면 내 군사 5만 명 가운데 3만을 이끌고 출격해 언제든지 히데요시 군을 무찔러 보이겠습니다. 또한 이쪽으로 쳐들어오는 일이라도 있다면 그때는 이에야스가 선봉을 맡아 3년쯤 한 놈도 못 들어오게 하겠습니다."

조용히 말을 맺고 나서 덧붙였다.

"그러므로 여기서는 군사회의보다 친밀하게 모두들 서로 이야기나 하는 게 좋을 거라고 생각합니다만……"

이 말은 우지마사를 더욱 만족시킨 모양이다.

"그럼, 도쿠가와 님은 우리들과의 경계에 있는 성채 따위는 헐어버려도 좋다는 말씀인가요."

"그렇습니다…… 그런 것을 초월한 교분을 맺으려 일부러 여기까지 뵈러 왔습니다."

"그것 참, 반가운 말씀이오. 역시 그게 좋소! 여러 시간의 군사회의를 능가하는 좋은 말씀이오. 자, 술이나 들기로 합시다."

우지마사의 한마디로 대기해 있던 요리가 한꺼번에 큰방으로 날라져 들어왔다.

이에야스로서는 허전하기도 하고 기쁘기도 한 주연이었다. 좀 더 반응이 있었으면 하는 아쉬움도 있었고 이것으로 됐다, 역시 예상했던 대로였다……라는 안도와 함께 가련한 마음도 솟았다. 적어도 이에야스 마음의 일부분이라도 꿰뚫어 보고 거기에 대해 언급해 오는 사람이 있었다면…… 그러나 일족 중에서도, 즐비하게 늘어앉은 대소 영주들에게서도 그런 눈치는 전혀 없었다. 술자리가 무르익어감에 따라 노골적으로 느낄 수 있는 것은 모두들 이에야스를 기세강 이쪽으로 불러들일 수 있었던 일에 정신없이 기뻐하는 분위기였다.

'히데요시와 비교할 만한 인물이 못 된다…….'

새삼스럽게 그 생각을 하고 있을 때, 갑자기 사카이 다다쓰구가 좌중 한가운데로 뛰쳐나갔다. 그는 익살스러운 몸짓으로 거리낌 없이 말했다.

"주흥을 돋아 드리겠소!"

아마 그의 눈에도 분별없는 그 자리의 기쁨이 우습기도 하고 아니꼽기도 하여 가만히 있을 수 없게 비친 모양이다.

"다다쓰구, 실례가 없도록."

"알고 있습니다."

그는 늘어선 촛대의 불빛을 받으며 좌중을 한 바퀴 둘러보고 큰 소리로 외쳤다.

"미카와의 명물, 새우잡이 춤입니다. ……자, 강은 어느 쪽에 있느뇨."

광대 같은 몸짓으로 방약무인하게 춤추기 시작했다. 그 몸짓과 재치껏 나오는 대로 추는 엉터리 춤은 보고 있는 이에야스를 조마조마하게 만들었다. 결코 흥에 겨워서 하는 행위가 아닌 모양이다.

'상대를 너무 깔보고 있다…….'

누군가가 눈치채면 어떻게 하겠는가. 다다쓰구도 역시 상대가 우쭐해 이에야스를 부하 취급하는 데 화가 치밀어서 하는 저항인 것 같았다.

그러나 그것조차 아무도 눈치채는 자 없이 그가 마구 미친 듯 춤추고 자리로 돌아오자 탄성을 지르며 박수갈채가 터졌다.

"소문으로는 들었지만 구경은 오늘 처음인데, 과연 굉장한 솜씨야."

"그렇소, 사카이 님은 오늘 일이 상당히 기쁜 모양이지."

"과연 재주가 비상해."

그런 속삭임 속에서 우지테루가 큰소리로 불렀다.

"사카이 다다쓰구 님, 이리 나와주십시오. 큰 주군께서 지금 추신 춤의 상으로 큰 칼을 하사하신답니다."

"저에게 칼을?"

이 일에는 다다쓰구도 깜짝 놀란 모양이다. 상대를 경멸해 줄 생각으로 있었던 증거이리라. 그는 공손히 우지마사 앞으로 나가 큰 칼을 받아들고 이번에는 그것을 든 채로 또 추기 시작했다.

"……보십시오, 나는 이렇듯 좋은 새우를 거뜬히 호조강에서 잡았나이다!"

"다다쓰구, 무례함이 없도록."

다시 한번 주의주고 나서 이에야스는 자신도 마침내 가볍게 웃음을 터뜨리고 말았다.

모두들은 또 한바탕 칭찬이 자자하고 먼저보다 더한층 떠들어대며 흥을 돋우고 있다……

다다쓰구의 탈선하는 꼴이 너무 심하므로 끝내 우지노리가 따끔하게 비꼬았다.

"사카이 님, 술이 좀 과하신 것 같군요."

이에야스는 뜨끔하여 다다쓰구를 보며 말했다.

"이제 됐다. 삼가라, 다다쓰구. 여기는 하마마쓰성이 아니란 말이다."

이에야스가 말하지 않았던들 어쩌면 일족들 중에서 상대를 한껏 경멸하고 있는 다다쓰구의 심사를 눈치챌 사람이 나왔을지도 모른다.

다다쓰구가 물러나오자 이번에는 이에야스가 뒤따라 일어섰다. 여기서 상대에게 의심을 일으키게 한다면 일부러 여기까지 온 그 뜻이 허사가 되어버린다.

이에야스의 생각으로는 여기서 상대를 충분히 만족시켜놓고 돌아오는 길에 누마즈성 언저리에서 영지 경계에 있는 이쪽 성채를 헐어보인 다음 히데요시와의 혼담에 대한 이야기를 꺼낼 작정인 것이다. 물론 혼인이란 명색만이고, 아사히히메를 인질로 데려올 작정이라고 털어놓을 생각이었지만…… 그러므로 지금 이 자리를 어색하게 해서는 안 될 중요한 때였다.

"그럼, 두 분에게 이번에는 이에야스가 주흥을 돋우어 드리겠습니다."

일어서자마자 곧 부채를 들고 정중하게 우지마사에게 절했다.

"이거 참, 희귀한 일이로군. 도쿠가와 님이 춤을 다 추십니까?"

"춤이라고 하기에는 대단히 부끄럽습니다만, 전에 본 기억 있는 요리시카(自然) 거사의 곡을 한 차례."

"여봐라, 조용히 구경하도록 해라. 도쿠가와 님이 춤추신다."

"뭐, 도쿠가와 님이…… 그거 참, 황송하군."

"쉿, 도쿠가와 님의 춤이다."

술 취한 사람들도, 다다쓰구의 장난에 문득 불쾌감을 느꼈던 사람들도 주의를 돌리게 되었다.

이에야스의 세 중신은 서로 얼굴을 마주보며 역시 놀라는 모양이었다.

'대체 그렇게까지 해서 우지마사 부자의 비위를 맞출 필요가 어디 있단 말인가……?'

이에야스는 부채를 펴 들고 뚱뚱한 몸을 괴상하게 움직이기 시작했다. 춤이라고는 도저히 말할 수 없는 그런 몸짓이었다. 그러나 목소리만은 싸움터에서 단련되어 쩌렁쩌렁했다.

　　황제의 신하에 화적(貨狄)이라는 졸개 있었나니
　　어느 날 화적이 정원에 있는—
　　연못을 바라보니
　　때마침 가을도 다 저물어
　　삭풍에 흩날리는 버들잎 하나 떠 있어……

춤추기 시작하자 이번에는 우지마사보다도 늘어앉은 대소 영주들이 일제히 웃어댔다.

"이로써 도쿠가와 님은 이 가문의 가신이 되셨소. 노래를 빙자해 그것을 비추고 있는 거야."

"그렇소, 기쁜 듯이 웃는 큰주군의 저 얼굴 좀 보시오."

"이제 이로써 도쿠가와 님도 만족하겠지. 뭐니 해도 간토 8주를 누르는 이 가문에는 대적할 수 없을 테니 말이오."

그런 말소리에는 전혀 무관심한 듯 이에야스는 뚱뚱한 몸을 흔들며 괴상하게 춤추고 노래를 불러댔다.

그날 밤의 주연은 마침내 한밤중까지 이르렀다. 호조 가문에서는 이에야스가 히데요시며 노부카쓰의 압력에 견디지 못해 드디어 호조씨에게 굴복해 왔다고 해석했고, 이에야스의 수행원들은 모든 것이 다 천하 평정을 위해……라는 말을 들어왔기에 이것으로 이번 목적이 충분히 이루어진 거라고 판단했으므로 어느 쪽이나 기분 좋게 주연을 끝마쳤다.

그리고 다음 날 아침에는 다시 서로 인사를 나누고, 이에야스는 접대역인 야마스미의 전송을 받으며 미시마에서 누마즈를 향해 떠났다. 이날은 하늘이 청명하게 개어 행렬 선두에는 우지마사에게서 선사받은 커다란 매 12마리가 가슴 털을 산들바람에 나부끼며 앞으로 나아가고 있었다. 이 큰 매 12마리와 그 밖에 말 11필……그 가운데 한 마리는 이에야스의 승마로 하라고 우지마사가 특별히 고른 오슈산(産) 4살배기 말이었고, 또 큰 칼과 작은 칼 선물이 있었다. 그러나 이에야스의 선물에 비하면 간단한 것으로, 그 점에서 볼 때 우지마사의 심중을 뚜렷이 들여다본 듯한 느낌이 들었다.

행렬이 누마즈에 가까워지자 야마스미 옆을 떠나 혼다 마사노부가 말을 몰아 왔다.

"대감, 모든 일이 뜻대로 된 것 같군요."

그러나 이에야스는 찌푸린 표정으로 마사노부를 흘끗 보았을 뿐 아무 말이 없었다. 아마 이에야스의 가슴속에 불쾌감이 가득 쌓여 있었을 것이다.

'호조 부자가 서로 마음을 주고받기에 족한 인물이었다면……'

모든 것을 털어놓고 의논할 수 있었을 텐데, 그렇게 할 가치가 없는 인물이라고 여겨 가볍게 다룰 수밖에 없었던 것은 상대의 입장으로 볼 때 감쪽같이 속은 게 되기 때문이었다. 그러나 그 밖에 달리 어떻게 할 방법이 있었단 말인가. 우지마사는 우쭐해 있어 이에야스의 진가도 모르고 히데요시의 위력도 모르는 인물이었던 것이다…… 따라서 호조씨의 번영과 시대의 흐름을 조화시키는 일 같은 건 기대하는 쪽이 무리라고 생각했지만 불쾌감은 역시 씻어버릴 수 없었다.

'어리석음이란 죄 많은 것이로군……'

미시마에 도착하자 이에야스는 다시 웃는 얼굴로 돌아가 외곽 성채와 망루를 곧 헐어버리라는 명령을 이이 나오마사에게 내렸다. 그들은 이미 아무 반대도 하지 않았다. 그들 눈에도 호조 부자와 이에야스를 비교해 생각했던 게 얼마나 뜻없는 일이었던지 알았기 때문이리라.

이에야스는 그 철거작업이 한눈에 바라보이는 서쪽 언덕에 일부러 걸상을 갖다놓게 하고 거기로 야마스미를 불렀다.

"보는 바와 같소, 사자님."

"보는 바와 같다니요……?"

"이쪽 망루 따위는 이제 필요 없소. 그것을 이번에 부자 분들과 대면하고 잘 알았기 때문에 말이오."

"그렇군요……."

"그러니 돌아가시거든 본 대로 전해주시오. 이에야스는 부자 분들과 면담하여 더욱 친숙감을 느꼈으므로 경계의 방비는 필요 없다고 하며 지체 없이 헐어버리고 하마마쓰로 돌아갔다고 말이오."

화창한 햇살을 받으며 야마스미는 몇 번이나 고개를 끄덕이면서 눈 아래의 작업을 바라보았다.

이에야스가 미시마에서 누마즈와 슨푸를 거쳐 하마마쓰로 돌아온 것은 3월 21일이었다.

그동안 이에야스는 도무지 웃지 않았다. 아니, 웃지만 않은 게 아니라 호조 부자의 이름 또한 누마즈를 떠난 뒤로 일체 입에 담지 않았다. 아마 그의 생각은 누마즈를 떠날 때부터 히데요시에 대한 대책으로 바뀌어져 있었던 것이리라.

성으로 돌아오자 곧 마쓰다이라 이에타다를 후카미조에서 불러들여 노부카쓰로부터 다시 혼담에 관해 사자가 왔었는지 물어보았다.

"왔었습니다. 저쪽에서는 이미 여러 장수에게 발표한 모양이며, 대감이 돌아오시면 곧 택일과 그 밖의 타합을 위해 누구든 중신을 파견해 주기 바란다는 말씀이었습니다."

"그런가……."

이에야스는 그날 오후 2시 무렵부터 내리기 시작하여 점점 세차게 쏟아지는 정원의 빗줄기를 바라보며 다음 지시를 곧바로 하려 하지 않았다.

"대감 생각으로는 누구를 보내실 작정이십니까. 그자를 불러들여 단단히 의논해 두지 않으면 안 된다고 생각됩니다만."

이에야스는 그 말에는 대답 없이 입을 열었다.

"사자는 노부카쓰 님에게서인가, 아니면 히데요시가 보낸 것인가."

"글쎄요, 이번에는 간파쿠 자신의 생각이라고 하면서 다키가와 님이 왔습니다만."

"간파쿠 자신의 생각……"

"예, 간파쿠께서 이 혼담을 발표했을 때 오사카성 안이 굉장히 떠들썩했었다고 하더군요."

"흠."

"천하인이 지체 낮은 천한 자에게 인질을 내놓는 따위의 전례는 지금껏 들어본 적이 없다, 당치도 않은 일이라고……"

"누가 그런 말을 했다더냐?"

"예, 하치스카 히코에몬과 구로다 간베에 등입니다."

"하치스카나 구로다라면 미리 의논받았을 텐데…… 모두 연극이다, 그것은."

"그럴까요, 아무튼 그때 간파쿠는 큰소리치셨다더군요. 히데요시는 전례 없는 일을 해치워 일본의 후기에 남도록 하겠다고."

"이에타다."

"예."

"우리 쪽에서 타합하러 보낼 사자는 아마노 사부로베에라도 좋다. 사부로베에로 정하자."

"아마노…… 혼자뿐입니까?"

"그래도 된다. 저쪽이 연극조이니 희극으로 맞서나가면 되는 거야……,"

"그러나 그건 좀……"

"이쪽에서 내놓으라는 인질이 아니다. 저쪽에서 강제로 들이대는 인질에게 특별히 중신들을 많이 보낼 필요는 없다. 나는 호조 부자에게도 준엄했다. 천하를 위한 일이라고 생각해서. 그러니 히데요시에게도 준엄하게 대할 것이다."

"예……"

"걱정하지 말고 사부로베에를 불러라. 인질 수취인…… 그 마음가짐을 가르쳐주겠다."

마쓰다이라 이에타다는 고개를 갸웃거리며 이에야스를 쳐다보았다. 이렇듯 불쾌한 표정의 이에야스를 본 일이 없었던 것이다.

'아마 미시마에서 어지간히 화나는 일이 있었던 모양이다……'

이에야스가 불쾌해하는 원인을 모르는 이에타다는 쉽사리 그 자리에서 일어설 수 없었다. 그의 온후한 성격으로 볼 때 모처럼 인연 맺는 이상 뻔한 일에 '인질'이라는 말은 안 쓰는 게 좋다고 생각했다. 그런 말이 혹시 히데요시에게 들어간다면 체면을 세우기 위해서라도 반드시 보복해 올 듯한 생각이 드는 것이다.

"이에타다, 사부로베에를 불러오라지 않았나?"

"황송하오나…… 이 일에 관해서는 좀…… 아니, 혼다 마사노부에게라도 의견을 물어보시는 게 어떻겠습니까?"

"뭐, 마사노부의 의견을 들으라고?"

"예, 그는 꽤 사려 깊으니……."

그 말을 듣자 이에야스는 한층 더 불쾌한 표정으로 입을 다물고 다시 창밖의 낙숫물을 한동안 바라보았다.

미시마에서의 대면은 이에야스의 예상을 그리 뒤엎은 게 아니었다. 처음부터 우지마사 부자를 어린아이 취급하고 올 각오로 갔다가 충분히 효과를 거두고 온 것이다…… 그런데도 불구하고 미시마에서 돌아온 이에야스는 이전의 그가 아닌 것 같았다. 미시마를 방문하기 전까지만 해도 히데요시에 대해 매우 강경했던 것은 가신들 쪽이었는데 돌아온 뒤에는 가신들보다 이에야스 쪽이 훨씬 더 강경해져 있었다.

'일시적이나마 사람을 속이고 온 것이다……'

그런 반성과 자기혐오 때문에 강해진 것일까. 그렇지 않으면 호조 부자를 주무를 수 있었으니 히데요시는 무섭지 않다는 타산에서일까? 그 어느 쪽이라 하더라도 이에야스의 불쾌한 마음은 도저히 지워지지 않았다.

"이번에야말로 나는 히데요시가 미워졌다!"

한참 뒤 이에야스가 갑자기 말했으므로 이에타다는 깜짝 놀랐다.

이에타다는 되물었다.

"예? 뭐라고 말씀하셨습니까?"

"히데요시가 미워졌다고 했다."

"그것은 예전부터의 일이 아닙니까?"

"그렇지 않아. 전에는 이것도 나를 구슬로 다듬어주는 일이거니 생각하며 결코 미워하지는 않았다…… 그런데 이번에는 정말로 미워졌다."

"왜 그렇습니까?"

"나에게 거짓말을 하게 했다…… 감히 나에게 거짓말을 하도록 시키는 인물이라면……."

"거짓말을?"

"그렇다. 그 거짓말을 하게 한 히데요시에게 나는 머리 숙여야만 되겠지, 이에타다!"

"예."

"그러니 이쪽에서도 되도록 저항해주는 것이다. 상대를 한껏 곤란하게 만들어 이쪽에서 히데요시 놈을 다듬어주는 거야."

그렇게 말한 다음 이에야스는 갑자기 긴장한 볼을 늦추고 웃기 시작했다.

"이에타다, 알고 있어, 모든 것을…… 알고 있으면서도 화가 치밀어 오르는구나. 나도 역시 미카와 땅에 돋아난 외고집쟁이다. 그렇다 해서 이 외고집을 언제까지나 지속시키려는 것은 아니다. 걱정 말고 사부로베에나 불러와."

이에타다는 아직도 납득되지 않는 표정으로 자리에서 일어났다.

"그렇게까지 말씀하시니……."

비는 더욱 세차게 내리고 있었다.

볼모 출가

오사카성 내전에서는 오랜만에 돌아온 히데요시가 시동만 데리고 기타노만도 코로의 거실로 찾아갔다. 그곳은 정원의 조약돌까지 셀 수 있을 만큼 환하게 촛불이 밝혀졌다.

오만도코로를 비롯하여 아사히히메와 히데나가 외에 히데요시의 누님 미요시가즈미치(三好一路)의 부인도 동석했으므로 겉으로는 자못 단란한 가족모임이었다. 히데요시는 정면에 어머니와 나란히 앉아 이따금 어린아이같이 늙은 어머니의 무릎에 손을 얹으며 교토와 사카이에 대한 이야기를 재미있게 들려주었다.

그리고 이 자리에서 가장 침울한 표정으로 앉아 있는 누이동생을 불렀다.

"얘, 아사히. 이에야스에게 나가마쓰마루라는 온순하고 귀여운 셋째아들이 있다. 온순하지만 그 애가 가문을 이을 후계자로 알려져 있지. 그러니 네가 하마마쓰로 가거든 그 애를 곧 양자로 삼아라. 그저 정실이라는 것만으로는 부족하다. 후계자의 어머니가 되어야 해."

아사히히메보다 어머니 오만도코로가 더욱 놀라 눈이 둥그레져 물었다.

"그럼, 드디어 결정됐단 말이냐?"

"어머님도 참, 내가 일전에 그렇게 말씀드리지 않았습니까."

"무슨 소리냐…… 또 엉뚱한 소리를 하는군. 간파쿠. 나는 아무 말도 못 들었다."

"거 참, 이상하군요…… 어쨌든 결정되었으니 이제 아사히에게 말한 겁니다."

근심스러운 듯 어머니가 물었다.

"아사히, 너도 승낙하는 거겠지?"

아사히히메보다 히데요시가 먼저 입을 열었다.

"저쪽에서 아마노 사부로베에라는 자가 상의하러 왔기에 야단쳐 줬다…… 대체 아사히를 뭘로 알고 있느냐, 적어도 간파쿠의 누이동생을 출가시키려는 마당에 이름도 없는 중신 한 사람만 달랑 보내다니 말이 되느냐, 도쿠가와 가문에는 그렇게도 사람이 없느냐고."

그러자 곧 기타노만도코로가 말을 받았다.

"온 나라에 이름이 알려진 가신들이 얼마든지 있을 텐데요, 도쿠가와 가문에는."

"있고말고!"

히데요시는 옆에 앉은 어머니의 무릎을 만지작거리며 말했다.

"이 히데요시의 간담을 서늘케 한 용감한 자들이 수두룩하지. 혼다 헤이하치, 사카키바라 고헤이타 같은 뛰어난 자들이. 그래서 나는 급히 그 두 사람을 보내라고 엄명 내렸다. 그들이 오면 택일도 결정된다. 어쨌든 간파쿠 가문의 혼례니까. 나하고 기타노만도코로같이 짚을 깔고 하는 것과는 다르거든."

"그럼, 아사히 님을 출가시키고 나서 우리도 다시 한번 예식을 올릴까요?"

아내의 맞장구를 히데요시는 가볍게 꾸짖었다.

"쓸데없는 소리! 우리 쪽의 모든 준비는 아사노 야베에, 오다 우라쿠, 도미타 사콘 등에게 실수 없이 하도록 일러두었다. 아마 여태까지 들어보지 못한 행렬이 될 게야. 여행자들도 놀라겠지만 미카와, 도토우미의 백성들…… 아니, 이에야스의 가신들도 눈알이 휘둥그레질 게다. 그날은 어머님도 잘 봐두십시오. 아사히 또한 간파쿠의 누이라는 것을 잊지 말고 가슴을 쭉 펴고 한껏 뽐내며 가도록 해라, 왓핫하……."

아사히히메는 말없이 누각의 처마 끝에 매달린 남만 등롱의 불빛을 바라보고 있었다.

오만도코로는 아사히히메가 시무룩한 게 걱정되는 듯 말했다.

"그래, 이번 사위님은 마음 착한 사람인가? 나는 저 아이가 그저 마음씨 착한 남편을 만났으면 하는 마음뿐이야……."

"걱정 마십시오, 어진 사람입니다. 물론 어질기만 한 것은 아니지만. 그렇잖은가,

히데나가?"

히데요시는 아우 히데나가를 돌아보았다.

"이 나라 으뜸가는 무장으로 일컬어지는 훌륭한 성품의 사내로 내 눈에 꼭 드는 매제감입니다."

"그렇다면 안심이지만 항간에 이상한 소문이 나돌고 있다던데."

"어머님은 또 이상한 말씀을. 어떤 소문이 나돌고 있습니까……?"

"간파쿠도 당하지 못하는 상대가 일본에 단 한 사람 있다. 그것이 도쿠가와 님이다. 그래서 자기 누이동생을 인질로 주는 것이다, 하는……."

"핫핫하…… 히데나가! 너냐, 그런 말을 어머님께 들려 드린 것은?"

"아닙니다, 천만에요!"

히데나가는 고개를 흔들며 미요시 부인인 히데쓰구의 어머니 쪽을 흘끗 보았다. 부인은 매서운 눈으로 동생을 똑바로 쏘아보았다.

"그런 소문은 간파쿠의 출세를 시기하는 자들이 하는 말이니 마음에 둘 필요 없어요."

히데쓰구가 얼른 말을 받았다.

"그렇소! 도쿠가와 님을 매제로 삼아 두 사람이 합심해 천하를 다스리면 아무도 맞설 자가 없게 될 테니 엉뚱한 소문을 퍼뜨리는 거지요. 그만큼 이번 혼담은 좋은 연분이라고 생각하십시오."

히데요시는 유쾌한 듯이 또 웃었다.

"어떻습니까, 어머님. 누님도 동생도 모두 더없는 혼처라며 기뻐하고 있습니다. 나도 귀여운 아사히를 무엇 때문에 그따위 소문처럼 볼모로 보내겠습니까?"

"그럼, 그 신랑도 간파쿠만한 재주가 있단 말이냐?"

"그렇습니다. 간파쿠보다는 못하지만 이 히데나가보다는 훨씬 뛰어난 사람이라고 생각해도 무방합니다."

"허, 너보다 더 뛰어난 분이라고?"

오만도코로는 자신이 궁금해서 물어보는 게 아니라 아사히히메에게 들려 줘 마음을 풀어주는 게 목적인 듯 말문을 돌렸다.

"들었니, 아사히. 네 신랑감은 일본에서 둘째가는 남자라는구나."

그러나 아사히히메는 대답하지 않았다. 전보다 좀 야윈 옆얼굴이 나이보다 훨씬 젊어 보였다. 그러나 눈썹 밑에서 콧마루에 걸쳐 파르스름한 그늘이 깃들어 오래 앓고 난 사람처럼 지쳐버린 느낌이 들었다.

"얘야, 왜 대답이 없니? 네가 그런 모습으로 멀리 출가하면 뒤에 남은 이 어미는 몸져눕게 될 것 같구나."

"……"

"얘야, 아무래도 마음 내키지 않는 거냐? 그렇다면 이 어미가 간파쿠에게 말해 줄 수도 있다. 네 생각이 어떤지 이 자리에서 분명히 말하려무나."

아사히히메는 그제야 어머니를 쳐다보며 싸늘한 목소리로 말했다.

"가겠습니다, 기꺼이……"

아사히히메는 아까부터 어머니 말에 화가 나서 참을 수 없었다. 아니, 어머니에게 화난다……기보다 언니와 오빠들의 말에 부아가 치밀었다는 편이 옳을지도 모른다.

'대체 나를 몇 살로 알고 있는 것일까……'

13, 4살 난 소녀가 아니다. 마흔이 넘어 이미 여자의 생명이 다 끝나가는 사람을 두고 여럿이 모여 어쩌면 이렇듯 어린아이 구슬리듯 조롱한단 말인가? 이것이 혈육친의 애정이라면 그따위에 침이라도 뱉어 주고 싶은 생각이 들었다. 모든 것을 '천하를 위해서—'라고 생각하는 오빠의 억지를 히데나가와 언니, 그리고 어머니까지 모두 관철시키려고 처음부터 마음먹고 하는 수작이 아니던가…… 그보다는 싫더라도 시집가 달라고 왜 솔직하게 말하지 못한단 말인가.

'이미 아사히는 각오가 되어 있는 것을……'

오만도코로가 또 말했다.

"아사히, 진심이겠지? 입으로는 기꺼이 간다고 말하지만 네 얼굴에는 기쁜 빛이 조금도 보이지 않는구나…… 마음에 안 드는 일을 억지로 하는 것만큼 사람 몸에 해로운 게 없단다. 네가 혹시 출가한 뒤에 병이라도 나면 어쩌나 나는 그게 걱정이다. 알겠느냐?"

"예."

아사히는 치밀어 오르는 감정을 억눌렀다.

"일족의 출세란 슬픈 것임을 알고 있으니, 아무 걱정 마세요."

"뭐라구? 출세는 슬픈 것이라고……"

"네, 천하의 길과 저의 길이 어디선가 크게 엇갈리는 모양이지요…… 나 하나만 어쩌다 잘못 태어난 것이니 함께 웃지 않는다 해서 그리 책망하지 마세요."

"뭐, 이 어미가 너를 책망해……?"

놀라서 몸을 앞으로 내밀려는 오만도코로를 곁에서 히데요시가 가볍게 말렸다.

"하하…… 알았다, 알았어. 어머님도 너무 걱정하실 것 없습니다. 아사히가 그만큼 성숙한 것입니다."

"그럴까, 저렇게 자포자기한 듯한 말을 하는데……"

"그렇지 않습니다. 천하의 길과 일신의 행복은 이따금 서로 크게 어긋난다는 것…… 그걸 알았으니 이미 훌륭한 어른이 될 거지요."

히데요시는 거기서 다시 한번 호탕하게 웃었다.

"천하를 위한 길이 나 자신의 기쁨……이 되는 게 최종 목표인데 거기에 도달하는 데는 순서가 있어요. 지금 아사히는 그 계단에 처음으로 발을 올려놓은 겁니다. 반가운 일 아닙니까? 과연 간파쿠의 동생! 자, 일러 놓았던 음식을 이리 들여오게 하시오, 네네…… 오늘밤은 가족끼리 오붓하게 술이나 들기로 하지."

"그렇게 하지요."

기타노만도코로가 손뼉 쳐 신호하자 모든 것이 미리 분부되어 있었던지 시녀들이 곧 상을 받쳐들고 옆방에서 들어왔다.

그것을 보자 아사히히메는 갑자기 그 자리에서 흐느껴 울기 시작했다.

"너무해요! 너무해요!…… 정말 너무해요……."

모든 일이 아사히히메의 의사와는 상관없이 마치 순풍에 돛단 듯 순조롭게 진행되고 있었다. 그것이 화나 울음을 터뜨렸지만 아무도 그리 놀라는 기색이 없었다. 어쩌면 히데요시와 히데나가는 아사히가 이렇게 울어댈 것을 예상하고 있었는지도 모른다.

히데요시는 일부러 아사히히메 쪽은 쳐다보지도 않고 시녀가 바치는 술병을 받았다.

"자, 내가 먼저 잔을 들고 돌리마."

잔을 쭉 들이켠 뒤 동생 히데나가에게 건넸다.

"경사롭다!"

히데나가도 아사히히메를 한 번 흘끗 보았을 뿐 시치미 떼고 맞장구친다.

"정말 경사스러운 일이지요……."

아사히히메는 벌써 울음을 그치고 있었다. 우는 것도 헛일인 것 같아서 소매 끝으로 살며시 눈물 닦고 고개를 들었다.

'지지 말아야지!'

다만 어머니 오만도코로만이 예사롭지 않은 딸의 울음소리에 안절부절못하는 것을 알 수 있었다.

어머니에게 잔이 돌아왔을 때 오만도코로는 또 가만히 딸을 불렀다.

"얘, 아사히. 너 아직도 히데마사를 생각하고 있는 것은 아니겠지?"

아사히는 곧바로 반발했다.

"생각하고 있어요. 그런 식으로 헤어져 죽은 사람을 어찌 쉽게 잊을 수 있겠어요?"

"그건 그렇지만……."

"아니면 잊을 수 있는 묘약이라도 있나요? 있다면 좀 얻고 싶군요."

히데요시가 천연덕스러운 표정으로 말했다.

"아사히, 그 약은 시간이다. 시간이 흐르는 동안 새로운 경험이 옛것을 덮어주게 마련이야. 일부러 잊으려 애쓸 필요는 없다."

"어쩌면…… 그럼, 죽은 사람을 그리워하면서 도쿠가와 님과 부부 인연을 맺어도…… 좋다는 말씀이군요?"

"물론이지. 그러다 보면 차츰 세월이 흐른다……."

히데요시의 간단한 대답을 들은 아사히의 눈은 다시 증오에 불탔다. 그러나 이번에는 폭발하지 않았다. 마음속으로 더욱 깊이 가라앉아 전보다 더한 절망과 분노에 빠져들었다.

"자, 어미가 너에게 주마. 기분 좋게 잔을 받아라, 아사히."

그 말에 아사히히메는 잔을 받았다.

이제 아사히가 무슨 말을 해도 소용없다는 건 뻔한 일이었다. 아사히의 삶은 오빠가 짜놓은 줄거리대로 움직여가도록 엄격하게 결정되어 버렸다. 그 쇠사슬을 끊어버리려면 아사히 자신이 사지 히데마사의 뒤를 쫓아 자결하는 수밖에 없었다.

시녀가 따르는 술의 양을 눈으로 재면서 오만도코로는 다시 말했다.

"자, 이제 그만 기분을 돌려라, 아사히."

바로 그 순간이었다. 아사히는 문득 생각나는 게 한 가지 있었다.

'그래, 출가해 가서 이 사실을 그대로 이에야스에게 알려줘야겠다······.'

그것이 오빠에 대한 가장 효과적인 저항임을 깨달은 것이다.

오만도코로가 조마조마해 하며 말했다.

"아니, 그렇게 많이 따라도 되겠니, 아사히?"

그때 아사히히메는 3홉들이 잔에 반이나 따른 술을 단숨에 들이켜 버렸다.

"저런!"

"훌륭하다, 아사히."

"각오를 한 모양이구나."

두 오빠의 그 말을 듣고 아사히히메는 그제야 호호······하고 웃었다. 이에야스에게 출가하면, 죽었어야 할 몸이지만 노모를 위해 살아서 시집왔습니다 하고 말해 줘야지······ 측실이 많은 이에야스가 그 말을 듣고 무엇 때문에 초로의 아사히히메 따위에게 손댈 것인가? 손대지 못하게 해주는 게 이 경우 유일하게 할 수 있는 오빠에 대한 보복인 것이다.

"호호호호, 이젠 각오했으니 어머니도 너무 걱정 마세요."

"혹시 너······."

"죽을 생각이냐······고 묻는 것이겠지요. 그런 걱정이라면 하지 마세요. 간파쿠에 버금가는 신랑이라····· 생각을 고쳤어요. 불만을 가진다면 신벌이 내리겠지요."

말하고 나서 아사히히메는 그대로 잔을 언니에게 주고 시녀에게서 술병을 받아 손수 술을 따랐다.

"언니는 행복하겠어."

"그게 무슨 말이지, 아사히?"

"훌륭한 아들이 많이 있으니까····· 히데쓰구, 히데카쓰, 히데토시(秀俊 ; 히데나가의 양자), 이렇게 모두 일족의 후계자만 낳았잖아요?"

"너라고 해서 못 낳는다는 법이야 없지. 아기가 태어나지 않은 건 네 탓인지 히데마사 님 탓인지 알 수 없지 않나?"

"호호……하지만 하마마쓰에는 나가마쓰마루라는 후계자가 있는걸, 뭐."

"그 후계자를 네 양자로 삼게 되는 것 아니냐?"

"낳지 않고 자식을 갖는다……그게 더 나을까?"

히데요시가 가로막았다.

"아사히, 자식이 없다는 말은 집어치워라. 네네의 얼굴이 일그러지고 있어."

"어머, 미안해요. 용서하세요."

미요시 부인이 기타노만도코로에게 사과한 무렵부터 아사히는 취기가 한꺼번에 오르기 시작했다. 가슴과 머리가 화끈거리고 천장이 빙빙 돌았다.

아사히는 뜻도 없이 웃으며 일어섰다.

"호호…… 너무 취했어요…… 무례를 저지르기 전에 제 방으로 물러가겠어요. 모두들 용서해 주시기를……."

비틀거리며 쓰러지려는 것을 시녀가 황급히 부축했다.

"이봐, 아사히……."

"아사히 님."

모두들이 부르는 것을 못들은 척하고 아사히는 그대로 나가버린다.

오만도코로가 히데요시의 얼굴을 바라보며 말했다.

"아무래도 걱정이야, 갑자기 그 애의 태도가 달라졌어…… 괜찮을까, 간파쿠."

히데요시는 어느 새 눈을 감고 험악한 표정으로 생각에 잠겨 있었다. 누이동생의 마음을 샅샅이 들여다보고 있는 히데요시였다.

히데요시는 벌떡 일어나 아사히히메의 뒤를 쫓으려 했다.

"이봐요, 간파쿠……."

양쪽에서 오만도코로와 기타노만도코로가 약속이라도 한 듯 옷자락을 붙잡은 것은 히데요시의 얼굴빛이 무섭게 변했기 때문이었으리라.

"걱정 마십시오!"

히데요시는 무서운 표정을 한 채 어머니를 뿌리쳤다.

"마음에 걸리는 게 있으니 가보고 오리다. 아무 일 없을 테니 걱정 마오."

이번에는 기타노만도코로에게 나직하게 말하고 그대로 복도로 나갔다. 어머니와 아내는 히데요시가 노한 것이 두려워 아직 뭐라고 말하고 있고, 그것을 아우 히데나가가 타이르고 있는 것 같았다.

"어머니! 형수님! 간파쿠님에게 맡겨두십시오. 말귀를 너무 알아듣지 못하므로 설득하러 가신 겁니다. 맡겨두세요……."

히데요시는 그 말을 들으면서 성큼성큼 아사히히메의 방까지 걸어갔다가 거기서 또 흠칫 멈춰섰다. 천하의 일에서는 뜻대로 되지 않는 게 거의 없는 히데요시였다. 그러한 히데요시가 단 하나뿐인 누이동생이 마음대로 안 되어 속 썩이고 있었다. 그뿐인가, 그 누이동생을 출가시키려는 상대 역시 히데요시를 애태우고 있는 이에야스인 것이다…….

'이것을 어떻게 한다……?'

분노는 아사히히메에 대한 것 같기도 하고 이에야스에 대한 것 같기도 했다.

히데요시가 서 있는 모습을 보고 깜짝 놀란 아사히히메의 두 시녀가 어두컴컴한 복도에 나란히 꿇어 엎드렸다.

물론 방 안의 아사히히메도 오빠가 뒤쫓아 온 것을 짐작하고 있을 것이다. 그러나 히데요시도 말이 없고 안에서도 쥐죽은 듯 소리 하나 없었다.

히데요시는 노부나가가 걸핏하면 벌컥 화내며 칼을 빼들고 혈육이며 가신들을 이리저리 쫓아다니던 기분을 알 것 같았다. 한쪽에서는 오로지 천하 평정에만 전념하고 있는데 상대는 그것을 '냉혹한 야심'이라고 비웃으며 가까이하려 하지 않는다. 그런 경우의 대립은 결코 권력자와 피지배자의 관계가 아니라 인간과 인간의 감정 대립에 지나지 않는 것인데, 여기서 만일 누이동생을 베어버린다면 세상 사람들이 과연 뭐라고 할 것인가……?

히데요시는 허공을 바라보며 서너 번 크게 호흡을 가다듬었다. 그리고는 발아래 꿇어 엎드려 있는 시녀에게 장지문을 열라고 턱으로 명령했다.

시녀들은 겁먹은 얼굴로 양쪽에서 장지문을 열었다. 방 안의 등불이 조용히 일렁거렸다. 그 불빛 아래 아사히히메는 절망에 겨운 모습으로 엎드려 울고 있었다.

'이 어리석은 것이…….'

딸은 아버지를 닮는다고 했던가, 아사히의 아버지 지쿠아미(筑阿彌)는 결단성 없는 사람이었는데……하고 사이좋지 못했던 의붓아버지까지 미워져서 다시 한 번 크게 숨을 들이마셨다.

아사히히메는 자기 등 뒤에 히데요시의 시선이 박혀 있는 것을 똑똑히 의식하고 있었다. 의식하면서도 자지러지듯 몸부림치며 우는 것은 오빠의 분노를 충분히 각오하고서의 반항이라고 해석하는 수밖에 없었다. 히데요시는 성큼성큼 아사히히메 곁으로 다가갔다.

다가간 순간, 난폭하게 발길로 차버리고 싶은 심정이 들어 히데요시는 당황했다. 늘 하는 버릇대로……

'내 누이동생 하나 마음대로 안 된단 말인가……'

그러한 자제심과 자부심이 올라가려던 발을 가까스로 내리게 했다.

"아사히!"

"……"

"넌 오빠의 계획이 그토록 마음에 들지 않는 거냐?"

"……"

"말해 봐라. 생각하는 대로 대답해 봐. 너에게 내가 졌다…… 네 마음대로 하게 해주마."

그러면서도 속으로는 그렇게 네 맘대로 하게 해 줄 수는 없다고 고함지르고 있었다.

"왜 어머니나 히데나가에게 웃는 얼굴을 보이면서 출가하지 못하는 것이냐. 어째서 미요시의 누님같이 고분고분하게 굴지 않는 거야?…… 그래, 이런 말 아무리 해봤자 소용없는 일이니 네 마음대로 하게 해주마. 어떻게 해줬으면 좋겠는지 그것을 말해 봐!"

히데요시가 가만히 그 자리에 몸을 구부리려 하자 아사히히메는 본능적으로 몸을 앞으로 내밀며 얼굴을 똑바로 들었다. 공포에 떨고 있다……기보다도 오빠가 자기를 죽이려 한다고 느끼며 하는 몸짓이요 태세였다. 어쩌면 히데요시의 얼굴과 목소리에서 살기가 느껴졌기 때문인지도 모른다.

얼굴을 들자 아사히히메는 무슨 뜻에서인지 머리를 설레설레 흔들며 다시 뒤로 물러났다.

"이에야스에게 시집가는 것은 죽어도 싫단 말이냐!"

"아닙니다! 아니에요……"

"그럼, 어떻게 하라는 거냐? 이젠 달래는 데도 지쳤다. 천하인의 일족에게는 천하인으로서의 마음가짐이 없으면 안 된다. 이미 각오는 되어 있었던 게 아니냐?"

"아닙니다……"

"한 번은 네네가 차근차근 이야기해서 타일렀고, 다음에는 도쿠가와 가문의 속사정을 잘 아는 이시카와 가즈마사가 모든 것을 자세히 말했을 터. 그때마다 너는 알아들은 것 같은 눈치였다던데……"

아사히히메는 다시 뒤로 물러앉으면서 외치듯 말했다.

"모……모……모르겠어요! 알 것 같으면서…… 아직 모르겠어요…… 그래서 나 자신도 나를 알 수가 없어요."

"뭐라고?"

히데요시의 이마에 또 신경질적인 힘줄이 꿈틀 일어섰다. 알 것 같으면서 모르겠다……는 그런 묘한 심리의 표현은 무슨 일에나 단칼에 결단내리는 히데요시에게 허튼 소리로밖에 생각되지 않았다.

"알 것 같으면서 모른다…… 기막히게 미련한 것이로군. 그런 말버릇은 용서하지 않겠다!"

"……네."

"어떻게 해줬으면 좋겠는지, 그걸 말해라."

"……네."

이제 아사히는 오빠가 무서운 나머지 완전히 넋이 나간 상태였다. 아사히히메는 들뜬 목소리로 온몸을 떨면서 더듬더듬 말했다.

"소원입니다…… 저……히 데마사 님의…… 히데마사 님의 유령이 못 나타나게…… 그래요, 그 유령이 못 나타나게 해주세요."

"뭣이? 히데마사의 유령……!"

한순간 히데요시는 목소리를 삼키며 저도 모르게 사방을 둘러보았다. 너무 뜻밖의 말이어서 한순간 사고의 끈이 끊어져버린 것 같은 느낌이었다.

"……네."

"그러면…… 그 유령이 너에게 시집가지 말라고 하더냐?"

"네, 결심을 하면 그날 밤…… 반드시……."

"음"

히데요시는 어이없어 다시 주위를 돌아보면서 시녀들에게 명했다.

"등불을 더 밝혀라."

그리고 보니 이 방 안에는 네네나 어머니의 방과는 다른 음산한 분위기가 감돌고 있었다. 물론 방주인의 마음의 반영일 뿐이었으며, 가노 모토노부(狩野元信)가 그린 이 방 장지문의 화조그림은 몹시 화려한 색채였다…….

"그래? 유령이라……"

"네."

"그 유령이 뭐라고 하더냐?"

"네, 그대의 오빠는 잔인한 사람이라고……"

"히데마사 놈! 어처구니없는 자로구나."

"불쌍한 사람입니다."

"바로 그것이다. 네가 가엾게 생각하는 마음을 틈타 나타나는 미련한 놈. 그렇다면 모처럼 고집 세워 할복한 게 아무 보람 없지 않으냐?"

말하는 동안 히데요시는 껄껄 소리 내어 웃고 싶어졌다. 아니, 너무나 어리석고 애처로워 울고 싶어졌다는 편이 나을지도 모른다.

'그렇구나, 부부란 그런 것이었어……'

부부의 인연은 이세(二世)에 걸치는 것이라고 불가에서는 말한다. 현세에서 끊을 수 없는 사랑의 신비한 끈이 살아남은 아사히의 마음에 그림자를 던지며 유령으로 나타났구나…….

"아사히."

"……네."

"그 유령이 나타나지 않으면 결심할 수 있다는 말이구나?"

이번에는 아사히히메가 대답하지 않았다.

'어떻게 나타나지 않게 할 수 있다는 거지?'

이러한 반발과 유령마저도 그리워하는 여자의 슬픈 집념이 눈 속에 어른거리고 있었다.

"좋아, 알았다! 히데마사를 위해 곧 불공드려 주마. 반드시 안심하고 성불할 수 있도록 일본에서 으뜸가는 스님을 초청해……너를 위해서도."

"……"

"옳지, 그 전에 오늘 밤 여기서 이 히데요시가 먼저 기원드리겠다. 알겠느냐, 이것은 내가 잔인하기 때문에 생긴 일이 아니다. 나는 신불의 명을 받들어 천하를 위해 일하는 몸, 그 뜻을 이해했기에 히데마사도 고집을 관철시키고 죽은 것이다.

그러니 내가 기원드리면 유령은 다시 나타나지 않을 게다. 나타날 리 없지. 그 향로를 이리 가져오너라."

히데요시는 시녀에게 향합과 향로를 가져오게 하여 진지하게 향을 피우고 합장했다. 그 옆에서 아사히히메는 멍하니 앉아 있었다. 역시 아사히도 오빠에게는 꼼짝 못 하는 투정이 심한 평범한 여자일 뿐이었다.

승리자

도쿠가와 가문에 출가하기로 결정된 히데요시의 누이동생 아사히히메의 오사카 출발이 4월 20일로 발표되자, 그 전날 밤부터 오사카 거리에는 일제히 축하 등불이 내걸렸다.

스미요시(住吉) 축제(오사카 남부 스미요시)만큼이나 화려했다. 누가 그렇게 축하하도록 선전했는지? 아무튼 어느 상가에서나 전야제처럼 음식을 장만하여 가까운 친척을 초대하거나 고용인들을 쉬게 하면서 이튿날의 행렬을 환송하려는 것이었다. 어쩌면 새로 시행된 직제(職制)에 따라 5명의 행정관 중 한 사람으로 뽑힌 아사노 나가마사나, 이시다 미쓰나리가 히데요시의 심중을 짐작하고 마을 유지들에게 넌지시 일러놓았는지도 모른다.

그날 밤 교토의 자야 시로지로도 요도야 조안의 초청을 받아 특별히 오사카에 와 있었다. 와보니 사카이의 나야 쇼안 같은 큰 상인을 비롯하여 앞으로 토산물을 널리 판매하기 위해 강변에 창고를 세우려는 여러 지방 영주들의 가신들 등 거의 4, 50명이나 되는 손님이 초대되어 허물없이 술잔을 기울이며 이야기를 나누고 있었다.

화제는 당연히 이번 혼례에 관한 것이 많았고, 처음에는 조심스럽게 간파쿠 가문의 경사를 축복하다가 술이 거나해짐에 따라 점점 다른 길로 탈선하기 시작했다. 어떤 사람은 이번 일에서 가장 딱한 것은 남편이 자살한 아사히히메라고 말하고, 또 어머니 편을 드는 자도 있었다.

"아니, 본인보다 역시 오만도코로님이 더 가엾어."

"어찌 되었든 천하를 위해 어쩔 수 없는 일이니 축하할 일이지."

히데요시처럼 대국주의적인 주장을 하는 자도 있다.

"나는 그렇게 생각하지 않소. 이것은 말하자면 고마키, 나가쿠테 싸움의 계속이오."

입을 일그러뜨리고 겉으로는 창을 거두었지만 아직 냉전이 계속되고 있다고 주장하는 전략가도 있었다.

"그게 아니지, 전쟁은 이제 끝난 거요. 이제 두 집안이 처남 매제간이 되면, 매제가 처남을 따른다 해서 가신이 되는 것도 체면이 깎이는 것도 아니오. 꽤 재미있는 일이지."

상인과 무사들이 뒤섞인 술좌석의 잡담이라 이렇다 할 결론은 나오지 않았다. 다다미 100장 깔린 큰 응접실에 30여 자루의 촛대가 줄지어 섰다. 그리고 그 가운데로 요도야의 자랑거리인 젊은 하녀들이 똑같은 의상을 갖춰 입고 술시중을 들기 위해 줄지어 나타났을 때부터 자야는 문득 이상한 것을 생각하기 시작했다.

그 역시 아직 고마키, 나가쿠테의 그 싸움은 결코 끝났다고 생각하지 않았다. 그리고 여기 찾아오기 전까지 막연히 이런 생각을 하고 있었다.

'대체 이 혼례에서 간파쿠와 이에야스 중 어느 쪽이 이긴 것일까……'

그런데 막상 와서 보니 무서울 만큼 실감이 났다.

'승리자는 따로 있었다!'

이긴 자는 결코 히데요시도 이에야스도 아니며, 실은…… 여기 모여 있는 사람들 중의 '상인—'이 아닐까……? 무력 만능의 난세에는 일개 상인인 요도야가 이렇듯 광대한 저택을 지니고 이같이 호화롭고 성대한 잔치를 베푼다는 것은 상상도 못 할 일이었다. 그런데 그 상인이, 이에야스조차 여간해서는 두 자루 이상 켜지 못하게 하는 한 근짜리 큰 촛불을 즐비하게 늘어놓고 꽃 같은 여자들에게 시중들게 하며 즐거운 향연을 벌이고 있다.

'이것은 대체 무엇을 말하는 것일까……?'

무사들이 일벌같이 목숨 걸고 권력을 다투다가 그것이 일단 누군가의 손에 들어가게 된다…… 그러면 그 평화의 꿈을 빨아먹는 자는 따로 있는 게 아닐까……?

야마자키 싸움 때부터 요도야 조안은 히데요시의 후원자였다. 그것은 어디까지나 이익을 생각해서 한 행동이었는데 그 조안이 쌓은 재력이 지금은 계산도 할 수 없을 만큼 방대하게 불어나 있었다.

강가에 늘어선 창고도 100동이 넘으며 배와 지점은 헤아릴 수 없이 많다. 나가는 배 1000척에 들어오는 배 1000척인 오사카의 배 대부분이 실은 조안에게 얼마쯤의 꿀을 바치고 있는 것이다.

아니, 조안만이 아니었다. 도쿠가와 집안의 물품을 담당하는 자야 자신만 해도 만일 도쿠가와 가문이 무력 다툼에서 쓰러진다 하더라도 자신은 전혀 다른 종류의 '상인—'이라는 이름으로 부유하게 살아남을 길을 선택하고 있지 않은가…….

"저, 나야 님."

자야는 자기보다 여섯 자리쯤 윗자리에 앉아 있는 나야 쇼안에게는 가서 잔을 달라고 손을 내밀었다. 기분 좋게 취기가 오른 가운데 그런 의심에 부딪쳐 무언가 말하지 않고는 배길 수 없었기 때문이었다.

"요도야 님 세력이 어마어마하군요."

잔을 건네주면서 쇼안도 말했다.

"그러게 말이오. 여기에 미곡거래소 권리까지 잡게 되면 재산이 너무 불어나 곤란할 것이오."

"이 큰 응접실만 해도 영주의 저택보다 훨씬 훌륭합니다그려."

"하하…… 그건 할 수 없겠지요. 영주라 해도 무사들은 고작해야 일벌이니, 상인들과는 감각이 다르거든요."

"그렇다면 나야 님은 무사보다 상인이 훨씬 위라는 말씀입니까?"

"그건 말이오……."

쇼안은 가까운 자리에 무사가 없는 것을 확인한 다음 말했다.

"난세에는 무사, 세상이 안정되면 상인이지요. 그러기에 상인들이 우쭐해 권세 부리게 되면 무사들이 분하게 여겨 다시 난세를 만들지. 권력은 무사들에게, 이익은 상인에게…… 그런 식으로 적절하게 균형을 이루어야 될 텐데 말이오."

"나야 님."

"자, 한 잔 더 드시오."

"나야 님 말씀대로 이번에는 싸움이 일어나지 않고 원만하게 해결되어 혼례를 올리게 되었군요."

"그렇게 되도록 세상이 움직이고 있지요."

"그러면 이제는 이미 두 집안 사이의 다툼이 끝났다…… 고 생각하십니까?"

쇼안은 고개를 조금 갸웃하고 살피듯 자야를 바라보면서 잔을 받았다.

"자야 님이 묻는 의미를 나는 잘 모르겠는데……."

"아까 어느 분도 말하던데. 이것으로 고마키, 나가쿠테의 싸움은 확실히 끝난 걸까요?"

"아, 그것 말이오?"

쇼안은 가볍게 대답하더니 맛있는 듯 술을 한 모금 마셨다.

"그거면 승부가 났지요……."

"승부가……났다고 보시는군요."

"그렇소. 이번에는 어디까지나……."

쇼안은 목소리를 낮추고 몸을 내밀었다.

"자야 님의 전주군인 이에야스 님의 대승리지요."

속삭이듯 말하고 다시 한번 조심스럽게 주위를 돌아본 다음 실눈을 지었다.

'이에야스의 대승리…….'

그 말을, 늘 존경하고 있는 쇼안의 입으로 들은 만큼 자야는 몹시 불만스러웠다.

"나는 반드시 그렇지는 않다……고 봅니다만."

"그렇다면 간파쿠님이 이겼다는 말씀이오?"

"아닙니다!"

자야는 자신의 취기가 한계에 이른 것을 알고 조심하면서 말했다.

"나는 그 싸움의 승패를 가늠하는 것은 전혀 다른 데 있었던 듯한 느낌이 듭니다."

"전혀 다른 데…… 그렇다면 상인들이 이겼다는 말인가요?"

"예, 세상이 태평스러워졌으니 이렇듯…… 이것은 태평을 원하는 모든 백성들의 염원이 이긴 것이므로…… 나야 님이 말씀하시는 시대의 흐름이라는 게 아닐까 하고요."

"하하……."

쇼안은 즐거운 듯 웃으며 몇 번이나 고개를 끄덕였다.

"그런 뜻이라면 바로 말씀하시는 대로입니다. 그러나 생각해 보면 출가하시는 아사히히메 님은 가련하고 딱한 분이지요……."

"그야 뭐……."

"아마 그분은 자신이 출가함으로써 싸움이 하나 줄었다, 그래서 이렇게 백성들이 기뻐하고 있다……고는 생각하지 못하겠지요."

"그것을 알게 해드릴 방법이 없겠습니까."

"없는 것은 아니지만…… 이것만은 함부로 입 밖에 낼 수 있는 일이 아니라서……."

"그렇다면 무슨……."

"함부로 말했다가는 무사들은 일벌이고, 꿀을 빨아먹는 것은 상인들…… 이라는 엉뚱한 오해거리를 만들어내 사카이 상인들이 측근에서 쫓겨나게 될지도 모르는 일이오."

"그렇군요……."

"시세의 흐름을 끊임없이 알려야 하는 책임이 사카이 상인들에게는 있소. 그러나 알려주는 데는 여러 가지 방법이 있거든요."

"그렇겠지요."

"만약 도쿠가와 님이라면, 이렇게 모두들 기뻐하고 있다고 말씀드리면 금방 알아들으시지요. 그러나 간파쿠님은 그렇지 않소."

"그렇지 않다……니요?"

"간파쿠님에게 말할 때는 좀 색칠을 해야 하오. 아마 성품의 차이겠지요. 어디까지나 간파쿠님이 하는 식은 전에 없던 놀라운 솜씨라고 말하지 않으면 용납하지 않아요. 아사히히메 님이 딱하다는 둥 말하면 자신이 하는 일에 흠잡는다고 분해할 사람이지요."

"그렇군요…… 그렇다면 함부로 동정은……."

"동정받을 만큼 약하지 않다, 무조건 압도하고 말겠다……는 그 사람이 누이동생을 출가시키는 것이니 섣불리 무슨 말을 하다가는, 내가 진 줄 알고 있구나……하고 눈치채시겠지요. 그러니 그저 훌륭한 기량이시라고 얼러서 일을 끝내버려야만 하오."

"말씀을 듣고 보니 더욱 아사히히메 님이 불쌍하다는 생각이 듭니다."

"그러니 내일은 우리들만이라도 눈물을 감추고 진심으로 합장하며 전송해 드립시다."

큰 방 복판에서는 8명의 여자들이 가무를 춤추기 시작한다. 다다미 100장 깔린 방의 넓은 술좌석은 그대로 낙화의 어지러움으로 변하기 시작했다…….

여자들 춤이 끝나자 이번에는 집주인 요도야 조안이 뚱뚱한 몸을 뒤룩거리며 두 사람 곁으로 다가왔다.

"아이구, 잘 오셨습니다, 나야 님."

그리고 하녀에게 들려서 가져온 술상을 먼저 쇼안 앞에 놓게 했다.

"저에게도 한 잔 주십시오. 모두 사카이 분들 덕분으로 자야 님과 나도 이렇게 진심으로 오늘을 축하할 수 있게 되었습니다. 만사를 제쳐놓고 감사드려야겠습니다……"

직접 술병을 들고 따르면서 진심으로 즐거운 듯 웃었다.

"자, 자야 님도 한 잔."

"고맙습니다. 하지만 벌써 과음해서."

자야는 요도야의 손에서 황급히 술병을 받아들고 상대에게 술을 따라주면서 문득 생각했다.

'히데요시의 천하가 되어 가장 많은 돈을 번 자는 누구일까?'

얼마쯤 냉소적으로 말한다면 이자가 가장 큰 '승리자'라고 말하지 못할 것도 없었다. 쇼안 이하의 사카이 상인들은 해외 교역을 통해 큰 이익을 올리고 있고, 요도야는 국내 일로 이렇듯 큰 재산가가 되었다. 더구나 앞으로 히데요시와 이에야스의 제휴가 성립되어 당분간 평화가 계속된다면 그들의 재산은 앞으로 얼마나 더 늘어날지 모를 일이다.

히데요시는 아마 일본 전국의 영주들에게 이 오사카에 그들의 저택을 짓게 할 것이 틀림없다. 그렇게 되면 영주들은 저마다의 영지에서 부지런히 물산을 실어와 큰 상인들의 손을 거쳐 그 비용을 조달하지 않으면 안 된다. 그렇게 되면 오사카의 큰 상인은 가만히 앉아서 여러 영주들의 수입 가운데 몇 할을 자기 손에 쥐게 되는 것이다.

'그 수익의 기초를 굳히기 위해 출가하는 아사히히메……'

물론 막대한 수익의 고물이 이 거리를 윤택하게 만들어, 서민의 생활을 지탱하겠지만 생각해 보면 그 이익의 크기가 새삼 무섭게 느껴졌다.

천연덕스러운 태도로 요도야가 쇼안에게 물었다.

"그런데 나야 님, 이것은 은밀히 여쭈어볼 생각이었습니다만 사카이 분들은 이번 일로 간파쿠님에게 축하금을 얼마나 내놓으실 생각입니까?"

'축하금……'

자야는 흠칫했다. 그는 아직 그럴 입장이 아니었고, 생각조차 하지 못하고 있었던 것이다.

'하긴, 그런 지출이라도 없으면 이 사람들은 황금에 묻혀버리겠지.'

쇼안은 대수롭지 않은 듯이 대꾸했다.

"글쎄…… 그런 일은 소에키 님에게 모두 맡기고 있으니, 소에키 님이 그곳 분위기를 살펴서 적당히 하겠지요."

"그렇군요, 소에키 님은 완전히 간파쿠님의 심복이 되셨으니까요."

"그게 말이오, 이제는 그런 상납금 같은 것은 노리지 말고 되도록이면 해외에서 쓸 수 있는 황금을 적립할 수 있도록 간파쿠님을 이끌어 주었으면 합니다. 그래서 어쩌면 현금이 아니라 항아리나 찻잔 같은 명기 종류로 할지도 모르겠습니다."

"항아리나 찻잔……?"

"그렇소, 간파쿠님도 이제 그 방면에 상당한 취미를 가지고 계십니다. 하하……"

자야는 또 무의식중에 슬쩍 주위를 돌아보고는 고개를 갸웃거렸다. 문제는 아사히히메의 출가라는 그 한 가지 일이지만 그것이 뜻하는 파문은 무한대의 것이었다. 이 혼례를 위해 축하금을 얼마나 내면 좋겠느냐는 요도야의 말에 놀라고 있는데, 이번에는 쇼안이 대수롭지 않게 찻잔이나 차 항아리로 얼버무리겠다는 것이었다. 그렇게 되면 다도인(茶道人)으로서 사카이에서 히데요시의 측근이 된 사람들은, 풍류니 취향이니 하는 그럴 듯한 문화적인 정취를 제공하며, 히데요시를 구슬러 조금이라도 황금을 덜 내놓으려는 음모의 무리라고도 볼 수 있다.

그러나 그날 밤은 더 이상 이야기를 듣지 못하고 자정이 가깝도록 주연을 계속했다. 자야도 쇼안도 요도야의 집에 그대로 묵었다.

다음 날 아침에는 저마다 덕담을 주고받으며 성 정문으로 몰려가는 구경꾼들 속에 두 사람도 끼어 있었다.

그날은 활짝 개지는 않았으나 비가 올 것 같지도 않았다. 후덥지근한 공기가 사람들 물결을 감싸는 듯한 느낌의 날씨였다.

요도야는 물론 그들과 동행하지 않았다. 오사카 세 상인의 우두머리로서 새벽부터 상인들 회의소에 나가 구경꾼 정리를 돕고 있는 모양이었다.

"자야 님, 굉장한 인파로군요."

"정말입니다. 이 사람들이 한결같이 평화를 원하고 있다는 생각을 하니 가슴이 아픕니다."

"자야 님."

"예."

"오래 사시오. 간파쿠님의 천하인 동안은 대단한 일이 없겠지만 그다음 세상은 자야 님 세상이 될 테니까."

"예……?"

"계속될 겁니다! 반드시 평화는 계속될 겁니다."

"예."

자야는 어린아이처럼 대답했지만 그때는 그 뜻을 잘 알지 못했다.

잠시 뒤 두 사람은 밀리고 밀려 정문 왼쪽에 있는 빈터로 나왔다. 여기에는 큰 상인과 그 가족을 위해 특별히 새끼줄이 둘러져 있어 서로 밀치지 않고도 행렬을 볼 수 있었다.

행렬이 성문을 나선 것은 아침 9시. 맨 앞에 창을 들고 말을 모는 것은 기타노 만도코로의 동생 남편인 아사노 나가마사와 도미타 사콘이었다.

뒤이어 성장한 150명의 여관(女官)과 시녀들 사이에 끼어 손잡이 긴 가마 12채가 따르고 그 뒤에는 매달아 나르는 가마 15채……

가마 뒤에는 호위군인 이토 나가자네(伊藤長實)와 다키가와 다다쓰케(瀧川忠佐)가 따르고, 다음에는 3000관이나 되는 물건을 넣은 오동나무 궤짝 53개가 줄지어 뒤따랐으며, 그 뒤를 금은을 실은 말 두 팔이 눈부신 차림으로 방울을 울리며 지나갔다.

마지막에는 처음부터 이 혼담에 동분서주해 온 오다 우라쿠와 다키가와 가쓰토시, 이다 한베에(飯田半兵衛) 등이 조용히 덴마(天滿) 쪽으로 행진했다. 총 인원 수 2000명 넘는 이 행렬이 자기 앞을 다 지나갈 때까지 자야는 거의 망연자실하여 바라보고 있었다. 첫 번째 가마 안에 앉아 있던 아사히히메가 어떤 표정을 하고 있었는지조차도 똑똑히 생각나지 않았다. 그만큼 주위에는 이 혼례 당사자의 심정과는 전혀 다른 화려한 분위기가 감돌고 있었던 것이다.

'평화를 위한 길! 평화를 위한……'

자야가 아는 한, 이 혼담은 처음부터 줄곧 순탄치 못한 길을 걸어왔다.

히데요시는 이에야스가 오사카에 보낸 사자 아마노 사부로베가 마음에 안 든다며 소리 질렀다.

"이런 중대한 혼담을 상의하는데 히데요시가 얼굴도 모르는 자를 보내다니 무슨 짓인가. 즉각 사카이, 혼다, 사카키바라 중에서 골라 다시 보내도록 해!"

그래서 교토에 있던 특사 오구리 다이로쿠가 허둥지둥 하마마쓰로 달려 돌아가 이에야스에게 그 사유를 보고하자 이에야스는 이에야스대로 뻣뻣하기 짝이 없는 대답을 했다.

"그렇게 불쾌한 말을 들을 바에는 혼담을 중지하는 것이 좋겠다. 아마노를 도로 불러들여라."

이에 깜짝 놀란 오다 노부카쓰와 우라쿠, 다키가와 등이 중재하여 말했다.

"그렇게 되면 저희들 체면이 말이 아니오니 이번에는 부디 간파쿠의 고집을 들어주십시오."

자야는 일단 그렇게라도 해서 히데요시의 요구에 저항하지 않으면 안 되는 이에야스의 입장을 잘 알고 있었다. 그렇게 함으로써 히데요시를 미워하는 가신들이나 호조 부자의 마음도 달랠 수 있고, 히데요시 쪽 영주들 또한 이에야스를 다시 보게 될 것이다.

세 사람의 중재를 받아들인 이에야스는 처음 예정했던 4월 28일의 혼례를 일단 연기하기로 했다. 그리고 이 혼담을 가장 강경하게 반대했던 혼다 헤이하치를 4월 23일에 상경시켰다.

헤이하치가 교토에 도착했을 때 히데요시가 그를 대한 태도 또한 볼 만한 것이다. 우치노(內野) 저택에서 헤이하치를 정식으로 만난 다음, 밤에 몰래 혼자서 그의 숙소를 찾아갔다. 어디까지나 히데요시다운 대담한 수법이었다. 거기서 히데요시는 나가쿠테의 싸움을 회상하며 어깨를 툭툭 칠 만큼 허물없는 태도로 여러 가지 이야기를 했다. 그러고는 그에게 소슈 사다무네(相州貞宗)가 만든 단도에 후지와라 사다이에(藤原定家)가 만든 오구라(小倉) 색종이를 곁들여 선사했다. 그리고 전에 화냈던 아마노 사부로베에에게도 다카키 사다무네(高木貞宗)의 칼을 주어 혼담을 무사히 매듭짓도록 했다.

자야는 쌍방의 노력을 뼈저리게 느끼지 않을 수 없었다.

'세태는 변했다!'

히데요시도 이에야스도 어쨌든 싸움은 피해야 된다고 생각하기 시작했다! 바로 5, 6년 전까지만 해도 전혀 없었던 새로운 분위기였으며, 그 훌륭한 증거로서 오늘 이 행렬의 의의가 있었다. 그야말로 새로운 시대를 여는 문이라고 할 수 있다.

다만 당사자인 아사히히메가 그런 커다란 시대의 흐름과 자신의 불행한 결혼을 결부시켜 생각할 수 있을 것인지……?

'생각할 수 없을 것이다!'

자야는 그렇게 생각하자 눈앞에서 멀리 사라져간 행렬 속의 아사히히메에게 두 손 모아 그것을 알려주고 싶은 충동을 느꼈다.

"부디 참아주십시오…… 이렇게 땅을 가득 메우며 전송하는 수많은 백성들의 기쁨을 위해서……."

쇼안은 무슨 생각을 하는지 자야의 기분을 위로하려는 듯 모르는 척하며 나중에 온 요도야와 무언가 열심히 이야기하고 있었다.

아사히히메는 자신의 출가 행렬이 교토에서 오미 길을 지나 미노를 거쳐 오와리의 기요스성에 들어갈 때까지 거의 멍하니 앉아 아무것도 생각할 기력이 없는 듯했다. 아사히히메가 나아가는 길 양쪽에는 어디나 할 것 없이 수많은 사람들이 나와 있었다. 처음에는 그들에게 얼굴을 보이는 게 화가 났다. 20여 년 함께 살고도 그 남편 하나 구하지 못한 채 짙은 화장을 하고 길 떠나는 어리석은 여자인 자기를 사람들이 비웃고 있는 듯 보여 견딜 수 없었다.

"저것이 히데마사 님 아내인가."

"아니야, 이제부터는 도쿠가와 님 부인이야."

"뭘 그래. 본디 오와리 나카무라 마을의 농부 딸이지. 오빠가 조종하는 대로 움직이는 허수아비일 뿐이야."

지나는 곳마다 그런 말이 속삭여지고 있다고 생각하니 즐거운 여행이 될 리 없었다. 아사히히메는 줄곧 침울한 얼굴로 멍하니 있었다. 시녀나 여관들은 물론이고 소꿉친구로서 이번에 가마를 호위하며 따라온 아사히히메의 유모 아들 이토 나가자네까지도 일부러 숙소로 찾아와 여러 지방의 전설을 들려주었다. 그러나 아사히히메는 전혀 듣고 있지 않았다.

이렇게 해서 4월 28일에 오사카성을 떠난 행렬이 기요스성에 도착한 것은 단오절인 5월 5일.

"혼례식은 9일이랍니다."

이토의 어머니 기오이(紀於伊)에게서 들어 알고 있는 혼렛날은 나흘 앞으로 다가와 있었다.

그러나 기요스성에 도착해 보니 성안 공기가 심상치 않았다. 아사히히메가 숙소로 정해진 본성 내전에 들자마자 함께 오사카에서 떠나와 도착한 혼다 헤이하치와 사카키바라 고헤이타가 곧 와서 딱딱한 목소리로 말했다.

"사정에 따라 혼례식 날짜가 좀 연기되었습니다. 저희들은 여러 가지 준비 때문에 먼저 하마마쓰로 가게 되어 인사드리러 왔습니다."

아사히히메가 알기로는 이 두 사람이 미카와의 지리유까지 따라갔다가 도쿠가와 가문에서 영접 나온 사람들에게 행렬을 인계하고 거기서 하마마쓰로 먼저 떠난다고 했는데…… 그런 만큼 아사히히메의 관심은 억지로라도 하마마쓰로 향해지게 되었다.

"무슨 변이라도 생겼습니까?"

"예."

헤이하치가 무뚝뚝하게 대답했다.

"저희 주군께서 세 가지 약조문을 간파쿠님에게 요청했는데 그것이 아직 도착하지 않았습니다. 그래서 혼례가 연기된 겁니다."

"세 가지 약조문이라니요?"

"그건 여자 분인 아사히 님에게 말씀드려도 소용없는 일이라 물으신다 해도 대답할 수 없습니다."

"그래요? 그럼, 묻지 않겠어요."

물어보는 쪽도 대답하는 쪽도 아직 결코 상대를 믿고 있지 않았다.

두 사람이 물러가자 아사히히메는 곧 오다 우라쿠를 불러 다시 물어 보았다.

"또 혼롓날이 연기되었다지요? 이제 마음 놓았어요. 하지만 좀 마음에 걸리는 일이 있어요. 이에야스 님이 간파쿠에게 세 가지 약조문을 요구했다는데 그 세 조항을 알려주세요."

쌀쌀한 목소리로 묻는 말에 우라쿠는 왠지 얼굴이 창백해져 고개 숙였다.

"보통 혼례와 다르다는 건 알고 있어요. 세 가지 조항이 무엇인가요? 우라쿠 님이 모를 리 없겠지요. 아니면 내가 여자라 이야기해 줄 수 없다는 말인가요?"

아사히히메의 독촉을 받은 우라쿠는 괴로운 듯 웃었다.

"걱정하실 일이 아닙니다. 간파쿠님은 배짱 크신 분이라 반드시 약조문을 보내오실 겁니다. 어쩌면 간파쿠님이 아사히히메 님을 이 언저리에서 잠시 쉬게 하시려고 일부러 지연시키시는 건지도 모르지요."

"그런 걸 묻고 있는 게 아니에요. 세 조항의 내용은?"

우라쿠는 살쩍을 긁적이며 말했다.

"글쎄요……그 첫째 조항은 두 집안이 인척이 된다 해도 상속이나 그 밖의 가신들 문제에 대하여 지시하지 말 것……"

"상속……이라니 내 양자로 정한 나가마쓰마루 님에게 상속하지 않는다는 말인가요?"

빠르게 말한 다음 아사히히메는 스스로 자신의 마음에 어리둥절해졌다.

'무엇 때문에 나는 보지도 못한 나가마쓰마루에 대해 이렇게 신경 쓰는 것일까? 도쿠가와 가문 후계자가 누가 되든 상관없지 않은가?'

"아니, 그렇지는 않을 겁니다."

우라쿠는 천천히 고개를 기울이며 말을 이었다.

"이것은 아사히히메 님 양자를 일단 후계자로 정했으니 다시 변경하는 일이 없도록…… 다짐두려는 것이겠지요."

"그럼, 둘째 조항은?"

"이것이 실은 좀 어려운 문제라……인척은 되었으나 이에야스 님은 동쪽에 아직 방심할 수 없는 적을 갖고 있으므로 간파쿠님이 서쪽으로 출진하실 때 행동을 함께 할 수 없다, 그것에 동의하라……는 것입니다."

"그렇군요."

대답은 했으나 아사히히메가 이해할 수 있는 문제가 아니었다.

"그래, 셋째 조항은?"

"이것은 문제될 것 없습니다. 동쪽 일에 대해서는 쌍방이 서로 상의해 처리하며 결코 독단적인 행동을 하지 말 것…… 이것은 간파쿠님도 원하시는 바입니다."

"그렇다면 다만 그것 때문에 혼례 날짜를 연기했단 말인가요?"

"그게 말입니다, 다른 가문 중신과 달리 도쿠가와 가문 사람들은 사사건건 주군의 승낙 없이는 마음대로 일을 처리하지 않는 자들이라서."

"마치 도쿠가와 님이 간파쿠고 간파쿠님이 가신인 것 같군요……."

"하하하…… 그것이 간파쿠 전하의, 보통 사람보다 도량이 크신 점이지요. 여기서 약조문이 도착되지 않았을 때는 어떻게 되느냐? 중신들이 어떻게 처리할 것인가? 아니면 이에야스 님의 지시를 바라는가? 그러한 분위기를 타진하기 위해 일부러 지연시키고 있는 것을 저는 잘 알고 있습니다."

아사히히메는 이미 시선을 돌려 정원을 바라보고 있었다. 단오절이건만 밖에는 후둑후둑 비가 뿌리기 시작하여 나무들의 푸른 잎이 와삭거리고 있었다.

"그렇군요…… 여행 도중에도 날짜가 연기되는가 하면 서로 시험하는…… 이런 것이 나의 혼례였군요……."

우라쿠는 씁쓸한 표정으로 가만히 부채질하기 시작했다.

혼례 날짜가 연기된 건 이것이 두 번째였다. 출가해 가는 사람으로서 이보다 더 불쾌하고 비참한 일은 없었다. 그러나 아사히히메는 더 이상 아무 생각도 하지 않기로 결심했다. 아무리 발버둥 쳐도 큰 독 속에 던져진 작은 개구리는 그저 쓸데없이 지칠 뿐이라고 체념하는 수밖에 도리 없었다.

5일부터 내리기 시작한 비는 좀처럼 그치지 않더니 6일과 7일에도 계속 내렸다. 바람을 머금은 장맛비라 바로 이 언저리인 나카무라 마을에서 태어난 아사히히메에게는 하늘과 땅의 구별도 없이 찰랑찰랑 홍수에 잠겨 반짝거리는 논이 연상되었다. 그 논두렁에 서서 점점 불어나는 비와 물이 어떻게 될지 걱정하며 바라보았던 어릴 적 기억이 지금의 자기 신세와 그대로 일치되는 것 같았다. 입고 있는 옷도 다르고 지쿠아미의 막내딸로 불리던 이름도 간파쿠의 누이동생으로 바뀌어 있었으나 가슴을 적시는 불안은 전과 조금도 달라지지 않았다.

10일이 되자 우라쿠가 출발을 알리러 왔다. 아마 히데요시에게서 이에야스가 만족할 만한 약조문이 온 모양이었다. 그러나 우라쿠도 거기 대해 다시 입에 담지 않았고 아사히도 역시 묻지 않았다.

행렬은 보슬비 속에서 기요스의 동쪽을 향해 다시 움직이기 시작했다. 이 근처에서는 오미 길이나 미노 길보다 한층 더 구경꾼 수가 늘었고 그중에는 열광적으로 무엇을 외치거나 손을 흔드는 사람까지 있었다. 아마 그것은 나카무라 마을 농부의 딸이 간파쿠의 누이로 호칭이 바뀐 것을 축복하는 마음에서였으리라.

5월 11일 드디어 미카와의 지리유에 도착하여 도쿠가와 집안에서 환영 나온 사람들과 합류했다. 도쿠가와 집안에서는 가마 호위로 마쓰다이라 이에타다, 나이토 노부나리(內藤信成), 미야케 야스사다, 고리키 마사나가, 사카키바라 고헤이타, 구노 무네히데(久野宗秀), 구류 조조(栗生長藏), 도리이 조베에(鳥居長兵衛) 등 8명이 참가하여 그날의 숙소인 오카자키성에 도착하자 저마다 아사히히메 앞으로 '축하인사'를 하러 왔다.

모두들의 태도는 여태까지보다 정중했다.

'아마 이에야스는 오빠의 약조문이 마음에 들었던 모양이지…….'

아사히히메는 가볍게 고개를 끄덕였을 뿐, 누가 무슨 말을 했는지 조금도 기억하지 못했다.

이튿날인 12일에는 아침 일찍 오카자키를 떠나 요시다성에서 묵었다. 여기서 처음으로 아사히히메는 혼례가 16일로 결정되었다는 이야기를 들었다.

"내일은 피로도 푸실 겸 이대로 이곳에 묵으셨다가 14일에 하마마쓰로 가기로 결정되었습니다."

소꿉친구 이토에게서 그 말을 들었을 때 아사히히메는 빈정거림을 섞어 말했다.

"그럼, 9일의 혼례가 14일로 된 것이로군요."

"아닙니다, 14일에는 혼례를 못합니다."

이토는 아사히히메가 그날을 기다리고 있는 줄 알았는지 당황해 한무릎 다가앉았다.

"14일에는 하마마쓰에서 중신 사카키바라 고헤이타 님 댁에 들어가셔서 여장을 새로이 한 다음 16일 성으로 들어가 혼례를 올립니다. 아무튼 간파쿠님의 누이동생과 이 나라 으뜸가는 영주님의 혼례이니만큼……."

그 말을 들었을 때 아사히히메는 자신과는 아무 상관도 없이 신랑을 죽이라는 명령을 받고 시집갔다는 노부나가의 정실 노히메의 이야기를 생각하고 있었다. 노히메의 아버지 사이토 도산은 살무사라는 별명이 붙을 정도로 잔인하고 용맹한 효웅으로, 그 딸에게 노부나가를 죽이라는 명령을 내려 오와리로 시집보냈다고 한다…….

그 이야기를 히데요시와 기타노만도코로인 네네는 곧잘 했었다. 그렇게 출발한 부부지만 두 사람은 더없이 행복하게 살았고, 히데요시와 네네 같이 서로 원해서 만난 부부도 끝내는 원수같이 서로 미워하는 사람들도 있다…… 그들의 이야기는 그러한 인간관계의 기묘한 변천을 말한 것이었지만 그 말을 떠올린 아사히히메의 경우는 전혀 달랐다. 상대를 찌르라고 명한 도산이 자기 뒤에도 있는 것만 같아 등골이 오싹해졌다.

'만일 나에게 이에야스를 찌르라고 명령할 자가 있다면 누구일까……?'

그것은 오빠 히데요시는 아니었다. 그것을 명하는 자는 또한 오빠 히데요시도 증오하고 있었다. 그러나…… 히데요시는 주군이고 처남이었기에 어쩔 수 없이 원한을 품고 죽어갔다.

아사히히메는 그날 밤 요시다성 침소에서 한동안 꾸지 않았던 죽은 남편 히데마사의 꿈을 꾸었다. 꿈이라기보다 아사히히메로서는 역시 유령이라고 하는 게 마땅하리라…….

문득 바람소리에 잠을 깼다.

"누구요!"

겁먹고 소리 지르자 히데마사가 소리 없이 병풍 앞에 서 있었다. 단정하게 상투를 묶었고 하반신을 피로 물들인 채 뼈만 앙상한 모습이었다. 히데마사는 아무 말도 하지 않았다. 어째서 여기에 왔으며, 어떠한 불공을 드려주기 원하는지 물어도 그저 힘없이 서서 물끄러미 아사히히메를 바라보기만 할 뿐이었다.

"왜 그러십니까? 어디가 편찮으신가요, 아씨! 정신 차리세요!"

이토의 어머니가 흔들어 깨우는 바람에 아사히히메는 벌떡 일어났다.

히데마사는 사라지고 등잔 불빛이 가까스로 주위를 밝히고 있었다. 바람 소리가 멀리 지붕 위를 건너가고 있었다.

"아니, 아무것도 아니에요, 아무것도."

아사히히메는 한동안 누우려 하지 않았다.

히데마사의 영혼이 이에야스를 찌르라고는 차마 말하지 못하고 아직도 슬프게 그 언저리에서 서성거리고 있다…… 소리 내어 부르면 곧 다시 희미하게 거기에 모습을 나타낼 것만 같았다.

'왜 부르지 못하는 거냐? 넌 참 매정도 하구나.'

스스로 자신을 꾸짖으면서도 소리를 낼 수 없었다. 아사히히메가 이에야스를 찌른다는 망상에 사로잡힌 것은 그때부터였다. 14일 하마마쓰에 도착하여 사카키바라의 집에 묵었던 밤도, 그다음 날 밤도 이 망상은 아사히히메를 놓아주려 하지 않았다. 그 뒤부터 눈앞에 어른거리는 것은 하반신이 피에 젖은 히데마사뿐 아니라, 잠자리에서 머리를 산발하고 이에야스에게 칼을 들고 덤벼드는 아사히히메 자신의 환상이었다.

그 환상이 지워지지 않은 채 마침내 혼렛날인 16일이 되었다.

사카키바라의 집에서 성까지 거리는 600미터 남짓. 곁에 따르고 있는 시미즈 마사치카(淸水正親)와 야마모토 센에몬(山本千右衛門)의 안내로 행렬이 성에 모두 들어간 것은 오후 2시가 지나서였다.

이곳도 길 양쪽으로 구경꾼들이 발 디딜 틈 없이 몰려들었다.

비가 오락가락하는 하늘 아래, 가마에 탄 사람은 아사히히메 한 사람뿐이었다. 뒤따르는 자는 모두 눈부시게 차려입고 걸어갔다. 좌우의 문을 열게 하여 새하얀 의상을 입고 가마 속에 다소곳이 앉은 아사히히메의 모습은 길가에서 보기에 가련할 정도로 작아 보였다.

"마흔이 넘었다고 들었는데 굉장히 젊어 보이는군."

"그래 마치 소녀 같구나."

"이 정도면 대감님도."

"바로 그거야. 아무리 볼모라고 해도 정실인데 너무 어울리지 않으면 역시 걱정되지."

그렇게 속삭이는 것은 상인들이었고, 무사들은 이런 때도 무뚝뚝하고 근엄했다.

성안에서는 이날의 축하연에 여흥으로 연출할 익살맞은 희극도 준비되었고, 혼례에 이어 나가마쓰마루를 아사히히메의 양자로 맞이하는 두 번째 예식 준비도 끝나 있었다. 그러나 역시 아사히히메가 환영받지 못하는 사람이라는 데는 변함이 없었다.

도쿠가와 가문 내전에서는 이에야스가 이 44살 난 정실과 과연 동침할 것인가의 여부가 은밀한 화젯거리가 되어 있었다. 그즈음 여성은 33살의 액년을 경계로 '초로(初老)'에 접어드는 것으로 인식되고 있었기 때문이다.

"꽃 같은 측실이 여러 분 있으니 이미 40살을 넘은 분이라 동침은 사양하시겠지요."

"그렇다 해도 부부의 연을 맺지 않을 수야 없지. 그래서는 부부가 아니니 말이야."

"아니지, 혼례식이 바로 부부의 연을 맺는 것이야. 뭘 젊은이 같이 실제적인 연을 맺는담……"

그런 분위기 속에서 큰 현관에 가마가 도착하자 사카이 시게타다가 언제나의 점잖은 표정으로 맞이했다.

아사히히메는 그 무렵부터 의지할 곳 없는 서글픈 마음이 더욱 서글퍼졌다. 이토의 어머니에게 손을 잡혀 오사카성과는 비교도 안 되는 어둠침침한 복도에서 큰방 쪽으로 걸어가면서 자기가 아직도 이에야스의 얼굴을 본 적도 목소리를 들은 적도 없음을 깨달은 것이다……

'이에야스는 대체 어떻게 생긴 사람일까?'

과연 자기가 상상한 것 같은, 잠자리에서 찌를 수 있을 만큼 가냘픈 몸집일까? 이 나라 으뜸가는 무장이라고 하니 어딘가 오빠 히데요시와 비슷할 것이라고 생각되었으나 그 이에야스에게서 갑자기 불손한 질문을 받았을 때 과연 겁먹지 않고 대답할 수 있을 것인지.

어쨌든 나는 간파쿠의 누이동생. 각오하고 시집온 이상 오빠를 욕되게 해서는 안 된다……

그러한 생각이 불현듯 가슴을 오가는 동안, 갑자기 큰 방 정면 상단에 둘러쳐진 병풍에서 황금빛이 번쩍하고 날카롭게 눈을 쏘았다.

아사히히메는 아찔한 현기증을 느꼈다. 요즘 거의 날마다 죽은 남편 꿈을 꾸느라 잠을 충분히 못잔 탓이리라.

"아—"

비틀거리다가 황급히 시녀 손에 매달렸다.

"그대로 안으로 들어오시오."

황금빛 병풍 앞에서 굵직한 목소리가 위압하듯 들려왔다.

아사히히메가 깜짝 놀라 정신 차렸을 때 큰 방에 늘어앉은 사람들이 일제히 머리 숙이고 엎드려 있는 게 보였다. 그리고 병풍 앞에 정물처럼 앉아 있는 작달막하고 뚱뚱한 남자의 몸이 조금 움직이는 것을 느꼈다.

'이에야스가 틀림없다……'

그런데 어쩌면 저렇게 검을까……할 정도만 겨우 보았을 뿐 아사히히메는 여전히 손을 잡힌 채 상단으로 인도되었다. 귀에서 윙하는 심한 소리가 나서, 마쓰다이라 이에타다가 공손하게 무슨 말인지 했으나 아사히히메는 그것이 축하말이라고만 짐작할 뿐 똑똑히 알아들을 수 없었다. 혼례식 술병과 잔을 13, 4살 난 시동 8명이 날라 와 그 가운데 둘이 이에야스와 아사히히메 앞으로 나와 절했다.

이에야스가 말했다.

"우선 그대부터 잔을…… 이것만은 여성이 먼저 하는 게 일본의 관습인 모양이오."

그 목소리는 깜짝 놀랄 만큼 냉담하고 무감각한 여운을 띠고 있었다.

아사히히메는 잔을 들었다. 아직 얼굴도 똑똑히 보지 못한 상태였다. 그러나 이 잔을 받음으로써 자신은 이에야스의 아내로 불리는 몸이 되는 것이다.

술이 따라진 잔 속에 또다시 죽은 남편의 얼굴이 비치고 있다…… 눈을 감고 아사히히메는 그 환상까지 단숨에 쭉 마셔버렸다.

'죽은 남편의 환상을 마시고 이에야스의 아내가 된다……'

불길한 생각이 들었다. 지금 들이마신 히데마사의 얼굴이 앞으로 영원히 자신의 가슴속에 깃들어 이에야스를 죽이라는 명령을 계속 내릴 것만 같은 생각이 들었다…….

잔이 이에야스에게로 옮겨갔을 때 비로소 아사히히메는 이에야스의 옆얼굴에 시선을 보냈다.

"아……."

하마터면 소리 지를 뻔한 것은, 옹기로 된 둥그런 너구리를 연상케 하는 짧은 목 언저리에서 거대한……그야말로 거대한 이에야스의 귀가 꿈틀 움직였기 때문이다.

그 귀가 말했다.

"들었다. 그대의 뱃속에서 그대가 마신 환상이 무슨 말을 하는지, 이 귀는 남김 없이 다 들었다."

아사히히메가 몸에 미열을 느낀 것은 그때부터였다.

혼례의 잔이 끝나자 이번에는 나가마쓰마루와 그 시동들이 불려나와, 시미즈 마사치카의 손으로 히데요시가 시동들에게 보낸 선물이 전달되고, 이어 나가마 쓰마루와 아사히히메와의 모자 맹세를 하는 의식이 있었다.

그것이 끝나고 아사히히메를 위해 지어진 안채의 새 내전으로 들어가 옷을 갈아입고 돌아왔을 무렵, 아사히히메는 이미 앉아 있는 게 괴로울 정도로 열이 높았다.

'역시 히데마사 님이 원망하고 있는 모양이다……'

그런데 지금부터 이에야스와 나란히 희극을 구경한 다음 큰 방의 축하연에 참석해야 한다. 연회는 아마 관례대로 밤까지 계속될 것이다. 그때까지 참아야지…… 하고 마음먹으면서도 아사히히메는 끝내 희극을 관람하는 도중 쓰러지고 말았다. 지쳐서 생긴 빈혈임에 틀림없었다. 그러나 아사히히메도 그리고 이에야스의 가신들도 결코 그렇게 생각하지 않았다.

이에야스는 나란히 앉아서 구경하고 있던 아사히히메의 몸이 갑자기 자신에게 기울어지는 것을 깨달았다.

"취했소?"

이에야스는 주의 주려다가 눈살을 찌푸렸다.

"몸이 좋지 않은 모양이군. 여봐라!"

넋 잃고 무대를 쳐다보는 시녀를 불렀다.

시녀가 당황해 안아 일으켰을 때 아사히히메는 백지장같이 창백해져서 실신해 있었다.

한순간 주위가 술렁거렸다.

"쉬게 하여라. 의사는?"

"오사카에서 함께 와 있습니다."

세 시녀가 이토의 어머니와 함께 아사히히메의 몸을 안아 일으켰을 때 이에야스도 함께 일어날 것으로 시녀들은 생각했다.

그러나 이에야스는 일어나는 대신 시녀를 꾸짖었다.

"모처럼 모두들 즐기고 있는데, 빨리 모셔다 쉬게 하여라."

그런 다음 사람들을 손으로 제지했다.

"놀랄 것 없다. 계속해라, 계속해."

가볍게 말하고는 아무 일도 없었던 것처럼 무대 위를 바라보았다.

아사히히메는 새 내전에서 다시 돌아오지 않았고, 중간에 시녀가 두 번 축하연 자리로 용태를 알리러 왔다. 정신은 차렸으나 열이 심해 일어날 수 없다는 말을 하러 온 것이다.

오사카에서 따라온 여관들은 당연히 축하연이 끝날 것으로 생각했던 모양이다.

이토의 어머니가 두 번이나 와서 가만히 속삭였다.

"문병 와 주셨으면 감사하겠습니다만."

"의외로 약한 체질이군."

이에야스는 그렇게만 말하고 자리를 뜨려 하지 않았다.

이 일은 오사카 쪽 여자들을 매우 불쾌하게 만들었고, 도쿠가와 가문 가신들은 그들 나름대로 격분했다.

"혼롓날 밤이 아닌가. 몸이 좀 불편한 것을 핑계로 방에 들어박히다니 너무 방자하군."

"그러게 말이오, 벌써부터 이러면 앞일이 걱정인데."

이에야스는 그런 말이 귀에 들어와도 아사히히메를 두둔하는 말도 하지 않고, 여자들에게 가신들의 감정을 설명하지도 않았다.

이런 경우, 그것은 쌍방을 더욱 흥분시키는 결과가 된다.

축하연은 쌍방의 험악한 감정을 감춘 채 점점 취기가 더해 간다…….

그러나…… 그들이 저마다의 입장에서 어떤 감정을 품었든 이 불쌍한 아사히히메와 이에야스의 재혼은, 민중에게는 하나의 승리여야만 했다. 이에야스는 그것을 느끼고 있는지. 만일 느끼고 있다면 이것은 두 사람의 혼인을 축하하는 잔

치가 아니라, 역사의 전진에 한 점의 빛을 발견하는 승리를 위한 잔치가 될 터였
지만…….

오다 우라쿠가 부채를 들고 춤추기 시작했다. 그는 이 혼인이 뜻하는 바와 아
사히히메의 슬픈 숙명을 누구보다 잘 아는 사람 가운데 하나였다.

본디 당나라 태자의 빈객 백낙천이란
나를 두고 하는 말이었구나
저 멀리 동쪽 바다에 한 나라 있어
일본이라 부르노라
서둘러 그 땅으로 건너가
일본의 지혜를 알아오라는 명을 받잡고
나는 지금 이렇게 바닷길에 올랐도다…….

미카와(三河)의 계산

마땅히 오리라 예상하고 있었던 히데요시의 사자들이 오카자키성으로 떼 지어 들이닥친 것은, 아사히히메가 하마마쓰로 시집온 지 넉 달쯤 지난 덴쇼 14년 (1586) 9월 25일 오후였다.

"어떻습니까, 요즘 도쿠가와 님 내외분 금슬은?"

성주 대리 혼다 사쿠자에몬은 이번에도 사자들 속에 끼어 와 있는 오다 우라쿠가 묻자 무뚝뚝하게 대답했다.

"생각했던 것보다 무난한 듯합니다만……."

"부부 금슬이 무난하다…… 재미있는 말씀을 하시는군요, 혼다 님."

"그렇소. 난들 그 이상의 것은 더 깊이 들을 수 없으니까요."

이에야스가 내일 하마마쓰에서 사자들을 접견하러 오겠다고 해서, 우선 그날 밤은 아래 성 큰방에서 혼다 사쿠자에몬과 사카이 다다쓰구의 접대로 조촐하게 연회가 베풀어졌다.

사자는 아사노 나가마사, 쓰다 하야토, 도미타 사콘, 오다 우라쿠, 다키가와 가쓰토시, 히지카타 가쓰히사 6명. 앞의 세 사람은 히데요시가 직접 보낸 사자, 뒤의 세 사람은 형식상 오다 노부카쓰가 보낸 사자로 되어 있었다. 고마키, 나가쿠테의 싸움이 노부나가에 대한 의리를 지키기 위해 노부카쓰 편을 든다는 명분이었으므로 아직도 사자의 인선에까지 그 여운이 꼬리를 끌고 있다.

물론 이에야스에게 상경하라고 독촉하는 사자들이고 보니 용건은 들으나마나 뻔한 것이었다.

"간파쿠 전하께서도 두 분 사이를 늘 걱정하고 계십니다. 아무리 나이 들었지만 막냇동생이시라, 어린애같이 생각되는 모양이지요."

"그러시겠지요. 도쿠가와 님도 어린애 같은 분이라고 하시는 모양입니다."

"어린애 같은 분……?"

"그렇소, 어린애란 순진하기도 하지만, 또 늘 마음이 변하거든요."

우라쿠는 당황하여 아사노 나가마사와 눈짓한 뒤 화제를 바꿨다. 처음부터 사쿠자가 사자들을 비꼴 작정임을 눈치챘기 때문이었다.

"그런데 사카이 님은 지난여름 신슈 우에다까지 출전하셨다는 말을 들었습니다만."

사카이 다다쓰구는 사쿠자에몬보다 더 무뚝뚝하게 내뱉듯 대꾸했다.

"아, 그때는 간파쿠님이 말리셔서 본의 아니게 도중에 철수했지요."

듣다못해 쓰다 하야토가 입을 열었다.

"본의 아니게…… 그러면 전하께서 말리신 게 잘못되었다는 말씀이오?"

"그 일에 대해서는 그만둡시다. 그보다 아사노 님에게 물어볼 말씀이 있습니다."

사카이 다다쓰구는 반백의 머리를 지그시 꼬았다.

"아사노 님은 행정관이시라는데, 이 성에서 꼬리를 감춘 이시카와 가즈마사 놈은 지금 무엇을 하고 있는지요?"

"예, 이즈모노카미(出雲守)가 되어 전하의 총애가 이만저만 아닌 모양입니다."

"사쿠자…… 들었소. 가즈마사가 이즈모노카미님이래. 이시카와 이즈모노카미 가즈마사 님이라, 훗훗흐……."

사쿠자에몬은 흘끔 우라쿠를 쳐다보았다.

"쉬잇! 사카이 님, 사자께서 언짢아하시겠소. 그만두시오. 자, 한 잔 따라 드리지요, 아사노 님."

아사노 나가마사는 눈썹을 꿈틀 움직이며 못마땅한 표정으로 외면했다.

아무래도 이 좌석은 단순한 술자리가 아닌 듯하다. 어쩌면 사자들을 노하게 하여 이에야스와의 대면이 성공하지 못하도록 하려는 속셈인지도 몰랐다.

"아니, 아사노 님은 벌써 술이 과하셨나…… 그럼, 오다 님이나 한 잔."

우라쿠는 어이없어 좌중을 둘러보며 잔을 집어 들었다. 3칸 폭에 6칸 길이의 드넓은 방 안에 불을 밝히는 촛대는 겨우 2개 뿐. 상 위에는 형식뿐인 마른 정어리와 짠지가 놓여 있고 술을 따르는 사람은 무뚝뚝한 젊은 무사 두 사람, 나머지는 말만 걸면 반드시 꼬투리를 걸고넘어지는 노신뿐이니 용의주도한 인선이었다. 만약 사자들 가운데 그들의 기질을 속속들이 잘 알고 있는 오다 우라쿠가 없었더라면 분위기가 벌써 서먹해져 버렸을지도 모른다.

사실 사자들을 대하는 미카와 쪽 태도는 오만불손 그 자체였다.

'혼례식 때만 해도 이토록 험악하지는 않았는데…….'

어지간한 우라쿠도 의아할 지경이라 혹시 출가해 온 아사히히메가 뭔가 가신들의 반감을 살 만한 짓을 하지나 않았나 걱정되었다.

'이번 사자가 이토록 냉대를 받는 줄은 설마 간파쿠 히데요시도 모르고 있으리라…….'

혼례식을 치른 뒤 모든 절차가 무사히 끝났다는 인사를 차리기 위해 이에야스 집안에서 히데요시에게 사자로 간 것은 사카키바라 고헤이타였다.

그때도 우라쿠는 좀 걱정스러웠다. 고헤이타는 고마키 전투 때 히데요시를 역적이라 일컬은 팻말과 회람을 돌려 히데요시를 노발대발하게 만들고 목에 10만 석의 상금이 걸렸던 사내…… 하필이면 고르고 골라 그런 자를 사자로 보내다니……하고 생각했었는데 히데요시는 오히려 이것을 기뻐했다.

"이것이 이에야스의 재미있는 점이지. 처남 매제간이 되었으니 뒤에 꺼림칙한 찌꺼기를 남기지 않으려고 생각해서 한 일이다."

그렇게 말하고 히데요시는 고헤이타가 교토의 도미타 사콘 집에 도착하자 그날 밤 곧 친히 찾아가 그의 어깨를 철썩 쳤다.

"잘 왔네, 고헤이타! 적일 때 10만 석을 그대 목에 걸었던 것은, 내 편이 된다면 10만 석을 더 늘려주고 싶은 재주꾼이라고 생각했기 때문이었어. 앞으로도 도쿠가와 님을 위해 충성을 다해 주기 부탁하네!"

그리고 이튿날 신축 중인 우치노 저택으로 인사하러 갔을 때 고헤이타의 응어리진 마음을 깨끗이 버리게 하고 각별히 대접한 다음 많은 선물을 주어 보냈던 것이다…….

히데요시와 이에야스는 가풍이 서로 다르다. 고헤이타와 같은 환대는 바라지 않더라도 이번만큼은 어느 정도 대우를 받으리라고 생각하고 있었다. 그런데 전혀 그 반대였다. 성에 들어섰을 때부터 성주 대리 사쿠자에몬도, 요시다에서 와 있는 다다쓰구도 말끝마다 시비를 걸어왔다.

'대체 무슨 생각으로 이러는 것일까……?'

본디 두 가문의 혼담은 이에야스의 체면을 세워 상경할 계기를 마련해 주려는 히데요시의 호의에서 나온 것…… 그것을 이에야스가 모를 리 없고, 알고 있다면 기분 좋게 대접하는 게 득책이라고 생각되건만 미카와 무사의 계산은 우라쿠의 주판으로는 셈할 수 없는 데가 있는 모양이었다.

이쯤 되고 보니 이제 그만 술자리를 걷어치우는 편이 좋겠다고 생각했다.

'이에야스와 대면하기 전에 중신들과 언쟁이라도 벌어지면 웃음거리가 될 뿐이다.'

"어, 취한다! 여보시오, 여독도 있고 하니 이 정도로 하고 좀 쉬게 해주지 않겠소?"

그러자 다다쓰구는 다시 술병을 집어 들고 말했다.

"아직 시간이 이릅니다. 자, 한 잔만 더 드시오. 도쿠가와 집안 술에는 간파쿠 전하의 소중한 신하들을 농락하는 수상한 것은 섞여 있지 않소. 마음 놓고 드시오."

따지고 들려는 도미타 사콘과 아사노 나가마사를 오다 우라쿠가 취한 척 손을 흔들며 만류했다.

"쉿, 하하…… 아주 기분 좋게 취했소. 미카와에 오면 겉치레가 없어서 좋거든."

"그럼, 한 잔 더."

"들지요. 한 잔 더 들기는 하지만 우리도 기탄없이 말하겠소, 사카이 님."

"오, 들어봅시다."

"솔직히 말해 미카와 술은 머리가 몹시 아프군요. 우리가 교토 술에 익숙해진 탓인지도 모르지요…… 뭐, 이상한 게 섞인 것은 아니겠지만 독한 취기에 못 견디겠는데요."

"허, 그렇다면 미카와는 술조차 거칠고 무뚝뚝하단 말씀이시오?"

"그렇소. 잔뜩 취하게 해서 추태를 벌이게 해주자…… 술이 그렇게 말하고 있는 것 같구려. 핫핫핫…… 소중한 사자로 와서 도쿠가와 님과 대면도 하기 전에 술에 빠져 추태 부린다면 술은 좋아하겠지만 그대들에게는 웃음거리가 되오. 아니,

웃음거리가 되는 것쯤으로 끝나면 괜찮지만 대장부가 여섯이나 소동을 부린다면 당치도 않은 폐가 되겠지요. 그러니 이쯤에서 상을 물립시다. 어떻소, 여러분들?"

"그렇소, 이만하면 충분하오."

사콘이 날카로운 목소리로 대답하자 아사노 나가마사도 화난 표정으로 맞장구쳤다.

"이만 자리를 거두는 게 좋겠소."

"그렇습니까? 그럼, 사쿠자, 이만 물러가기로 할까요?"

"음, 입에 안 맞으신다면 어쩔 수 없지."

"내 생각으로는 우리 미카와 술이 그리 독한 것 같지 않은데 교토 물을 자시는 분들이라 아마 몸이 약해지신 모양이지."

"그럼, 침실 준비를."

사쿠자는 젊은 무사들에게 턱으로 일렀지만 다다쓰구는 아직 시비를 더 걸고 싶은 모양이었다. 그도 마신 술 이상으로 취기를 가장하고 있는 게 분명했다.

"그럼, 성주 대리님도 이야기하니 다다쓰구, 그만 상을 물리지요. 좀 더 재미있는 자리가 될 줄 알았는데 마음대로 안 되는가 보오. 여러 가지 생각들을 가슴에 담고 계신 것 같으니 말이오."

"그건 무슨 말씀이시오?"

"아니, 뭐, 아직 주군 이에야스 님을 만나보기 전이라 여러분들도 자중하시는 것 같다는 말씀이외다. 이 다다쓰구, 감탄했소. 정말 우리도 많이 배워야겠습니다. 그럼, 내일 저녁에 다시 뵙기로 하지요⋯⋯."

"먼저 실례를⋯⋯."

좌흥은 이제 완전히 깨진 셈이었다. 그것은 좌흥을 깨기 위한 행위임이 너무 빤히 들여다보여 오히려 노기가 꺾이는 결과가 되었다.

"실례하겠소."

"그럼, 이만⋯⋯."

아사노 나가마사를 선두로 사자들이 젊은 무사를 따라 방에서 나가자 다다쓰구는 비틀거리면서 그들의 뒷모습을 바라보았다.

"틀렸소. 실패였어, 사쿠자."

그리고 광 속의 두꺼비처럼 무뚝뚝하게 앉아 있는 사쿠자 옆으로 돌아와 혀를 차면서 책상다리하고 앉았다.

"화내지 않는군. 만약에 화내는 눈치만 보이면 아주 묵사발을 만들어주려고 벼르고 있었건만, 화를 안 내나……."

말한 다음 물끄러미 천장을 노려보며 스스로에게 타이르듯 중얼거리고는 어깨를 흔들었다.

"녀석들, 화내지 않는 점이 방심하지 못하겠어. 아무래도 수상하다는 증거야."

사쿠자에몬은 잠자코 흔들리는 촛불을 바라보고 있었다. 그는 사카이 다다쓰구처럼 단순하지 않았다. 이런 서툰 접대 솜씨로는 이쪽의 감정이 상대에게 송두리째 꿰뚫어 보여 무능한 시골 무사라고 비웃음당할 뿐이라는 것을 잘 알고 있었다. 그런데도 다다쓰구를 제지하려 하지 않고 자신도 일부러 비꼬는 말을 덧붙였다. 그러나 그의 깊은 생각은 다다쓰구와 전혀 다른 곳에 있었다.

다다쓰구는 사쿠자도 자기와 같은 생각인 줄 알고 있다.

"사쿠자, 저토록 퍼부어 주었는데도 화내지 않으니 아무래도 수상하지 않소?"

"글쎄."

"나는 말이오. 지금이니 털어놓소만, 처음부터 딴 속셈이 있어서 이 혼담을 찬성한 것처럼 꾸몄던 것이오."

"꾸몄다……고 했소?"

"여부가 있겠소. 같은 싸움을 해도 히데요시의 누이동생을 볼모로 잡아놓고 싸우는 편이 더 유리하거든."

슬쩍 주위를 돌아보면서 목소리를 낮추어 속삭이듯 말하자 사쿠자는 시선도 돌리지 않고 혼잣말처럼 중얼거렸다.

"그렇다면 볼모를 둘 잡는 편이 더욱 좋을 것 아니겠소."

"둘……."

"아무렴. 이번 사자는 히데요시가 어머니를 오카자키로 보낼 테니 이에야스는 걱정 말고 상경하라고 할 게 틀림없어……."

"사쿠자!"

"……."

"귀하는 사람이 너무 좋아서 탈이오. 아직도 내가 하는 말뜻을 알아듣지 못했군."

"글쎄, 그럴까?"

"암, 그렇고말고. 내가 자꾸 수상하다고 말하는 것은 히데요시의 어머니라는 사람에 관한 건데, 한 번 잘 생각해 보시오. 교토에는 오랜 세월 궁중에서 종사해 온 그럴 듯한 늙은 궁녀들이며 상궁 나부랭이들이 비로 쓸어낼 만큼 많이 있소. 그중에서 하나 골라 여기 미카와로 슬쩍 내려 보낸다면, 과연 우리 주변에서 히데요시의 어머니 오만도코로의 얼굴을 본 사람이 있나 하냔 말이오. 아무도 없지 않소?"

"그야 모르지. 단 한 사람 제외하고는."

"그 한 사람이라는 것은 바로 마님…… 마님께서 이리로 출가해 오기 전에 미리 히데요시에게 명령받고 왔다면 어떻게 하오? 즉 아무도 얼굴을 모르니 진짜 가짜를 가려내는 방법은 사자들의 말투와 태도로 넘겨짚어 판단하는 수밖에 없겠지."

"귀하는 그래서 그들의 비위를 자꾸 건드렸단 말이오?"

"그럼, 당신은 그렇지 않았단 말이오?"

"나는 그들이 비위에 맞지 않아서 밸이 꼴리는 대로 해본 것뿐이오."

"그러면 안 되지. 그래서야 음흉한 그들을 어떻게 대적할 수 있겠소? 나는 히데요시가 진짜 오만도코로를 보낼 생각이라면 그들이 내 말을 듣고 참다못해 화를 터뜨릴 것이라……생각하고 슬쩍슬쩍 찔러봤던 것이오."

"그래, 귀하 생각으로는 가짜를 보내올 것 같다는 말이오?"

"그게 글쎄 모호하거든. 이런 것도 같고 저런 것도 같고. 그러니 귀하의 의견을 묻는 게 아니겠소."

사쿠자는 거기에 대한 대답은 하지 않고 촛대에서 시선을 돌리며 엄숙하게 되물었다.

"만약 가짜라는 것을 알아내면 어쩌시려오?"

"그야 뻔한 일, 주군의 상경을 한사코 말려야지."

"그 뒤에는?"

"바로 지금이 한바탕 싸워볼 만한 시기지. 누이동생도 볼모로 잡아놓았겠다……."

이때 사자들을 침실로 안내한 젊은 무사들이 방을 치우려고 돌아왔다.

사쿠자는 무뚝뚝한 표정으로 자리에서 일어났다.

이에야스의 상경에 대해서는 온 미카와가 여전히 반대였다. 반대하는 입장에서 보면 히데요시의 인내는 정도가 지나친 데가 있었다. 지나치게 이에야스의 비위를 맞추려는 경향마저 있었다. 적어도 간파쿠가 그 누이동생을 강제로 이혼시켜 이곳으로 출가시켜 놓고 거기다 오만도코로까지 볼모로 보내다니. 이런 일은 듣도 보도 못한 일, 있을 수 없다는 것이 반대론자들의 주장이었다.

누이동생의 생명과 이에야스의 목을 맞바꿀 심산으로 꾸며진 음모임이 틀림없다. 따라서 상경하면 어디선가 반드시 목을 칠 것이고 또 히데요시의 어머니라며 내려 보내는 노파도 분명 가짜일 것이다……. 이런 생각을 자꾸 밀고 나가면 다다쓰구가 말하듯 아사히히메 하나쯤 인질로 잡아본들 도저히 양립할 수 없는 히데요시와 이에야스이니 자웅을 결판내야만 한다는 결론이 나온다. 현재 다다쓰구는 그러한 자기주장을 사쿠자에게 확인시키려 하고 있는 것이다.

그러나 사쿠자의 생각은 달랐다. 히데요시 만한 걸출한 인물이 가짜를 어머니로 속이고 보내는 그런 잔재주를 부리리라 생각되지 않았고, 이 마당에 이르러 이에야스가 상경을 거절할 수 있을 것 같지도 않았다.

'상경하지 않고는 수습되지 않을걸……'

이렇게 생각하니, 무엇보다 먼저 사쿠자와 다다쓰구가 의견을 달리하고 있다는 것을 가신들이 눈치채게 해서는 안 되었다. 일단 눈치채는 날이면 사쿠자는 오카자키성주 대리 자리에서 쫓겨나 이런 문제에 직접 관여할 수 없는 한직으로 밀려날 것이다.

다다쓰구의 의향은 중신들 모두의 뜻과 같았다.

"이로써 수상쩍다는 것은 알았소. 이렇게 보면 어떻게 해서든 주군의 상경을 말려야만 하오. 몸이 아프다거나, 갑자기 일이 생겼다거나, 아니면 영내에 폭동이라도 일어난 것으로 해둘까? 이것은 일전을 벌이느냐 마느냐와는 별 문제요. 어쩐지 처음부터 수상쩍더라니. 너무 우호적이었거든. 이걸 알고도 주군을 사지로 보낼 수는 없는 노릇이지."

복도에서 현관으로 나가서도 쉴 새 없이 이야기하는 다다쓰구를 사쿠자에몬은 묵묵히 본성 침소까지 배웅했다. 달은 뜨지 않고 무수한 별만이 하늘에서 반짝였으며 나무 잎사귀 끝에는 촉촉하게 이슬이 내려 있었다.

다시 아래 성으로 돌아가는 길에서 문득 한숨이 나왔다.

'일이 어렵게 되었군.'

뭐니 뭐니 해도 외교상의 일을 맡아볼 인재가 없었다. 이시카와 가즈마사는 사라졌고 혼다 마사노부는 무게가 모자랐다. 아베 마사카쓰도 마키노 야스나리도 아직 젊고, 교토에서 여러 가지 정보를 보내오는 오구리 다이로쿠와 자야 시로지로 역시 가신들의 여론을 움직일 만한 힘이 없었다.

결국 이에야스 자신의 결정을 따르는 수밖에 없는데, 그 이에야스가 여럿의 의견을 무시하고 떠나겠다고 하면 가신들이 가만히 있어줄 것이냐가 문제였다. 아니, 겉으로는 따라줄 것이다. 그러나 교토나 오사카에서 히데요시의 태도에 따라 수행한 가신들의 감정이 폭발할 수도 있고, 같은 일이 미카와에서 벌어지지 않는다고도 장담할 수 없었다.

만일 히데요시가 무례하게 굴었다 해서 미카와에서 아사히히메나 머지않아 내려올 히데요시의 어머니에게 해라도 끼치는 자가 생긴다면 이에야스의 상경은 무의미해진다…… 아니, 그렇게 무리해서라도 일을 벌이는 편이 도쿠가와 문중을 위하는 길이라고 굳게 믿는 자가 대부분이었다.

별성으로 돌아온 사쿠자는 사자들의 침소 주위를 직접 한 바퀴 둘러본 다음 거실로 들어갔다.

'무슨 대책을 세워야 할 텐데.'

히데요시가 만약 다다쓰구들이 걱정하듯 가짜 어머니를 보내올 것인지 아닌지 탐지해 볼 수단은 있었다. 오구리 다이로쿠는 고사하고라도 자야는 사카이에서 히데요시에게 발탁된 다인(茶人)들 가운데 아는 사람이 많다. 이들은 오사카 성 내전에도 출입하므로 어머니 오만도코로의 얼굴을 알고 있다. 그러한 연줄로 어떻게든 진위를 탐색할 수 있겠지만, 문제는 상경한 이에야스를 히데요시가 어떻게 대접하느냐였다.

이에야스의 가신들은 본디부터 히데요시에게 반감을 가지고 있다. 그러한 그들 모두가 만족할 만한 대접을 하다가는 히데요시 자신의 목적을 달성할 수 없게 된다. 히데요시가 오만도코로를 볼모로 보내는 일찍이 없었던 모험까지 감수하면서 이에야스를 불러들이는 것은 그 위력을 천하에 보여주기 위해서이다.

그리고 또 한 가지 걱정거리는 영광스러운 그 대면 자리에서 히데요시가 혹시 가신에게 하듯 이에야스에게 규슈에 출병할 것을 명하지나 않을까 하는 것이었다. 그렇게 되면 볼모가 두 사람으로 늘었다는 자신감으로 어떤 불상사가 벌어질지 모르는 노릇이다……

혼다 사쿠자에몬은 그날 밤 도무지 잠을 이루지 못했다. 내일 이에야스가 사자들에게 뭐라고 대답하는지 들은 다음 만반의 준비를 갖춰야 하는데, 사태가 어떻게 돌아갈지 지금으로서는 전혀 갈피를 잡을 수 없었던 것이다.

동틀 무렵에는 생각할수록 히데요시가 얄미웠다. 아무리 생각해도 이것이 히데요시의 음모 같지는 않았다. 만약 음모라면 가즈마사한테서 무슨 기별이 있을 법한 기분이 든다.

그런데 음모가 아니라, 전례 없는 일까지 눈 하나 까딱 않고 태연히 해치우는 것이 히데요시인 모양이다. 그렇게 되면 그는 벌써 보통 인간이 아니다. 보통 인간을 초월한 자신의 넓은 도량으로 보통 인간은 감히 엄두를 못 내는 일을 해치워버리기 때문에 보통 사람들은 더욱 갈피를 잡지 못하고 갈팡질팡한다……

거기까지 생각하니 이번 상경을 무사히 끝낸 뒷일까지 걱정되어 견딜 수 없었다. 본디 마음씨 착하기만 한 미카와 무사. 이들이 히데요시에게 아무 감정이 없으며 그의 마음이 하늘같이 넓다는 것을 알고 모두들 만족해서 돌아오게 되면 어떻게 하느냐는 것이었다.

간파쿠라는 신분으로 천하를 위해서라면 자신의 어머니까지 서슴지 않고 볼모로 보낸 쪽과, 그 볼모를 진짜인지 가짜인지 의심하며 상경을 꺼린 쪽은 너무도 그 그릇의 크기가 다르다. 따라서 만족이 그대로 히데요시에 대한 심취로 바뀌고, 그것이 원인되어 이에야스의 빛이 바래어 가신들이 흩어지는 원인이 된다면 어떻게 할 것인가……?

'어쩌면 이시카와 가즈마사가 바로 이런 길을 걸어간 것은 아닐까……?'

처음에는 히데요시를 감쪽같이 속일 속셈으로 접근했다가 어느새 히데요시의 품 속 깊숙이 포로가 된다……는 건 인간과 인간관계에서 반드시 있을 수 없는 일은 아니다.

사쿠자에몬은 이리하여 끝내 뜬눈으로 아침을 맞자 이에야스가 나타나는 것이 왠지 두려워졌다. 미처 모를 때는 아무렇지도 않은 일이었으나 깨닫고 보니 어느새 자신은 이에야스와 히데요시의 인물 크기를 비교하지 않을 수 없는 묘한 입장에 서 있었다. 그리하여 비교해 본 결과 자신의 주인이 히데요시와는 도저히 겨룰 수 없는 졸장부임을 알게 된다면 대체 자신의 신념은 어떻게 되는 것인가……?

"반했다."

이러한 정신적인 도취가 파괴되어 지금처럼 한결같은 충성은 바치지 못하게 되는 게 아닐까?

이에야스가 오카자키성에 도착한 것은 그날 오후 2시가 지나서였다. 그를 맞이하는 사쿠자에몬의 눈은 초조감으로 번뜩이고 있었다. 이에야스는 이번에도 혼다 마사노부, 아베 마사카쓰, 마키노 야스나리 외에 교토에서 도미타 사콘에게 신세졌던 사카키바라 고헤이타와 나가이 나오카쓰도 데리고 왔다.

성에 도착하자 사자들을 대면하기 전에 본성 작은 서원에서 다다쓰구와 사쿠자부터 만났다.

"준비는 다 되어 있겠지?"

그렇게 묻는 목소리도 태도도 사쿠자에몬이 깜짝 놀랄 만큼 온화했다. 흥분한 빛은 전혀 없으며 긴장한 기색도 없었다.

다다쓰구가 어깨를 으쓱거리며 나앉았다.

"주군! 오만도코로를 보내겠다는 건 아무래도 수상합니다. 어쨌든 섣불리 승낙하시면 안 됩니다."

이에야스는 다다쓰구에게 눈으로 가볍게 끄덕여 보이며 말했다.

"사쿠자, 우라쿠가 그대에게 무슨 말을 않던가."

"무슨 말……이라면, 사자의 용건……."

"용건은 뻔하지. 시일 말일세. 언제쯤 오만도코로를 내려 보낼 터이니 언제 상경하라는."

"주군! 그럼, 주군께서는 상경하실 작정이십니까?"

사쿠자는 태연하려고 애쓰면서도 자신의 목소리가 자꾸 잦아들고 무릎 위에 놓인 두 주먹이 떨리는 것을 어찌할 수 없었다. 겉으로는 다다쓰구처럼 상경 반대 입장을 취해야 한다고 생각하면서도 마음속으로는 어느새 히데요시와 이에야스의 그릇을 비교하고 있다. 어쩌면 눈빛까지 여느 때와 달리 심술궂게 빛나고 있으리라 생각하니 가슴께가 근질근질했다.

이에야스는 가볍게 고개를 끄덕였다.

"이제 생각할 시기는 다 지났어. 아사히가 온 지 벌써 넉 달 지났으니. 그 아사히를 만나러 오만도코로가 찾아오는 것이라면 간파쿠 쪽에도 명분이 설 것이고 내 고집도 관철할 수 있게 되네. 세상에서는 역시 오만도코로를 볼모로 볼 테니 말일세."

"예…… 그래서 상경하실 결심을 하셨군요."

"그렇지, 더 이상 거부하다가는 간파쿠에게 비웃음을 살 걸세. 세상에 대해 고집을 세운 뒤의 상대는 간파쿠가 아니겠나. 상대의 칼솜씨는 허점투성이…… 전대미문의 수단으로 나오고 있다. 거기에는 같은 전대미문의 수단으로 응하지 않으면 안 될 걸세."

사쿠자는 침을 꿀꺽 삼키며 목소리를 낮추고 윗몸을 내밀었다.

"전대미문의 수단으로 응하시다니요?"

이에야스는 한쪽 볼에 희미한 웃음을 지었다.

"천하를 위해 오만도코로까지 보내준다면…… 기꺼이 상경해야지…… 천하를 위한 일은 애초부터 이에야스의 뜻이었으니."

옆에서 다다쓰구가 똑바로 쳐다보며 고개를 저었다.

"모르겠습니다! 상대는 주군이 그렇게 나오실 줄 이미 다 계산하고 있습니다. 주군! 목숨은 단 하나뿐입니다."

이에야스는 또 웃었다.

"그대 말이 옳아. 천하를 위해 바치는 목숨…… 오직 그것뿐일세."

사쿠자는 숨이 콱 막혀 저도 모르게 신음하며 황급히 좌중을 둘러보았다.

'과연 이 한마디가 다다쓰구 이외의 모두에게 이해되었을까…….'

이에야스 역시 히데요시의 이번 수법을 '어머니를 건 사나이의 도전'으로 받아들이고 거기에 응할 심산으로 보였다…… 그러나 모두들의 눈은 거기까지 미치고 있지 못하다.

짐작한 대로 다다쓰구는 봇물이 터진 듯 말을 쏟아내기 시작했다.

"주군의 뜻이 천하에 있음은…… 우리도 모르는 바 아닙니다. 그래서 더욱 경거망동은 삼가시라고 말씀드리고 있는 것이지요. 그렇지 않소, 사쿠자? 만일 이곳으로 오는 오만도코로가 진짜라고 한들 그까짓 노파 하나와 주군의 생명을 어떻게 바꾼단 말이오? 귀하도 나와 같은 생각일 터. 이것만은 제발 단념하시게 해야 하오. 그렇지 않소, 사쿠자?"

사쿠자는 가볍게 그를 제지했다.

"아무렴, 그렇지만 좀 기다리시오. 주군 말씀을 좀 더 들어봅시다. 주군! 그렇다면 주군은 가신들 모두 이번 상경을 반대해도 사나이의 고집으로 이번만은 단념할 수 없다는 말씀이신지요?"

이에야스는 그 말에는 대답하지 않고 다다쓰구를 보고, 고헤이타를 쳐다보고, 다시 마사노부와 마사카쓰를 보며 씁쓸하게 웃었다. 아닌 게 아니라 누구 하나 동의하는 빛은 없고 기회만 있으면 한마디씩 참견하려 벼르고 있는 굳은 표정들 뿐이었다.

"그래, 모두들 반대하는가?"

"반대해도 단념할 수 없다는 말씀이신지요?"

이에야스는 강하게 나왔다.

"단념 못하겠는걸. 지금 히데요시에게 얕보이면 평생토록 얕보이게 돼. 나는 수모를 당하면서…… 상대의 도전을 받아가며 살아갈 줄은 모르니 말이야."

다다쓰구가 다시 입을 열었다.

"주군! 농담하실 때가 아닙니다. 모두 주군을 염려하여……."

"잠깐!"

사쿠자는 다시 한번 다다쓰구를 눌러놓고 마치 물어뜯을 듯한 자세로 이에야스를 향해 돌아앉았다. 심장이 세차게 쿵쾅거리고 눈빛도 혈색도 날카롭게 번들거리고 있다. 만약 이에야스와 단 둘 뿐이었다면 온통 얼굴을 허물어뜨리며 웃고 싶었다.

"과연 우리 주군! 훌륭하신 우리 주군!"

이렇게 큰소리로 추켜 주고 싶을 지경이었다.

'역시 히데요시와 겨루지 못할 나약한 이에야스는 아니었다…….'

"그럼, 주군께 여쭙겠습니다만…… 상경은 부득이한 일이더라도 가신들의 불안은 어떻게 처리하시렵니까? 이러이러할 테니 걱정하지 마라, 목숨을 잃는 일은 결코 없다…… 그렇게 안심시켜 줄 복안은 갖고 계시겠지요. 그것을 모두에게 들려

주십시오. 우리가 의견을 말씀드리는 것은 그 뒤의 일입니다."

이에야스도 기다렸던 것 같았다. 고개를 가볍게 두어 번 끄덕이고는 놀리듯 미소 지었다.

"사쿠자."

"예, 말씀하십시오."

"이 이에야스 역시 목숨은 아까워."

"아끼지 않으면 안 될 신분이십니다."

"그러니 뻔히 알면서 죽게 되는 상경은 하지 않겠다. 알겠나? 이번 상경은 홀가분하게 가지 않겠어. 내 생각을 말해 주지. 사카이 다다쓰구, 사카키바라 고헤이타, 혼다 헤이하치로, 도리이 모토타다 휘하의 총병력에 아베 마사카쓰, 나가이 나오카쓰, 니시오 요시쓰구, 마키노 야스나리 등 휘하의 모든 군사를 거느리고 갈 것이야."

눈을 휘둥그렇게 뜨며 다다쓰구가 되물었다.

"옛? 그럼…… 2만이 넘는데요!"

"간파쿠의 매부가 상경하는 것이니, 그보다 더 데리고 가는 게 좋을지도 모르네."

갑자기 사쿠자가 웃음을 터뜨렸다. 제아무리 히데요시라도 2만이 넘는 대군을 이끌고 가면 섣불리 손댈 수 없을 것이다. 아니, 처음부터 그 말을 했다면 가신들의 동요 같은 것은 있을 수 없었을 터인데, 고작해야 2, 300명 인원수로 떠날 줄 알았기 때문에 모두들 세차게 반대했던 것이다.

사쿠자는 입을 마음껏 벌리고 웃었다.

"핫핫핫핫…… 과연! 이것이 전례 없었던 수단에 대한 응수로군."

다다쓰구도 껄껄 웃었다.

"2만 이상이라면 언제든지 한바탕 싸울 수 있겠군, 사쿠자."

"핫핫하…… 허풍쟁이 간파쿠 전하도 이번만은 깜짝 놀라지 않을 수 없을 거다. 저쪽은 간파쿠 전하의 어머니 오만도코로를 볼모로 보내오고, 거기에 대한 답례로 이쪽은 2만이 넘는 대군을 거느리고 위풍을 떨치며 상경한다…… 이것이야말로…… 일찍이 없었던 처남 매제간이 아닌가?"

이에야스는 모두들의 웃음이 멎기를 기다렸다.

"모두들 납득된 것 같군. 그럼, 말이 나온 김이니 한마디 덧붙이겠는데, 내가 없는 동안 오카자키성은 사쿠자 그대와 이이 나오마사가 책임지고 맡도록. 그리고 예비로 니시오성에 오쿠보 다다요를 두고 가겠다. 이만하면 모두 이의 없겠지!"

"무슨 이의가 있겠습니까…… 안 그렇소, 사카이 님?"

"오, 그만큼 과감한 대비라면 누가 불평하겠습니까?"

"그럼, 접견실로 사자를."

이에야스의 명령을 받고 자리를 뜨면서도 사쿠자는 속에서부터 자꾸 웃음이 치밀어 올랐다.

하나에서 열까지 남의 의표를 찌르려는 히데요시. 그 히데요시에 대해 너무도 소박하여 답답할 정도였던 이에야스. 그러한 이에야스가 이번에는 비용을 아끼지 않고 어마어마한 세력을 거느리고 상경하겠다는 것이다…….

그 한마디로 가신들의 불안은 깨끗이 가셨으나, 아마 히데요시가 이런 사실을 아는 날이면 당황하여 새로운 대책을 갖추지 않을 수 없으리라. 제 아무리 큰소리치기 좋아하는 히데요시라도 2만 넘는 대군이 교토 거리에 들어서면 전율하지 않을 수 없을 것이다. 게다가 오카자키에는 생모를, 하마마쓰에는 누이동생을 빼앗긴 뒤라면…… 생각하기에 따라 이것은 히데요시를 꼼짝 못 하게 만드는 협박이라고도 할 수 있었다. 소심한 상대 같으면 이 정도로 까무러쳐 죽을지도 모르는 일이었다.

'과연 대담한 배짱이 아닐 수 없다.'

이렇게 결정되고 보니, 6명의 사자들을 상대로 빈정대며 싫은 말을 했던 일이 너무나 졸장부 같은 짓이어서 낯이 뜨거워질 정도였다.

면담은 어젯밤 별성에서와는 전혀 다른 부드러운 분위기에서 계속되었다. 이에야스가 처음부터 상경을 기정사실로 정하고, 히데요시가 보내온 서신을 읽고 나자 곧 날짜에 대한 말을 꺼냈기 때문이다.

"오만도코로님이 오사카를 떠나시는 것이 10월 10일에서 13일 사이이니 이곳 오카자키 도착은 대략 18일에서 19일쯤 될 듯합니다만."

아사노 나가마사가 말하자 이에야스는 고개를 끄덕였다.

"그럼, 나의 상경은 20일로 정할까. 오만도코로님을 뵙고 떠난다면 교토에 도착하는 것은 24, 5일…… 26, 7일쯤에는 오사카에서 간파쿠 전하를 뵐 수 있겠군."

듣고 있는 동안 사쿠자는 가슴이 뭉클해졌다. 이에야스의 모습이 이때처럼 무성한 거목같이 보인 적은 일찍이 없었다. 히데요시가 불세출의 영걸—이라는 건 사쿠자도 인정하고 있었다. 농부의 아들에서 간파쿠 자리로 단숨에 뛰어오른 인물은 역사상 없었다. 그 히데요시에 비해 전혀 손색없는 이에야스가, 자신이 툭하면 나무라고 투정을 부려왔던 주군이라 생각하니 감개무량했다.

'참으로 크게 자라셨구나…….'

협의는 척척 처리되어 오만도코로가 내려올 경우, 일족인 마쓰다이라 이에타다가 지리유까지 마중 나가 오카자키성으로 안내할 것.

오카자키성에서는 이이 나오마사가 오만도코로를 호위할 것.

그동안 하마마쓰에서 마님인 아사히히메가 오카자키로 와 모녀 대면을 하고, 오만도코로가 묵는 동안 곁에서 함께 지내게 할 것.

상경하면 이에야스는 도쿠가 집안 어용상인 자야 시로지로의 집에서 행장을 갖추고, 그 길로 곧장 히데요시의 아우 하시바 히데나가의 저택에 들어가 그 뒤의 절차를 협의할 것.

지금 예정으로는 오기마치(正親町) 천황이 황태자(고요제이(後陽成) 천황)에게 황위를 물려주는 날이 11월 7일이 될 것이니, 그때 위계(位階)를 주청하고 문안드린 다음 오카자키로 돌아온다. 돌아오는 즉시 오만도코로를 오사카로 돌려보낸다는 것 등등 여러 문제가 한 시간 남짓 사이에 결정되고 곧 주연이 벌어졌다.

그날 밤은 촛불 수도 많고 주안상도 세 번이나 차려져 나왔다. 물론 히데요시의 호화로움은 따를 수 없었으나 오카자키에서는 근래에 없던 일로 술시중을 들기 위해 시녀들까지 동원되었다. 사쿠자에몬에게는 시녀가 없었기 때문에 가까운 니시오성에서 불러온 것이었다. 주연이 끝난 것은 밤 10시가 다 되어서였다. 이에야스가 침소로 물러가자 사쿠자는 다시 한번 거기까지 따라가 말을 걸지 않고는 배길 수 없었다.

"주군…… 2만의 수행병력에 대해서는 말씀하지 않으셨군요."

"오, 수는 밝히지 않았지만 간파쿠의 인척으로서 부끄럽지 않은 수행인원을 대동한다고는 말해 뒀지."

"설마, 그것 때문에 상대가 기절초풍하여 뜻하지 않은 소동이 벌어지지는 않겠지요."

"걱정 말게, 간파쿠의 성품은 속속들이 알고 있으니."

"또 한 가지…… 간파쿠가 그 군세를 보고 그 때문에 규슈 출진의 군사 부역을 늘이거나 할 우려는……".

"사쿠자."

"예."

"그대는 보기보다 배포가 작아."

"그런가요?"

"나는 그 군사부역을 줄이기 위해 대 군단을 이끌고 가는 거야. 이만한 병력으로도 동쪽 수비에는 모자란다, 그러나 간파쿠님은 걱정 마시고 서쪽을 치시오. 어쨌든 동쪽의 일은 보시는 바와 같이 이 병력으로 제가 맡겠습니다 하고……".

사쿠자는 쏘는 듯한 눈빛으로 이에야스를 똑바로 쳐다본 다음 공손하게 절을 올렸다.

"안녕히 주무십시오."

이제는 아무 말도 할 필요가 없다는 상쾌한 기분이었다. 히데요시의 성품을 충분히 잰 뒤에 꾸민 계산이라 실수는 없을 것으로 여겨졌다. 그런데도 불구하고 이에야스는 발길을 돌리려는 사쿠자를 불러 세우고 뜻밖으로 엄격하게 다짐을 주었다.

"새삼스레 말할 것도 없는 일이지만 나 없는 동안의 각오는 단단히 되어 있겠지? 잘 생각해서 대책을 세우게. 그대는 아직 내 생각의 반밖에 모르고 있어!"

사쿠자는 가슴이 덜컥하여 이에야스를 돌아보며 다시 한번 아까와 똑같은 인사를 남기고 나왔다.

"안녕히 주무십시오."

이에야스는 그 뒷모습을 바라보면서 시동 우두머리 도리이 신타로(新太郎 ; 마쓰마루)에게 바지를 벗기게 했다.

"주군, 왜 성주 대리님을 꾸짖으셨습니까?"

바지를 개면서 신타로가 물었을 때 이에야스는 탁자 앞에 앉아 서기가 적어놓은 상경 예정표를 펼치고 있었다.

"신타로, 너도 모르겠느냐?"

"예, 성주 대리님도 아리송한 얼굴로 나가셨습니다."

"그래, 그만하면 됐다. 이것은 아직 네가 알 수 없는 계산이니까."

"계산……?"

"그렇지, 사람의 일생에 대한 계산. 이것을 그르치면 웃으며 죽을 수 없게 되는 중대한 계산이지…… 물러가도 좋아."

이에야스는 부드럽게 말하면서, 아닌 게 아니라 아까 그 사쿠자의 얼굴로 보아서는 분명 말뜻을 이해하지 못한 채 물러간 것이었다고 생각하니 우스워졌다.

'모르는 것도 무리가 아니지……'

이에야스 자신도 바로 얼마 전까지 망설이고 망설였던 일이었으니까…….

사쿠자나 다다쓰구는 대군을 거느리고 간다는 것을 알고 금세 얼굴이 밝게 펴졌지만 그들의 안도는 아직 동요가 완전히 가시지 않은 안도였다. 아마 그들의 해석으로는 이만큼 하면 히데요시도 꼼짝 못할 거라는 것이리라. 그러나 이에야스가 도달한 히데요시에 대한 대책은 그처럼 얕은 게 아니었다.

노부나가의 뜻을 이어받은 히데요시가 일본 통일의 기틀을 잡은 사실은 아마 히데요시와 공을 다투던 자로서는 분하기 짝이 없는 노릇일 것이다. 그 증거로 이에야스의 가신들까지 시간이 갈수록 반감이 더욱 커지고 있었다. 그러나 경쟁에서 오는 그 반감만큼 인간을 처참한 함정으로 밀어 넣는 것은 없다. 이마가와 가문이 사라진 것도, 다케다 가문의 멸망도, 아케치와 시바타의 궤멸도 다 그런 경쟁으로 적을 만든 결과였다.

아니, 굳이 예를 다른 데서 구할 필요도 없다. 이에야스 자신도 히데요시를 호적수라 생각하면 나오는 답은 오직 하나 싸움뿐이다. 싸움에는 승패가 따르는 것이니 히데요시가 쓰러지든가, 이에야스가 멸망해 없어지든가…….

그러나 단 한 가지, 둘이 함께 번영할 길이 있음을 빠뜨리고 있었다. 그것은 애당초 일본의 통일이라는 오직 하나의 길을 지향하는 두 사람이, 싸우는 대신 서로 협력하는 것이었다. 아니, 협력이라기보다 같은 목적 속에 융화되어 완전히 하나가 되는 것이었다.

거기서 더 나아가 생각할 때 하나가 된다는 것은 자신을 죽이고 상대를 섬기는 일은 결코 아니었다. 내부에서 상대를 감시하고 상대의 잘못을 바로잡을 수 있다. 대립하면 양쪽이 목적을 잃고 세상을 다시 난세의 소용돌이 속으로 밀어 넣을 우려가 있지만 대립을 풀면 목적은 하나인 것이다…… 거기에 생각이 미쳤을 때 이에야스는 슬며시 주위를 돌아보았을 정도였다.

'히데요시가 과연 이 점을 알고 있을까……?'

비록 그가 이런 점을 깨닫지 못하고 어디까지나 정복자로서 이에야스를 대하려 하더라도 그것은 대수로운 일이 아니었다. 줄곧 초조해 하며 애태워야 할 사람은 이에야스가 아니었다.

'그렇다, 내가 신불 대신 히데요시에게 다가가 내부에서 감시하자……'

그때부터 이에야스는 이상할 정도로 명랑해졌다. 그러나 이 계산을 과연 사쿠자들이 이해할 것인지……?

꼼꼼하게 예정표를 뒤적이고 있던 이에야스는 문득 뒤에 인기척을 느끼고 돌아보았다. 이미 옆방으로 물러가 쉬는 줄 알았던 도리이 신타로가 여태까지 그자리에 단정히 앉아 조용히 생각에 잠겨 있었던 것이다.

"신타로, 물러가 쉬어도 좋다고 했는데 못 들었나……?"

"예."

그는 얼굴을 번쩍 들더니 골똘히 생각에 잠긴 표정으로 윗몸을 흔들었다.

"주군보다 먼저 쉬다니 당치도 않습니다."

"허, 내가 아침까지 이대로 있으면 그대도 자지 않겠다는 말이냐?"

"주군님! 마침내 상경하시는군요."

"그래, 너도 들어서 아는 일 아니냐?"

"부탁이 있습니다."

"하하…… 잔뜩 긴장하고 있군. 무슨 일이지?"

"이 신타로도 꼭 주군을 모시고 갈 수 있도록 허락해 주십시오."

"음, 그건 또 왜?"

"만약 상경이 결정되면 주군의 칼을 받들고 곁을 떠나서는 안 된다, 반드시 청을 드려서 허락받으라고……."

"누가 말했나? 아버지 모토타다냐."

"예…… 그리고 저 역시 그렇게 생각합니다."

이에야스는 웃음을 거두고 천천히 신타로에게 돌아앉았다. 몸집은 이미 다 큰 장정이었으나 한 자루뿐인 촛불 밑에 드러난 생각에 잠긴 젊은이의 표정은 소리내며 부서질 듯 창백하게 긴장되어 있었다.

"너는 내가 상경하면 누군가 나를 해칠 자가 있다……고 생각하느냐?"

"아닙니다. 그렇게는 생각지 않습니다."

"그렇다면 네가 그토록 긴장해서 걱정할 것까지는 없지 않느냐."

"아닙니다. 그것만으로는 안 된다고 생각합니다."

"뭐, 그것만으로는 안 된다고……?"

"예, 주군은 아까 성주 대리님에게 그대는 내 생각의 반밖에 모르고 있다고 하셨습니다."

"허, 그 말을 들었더냐?"

"저도 그 뜻을 곰곰이 생각해 보고, 아버지의 말씀도 상기했습니다."

"옳지."

"예를 들어 주군 신변에 아무 위험이 없다 하더라도 역시 저는 주군 곁에 반드시 앉아 있지 않으면 안 됩니다. 상대로 하여금 과연 도쿠가와 사람은 다르다, 한 치의 빈틈도 없구나……하는 것을 보여주는 것만으로도 반드시 훗날을 위한 길이 된다……고 한 아버지 말씀은 이 빈틈없는 마음을 기르라는 의미라고 알아들었습니다."

이에야스는 슬쩍 눈을 치켜뜨고 쳐다보았다. 그런 다음 잠시 말없이 상대를 다시 똑바로 쳐다보았다. 사쿠자에게 다짐을 준 한마디를 아직 성인식도 올리지 않은 신타로가 정확하게 받아들이고 있었던 것이다.

"음, 그것이 신타로의 계산인가?"

"부탁입니다. 비록 네 시각 다섯 시각을 계속 앉아 있으라 하실지라도 분부시라면 꼼짝 않고 있겠습니다. 할아버지 다다키치, 아버지 모토타다에 못지않은 충성을 바치고 싶습니다. 꼭 수행할 수 있게 해주시기를 이렇게 부탁드립니다."

그렇게 말한 신타로는 우스울 정도로 진지하게 방바닥에 드리워진 자기 그림자에 이마를 대는 것이었다.

"주군, 왜 잠자코 계십니까? 이 신타로의 생각이 아직 미숙하다는 말씀입니까."

"글쎄다……."

"아버지에게서 할아버지에 대한 이야기를 종종 듣고 있습니다. 무사의 승부는 유사시보다 평소에 있다, 평소에 방심하지 않는 것이 가장 중요한 마음가짐이라고."

"……."

"아니, 가풍이란 한 세대에 이뤄지는 게 아니므로 평소에 엄격히 길러야 한다는 것이 할아버지의 입버릇이었다고 합니다. 다행히 저의 집안은 3대에 걸쳐 주군 곁을 떠나지 않고 가까이 모셔왔는데…… 이 신타로만 중대한 상경 길을 모시지 못한다면 할아버지와 아버지를 뵐 낯이 없습니다."

신들린 듯 단숨에 쏟아내는 말을 듣자 이에야스는 가슴이 뭉클했다. 젊은이의 한결같은 아름다운 마음보다 그 배후에 있는 도리이 다다키치와 모토타다가 집안에서 가르친 엄격한 훈육이 가슴을 저려오는 것이었다.

"신타로."

"허락해 주시렵니까?"

"미카와 무사의 마음가짐을 교토와 오사카에 보여주러 가겠다는 거냐?"

"예, 그것이 뒷날까지 히데요시에게 얕보이지 않을 원인이 될 거라고 생각합니다."

"하하하…… 그렇게까지 말하는데 데리고 가지 않을 수 없지."

"데려가 주시는 겁니까?!"

"좋아, 데리고 가마. 그 대신 나와 히데요시 사이에 어떤 이야기가 오가더라도 거기에 일일이 얼굴빛이 달라져서는 안 된다."

"예!"

"언제나 듬직한 바위처럼 앉아 있을 수 있겠느냐?"

"바위처럼…… 틀림없이 약속드립니다."

"오냐, 지금 네가 한 말, 조부 다다키치가 어디선가 들으며 웃고 있을 게다. 자, 용무는 이제 끝났다. 마음의 준비도…… 나도 자야겠구나. 너도 나가 쉬어라."

"예, 주군이 잠드신 뒤 한 바퀴 돌면서 불조심시키고 자겠습니다."

"하하하…… 든든하구나, 든든해. 그럼, 네 좋을 대로 하여라."

시각은 이미 자정에 가까웠다. 쥐죽은 듯 깊은 정적에 잠긴 성안에는 소리 하나 나지 않고 멀리 노미 언저리에서 개 짖는 소리가 아득히 들려올 뿐이었다. 이에야스는 자리에서 일어나 천천히 기지개를 켠 뒤, 촛대의 불을 끄고 자리에 들었다.

하마마쓰를 거성(居城)으로 삼은 지 어언 16년. 오래간만에 찾아온 오카자키성

가을의 정적이 그대로 무수한 목소리가 되어 속삭여오는 것 같았다.

노부야스의 목소리.

쓰키야마 부인의 목소리.

도쿠히메의 목소리.

이시카와 가즈마사의 목소리.

그리고 그러한 목소리들 사이로 퍼뜩 스치고 지나가는 것은 하마마쓰성에 두고 온 아사히히메의 모습이었다. 아사히에게 그는 여태 손 한 번 대지 않고 있었다. 오사카에서 따라온 시녀들은 그것을 지금 임신 중인 애첩 오타케(竹)의 탓으로 돌리며 줄곧 원성을 보내고 있지만 오타케와 아사히히메, 이에야스와 히데요시, 대체 누가 행복하고 누가 불행한 것일까?

그런 생각을 하다가 이에야스는 곧 잠들었다. 역시 그는 건강한 사람이었다…….

주라쿠(聚樂)의 마음

히데요시가 한 달 만에 교토에서 오사카로 돌아온 것은 우치노의 주라쿠(聚樂) 저택 건축현장에 첫서리가 내린 바로 뒤였다.

이해도 히데요시는 유난히 바빴다. 일본 역사의 여명은 그에게도 그대로 생애의 여명이었고, 새로운 간파쿠 정치의 기초를 다져야 하는 해였으니 무리도 아니었다.

오사카성에 마련했던 황금 다석(茶席)을 교토의 별궁으로 옮겨 오기마치 천황을 비롯한 공경대부들에게 차를 대접해 올려 대궐의 여인들까지 눈이 휘둥그레지게 만든 것이 정월 20일.

이 황금 다석은 다다미 3장 크기 방으로, 천장에서 벽까지 모두 찬란한 황금을 엷게 펴서 발랐으며 창살대 역시 황금이었다. 종이 대신 붉은 비단을 바르고, 장식 선반은 금가루를 뿌린 위에 투명한 칠을 했으며, 쇠붙이는 모두 황금…… 물론 차 도구도 국자 손잡이와 차 주걱 말고는 모두 금빛 찬란한 황금……이었으니 가난한 공경대부들의 넋을 빼기에 충분했다.

그리고 5월에 접어들자 히가시야마(東山)에 터를 잡아 호코 사(方廣寺)의 대불전을 짓기 시작했고, 6월 3일에는 간파쿠 저택에 어울리는 규모로 우치노에 주라쿠성의 대공사를 일으키느라 무척 바빴다.

9층 누각인 오사카성을 보고도 사람들은 눈이 휘둥그레졌다. 그런데 연이어 끝없는 재력으로 사람들의 넋을 빼앗아, '새로운 시대'의 도래를 사람들 마음에 깊게 새겨두려는 것이었다.

물론 교토, 오사카로부터 사카이에 이르기까지 히데요시의 천하를 의심하는 자는 이제 아무도 없다.

그러나 그의 이러한 큰 뜻의 한 구석에 단 하나 가시지 않는 불안이 있었다. 이에야스의 거취가 바로 그것이었다. 따라서 뒤집어 말하면 우치노의 대 건축 공사도, 호코사 건립도, 교토의 부흥도, 유난스럽게 천황을 받드는 일도 모두 이에야스를 위압하고 굴복시키기 위한 일련의 냉전 수단이라고 할 수 있었다. 그러므로 누이동생뿐 아니라 어머니까지 볼모로 보내 이에야스의 상경을 재촉했던 것인데……

다만 히데요시의 경우에는 그 생각과 결정 방법이 이에야스보다 훨씬 밝고 양성적이었다.

오늘도 오사카성에 도착하자 다도 8인방 중에서 가장 가까이하는 소에키와 동생 히데나가의 마중을 받으며 안채로 뻗은 100간 복도를 걸어가는 히데요시의 표정은 마냥 환하기만 했다.

"소에키, 전번에 그대가 만들어준 찻잔 말인데."

"예, 마음에 드셨습니까?"

"그건 별로였어. 그 검은 것 말이야."

"허…… 그러면 전하께서는 빨간 것이 마음에 드셨군요."

소심하게 묻는 소에키에게는 대답도 하지 않고 이번에는 어느새 동생 히데나가에게 말하고 있었다.

"재상, 재상, 어머니는 잘 설득해 두었나?"

"그런데 아직 승낙하지 않으십니다."

"뭐, 날짜까지 정해 놓았는데 아직도 승낙하지 않으시다니!"

"아무튼 전례 없는 일이어서, 기타노만도코로님께서도 여러 가지로 설득하시느라 수고하셨지만."

히데요시는 혀를 차고 말했다.

"네네도 그대도 참으로 답답하군. 일이란 정한 대로 차질 없이 추진시켜야지. 좋아, 내가 말씀드리지. 소에키도 함께 가서 사람을 설득하는 게 어떤 것인지 잘 배워두게."

히데요시는 거의 고함 치듯하며 성큼성큼 오만도코로의 거실로 갔다.

"어머니! 오만도코로님! 히데요시입니다. 간파쿠올시다."

언제나 그렇듯 귀청이 떨어질 듯한 소리를 질렀다.

히데요시가 어머니 앞에서 자기를 '간파쿠'니 '전하'니 하고 부를 때는 그 장난기 어린 말투 뒤에 반드시 상대를 설복시키려는 뜻이 있을 때였다. 동생 히데나가도 다인 소에키도 그것을 잘 알고 있었다.

어머니를 부를 때도 '엄마'라고 다정하게 어리광 부리며 부를 때도 있고, '어머니' 하고 의젓하게 부를 때도 있고, '오만도코로'라고 위엄을 높여 부를 때도 있었다. 이런 것이 듣는 이의 귀에 조금도 어색하지 않은 것은 나이 들어도 언제나 구김살 없는 히데요시의 성격 탓이리라.

히데요시의 목소리를 듣자 오늘도 오만도코로의 거실과 기타노만도코로의 거실 미닫이가 한꺼번에 열렸다. 두 방에서 시녀들이 우르르 몰려나와 머리를 조아린다. 히데요시의 말투로 보아 그가 매우 기분 좋은 것을 알고 어느 얼굴에나 안도하는 웃음이 감돌고 있었다.

"오, 간파쿠 전하께서 돌아오셨으니 기타노만도코로도 어머니 방으로 건너오라고 전해라."

히데요시는 그렇게 이르고 시녀들 사이를 헤치듯 빠져나가 어머니 방으로 들어갔다.

"이제 얼마 안 남았어요, 어머니!"

천장이 쩌렁쩌렁 울리는 목소리로 노모 앞에 바싹 다가앉는다.

"굉장합니다! 온 일본 땅에 이름난 장인들이 모두 놀라 눈이 휘둥그레져 있어요."

오만도코로는 히데나가와 소에키가 드리는 인사에 깍듯이 머리를 숙였다.

"무슨…… 소리냐, 그게?"

그러고는 여느 때보다 쌀쌀한 표정으로 얼른 고개를 돌린다. 요즘은 이곳 생활에도 익숙해지고 '오만도코로―'다운 위엄도 몸에 밴 어머니였으나, 오늘따라 뭔가 몹시 경계하는 눈치가 보였다.

"네네를 빨리 불러와, 기타노만도코로를."

히데요시는 다시 시녀에게 일렀다.

"빨리 오지 않으면 같은 말을 두 번 되풀이해야 하거든. 그리고 너희들도 함께 듣는 게 좋다."

그리고 기타노만도코로의 모습이 입구에 나타나자 손을 흔들면서 말을 계속했다.

"네네, 어머니께서 무슨 소리냐고 되물으시는군. 하, 이거 참…… 일본에서 으뜸가는 이야기, 무한한 불과(佛果)에 대한 말씀을 드리려는데."

네네는 오만도코로 쪽을 흘긋 바라볼 뿐 쉽사리 남편 말에 장단을 맞춰주지 않았다.

"알겠나, 여태까지는 일본에서 가장 큰 불상이 나라(奈良)의 도다이사(東大寺)에 있었지. 그 불상은 크기가 5길 3자. 그런데 이번에 내가 세우는 교토의 호코사 대불은 자그마치 6길 3자야. 1길이나 더 커. 그뿐인가, 옻칠을 입혀 오색이 찬연한 눈부신 큰 부처지. 이걸 모셔둘 집이 또한 일본제일, 아니 세계에서 으뜸가는……"

말하면서 아내와 어머니의 얼굴빛을 재빠르게 살피며 말을 이어간다.

"아무튼 그 큰 대들보 재목을 후지산에서 베어내게 했을 때 이에야스를 비롯하여 전 일본 사람들이 깜짝 놀랐지. 대들보 하나의 값이 1000냥이니 말이야. 그런데 그것을 세워놓았더니 이건 정말 뭐라고 말로 다할 수가 없더군. 아무튼 높이는 25간, 행간이 45간, 대들보 사이는 27간 5자야. 웬만한 사람은 까무러칠 규모지. 안 그렇습니까, 어머니?"

"그…… 그래."

"그래가 아닙니다. 세계에서 가장 큰 대불전이니, 공식적으로는 일본의 태평을 기원하는 것입니다만…… 속셈은 어머님의 내세를 위한 것……임을 아시지 않습니까?"

거기까지 말하자, 네네가 매서운 목소리로 말을 가로막고 나섰다.

"전하! 내세나 불도보다 당장 이승의 이야기가 있습니다."

히데요시는 괘씸한 듯 혀를 차려다 말고 눈짓했다.

"그리고 네네, 다 지어지면 당신도 어머니와 함께 옮겨가야 할 주라쿠성 말인데……"

그 눈짓은 묘한 데서 말허리를 자르지 말라는 의미 외에 애원과 타협의 청이기도 했다.

"내 말을 알겠소? 이것은 세계 최대의 대불전을 후세에 남기고 가는 간파쿠 전하의 교토 저택이니 말이오. 아닌 게 아니라 거의 다 되어가는 모양을 살피니 정말 굉장하더군! 동으로는 황궁, 서쪽에는 조후쿠사(淨福寺), 남쪽은 시모초자(下長者) 거리에서 북쪽은 이치조(一條)에 이르는 광대한 터를 잡았으니 말이오. 거기에다 여러 사찰에서 진기한 나무와 기암괴석을 기증하겠다는군. 아마 이 또한 전대미문, 일찍이 아무도 살아보지 못한 호화로운 성이 세워질 것이오."

"전하!"

"그러니 우리는 이런 행복에 보답할 수 있는 훌륭한 일을 천하를 위해 해야만 돼. 천하 만민을 위해서. 그렇지요, 어머님?"

"전하!"

"뭐요, 어머니께 한창 말씀드리고 있는데."

"오만도코로님은 그런 말씀을 듣기 전에 의논하실 것이 있어서, 전하께서 돌아오시기만 기다리고 계셨습니다."

"뭐, 그전에 의논하실 것이…… 그래요?"

"불사에 대한 말씀은 그 뒤에 천천히 듣기로 하지요. 그렇지요, 어머님?"

도움을 청하는 듯한 시어머니의 눈짓에 네네는 마주 고개를 끄덕여 보인 뒤, 시녀 쪽으로 부드럽게 시선을 옮겼다.

"전하의 재미있는 말씀은 나중에 꼭 들려주시도록 할 테니, 모두들 잠시 물러가 있도록 해라."

히데요시는 히데나가와 소에키를 돌아보며 한숨을 내쉬었다. 아무래도 여기서는 일본에서 으뜸가는 히데요시도 어머니를 내 편으로 삼고 있는 네네의 권력에는 어쩔 수 없는 모양이었다.

"네네, 좀 너무하지 않소?"

"너무하지 않습니다. 먼저 마음에 걸리는 일부터 의논하지 않으면, 전하의 말씀도 어머님 귓전에 닿지 않습니다."

"그럼, 저도 잠시 물러가……."

소에키가 일어서려고 하자 히데요시는 얼른 가로막았다.

"그럴 것 없어. 그대나 히데나가가 들어서 나쁜 이야기는 아닐 것일세."

한순간 좌중에 찬 서릿바람을 연상케 하는 싸늘한 침묵이 흘렀다.

히데요시가 먼저 웃었다.

"핫핫핫……."

"호호……."

"당할 수가 없군, 어디 들어봅시다. 하마마쓰의 아사히한테서 무슨 꺼림칙한 소식이라도 있었소?"

"호호호, 다 알고 계시면서. 그렇지요, 어머님?"

부부는 마주보면서 웃었지만 오만도코로는 웃지 않았다. 늙어서 희미해진 눈동자는 지나치게 출세한 자식을 저어하고, 멀리 떨어져 사는 막내딸이 걱정되어 붉게 핏발이 선 것처럼 보였다.

"그게 말인데, 아사히가 날더러 미카와에 오지 말라는구려."

"허허…… 그럼, 어머니를 만나고 싶지 않다는 건가요?"

"아니, 그럴 리야 없겠지…… 이 어미의 신변을 염려해서 그런다는구나. 미카와에서는 나를 죽일 음모가 한창이라면서."

이 말을 듣고 히데요시는 난처한 듯 고개를 두어 번 흔들며 네네를 쳐다보았다. 그러나 네네는 시치미 떼며 다른 곳을 보고 있었다…… 네네가 딴청 피우며 조언을 거부하는 것을 보면, 어머니의 불안이 꽤 뿌리 깊은 모양이라고 히데요시는 생각했다. 생각해 보면 무리도 아니었다. 언젠가 아케치 미쓰히데가 제 어미를 볼모로 보낼 때 히데요시는 어머니 앞에서 그것을 비판한 적 있었다.

"자기를 낳아주신 어머니마저 볼모로 보내는 것은 자식의 도리에 어긋나는 짓이야."

그런데 이제 와서 미쓰히데와 똑같은 짓을 하려는 히데요시가 아닌가.

'아니, 같은 것이 아니야!'

히데요시는 스스로를 꾸짖었다. 미쓰히데의 경우는 제 한 몸의 야망을 위한 것이었고, 히데요시는 '천하통일—'을 위해서 하는, 이를테면 만백성을 위한 공헌인 것이다. 그러나 그 일을 눈앞에 두고 반쯤 경계하면서 떨고 있는 노모를 어떻게 설명하여 이해시켜야 할까……?

히데요시는 또 한 번 웃었다.

"어머니! 지금 그 말씀은 오만도코로……로서 너무나 마음 좁으신 생각이 아닙니까? 오만도코로는 단지 천하인의 어머니이기만 한 게 아닙니다. 천하인의 어머니이자 만민의 어머니인 것입니다."

노모는 얼른 말을 가로막았다.

"여보시오, 전하."

노모 쪽에서도 히데요시가 하려는 말을 어렴풋이 짐작하고 눌리지 않으려는 속셈인 듯했다.

"아사히는 여태껏 사위와 남남이라는구려."

"그야 아사히가 병을 앓았기 때문이지요."

"아니야, 너나 할 것 없이 앞에서는 마님이라고 부르면서 돌아서서는 볼모라고 부른다더군. 뭐라더라, 사위는 오타케 부인인가 하는 애첩에게 마음을 두고 아사히는 거들떠보지도 않는다는 소문이던데."

"하하하…… 재미있군요. 그러고 보니 어머니께서는 아사히 대신 질투를 하고 계십니다그려."

"그게 무슨 말인가, 전하께서."

어머니는 불만스러운 듯 네네 쪽을 보며 말했다.

"안 그러니, 며느리야…… 네가 모두 알고 있지 않느냐, 그렇지?"

"예, 오타케라는 여자는 다케다 문중의 유신(遺臣) 이치카와 주로자에몬이라는 떠돌이무사의 딸로, 돌아가신 노부나가 님과 전하를 끔찍이도 원망하고 있답니다."

"이건 갈수록 재미있군!"

"무엇이 재미있다는 말씀이세요. 어머님께서는 바로 그것을 걱정하시어 몸이 마를 지경이신데."

"네네, 아니, 어머니, 그건 말이오, 어느 집에나 있는 일이오. 나중에 들어온 자에 대한 질투란 말입니다."

"그러니 아사히 님 신변에 무슨 불행이라도 닥친다면—어머님, 그렇지 않은가요?"

히데요시는 가볍게 두 사람을 손으로 제지했다.

"그런 일이라면 아예 염려하지 마십시오! 그것은 아사히가 손수 쓴 편지가 아니고, 딸려 보낸 이토의 마누라가 보내온 편지일 테지요."

"그야 그렇지만……."

"그러기에 염려 마시라는 것입니다. 내게는 이시카와 가즈마사의 첩자들이 있어서 하마마쓰의 사정을 손바닥 들여다보듯 잘 알고 있습니다. 아사히는 이에야스가 애써 지어준 새 저택에서 마음껏 자유롭게 지내고 있습니다."

거기까지 말한 히데요시는 그때서야 겨우 어머니를 설득할 말을 찾아내었는지 한층 더 목청을 높여 웃었다.

"자, 그러면 이제 이 간파쿠 전하도 어머니께 진짜 비책을 털어놓을 차례가 되었군요. 어머니, 아니…… 오만도코로님."

히데요시는 어머니 앞으로 바싹 다가앉았다.

"이번에 어머니를 오카자키성으로 보내 아사히를 만나게 하려는 것은, 이 전하에게 극비의 묘책이 서 있기 때문입니다."

"극비의 묘책……?"

"그렇습니다. 이 전하는 태양이 보낸 아들. 끝없는 지혜를 가지고 있습니다. 핫핫핫…… 어머니, 이번에 어머니는 아사히를 데려오기 위해 가시는 겁니다."

"뭐? 아사히를 데리러?"

"그럼요!"

히데요시는 더욱 정색하고 고개를 끄덕이며 좌중을 둘러보았다. 너무도 갑작스러운 그 말에 동생인 재상 히데나가도, 다인인 소에키도 한순간 숨죽이고 눈을 크게 떴다. 다만 네네만이 가까스로 웃음을 참느라 애썼다.

"아시겠습니까? 이 전하의 오직 한 가지 소원은 이 몸의 출세 때문에 어머니나 아사히 같은 핏줄을 괴롭히고 싶지 않다는 것입니다. 어떻게 하면 모두 오손도손 평화롭게 살아갈 수 있을까 하는 것뿐이지요."

"그건 잘 알고 있지. 전하는 본디부터 비길 데 없는 효자야."

"그렇지요? 천하를 얻었다 한들 효도 하나 제대로 못한대서야 의미가 없지 않습니까? 그러나 천하인의 가족에게는 세상의 시선이 쏠려 있습니다. 평민이나 상인들처럼 살지는 못하지요. 그래서 지혜가 필요한 거예요. 일부러 하마마쓰에 출가시킨 딸을 외롭다고 불러올 수는 없지요."

"그야 그렇지……."

"그래서 어머니를 뵙게 해주는 겁니다. 아시겠습니까? 어머니는 오만도코로님입니다. 그 오만도코로가 세상 사람들이 볼모라느니 죽을지 모른다느니 하는 뒷말을 듣고도 감연히 길을 떠난다…… 물론 위험한 일이 일어날 리는 없지요. 어떤 발칙한 자가 나타나더라도 이 간파쿠가 요소요소에 마련해 둔 절대로 안전한 포석을 깨뜨릴 수는 없습니다. 도쿠가와 가문의 8, 9할은 내 편이니 말입니다. 하하하…… 아시겠지요, 어머니?"

"그런가?"

"아무튼 천하의 오만도코로가 딸을 만나러 가시는 겁니다. 저 멀리 미카와 땅까지."

"정말 그렇기는 해……."

"인정 있는 자라면 어머니와 딸의 정을 헤아리고 눈물을 흘릴 것입니다. 어머니의 사랑이 어쩌면 이토록 애틋한가 하고……."

말하는 동안 히데요시는 자신의 말에 스스로 도취하여 눈시울이 붉어졌다.

"아시겠지요, 어머니? 지금이 가장 중요한 때입니다. 어머니께서 만나러 가시면, 사위가 곧 이리로 오게 됩니다. 오게 되면 반드시 처남 매제 간에 손을 맞잡고 천하의 일을 함께 해나갈 수 있는 계책을 보여주겠습니다. 이에야스인들 깨끗한 나의 이 마음을 모를 리 없을 테니까요. 바로 이겁니다! 그러면 나는 어머니께서 아사히를 애타게 보고 싶어 하시니 다음에는 아사히를 이리로 보내달라고 말할 수 있을 것 아닙니까?"

"정말…… 정말 그렇군!"

"그러니 이번 행차는 아사히를 데리러 가시는 여행인 셈입니다. 아시겠지요? 일단 이리로 불러오면 주라쿠성에서 함께 살 수 있습니다. 그리고 한 번 마음을 허락한 이상 이에야스도 자주 교토로 오지 않을 수 없게 되지요. 간파쿠의 매부니까요. 그 매부의 정실이 어머니와 함께 지낸다면 누가 그르다고 하겠습니까. 그렇게만 되면 오타케 따위의 손길은 미치지도 못할 것이니…… 어떻습니까, 어머니! 이것이 바로 전하의 지혜…… 그러나 아무한테도 말해서는 안 됩니다."

히데요시는 어머니의 손을 살며시 잡고 어리광 부리듯 뺨에 갖다 댔다.

어떠한 경우에도 히데요시의 행위에 거짓은 없었다. 어머니를 설득하는 데도, 큰 적을 대할 때도, 언제나 어린아이처럼 부딪쳤고, 그것을 겸연쩍어하는 일은 추호도 없다. 일단 생각하면 상대가 자신이 뜻한 대로 될 때까지 억척같이 돌진한다. 그런 면에서 볼 때는 일종의 변태적인 성격의 소유자라고 할 수 있었다.

"이제 이해하셨지요, 어머니? 이 일은 오직 어머니가 아니고는 할 수 없는 일입니다. 오만도코로인 어머니께서 친히 한 번 가시고 나면, 다음에는 어머니께서 아사히가 보고 싶어 몸져누우셨다……고 말하여 아사히를 불러올 수 있습니다. 저편이 큰 빚을 지게 되니까요. 그리고 아사히를 불러 여러 가지 이야기를 들은 뒤, 사위인 이에야스가 정말로 잘못한 일이 있다면 그때는, 내가 누굽니까, 전하가 아닙니까? 교토로 불러 어떠한 처분이라도 내릴 수 있지요."

"간파쿠."

"아직도 미심쩍은 데가 있습니까?"

"알 것 같구먼…… 나도 전하의 어미거든."

"그럼요. 이런 정도의 이치도 모르는 어머니의 배에서 전하가 태어났을 리 있습니까?"

"그런데……."

"그런데, 무엇입니까."

"내가 오카자키성에 도착한 뒤의 일은 틀림이 없겠지……?"

"알았어요! 알았습니다! 틀림이 있어달라고 빌어도 틀림없을 겁니다. 처음부터 어머니도 아사히도 다 즐겁게 살게 하려고 한 일, 교토 우치노의 새 성을 주라쿠라고 이름 지은 것도 그 때문입니다."

"주라쿠……."

"예, 주라쿠란 즐거움을 모은다는 뜻입니다. 아, 이제야 결정됐다."

히데요시는 여기서 비로소 히데나가를 돌아보며 턱으로 일렀다.

"재상, 어떤가? 과연 우리 어머니시지? 참, 우라쿠들이 짜놓은 그 일정을 어머니께 말씀드리게."

오만도코로는 그제야 마음 놓이는 듯 크게 숨을 몰아쉬며 네네 쪽을 보았다. 그 눈동자가 벌겋게 젖어 있었다.

"며느리야……."

"예."

"전하가 이토록 말씀하시니 괜찮겠지, 틀림없겠지?"

"그렇다면 더욱 더 틀림없도록 당부드리도록 하지요."

"이제는 됐다. 가야지. 아사히를 데리러 가는 여행이라는 걸 알았으니 가야하고 말고."

"그 말씀을 듣고 저 역시 과연 전하시라고 깊이 느꼈습니다."

"정말이지, 전하의 지혜는 뛰어나."

"그야말로 대불전보다, 주라쿠성보다도 훨씬 큰 일본 으뜸이지요."

어머니 앞에 히데나가는 한 장의 종이를 공손히 펼쳐놓았다.

"가시는 길의 일정을 말씀드리겠습니다."

"그래그래, 어디 들어보자."

"이 성에서 출발하는 것은 13일입니다."

"13일이라…… 그러면 앞으로 닷새 남았구나."

"여행 수행은 시녀들 외에 종자 열 몇 명, 길목마다 그곳의 영주들이 목숨을 걸고 은밀하게 지키고 있으니 아무 염려 없습니다."

"그럼, 언제 오카자키에 닿는고?"

"18일에 도착할 예정입니다."

"18일…… 빠르군. 아사히가 애타게 기다리고 있겠지?"

오만도코로는 이제 모든 불안이 다 사라진 듯 히데요시와 시선이 마주치자 소녀처럼 수줍게 웃었다.

히데요시는 히데나가에게 눈짓하여 두루마리를 거두게 하고 다시 대불전 자랑으로 화제를 옮겼다.

"오늘 밤에는 오랜만에 재상과 다함께 어머니를 모시고 식사하자. 네네도 함께."

가까스로 승낙한 노모가 다시 불안에 빠져들까 염려되어 몇 시간을 더 떠들썩하니 이야기를 늘어놓았다. 대불전이 완성될 때까지는 동서할 것 없이 히데요시에게 복종하여, 온 나라 안이 극락세계로 바뀔 것이다. 그리하여 네네도 노모도 주라쿠성으로 옮기고, 이에야스와 아사히를 불러 앉히면 비로소 나의 가문에 따스한 봄볕이 찾아오리라.

"그때는 우리만 즐길 수 없으니, 천황폐하를 먼저 주라쿠에 모신 다음, 여러 백성들을 위해 온 나라 안에 성대한 잔치를 베풀도록 하자. 어떤가, 소에키?"

이런 꿈을 거침없이 펼쳐나갈 때의 히데요시는 책모 따위와는 거리가 먼 천진난만하기 짝이 없는 몽상가로 보였다.

네네는 이러한 히데요시의 기분을 잘도 맞춰주었다. 히데요시의 불안이 어디에 있는지 너무도 속속들이 알므로 때로는 시어머니 편을 들고 때로는 남편을 감싸 주기도 했다.

그리하여—저녁식사를 끝낸 히데요시가 행정관들이 기다리는 본성의 큰 방으로 돌아갈 무렵 오만도코로도 벌써 하마마쓰의 딸을 향해 오로지 그리운 마음을 보내는 어린아이로 돌아가 있었다.

"아사히도 깜짝 놀랄 거야. 내가 저를 데리러 가는 줄 알면."

"그럼요…… 이제 두 분의 지나간 심려는 먼 훗날 이야깃거리가 될 거예요."

"얘야……."

"예."

"내가 사위에게 보내는 선물은 무엇이 좋을까? 아사히에게는 그 애가 좋아하는 조청을 가져갈까 하는데."

"그런 것은 어머님이 걱정하지 않으셔도 전하께서 어련히 알아서 하시려고요."

"하지만 그것만으로는 내 마음이 흡족하지 않아. 이게 다 귀여운 딸에 대한 정일 테지."

"그러시다면…… 소에키 님에게 부탁해 사카이에서 붉은 포도주를 사 오게 하여 갖고 가세요. 그거라면 이에야스 님이 안 드시더라도, 아사히 님에게 약이 될 것입니다."

"오, 그 빨간 약주. 그게 좋겠어, 그게 좋겠어."

이리하여 마침내 오만도코로의 출발은 10월 13일로 확정되어 그날까지 네네는 눈코 뜰 새 없이 바빴다.

히데요시는—이에야스가 만약 상경해 오면 나 또한 둘도 없는 노모를 말 탄 무사 한 사람 딸리지 않고 미카와로 보내겠다……는 뜻을 전해둔 터여서 듬직한 무사는 한 사람도 딸리지 않고 네네가 고른 시녀 20여 명과 인부들, 그리고 졸개 병사들 50여 명만 딸려 보냈다.

이 조촐한 행렬을 성 밖 나루터까지 나가 전송한 네네는 못내 마음이 아파왔다. 처음에는 그토록 겁내던 오만도코로가 아리마 온천에 요양하러 갈 때보다 더 가벼운 행장으로 저렇게 들떠 있으니.

'이것이 세상에 유명한 간파쿠 어머니의 행차란 말인가…….'

웬일인지 히데요시는 전송도 나오지 않았고, 아사노 나가마사만 네네 옆에 서 있었다. 그날은 두 번째 서리가 내려 싸늘하게 맑은 하늘이 손에 물이라도 들 것처럼 푸르렀다.

"그럼, 아무쪼록 여행길에 몸조심하세요."

네네는 가마에 탄 채 배 위로 옮겨지는 노모에게 인사를 건네면서 불현듯 눈앞이 흐려졌다.

오만도코로는 미카와로 가는 자신의 신분을 아직 모르고 있었다. 비록 행렬이 이보다 더 초라하더라도 아무 의심도 느끼지 않으리라. 그런 뜻으로 보면 노모는 지금도 오와리 나카무라 시절 농부의 마음을 잃지 않고 있었다. 네네는 그것이 딱하고 가엾어 견딜 수 없었다. 하늘이 비치는 맑은 강물 위로 배는 북쪽을 향해 나아가기 시작했다.

앞뒤로 50석짜리 배가 2척 따르고, 후시미에서 육로로 접어들면 오미의 세타(勢田) 성주로 있는 오만도코로의 손자 미요시 히데쓰구가 오와리까지 모시기로 되어 있다. 오와리에는 오다 노부카쓰가 있어서 도중에 아무 불안도 있을 수 없으나, 어쨌든 기마무사 한 사람 따르지 않는 행렬은 너무나 거대한 이 성곽과 어울리지 않는 것이었다.

네네는 한동안 나루터 돌계단 위에 서서 물새 떼 사이로 멀어져가는 배 그림자를 지켜보았다. 히데요시는 네네와 같은 애틋한 감회에 젖기 괴로워 일부러 나타나지 않은 것이 아닐까?

"전하께선 정말 고집 세셔……."

대장급 무사가 한 사람도 행렬에 끼지 않는다는 것을 알았을 때 네네는 히데요시에게 마구 달려들었으나 그는 언제나의 그 호탕한 웃음으로 날려버렸다.

"이에야스가 선뜻 상경하기로 승낙했는데, 이 히데요시가 어찌 약속을 어기겠소. 그러면 천하의 웃음거리가 되지."

이 일에 대해서는 동생 히데나가도 아사노, 이시다, 마시타 등의 행정관도 모두 반대한 것 같았으나 네네와 마찬가지로 일축당한 듯했다.

'아무튼 됐어…… 오만도코로님은 이 일로 그리 위신이 깎였다고 생각지 않으시는 모양이니…….'

배 그림자가 요도 강물을 끌어들인 바깥 해자에서 왼쪽의 본줄기로 사라져갈 때까지 지켜보다가 네네는 갑자기 오한을 느끼고 몸을 돌렸다. 그때였다. 나루터의 모든 지휘를 맡고 있던 이시다 미쓰나리의 몹시 다급한 목소리가 들렸다.

"아, 아사노 님, 기다려 주시오!"

네네 뒤를 따라 본성 쪽으로 돌아가려는 나가마사를 불러 세운 것이었다.

"무슨 일이오, 별안간?"

"큰일 났소…… 이상한 말을 들었소."

"이상한 말?"

그것은 네네도 뒤돌아보지 않을 수 없을 만큼 이상한 긴박감을 가진 속삭임이었다. 네네는 몸을 돌이키자 나가마사보다 먼저 미쓰나리에게 물었다.

"미쓰나리 님, 설마 오만도코로님 신변에 관계되는 일은 아니겠지요?"

미쓰나리는 한순간 작은 몸집을 긴장시키면서 주저하는 듯했다.

"무슨 일이오? 마음에 걸리는구려, 어서 말해 보오."

미쓰나리는 고개를 끄덕이고 말했다.

"예, 혼간사 주지의 사자로 오미에서 미카와로 갈 예정이던 고쇼사(興正寺)의 사초(佐超) 스님께서, 여행길이 위험하다며 배를 되돌렸답니다."

"왜?"

"우리 문중과 도쿠가와 문중 사이에 곧 큰 싸움이 벌어질 거라고, 저기 있는 뱃사공이 말을 듣고 와서 전했답니다."

가리키는 쪽을 보니 배를 매어두는 돌기둥 옆에 한 사공이 땅바닥에 공손하게 한 무릎을 꿇고 있었다.

"뭣이? 싸움이?"

네네의 얼굴에서 순식간에 핏기가 가셨다.

네네만이 아니었다. 아사노 나가마사도 뭔가 마음에 짚이는 게 있는 듯 주위를 노려보며 꾸짖듯 물었다.

"무슨 증거로 싸움이 될 거라고…… 들었소?"

"예, 미노의 신도들 밀고로 알게 되었답니다. 이에야스는 지금 도토우미와 동미카와에서 거의 3만에 가까운 병력을 집결시켜 서쪽으로 움직이고 있다…… 심상치 않으니 스님의 여행은 중지하는 게 좋겠다고……."

"그게 정말이오, 미쓰나리 님?"

"이야기의 진위는 그만두고라도……"

미쓰나리 또한 몹시 흥분한 것 같았다.

"고쇼사의 스님이, 혼간사 주지가 이에야스에게 선물로 보내는 큰 칼과 검은 준마를 이끌고 가다가 후시미에서 그냥 발길을 되돌려 이 강을 따라 내려간 것은 사실인 듯합니다."

때가 때이니만큼 네네는 잠자코 있을 수 없었다. 별명이 여자 간파쿠인 만큼 이런 때는 조금도 사양하지 않는 성미였다.

"미쓰나리 님! 저자를 이리로 부르시오."

"예!"

"빨리! 오만도코로는 나의 시어머님, 마음에 걸려 견딜 수 없으니 속히 불러요."

"그럼……"

미쓰나리는 절하고 사공에게 다가가 몇 마디 빠른 말로 뭐라고 이르더니 끌듯이 데려왔다. 나가마사는 네네의 성미를 잘 아는지라 한 걸음 물러서 사공을 지켜보고 있었다.

"사공! 직접 대답해도 상관없다. 그대는 이 성의 수군에 속한 몸인가?"

"예, 오니시 야주로(大西彌十郎)님 휘하의 사공으로 야마토마루(大和丸)라는 배를 맡은 고헤에(五兵衛)입니다."

"그대는 그 이야기를 어디서 들었나?"

"후시미 나루터에서 어릴 때부터 아는 사카이의 사공 분조(文藏)한테서 들었습니다."

"그자가 고쇼사 스님의 배를 저었는가?"

"그렇습니다."

"그럼, 스님이 여행을 취소하고 강을 내려가신 것을 그대 눈으로 보았단 말이군?"

"예, 스님께서 앞으로 두어 달 여행하겠다……고 하셨는데 뜻밖에 너무 빨리 돌아오셨으므로 웬일일까 하고 이상하게 여겨 분조에게 그 까닭을 물었더니 같은 종문의 신자인 저에게 터놓고 말해 주었습니다. 그리하여 스님의 배와 야마토마루가 앞서거니 뒤서거니 강을 내려온 것입니다."

"미쓰나리 님! 들었소?"

"예!"

"사공도 저렇게 알려오는데 행정관 그대에게는 아무 보고도 없으니, 이래서야 제대로 일한다고 할 수 있겠어요?"

네네는 매섭게 미쓰나리를 꾸짖어놓고 나가마사를 돌아보았다.

"나가마사 님, 그대는 이 이야기를 어서 전하께, 그리고 미쓰나리 님은 사건의 진위를 알아보시오. 오만도코로님 배는 지금도 강을 거슬러 가고 있을 테니 어서 서둘러요!"

젊은 미쓰나리의 표정에 여자 주제에―하는 반감의 빛이 떠올랐으나 이런 때의 네네는 어디까지나 꿋꿋했다.

"이 사공에게는 내가 상을 내릴 것이니, 두 분은 서둘러 주시오."

한 번 더 분부하고 사공 앞으로 갔다.

"고헤에라고 했지, 잘 알려 주었다. 이것을 받게."

지니고 있던 단검을 비단주머니째 고헤에에게 건네고는 홱 몸을 돌렸다.

오사카성 본성 안에는 눈에 보이지 않는 살기가 감돌기 시작했다. 아사노 나가마사가 창백한 얼굴로 헐레벌떡 달려와 히데요시의 거실에 뛰어들더니 시동들을 고래고래 꾸짖기 시작했기 때문이다.

"전하의 행방도 모르면서 어떻게 가까이 모신다고 할 수 있느냐? 빨리들 찾아라!"

불같은 호령에 이어 내전으로 달려 들어가는 자, 뜰을 살피는 자, 다실을 향해 달리는 자…… 나루터에서는…… 미쓰나리가 무서운 얼굴로 배에서 배로 뛰어다녔고, 히데요시가 없다고 연락받은 네네는 혀를 차면서 측실들 방으로 시녀를 보냈다. 그러나 어느 곳에도 히데요시의 모습은 없었다.

"그래, 혹시 천수각 꼭대기에 홀로 올라가셔서 멀리 떠나가는 오만도코로를 배웅하시는지도 모르니 급히 가보고 오너라."

그렇게 명해 놓고 자신도 계단 앞까지 부지런히 다가간 나가마사에게, 이야기꾼 소로리 신자에몬이 히데요시의 행방을 알려왔다.

"전하께서는 지금 바깥 성의 오다 우라쿠 님 댁에 계십니다."

거의 30분이나 지나서였다.

"알고 있으면서 왜 잠자코 있었는가!"

"어쩔 수 없는 전하의 명이어서."

"뭐, 전하의 명이라고! 그렇다면 왜 지금은 말하는 거지."

"아사노 님, 그건 너무 가혹한 말씀……."

신자에몬은 두건 위로 머리를 긁적이며 말했다.

"신자, 이건 비밀이라고만 하고 나가셨을 뿐 저한테도 어디 가신다는 말씀이 없으셨습니다. 그걸 제가 알아맞히는 것은 좀 죄송한 일이니까요."

"알았다! 그럼, 그대가 내전으로 들어가 기타노만도코로님께 말씀드려 주게. 나가마사가 전하에게 갔다고."

"예, 행정관님의 명이라면 마음이 편합니다만, 그건 그렇고 대체 무슨 일이 일어났습니까?"

"이따가 전하께 들어보게."

내뱉듯 한마디 하고 아사노 나가마사는 오다 우라쿠의 집으로 향했다. 같은 성안이지만 우라쿠가 하사받은 저택은 8, 9정이나 되는 먼 길이었다. 그 길을 급히 걸으면서, 나가마사는 화나고 씁쓸한 표정이었다.

"또 자차 님에게 가 계신 모양이군."

미처 거기에 생각이 미치지 못한 것은 어머니가 떠나는 날에 설마……하고 여겼기 때문이었다.

그의 부인……기타노만도코로의 여동생 말에 의하면 전하께서는 자차히메를 몹시 못마땅해 한다고 했다. 그리고 보니 아사이 가문 딸들 가운데 동생 둘은 이미 출가했는데, 자차히메만 아직 우라쿠 집에 남아 있었다. 그러고는 히데요시가 주선하는 혼담마다 콧대 세게 거절하고 있는 것이다. 혼담 대상으로 올랐던 자들은 무장 넷, 귀족 둘…… 요즈음은 히데요시가 걱정하면 할수록 재미있어하며 더욱 콧대가 세어졌다는 소문이 나돌고 있다던가.

'아무리 그렇기로서니 오늘 같은 날에 설마하고 생각했는데……'

나가마사는 우라쿠의 집 대문을 들어서며 큰소리로 안내를 구했다.

"오, 아사노 님도 아셨군요."

말하면서 얼굴을 내민 것은 그보다 앞서 찾아온 이시다 미쓰나리였다.

"오, 벌써 와 있었나?"

나가마사는 뒤처진 느낌으로 씁쓸한 얼굴이 되었다.

"그래 전하께 아까 그 말씀을 올렸나?"

미쓰나리는 얼굴을 붉힌 채 고개 저었다.

"지금 중요한 말씀 중이니 기다리라고 하셨습니다."

"뭐, 기다리라고……그래서 그냥 기다리고 있는 건가?"

"예, 우라쿠 님과 세 분이 밀담 중이라고…… 우라쿠 님도 나오시지 않으니 말씀드릴 길이 없습니다."

아사노 나가마사는 혀를 차고 성큼성큼 복도를 걸어 안으로 들어갔다.

"그대도 오시오. 다른 일과는 달라."

집안 구조는 이미 아는 터여서, 황급히 뒤따르는 우라쿠의 가신들을 무시한 채 나가마사는 나무향내가 새로운 복도를 건너 자차히메를 위해 지은 별채로 갔다.

"아룁니다."

"무슨 일이냐?"

"아사노 나가마사, 이시다 미쓰나리, 황급히 아뢸 말씀이 있어 왔습니다. 실례하겠습니다."

문을 열고 안으로 썩 들어가니 히데요시도 우라쿠도, 그리고 히데요시 앞에 앉은 자차히메도 일제히 두 사람에게로 시선을 돌렸다.

히데요시는 낯간지러운 듯 말했다.

"무슨 일인가? 지금 자차에게 혼담을 권하고 있는 중인데. 그래, 이왕 들어들 왔으니 나가마사에게도 알려주지. 실은 자차를 이에야스의 셋째아들 나가마쓰에게 시집보낼까 하는데 어떤가? 그대도 찬성이겠지. 나가마쓰는 아사히의 양자…… 이에야스는 그를 도쿠가와 문중의 후계자로 삼을 생각인 듯하니 이 혼담은 둘도 없는 좋은 연분이 아니겠나?"

"예……."

"나는 지금까지 자차가 이 사람도 싫다, 저 사람도 싫다고 한 것은 나가마쓰의 아내가 될 신불의 계시가 있어서 그런 것이라고 말하고 있던 중이야. 나가마쓰가 너무 어려서 싫다지만 곧 12살이 되니 앞으로 2, 3년만 있으면…… 나가마사, 그대도 알겠지만 충분히 사내구실을 할 수 있단 말이야, 핫핫핫……."

아사노 나가마사는 어처구니없다기보다 걱정이 앞섰다. 히데요시는 벌써 이에야스가 상경하고 오만도코로가 무사히 돌아온 뒤의 일을 생각하고 있었다. 이러한 히데요시에 비하면 이에야스의 태도는 어쩌면 그렇게도 모호하단 말인가?

"황송하오나 혼담보다 먼저 들으셔야 할 일이 생겼습니다."

"뭐, 혼담보다 먼저?…… 그러면 나가마사나 미쓰나리는 찬성하지 않는단 말인가?"

"아니, 그게 문제가 아닙니다. 조금 전 어용선 사공들이 돌아와 알리는 말에 의하면, 이에야스가 이번 상경 행차에 3만 대군을 이끌고 도토우미를 출발했다는 소식이므로 혼간사 주지의 사자인 사초 스님이 여행을 단념하고 돌아왔다 합니다."

"뭣이! 혼간사 스님이 여행을 단념했다고?"

"예, 3만 군사의 상경은 예사로운 일이 아니니 도중에 싸움이 벌어질지도 모른다는 걱정에서인가 합니다."

나가마사에게 이 말을 듣자 히데요시의 표정이 곧 굳어졌다.

"그게 사실인가?"

어지간한 히데요시도 혼간사의 정보라는 데는 간단히 웃어넘길 수 없었다. 신슈(眞宗) 종문의 말사이지만 오미, 미노, 도토우미 등지에 신도가 수없이 많이 있다. 지금 미카와에서도 염불도장이 활발히 재건되고 있어 고쇼사 사초 스님의 미카와 여행은 그에 대한 인사차 가는 것이었다. 그런데 이에야스에게 가려다가 길을 되돌아섰다니…… 예삿일이 아니었다.

"3만 군사……라고 혼간사에서 분명히 말하던가?"

이번에는 이시다 미쓰나리가 쌀쌀한 표정으로 대답했다.

"예, 더욱 자세한 사정을 알아보기 위해 아타카 사쿠자에몬(安宅作左衛門)을 혼간사로 보냈는데 스님이 돌아온 것은 틀림없는 사실입니다."

오다 우라쿠는 고개를 갸우뚱한 채 히데요시를 가만히 바라보고, 아사노 나가마사는 한 손으로 다다미 바닥을 짚은 채 숨죽이고 있었다. 오직 자차히메만이 이 긴장을 장난기 어린 얼굴로 조롱하고 있는 듯했다.

히데요시가 다시 중얼거렸다.

"3만……나는 자차를 나가마쓰의 신붓감으로 생각하고 있었는데."

히데요시가 웃지 않는 것이 나가마사는 불안했다.

"전하, 명령을. 이러고 있는 동안에도, 오만도코로께서는 한 걸음씩 적지로 가까이 가고 계십니다."

"뭣이, 적지라고……?"

"소문이 사실이라면."

"허튼 소리 마라. 나가마사!"

"그…… 그럴까요, 그…… 그랬으면 오죽이나 좋겠습니까만."

자차히메는 피식하고 웃어버렸다. 그러자 히데요시가 흘끗 그 쪽을 보며 그제야 비로소 웃었다.

"하하…… 사초는 중이야, 중! 나가마사. 불경은 몰라도 싸움은 내가 더 잘 알아. 이것은 고쇼사 쪽에서 나를 의식해서 하는 행동일 거야."

"무슨 말씀이십니까, 사초 스님이 전하를 의식하다니요?"

"그렇지. 만일 이에야스가 대군을 거느리고 상경한다……면 그런 이에야스를 찾았다가는 필경 내 의심을 사게 될 터인즉…… 그것은 싸움이 두려워 돌아온 게 아니야. 내가 무서워 돌아왔지."

히데요시는 평소의 호탕한 자신으로 돌아와 있었다.

"미쓰나리, 그대는 곧 이시카와 가즈마사를 불러와. 이런 때를 위하여 가즈마사를 길러왔지, 그렇지 않나, 우라쿠?"

우라쿠는 대답하지 않고 나가마사가 말했다.

"아무튼 본성으로 돌아가시지요. 거기서 이시카와도 부르시어 재상님과 의논하시는 게 좋겠습니다."

"나가마사."

"예."

"뭘 그만한 일에 놀라서 야단인가."

"그렇지만……."

"이 자리엔 특별히 꺼려야 할 사람이 없지만, 이봐, 자차도 웃고 있구나. 이렇게 떠들다가는 자차뿐만 아니라 고쇼사 쪽에도 웃음거리가 되겠다. 사초 스님이 되돌아온 것은 이 히데요시와 이에야스는 도저히 비교할 수 없다고 여겼기 때문이거든. 이에야스에 대한 인사 같은 건 아무래도 좋다, 그러나 만약 내게 의심받게 되는 날이면 큰일이라고 여겨 돌아온 거지. 핫핫핫…… 좋아. 미쓰나리, 가즈마사를 넌지시 이리로 불러오게.”

여느 때의 히데요시다운 말이었으나, 눈은 결코 웃고 있지 않았다.

미쓰나리는 고개를 끄덕이며 일어섰다.

“그까짓 3만 병력으로 이 히데요시와 싸우겠다고 생각할 만큼 이에야스가 그릇된 계산을 하는 사나이인 줄 아는가, 그렇지?”

히데요시가 다시 말을 건네자 우라쿠는 그제야 마주 고개를 끄덕이며 대답했다.

“아마, 그것은 문중 사람에 대한 정략인가 싶습니다.”

“암, 그럴 테지. 그럼, 바로 그거야.”

“저 역시 그렇게 생각합니다만 어쨌든 이 자리에서 자차 님은.”

“괜찮다, 괜찮아. 마침 자차도 한자리에 있으니 들어두는 것이 좋아. 별일 아니니까.”

히데요시는 편한 자세로 고쳐 앉으면서 다시 웃었다.

“자차, 네 혼사가 더 중요하다. 아사히의 편지에도 있었지만 나가마쓰는 성실하고 무던한 아이라고 했어. 여자의 행복은 사내의 성실함에 있지.”

히데요시는 말하면서 스스로 자신이 싫어졌다.

‘어찌하여 내가 이 조그만 계집아이한테 이처럼 마음 쓰는 것일까……?’

상대가 야릇한 허무감을 온몸에 풍기면서 권위와 위엄을 냉소로 튕겨내니…… 그에 대한 정복욕이라고나 할까. 이런 생각을 하는데 자차가 다시 도전하듯 말했다.

“저는 물러나겠습니다, 전하.”

“왜 그래, 그리 중요한 일이 아니라는데.”

“그렇지만…….”

“그렇지만 어쨌다는 거냐?”

“제가 여기 있으면 전하께서 신경 쓰십니다.”

“핫핫핫…… 신경 쓰는 게 신경 쓰이면 잠시 가만히 있어. 가즈마사와 이야기하는 동안 말이야. 그런 뒤에 네 대답을 들어야 하거든, 알겠지? 그때까지 생각을 잘 정리해 두도록.”

여기까지 말하고는 더욱 자신이 싫어져 자차히메를 아예 무시해 버리려고 아사노 나가마사에게로 고개 돌렸다.

"나가마사, 이러한 문제로 떠들 건 없어. 3만이나 5만의 군사쯤은 히데요시가 거느리고 오라고 명했다고 생각하면 돼. 간파쿠의 매부이니 신분에 어울리는 행장을 꾸미고 상경하랬다고 말이다…… 이쪽에서 떠들어대면 오히려 어머니 쪽에서 걱정하실걸."

"……."

"어머니께 근심을 끼치면 그게 가장 큰 불효지."

몇 번이고 다짐하면서 또 자차히메 쪽을 힐끗 쳐다보았다. 자차히메는 여전히 쌀쌀한 표정으로 뜰에 지다 남은 노란 국화를 내려다보고 있었다. 나가마사는 아직 긴장을 풀지 않고 오늘 따라 우라쿠도 입이 무겁다. 그렇다고 히데요시 혼자 계속 떠들면 그 말들이 그대로 자기에게 되돌아와 오히려 당황한 모습만 드러내 보이는 것 같아 울화통이 치밀었다.

'건방진 놈, 이에야스…….'

상경해 오는 병력이 3만이든 5만이든 그 수는 두려울 것 없었으나 그 이면에 도사리고 있는, 끝까지 히데요시와 어깨를 겨루겠다는 이에야스의 속셈이 그지없이 불쾌했다.

"참 그렇지, 우라쿠. 차를 한 잔 주지 않겠나? 가즈마사가 올 때까지 그대의 솜씨나 맛보기로 하세, 그게 좋지 않겠는가, 나가마사?"

히데요시는 망막 속에 나란히 떠오르는 이에야스와 자차히메의 모습을 털어 버리듯 머리를 흔들었다.

반항

이시카와 가즈마사가 부름 받고 달려온 것은 우라쿠가 끓인 차를 마시며 가까스로 불쾌한 감정을 잊어갈 무렵이었다.

가즈마사도 지금은 성안에 거처를 얻어 이야기꾼 격으로 가끔 히데요시에게 들르고 있다. 호출된 사유를 미쓰나리에게서 어렴풋이나마 듣고 온 모양인지 인사를 끝내자 가즈마사는 자기 쪽에서 먼저 말을 꺼냈다.

"고쇼사 스님이 여행을 취소하고 돌아오셨다고 들었습니다만."

"바로 그 일이야."

히데요시는 차 도구의 물기를 닦고 있는 우라쿠에게 가볍게 일렀다.

"가즈마사에게 차를 한 잔 주게. 이에야스의 생각은 그대가 가장 잘 알고 있겠지. 나가마사나 미쓰나리가 안심하도록 잘 설명해 주게."

"예, 그런데 저에게는 좀 납득할 수 없는 점이 있습니다만……."

"납득할 수 없다니? 인원수 말인가?"

"예, 좀 지나치게 과장된 것 같아서요."

"가즈마사, 그렇다면 그대한테는 따로 연락이 없었는가?"

"예?"

가즈마사는 짐짓 고개를 갸우뚱하니 기울이더니 볼을 허물어뜨리며 웃었다.

"전하께서는 저를 아직 이에야스의 밀정쯤으로 생각하시는 모양이군요."

히데요시는 다시 짜증스러운 목소리로 말했다.

"그렇지는 않네! 그대는 천하를 위해 두 집안의 화합을 바라는 사람으로 봤기 때문이야. 쓸데없는 억측은 삼가게!"

말해버리고 나서 언성이 좀 높았다 싶었는지 아사노 나가마사를 돌아보았다.

"나가마사, 가즈마사도 우리 가문으로서는 소중한 인물이라 생각하므로 시나노 언저리에 알맞은 성이 없을까 수소문하고 있는 중이야. 그렇지 않은가?"

나가마사는 짧게 대답했다.

"그렇습니다. 마쓰모토(松本) 언저리의 한 10만 석 정도로 생각하고 계시는데……"

가즈마사는 그 말을 가로막듯 말했다.

"그런 말씀은 오만도코로님이 돌아오실 때까지 하시지 마십시오…… 다만 한 가지 분명히 말씀드릴 수 있는 것은 이에야스에게 다른 뜻이 없다는 것…… 이 점만은 보증할 수 있습니다."

"그렇다면 3만 군사는 이 히데요시를 두려워해 동원한 인원이란 말인가?"

"두려워서……라는 것은 잘못 생각하시는 겁니다."

"뭐…… 그러면 경계하고 있단 말인가? 내가 이에야스의 목이라도 노릴까봐."

"그 점도 얼마쯤 있습니다만……"

가즈마사는 조용히 말하고 우라쿠가 내미는 차를 공손히 받아들었다.

"솔직히 말씀드리면 그것은 하나의 시위겠지요. 오만도코로까지 친히 보내셨으니 마지못해 전하를 뵙기 위해 상경하지만 결코 신하의 예는 차리지 않겠다는……"

가즈마사가 여기까지 말하자 소리죽인 야릇한 웃음소리가 좌중의 정적을 깨뜨렸다. 사람들 눈이 웃음소리의 주인공에게 쏠렸다. 자차히메였다. 자차히메는 다시 새침하게 시치미 떼고 일부러 시선을 뜰의 나무와 돌 위로 보냈다.

히데요시의 이마에 핏줄이 울컥 솟아올랐다.

"가즈마사!"

"예."

"그러면 이에야스는 아직까지도 마음을 풀지 않았단 말인가?"

"예, 그것은 상경한 뒤의 일이 아닐까요."

가즈마사는 조용히 대답하고 소리 내어 차를 마셨다.

히데요시는 나지막하게 신음소리를 뱉어냈다.

"상경한 뒤라면 내 태도 여하에 달렸다는 말이겠다."

"바로 그렇습니다."

가즈마사는 찻잔에 그려진 그림에 흘끗 시선을 주었다.

"그러나 오만도코로님 신변은 아무 염려 마십시오. 오카자키에 혼다 사쿠자에 몬이 있으니까요."

"그런가, 그 말을 들으니 마음 놓이는구나. 그대가 사쿠자에게 뭐라고 해둔 말이라도 있나?"

"있다……고 말씀드리기도 그렇고, 없다고 잘라 말할 수도 없습니다."

"흠, 기묘한 대답이군. 뭐 그것도 좋겠지. 어떤가, 나가마사?"

히데요시는 분노를 누르며 다시 자차히메를 힐끗 쳐다보았다. 이 조그만 계집아이는 히데요시에게 뭔가 뜻대로 되지 않는 일이 있을 때면 무척 즐거운 모양이었다.

히데요시는 생각했다.

'가즈마사 놈도 괘씸한…….'

아무리 솔직한 대답이라고는 하지만 이에야스가 히데요시에게 신하의 예를 갖추기 싫어 대군을 거느리고 온다는 것은 온당치 못한 말. 아니, 그보다 더욱 불쾌한 것은 오만도코로의 행차에 기병 한 사람 딸려 보내지 않았는데 보란 듯이 대군을 이끌고 오는 이에야스의 무례함이었다.

"알았어. 그쯤 들었으니 내게도 생각이 있다. 가즈마사는 물러가라."

"예."

"나가마사, 미쓰나리."

"예……."

"그대들은 곧 이에야스가 상경하는 길목마다 병마(兵馬)의 접대를 명하라. 상대가 놀라 눈이 휘둥그레지도록 대접해 주는 거다. 간파쿠와 시골 영주의 차이를 분명히 보여주는 거지."

"그것만으로 별일 없을까요?"

"없다! 떠들수록 망신이라고 하지 않았느냐!"

점잖지 못한 줄 알면서도 거친 말로 호통치고 나서 자차히메를 똑바로 바라보았다.

"자, 이번에는 네 차례다. 어때, 결심이 섰느냐?"

자차히메는 금방 대답하지 않고 가즈마사, 미쓰나리, 나가마사의 순서로 일어서 나가는 모습을 멍하니 보고 있었다. 남은 것은 우라쿠, 자차히메, 히데요시 세 사람이었다.

"왜 대답이 없느냐? 이젠 결심이 섰겠지?"

그러자 자차히메는 또 피식 웃으면서 놀리듯 목을 움츠렸다.

"고집도 어지간하구나. 이번에도 싫다는 거냐?"

참다못해 우라쿠가 옆에서 입을 열었다.

"대답해야지, 전하께서 물으시는데. 이처럼 장래를 염려해 주시니 얼마나 고마운 일인가?"

자차히메는 비로소 히데요시를 똑바로 쳐다보며 말했다.

"전하, 전하께서는 오만도코로님으로도 부족해서 이 자차마저 도쿠가와 문중에 보내려 하시니…… 이에야스라는 분이 그토록 무서우십니까?"

"뭐…… 뭣, 내가 너까지…… 무서워서 이에야스의 아들에게 시집보내려 한다고?"

"네, 그렇지 않다면 이치에 맞지 않습니다. 자차는 보모 노릇이나 하기 위해 시집가지는 않겠어요."

또렷이 잘라 말한 뒤, 시원하고 맑은 두 눈을 크게 뜨고 다시 피식 웃어 보이는 자차히메.

히데요시는 이번에도 칼끝이 가슴에 푹 꽂히는 듯한 당혹감을 느꼈다. 얄밉다! 그렇다고 화내자니 점잖지 못하고, 귀엽다고 생각하기에는 지나치게 앙큼스러운 이 계집아이는, 뜻밖에도 날카로운 칼끝으로 히데요시의 급소를 정통으로 찔러왔다.

이번 경우 오만도코로의 볼모 건은 오사카성 안에서는 결코 입 밖에 내면 안 되는 금지된 말이었다. 어렴풋이 돌려서 하는 말이긴 했으나 가즈마사가 그것을 언급하려는 눈치여서 히데요시의 얼굴빛이 변했던 것이다.

그런데도 이 처녀는 당돌하게 오만도코로뿐만 아니라 자차마저 볼모로 내 줄 작정이냐고 함부로 말했다. 듣고 보니 맞는 말인 것 같기도 하다. 이에야스가 아직까지 히데요시에게 마음을 허락하지 않고 있다는 사실을 알고, 이에야스의 비위를 맞추려 든다는 해석도 성립될 성 싶었다. 이에야스 쪽에서는 경계하면서 오는데 히데요시 쪽에서는 오로지 진실 하나로 그를 압도하고자 하는 것은 무엇보다도 이에야스를 두려워하고 있다는 뚜렷한 증거……라고 한다면, 아니라고 자신 있게 말할 수 없다.

히데요시가 핏발선 눈을 부릅뜬 채 노려보자 자차히메는 방약무인하게 더욱 크게 웃었다.

"호호호…… 아이 무서워, 전하의 저 무서운 얼굴!"

우라쿠가 말했다.

"이것 봐, 자차!"

"아니, 이게 좋아요. 진실을 아뢴다 해서 화내실 전하가 아니에요. 전하께서는 아부만 하는 무리에게 진력나 계실 테니. 그렇지요, 전하?"

자차히메는 구렁이에게 손을 내미는 장난꾸러기 고양이처럼 비스듬히 윗몸을 내밀었다.

"그러나 전하의 계획에는 크게 잘못 생각하고 계신 것이 한 가지 있어요."

"잘못 생각하는 것?"

"호호호…… 그것을 모르시다니 전하답지 않으셔요."

히데요시의 얼굴에서 핏기가 서서히 사라지는 것을 본 우라쿠가 말을 가로막았다.

"자차!"

"괜찮아, 우라쿠. 그대도 자리를 비켜주게. 나는 자차의 본심을 꼭 들어야겠어."

"본심이라니요……? 그저…… 철들지 않아 어리광 부리고 있는 것을."

히데요시는 드디어 폭발했다.

"괜찮으니 물러가라!"

우라쿠는 안타까운 듯 자차히메를 보며 혀를 찼다.

"그것 봐라, 내가 뭐랬나! 전하께서 화나셨으니……."

그리고 다시 히데요시에게 정중히 절하고 밖으로 나갔다.

혼자 남아서도 자차는 반항하는 태도를 조금도 늦추지 않았다. 히데요시는 현기증이 일 것 같은 격분이 가슴 한복판을 꿰뚫고 지나가는 것을 느꼈다.

"자차……"

"아시겠습니까, 제 말씀을?"

"내가 잘못 생각했다는 건 무엇을 말하는 거지?"

"아직 모르시겠습니까, 전하?"

"모르겠다, 말해 다오."

"호호호…… 전하께서 저를 도쿠가와 가문 사람으로 만드신다면 오히려 두 사람의 적을 합치는 게 되지 않을까요?"

"뭐, 두 사람의 적……?"

"호호…… 전하께서 가장 두려워하는 이에야스라는 사람과 이 자차…… 만약하나로 뭉치는 날이면 전하께서는 잠시도 편안한 날이 없을 텐데. 호호……"

히데요시는 저도 모르게 팔걸이에서 벌떡 몸을 일으켰다.

자차히메의 굴러가는 듯한 웃음소리가 멎자 짧은 순간 거실은 잠시 침묵에싸였다. 방구석에서 끓고 있는 찻물 소리마저 묘한 살기를 품고 귓전에 다가왔다.

자차가 또 웃었다.

"호호호…… 아시겠지요, 전하? 전하 마음대로 안 되어 두렵기도 하고 밉기도한 것은 이에야스와 이 자차가 아닙니까? 그런 자차를 일부러 도쿠가와 문중으로 보내려 하시니 자차는 싫다고 했습니다."

"……"

"제 아버지 아사이 나가마사는 전하 손에 죽었어요…… 제 어머니도 의붓아버지 시바타와 함께 전하 손에 죽었지요…… 전하 손에 죽는 일은 두 번으로 족해요. 또다시 도쿠가와 사람이 되어 세 번이나 똑같은 꼴을 볼 만큼 자차는 어리석지 않습니다."

히데요시는 뚫어지게 자차를 노려보며 부들부들 떨기 시작했다.

'아무도 보는 자 없다……'

이렇게 생각하자, 히데요시 만한 인물이 자차와 같은 또래의 무분별한 젊은이로 돌아가 똑같은 감정을 드러내며 맞상대하고 있었다. 손만 닿았다면 아마 히데요시는 자차의 두 뺨을 후려치고 검은 머리채를 잡아 방 안을 마구 질질 끌고다녔을 것이다. 그 정도로 지금 눈앞의 자차히메는 얄밉고 어른스러웠다.

자차히메는 더욱 신이 나서 말을 이었다.

"전하 힘으로도 마음대로 안 되는 사람이 있었군요. 호호호…… 오만도코로님을 볼모로 보낼 뿐 아니라 상경해 오는 대로 자차를 며느리로…… 그렇게까지 비위를 맞춰야 하는 사람이 있었군요."

"……"

"그렇지만 자차는 살아 있습니다. 인형이 아니에요. 그렇듯 초라한 선물은 안 되겠어요. 아니, 전하가 시키는 대로 하다가는 언젠가 전하에게 멸망당할 거예요."

"자차!"

"아시겠지요, 자차의 마음을?"

"그대의 아버지도 어머니도 내 손에 죽었다…… 도쿠가와 문중으로 갔다가 또 다시 죽는 건 싫다고?"

"예, 그렇게 말씀드렸습니다."

"좋다! 그 한마디로 내 화는 다 사그라졌다."

"예? 그 한마디라니……"

"그렇다. 히데요시가 이에야스의 비위를 맞춘다고 하면서도, 속으로는 둘을 비교해 보고 이 히데요시가 승리할 거라고 생각하고 있지?"

"그…… 그게 무슨 말씀인지?"

"방금 자백하지 않았느냐! 세 번씩이나 같은 꼴을 당한다는 건 히데요시의 힘이 우세하다는 말이겠지. 만약 이에야스가 더 우세하다면 너는 기꺼이 시집가 이에야스와 함께 히데요시를 쳐서 부모의 원수를 갚을 수 있을 것 아니냐. 그렇지? 그런데 싫다고 했어. 그러고 보니 이에야스는 이 히데요시에게 맞설 수 없다고 네 입으로 말한 거나 마찬가지 아닌가?"

여기까지 말하자 히데요시는 팔걸이에 매듭진 손가락을 세우고 한 팔을 내밀었다.

"좋아, 용서하마. 원하는 대로 도쿠가와 가문에 보내지는 않겠다. 그 대신 당장 네 장래를 결정짓도록 하자. 네 입으로 히데요시가 가장 두려워하고 있는 것은 이에야스와 자차라고 했겠다. 설마 잊지 않았겠지?"

"아!"

자차히메는 비명 지르며 몸을 도사렸다. 히데요시의 두 눈에 일찍이 볼 수 없었던 광포한 빛이 이글거리고 있었다……

자차히메의 반항은 콧대 센 처녀에게 흔히 있는 일종의 장난이었다. 상대가 화를 내지 않을 것이라 계산하고 어리광 부리고 교태도 보이면서 차츰 나이와 신분의 폭을 좁혀간다. 그리하여 곧장 상대의 감정 속에 뛰어들어 마음껏 놀려주고 싶은 악취미의 발로이고, 또한 창부적인 성품이기도 했다.

물론 이러한 성격의 이면에 자차히메가 입에 담은 어두운 과거와 불행의 영향이 없지 않았다. 그렇다고 해서 히데요시를 진심으로 부모의 원수라고 생각하며 미워하는 것은 아니었다. 만약 진심으로 미워하고 있다면 아마 자차히메는 그 미움을 더욱 조심스럽게 감추어 두었을 것이다.

그런데 히데요시는 지금 그것을 뿌리 깊은 '반발'로 받아들인 모양이었다. 때가 때인 만큼 자차의 말 한마디 한마디가 히데요시의 가슴에 꽂힌 탓이리라.

그런 의미에서 자차히메는 좀 지나치게 총명했다. 히데요시가 자차히메를 이에야스의 아들 나가마쓰마루에게 시집보내려고 하는 데는 은밀한 계산이 있었다.

'이로써 이에야스를 포로로 할 수 있다……'

여러 장수들 앞에서 이에야스와 대면하고, 자차히메를 자신의 양딸로 삼아 이에야스의 후계자에게 보낸다…… 오기마루는 히데요시의 양자로 되어 있으니 이로써 이중 삼중으로 인연이 얽혀, 적어도 오만도코로를 미카와에 보냈다는 히데요시 자신에게 달갑지 않은 세평과 떳떳치 못한 체면을 어느 정도 덮어 주는 데 소용될 것 같았다. 이 일은 히데요시가 반드시 의식하고 계획한 것은 아니었다. 그런데 그 무의식 속의 계산마저 자차히메는 뚜렷이 폭로해 버린 것이다.

'무서운 여자다……'

귀엽고 깜찍하고, 속 썩일수록 사랑스러웠던 자차히메가 갑자기 만만찮은 존재로 보이기 시작했다. 팔걸이 너머로 오른손을 뻗어 자차의 손목을 꽉 잡은 히데요시의 형상은 이런 심정을 뚜렷이 나타내고 있었다.

자차히메 또한 장난이 지나쳤음을 민감하게 직감했다.

'히데요시를 화나게 했다!'

그것은 사자의 갈기를 가지고 놀다 사자를 화나게 해버린 조그만 토끼의 공포 속으로 자차히메를 몰아넣었다. 이런 경우의 공포는, 무서워하면 할수록 사자인 히데요시로 하여금 마음 놓을 수 없는 상대라는 생각을 갖게 한다는 것을 자차히메는 미처 몰랐다.

"용서하세요……."

손목을 잡힌 채 자차히메는 중얼거렸다. 그리고 웃으려고 했다. 어리광스럽게 웃으면 히데요시가 늘 그랬던 것처럼 기분을 풀어줄 것 같았다.

그러나 히데요시는 웃지 않았고, 자차히메의 웃음은 그대로 일그러졌다.

"자차."

"……예."

"그대는 내 선물이 되지 않겠다고 했지?"

"예……."

"이 세상에서 내가 두려워하는 것은 이에야스와 자차뿐이라고 했지?"

"용서하세요……."

"그래, 분명히 그런 것 같구나!"

히데요시는 언제나 번들거리고 있는 쌍꺼풀진 눈을 자차히메에게 못 박은 채 손목을 잡아끌었다. 뜻밖에도 자차히메의 몸은 쉽사리 히데요시에게로 미끄러져 왔다.

"용서하세요……."

그 목소리에는 대담한 여자의 교태가 풍겼다. 히데요시의 머리에서 비뚤어진 이성의 톱니바퀴가 소리 내며 돌아가기 시작했다.

'이 계집은 아마 평생 나에 대한 반항심을 버리지 못할 것이다…….'

이런 생각을 하면서 자차히메를 바라보니 거기서 얻어지는 대답은 한층 더 비뚤어져 갔다. 남을 대할 때 이렇게 비뚤어진 생각을 누구보다도 경멸하고 경계해 오던 히데요시가 이토록 얄궂게도 깊이 말려든 것은, 역시 노모를 볼모로 보냈다는 비참한 패배감과 이에야스에 대해 어쩔 수 없이 구애되는 마음 때문이라고 할 수 있었다.

아무튼 히데요시는 지금 이미 시들은 억새꽃을, 엄청나게 큰 유령을 대하듯 자차히메를 대하고 있었다. 두려움 속에서 보이는 자차히메의 교태가 한층 더 그것을 부채질했다.

"너, 또 웃었지?"

"네…… 아니오……."

"아니, 분명히 웃었어. 너는 내가 오만도코로를 미카와에 보낸 것이 못 견디게 재미있지?"

자차히메는 히데요시 곁으로 끌려가며 마른 입술을 바들바들 떨었다. 히데요시의 온몸에서 솟아나는 살기가 자차히메의 재기를 무겁게 짓눌러버려 안타까울 정도로 호흡만 흐트러졌다.

"넌 독한 여자다. 틈만 보이면 곧 내 등 뒤에서 덤벼들 계집이야."

"전하……."

"내 목을 노리는 놈이 나타나 성공할 기미가 보이면, 너는 거침없이 그놈과 어울릴 계집이야."

"전하…… 그건 전하 역시 마찬가지 아닙니까?"

"달라! 내가 너의 아버지를 공격한 것은 너의 외숙부 노부나가 님의 명령 때문이었어."

"그런 것을 말씀드린 게 아닙니다."

"기타노쇼에 대한 일은 오이치 부인이 공연한 고집을 부려 시바타와 함께 죽은 것이고."

"아니지요, 어머니는 살아 있다는 것에 큰 부담을 느끼신 거예요."

"그 뒤로 나는 너희들을 불쌍히 여겨 힘껏 도와왔다…… 그러나 그것도 오늘로 마지막이다."

"……."

"너는 함부로 시집도 보내지 못할 억척스러운 계집……이제야 확실히 알았어."

말하면서도 히데요시는 자차를 어떻게 하겠다는 결론에 이른 것은 아니었다. 이런 어린 계집애를 베어버린다면 천하의 웃음거리가 될 테고, 비구니로 만들어 추방해도 반항심을 버리지 못할 것이고…….

다음 순간 히데요시는 잡고 있던 자차히메의 손목을 놓자마자 상대의 가슴을 마구 찔렀다. 손가락 끝에 뭉클한 젖무덤의 촉감이 느껴지는 순간 자차히메는 팔걸이 너머로 벌렁 자빠지며 조그맣게 부르짖었다.

"앗……!"

"자차."

"……."

"너도 아사이 나가마사의 딸, 이렇게 히데요시를 거역한 이상 각오가 있을 테지.

어떻게 하겠나, 마음먹은 대로 말해 봐!"

자차히메는 흩어진 앞자락을 본능적으로 가리면서 반사적으로 몸을 벌떡 일으켰다. 다시 온몸이 반항의 자세로 되돌아가면서 공포가 살기로 바뀌었다……
그 순간 자차는 날쌔게 팔걸이를 뛰어넘어 히데요시의 몸에 달려들었다.

이번에는 히데요시가 소리쳤다.

"아!"

히데요시는 한순간이긴 했으나 온몸의 피가 한꺼번에 얼어붙는 것 같았다. 아무리 방심했다지만 이렇게 어이없이 당하다니. 자차히메는 히데요시에게 이토록 노골적으로 반항할 수 있는 여자였던 것이다. 이 여자가 몰리다 못해 한 칼로 찔러오지 않으리라 어찌 방심하고 있었던가? 자차히메가 뛰어든 순간 히데요시는 제 가슴에 꽂히는 칼날의 서늘함을 스르르 맛본 듯한 얼굴이었다. 그만큼 상대의 동작은 기민하고 뜻밖이었다.

'이로써 히데요시의 생애도 끝나는가……'

이런 느낌마저 번개처럼 머리를 스쳤다. 그러나 다음 순간 그곳에는 전혀 생각지도 않은 엉뚱한 장면이 벌어졌다. 히데요시의 몸에는 아무 데도 칼자국이 없었고, 반사적으로 펼친 히데요시의 가슴에 뛰어든 자차히메는 두 팔을 미친 듯이 히데요시의 등 뒤로 돌려 얼싸안고 '으와' 하고 소리 내어 울기 시작하는 게 아닌가……!

히데요시는 어리둥절해서 사방을 둘러보았다. 상반신의 신경이 다시 되살아나, 칼날 대신 부드러운 여자의 육체가 떨면서 앙상한 그의 가슴에서 무릎에 달라붙어 있는 것을 느꼈다.

히데요시는 한참 동안 망연히 있었다.

찌르려고 달려든 게 아니었다…… 그렇다면 대체 무엇 때문에……?

공포인가? 응석인가?

사죄인가? 교태인가?

그러나 그 어느 것도 아닌 듯했다. 등 뒤로 돌려 깍지 낀 손의 손톱이 야릇한 힘으로 히데요시의 살을 파고들고, 돌개바람 같은 울음소리는 더욱 높아져갔다.

히데요시가 또 한 번 방 안을 살핀 것은 울음소리를 듣고 우라쿠가 오지 않을까 염려했기 때문이었다. 그만큼 필사적으로 매달려 울어대는 자차의 목소리는 진지하고 애절했다. 히데요시의 이성에서 비뚤어진 야릇한 감정이 사라지기 시작한 것은 이때부터였다.

'이건 내가 생각하듯 그런 것이 아니었구나……'

어쩌면 자차히메는 히데요시가 의심을 품고 있다는 게 서러워서 이러는 게 아닐까……?

'저런 성질이니 갑자기 표현은 못하고, 대신 달려들어 붙들고 울게 된 것이 아닐까……?'

이런 생각이 들자, 반사적으로 자차히메의 등에 돌려진 히데요시의 팔에 차츰 힘이 들어가기 시작했다.

'그렇다, 나는 내 그림자를 보고 놀라서 화내고 있었구나!'

냉정을 되찾으니 자차히메의 반항도 다른 각도에서 바라볼 수 있었다. 자차히메는 역시 히데요시에게 응석부렸던 것이고, 이곳만이 제 고집이 용납되는 유일한 놀이터라고 생각했음이 틀림없다…… 그런데 뜻밖의 거센 반발을 만나 슬피 몸을 던진 것이리라…… 생각이 여기까지 미치자 히데요시의 뺨에 어느덧 두 줄기 눈물이 주르르 흘렀다.

"자차, 용서해 다오……."

자차히메는 겨우 울음을 그쳤다. 그러나 꼭 끌어안은 팔의 힘은 풀지 않았고, 가슴에 부벼대는 검은 머리에도 눈물 냄새가 섞여 있었다.

"자차, 내가 너무 지나치게 꾸짖었나 보구나…… 응, 용서해 다오."

자차히메가 새삼스럽게 조용히 흐느끼기 시작한 것은, 히데요시가 자차히메의 헝클어진 머리카락을 살며시 매만져 주었을 때였다.

이번 울음은 견딜 수 없이 애처롭게 마음을 파고드는 찬비처럼 애절했다.

"그대는 역시 의지할 곳 없는 불쌍한 고아였어…… 그렇지, 자차……."

자차히메는 이제 조금도 반항하지 않았다. 완전히 믿고 매달려오는 젖먹이 아기처럼 유순한 모습으로 연방 고개를 끄덕였다.

"자, 그만해. 이젠 울지 마라."

히데요시는 끌려들어가듯 자차히메의 검은 머리카락에 볼을 부볐다.

'아직 철없이 입만 놀려대는 어린아이다……'

이렇게 자신에게 타일러 놓고 히데요시는 저도 모르게 흠칫했다. 그의 두 팔

안에 있는 자차히메의 무게가 아이라는 연상에 날카롭게 반항해 온 것이다.

'그렇다, 아이는 아니야…… 이제 어엿한 한 사람의 성숙한 여인……'

히데요시는 세 번째로 살며시 사방을 둘러보다 당황하여 헛기침을 연거푸 했다. 이제 어엿한 여인……이라고 생각한 순간 방 안에 짙게 풍기는 여인의 체취가 물씬 그를 압도해왔다.

'그렇다, 어엿한 한 여인……'

이미 총애하고 있는 애첩 가가 부인보다 훨씬 풍만하고 성숙하며 부드러운 여인의 팔다리가 필사적으로 자신의 몸에 매달려 있다…….

게다가 그 자태 속에 담겨진 자차히메의 기상은 또 어떤가……?

남보다 뛰어나게 강한 성격.

콧대 세고 재기가 넘쳐 남에게 머리 숙이지 않는 여인.

히데요시의 눈에 든 어떤 신랑도 코끝으로 물리쳐버린 여인…….

'그럼, 대체 이 여자의 상대는 어떤 남자라야 된단 말인가……?'

히데요시는 자차히메의 검은 머리에 손을 얹은 채 저도 모르게 침을 꿀꺽 삼켰다. 어쩌면 자차히메와 자기 사이는 끊을 수 없는 숙명의 오랏줄로 묶여 있는 게 아닐까? 히데요시를 위해 태어난 여인…… 이렇게 생각해서 안 된다면 자차히메를 위해 히데요시라는 간파쿠가 있다고 생각해도 좋다…….

'어쩌면, 자차가 원하는 상대는……'

거기까지 생각이 미치자 히데요시는 얼굴이 붉어졌다. 가슴의 고동이 빨라지고 그것이 그대로 자차히메의 귓전으로 전해진다…….

아사이 나가마사의 딸.

오다 노부나가의 조카딸.

아니, 그보다 히데요시가 그토록 동경해 마지않았던 오이치가 낳은 딸이라는 사실이 한층 더 당혹감을 불러일으켰다. 하늘은 오와리 나카무라 마을의 가난한 농부 아들에게 간파쿠 전하라는 엄청난 은총을 내리셨다. 사랑 문제에도, 그에 걸맞은 보물을 준비해 두셨다 해도 이상할 게 없으리라.

'오이치 부인과는 맺어주지 않았지만 오이치와 똑같고, 더욱 젊은 꽃 같은 자차를 준비했던 것인가……'

히데요시는 갑자기 온몸이 부들부들 떨렸다. 그 떨림이 그대로 자차히메에게 전해진다고 생각하자 어린애처럼 혀가 굳어 버렸다.

"자차…… 다시는…… 아무 데도 안 보내겠다…… 너를 아무 데도 안 보내마…… 히데요시가…… 그래야만…… 너를 행복하게 해 줄…… 자차……."

그리고 그것이 이에야스에게 지나치게 마음 쓰다가 빠져들게 된 생각에 의한 함정인 줄 히데요시도 미처 생각지 못하고 있었다.

꽃에 침 뱉다

오만도코로 일행이 오카자키성에 닿은 것은 10월 18일 점심때가 지나서였다.

이날 마쓰다이라 이에타다는 지리유까지 나가 일행을 맞아 300명 넘는 기마무사로 호위하여 성안으로 들어갔다. 따라서 미카와에서의 행렬은 결코 초라하지 않았다.

그러나 동시에 오만도코로와 대면한 뒤 곧 상경하기 위해 14일에는 요시다성, 15일에는 오카자키성에 도착하여 기다리고 있는 이에야스의 병력은 서 미카와의 각 지방에 넘쳐 사람들 간담을 서늘케 하기에 충분했다.

"드디어 대감님께서 교토로 쳐들어가신다며?"

"……그렇지는 않은가봐. 간파쿠가 자기 어머니를 볼모로 보낸다니까 말이야. 어머니를 보낸 것은 항복했다는 표시 아니겠어?"

"아니야, 내가 틀림없는 소식통을 통해 들은 이야기인데 간파쿠의 어머니를 볼모로 잡아두고, 군사를 몰고 올라가 간파쿠와 담판한다던걸."

"무엇을 담판하는데?"

"뻔하지 않나, 천하를 내놓으라는 거겠지."

"틀렸어, 그게 아니야. 간파쿠 쪽에서 어머니를 볼모다 뭐다 해서 보내는 척하여 이쪽을 안심하게 해놓고 우리 대감님을 때려잡을 계략을 세웠으므로, 만약 수상쩍은 기척이 보이면 곧바로 쳐 올라간다더군."

"그럼, 어머니를 보낸다고 한 건 거짓말이었군그래."

"계략이지. 아무려면 간파쿠가 자기 어머니를 보낼까."

이러한 백성들의 소문보다도 가신들 사이에 퍼진 소문은 한층 더 심각한 것이었다. 그들은 오사카에서 오는 오만도코로는 십중팔구 가짜일 거라고 수군댔다. 따라서 그 진위를 가려낸 뒤 출병이냐 담판이냐를 결정하며, 그러기 위해 대군을 집결시키는 거라고 믿고 있었다. 말하자면 가짜인 경우 주저 없이 한칼에 베어버린 뒤 출병하고, 진짜인 경우에는 꼼짝 못 하게 잡아 볼모로 삼고 담판하러 간다…… 이렇게 믿게 한 것은 혼다 사쿠자에몬으로, 그 이상 호의적인 의견을 내놓다가는 오히려 모두를 흥분시킬 위험이 있었기 때문이었다.

오만도코로는 이렇듯 험악한 공기를 전혀 모르고 있었다. 무엇보다 오만도코로를 기쁘게 한 것은 오와리의 나카무라 마을을 지날 때 그곳 주민들이 보여준 열렬한 환영이었다. 일찍이 찢어지게 가난했던 시절을 보낸 고향땅에서, 길목마다 넘치는 주민들이 열렬히 반겨주었다.

"일본에서 가장 복 많은 분에게 꽃을 뿌려라!"

"꽃을 뿌리자, 꽃을 뿌리자!"

입을 모아 외치며 희고 노란 국화 꽃잎을 뿌려 축복해 주었다. 그리고 그 축복 받은 즐거운 여행길 끝에는 꿈에도 잊지 못하는 막내딸 아사히히메와의 상봉이 기다리고 있었다.

가마가 오카자키 본성 큰 현관 앞에서 멈추자, 네네가 골라 딸려 보낸 늙은 여관 가시와기(柏木)의 손에 이끌려 오만도코로는 섬돌 위에 내려섰다.

오만도코로는 얼굴 가득 웃음 띤 주름살을 짓고 사방을 둘러보며 중얼거렸다.

"오, 여기가 바로 사위님의 성인가? 넉넉지 못한 살림 같구먼. 그래그래, 내가 간파쿠에게 잘 이야기해서 살림이 넉넉해지게끔 도와줘야지."

기분 좋게 중얼거린 다음 씁쓸한 표정으로 앉아 있는 중신들에게 인사했다.

"모두들 수고 많소, 아사히가 여러 가지로 신세를 많이 지고 있구려."

오만도코로의 접대역을 맡게 된 이이 나오마사가 얼른 앞장서서 안내했다.

사카이 다다쓰구, 오쿠보 다다요, 사카키바라 고헤이타, 혼다 헤이하치로 다다카쓰, 나가이 나오마사 등이 일제히 고개 들어 얼굴을 보인 것은 18명의 시녀를 거느린 오만도코로의 행렬이 미처 현관마루에 올라서기도 전이었다. 사람들은 저마다 터져 나오려는 웃음을 참는 표정들이 역력했다. 오만도코로는 그들이 의심해 마지않았던 '가짜'라고 하기에는 너무나도 촌스럽고 꾸밈없는 평범한 한 노파에 지나지 않았다. 한눈에 고생에 찌들었던 지난날의 자취를 엿볼 수 있었다. 바로 이 사람이 천하를 호령하는 '간파쿠'의 어머니인가 싶어 저도 모르게 웃음이 터져 나올 정도로 소박하고 마음씨 좋아 보이는 노파였다.

'이것은 가짜가 아니다……'

누구나 단번에 이 사실을 알고 무척 놀랐다.

혼다 사쿠자에몬은 이러한 정경을 낱낱이 확인하고 나서, 행렬이 안으로 사라지자 일어서려는 사람들을 붙들었다.

"여러분, 방심하지 마시오."

누군가가 참다못해 웃음을 터뜨렸다.

"하하하……"

"아니, 왜 웃으시오? 웃을 때가 아니오."

"그렇지만 사쿠자 님, 가짜치고는 너무 그럴 듯한 것 같구려."

"그러니 더욱 경계해야 한단 말이오. 오늘 저녁, 하마마쓰에서 마님이 오셔서 대면하실 무렵에 유심히 관찰하여 진부를 가려내도록."

엄숙한 표정으로 말하고 일어나면서 사쿠자는 자신이 싫어졌다. 오만도코로의 마디 굵은 손가락을 본 순간이었다.

'이런 어머니마저 보내지 않을 수 없었단 말인가……'

사쿠자는 불현듯 눈물이 핑 도는 것을 느끼면서 마음에도 없는 소리를 지껄여야 하는 자신이 견딜 수 없이 역겨웠다.

정략의 도구로 이용되고 있는 줄 아는지 모르는지, 목적지에 도착하여 한시름 놓은 오만도코로의 기뻐하는 모습에서 거짓이라곤 티끌만큼도 느껴지지 않았다. 이 소박한 노파를 자신은 어떻게 대접하려 하는가?

오만도코로는 일단 본성 내전에 새로 아담하게 지은 별채에 들어 잠시 쉰 뒤, 옷을 갈아입고 넓은 응접실에서 이에야스와 대면할 예정이었다. 그때 이에야스는 중요한 가신들을 소개하고 함께 저녁을 든다. 그러는 동안 아사히히메가 도착하도록 예정이 짜여 있었다.

여느 때 같으면 당연히 이에야스가 몸소 나가 맞아들여야 했으나 이를 막은 것도 다름 아닌 사쿠자에몬이었다.

"패장이 보내오는 볼모를 싸움에서 이긴 쪽이 마중 나가다니 당치도 않은 일……."

모든 사람에게 들리도록 말하자 중신들은 자못 만족하는 얼굴들이었다.

"옳은 말씀, 만약 가짜였다는 날에는 후세까지 당할 웃음거리입니다."

그럴 경우 이에야스는 한마디도 찬부를 가리지 않고 가신들에게 일임한다. 물론 사쿠자에몬이 애써 꾸민 계략임을 이에야스도 잘 알고 있었다. 그러나 신하들 마음이 조금이라도 풀렸다면 그는 아마 친히 지리유까지 마중 나갔을 것이다.

사쿠자에몬은 오만도코로가 별채에서 여장을 푸는 것을 확인하고 이에야스의 거실로 돌아왔다.

"오사카의 노파께서 무사히 도착하셨습니다."

"수고했다. 어떤가, 진짜 같던가?"

이에야스는 웃으면서 옆에 있는 혼다 마사노부를 돌아보았다.

"마사노부는 히데요시가 진짜를 보낼 리 없다고 우기고 있다만."

그러고 보니 혼다 마사노부는 이에야스 옆에 있느라 아직 오만도코로의 얼굴을 보지 못했던 것이다……

사쿠자에몬보다 한 발 앞서 와 있던 오쿠보 다다요가 내뱉듯 말했다.

"마사노부 따위가 뭘 안다고."

다다요는 마사노부를 몹시 싫어하는지 뭐라고 말만 하면 큰소리로 면박을 주었다. 마사노부는 눈빛으로만 은근히 반발하는 게 고작이었다.

"그 소박함, 그 호인다운 모습…… 일부러 가짜를 보내려면 보다 그럴 듯한 능청스러운 여자를 골라 보낼 것이 아닌가?"

"그게 계략인지 어떻게 안단 말이오? 오와리 나카무라 마을 출신의 시골뜨기다운 것이."

"마사노부, 자네는 뱃속까지 시커먼 사나이로군. 하마마쓰에서 마님이 도착하시면 판가름 날 일, 우리 내기할까?"

"아니, 적어도 마님의 친정어머니 되시는 분이신데 내기를 하다니, 당치도 않은 말씀을."

이에야스는 씁쓸하게 웃으며 둘을 제지했다.

"그만들 둬라. 사쿠자, 응접실 준비는 끝났느냐?"

"예, 모두 빈틈없이."

"그러면 내가 별채까지 나가서 안내해 드려야겠다."

"그건 안 됩니다."

"사쿠자도 마사노부와 한패인가?"

사쿠자에몬은 불쾌한 듯 고개를 가로저었다.

"진위야 어떻든 좋습니다. 그러나 주군께서 가볍게 나서지는 마시라는 말씀입니다."

"상대가 간파쿠의 어머니인데도."

"그렇지요. 이번 일은 모두 간파쿠 쪽의 사정으로 이뤄진 일, 이쪽에서 원해서 한 일이 아닙니다. 이 점만큼은 뒷날까지 분명히 하셔야 합니다."

"음, 그건 심한데."

"주군! 이 일은 여기서 끝나는 게 아닙니다. 교토에 가시더라도 결코 주군께서 먼저 움직여서는 안 됩니다. 상경했다고 연락만 하시고 그 뒤에는 모르는 척 시치미 떼십시오."

"쓸데없는 잔소리. 그대는 나를 몇 살로 생각하는가?"

"하하…… 아직 그럴 나이는 아니시군요."

"에잇, 고약한 늙은이. 그럼, 마중은 안 하겠다. 대신 그대가 한 번 더 가서 오만도코로의 준비가 끝나는 대로 곧 알려다오."

"그렇게 하겠습니다."

사쿠자에몬은 다시금 무뚝뚝한 표정으로 일어나 나가면서 속으로는 쉴 새 없이 가신들의 분위기를 헤아리고 있었다.

오만도코로를 직접 본 오쿠보 다다요는 진짜로 믿은 것 같으나 아직 보지 못한 혼다 마사노부는 아직 의심을 품고 있다. 그렇다 해도 어쩌면 이토록 뿌리 깊은 신하들의 반감이며 불신일까?

이 같은 두 집안의 반목은 히데요시가 그 재주를 믿고 기상천외한 수단을 쓰면 쓸수록 우직한 미카와 사람들을 혼미 상태로 몰아넣는다. 이미 이시카와 가즈마사가 그 희생이 되었는데, 그 일도 미카와 쪽 사람들로 하여금 불신과 증오심만 깊게 하는 결과가 되었다.

'이 일은 어지간히 깊이 생각지 않으면……'

그러나 바로 그러한 사쿠자에몬도 드디어 오만도코로를 접견실에 안내하여 적의를 가득 품은 사람들을 앞에 두고, 이에야스와 오만도코로의 격의 없는 대화를 듣는 순간 자기마저 아름다운 꽃에 침 뱉고 있는 구원받을 수 없는 도척 같은 사람으로 여겨져 견딜 수 없었다.

오만도코로는 접견실 정면에 앉아 있는 이에야스를 보는 순간 '오!' 하고 눈을 둥그렇게 뜨며, 안내해 온 이이 나오마사에게 말했다.

"저분이 내 사위님이신가…… 마치 부처님처럼 좋은 인상이로군! 우리 전하보다 더 복받을 분이 되겠구려."

안내해 온 이이 나오마사는 난처한 듯 고개 숙였다.

오만도코로의 기분은 더욱 밝아졌다. 아마 머무는 동안 옆에서 돌보게 된 이이 나오마사의 인품이 마음에 들었기 때문이리라.

이이 나오마사는 겉으로는 근엄하기 이를 데 없으나 목소리며 그 몸가짐 등은 거짓 없는 성실함을 느끼게 했다. 그 인상을 참작하여 사쿠자와 이에야스가 의논한 끝에 골랐으며, 사쿠자는 나오마사에게 단단히 다짐해 두었다.

"나오마사 님, 미움받는 역할은 한 사람이면 되오. 그 역할은 내가 맡을 테니, 그대는 뒷날 히데요시에게 트집잡히지 않도록 노인네를 각별히 잘 보살피도록 하오."

따라서 오만도코로의 그 밝은 기분은 이에야스와 사쿠자에게는 여간 고마운 게 아니었지만, 늘어앉은 다른 사람들은 얼굴을 찌푸렸다.

"어서 오십시오. 먼 길에 참 잘 오셨습니다. 피곤하실 터이므로 일부러 인사를 생략했습니다."

오만도코로는 이에야스의 인사말에 몇 번이고 머리 숙이면서 윗자리에 나란히 올라앉았다.

"염려 마오, 사위님."

그리고 매우 유쾌한 듯 상기된 얼굴로 여기저기 두리번거렸다.

"이제 머지않아 더 좋은 성에서 살게 될 거요. 그대는 참 복스러운 상이야."

"그렇게 말씀하시는 걸 보니 이 성이 너무 초라해 보이는 모양이군요?"

"아니, 아니오. 처음에는 누구나 얼마쯤 모자라는 듯하게 사는 게 좋은 법이오. 그래야 마음이 분발하게 되니까."

"옳은 말씀이십니다."

"너무 폐 끼쳐 미안하오. 나 때문에 새로운 별채까지 지어주셨다고······."

"마음에 드셨습니까?"

"암, 들다 뿐이겠소. 마음에 들었지요. 나는 오사카 저택은 너무 훌륭해서, 아까워서 숨이 막힌다니까. 여기에 오니 마음이 편해지는구려."

이에야스는 환하게 웃었다.

"참으로 다행입니다. 저는 모레 아침 일찍 교토를 향해 떠나겠습니다. 안사람과 이야기라도 나누시며 편히 계십시오."

"네, 네, 그야 뭐······ 그런데 사위님."

오만도코로는 따라온 가시와기가 너무 탈선하지 말라는 뜻으로 옷자락을 슬며시 당기는 것을 웃으면서 뿌리쳤다.

"그래, 알고 있다니까."

이렇게 나무란 다음 이에야스를 향해 몸을 돌렸다.

"너무 큰 성에서 살면 오히려 불편한 거요. 나가하마에서도, 히메지에서도, 나는 며느리며 딸아이에게 부탁해 성안에서 밭농사를 하게 해달라고 했소. 그런데 오만도코로가 됐다고 안 된다는구려. 뜰에 빈터가 있는데 아까워서 말이오. 채소 같은 건 뭐니 뭐니 해도 제 손으로 가꾼 게 제일 맛있는 것 아니겠소?"

가시와기가 또 옷소매를 당겼다.

"오만도코로님, 갖고 오신 선물을 내놓으시는 게 좋을까 합니다."

"있다가 해도 돼."

오만도코로는 또 한 번 손을 흔들어 뿌리쳤다.

"사위님은 친타(포도주)라는 술을 마셔보지 못했지?"

"친타······?"

"그렇소. 황금 솥에 차를 끓이는, 그 누구더라, 아참, 소에키라는 양반이 즐겨 먹는 술이야. 나야 떨떠름해서 질색이오만, 사위님은 마셔보는 게 좋겠소."

혼다 사쿠자에몬은 이러한 대화가 주는 분위기를 파악하려고 지그시 좌중을 지켜보고 있었다. 당연히 좌중에서 화기애애한 웃음이 감돌 법도 한데, 그지없이 고요한 분위기였다. 아마 창자를 시원하게 훑어내는 듯한 이 동심에 가득한 대화의 한 대목 한 대목에까지, 일일이 히데요시의 우월성과 연관된 방심할 수 없는 말로 들리리라.

그건 그렇고 자신은 그 떫은맛이 싫다면서 친타라는 술을 이에야스에게 마시라는 방약무인함은 재미있다고 사쿠자에몬은 생각했다. 어쩌면 히데요시의 기상천외하게 명랑한 성격도 이 어머니로부터 물려받은 것인지 모른다. 다만 손수 채소를 가꾸는 것을 유일한 취미로 알고 있는 노파가 황금 찻잔의 차를 억지로 마시며 옥누각 안에 갇혀 답답해하는 모습은, 인간의 서글픈 단면을 여실히 보는 것 같아 몹시도 슬펐다……

아니, 그보다 더 서글픈 것은, 이러한 대화마저도 적의라는 장막을 드리우고 살기를 품고 들어야 하는, 지금의 미카와 무사의 마음인지도 모른다……고 생각하고 있을 때 기분이 한껏 좋아진 오만도코로는 기어코 모두를 대경실색시키는 엄청난 탈선을 하고 말았다.

"나는 말이오, 사위님. 미카와에 오면 꼭 죽는 줄만 알았다오."

"그건 또 왜 그러셨습니까?"

"아사히가 글쎄, 아, 그런 편지를 보내 와서 말이야…… 그 아이는 끔찍한 효녀지만 지나치게 걱정이 많아서……."

"오만도코로님!"

가시와기의 얼굴이 파랗게 질렸다. 가시와기뿐만 아니라 물속처럼 잔잔하던 좌석을 무언의 동요가 휩쓸고 지나갔다.

"괜찮다니까."

오만도코로도 적지 않게 당황하면서도 말을 계속했다.

"그렇지만, 이젠 안심했소. 아사히가 잘못 생각했다는 걸 알았어…… 내가 이렇게 말하고 있으니까 괜찮지 않소. 그렇잖소, 사위님?"

이에야스도 웃으면서 고개를 끄덕였으나 그 또한 어리둥절한 듯했다.

이렇게까지 터놓고 이야기해버리면 오히려 더 무시무시해지는 것이 인간의 약점인 모양이다. 인간에게 음모는 언제나 따라다니는 것으로 알고 있는 혼다 마사노부 등은 분명 경계심이 촉각을 세운 모양인지 눈에 불을 켜기 시작했다.

"이보오, 사위님. 인척이라면 모든 것을 정직하게 다 털어놓고 이야기하며 사이좋게 지내야 해요."

혼다 사쿠자에몬은 속으로 계산했다.

'이것으로 한 가닥 일어나려던 화해의 기운도 사라지고 말았군…….'

그는 더 이상의 탈선이 없기를 남몰래 빌었다. 마침 이때 오쿠보 히코자에몬이 아사히히메의 도착을 알려 모두들의 관심은 그쪽으로 옮아갔다.

"방금 하마마쓰에서 마님이 도착하셨습니다."

"그래. 어서 이리로 안내해라."

이에야스가 말한 것과 오만도코로가 윗몸을 똑바로 일으킨 것이 동시의 일이었다.

"아사히가 왔다고. 오, 이런……."

아사히히메 쪽에서도 같은 생각이었는지, 모든 가신들이 이마를 조아리며 맞이하는 형식을 취하면서도 실은 의혹의 눈초리를 번뜩이고 있는 한가운데로 마치 무엇에 홀린 것처럼 쏜살같이 달려 들어왔다.

"오, 아사히……."

"어머니!"

사방이 어둑어둑해져 가고 있었으나, 이렇게 서로를 부르는 모녀의 눈에 순식간에 반짝거리는 이슬만은 모든 이의 눈에 또렷이 보였다. 이성을 잃었다면 이보다 더한 모습은 없으리라. 느닷없이 중신들 앞을 가로질러와 노모에게 달려들어 안기는 아사히히메와 그 딸을 부둥켜 안고 훌쩍이는 노모…….

"아사히……."

"어머니!"

생각하기에 따라서는 이토록 애절하고 눈물겨운 진실도 없을 것 같았다. 이에야스도 눈시울을 적셨고 눈을 반쯤 감은 채 바위처럼 묵묵히 앉아 있는 사쿠자에몬의 입술도 일그러졌다. 좌중에서도 얼굴을 돌리는 자가 많았고, 이로써 오만도코로가 가짜가 아니라는 것은 누구의 눈에나 분명했다. 그러나 이 일만으로 결코 두 집안 사이의 화해가 진정으로 이루어지지는 않는다.

이에야스는 모녀만 있게 해주려고, 중신들 소개를 간단히 끝내고 두 사람을 별채로 들게 했다. 그 뒤 자리에 남은 사람들 사이에 여러 가지 말들이 오갔다.

"가짜가 아닌 것은 알았지만 방심해서는 안 된단 말이오."

"그렇고 말고, 야심을 채우기 위해서라면 무슨 짓을 할지 모르는 히데요시야."

"그러나 이런 것이 다 계략이라면, 히데요시는 참으로 전대미문의 두려운 사내로군."

"그렇지, 친누이뿐 아니라 어머니마저 죽일 뱃심인지도 모르지."

"그렇지는 않을 거요. 내가 방심하면 안 된다고 한 것은 우리 가신들 중에 제2의 이시카와 가즈마사가 있지 않을까 해서 하는 말이오."

"뭣이, 그건 또 무슨 소리요?"

"사람이란 어떤 경우에도 어머니까지 죽이지는 못하는 법이오. 그런데 그 어머니를 예사로 보냈소…… 아시겠소. 우리 주군을 기만해 교토로 유인하여 목을 베는 동시에 제2의 이시카와가 미카와 땅에서 히데요시에게 호응하게 해 어머니를 구출할 수 있다는 계책이라면 어떻게 하겠소?"

"심상치 않은 말씀을 하는구려. 그럼, 누가 제2의 이시카와란 말이오?"

"내 말은 예를 들면 그렇다는 거요. 배반자가 있다는 게 아니라, 히데요시에게 그럴 마음이 있다면 태연히 여기로 어머니를 보낼 수도 있다는 거요."

"과연 그럴듯하군. 그렇다면 배반자가 있을 경우 구출된다는 거군."

"암, 그렇다마다. 집을 비운 동안 우리 처자를 볼모로 잡으면."

"과연…… 마음을 놓을 수 없겠는데."

혼다 사쿠자에몬은 이러한 여러 사람의 이야기를 들으면서 한참 동안 자는 듯이 꼼짝도 하지 않았다.

히데요시의 의표를 찌르는 대담한 수법이 이 자리에서는 더욱더 깊은 곡해의 씨가 되고 있었다. 제2의 이시카와 가즈마사라니, 어쩌면 이렇듯 무시무시한 의혹의 함정이 있단 말인가. 이 의혹이 뿌리박게 되는 날에는, 가신들 사이에 정론(正論)을 펴는 자가 없어지고 민심은 위축될 것이다

'가즈마사는 역시 해서는 안 될 일을 저지르고 만 것인가?'

가즈마사로부터 히데요시에게는 두 사람이 손잡는 것 외에 다른 야심은 없는 듯하다는 은밀한 통첩이 있어 그 숨은 노력을 꽤 높이 평가한 터인데, 덮어놓고 감탄만 하고 있을 일이 아닌 것 같기도 했다.

사쿠자에몬은 모두 물러간 뒤 천천히 성안을 둘러보았다. 이틀 뒤의 출발을 앞두고 이에야스의 거실은 일찍부터 불이 꺼졌으나, 오만도코로와 부인이 있는 별채에는 밤이 이슥하도록 불빛이 환했다.

이에야스는 예정대로 20일 이른 아침 행장을 갖추어 상경 길에 올랐다.

혼다 사쿠자에몬은 성 정문 밖까지 전송하고 본성으로 들어오자 어쩐지 나른한 피로가 온몸에 쌓여 있는 것을 느꼈다. 이에야스는 별다른 불안 없이 밝은 표정으로 떠났고, 가신들이 걱정할 만한 음모 같은 것을 히데요시가 꾸밀 리 없다……고 그 앞일까지 계산했으면서도 무언가 빠뜨린 듯 괜히 마음이 어수선했다.

그날은 구름이 낮게 드리워진 우중충한 날씨였다. 비는 내리지 않았으나 바람이 꽤 불었다. 노송나무가 윙윙 울어대고, 바람이 잦아들자 금방이라도 눈이 쏟아질 것처럼 차디찬 날씨였다.

'올해는 겨울이 이른 모양이다.'

혼다 사쿠자에몬이 거실로 돌아와 뭔가 불안한 마음으로 앉아 있는데 이이 나오마사가 들어왔다.

"사쿠자 님, 무척 피곤하시겠습니다."

"나오마사 님이오? 두 분의 기분은 어떠시오?"

젊은 나오마사는 원로인 사쿠자에몬에게 충분히 경의를 표하는 태도로 무릎 꿇고 말했다.

"말도 마십시오, 이야기가 무궁무진한 모양입니다. 그때부터 계속 주무시지도 않고 아직 말씀을 나누고 계십니다. 그건 그렇고 이번에 교토나 오사카에서 혼다 헤이하치와 이시카와 가즈마사가 마주치지 않아야 할 텐데요."

"헤이하치가 무슨 소리를 하던가?"

"눈에 띄기만 하면 단칼에 베어버릴 거라고 했는데, 워낙 성격이 곧은 사람이라."

사쿠자는 비로소 자신의 불안의 원인을 찾아낸 듯한 기분이 들었다.

"나오마사 님, 나오마사 님은 가즈마사를 어떻게 생각하오? 그에게도 나름대로 괴로움이 있었을 거라고 여겨지는데."

"이시카와의 괴로움……?"

"만일 가즈마사가 히데요시에게 굴복한 것은 겉모습뿐이고 정말은 우리 가문을 위해서였다면 어떻게 하겠소?"

"노인장답지 않은 말씀을, 어떻게 그런 가정을 할 수가 있습니까?"

"그런가……."

"비록 그렇다 하더라도, 정도(正道)가 아닌 괴상한 길을 허용하면 정도가 어지러워지는 법입니다."

"음."

"무슨 그런 기색이라도 있습니까?"

"아니 뭐, 나오마사 님 말을 들으니 문득 그놈 얼굴이 생각나서 그러오."

"바람이 꽤 부는군요."

"음."

"불조심하도록 엄중히 일러야겠습니다. 주군이 안 계실 때 불에 다 태워버린다면 큰일이지요."

그러나 사쿠자에몬은 대꾸하지 않았다.

'역시 가즈마사는 누구에게도 이해받지 못하는 모양이군……'

그렇게 생각하니 자신까지 몹시 불쌍한 생각이 들었다.

"오만도코로도 당신이 볼모라는 것을 모르시는 모양인가?"

"왜요, 처음에는 그런 생각을 하셨다지요, 아마. 그러나 사람을 의심하기 시작하면 끝없는 법, 마음을 고쳐 편하게 생각하니 시야가 확 트이더라, 그러니 너도 공연히 속 썩이지 말라고 마님을 달래셨습니다. 그 말을 있는 그대로 받아들여야 할 건지는 모르겠습니다만……"

"흠, 그대도 그렇게 생각하는가?"

사쿠자에몬은 어깨를 늘어뜨리며 길게 한숨을 내쉬었다. 이이 나오마사마저 이렇다. 오만도코로의 심경에도 훨씬 못 미친대서야 가즈마사나 자신의 생각 따위 이해될 턱이 없다.

"그래? 말을 있는 그대로 받아들일 수 없다는 거로군……"

나오마사는 사쿠자에몬의 고독감은 아랑곳하지 않았다.

"노인장, 제가 찾아온 것은 화로 때문입니다만…… 오만도코로의 시녀들이 뜻밖에 추위가 심하니 모두에게 화로를 내주었으면 좋겠다고 해서, 성주 대리인 노인장께 말씀드려 지시받으러 왔습니다만."

"화로를 달라고……?"

사쿠자에몬은 생각 없이 말을 뇌이고는 다시 물었다.

"아, 화로를? 안 된다고 하시오. 시녀들 모두에게 화로를 주었다가 불이라도 나면 큰일이니 사쿠자가 안 된다 하더라고 가서 이르시오."

"그렇겠군요. 그럼, 그렇게 전하지요."

"잠깐, 그러나 젊은 시녀들에게는 내주지 못하지만 오만도코로님은 저렇듯 연로한 몸, 사쿠자는 안 된다고 말했으나 나오마사의 책임과 재량으로 갖다 드리겠습니다……라고 말하시오."

나오마사는 무릎을 탁 치며 감탄했다.

"과연 노인장이오! 역시 그게 좋겠군요."

"방 안이 따뜻해지도록, 그것 하나뿐만 아니라 두세 가지 더 마음 써 주시오. 그리고 무엇이든 상대가 불만을 말하면 모두 이 사쿠자 탓으로 돌리시오."

"하하…… 화로는 말씀대로 하겠습니다만 나쁜 것은 모두 노인장 탓으로 돌리는…… 그런 비겁한 거짓말은 못합니다."

사쿠자에몬은 답답한 듯 혀를 찼다.

"그것이 올바로 마음 쓰는 일이오! 미운 역할은 한 사람으로 충분하다고 말했을 텐데. 만약 오사카에 돌아가서서 오카자키 놈들은 하나같이 불친절했다고 하는 것보다 다른 사람은 다 친절하게 잘 해주었는데 사쿠자 놈만 유난히……라고 해야만 우리 주군을 위한 일이 될 것이오. 나는 그대에게 비겁한 아첨을 하라는 게 아니오. 가문을 위해 머리를 쓰라는 거지."

"그렇습니까? 그 말씀이시라면 알아들었습니다."

"알았으면 곧 화로를 준비해 드리도록."

엄격하게 이르고 사쿠자는 다시 입을 다물었다. 자신의 고독을 이해하지 못하는 상대의 젊음에 화가 나서 저도 모르게 언성을 높였던 자신을 돌아보고 맥이 탁 풀렸던 것이다.

"그럼, 말씀하신 대로 곧 하겠습니다."

나오마사는 깍듯이 인사하고 나갔다.

사쿠자가 갑자기 소리 내어 웃음을 터뜨린 것은 오만상을 잔뜩 찌푸린 채 오뚝이처럼 앉아 그로부터 30분 남짓 물끄러미 벽을 노려본 뒤였다.

"핫핫핫핫…… 모른다고 해서 화내면 안 되지."

줄곧 고개를 끄덕이며 큰소리로 혼자 중얼거리다가 별안간 주방장 오자와 모토에몬(大澤元右衛門)을 불러오게 했다.

모토에몬이 오자 언제나처럼 호통 치듯 말했다.

"밥 짓는 땔나무 있지? 그것을 200단이나 300단쯤 오만도코로님께서 거처하시는 별채 둘레에 높이 쌓아올리도록 해라."

그러자 모토에몬이 깜짝 놀라며 물었다.

"그 나뭇단을 왜 거기에?"

"그 노파가 춥다고 한다니 나뭇단을 쌓으면 바람을 막아줄 게 아니냐……."

"아, 그렇군요."

"그러나 그것은 겉으로 꾸미는 구실이고…… 실은 상경하신 주군에게 히데요시 놈이 조금이라도 수상한 눈치를 보이는 날이면 그 나뭇단에 불 질러 별채와 여자들을 송두리째 태워 죽여 버리는 거다, 알겠느냐!"

너무도 엄청난 말에 모토에몬은 한동안 눈도 깜박이지 못했다.

"뭘하고 있는 거야, 어서 가서 나뭇단을 쌓아올려라!"

매서운 목소리로 이르면서 사쿠자에몬은 다시 문득 반성했다.

'나도 가즈마사처럼 의심받을까 두려워하는 게 아닐까……?'

웬만해서는 가신들의 반감을 다스릴 수 없다. 그래서 사쿠자 방식으로 한껏 빈정거려 준다고 한 것이었지만…… 히데요시는 아마 상경한 중신들을 융숭하게 대접하고 있을 것이다. 지난 번 아사히히메 결혼식 때 인사차 찾아간 사카키바라 고헤이타에 대한 대우를 생각하면 알 만한 일이었다. 그 중신들이 반대로 '앗!' 하고 숨을 삼킬 만한 짓을 하여 그들로 하여금 면구스러움과 부끄러움을 느끼게 만든다…….

'사쿠자에몬이 또 대담한 짓을 했구나…….'

융숭한 대접을 받고 온 자신들의 처지와 비교해 보고 이런 생각이 들게 해야 한다.

'이건 너무 지나쳤어, 야단 났군…….'

그러려면 눈 딱 감고 엄청난 사건을 터뜨리지 않으면 뜻이 없다고 생각하며 스스로 자신을 죽인 셈치고 있으면서도 사쿠자는 역시 쓸쓸했다. 이런 짓까지 굳이 해야 하는 자신은 대체 무엇이란 말인가……?

아마 이 일에 대해서는 중신들보다 먼저 이에야스가 노할 것이다. 사람에게는 해서 될 일과 안 될 일이 있다고…… 아니, 이에야스보다 히데요시의 분노가 몇 갑절 더 하리라.

"오만도코로에 대한 무례는 나에 대한 무례다. 할복하라."

이쯤에서 그친다면 차라리 다행이고, 당장 목을 내 놓으라 할지도 모른다. 그렇게 되면 물론 목을 내놓을 작정인 사쿠자였지만 곰곰이 생각해 보니 그 고집마저도 너무나 꾸민 것 같았다. 사쿠자는 흥 하고 웃고는 이 성을 떠날 때 가즈마사의 심경을 다시 생각해 보았다.

'가즈마사, 나도 약속대로 하고 있네.'

엉거주춤하고 있는 모토에몬에게 사쿠자는 소리 질렀다.

"알아들었나? 명령을 받았으면 어서 실행하게."

"하지만 성주 대리님……."

모토에몬은 심각한 표정이었다.

"왜 나뭇단을 쌓느냐고…… 오만도코로님이 물으신다면……."

"바람을 막기 위해서라고 해. 그러나 사실은 그게 아니야."

"만약에 그 사실을 눈치채고 간파쿠에게 알린다면 도리어 주군께 해가 돌아가지 않을까요……."

"뭐, 어째서 주군께 해가 돌아가게 되나."

"그런 무례한 대접은 천하에 없다고 화내신다면."

"주군께 무례하게 굴면 노파 모녀를 태워 죽일 것이니, 타죽게 해서 안 되겠다 싶으면 히데요시도 공손한 태도로 우리 주군을 대할 게 아닌가."

"그러나 주군의 변명이…… 그래서는."

"쓸데없는 소리 마라. 보나마나 주군은 굽실굽실 머리 조아리며 사과할 게다. 빨리 해."

모토에몬은 아무래도 모르겠다는 듯 고개를 갸웃거리며 어이없다는 표정으로 자리에서 일어났다.

사쿠자는 또 한 번 코웃음치고는 입을 다물었다. 이만하면 삽시간에 그 소문이 퍼질 것이다. 대체 몇 사람이 이 일에 쾌재를 부르짖고 몇 사람이 얼굴빛이 달라져 반대할 것인가. 쾌재를 부르짖으면 못 견디게 화날 것이고, 얼굴빛을 바꾸고 반대한다면 못 견디게 쓸쓸할 것이다…… 이렇게 생각하고 있는데 아나나 다를까 이이 나오마사가 급한 걸음으로 찾아왔다……

나오마사는 얼굴 가득 젊은 흥분의 빛을 띠고 자리에 앉기도 전에 입을 열었다.

"노인장! 드디어 해내셨군요! 설마 주군이 이런 일까지 이르고 떠나신 줄은 몰랐습니다. 이만하면 걱정할 것 전혀 없습니다!"

사쿠자에몬은 입을 꽉 다문 채 대꾸하지 않았다.

"추위를 막기 위해서라고 모두들 대답했더니 따라온 시녀의 얼굴빛이 싹 변하지 않겠습니까? 그 눈치로 보아 곧장 히데요시에게 연락할 기색인데 어떻습니까? 중간에서 그 편지를 뺏어 없애는 것이."

"그럴 필요 없소."

"그냥 보내도 좋다는 말씀입니까?"

"나오마사 님."

"왜 그러십니까. 내 생각 같아서는 시간이 좀 지난 뒤 편지가 닿게 하는 편이 좋을 듯합니다만."

"그대는 주군이 사전에 이 일을 꾸민 줄 아는가 본데."

"그렇지 않다는 말씀입니까?"

"그렇소."

"그럼…… 노인장 혼자 생각이었습니까?"

"그렇소."

"그러면 안 되지요! 그렇다면 그런 무모한 짓은……."

"나오마사 님, 주군이 시킨 일이면 괜찮고 사쿠자 독단으로 하는 일이면 왜 안 되는가?"

"무슨 말씀입니까, 노인장답지 않게. 주군이 아시는 일 같으면 히데요시가 트집 잡더라도 마음의 여유를 지니고 대하실 것 아닙니까? 그러나 아무것도 모르고 계시다가 당하면 대답할 말이 없지 않겠습니까…… 오만도코로를 태워 죽인다…… 주군이 불리한 입장에 몰릴 게 불보듯 뻔하지 않습니까?"

"닥치시오!"

"뭣이? 닥치라니, 말씀이 지나치지 않습니까?"

"지나치지 않아, 닥치시오!"

사쿠자는 같은 말을 되풀이했다.

"이 성을 수비하는 것은 내 임무요!"

"오만도코로의 접대도 이 나오마사의 책임입니다."

"그러니 지금 당장 태워 죽이라고는 하지 않소. 히데요시가 주군에게 수상하게 나오면 불을 지르겠단 말이오. 알겠소?…… 여행길에 수상한 행동을 보이다가는 당장 히데요시가 쳐내려올 우려도 있고, 이 성안에서 내통자가 나올 염려도 있소. 그러니 이것이 미카와 무사의 조심성이라고 오만도코로에게 고하시오. 그러나 상대에게 다른 뜻이 없다면 단순히 찬바람을 막아주는 바람막이일 뿐…… 그러니 조금도 걱정할 게 없단 말이오!"

"사쿠자 님."

"뭐요, 아직도 불만이오?"

"노인장께서는 좀 잘못 생각한 것 같습니다."

"허, 나오마사 님 눈에는 그렇게 보이오?"

"조심하는 문제라면 주군이 그토록 많은 군사를 거느리고 가셨으니 그것만으로 충분합니다. 주군의 명령이라면 모르되, 위엄을 보이고 조용히 담판하시려는 마당에 이런 상식을 벗어난 거친 행동으로 난처한 힐문을 받게 하면 주군께 누가 된다고 생각지 않으십니까?"

"나는 그렇게 생각하지 않는데."

"뜻밖의 일로 당황하시게 되면 그것이 중대한 이야기에 방해된다고 생각지 않습니까?"

"아직 어리군."

"무엇이 어리단 말입니까?"

"이이 나오마사의 생각이 어리단 말이오!"

"흥! 노인장 머리가 갈수록 이상해지는 것 같군요."

"아냐, 자네는 아직 어려!"

사쿠자에몬은 시선을 돌려 뜰 너머 잿빛 하늘을 바라보았다.

"보시오, 바람이 점점 거세지는걸."

그러고 보니 누르스름한 가랑잎이 추녀 끝에서 소용돌이치며 떨어지고 있었다.

"노인장 고집도 어지간하시군. 좋습니다. 그럼, 마음대로 해보십시오. 나는 이 일을 곧 주군께 보고하겠습니다."

나오마사가 서둘러 자리를 차고 일어서려 하자 사쿠자에몬은 비꼬듯 대꾸했다.

"좋을 대로 하시오. 미리 알려드리면 우리 주군의 그 성격에 뻔하지, 처음부터 히데요시 앞에 굽실거리겠지."

"뭐……뭐라고요!"

"굽실거리게 만들고 싶거든 알려드리시오."

"그럼……아무것도 모르고 나서시게 했다가 낭패당해도 괜찮다는 말씀입니까?"

"흐흐…… 모르고 있다가 당황할 주군이라면 어차피 히데요시와 겨룰 상대가 못 되지."

나오마사는 혀를 차고 다시 고쳐 앉았다.

"거참, 이상하게 마음에 걸리는 말만 골라서 하는 늙은이로군. 아무래도 고집을 세우시겠다는 겁니까?"

"나오마사 님, 고집이라고 말했소?"

"그렇습니다, 비길 데 없이 센 고집이지요."

"흐흐흐, 고집 센 것은 바로 그대요. 그대는 왜 속히 알리지 않았느냐고 주군에게 꾸지람듣기 싫은 게지. 주군의 기질을 잘 생각하여 그 모자라는 점을 보충하는 게 우리의 임무요…… 공연히 혼자 잘난 체하려는 것은 아직 철이 덜든 애송이지."

"뭐?"

나오마사는 버럭 소리 지르며 무릎을 세웠으나 다음 말이 나오지 않았다. 본디 생각 깊은 나오마사는 가까스로 사쿠자의 험악한 말 속에서 무엇인가 심상치 않은 냄새를 느낀 듯했다.

"……노인장, 그렇다면 노인장께서는 이 일에서 오는 모든 책임을 혼자 짊어질 작정인가 본데……"

"글쎄……."

"음, 그래서 전부터 악역은 혼자서 충분하다고 하셨군요."

"만약 이 사쿠자가 나뭇더미에 불 지르면 나오마사 님이 업어 내오겠다…… 그쯤 말해 두면 오만도코로도 걱정하지 않겠지. 이것이 저마다 맡은 역할이라는 것이오."

"그러나 간파쿠가 노해서 만일 할복이라도 명한다면……,"

말하다가 그는 잠시 망설였다.

"……그때는 어찌 하시겠습니까."

"그건 주군 마음에 달렸겠지."

"주군이 히데요시의 청을 거절하지 못하는 날에는?"

"나오마사!"

"예……."

"늙은이란 때로 몹시 쓸쓸해지는 시기가 있는 법이오. 싸움터가 아니어도 죽음은 있다……고 다가오는 죽음을 깨달았을 때 말이오."

"그것과 이것이 관련 있다는 말입니까?"

"아니지, 이야기는 다르지. 즉 그런 심경에서 용케 빠져나오면 이번에는 누군가를 기쁘게 해주고 죽고 싶어진단 말이야. 어차피 죽음에서 벗어날 수는 없는 일이니까. 그런 의미에서는 나도 행복한 사람이지. 그럴 상대가 있으니까. 기쁘게 해드려야 할 주군이 계시다는 말이오…… 사람의 마음이 이쯤 되면 목을 베건, 배를 가르건, 병이 나 죽건 그리 차이 없는 거요. 누구 손에 죽느냐가 문제가 아니라 오직…… 기쁘게 해드려야겠다는 일념만이 인간은 누구나 다 죽는다는 체념과 함께 남는 거요. 그대는 아직 몰라. 동정할 생각일랑 아예 마오."

"음."

나오마사는 그 말에 입을 다물었다. 그의 침묵이 사쿠자에몬을 몹시 만족시켰다. 별채 주위에 쌓인 나뭇단을 보고 오만도코로는 깜짝 놀랄 것이다. 그리고 그 일로 인해 이에야스는 히데요시에게서 힐문받고, 사쿠자는 이에야스의 꾸지람을 들을 것이다. 그러나 그것이 가신들의 눈을 뜨게 하는 데 도움 된다면 그것은 곧 이에야스를 위하는 일이며, 히데요시를 위한 일이기도 하고, 또 오만도코로의 뒷날을 보장해 주게도 될 것이다.

'나오마사놈, 이제 조금은 안 모양이지…….'

사쿠자는 여전히 무뚝뚝하게 속으로 계산했다.

두 영웅의 만남

이에야스 일행이 교토에 들어선 것은 24일 한낮이 기운 시각이었다.

오는 도중 길목 요소요소에서 받은 대접은 그야말로 극진하여 잔뜩 긴장해 있던 미카와 무사들을 적잖이 어리둥절케 했다. 그들은 어디엔가 숨겨져 있을 것 같은 히데요시의 무례하고 음험한 점을 찾아내려고 눈을 번들거렸지만 그러한 기색은 전혀 없었다. 성에 있던 영주들은 저마다 직접 정중히 나와 맞이했고, 성을 비운 자들은 성주 대리며 행정관 등 중신을 보내 은근하게 대접했다.

어쨌든 워낙 많은 인원이었다. 그들이 묵는 곳에서는 밥을 짓는 쌀만 해도 보통 일이 아니었다. 거기다 말에게 먹일 짚이며 건초에서부터 이에야스와 측근 중신들에게 대접할 생선과 닭, 미처 인가에 들지 못해 야영하는 군사들을 위한 장작까지 얄미우리만큼 모두 준비되어 있었다.

"아무래도 적의는 없는 것 같아."

"그런가봐. 히데요시가 어지간히 엄하게 명령내린 모양이야."

"모두들 간파쿠의 소중한 매부……로 진심으로 생각하는지도 모르지."

"아냐, 너무 쉽게 마음 놓아선 안 돼. 상대는 히데요시라는 도둑놈이야."

이러한 대화를 나누며 오쓰 가도에서 아와타(粟田) 어귀를 지나 교토로 접어들었다. 거리 양쪽에서 떼 지어 맞아주는 민중들의 표정을 보자 왠지 속은 것 같은 기분이 들었다. 어느 얼굴에서도 경계의 빛이 전혀 느껴지지 않았다. 글자 그대로 안심하고 있는 구경꾼들 표정이었다. 그들은 저마다 이에야스의 훌륭한 행렬을 찬양하고 있었다.

군중들 속에는 남몰래 구경 나온 공경들도 섞여 있었다. 그들은 어쩌면 미카와 무사들과 같은 어떤 의구심을 품어왔는지도 모르겠지만 그들 역시 마음 놓은 모양이었다. 그것은 노부나가 시대에는 없었던 분위기였다. 이만한 군사가 교토에 들어왔는데도 사람들이 조금도 공포의 빛을 보이지 않는 것은……

이에야스의 눈에 비친 교토 거리는 활기에 넘쳐 보였다. 주라쿠 저택과 대불전 공사뿐 아니라 여기저기서 도시계획이 추진되고 있었다. 노부나가가 혼노사에서 쓰러진 덴쇼 10년(1582) 5월에 교토 구경을 했을 때와는 사람도, 땅도, 거리도, 하늘도 달라 보였다.

이에야스는 예정대로 자야 시로지로의 집에 들어가 그곳 경비를 위해 3000명을 배치하고, 나머지는 히데요시를 대신하여 마중 나온 재상 히데나가의 주선으로 저마다 사원에 분산시켜 묵도록 했다.

이 군사 수가 교토 사람들 눈에는 실제보다 더 많아 보였던지 다몬인 일기(多聞院日記)에는 '이에야스 6만여 기로 교토에 머물다……'라고 기록되어 있다.

이에야스는 자야의 집에 들자 새로 지은 옷을 받쳐들고 나온 자야에게 말했다.

"여러 가지로 수고 많네."

온화한 목소리로 말했으나 그 표정은 결코 밝지 않았다.

"무사히 도착하셔서 무엇보다도 다행입니다. 지금 교토에 있는 공경들의 집, 사원 등지에서 오늘 밤의 숙소인 히데나가 재상 댁으로 축하잔치를 위한 선물을 가지고 오는 사자들이 잇달아 드나들고 있답니다."

이에야스는 찌푸린 표정으로 널찍하게 신축된 자야의 저택을 둘러보면서 씁쓸하게 웃었다.

"그대답지 않은 말을 하는구먼. 그건 모두 히데요시를 존경하기 때문이 아니겠나."

자야는 이에야스의 말은 못들은 척 계속 말을 이었다.

"교토 사람들이 주군을 기꺼이 환영하고 있으니…… 정말 감개가 무량합니다."

"기요노부, 이 집을 지을 때 돈이 얼마나 들었나?"

"예? 아, 황금 10닢쯤 들었습니다."

"음. 고슈, 신슈 땅의 성주 저택보다도 훨씬 호화롭군그래."

"송구합니다, 주군께서 들르신다기에."

"기요노부."

"예."

"천하의 일은 이제 결정 난 것 같아."

"그렇게 보십니까?"

"내가 이 많은 군사를 거느리고 들어와도 시민들이 두려워하지 않는 세상이 되었어……."

"말씀하신 대로……라고 생각합니다."

"그리고 내 상경을 축하하는 선물이 숙소로 잇따라 들어오고 있다니 간파쿠는 역시 범상한 인물이 아니야."

이에야스는 가볍게 한숨을 내쉬며 희미하게 웃어 보였다.

"이것이 우대신 이래 바라던 우리의 소원이었지."

"그 말씀…… 신불이 어떤 감회로 들으실는지요."

"주라쿠 저택 공사는 어떤가. 언제쯤 준공될 것 같은가?"

"예, 아무래도 내년 여름이 지나야 끝날 것 같습니다만……."

"내년 여름이라…… 나도 생각해 두어야겠군."

"무엇을 말씀입니까?"

"아사히가 가엾어. 주라쿠의 새 저택이 완성되면 장모님, 아니, 오만도코로님과 함께 살게 해줘야겠어."

자야는 이에야스를 흘끗 쳐다보았으나 곧 시선을 무릎 위로 떨구고 대답하지 않았다. 이에야스의 심경이 너무도 또렷이 자기 가슴에 전해져 와 뭐라고 대답할 말이 없었던 것이다…….

'이것이 나의 소망이었다…….'

그렇게 말한 천하의 평정은 그대로 이에야스가 자신을 타이르는 말이기도 했다. 천하는 평정되었다. 그러나 그것은 이에야스에 의해서가 아니었다. 이제부터 이에야스에게는 히데요시라는 숙적에 대한 인종의 날이 소망의 달성과 아울러 시작되는 것이다…… 그리고 아사히를 어머니와 함께 살게 해줘야겠다는 술회 가운데는 이 인종에 견디겠다는…… 아니, 견뎌야만 한다는 각오와 훈계가 감추어져 있다.

"마침내 그대들 앞날에도 광명의 빛이 비쳐든 셈이군. 사카이 사람들도 무척 기뻐하고 있겠지."

"예, 여기저기서 배를 만드느라 야단법석들입니다."

"그대도 져서는 안 되네, 알겠나. 그대 자신도 간파쿠와 도쿠가와는 처남 매부 간이라는 것을 마음속 깊이 새겨두도록 하게. 그리고 지금까지의 마음의 장벽부터 깨끗이 허문 다음 간파쿠에게 접근해야 돼."

"……예."

"그럼 곧 옷을 갈아입고 숙소로 가볼까."

"그 전에 변변찮으나마 제 차 솜씨를 보여 드리고 싶습니다만……."

"아, 차 말인가. 그래, 한 잔 들고 가지. 다실도 지었는가?"

이에야스는 가까스로 소탈한 기분으로 돌아와 자리에서 일어났다.

자야도 홀가분한 기분으로 이에야스를 갓 지은 다실로 안내했다. 지금 히데요시의 총애를 받고 있는 소에키의 권유에 따라 지은 아담하고 조촐한 다다미 4장 반 크기의 방으로, 오사카에 가면 차 대접이 빈번히 있을 것이므로 이에야스로 하여금 미리 다도를 익혀 두게 하려는 자야의 은근한 배려에서였다.

다실에 와 앉은 이에야스는 완전히 밝은 표정이었다. 뚱뚱한 몸을 거북살스럽게 구부리는 모양이 몹시 보기 흉했으나 그런대로 소박하고 꾸밈없는 또 다른 품격이 우러나 호감이 갔다.

'역시 보통 분이 아니다……'

자야는 처음의 우울한 기분을 깨끗이 털어버린 이에야스를 다시 우러러보았다.

"맛 좋군."

이에야스는 찻잔을 내려놓았다.

여러 가지 차 도구에는 아무 관심도 보이지 않았으나 자못 차 맛을 음미하고 있는 느낌이 온몸에서 풍겨 나왔다.

다실에서 나와 두 사람이 새로 지은 옷으로 말끔히 갈아입었을 때 심부름꾼이 자야를 불러 왔다.

이에야스는 아무 생각 없이 곧장 방에서 나가려 했다.

그러자 황급히 되돌아온 자야가 목소리를 낮추어 말했다.

"주군, 조용히 드릴 말씀이 있습니다."

그리고 사람들을 물리쳐 달라는 눈치를 보였다.

"모두들 떠날 준비를 해라, 신타로만 남고."

칼잡이인 도리이 신타로를 남게 한 것이다.

이에야스도 목소리를 낮추어 물었다.

"무슨 일인가. 미카와에서 무슨 소식이라도 왔나?"

"아닙니다, 간파쿠 전하의 이야기꾼으로 저와 친하게 지내는 소로리라는 분한 테서."

"간파쿠의 이야기꾼한테서……?"

"예, 오카자키로 오만도코로를 모시고 따라간 시녀로부터 네네 마님 앞으로 편지가 왔다는군요."

"허……오만도코로는 무척 만족해하고 계실 텐데."

"그게 말입니다……."

자야는 더듬거리면서 말했다.

"이이 나오마시 님은 여러 모로 퍽 친절하게 잘 해주시는데 혼다 사쿠자에몬이라는 불한당놈이…… 예, 제가 들은 대로 말씀드리는 겁니다. 혼다 사쿠자에몬이란 도깨비 같은 놈이라 만약 상경하신 주군의 신상에 불온한 일이라도 생긴다면 오만도코로는 물론 시녀들까지 모두 불태워 죽여 버리겠다고 숙소 주위에 나뭇단을 잔뜩 쌓아올렸다…… 그래서 모두들 무서워 떨고 있으니 사쿠자라는 놈을 오사카로 불러내 혼내주라는 내용이랍니다……."

이에야스는 한순간 미간을 살짝 찌푸렸으나, 고개만 한 번 끄덕였을 뿐 아무 말도 하지 않았다.

"이 소식은 간파쿠 전하의 귀에도 들어갈 것이니, 여러 가지 마음의 준비가 있어야 하실 것 같아 사람을 보내 알린다는 것이었습니다."

"알겠네."

"어찌된 일인지 짐작이 가십니까?"

"알았어, 그 늙은이는 그럴 수 있는 일이야."

"그리고…… 간파쿠께서 굉장히 화내셨답니다."

이번에도 이에야스는 고개를 끄덕였을 뿐 곧 밝은 표정으로 말했다.

"수고했어. 그럼, 가겠네."

신타로를 재촉하여 밖으로 나갔다.

'사쿠자 놈이, 기어이 일을 벌이고 말았구나……'

자야의 집을 나와 우치노의 공사장에 가까운 하시바 히데나가의 저택에 닿기까지 이에야스는 몇 번이나 웃음이 터져 나올 것만 같았다.

히데요시의 이야기꾼은 이런 사소한 일 때문에 두 사람의 감정이 얽혀선 안 된다고 여겨 사카이 사람다운 타산에서 몰래 알려준 것이었을까? 그러나 그 호의를 뒤집어 보면 이에야스로 하여금 명심하고 머리 숙이라는 게 된다.

'어쩌면 히데요시의 은밀한 명을 받고 일부러 알려준 것인지도 모른다.'

히데요시가 화냈다면 아우 히데나가 역시 마땅히 감정이 상해 있으리라. 오만도코로는 히데나가에게도 소중한 어머니다……

히데나가의 집에 이르자 행정관 마시타 나가모리(增田長盛)와 함께 본인이 직접 나와 이에야스를 맞이했다. 히데나가의 얼굴에는 웃음기가 없고, 내심 자신을 접대하기 위해 와 있으려니 생각했던 오다 노부카쓰며 우라쿠의 모습도 보이지 않았다.

'우라쿠가 있으면 자세한 것을 물어볼 수 있을 텐데……'

히데나가의 저택 역시 갓 지어 정원수와 돌에 군데군데 서리가 그대로 남아 있었다.

사카이 다다쓰구 이하 중신들은 저마다 부하들과 함께 몇 군데로 나누어 묵고 이에야스를 따르는 자는 혼다 마사노부, 아베 마사카쓰, 마키노 야스나리, 도리이 신타로 네 사람뿐. 긴 복도를 지나 호화롭게 꾸며진 방으로 안내되자 히데나가보다 먼저 젊은 마시타 나가모리가 딱딱한 어조로 인사 했다.

"먼 길 오시느라 수고하셨습니다. 간파쿠 전하께서는 27일 오사카에서 만나 뵙게 될 것입니다. 그동안 푹 쉬시며 피로를 푸시기 바랍니다."

"고맙소."

상대가 쌀쌀하게 나오는 바람에 이에야스도 무뚝뚝하게 대꾸하고, 그곳에 쌓여 있는 여러 곳에서 보내온 선물꾸러미로 눈길을 보냈다.

'역시 노하고 있구나……'

히데나가가 무거운 말투로 선물의 품목 소개를 끝냈을 때는 이에야스에게도 그것이 또렷이 느껴졌다.

히데나가와 나가모리도 사쿠자의 소식을 들어 알고 있는 게 틀림없었다. 그러나 그쪽에서 입 밖에 내지 않는 이상 구태여 이쪽에서 말할 일은 못되었다.

"내일은 신관(神官)과 희극 배우들을 불러 여독을 풀어드릴까 합니다."

재상 히데나가는 히데요시와 정반대로 고지식한 인품인 듯, 마음에 담아둔 것이 노골적으로 말에 나타났다.

"그런데 오사카에는 인원을 얼마나 거느리고 가실 예정입니까?"

"글쎄요, 아직 정하지 않았소만."

"배편으로 가시려면 미리 준비해야 하니 예정을 알아두었으면 합니다."

"배로……."

"육로로 가시려고요?"

"배로 가면 번거로울 텐데요."

이에야스가 거기까지 말하자 혼다 마사노부가 한무릎 다가앉으며 끼어들었다.

"배에는 다 탈 수 없습니다!"

이에야스는 얼른 눈짓으로 그를 나무랐다.

"인원은 3000쯤, 말이 있으니 육로로 가지요."

"알겠습니다. 그럼, 그렇게 알고."

히데나가의 대답이 너무 간단하여 이에야스는 좀 무안해졌다.

'이런 분위기로 볼 때 히데요시가 화내고 있는 건 틀림없다……'

화내는 것도 무리가 아니다……라고 생각하면서도 그는 사쿠자에몬을 나무랄 마음이 들지 않았다.

"아무래도 여태까지와는 태도가 다른 것 같군."

아무것도 모르는 혼다 마사노부가 아베 마사카쓰에게 말을 건넨 것은 히데나가와 나가마사가 음식장만을 위해 잠시 자리를 뜬 뒤였다.

"그러게 말이오, 뭣인가 꺼리는 눈치 같군요."

"무슨 일이 있었던 게 아닐까요?"

"그렇다면 3000명만 거느리고 오사카에 간다는 건 좀 생각해야 될 문제인데요."

이에야스는 잠자코 정원의 연못과 돌을 바라보고 있었다. 저녁나절이 되어 기온이 내려간 탓인지 맑은 연못 모래바닥에 잉어가 찰싹 배를 깐 채 꼼짝도 하지 않고 수면에는 산다화가 한 송이 떠 있었다. 이미 겨울이 눈앞에 다가왔다는 느낌이었다.

'움직여서는 안 된다…….'

이제부터 저 잉어처럼 한동안 꼼짝하지 않고 있어야 한다.

"주군은 못 느끼셨습니까?"

"무엇을 말이냐?"

"재상의 눈치가…… 좀 이상하지 않습니까?"

"마사카쓰는 이상하다고 생각하나?"

"수상합니다. 말은 호의적인데 태도가 몹시 차갑고 쌀쌀합니다."

"괜찮아, 너무 생각하지 말게."

"무슨 음모를 꾸미는 것은 아닐는지요……?"

"못난 소리! 흉계를 꾸미려면 우리가 교토에 들어오기 전에 이미 꾸몄을 테지. 교토에 들여놓고 소동을 일으킨다면 우치노도 대불전도 헛일이 되지 않는가."

"그렇군요, 그러나 마음 놓을 수는 없겠는데요."

그때였다. 복도에서 나는 부산한 발소리를 듣고 모두들 움찔하여 입을 다물었다.

"여봐라! 어두워지지 않았느냐? 불을 밝혀라, 불을."

크게 소리 지르며 곧장 방 안으로 달려 들어온 자가 있다.

"앗……."

모두들 숨을 삼키며 저도 모르게 단도에 손을 댔다.

"이게 뭐냐, 화로도 내놓지 않고. 어허, 멍청이들이로다. 여봐라, 나가모리, 나가모리."

"……옛."

뒤따라 달려들어 와 꿇어 엎드린 것은 아까 그들을 이리로 안내해 온 행정관이었다. 버티고 서서 큰 소리로 고함지르는 인물이 히데요시라는 것을 알기까지는 한참 걸렸다.

"이런 멍청이들이 있나? 교토 기후가 하마마쓰보다 훨씬 춥다는 것을 모르느냐?"

"예!"

"얼른 화로를, 촛불을, 그리고 술상도 빨리."

"예!"

"오만도코로가 오카자키에서 이렇듯 섭섭한 대접을 받는다면 어떻겠느냐? 정성이 모자란다, 성의가 모자란단 말이다. 그리고 재상을 불러라."

"옛."

마시타 나가모리가 급히 달려가는 것과 동시에 히데나가가 들어왔다.

"재상! 나는 느긋하게 기다릴 수 없어. 알겠나, 이것은 암행이다. 전하의 은밀한 행차란 말이야. 오늘 밤은 우리 처남 매부끼리 정답게 한 잔 하겠다. 사카이에서 할 정식대면은 별도 문제고. 부하들은 다른 방으로 안내하고 이 방에는 상을 둘만 차려오도록 해라."

마치 돌개바람이 휘몰아치듯 한바탕 떠들어대고 나서 그는 비로소 이에야스를 돌아보며 싱긋 웃었다.

"도쿠가와 님, 용서하시오. 모두들 너무 반가워서 정신이 나간 모양이오."

이에야스는 상대의 웃는 얼굴에 빨려들 듯한 매력을 느끼면서도 순간적으로는 마주 웃을 수 없었다.

기습……도 이처럼 묘한 기습이 없었다. 히데요시가 교토에 있다는 이야기는 자야도 히데나가도 하지 않았다. 오사카에 있느냐고 물은 적은 없지만 그러나 설마 교토에 있으리라고는 꿈에도 생각지 못했다. 27일 오사카성에서 대면……하게 된다는 일정을 통고받았을 때부터 이에야스는 교토에서 히데요시를 만나리라는 것은 전혀 생각지도 않았다.

그 히데요시가 느닷없이 눈앞에 나타나 돌개바람처럼, 소낙비처럼 사방의 공기를 한바탕 뒤집어놓고, 사쿠자에몬에 대한 일로 당연히 노발대발할 줄 알고 있던 이에야스에게 녹을 듯한 표정으로 웃음지은 것이다…….

"도쿠가와 님, 잘 오셨소!"

히데요시가 이에야스 곁으로 와서 도코노마를 등지고 털썩 앉았을 때 방 안은 또 한바탕 술렁거렸다. 히데요시가 예고 없이 이곳에 나타났다는 소식을 듣고 급히 달려온 시동들, 깔개를 받쳐들고 오는 자, 등불을 들고 오는 자, 이에야스의 가신들을 다른 방으로 안내하러 오는 자, 되돌아가는 자, 들어오는 자…….

그런 속에서 이에야스는, 별실로 가야 할지 남아야 할지 눈짓으로 묻는 혼다 마사노부에게 역시 눈짓으로 대답했다.

'걱정 말고 시키는 대로 해라.'

그런 다음 히데요시가 그려내는 파문 속에 잠자코 자신을 맡겨버렸다.

히데요시는 이에야스 뒤에서 칼을 받쳐들고 남아 있는 도리이 신타로를 돌아 보며 말했다.

"오, 그대도 별실에 물러가 쉬어도 좋아…… 왓핫핫핫핫…… 그렇군, 내가 미처 몰랐어. 그대는 도쿠가와 님의 그림자로군. 그림자는 떨어질 수 없지."

호들갑스레 손을 내저으며 웃음을 터뜨렸을 때는, 과연 방 안에 히데요시와 이에야스, 신타로 그리고 히데나가 네 사람만 남아 있었다.

"재상, 그대도 함께…… 있으라 하고 싶지만 나는 이에야스 님과 단둘이 이야 기하고 싶어. 술상은 두 사람 몫으로…… 아니, 시녀는 필요 없네. 내가 손수 술을 따를 것이니 곧 준비시키도록."

내몰 듯 히데나가를 보내고 다시 이에야스에게 돌아앉았다.

"자, 이제야 가까스로 단 둘이 되었군요. 안 그렇소, 사코노다이부님(左京太 夫)……."

망연히 히데요시의 동작을 지켜보고 있던 이에야스는 비로소 정신이 번쩍 들 었다. 사코노다이부란 그때 이에야스에게 주어져 있던 관직 명칭으로 간파쿠와 는 비교도 할 수 없는 종4품에 불과했다. 히데요시는 그것을 알고 말한 게 틀림 없었다…… 그렇다면 이 갑작스러운 방문도, 그 웃음과 질풍노도 같은 접대도 모 두 미리 치밀하게 짜인 연출인 것일까……?

이렇게 생각했을 때 히데요시가 다시 웃었다.

"이것 참, 쓸데없는 말을 지껄였군. 사코노다이부고 간파쿠고 없지. 오늘 귀하 와 나는 알몸뚱이 형제, 오직 한 사나이와 사나이일 뿐이오. 아무튼 잘 오셨소! 우리가 이렇게 무릎을 마주 앉지 않으면 세상에 이런 저런 실없는 소문이 퍼져서 난처하거든."

이에야스는 아직 마음의 준비가 덜 된 채 히데요시 앞에 정중하게 머리 숙였다. 이 경우 무슨 말을 해도 꾸며서 하는 것같이 느껴져 금방 입이 떨어지지 않았다.

히데요시의 출현으로 촛대에서 주안상에 이르기까지 순식간에 준비가 끝났다. 그리고 이에야스에게 손수 잔을 권하며 술을 따라주는 히데요시의 얼굴에 분노의 빛은커녕 너무나 기뻐 어쩔 줄 모르는 소년 같은 경박한 일면조차 보였다.

히데요시가 말했다.

"아무도 모를 거요. 귀하와 내 뱃속을 말이지. 그래서 내가 오만도코로를 귀하에게 보내면 인질이라고 수군대고, 귀하가 행렬을 갖추어 나타나면 싸울 작정인 줄 알고 수상쩍어 하거든…… 왓핫핫핫 자, 한 잔 더."

술병을 손에 쥔 채 온몸을 흔들며 웃어젖히는 바람에 하마터면 술이 쏟아질 뻔했다.

히데요시는 갑자기 목소리를 낮추어 속삭였다.

"나는 내일 새벽 오사카로 돌아가겠소. 오사카에서도 재상집에서 묵게 되실 것이오. 아 참, 그리고 혼간사에도 가주셔야겠소. 고몬(興門)과 신몬(新門)이 모두 귀하를 기다리고 있소. 그들이 여행 떠났다가 되돌아왔소. 귀하가 대군을 이끌고 나와 한바탕 싸울 거라는 뜬소문에 놀라서 말이오. 왓핫핫핫핫…… 오사카의 재상집에서는 탈춤 무대를 꾸미며 기다리고 있을 거요. 곤파루 다유(金春大夫)가 귀하에게 다카사고(高砂), 다무라(田村), 긴사쓰(金札) 이 세 가지를 꼭 보여드린다고 벼르고 있답디다…… 그리고 교토로 다시 돌아오는 날짜가 11월 초하루, 알겠소. 그때까지 나는 주라쿠저택 안에 귀하가 머물 곳을 완성시키라고 일러놓았소. 도도 다카토라에게 일러 앞문과 큰 주방은 재상의 손으로 이미 완성되어 있소. 그 새집에 머무르며 7일에 있을 천황의 즉위식을 기다리는 거요. 이날 영예로운 관직의 어명을 받게 될 예정인데……."

제아무리 번개같이 빨리 돌아가는 두뇌라도 도저히 따라갈 수 없을 만큼 히데요시의 말은 비약에 비약을 거듭하며 우로 뛰고 좌로 뛰고 뒤로 돌았나 하면 앞으로 나아갔다.

이에야스는 저도 모르게 거기에 휩쓸리지 않으려 하고 있는 자신을 깨닫고 얼굴이 붉어졌다. 두 사람 사이에 일정한 거리를 두려는 생각은 그대로 자신의 좁은 마음을 드러내는 것밖에 되지 않았다.

"간파쿠 전하, 잔 받으십시오."

이에야스는 잔을 건네주고 히데요시 손에서 술병을 받아들었다.

"서툰 솜씨를 용서하십시오. 손에 익지 않아서."

"핫핫핫핫…… 손에 익을 턱이 없지. 귀하는 나보다 출신이 좋으니까."

"출신이 좋다는 것은 자랑거리가 못됩니다. 차례차례 헛된 야망 때문에 쓰러져 간 자들은 모두 그런 이들이었지요…… 그러나 전하, 전하께서 하시는 말씀, 너무 빨라 이 이에야스 도저히 따라갈 수가 없습니다. 가만 있자, 이 이야기는 그때 그 이야기인가 하고 생각하는 동안 벌써 전하께서는 엉뚱한 이야기를 하시니까요. 시즈가타케에서 재빨리 철수하시던 솜씨 바로 그것입니다그려."

"핫핫핫하…… 한 방 먹었군! 아무래도 나는 성질이 너무 급한가 보오. 그러나 천하의 일은 말이오, 이젠 온 일본을 평정한다 해도 이르다고 할 수 없소."

"우선 한 잔 더 드시지요."

"술이란 참 좋은 것이로군. 마음의 울타리를 헐어버리거든. 오사카에서 정식으로 대면할 때는 이렇게 할 수 없겠지. 알겠소, 귀하도 오늘밤은 이 히데요시에게 기탄없이 모든 이야기를 하여 우리 서로 마음을 깨끗이 씻어버립시다."

역시 히데요시의 비약에는 마지막으로 돌아갈 자리가 있었다. 어쨌든 오만도 코로며 아사히히메에 대해서는 한마디 언급도 없이 화제를 핵심으로 몰아가는 히데요시의 자유분방한 화술은 경탄할 만했다.

"만사를 다 제쳐놓고 오로지 천하 평정! 이것이 우대신님 이래 우리의 소망이었소. 그렇잖소, 도쿠가와 님? 이것을 떠나서는 귀하도 없고 나도 없소. 간파쿠고 뭐고 다 없단 말이오, 안 그렇소?"

"맞습니다……."

"이번엔 귀하 차례요. 자, 한 잔 쭉 드시오…… 그리고 귀하는 이 히데요시에게 불만이나 청할 것이 있을 텐데, 사양할 필요 없소. 우리 둘뿐인 허물없는 자리니 오늘 밤은 툭 터놓고 시원하게 이야기하시오."

"참으로 황송합니다. 저에게 무슨 불평 같은 것이……."

이에야스도 차츰 여유를 되찾았다.

'오늘 밤은 그저 히데요시가 하는 대로 내버려두자…….'

이렇게 결심하자 마음이 가벼워졌다.

"그러나 정 그러신다면 단 한 가지 소원이 있습니다."

"뭐, 소원……이 있단 말이오?"

"예, 지금 전하께서 입고 계시는 비단 전투복을 이 자리에서 이 이에야스에게 주셨으면 합니다."

"아니…… 이 전투복을?"

히데요시는 이에야스의 마음을 알 수 없다는 듯이 고개를 갸우뚱했다.

"그러나 이것은 좀 곤란한데. 나는 간파쿠지만 동시에 무장이란 말이오."

"바로 그 점입니다."

"그 점이라니?"

"제가 이렇게 상경하여 흉금을 터놓고 가까이 모시기로 결심한 이상 두 번 다시 전하께 전투복을 입히지 않겠습니다."

"무, 무, 무슨 소리요, 도쿠가와 님! 그럼, 앞으로의 싸움은 귀하가 하겠다는 말이오?"

"전하까지 번거롭게 할 것 있겠습니까. 저 혼자로도 충분합니다."

"굉장해!"

히데요시는 팔을 죽 뻗어 이에야스의 어깨를 탁 쳤다.

"나도 말재주로는 누구 못지않다고 자부해 온 터이나 이제 귀하가 한 그런 말은 생각도 못해 봤지. 왓핫핫핫…… 이에야스라는 사나이는 역시 굉장해."

"하하하, 간파쿠 전하도 여간 아니십니다. 칭찬할 대목을 잘 알고 계시거든요."

"이에야스 님."

"예."

"이 전투복 이야기 말인데…… 오사카성에서 다시 한번 말해 주지 않겠소?"

히데요시가 장난스럽게 목소리를 낮추어 속삭이자 이에야스도 싱긋 웃으며 잔을 놓았다.

"여러 영주들이 모인 자리가 더 좋겠습니까?"

"아주 명안이거든, 이것은…… 그렇다고 영주들 앞에서 내 체면을 세워달라는 사사로운 마음에서 하는 이야기는 아니오. 그러나 천하를 위해서라면 나는 어디까지나 간파쿠여야 하니까."

"그리고 이에야스는 사코노다이부입니다. 염려 마십시오."

"그렇게 해주시겠소, 이에야스?"

"그럴 심정으로 왔습니다, 천하를 위해."

"그렇소, 천하를 위해."

히데요시는 별안간 이에야스의 어깨를 얼싸안았다. 큰 칼을 받쳐들고 돌처럼 앉아 있던 신타로가 흠칫 놀랄 정도로 억센 포옹이었다.

이에야스의 어깨를 얼싸안은 채 히데요시는 눈물을 뚝뚝 떨어뜨렸다. 냉정한 제3자가 이 광경을 보았다면 조작된 역겨운 연극이라고 생각했을 것이리라. 그러나 히데요시는 조금도 멋쩍어하지 않았다. 그는 자신의 심정이 내키는 대로 행동했을 뿐이며 그러는 동안 조금도 거짓이 없었다. 그리고 그 어린애같이 천진한 행동은 그대로 이에야스의 가슴에도 순수하게 전염되었다.

'이 상쾌함은 대체 어디서 오는 것일까?'

이것이 시바타 가쓰토요로 하여금 양아버지에게 반기를 들게 했고, 마에다 도시이에와 삿사 나리마사를 아무 저항 없이 심복시킨 히데요시가 가진 성격의 수수께끼인데…… 여기까지 생각하다가 이에야스는 다시 얼굴이 화끈거렸다. 여기서는 자신도 히데요시와 같이 무심해져야 했다. 그 무심으로 닦여진 거울만이 히데요시의 모습을 똑똑하게 비쳐줄 것이다. 어쨌든 거만하게 구는 호조 우지마사와 비교해 볼 때 어쩌면 이토록 차이 나는 것일까.

'역시 드물게 보는 인물이야……'

"이에야스! 나는 기쁘오."

"전하! 저도 마찬가지입니다."

"나는 지혜로운 가신을 여럿 거느리고 있소. 그러나 진심으로 천하를 걱정하는 큰 인물은 없소."

"과찬하시면 안 됩니다."

"아니, 그렇지 않소. 천하를 훔칠 놈은 수두룩하지만 천하를 걱정하는 자는 없다…… 이 말은 우대신님이 늘 하신 말씀인데 나는 귀하에게서 그것을 보았소!"

"자, 한 잔 더 따르겠습니다."

"오, 마시고말고!"

히데요시는 어깨를 떼고 손등으로 눈물을 닦은 뒤 비로소 멋쩍은 듯 웃었다.

"핫핫핫…… 이 기분을 여러 사람에게 나눠주도록 합시다, 이에야스."

"여러 사람에게 나눠주다니요?"

"이번에 귀하가 거느리고 온 중신들에게 저마다 알맞은 관직을 내리도록 아뢰겠소. 사카이 다다쓰구, 사카키바라 고헤이타……"

"고마우신 분부십니다. 그렇게 되면 그들도 조금은 시야가 넓어지겠지요."

"그리고 또 한 가지, 이로써 귀하의 중신들도 이 히데요시에 대한 의심을 풀겠지. 알겠소, 귀하는 모두들 앞에서 전투복을 달라고 청하시오. 그럼, 나는 그것을 귀하에게 주리다. 그러나 귀하를 규슈 정벌에 출진시키지는 않겠소."

"그건 또 어째서입니까?"

"일본에서 평정되지 않은 땅은 규슈만이 아니오. 귀하는 내가 없는 동안 동쪽을 꽉 눌러주시오…… 이렇게 말하면, 아마 귀하의 중신들이 가장 먼저 마음 놓고 의심을 풀 거요. 그만한 것을 모를 히데요시가 아니오. 어떻소, 내 말이 틀렸소?"

"하지만 이에야스의 마음이 편치 않습니다."

"아니, 그렇지 않소. 마음을 합하여 천하를 도모하려면 두 집안의 융화가 으뜸이오…… 이제 귀하가 내 편인 것이 확실해진 이상 규슈쯤은 히데요시가 식은 죽 먹기로 처리해 보이겠소."

여기까지 말하자 히데요시는 또 유쾌한 듯 웃었다.

"내가 오늘날까지 규슈 정벌을 연기해 온 것은 오로지 한 사람 귀하가 두려웠기 때문이었소. 그만한 건 누구보다도 잘 알고 있을 귀하가 아니오. 핫핫핫하……"

이에야스는 새삼스럽게 히데요시를 쳐다보았다. 히데요시가 두려워하는 사람은 오로지 이에야스 한 사람……이라니, 이 얼마나 솔직한 고백인가. 인생이란 어떤 의미에서는 서로 두려워하는 인간끼리의 대립이며, 승리자란 대개 그 두려움을 상대에게 보이지 않는 이를 가리키는 말이었다. 그렇기 때문에 '인내'로 참고, '협박'도 하고, '태연'함도 꾸미고, '거짓말'도 되풀이한다.

그런데 히데요시는 이러한 부질없는 허세에서 벗어나 태연히 '두려움'을 말하고 협박할 수 있는 경지에 이르렀다는 것일까……?

이에야스는 웃으면서 대꾸했다.

"두렵습니다, 전하의 오묘한 화술."

"응? 오묘한 화술……?"

"예, 아까 이에야스의 화술을 칭찬하셨습니다만 저 같은 것은 발밑에도 못 따라가겠습니다."

"허허, 무슨 소리요, 매부…… 솔직하게 내가 두려워하던 자는 귀하였다고……."

"바로 그것이 거짓말이지요! 두려워하기는 뭘 두려워합니까? 두려워하지 않는 다는 증거로 자꾸 무섭다, 무섭다, 하시는 거지요."

"왓핫핫……."

히데요시는 이마를 치면서 웃어대더니 또 손을 뻗어 이에야스의 어깨에 얹었다.

차츰 취기가 돌기 시작했다. 술 냄새와 체취가 나무향내에 섞여 야릇하게 시큼한 생활의 냄새로 바뀌어가고 있었다.

히데요시가 입을 열었다.

"음, 이 방은 삼나무 잎사귀에 오줌을 끼얹은 냄새가 나는데."

"그럴 법도 하지요. 나잇살이나 먹은 두 늙은이가 땀이 밴 몸을 마주대고 술에 취해 있으니까요."

"왓핫핫핫…… 바로 그거였군. 이것이 바로 천하의 냄새구려!"

"그럼, 천하를 위해 한 잔 더."

히데요시는 순순히 잔을 받아들며 갑자기 목소리를 낮추었다.

"그런데 귀하, 여자는 어떻소?"

"아주 좋아하지요."

"그렇소? 이거 내가 큰 실수를 했구려. 재상은 융통성이 없어서 말이야, 내가 미리 일러뒀어야 하는 건데."

"그러나 오늘 밤은 사양하겠습니다."

"왜? 사양할 필요 없소."

"아닙니다. 워낙 좋아하다보니 좀 과하다 싶어서요. 하다못해 객지에서나마 혼자 편히 지내고 싶습니다."

"왓핫핫핫…… 그렇소? 이거 또 한 번 당했는데…… 그래요? 실은 말이오."

히데요시는 이에야스에게로 얼굴을 더 바싹 갖다대며 말했다.

"귀하를 상대할 여자까지는 미처 생각지 못했지만 이번에 귀하의 자제에게 선물삼아 줄까 했는데 아, 그 계집아이가 순순히 말을 들어야 말이지. 그래서 화가나서 내가 그만 꺾어……."

말하다 말고 잠시 주위를 둘러보는 히데요시.

"핫핫핫…… 이런 이야기는 그만두지. 재미있는 이야기나 합시다……."

중얼거리면서 이에야스 뒤에 버티고 앉아 있는 신타로에게 시선을 딱 멈추었다.

"매부, 저 젊은이는 누구의 아들이오?"

"예…… 우리 문중 도리이 모토타다의 아들, 곧 다다키치의 손자입니다."

"음, 그래, 아주 훌륭해! 저 젊은이는 보통내기가 아니오. 저 무거운 큰 칼을 받쳐든 채 벌써 4시간이나 까딱도 않거든. 체력이 튼튼하고 한 치의 틈도, 피곤한 기색도 없으니 내 젊은 시절을 보는 듯하오. 그렇지, 그게 좋겠군. 이봐 재상, 재상은 어디 있나! 그대의 딸아이를 데리고 오너라. 혼담이다, 혼담!"

히데요시는 큰 소리로 히데나가를 불러댔다. 정말이지 방약무인하다고 해야 할까, 분방하다고 해야 할까, 보기에 따라서는 일종의 미치광이랄 수도 있는 히데요시의 비약이었다. 본디 성격이 그러한 데다 간파쿠라는 거칠 것 없는 지위와 실력이 그를 떠받치고 있었다.

손뼉을 쳐서 아우 히데나가를 불러, 그가 새파란 풋과일같이 어린 12, 3살쯤 되어 보이는 한 여자아이를 데리고 왔을 무렵에는 어지간한 이에야스도 어안이 벙벙했다.

히데요시는 말했다.

"이것 봐, 재상. 자네는 도쿠가와 문중에 도리이 다다키치라는 큰 중신이 있는 것을 아는가? 모를 테지, 그대는 모를 거야. 도리이 다다키치라는 이름은 내가 젊었을 때 우대신님을 통해 자주 들었지. 이에야스를 이토록 조심성 많은 대장으로 키워낸 장본인이 도리이 노인이라고. 어때 아나?"

"모르겠습니다만."

"그럴 테지. 그대는 모르는 게 너무 많아. 그 노인의 아들이 이번에 상경한 일행 중의 고후 성주 대리 도리이 모토타다야…… 안 그렇소, 매부?"

"맞습니다."

"그의 아들이 바로 저기 있는 칼을 받쳐든 젊은이야. 그를 재상 자네 사위로 삼게. 자네는 대 이을 아들이 없지 않은가. 내가 중매를 섬세. 이것으로 그대 집안도 무사태평이네. 어떤가, 훌륭한 사윗감이지?"

히데나가는 그리 놀란 기색도 없이 신타로를 바라보았고, 그의 딸 또한 수줍어

하거나 호기심을 나타내 보일 나이가 아니었지만, 신타로가 얼마나 당황할까 싶어 이에야스는 뒤돌아보지 않을 수 없었다.

"하하하…… 어떤가 재상, 저 젊은이가 태연히 우리를 노려보고 있군. 꼼짝도 않고 눈도 깜박이지 않고. 바로 저거야. 저자를 양자로 삼지 않으면 누굴 양자로 맞겠느냐? 좋아, 자세한 의논은 오사카에서 하기로 하고 자네 딸을 데리고 물러가게."

그리하여 히데나가가 물러나가자 이번에는 언제 그랬느냐는 듯이 시치미 떼고 여자이야기로 화제를 옮겼다.

"어떻소, 귀하는 어느 쪽이 더 좋으시오? 억센 여자요, 아니면 순종적이고 부드러운 여자요?"

"저는 그 중간쯤 되는 여자가 좋다고 생각하는데 전하께서는?"

"나는 부드러운 쪽이 좋지만 그것만은 마음대로 안 된단 말씀이야."

"모두 억세어서?"

"사나운 말들뿐이라서 말이오. 모두들 내 위에 올라타려고만 하거든. 간파쿠 전하도 여자한텐 못 당해."

"거참 안됐습니다."

"세상이 조용하고 태평해지면 여자들은 더 기승부리겠지. 그러나 그것도 태평시대를 맞이한 증거라 생각하면 참을 만하오. 오카자키에 가 있는 오만도코로와 아사히도 다 그런 족속이오…… 눈 딱 감고 잘 봐주시오."

이에야스는 속으로 앗! 소리를 질렀다. 이런 데서 오만도코로 이야기가 튀어나올 줄은 정말 몰랐다. 이런 식으로 사쿠자에몬을 힐책하면 어쩌나…… 생각하며 문득 온몸이 굳어졌으나 다음 순간 히데요시의 화제는 '다도'로 튀고 있었다.

분방하기 짝이 없어 보이지만, 사실은 빈틈없는 신경이 놀라우리만큼 날카롭게 한 줄기로 통하고 있다.

대화를 나누는 동안 이에야스는 히데요시의 손바닥 안에서 이리저리 놀림당하고 있는 자신을 느꼈으나 그것이 야릇한 안정감과 합쳐져 조금도 불쾌하지 않은 게 이상했다.

시동의 눈

이에야스는 예정대로 27일 오사카에서 정식으로 히데요시와 대면했다. 혼다 헤이하치로, 사카키바라 고헤이타, 아베 마사카쓰, 나가이 나오마사, 니시오 요시쓰구 등 다섯 무장이 함께 등성하고 나머지는 모두 교토에 남았다.

이에야스의 진상물은 말 10필, 황금 100닢, 나시지(梨子地)의 칼, 지지미(잔주름이 지게 짠 옷감) 1100필.

히데요시로부터는 하쿠운(白雲) 차 항아리, 미요시고(三好鄕)의 큰 칼, 마사무네(正宗)의 작은 칼, 큰 매, 그 밖에 이에야스의 청을 받아들여 당나라 비단으로 만들어진 그 전투복을 선물로 받았다. 비단 전투복에 관해서는 이미 두 사람 사이에 타협되어 있었던 것이다.

무슨 다른 청이 또 없느냐는 질문을 받고 이에야스가 비단 전투복을 달라고 했을 때, 100명도 넘게 늘어앉은 장수들의 의아해 하는 표정은 참으로 볼 만했다. 그날 14시간이나 이에야스 뒤에서 버티고 앉아 큰 칼을 받쳐들고 있던 도리이 신타로도 그때만은 터지려는 웃음을 참느라 애썼다. 도대체 이에야스가 그토록 시치미를 딱 잡아뗄 줄은 생각지도 못한 터에 히데요시마저 눈알을 이리저리 굴리며 거절하는 명연기가 정말 뛰어났다.

"무엇이, 이 전투복을! 안 돼. 이것만은 안 되겠소. 이것은 내게 있어 아주 귀한, 싸움터에서의 내 표지요. 명예로운 전투복이기 때문에 이것만은 안 되오!"

나중에 히데나가의 저택에서 구경한 갖가지 희극보다 훨씬 더 재미있었다. 히데요시가 눈알을 이리저리 굴렸기 때문에, 장수들은 그 뜻을 미처 깨닫지 못하고 온 신경을 집중했다. 그 긴장의 순간을 틈타 이에야스는 천천히 앞으로 나아갔다.

젊은 신타로는 그때 문득 자기 집 뜰에서 본 개구리를 떠올리다가 당황하여 그 생각을 뿌리쳤다.

'발칙한 생각을!'

그러나 정녕 그때의 이에야스는 두꺼비와 흡사했고, 눈알을 희번덕거리는 히데요시는 참개구리 같은 느낌이었다.

"전하…… 그토록 명예로운 전투복이라는 말씀을 듣고 보니 더욱 갖고 싶어집니다."

"뭐, 더욱 갖고 싶다고……?"

"이에야스가 이렇게 상경하여 전하를 뵈 온 이상, 앞으로는 그 전투복을 전하께서 입지 않으시도록 하겠습니다."

"뭐, 뭐라고……? 내게 다시는 전투복을……"

히데요시는 다시 눈을 크게 굴리며 뜸을 들였다.

"여봐라, 다들 들었나? 도쿠가와 님은 앞으로 두 번 다시 나에게 전투복을 입히지 않을 각오라는군."

그리고 그 말뜻이 장수들 가슴에 충분히 스며드는 것을 보고, 그는 얼른 전투복을 벗었다.

"아! 히데요시는 참으로 훌륭한 매부를 두었도다! 그 말을 듣고서야 아니 벗을 수 없지. 자, 받으시오. 기쁜 마음으로……"

이렇게 될 줄 미리 알고 있었던 신타로조차 가슴이 찡하니 저려올 만큼 그들의 표정과 몸짓은 멋졌다. 물론 좌중에는 야릇한 감동의 소용돌이가 일었다. 주연인 히데요시의 멋진 연기와 조연인 이에야스의 두꺼비 같은 둔중한 몸짓이 빈틈없는 효과를 자아내어 관중들을 도취시켰다.

'천하를 잡는다는 건 쉬운 일이 아니다……'

신타로는 히데요시의 자랑거리인 천수각에서 센노 소에키가 베푼 다회에도 참석이 허락되었다.

'방심해서는 안 된다!'

오직 거기에만 정신을 집중시키려 안간힘 쓰는데도 신타로는 자칫 사방으로 정신이 흐트러질 것 같아 여간 난처하지 않았다. 젊은 신타로에게는 배우고 싶은 일, 알고 싶은 일이 너무나 많았다. 이에야스의 그림자로서 온갖 경우 히데요시의 참모습을 세밀히 관찰할 수 있는 사람은 도쿠가와 문중에서 오직 신타로 한 사람뿐이다. 아니, 히데요시뿐이 아니고 간파쿠 히데요시를 대하는 이에야스의 참모습을 볼 수 있는 것도 신타로 한 사람뿐이었다. 물론 그것은 한평생의 비밀로서 일체 입 밖에 낼 수 없는 일인지도 모른다. 그렇다 해도 그 모든 게 신타로의 생애에 양식이 되리라는 것은 분명했다.

과연 히데요시는 끝까지 사쿠자에몬에 대해 침묵을 지킬 것인가……?

이에야스 또한 그런 사쿠자에몬을 변호할 것인지?

이시카와 가즈마사는 이에야스 앞에 과연 나타날 것인지 어떤지?

또 그 이상으로, 저렇게 화합한 듯 보이는 이에야스와 히데요시가 진정 속마음을 서로 터놓은 건지 알고 싶었으나 그것은 머지않아 알게 되리라 여기고, 당장 오사카성의 엄청난 규모와 히데요시의 호화로운 접대, 천수각의 웅대한 전망 등 젊은 그에게는 너무나 흥밋거리가 많았다.

그러므로 그는 히데나가의 집에서 히데요시가 자기에 대해 한 말과, 히데나가의 딸을 데려왔다가 물러가게 했던 일도 잊고 있었다.

그런데—

28일과 29일 이틀을 오사카에서 지내고 30일에 다시 교토로 돌아오니 히데요시의 말대로 우치노의 주라쿠 저택 안에 이에야스의 숙소가 완성되어 있었다. 밤낮을 가리지 않고 공사를 독려 감독한 도도 다카토라의 환영을 받은 날 밤 히데요시가 또 찾아와 신타로에 대한 이야기를 꺼냈다.

그 자리에는 도도 다카토라, 이에야스, 사카이 다다쓰구, 사카키바라 고헤이타의 5명이 앉아 있었다.

나무향기가 새로운 서원식으로 지은 방 안을 둘러보며 히데요시가 물었다.

"어떻소, 마음에 드시오? 이래 봬도 다카토라가 귀하 마음에 들려고 심혼을 기울인 집이오. 그렇지, 다카토라?"

그리고 아주 자연스럽게 동생 집에 들른 듯한 태도로 윗자리에 앉았다.

"마음에 안 들 리가 있겠습니까? 그러잖아도 다카토라 님에게 치하하던 참이었습니다."

"그렇다면 다행이구려. 그건 그렇고, 다다쓰구는 직위가 사에몬노조(左衛門尉)라고 했지?"

"예."

"이번에 사에몬노카미(左衛門督)로 올려주시도록 아뢰었네. 사에몬노카미는 종4품 하일세, 알고 있게나."

"예."

"그리고 고헤이타는 말이야."

"예."

"시키부노타유(武部大輔)에 임명될 걸세. 그건 종5품 하라더군."

"감사합니다."

"임명에도 절차가 있어서 꽤 까다로운 모양이야. 매부는 정3품 주나곤(正三品中納言). 모두 이번 5일에 정식 분부가 있을 거요. 자, 이번엔 신타로 말인데……."

그 말에 신타로는 움찔했다.

"이번에 정말 큰 수고했어. 내가 보는 눈이 틀림없거든. 내 시동 중에는 이만큼 자세가 반듯하고 참을성 있는 자가 없단 말이야."

히데요시는 말하며 신타로를 쳐다본 뒤 이에야스에게 물었다.

"어떻소, 재상의 사위가 되는 일 승낙할 테지?"

신타로는 깜짝 놀랐다. 아무래도 히데요시는 자신을 히데나가의 사위로 삼는 일을 무슨 상으로 여기는 모양이었다. 칭찬을 들어서 기쁘지 않은 것은 아니었으나, 여기와 고향은 너무나 사정이 다르다. 아마 이곳에서 히데나가의 사위가 되어 고향에 돌아가게 되면, 오카자키에서나 하마마쓰에서는 배반자나 무슨 밀정쯤으로 취급할 게 분명했다. 과연 이에야스가 어떤 대답을 할 것인지 가슴이 뛰기 시작했다.

히데요시가 말을 이었다.

"농담이나 빈말로 하는 이야기가 아니네. 신타로를 한참 관찰하고 있었지. 지난 28일의 탈춤 공연 때는 아침 9시에 시작하여 불이 켜질 때 끝났는데 그 긴 시간 동안 큰 칼을 한 번도 기울어지게 하지 않았어. 무쇠 같은 무릎이고 무쇠 같은 팔꿈치. 이건 마음도 무쇠덩이 같다는 증거야. 앞으로 별명을 쇠팔뚝 신타로라고 부르게. 어때, 승낙하겠나."

"정말 고마우신 말씀이오나······."

"그렇게 말끝을 흐리지 마오. 재상의 딸이면 히데요시의 조카딸, 데릴사위로 삼아 집안을 잇게 하자는 거요. 그렇게 되면 신타로의 직위가 다다쓰구나 고헤이타보다 훨씬 위가 되겠군."

신타로는 다시 가슴속이 후끈해졌다. 상대는 지금 이에야스에게 말하고 있기 때문에 그가 나서서 입을 열 수는 없다. 그러나 17살인 신타로가 중신 다다쓰구나 고헤이타보다 더 상석을 차지한다는 것은 꿈에도 생각지 못할 일이고, 만약 그렇게 된다면 고향에 영영 돌아갈 수 없게 되리라······ 이런 감정이 가슴 가득 밀려오기 시작했다.

이에야스를 바라보니 연방 고개를 크게 끄덕이면서 듣고 있다.

"자, 어떻소? 기쁜 일이 계속되는 마당이니 한 가지 더 이 히데요시에게 기쁨을 주오."

이에야스는 이번에는 조바심이 날 정도로 느릿느릿 입을 열었다.

"말씀은 고맙습니다만······."

"고맙지만······ 무슨 난처한 사정이라도 있단 말이오?"

"예, 그의 아비 모토타다는 저의 문중 대대로 내려오는 집안으로, 때로는 제 명령이라도 납득되지 않으면 거역하는 완고한 자입니다."

"허, 그렇다면 이 히데요시가 청해도 귀하는 명령 내리지 못하겠다는 말이오?"

"예."

"좋소. 그럼, 모토타다를 이 자리에 부릅시다. 내가 직접 청을 넣어보지. 모토타다에게는 다른 아들도 분명히 있을 것으로 기억하는데."

"예, 그야 있기는 합니다만."

"좋아, 누가 불러오너라."

이에야스는 사카키바라 고헤이타를 돌아보았다.

"전하 말씀이시다. 고헤이타······."

이에야스가 곧바로 대답하지 않았기 때문에 좌중에 잠시 어색한 공기가 감돌았다.

아마 히데요시는 이에야스가 반색하며 단번에 승낙할 줄 알았던 모양이다. 히데요시는 타고 날 때부터 남을 기쁘게 해주는 것을 굉장히 좋아하는 성격이었다. 그런 만큼 때로 억지스러운 고집을 세워 굽힐 줄 모르는 경우도 있겠지만…….

고헤이타가 아버지를 부르기 위해 자리를 뜬 무렵부터 심상치 않은 일이 벌어졌음을 깨닫고 신타로는 숨을 죽였다. 이렇듯 히데요시의 마음에 든다며 도쿠가와 문중 대대의 중신들 자손들을 차례로 쑥쑥 뽑아간다면 얼마 가지 않아 도쿠가와 집안의 결속은 붕괴되고 만다. 어느 쪽의 가신인지 모르는 상태가 될 것이다…… 그러나 간파쿠 전하의 말씀을 과연 아버지가 거절할 수 있을까……?

이에야스와 히데요시는 둘 다 시치미 떼며 화제를 바꾸었다. 그러나 신타로의 가슴은 여전히 쿵쿵 뛰고 있었다. 만약 히데요시가 도쿠가와 문중의 붕괴를 목적으로 자기를 원한 거라면 어떻게 될 것인가? 이에야스도 그 점을 알고 피했는데 아버지가 주책없이 감지덕지 승낙한다면……?

'이건 보통 문제가 아니다!'

이러한 점에 어쩌면 외교상의 참다운 계략이 있는 것인지도 모른다.

신타로는 얼마 동안 좌중의 이야기가 귀에 하나도 들어오지 않았다. 자기 하나의 문제 같으면서도 실은 자신만의 문제가 아니었다. 이번 일이 전례가 되면 아마 앞으로 어느 누구도 히데요시의 청을 거절할 수 없게 될 것이다. 아니, 비록 그것이 히데요시가 구상한 모략이라 하더라도 만약 분명하게 거절했다가 후환을 남기지나 않을 것인지.

아무튼 지금까지는 모든 게 예상했던 것 이상으로 잘 되어왔다. 이에야스도 만족했고 히데요시도 더할 수 없이 기분 좋아 보였다. 그것이 자기 일로 말미암아 어색해져 서로 감정이 상하게 된다면, 또 하나의 무서운 지뢰가 묻히는 것이다. 혼다 사쿠자에몬과 오만도코로의 사건이 바로 그것이었다. 상대가 그것을 입에 올리지 않는 까닭이 그렇게 묻어두었다가 더 큰 수확을 노리려는 속셈이라면, 이 일도 그것에 미치는 영향이 클 것이었다.

아버지는 아직 사쿠자에몬에 대한 일을 모르고 있다.

'아버지가 과연 뭐라고 대답하실까…….'

이것저것 생각의 갈피를 잡지 못하는 가운데 역시 신타로의 불안은 아버지 모토타다의 생각에 집중되었다.

"부름을 받고, 도리이 모토타다 대령했습니다."

신타로는 이에야스의 등 뒤에서, 아버지 모토타다의 껍질이 단단한 게 같은 모습을 바라보자 이제 어떠한 사태가 벌어지더라도 놀라지 않겠다고 결심했다. 상대인 히데요시가 문 앞에 앉아 있으니 이에야스와도 의논할 수 없는 일.

히데요시는 도도 다카토라와의 이야기를 중단하고 모토타다를 돌아보았다.

"오, 잘 왔어. 모토타다, 실은 그대에게 청이 있어서야."

"저에게, 전하께서?"

"그래. 청이라곤 하지만 물건은 아니야."

"그럼, 무엇이신지, 저 같은 자에게……."

"하하…… 그렇게 고개를 갸웃거려봤자 알 수 없을걸. 실은 그대의 아들, 쇠팔뚝 신타로를 나에게 달라는 것이네만."

"옛? 저 신타로를?"

모토타다는 흘끗 아들의 얼굴을 돌아본 뒤 그 시선을 의아스러운 듯 이에야스에게로 옮겨갔다.

"모토타다, 전하께서 신타로가 무척 마음에 드신 모양일세."

"예……?"

"재상님의 데릴사위로 삼고 싶으시다는군. 데릴사위로 삼아 가문을 잇게 하고 싶다고…… 그러나 이 일은 나로서 대답할 수 없는 일. 그대는 마음에 들지 않으면 내 말도 듣지 않는 사람……이라고 말씀드렸더니 전하께서 직접 그대와 이야기하시겠다고 하셨어. 그대 생각대로 말씀을 올리도록 하게."

이에야스가 말하자 히데요시는 웃으며 손을 흔들었다.

"아니, 자네 생각을 말하라는 게 아냐. 꼭 원하는 일이니 승낙해 달라는 거지."

신타로는 저도 모르게 숨을 죽였다.

도리이 모토타다의 표정에 꿈틀 하고 노여움의 빛이 움직였다. 그도 역시 사쿠자에몬에 가까운 기질의 사람이었지만, 사쿠자만큼 깊이 히데요시의 심정을 생각하거나 헤아려 보려고는 하지 않았다. 지나치게 상대의 입장이 되어 생각하다가는 꼼짝 못 하게 된다는 것을 잘 알고 있었다.

"참으로 뜻밖의 말씀이시군요."

히데요시는 틈을 두지 않고 물었다.

"승낙한다는 건가, 모토타다?"

물론 모토타다의 얼굴에 떠오른 노기를 눈치채지 못할 히데요시가 아니었다. 뻔히 알면서 재촉하는 말투인 것을 신타로도 알 수가 있었다.

이에야스를 보니 눈을 조금 치켜뜨고 숨죽이고 있었다.

"저로서는 고마우면서도 딱하고 거북하기 그지없는 말씀이십니다."

"뭣이? 고맙지만 딱하고 거북하다고?"

"예, 그것이 둘째나 셋째 놈 같으면 더 이상 고마울 데 없는 말씀이나 신타로는 장남, 제 집안의 뒤를 이어야겠기에 참으로 곤란하기 그지없는 일입니다."

"모토타다!"

"예."

"나는 자네 집안에 필요 없는 자식 같으면 청하지 않아. 장차 도요토미, 도쿠가와 두 집안을 위해 유망하다고 보았기에 간청하는 거야. 지금 그대의 대답은 안 될 말."

"무슨 말씀을. 비록 전하께서 그렇게 보셨다 하더라도 자식을 보는 눈은 어버이를 따르지 못하는 법, 전하께서 분명 잘못 보셨습니다."

"내가 잘못 봤다고? 좋아, 내가 잘못 봤더라도 좋으니 원한다면?"

"그 말씀만큼은……."

"거절한다는 말인가……? 이거 재미있군. 도리이 모토타다하면 도쿠가와 문중의 대들보, 거절할 때는 그만한 까닭이 있을 터, 이 히데요시가 알아들을 만한 이유를 말해보라."

'드디어 양쪽이 고집부리기 시작하는구나!'

신타로는 제정신이 아니었다. 아버지의 옹고집도 옹고집이려니와 상대는 천하를 뜻대로 하지 않으면 직성이 풀리지 않는, 희대의 지혜를 갖춘 권력자다. 아버지가 노련하게…… 아니, 너무 비참하게 궁지에 몰리지나 않았으면, 하고 그것만 염려하면서 침을 삼켰다.

모토타다는 자세를 고쳐 앉았다.

"말씀드리지요. 도리이 모토타다, 제 자식 일로 남의 가문에 폐를 끼치고 싶지 않습니다. 미흡한 놈이니 너그럽게 용서하시기를."

"모토타다, 그렇다면 자네는 자식 교육에 자신 없다는 말인가?"

"그렇습니다. 전하께서 미처 알아보지 못하셨습니다만 저희 집안 자식들은 모두 조금씩 불구의 몸입니다."

"뭐, 불구라고……?"

히데요시는 어처구니없어 마침내 미소 지었다. 대답할 말이 궁하니 하는 소리가 아니냐는 식으로, 놀려주고 싶은 눈치였다.

"그건 미처 몰랐군. 몸집도 아주 당당하고 참을성이며 예의범절이며 두둑한 배포 등 아주 출중한 젊은이로 봤더니, 음, 그래 불구라…… 가련한 일이로고. 그래 무엇이 모자란다는 건가? 어디가 불구인가? 경우에 따라서는 이 히데요시가 명의를 대어 고쳐줄 수도 있네. 모토타다, 이에야스 앞에서 내가 묻는 거니 숨길 것 없어. 어서 말해라."

신타로는 칼을 받쳐든 겨드랑이에서 식은땀이 주르르 흘러내렸다. 그렇다고 해서 데릴사위 혼담을 거절하는 이유로서 불구자로 만들어버리다니…… 워낙 옹고집인 모토타다인지라 무슨 말을 하려는가 조바심했더니 참으로 모토타다다운 기막힌 애교였다.

"자, 숨김없이 말하라. 모토타다, 신타로의 어디가 불구인고?"

"그것이…… 참으로…… 가장 요긴한 곳이 불구여서."

"가장 요긴한 곳이라……면 그건."

모토타다는 이마에 흥건하게 땀을 흘리고 있었다.

"그…… 그건 바로 근성입니다."

"……허, 근성이 비뚤어졌는가?"

"예, 말씀대로 천하에 몹쓸 근성입니다."

"그것 참, 보기와는 아주 딴판이군. 그래 어떻게 비뚤어졌는가? 내가 고쳐 주지. 말해보라."

모토타다는 가까스로 눈썹을 치켜세우고 윗몸을 일으켰다.

"그게 좀체로 고쳐질 병이 아닙니다. 물으시니 말씀드립니다만, 신타로 놈은 도쿠가와 가문에 충성을 다하라고 가르쳤더니 그만 도가 지나쳐 다른 문중은 모두 적으로 생각하는 불구자로 컸습니다."

"뭐, 다른 문중은 다 적이라고?"

"예, 그런고로 남의 가문에 보내면 그 댁에 화를 미치게 할 것인즉 이 일만큼은 널리 이해하셔서, 신타로 놈을 불쌍히 여기시면 그냥 이대로 도쿠가와 문중에 머물러 충신으로 남아 있게 해주셨으면 합니다."

히데요시는 나직이 신음했다.

"음. 들었소, 이에야스 님? 귀하는 참으로 부러운 불구자를 가까이에 두었구려!"

이에야스는 안도의 한숨을 내쉬며 가볍게 머리 숙였다.

신타로는 히데요시로부터 시선을 돌리고 싶었다. 궁지에 몰리는가 싶었던 아버지가 가까스로 용케 벗어난 것 같았지만, 그러나 화를 낼지도 모른다……고 생각했던 히데요시가 도리어 조용히 생각에 잠긴 표정을 지었기 때문이다.

"그래, 그런 불구자여서 거절한다고……."

"예."

모토타다는 힘차게 대답한 다음 고개를 조금 숙였다. 히데요시가 너무 순순히 공세를 거두는 바람에 그는 뭐라고 말을 더하지 않으면 안 될 것 같은 모양이었다.

"그러한 불구이므로 데릴사위 말씀은 너그럽게 용서해 주시기를. 그러나 말씀하시는 재상님 따님을 저희 가문으로 출가시켜 주신다면 이는 기꺼이 며느리로 맞이할 용의가 있습니다."

이 말에는 신타로도 깜짝 놀랐다. 무슨 악의가 있어서 그런 건 아니었다. 그러나 이번에는 아버지 쪽에서 히데요시에게 곤란한 제안을 한 꼴이 되어버린 게 아닌가.

상대는 재상 가문의 귀한 무남독녀다—

"뭣이, 그대 가문으로 시집보낸다면……."

"예."

"그래? 그래, 그게 좋겠다! 그럼, 그렇게 하지. 나는 신타로가 마음에 들었거든. 이쪽으로 데려오는 것만 짝을 지우는 게 아니었어. 그래. 그럼, 그게 좋겠다."

이에야스는 놀란 눈으로 히데요시를 다시 쳐다보았고 신타로는 온몸이 확 달아올랐다. 히데요시만 보면 모략……을 연상해 온 자신이 쥐구멍이라도 있으면 들어가고 싶은 심정이었다.

'역시 크다!'

신타로는 진심으로 히데요시를 새로이 우러러보았다.

신타로의 혼담은 이렇게 하여 결정되었다. 생각해 보면 우스운 생각이 들었다. 과연 히데요시가 그토록 탐낼 만큼 자기가 어딘지 취할 데가 있거나 한 인물인지…… 그러나 히데요시의 그릇 크기에 놀라면서도 이에야스를 보는 신타로의 눈은 전과 조금도 달라지지 않았다. 그런 뜻으로 볼 때 다급한 김에 불구자라고 한 아버지의 말은 바로 정곡을 찌른 말인지도 모른다.

그날 히데요시는 곧 돌아갔다. 그런 뒤 이에야스와 이에야스의 숙소를 맡아지은 도도 다카토라는 밤늦도록 담소를 나누었다. 아마 둘 다 상대에게 호의를 품고 있었기 때문이리라.

"뭔가, 적으나마 호의에 보답하고 싶소만……."

이에야스는 헤어질 무렵 나가미쓰(長光) 큰 칼을 다카토라에게 선물했고 다카토라는 어린애처럼 기뻐하며 몇 번이고 거듭 받쳐들어 보이면서 돌아갔다.

이튿날 호소카와 후지타카가 상경했다. 히데요시는 이에야스와 후지타카를 청하여 다회를 베풀었다. 후지타카와 이에야스 사이에도 또한 깊이 공명하는 데가 있는 듯했다.

이리하여 11월 5일에 예정대로 조정에서 관직 임명이 있었고 7일에는 오기마치 천황의 양위와 고요제이 천황(後陽成天皇)의 즉위식이 있은 뒤, 드디어 8일에 이에야스는 교토를 떠나 자신의 영지로 돌아가게 되었다.

히데요시는 끝내 혼다 사쿠자에몬에 대해 아무 말도 하지 않을 작정일까……? 그런 생각을 하면서, 7일 밤 작별인사차 아직 채 완성이 안 된 주라쿠 저택 히데요시의 거실로 찾아갔더니 히데요시는 그때야 비로소 그 말을 건넸다.

"더 오래 붙들고 싶으나, 오만도코로 일도 있고 해서 그럴 수 없구려. 속히 돌아가셔서 교토의 이야기를 들려드리고 올려 보내시도록."

이에야스가 대답했다.

"예. 사흘은 잡아야 할 길이니 나흘째 되는 12일에는 오만도코로님께서 오카자키를 출발하실 수 있을 듯합니다만."

히데요시는 가볍게 고개를 끄덕였다.

"새삼스럽게 귀하에게 말할 것도 없지만, 혼다 사쿠자에몬은 딸려 보내지 않도록."

그것은 너무도 날벼락같은 말이어서 신타로는 순간 움찔했고 이에야스도 귀를 의심하는 모양이었다.

"예? 뭐라고 하셨습니까."

"혼다 사쿠자가 배웅하지 않도록 해달라는 말이오. 늙은이에게는 좋은 사람 싫은 사람이 있거든. 이이 나오마사가 굉장히 맘에 드신 모양이야. 나오마사를 시켜 모시게 하고 사쿠자는 보내지 말아주시오."

"그렇겠군요⋯⋯."

"늙은이가 화나서 잔소리를 늘어놓으면, 나 또한 사쿠자를 꾸짖어야 하지 않겠소? 하하하⋯⋯ 사쿠자는 내 눈앞에 나타나지 않는 편이 좋겠구먼."

이에야스는 공손히 머리 숙였으나 변명은 하지 않았고 히데요시도 더 이상 그 문제를 들추지 않았다.

곧 규슈 출진 문제로 화제가 옮겨갔으나, 작별을 고하고 밖에 나왔을 때 이에야스의 이마에는 땀이 엷게 배어 있었다.

'무척 난처하셨을 것이다⋯⋯.'

신타로는 그렇게 해석했다. 히데요시의 거실에서 나와 새로 지은 숙소로 돌아오는 도중 이에야스의 입에서는 여러 번 한숨이 새어나왔고 걸음걸이도 무척 무거워 보였다.

"신타로, 일이 퍽 난처하게 됐어."

이에야스 입에서 불쑥 이런 말이 나온 것은, 서리가 녹은 뜰에 깔린 새 멍석을 밟고 숙소 현관에 들어설 무렵이었다. 숙소에는 자야 시로지로가 작별인사 차 와서 기다리고 있었다.

이에야스가 난처하다고 한 말의 뜻이 신타로에게는 쉽게 이해되지 않았다.

'사쿠자에몬에 대한 일 때문일까⋯⋯?'

그 일이라면 이미 끝난 것 같은데⋯⋯ 고개를 갸웃거리면서 칼을 받쳐들고 거실에 들어서자 현관에서 이에야스를 뒤따라 온 자야 시로지로에게 이에야스는 똑같은 말을 했다.

"기요노부, 일이 난처하게 됐네."

"그렇다면, 규슈 출진에 나가시게 될⋯⋯."

"아니야, 그건 입 밖에도 내지 않으셨네."

"그럼, 무엇이⋯⋯?"

자야 시로지로는 얼른 이해되지 않는 표정으로 문지방 옆에 앉았다. 근위무사들은 모두 내일의 출발 준비를 하느라 옆에 없어 방에는 오직 세 사람뿐이었다.

"기요노부, 저 칼 감정가 혼아미 고지(本阿彌光二) 부자 말인데……."

"아, 고지와 고에쓰(光悅) 말씀이시지요?"

"내가 돌아간 뒤 부자 가운데 누구든 한 사람을 오다와라로 보내주게."

듣고 있던 신타로도 대체 무슨 이야기인지 알아들을 수 없었으며, 자야 역시 이해되지 않는 듯했다.

"예."

대답은 했으나 어딘지 석연치 않은 표정이었다.

혼아미 고지와 이에야스는, 이에야스가 슨푸에서 지낸 다케치요 시절부터의 지기였다.

칼을 감정하는 데 있어 일본 최고의 권위자로 장식이며 날 세우는 일, 매매 주선 등의 일로 그들 부자는 온 일본 각 지방의 여러 무장들에게 드나들고 있다. 오다와라로 보내달라는 말이 호조 가문 동향을 살피고 정보를 수집해달라는 의미인 것까지는 알겠지만 지금 무슨 필요가 있어서인지 자야에게는 그 점이 의아했던 것이다.

이에야스는 보기 드물게 양미간에 깊은 주름을 잡으며 말했다.

"규슈 정벌은 늦어도 내년 여름 안으로 결판날 걸세."

"그런가요?"

"그다음은 오다와라야. 자칫하면 그것이 송두리째 나에게 덮쳐올 우려가 있어."

이에야스가 불쑥 하는 말을 듣자, 자야의 눈에 갑자기 빛이 번쩍였다.

"그럼, 규슈 출진에 대한 말씀은 안 하시던가요……?"

"눈치로 봐서는 않으실 모양인데, 그러나 나 혼자 힘으로 오다와라와 싸우는 날에는 상처가 너무 커."

자야는 침을 꿀꺽 삼켰다. 신타로도 정신이 번쩍 들었다. 이에야스가 그 일을 걱정하며 한숨 쉬었음을 비로소 안 것이다.

"만일 나와 오다와라가 싸울 경우 양쪽의 힘이 다하는 날 둘이 함께 쓰러질 것 같아. 간파쿠에게 악의는 없다. 그러나 힘이 약해지면 문제는 달라지지. 아무래도 나는 눈엣가시인 모양이야."

"음."

"그러나 규슈 정벌을 끝낸 간파쿠의 명은 거역할 수 없지. 상대는 더욱 더 강대해질 뿐이야."

"그, 그렇다면 오다와라와 싸우지 않도록, 그게 목적……이십니까?"

"할 수만 있다면……."

그렇게 말하고 이에야스는 갑자기 말투를 바꾸었다.

"간파쿠는 사쿠자에 대해서도 아무 힐책하지 않았어…… 차라리 꾸짖어 주었다면 내 마음이 편했을 텐데……"

신타로는 다시 한번 어깨를 떨었다.

'역시 주군의 근심은 내가 미처 생각지 못한 곳에 있었어…….'

양자의 대면은 막상막하, 히데요시도 훌륭했으나 이에야스 또한 충분히 바라던 목적을 이룬 것으로 생각되었다. 그런데도 이에야스는 한탄하는 것이었다.

"난처하게 됐다……."

신타로는 그 탄식의 내용을 깊이 알 수는 없었으나, 자야 시로지로와의 대화의 토막들을 이어붙일 수는 있었다. 히데요시는 오만도코로에게 무례를 범한 사쿠자에몬의 방자함마저 이에야스를 생각하여 꾸짖지 않았다. 그렇게 생각해 준 일이 이에야스는 꺼림칙한 것이다. 이에야스는 처음부터 규슈로 나갈 많은 부대의 출진은 반기지 않았다. 따라서 히데요시가 출진을 명령한다면 무언가 구실을 대어 피할 작정이었다. 그런데 히데요시는 그러한 이에야스의 속셈을 미리 알아채고 말했다.

"규슈 문제는 내가 가면 쉽게 끝난다……."

그 대신 동쪽을 튼튼히 하도록 부탁한다고 대수롭지 않은 일처럼 말했다. 그일로 해서 이에야스는 머지않아 규슈 다음에 있을 오다와라와의 교섭을 염려하지 않을 수 없게 된 것 같다. 오다와라의 호조 부자가 시국의 추세를 잘 내다보고 순순히 히데요시를 따라올지 어떨지? 그렇지 않다면 정벌……이 될 터인데 그렇게 된다면 이에야스 한 사람에게 그 명령이 떨어질 것으로 생각하는 눈치였다.

호조 우지나오는 이에야스의 사위, 그 아비 우지마사는 이에야스와 손잡고 히데요시를 쳐부술 생각은 할지언정 히데요시에게 항복할 생각은 꿈에도 없는 듯했다. 그렇게 되면 이에야스는 히데요시든 호조 부자든 어느 한쪽을 상대로 끝내 싸우지 않을 수 없는 처지가 될 것이다. 신타로도 그만한 것쯤은 알 수 있었다.

아니, 그보다 이에야스가 염려하는 것은 더 앞날의 일인 듯했다. 지금도 적으로 돌려 싸우기에는 너무 강대한 히데요시인데, 규슈마저 평정하여 그 강대함에 힘을 더 한 뒤에는 더욱 그를 적으로 대할 수 없다. 따라서 아무래도 호조 부자를 적으로 돌리지 않으면 안 된다. 그때 만일 이에야스 혼자 힘으로 정벌하라는 명이 내리면, 호조도 크게 상하겠지만 이에야스 또한 타격입고 오늘의 세력을 유지할 수 없게 될 것이다…… 그렇게 된다면 고마키 전투 이래 사사건건 이에야스 때문에 속을 썩혀온 히데요시니 기회는 이때다 하며 완전히 멸망시켜 버리지는 않더라도 아무 일도 못할 정도로 약화시킬 것은 당연한 일…… 이에야스는 이 점을 염려하여 탄식하는 듯했다.

"난처하게 됐다……"

이에야스는 목소리를 낮춰 말을 이었다.

"기요노부…… 혼아미 부자 가운데 누구든 오다와라로 보내 칼 이야기에 빗대어 천하의 대세를 은근히 설명해 주도록 하게. 이미 대세는 결정되었다, 국내의 통일과 화평은 모든 백성이 바라는 일…… 명검은 살벌한 기운을 거두어 일단 칼집에 도로 집어넣어야 할 때가 왔다고 말일세."

"알겠습니다. 그것이 호조 집안을 무사하게 하는 비책이기도 하겠지요."

"그리고 또 조정의 공경이나 여러 영주들과 늘 접근할 수 있는 다인들이며 학자…… 그렇지, 천하의 존경을 한 몸에 받을 만큼 뛰어난 학자를 내 편으로 삼을 수 없을까?"

"학자……를 말씀입니까?"

"그렇지, 병법에 밝은 사람들이 아니라 이를테면 대국적인 면에서 세상의 평화를 진실하게 풀어 가르칠 수 있는 독실한 선비…… 또는 덕이 높은 승려…… 이것을 자네 가슴에 넣어두고 잘 생각해보게."

그렇게 말하자 이에야스는 미간에 잡힌 주름을 펴지 않은 채 지그시 두 눈을 감았다. 신타로는 또다시 이에야스의 말뜻을 알 수 없었다. 어떻게 하면 무장다운 무장이 되느냐고 세상에서는 오로지 거기에 정신을 쏟고 있는데, 병법에 밝은 이가 아닌 학자 중에서 내 사람을 고르겠다고 한다…… 그것을 자야 시로지로는 자못 그럴 듯하게 여기며 고개를 기울여 듣고 있었다.

"기요노부……."

"예."

"교토에서의 내 편은 그대와 혼아미 부자 정도지. 앞으로 그 정도로는 부족해."

"분명…… 저도 그렇게 생각합니다."

"그대의 활약으로 사카이 사람들의 움직임은 대략 알게 됐어. 이것은 시간을 재는 종과도 같은 거야."

"옳으신 말씀……."

"그러나 그것으로는 모자라네. 앞으로는 나도 때때로 상경하여 간파쿠의 의논 상대가 되어야 할 터이니 동서남북 여러 영주들의 집안사정이며 움직임을 수시로 알아야 되겠네."

"그렇습니다."

"이가나 고가 무리로는 손이 모자라거든."

"그것에 대해서는 제가 전부터 말씀드린 바 있습니다."

"인간의 사고방식이며 신앙 같은 것을 내부에서부터 파악하지 않으면 안 돼…… 누가 어떤 책을 읽고 어떤 신앙을 가졌는가까지 안 뒤에 고금의 정치를 이야기해야지. 그렇지 않으면 앞으로의 대화에서 지고 말 거야."

"말씀드릴 것이 있습니다."

"뭐, 좋은 생각이라도 떠올랐는가?"

"예, 있습니다!"

자야는 이에야스 앞으로 한무릎 다가앉으며 신타로를 흘끗 쳐다본 뒤 목소리를 낮추었다.

"물론 사카이의 쇼안 님과도 의논해 보겠습니다만, 자야 시로지로, 그날그날의 끼니 걱정을 하지 않아도 되니 한 번 뜻을 세워 학문을 도락으로 삼으려 결심했습니다…… 이런 소문이 들리시더라도 꾸짖지 마시기를."

"뭘, 시대가 그런걸. 훌륭하고 장한 정신이라고 칭찬해야 할 일이지."

"그러면 우선 이 시로지로, 교토에서 한창 이름 날리고 있는 후지와라 세이카 (藤原惺窩)의 제자로 들어가겠습니다."

"음, 그대 스스로 뛰어들겠다는 거로군."

"예, 그런 뒤 주군의 소개로 어전에서 강의라도 하게 되면 다음 일은 저절로 풀릴 것이온즉."

이에야스는 진지한 표정으로 고개를 끄덕였다.

"그러면 나도 학문을 즐기게 될까?"

"예."

자야 시로지로는 다시 더 다가앉으며 한층 더 목소리를 낮추었다.

"간파쿠 전하를 가벼이 보는 자가 있다면 그건 그분이 병학과 글을 모르기 때문입니다."

이에야스가 가로막았다.

"쉿! 그건 말하지 말게. 깊이 생각한 끝에 부탁하는 일이니."

"예, 본의 아닌 말씀을 드렸습니다. 우선 세이카에게 한학을, 다음에는 기요와라 슈켄(淸原秀賢)에게 국학을…… 이런 순서로 범위를 넓혀 가노라면 자연 이름난 다섯 산의 학승들과도 줄이 닿겠지요. 알겠습니다. 이제부터는 고금의 정치 발자취를 밝히는 게 먼저 할 일인 것 같습니다."

이에야스는 그 말에는 직접 대답하지 않았다.

"무(武) 다음에는 학문의 길, 풍류의 길…… 모두 가벼이 여겨서는 안 될 나의 활로다……그리고 세상에 깊이 숨어 있는 명의가 있거든, 이것도 빠뜨리지 말게."

신타로는 더욱 고개를 갸웃하며 두 사람의 대화를 이해하려 애썼다…….

자야 시로지로가 돌아가자, 이에야스는 비로소 크게 기지개 켜며 신타로에게 웃어 보였다.

"어떠냐, 쇠팔뚝 신타로. 이번 여행은 재미있었나?"

"예, 정신이 어지러울 정도로…… 여러 가지 많은 교훈을 얻었습니다."

"그중에서 가장 인상에 남는 일은?"

"주군의 마지막 근심거리……."

"허허, 그걸 알 정도면 대단하군."

"간파쿠 전하께서 도쿠가와 집안만의 힘으로 오다와라를 치게 하실까요?"

"하하하…… 그럴지도 모르지. 안 그럴지도 모르고, 그건 그렇고, 네 아버지도 어지간하더군."

이에야스는 말하며 웃었다.

"너를 끝내 병신으로 만들어버리다니, 하하하……."

"저도 놀랐습니다. 하지만 그것도 좋은 교훈이었습니다, 제 아비가 말한 대로 불구자가 되겠습니다."

"신타로."

"예."

"너는 하마마쓰에 있는 아사히 마님을 어떻게 생각하느냐?"

"예? 마님께서는 오만도코로님을 만나시어 무척 기뻐하실 것으로……."

"기쁘다뿐인가, 만남은 작별의 시작이거늘…… 내가 돌아가면 둘은 곧 헤어져야 하니…… 여자란 참으로 가련한 존재야."

"……예."

"나는 돌아가면 곧 성 개축 공사를 벌이겠다."

"하마마쓰성을……?"

"아니, 슨푸성…… 오다와라에 대한 방비지…… 그리고 나도 슨푸로 옮겨 앉고, 아사히는 교토로 돌려보낼까 한다…… 어머니 곁으로."

"그…… 그것을 간파쿠 전하께서 승낙하실는지요?"

"간파쿠는 규슈로 떠나신다. 나 또한 빈둥거리지 않고 동으로 이동할 것이니 슨푸는 하마마쓰보다 오사카로부터 더욱 멀어지지. 멀어짐은 가까움과 통하는 이치…… 교토로 보내는 건 모녀 사이의 정을 살펴준 주선이다."

신타로는 알 것도 모를 것도 같은 아리송한 혼돈을 느끼며 입을 다물었다. 자야에게 명을 내린 내용은 어렴풋이 알 것 같은데, 더욱 가까워지기 위해 하마마쓰보다 더 먼 슨푸에 가서 살고 아사히 부인을 교토로 올려 보낸다는 의미는 이해할 수 없었다. 그렇게 하면 히데요시가 화낼 것 같은데…….

"신타로, 내일은 일찍 떠나야 하니 이제 그만 잘까."

"예."

"이제 다 끝났다. 아사히도 오만도코로도 저마다 책임을 다 한 거야."

"예……?"

"너도 책임을 다 했고 사쿠자도 다 했다. 너의 아버지도, 고헤이타도, 나오마사도…… 이제부터는 완전히 새로운 날이 될 것이다."

"……그럴까요?"

"이에야스는 간파쿠의 매부…… 신하는 아니지만 천하를 의논하는 지배인격으로 떨어졌다. 천하를 위해서 말이다."

"……."

"그 대신 안으로부터 단단히 천하를 지켜보겠다. 말하자면 간파쿠의 감찰역이지. 하하하…… 그 점을 충분히 납득하지 못하면 새로운 날의 일을 할 수 없어."

그렇게 말하며 눈시울에 한 가닥 쓸쓸한 기색을 띤 채 이에야스는 측간으로 갔다.

아직도 숙소 안팎은 다음 날 아침의 출발준비로 부산하게 돌아가고 있었다…… 신타로는 황급히 이에야스의 뒤를 따랐다.

관찰자

이에야스가 히데요시와의 대면을 마치고 돌아가자 교토와 오사카의 분위기가 확 바뀌었다.

다가오는 규슈 출진을 위한 준비로 무장들의 눈에는 핏발이 섰으나, 서민들 사이에서는 반대로 긴장이 풀리고 있었다. 이제는 마음 놓고 명절을 맞이할 수 있었다. 그러고 보니 거리마다 전쟁 준비로 떠들썩 활기가 넘쳤지만 누구 하나 그 싸움의 결과를 염려하는 이는 없었다. 히데요시의 교묘한 선전 탓도 있지만 이에야스가 거느리고 온 대군이 사실은 적이 아니고, 아군의 예비 병력임이 시민들 사이에 알려져 커다란 안도감을 갖게 한 것이었다.

"이젠 깨끗이 결말났어. 간파쿠님은 튼튼한 팔 하나를 더 얻은 셈이야."

"정말이야. 내년부터는 살기 좋은 세상이 될 걸세."

"도쿠가와 님은 세상을 바로잡는 부처님 사자였어."

"아니야, 역시 간파쿠님이 뛰어나게 훌륭하시기 때문이야."

"이쯤 되면 규슈 정벌쯤은 문제 아니야. 누구 말을 들으니 도쿠가와 님은 그 군세를 그대로 이끌고 규슈 정벌을 돕겠다고 하셨다더군. 그런데 간파쿠님이 웃으면서 거절하셨대. 귀하에게는 동쪽을 부탁하오, 뭐 이까짓 규슈쯤……하고 말이야."

"아무렴, 간파쿠님은 규슈뿐이랴, 당나라 천축까지 쳐부수겠다고 하신다는데."

민중의 감각은 그 조잡한 표현 속에 이상하게 날카로움과 정확성을 숨기고 있었다. 그들은 무슨 이론적인 눈으로 히데요시와 이에야스의 계략을 꿰뚫어보는 것은 아니었지만, 이번 두 사람의 대면이 그들의 생활에 무엇을 가져다주었는지는 온 몸으로 느껴 알고 있었다. 아니, 그 이상으로 어쩌면 두 사람의 기쁨과 슬픔과 걱정 같은 것을 느꼈는지도 모른다.

이에야스가 교토를 떠난 지 나흘째인 12일 오카자키를 떠난 오만도코로 일행은 이이 나오마사의 경호를 받으며 18일에 아와타 어귀에 도착했다. 이때 교토 거리는 축제날같이 떠들썩했다. 그들은 결코 오만도코로가 볼모였다고는 말하지 않았다. 당연한 일이지만 교토, 오사카의 서민들은 간파쿠 편이어서…… 역시 막내딸을 만나보기 위한 여행으로 짐작했다. 누가 시킨 것도 아니련만 어느새 집집마다 처마 끝에 초롱을 밝히고 자기 일처럼 기뻐했다.

"무사히 돌아오신 것을 축하하자."

히데요시는 아사노 나가마사를 데리고 아와타 어귀까지 나가 어머니를 맞이했다.

"이이 나오마사라는 자는 어디 있는고?"

히데요시는 오만도코로의 편지로 알게 된 나오마사 곁으로 가까이 가서 허리에 차고 있던 칼을 풀어주며 그의 노고를 치하했다고 한다.

그 소문은 그대로 오사카에도 전해졌다. 그리하여 우치노에서 하룻밤 묵은 오만도코로가 배편으로 오사카에 돌아왔을 때 오사카 거리는 교토의 몇 배나 되는 기쁨으로 들끓었다.

히데요시는 마침내 아사히히메의 결혼……이라기보다 고마키, 나가쿠테 전투이래의 불명예를 지금에 이르러 말끔히 씻고 그 정치적 수완을 발휘하여 먼저 손쓴 것이었다…….

그러나 그 규슈 출진 준비의 북새통 속에서 오직 한 사람 이에야스와 히데요시를 냉정하게 비교하며 반가운 빛을 보이지 않는 사람이 있었다. 다름 아닌 히데요시의 조강지처이며 여자 간파쿠라는 별명이 붙은 기타노만도코로 네네였다…….

네네는 오만도코로가 오사카성으로 돌아오자 자기 거실로 청하여 식사를 함께 나누며 세세한 대목까지 빠뜨리지 않고 오카자키에서의 일들을 캐물었다. 이야기가 성주 대리 혼다 사쿠자에몬에 이르자 오만도코로는 이맛살을 찌푸리며 말했다.

"그자는 말이다, 어느 집에나 꼭 있는 괴팍한 늙은이야."

노골적으로 비난의 기색을 보이면서 그다음에 곧 무마하는 말도 잊지 않았다.

"그렇다고 너무 꾸짖으면 오히려 나빠. 괴팍한 사람은 정말 무섭거든."

"무섭다니요?"

"무슨 짓을 저지를지 모르잖니? 뒤에 남은 아사히 생각도 해야 하니까."

네네는 경솔히 되물은 자신을 뉘우치고 사쿠자에몬에 대해서는 더 이상 묻지 않았다. 시녀들은 저마다 한마디씩 사쿠자에몬을 욕하며 그를 그냥 두면 간파쿠의 위신에 흠이 될 거라고 우겼다. 만약 아사히 부인을 해칠 우려가 있다고 생각되면 오만도코로의 병환을 핑계 삼아 문병 오라는 명분으로 오사카성에 불러들인 다음 사쿠자에몬에게 할복 명령을 내리도록 하자……

"주위에 나뭇단을 쌓아올린 속에서 지내게 하다니……미친 마귀 같은 놈입니다."

네네는 이러한 보고들을 머릿속에서 냉정하게 검토했다. 미친 마귀 같은 늙은이를 이에야스 정도의 인물이 성주 대리로 둘 리 없다. 그렇다면 두 가지 경우로 생각할 수 있다. 하나는 그러한 일들이 모두 이에야스의 밀명에 의한 것이었는지? 또 하나는 이에야스의 신변 안전을 도모하기 위해 사쿠자 독단으로 벌인 협박은 아닌지?

이튿날 아침 네네는 아사노 나가마사를 불러 귀띔했다.

"오늘 이이 나오마사가 이 성에 오기로 되어 있어요. 접대역으로 혼자 만나는 것은 거북할 테니 낯익은 이시카와 가즈마사를 동석시키도록 해요."

"동석시켜 어떻게 하시려고요?"

나가마사는 고지식하게 되묻다가 별안간 무릎을 탁 쳤다. 네네의 말뜻을 알았던 것이다. 만일 사쿠자에게 나뭇단을 쌓으라는 명을 내릴 이에야스 같으면 이시카와 가즈마사의 탈출도 밀명을 받은 게 된다. 그래서 그들을 만나게 하여 양쪽의 태도를 관찰하라는 것이다.

"잘 알았습니다."

"술좌석만으로 잘 모르겠으면 다회에도 함께 앉게 해보오."

"예, 알겠습니다."

"그리고…… 귀를 이리 가까이."

다시 그의 귓전에 대고 무엇인가 속삭였다.

나가마사는 좀 놀란 듯 네네를 돌아보며 말했다.

"아무튼 시키시는 대로 하겠습니다."

이튿날부터 나가마사의 입을 통해 나오마사와 가즈마사의 일거일동, 그리고 나오마사를 대접하는 히데요시의 태도 등에 관한 정보가 낱낱이 네네에게 전해졌다. 나오마사는 주연자리에서도 다석에서도 가즈마사에게 끝내 한마디도 입을 열지 않았다고 한다. 나오마사는 분명 상대를 배반자로 경멸하는 눈초리로 어쩌다 눈이 마주치면 불꽃을 튕겼고, 가즈마사는 멋쩍은 듯 시선을 내리깔고 한 번도 상대를 바로 쳐다보지 못하더라는 보고였다.

네네는 매우 침울한 얼굴로 나가마사에게 물었다.

"그래서 간파쿠님은 나오마사에게 뭐라고 나무라셨소?"

적어도 히데요시는 간파쿠인 것이다. 이이 나오마사가 간파쿠의 신하가 된 이시카와 가즈마사에게 무례한 태도를 취했다면 꾸짖고 나무라야 마땅하다고 네네는 생각했다.

'그러나 꾸짖을 수는 없었겠지…….'

미리 생각하고 있었으므로 묻는 말에 힘이 없었다.

짐작한 대로 나가마사는 고개를 가로저었다.

"나무라기는커녕 이번의 노고를 치하하시며 하시바성을 내리신다고 하셨습니다."

"뭐, 하시바성을?!"

"예, 그것도 간파쿠의 넓으신 도량……으로 여겨졌습니다만."

네네는 못마땅한 듯 혀를 찼다.

"나오마사는 사양했겠지요."

"잘 아시는군요."

"그 도리이 신타로라는 애송이 시동조차 간파쿠님의 청을 거절했는데, 참 딱하셔…… 그래, 나오마사는 뭐라고 거절하던가요?"

"예…… 이이 가문은 본디 남북조 이래 소문난 도토우미의 명문, 황실과 인연 깊은 집안이라 저의 주군 이에야스도 마쓰다이라성을 내리고 싶지만 사양하고 계신다는 것이었습니다. 그러므로 여기서 하시바성을 받잡고 돌아가면 주군 이에야스를 볼 면목이 없다고.”

“허, 말이야 그럴 듯하군. 마쓰다이라를 안 받는 터이니 하시바도 받을 수 없다고 하던가?”

“예……”

“마쓰다이라도 안 받는데 뭣 때문에 하시바 같은 것을……하고 말이지?”

“예?”

“그런 말을 하시는 간파쿠께서 어떻게 되신 거지. 아이, 답답해라.”

“저는 그렇게 생각지 않습니다. 이 점이 간파쿠님의 독특한 연기라고 생각하는데요.”

“나가마사 님, 연기란 한두 가지로 충분한 법이에요. 혼다 사쿠자에몬이며 도리이 신타로, 그리고 이번엔 이이 나오마사에 대해…… 히데나가 님이 노하고 계시는 것도 무리가 아니지요.”

“그럼, 재상…… 아니, 다이나곤(히데나가)님, 그 다이나곤님이 화내셨습니까?”

“그래요. 적어도 어머님은 칙사를 통해 관명을 받으신 종1품 오만도코로님이에요. 그런 어른을 볼모로 보내다니 이것은 씻을 수 없는 무문의 큰 치욕…… 그런데다 주위에 나뭇단을 잔뜩 둘러싼 숙소에서 지내다 돌아오셨으니 화내는 것도 무리가 아닐 테지요.”

나가마사는 이야기가 그 일에 미치자 입을 다물었다. 그 또한 이런 경우 화내는 게 당연하다고 생각하는 것이리라.

“참는다는 건 무척 중요한 일이지요. 그러나 두 번 세 번 거듭 상대의 비위를 맞추는 짓은 아부에 가까운 것. 사쿠자에몬이라는 늙은이의 짓도 참는 것은 이해되지만 그 뒤의 처사는 필요 없는 거예요.”

네네는 말을 마치자 호호 하고 웃었다. 이런 말을 나가마사나 나가모리나 미쓰나리 등에게 한다는 것은 잘 하는 짓이 아니라는 생각이 든 것이다.

“아무래도 나는 나이 들면서 성질이 차츰 거세지는 것 같아요. 방금 그 말은 안 들은 것으로 해줘요.”

“예, 알겠습니다, 그럼……”

나가마사가 물러가자 네네는 이번에는 이야기꾼 소로리 신자에몬을 불러들였다.

"신자, 울적한 마음을 풀 수 있는 무슨 재미있는 이야기라도 없을까요? 오만도 코로님이 미카와에서 당한 일을 이야기 들었더니 울적해 못 견디겠군요."

"재미있는 이야기라…… 예, 있지요."

소로리 신자에몬은 길쭉한 얼굴에 대담한 웃음을 떠올렸다.

"혼간사의 도사님이 목 놓아 우신 이야기는 어떠실까요?"

"혼간사의 도사님이…… 왜 우셨나요?"

네네는 이자가 엉뚱한 이야기를 하면서도 세상일을 얼마나 예리하게 잘 관찰하는지 잘 알고 있었다. 어쩌면 이 어릿광대는 소에키마저 뒤에서 조종하고 있는지도 모른다. 사카이 사람들 중에서도 이처럼 재치가 뛰어난 자는 없는 것 같았다.

"그것은 도쿠가와 님에게 예정대로 탈 없이 선물을 전할 수 있었기 때문이겠지요. 아무튼 고몬 님이 미카와로 심부름 가다가 혼비백산해 달려 돌아온 뒤였으니까요."

"그랬는데 전쟁 없이 모든 일이 원만하게 끝났다, 그래서 목 놓아 울었다는 말인가요."

"그뿐이라면 무슨 재미가 있겠습니까, 마님?"

"정말 하나도 재미없군요."

"도쿠가와 님이 무사히 귀국하시게 되어 자야 시로지로가 그 사실을 알릴 겸 답례로 옷감을 싸들고 도사를 찾아갔다고 생각하십시오."

"그랬군요…… 하지만 그것도 재미가 없네."

"그랬는데 도사께서 선물을 받고 그냥 있을 수 없었는지 남만에서 건너온 후춧가루를 가져오게 하여 자야에게 설명하다가 그만 봉지가 터져버렸답니다."

"난 또 무슨 이야긴가 했더니. 그래, 그 가루가 눈에 들어가서 울었다는 말이군요."

"아닙니다. 와르르 쏟아진 매운 후춧가루가 구름같이 방 안에 일어 그것이 온 얼굴에 묻었답니다. 눈물이 쏟아지고 재채기가 나고 했다니 세상에 그런 우스운 꼴이 어디 있겠습니까……?"

"그 자야라는 옷감장수, 그대도 잘 아는 사람인가요?"

"그럼요……."

"출입을 허락하겠으니 나에게도 옷감을 가지고 오라고 전해 줘요."

"참으로 고마우신 분부, 이렇게 되어야만 천하가 통일될 수 있지요."

"천하 통일이라니, 그대들은 무엇이 목적인가요? 일본 땅에 전쟁이 없어진 뒤에는?"

"하하하…… 이것 참, 굉장한 천리안이십니다. 그 뒤는 남만 정벌이라고나 할까요? 만약 그렇게 된다면 저도 졸개대장으로서 극락 섬에라도 건너갈까 합니다."

"그렇게 된다면 좋으련만……."

"그러시면 뭔가 마음에 걸리시는 일이라도?"

"요즘 전하가 좀 변했다고 생각지 않아요? 아니, 그런 소문이 떠돌고 있지 않는지요?"

신자에몬은 문득 입을 다물었다. 그리고 다음에는 의식적으로 목소리를 낮추었다.

"벌써 아시는군요."

"그럼, 모를 줄 알았어요?"

"이미 아신다면 제 잘못이 아니니 모두 말씀드리지요. 전하께서는 규슈 출진 중에 몰래 교토로 옮겨 사시게 했다가 개선하신 다음 우치노의 주라쿠저택에 불러들인 뒤, 그때 가서 마님께 고백하실 모양입니다."

"그게 대체 무슨 이야기요? 고백이라니?"

"옛? 그럼, 마님께서 다 아신다고 한 것은 미끼였군요."

"아니에요. 그대가 말하는 것은 자차 님 이야기겠지."

"아, 역시 아시는군요."

"내가 묻는 것은 자차 님 이야기가 아니에요. 간파쿠가 그대들 사카이 사람들 눈에 여전히 드느냐는 거예요, 신자."

서슴없이 알아맞히자 신자에몬은 비수로 가슴을 찔린 듯 입을 다물어버렸다. 이제 그의 얼굴은 어릿광대는커녕 주름살 하나하나가 그대로 신경으로 보이는 얼굴이었다. 신자에몬은 소리 내어 꿀꺽 침을 삼켰다. 동작에는 여전히 몸에 밴 과장하는 버릇이 있었지만 속으로는 날카롭게 무엇인가 생각하고 있다.

'말해야 하나, 하지 말아야 하나……?'

그것을 망설이고 있는 표정이……라는 걸 네네는 알았다.

"신자! 그대는 전하께 아첨이나 떨고 어릿광대짓이나 하는 게 본분이라고 생각하나요?"

"죄송합니다."

"나는 그대를 난처하게 만들려는 게 아니에요. 기타노만도코로로서 나는 내 임무가 있어요…… 아니, 뭐 거창하게 기타노만도코로까지 들먹일 건 없겠지. 기노시타 도키치로 때부터 오랜 조강지처로서의 책임이라고 할까?"

"말씀드리겠습니다."

빠른 그의 두뇌는 여기서 어설프게 어물거리다가는 이 총명한 재녀에게 경멸받게 될 뿐만 아니라, 사카이 사람들 전체가 성안 내전을 적으로 삼을 우려를 느꼈던 것이다.

"마님의 안목은 참으로 놀라우십니다. 모두 다 전하를 위하시는 진심이시니…… 어찌 감히 숨길 수 있겠습니까?"

"그럼, 역시 사카이 사람들은 전하가 변했다는 말들을 하는 모양이군요."

"예, 분명히 말씀드리자면 나야 쇼안 님이…… 마님과 똑같은 말씀을."

"어떻게 변했다고 하던가요?"

"고마키 전투 때부터 달라지셨다고 합니다."

"고마키 전투 때부터…… 들은 대로 자세히 말해 줘요."

"예."

신자에몬은 가만히 이마의 땀을 닦았다.

"그 전까지 전하의 자신감은 바로 천상의 왕 같은 것이었지요…… 주고쿠에서 이겼고, 야마자키에서 이겼고, 기요스 회의에서도, 북 이세에서도, 삿사를 공격했을 때도, 시바타를 공격했을 때도, 기후에서도 이겼으니…… 정녕 백전백승이었다고……."

"그래서?"

"마침내 자기는 천하를 구하기 위해 내리신 신의 아들이라고 자신했다, 그런데 고마키 전투에서 비로소 커다란 장벽에 부딪혔다……고 했습니다."

"장벽……뿐이 아니겠지요. 뭐, 그런 건 다 좋아요. 그래서 어떻게 변했다고 하던가요? 전하의 자신감이 무너졌다던가요……?"

소로리 신자에몬은 가는 눈을 더욱 가늘게 뜨며 고개를 저었다.

"그렇지 않기 때문에 경계해야 한다는 것입니다. 즉 전하께서는 비로소 강대한 전하의 무력으로도 깨뜨리지 못하는 게 있다는 것을 아셨다, 그래서 깊이 생각을 가다듬고 대책을 세워야 함에도 불구하고, 자신감이 흔들릴까 겁나 정략으로 밀어붙였다고……."

"사카이 사람들은 그것을 경계해야 한다고 보았단 말이군요."

"예, 이것도 쇼안 님 의견이지요. 소에키 님 생각은 모르겠습니다. 그러나…… 어쨌든 그 결과는 전하께서 원하시던 대로, 그리고 도쿠가와 님도 원하던 대로 되었습니다. 그렇게 되면 무력으로 꺾을 수 없는 자가 있다는 것을 전하에게 알게 한 도쿠가와 님에게로 승리가 돌아가는 게 아니겠느냐고……."

여기까지 듣자 네네의 눈썹이 꿈틀했다.

"그래서 사카이 사람들은 전하의 무엇을 경계한다는 거요? 나는 그게 알고 싶소."

신자에몬은 이제 조금도 꺼리지 않았다. 순순히 고개를 끄덕이며 가만히 주의를 둘러보았다. 그리고 갑자기 사람이 달라진 듯 신중하게 말했다.

"사람에게는 저마다 타고난 기질이 있습니다. 그것이 어떤 힘을 얻어 지나치게 달리면 멈춰 서려고 해도 설 수가 없는 것……이라고 쇼안 님은 말합니다."

"전하가 너무 달린다……는 말이군요."

네네는 눈도 깜박이지 않고 그를 똑바로 응시했다.

"그래, 그 뒤에는 뭐라고 하던가요?"

"도쿠가와 님이 경쟁상대로 남았다. 그러므로 전하는 앞으로도 줄곧 경쟁해야만 한다. 그런 기질이시니 일일이 도쿠가와 님을 압도하려고 쉬지 않고 달리실 것이다……."

"정말 그렇군요."

"규슈 정벌이나 동 일본의 평정 같은 일은 그것으로 모두 해결될지 모르지만 그 뒤가 문제라고."

"그 뒤에도 전하는 계속 달릴 거라고 보는 모양이군요."

"예, 멈춰 서려 해도 멈춰 설 수가 없는 거지요. 경쟁상대가 전하의 가슴속에 남아 있으니까요."

소로리는 말하며 문득 한쪽 볼에 떠오른 웃음을 부랴나케 감추었다.

"그런 기질이시라 어디까지나 상대를 압도하려고 혼자 애쓰실 테니, 그 달리는 방향을 그르치게 되면 전하뿐 아니라 일본의 파멸이 될 거라고……."

"일본의……."

"예, 이제 일본 안에는 더 이상 달릴 곳이 없습니다. 그러니 이번에는 당나라를 치시든지 천축을 치시든지 아니면 남만의 섬들을……."

네네는 살며시 눈을 감았다. 지금 소로리가 한 말들은 전부터 자신이 히데요시에게서 느껴오던 막연한 불안과 그대로 딱 들어맞았다.

'너무 달려와 멈춰 설 수 없는 히데요시.'

그것은 이에야스의 출현과 관계있는 것이 아니라 네네가 히데요시에게서 느끼고 있는 성격의 위태로운 면이었다. 아마 죽을 때까지 무엇인가를 쫓아 정신없이 달려갈 것이다…… 그런데 거기에 이에야스가 히데요시를 더욱 더 무작정 달리게 만드는 상대로서 나타났다……고 사카이 사람들은 보고 있는 듯했다.

히데요시가 변했다는 것은, 전에는 자신만만하던 히데요시가 이에야스의 존재를 의식하고 나서부터 마침내 위험한 폭주자(暴走者)로 바뀌어가고 있다는 뜻이리라. 네네가 염려하는 점도 바로 그것이었다. 이에야스를 지나치게 의식하는 것은 히데요시가 성격상으로 이에야스에게 지고 있다는 말이 된다.

'뭣 때문에 이에야스의 가신들 기분까지 그렇게 맞춰 주려는 것일까…….'

그리고 그 뒤숭숭한 마음의 틈 때문에 건드려서는 안 될 여자에게까지 손대고 말았다고 네네는 생각했다.

오다 우라쿠의 말로는 히데요시가 자차히메를 이에야스의 아들 나가마쓰마루에게 출가시키려 했다고 한다…… 그런데 자차히메는 그것을 부질없는 간섭이라 여기고 맹렬하게 반항한 모양이다. 그리고 그 결과 우라쿠마저 눈살을 찌푸릴 만큼 묘한 상황에서 자차히메에게 손대고 말았다. 그런 경위로 맞아들이는 측실이라면 나이 차이에서만이 아니라 평생토록 상대에게 깔보여 집안이 어지러워지는 원인이 될 수도 있다.

'역시 이것은 고마키 전투 때 졌던 일이 그대로 꼬리를 끌고 있는 게 틀림없어…….'

"그래서 사카이 사람들은 어딘가를 향해 달리지 못하게 경계하라는 것인가요?"

네네는 무엇이든 모르고는 도저히 견디지 못하는 억센 여인의 탐욕으로 신자에몬을 압박해 갔다.

소로리 신자에몬은 이쯤에서 물러가고 싶었다. 우연한 기회에 신자에몬이 이러이러한 평을 하더라고 히데요시에게 말하는 날이면 그의 입장이 위험해진다. 어떤 경우에도 자신을 절대적인 위치에 두지 않고는 견디지 못하는 히데요시였다.

"이것도 제 의견은 아닙니다. 역시 나야 쇼안 님이……."

"변명은 필요 없어요. 뭐라고 하던가요?"

"전하가 만일 손쉽게 달려갈 수 있는 곳이라 여겨 조선(朝鮮)으로 발길을 돌리시는 날에는 그야말로 큰일이 터진다고…… 예, 저는 잘 모르겠습니다만 쇼안 님은 그 점을 몹시 염려하더군요."

"조선으로……?"

"예, 일본은 모조리 다 평정했으니, 다음에는 어디를 칠까……하고 지도를 펼쳐 보면 바로 이웃에 가까이 있는 것이 조선이지요…… 그런데 거기는 욕심내봤자 소용없는 곳…… 뒤에 대 명나라가 딱 버티고 있으니 3년이나 5년으로는 끝장나지 않을 것이다, 사카이의 다인들이 측근에 있는 한 이 일만은 못하시게 하라, 그것이 중요하다고 했습니다."

네네는 고개를 갸웃한 채 금방은 입을 열지 않았다. 히데요시의 성격으로 볼 때 확실히 있을 수 있는 일……이라고는 생각되나, 어째서 소득이 없는 일인지 그런 방면의 지식이 통 없으므로 이해되지 않았다.

신자에몬은 예리하게 그것을 알아차린 모양이었다.

"즉 조선을 쳐보았자 한 푼도 이쪽의 이득이 되지 않고 사카이 사람들도 돈을 벌지 못하고 전하 역시 막대한 전쟁비용만 쏟아 넣을 뿐…… 재물이 없어지면 나라 안은 다시 어지러워 질 것이다……라고 생각해서 하는 말이겠지요. 그보다는 교역물자가 풍부한 남쪽의 섬나라로 눈을 돌리시도록 사카이 사람들은 지금부터 마음을 합쳐 준비해야 한다……고."

네네는 고개를 끄덕였지만 이 또한 뚜렷이 이해할 수 없었다. 조선을 상대해서는 사카이 사람들에게 돈이 안 된다. 그러므로 돈이 벌리는 쪽으로 히데요시의 눈을 돌리게 한다. 어차피 가만히 있으면 좀이 쑤시는 히데요시니만큼 이득이 있는 쪽으로 잘 조정하라……는 뜻이려니 받아들이고, 그 일과 이에야스와의 관련을 탐색하기 시작했다.

"그러면 이에야스 님에게, 전하를 조선으로 건너가시게 해놓고 그동안 천하를 어지럽힐 속셈이라도 있다는 말인가요?"

"아닙니다, 그것과 이것은 다릅니다. 다만 고마키 전투 이래 전하의 마음에 그렇게 될 우려가 생긴 듯하니 명심하라……는 말이 되겠습니다."

"알겠어요. 틀림없이 그대 말대로 되겠지요. 수고했어요."

"그럼, 이만 물러가도 되겠습니까?"

"좋아요. 물러가세요…… 아니, 한 가지만 더."

"예……."

"아까 자차 이야기를 했었지요?"

"아, 그것 말입니까. 그만 입이 헤프다 보니."

"알고 있어요. 허지만 이왕 나온 것이니 마저 대답해 줘야겠어요. 간파쿠님은 규슈에서 개선한 뒤 나에게 자차 일을 고백하겠다고……."

신자에몬은 비로소 전의 익살스러운 몸짓으로 돌아가 이마를 쳤다.

"이크!"

"그대는 그 말을 누구한테서 들었나요. 소에키 님이오, 우라쿠 님이오?"

네네에게 질문받고 이번에는 소로리의 마음이 편해졌다. 이런 일 같으면 그리 속 썩이지 않아도 된다. 어느 가정에서고 흔히 있는 여자들의 강짜싸움이어서 그런 것쯤 요리하기는 식은 죽 먹기다. 오직 사카이 사람들이 히데요시를 어떻게 생각하고 있느냐에 대해 언급하는 일이 가장 두렵다.

"그 일이라면 우라쿠 님도, 소에키 님도 아닙니다."

"그럼, 자차 자신인가요…… 아니면 전하께서 직접 하신 말씀이신가요?"

"아닙니다. 자차히메의 시녀입니다. 시녀 말로는 자차히메가 한 사흘 동안 말도 않고 생각에 잠겨 있었다더군요."

"규슈에서 돌아와 고백한다는 말을 그 시녀는 또 누구에게서 들었을까?"

"바로 그겁니다! 저도 그 점이 궁금하여 자꾸 다그쳐 물었더니 우라쿠 님 입에서 나왔다고 하더군요."

"주라쿠 저택으로 데리고 간다는 것도?"

"글쎄요, 아마 그런 말을 전하에게 직접 물을 수 있는 사람은 달리 없을 테니까요."

"호호…… 신자답지 않군요. 직접 물을 수 있는 사람은 또 있어요."

"아, 그렇군요. 또 한 사람, 바로 자차히메."

"아니에요, 신자예요."

"예엣!"

"그대 같으면 총애를 받으니 능히 물을 수 있을 거예요. 그러나 신자 님, 이 말은 입 밖에 내서는 안 돼요."

"아……예."

"나가마쓰마루 님이나 가가 님에게 이 말이 들어가면 안 되니 전하의 손이 닿았다는 소문이 나지 않도록 해요. 이제 그만 물러가도 좋아요."

신자에몬을 물러가게 한 뒤 네네는 다시 한참 동안 생각에 잠겼다. 자차에 대한 일은 질투라기보다 불쾌했다. 단순히 노부나가의 조카딸이라는 그것뿐이면 또 모른다. 히데요시 자신이 온 힘을 다해 공격하여 거꾸러뜨린 아사이 나가마사의 딸이자, 시바타 가쓰이에의 양딸이 아니었던가. 특별히 길러준 이상 세 자매를 고스란히 출가시켜 주기 바랐다. 그래야만 히데요시의 체면도 떳떳이 서는 것이고 아사이나 시바타에 대한 마음의 응어리도 풀리련만…… 그러잖아도 히데요시는 자차의 생모 오이치 부인에게 홀딱 반해 오이치 부인을 가로채기 위해 필요 이상으로 아사이와 시바타를 가혹하게 무찔렀다……는 소문이 돌고 있는 형편이 아닌가.

'그 자차를 건드리다니……'

출진 준비 중만 아니라면 한바탕 면박을 주고 싶은 심정이었다.

"세상에서는 어미를 닮은 딸자식을 겁탈하여 뜻을 이루었다고 쑥덕거리겠지요."

그러나 상상은 해보았지만 정실인 네네가 입 밖에 낼 말은 못되었다. 입 밖에 내면 질투와 성의를 구별하지 못하고 또 한 가지 세상 사람들의 웃음거리만 보탤 뿐이다…….

문제는 이만한 일을 모를 리 없는 히데요시가 어째서 그 같은 잘못을 저질렀는가 하는 것이다. 그의 성격과는 반대로 마음에 빈틈이 생겼기 때문이라고 여겨졌다.

'그래, 기분 좋게 떠나보냈다가 돌아온 뒤에 넌지시……'

네네는 아내로서의 무거운 짐을 어깨에 뼈저리게 느꼈다.

네네는 덴분 17년(1548) 생으로 올해 벌써 38살이다. 아기를 낳지 못하는 여자가 흔히 그렇듯 누구의 눈에나 싱싱하게 보였지만 이미 측실과 사랑을 다툴 나이는 아니었다.

밤의 잠자리 시중은 젊은 측실들에게 맡겼지만 내전에서의 정실의 위엄과 체통은 엄연히 세워야 한다. 그렇기 때문에 여태까지 측실들은 모두 명문 출신이면서도 네네 앞에서 쩔쩔맸다. 영주들 앞에서도 히데요시와 당당히 논쟁을 벌이는 네네를 속으로 모두 은근히 두려워하고 있었다. 그런데 자차히메는 그렇지 않았다. 우선 네네 쪽에서 자차히메가 노부나가의 조카딸이라는 주종관계에서 오는 신분에 대한 어려움을 느꼈고, 오이치 부인의 딸이라는 꺼림칙한 감정이 있었던 것이다.

히데요시가 한창 젊은 시절, 오이치 부인에게 얼마나 동경을 품어왔는지 네네는 잘 알고 있었다. 그것은 히데요시의 손이 도저히 닿을 수 없는 아득한 하늘의 달이었고 높은 산봉우리의 그윽한 꽃이었을 것이며, 그런 만큼 더욱 더 흘러간 젊은 날의 추억을 야릇하게 채색하는 일이었다. 자차히메는 그러한 오이치 부인을 너무나도 닮았다. 네네의 생각으로는 그리 닮은 줄 모르겠으나 히데나가나 우라쿠, 그리고 때로는 오만도코로까지도 그 모습을 그대로 쏙 뽑아놓은 것 같다고들 말했다. 그럴 때마다 네네는 못들은 척, 관심 없는 척 시치미 떼곤 했다. 그러나 그럴수록 가슴을 찌르는 듯한 아픔을 경험한 기억이 있다.

게다가 자차히메는 성격 면으로 볼 때 오이치 부인보다 훨씬 억세고 고집 셌다. 오이치 부인은 노부나가의 말을 거역할 줄 모르고 순순히 따랐지만, 자차히메는 오늘날까지도 태연히 앙탈부리며 히데요시가 주선하는 혼담을 모조리 거절하고 있다…….

그런 자차히메에게 히데요시의 손이 닿았다. 그리하여 내전에서 함께 살게 된다면 사사건건 말썽의 불씨가 될 것 같았다. 자차히메는 아마 여럿이 보는 앞에서 일부러 히데요시에게 반항해 보일 것이다. 그렇게 되는 날에는 한 집안에 히데요시를 두려워하지 않는 여자가 둘이나 있게 되고, 거기에 감정까지 얽히면 자연히 네네를 지지하는 파와 자차히메를 편드는 파로 나뉘게 된다. 더구나 네네는 자차히메에 대해서는 지금과 같은 기타노만도코로로서 위엄 있게 대할 수 없을 것 같은 느낌이 드는 것이었다.

한참 동안 옷깃에 턱을 묻고 깊은 상념에 잠겼던 네네는 이윽고 몸을 일으켰다. 불안의 소용돌이가 차츰 커지면서 자꾸 걷잡을 수 없이 퍼져나갔다.

'이대로 있을 수는 없다……'

여태껏 일사불란하게 간파쿠의 내전으로 일구어온 내 집안에 풍파가 일고 있다—는 심정으로 방 안을 이리저리 거닐기 시작했다.

네네의 발소리를 듣고 시녀가 옆방에서 물었다.

"부르셨습니까?"

"그래. 너 얼른 가서 이시다 님을 불러오너라. 바깥 일이 끝나는 대로 내가 좀 보자고 한다고 전해."

"예, 알겠습니다."

시녀가 100칸 복도로 총총히 사라지자, 네네는 그 자리에 다시 앉아 천장의 한 모서리를 지그시 응시했다. 이제 겨우 20살도 채 안 된 어린 계집애 때문에 14살 적부터 고생해 쌓아올린 내 집 가풍이 흔들린다는 건 도저히 견딜 수 없는 일이다.

'그래, 대담한 수를 써야 해……'

이시다 미쓰나리가 네네의 거실에 모습을 나타낸 것은 어두워진 방 안에 시녀가 들어와 불을 밝힌 뒤였다.

네네는 본디 미쓰나리를 좋아하지 않았다. 고지식한 아사노 나가마사의 성실성에 비해 미쓰나리는 어딘가 마음을 줄 수 없는, 예리한 칼끝을 부드러운 손바닥 위에서 놀리는 것 같은 위험이 느껴졌다. 그래서 네네는 중요한 의논은 언제나 나가마사와 했으나 무언가 골치 아픈 일의 의논상대로는 오히려 미쓰나리가 나을 듯싶었던 것이다. 이 조그만 사나이의 두뇌는 놀랍도록 명석했고, 이로 인해 불손하게 비칠 때도 있으나 막히는 데가 없었다.

미쓰나리 쪽에서도 자신이 네네에게 그리 호감을 주지 못하고 있다는 것을 느끼고 있었다. 그러나 눈에 들려고 하기보다 그럴수록 가슴을 펴고 대항하려는 기색이었다.

'그래봤자 여자의 재주 아닌가……'

그렇게 마음속으로 조소하고 있는지도 모른다.

"부르신다기에 대령했습니다."

미쓰나리는 깍듯이 인사하고 문지방 바로 앞에 무릎 꿇고는 선뜻 방 안에 들어오려 하지 않았다.

"미쓰나리 님, 더 가까이."

"예, 하오나 출진 준비로 이것저것 볼일이 많아서……."

"그래도, 그렇게 밖에 있으면 이야기를 할 수 없잖아요. 들어와요."

미쓰나리는 갸웃이 고개를 기울이며 미소 지었다.

"무슨 은밀한 말씀이라도 있습니까?"

"그렇소. 그래서 시녀도 다들 물러가게 했소. 실은 그대의 지혜를 좀 빌릴까 해서 보자고 했는데."

"지혜요…… 지혜 같은 건, 마님께서 더 갖고 계시잖습니까?"

말은 그렇게 하면서도 무릎걸음으로 두세 걸음 다가가며 진지하게 물었다.

"외람되오나 혹시 자차히메에 대한 이야기 아닌가요?"

미쓰나리가 앞질러버리자 네네는 얄미운 생각이 들었다. 이자는 바로 이것이 결점이다. 성격이 우락부락한 직속 무장들 앞에서 때때로 이런 식으로 나서기 때문에 기요마사나 마사노리 등이 싫어한다.

"그대도 벌써 알고 있었구려."

"예, 밖에는 이미 소문이 꽤 자자하게 퍼진 것 같습니다."

"대체 누가 그런 소문을 퍼뜨릴까. 나는 단순한 소문뿐……이라고만 생각하는데."

"그럴까요? 그러나 이것은 다인들이나 이야기꾼들 입에서 퍼진 소문은 아닌 듯 싶습니다만."

"미쓰나리 님은 누가 퍼뜨렸다고 생각하나요?"

"전하의 행동에서 역시 나타났다고 생각합니다. 우라쿠 님 댁에 너무 자주 행차하시기 때문에."

"우라쿠를 자주 찾은 까닭은 히데요시 님 자제분에게 자차를 출가시키기 위해서……라고 들었는데, 그렇지 않은가요?"

미쓰나리는 근엄한 표정으로 고개를 옆으로 저었다.

"도쿠가와 님이 떠나신 뒤에도 계속 출입하고 계십니다."

"미쓰나리 님."

"예."

"무슨 묘책이 없을까?"

"그러시면 마님은 전하께서 자차히메님을 가까이 하시는 것을 좋아하지 않는단 말씀입니까?"

"질투는 아니에요. 집안의 어지러움을 막기 위해서지."

네네는 분명히 밝히고 미쓰나리를 똑바로 쳐다보았다.

미쓰나리의 얼굴에 비꼬는 듯한 야릇한 미소가 번졌다. 결코 호감 가는 미소가 아니다.

'그것 보라지……'

이렇게 말하고 싶은 빈정거림을 머금고 있다.

"그러니 전하를 너무 우습게 아시고 깔아뭉개지 마십시오. 잘못의 대부분은 마님의 그 똑똑함에 있습니다."

만약 생각대로 말하게 된다면 이런 식으로 말하고 싶었으리라. 아니, 어쩌면 그 이상으로 네네에게 반발하고 있는지도 모른다.

"네네를 누르려면 자차히메의 세력이 크게 일어나도록 해야 한다."

"그럼, 마님께서는 전하와 자차히메님 사이를 떼어놓을 묘책이 없겠느냐는 말씀입니까?"

"그래요."

네네는 다시 한번 분명히 대답했다.

"제 아무리 명장이라도 집안이 어지러우면 제 힘의 반도 발휘할 수 없다고…… 돌아가신 우대신님이 늘 입버릇처럼 하시던 말씀이에요."

"허, 참으로 어려운 주문이십니다."

"전하께서는 머잖아 규슈로 떠나실 테니 바로 그때가 다시없는 기회라고 생각되는데."

"그렇습니다…… 만약 성공한다면 말이지요."

"자차히메는 아직 젊은 처녀이니 자기와 어울리는 젊은 신랑감이 나선다면……."

미쓰나리는 거리낌 없이 웃었다.

"하하하…… 그럼, 제가 자차히메님에게 잘 말씀드려 볼까요?"

"웃을 일이 아니에요. 그대는 슬기로운 사람이오."

"이 일만큼은 어림도 없습니다…… 하하하! 마님께서는 아무것도 모르고 계시
군요."

"아니, 아무것도 모르다니…… 그게 무슨 말이지요, 미쓰나리 님?"

"거기에는 좀 얄궂은 사정이 있습니다."

"얄궂은 사정……?"

"예, 자차히메님이 모든 혼담을 거절하도록 조종한 장본인이 뒤에 버티고 있습
니다."

"예? 그럼 거절한 것은 자차의 의사가 아니라는 말인가요?"

"예."

"누……누……누구요, 그 사람이?"

"모르신다면 말씀드리고 싶지 않습니다만 말씀드리지 않을 수도 없는 형편이니
털어놓겠습니다…… 그 사람은 자차히메님을 맡고 있는 오다 우라쿠, 바로 그 사
람입니다."

"우라쿠가? 왜 그런 짓을."

"글쎄요, 남의 깊은 속마음까지야 알 수 있겠습니까만 두어 가지 경우는 생각
해 볼 수 있겠지요."

"그 하나는?"

"자신이 맡아 기르는 동안 정들어 남에게 주기 아깝다, 사랑스러워졌다…… 그
러한 경우가 남녀 간에 있을 수 있는 일인지 없는 일인지……."

"음, 그리고 또 한 가지 경우란?"

"이건 좀 말씀드리기 거북합니다만, 마님을 대신하는 새로운 권력자를 이 집안
의 내전에서 구하는 자가 있다면 자차히메님이 다시없는 적격자라고 생각되는데
요……."

"그럼, 내가 너무 멋대로 휘젓고 있다고……."

"그렇게 생각하는 자가 있다면 전하로 하여금 자차히메님을 더욱 가까이 하게
하려고 여러 모로 손쓸 수도 있다는 이야기입니다만…… 아무튼 어느 경우이든
우라쿠라는 감시자가 붙어 있는 한 제아무리 난다 긴다 하는 젊은이라도 자차히

메에게만은 손을 내밀 수 없을 것입니다."

네네의 눈썹이 바르르 떨리기 시작했다. 이토록 심한 굴욕을 느껴 보기는 이성에 들어와서 처음이었다.

'물어서는 안 될 것을 기어이 물어보았구나.'

어쨌든 이시다 미쓰나리의 태도 또한 어쩌면 이토록 냉정하고 오만불손하단 말인가?

"마님이 물으시니 하는 수 없이 대답했을 따름……."

그러한 비웃음이 눈 속에 역력히 느껴졌고 네네의 고민과 당혹감을 정확하게 알아차리고 있는 것 같았다. 네네는 차츰 흥분되는 감정을 억제할 수가 없었다.

"그래요? 미쓰나리 님 눈에는 그렇게 보이오? 그러면 그대도 자차는 그냥 내버려두고 내가 반성해야 한다……는 말이군요."

"원, 당치도 않은 말씀을."

미쓰나리는 여전히 자신과 상대의 감정 사이에 뚜렷이 선을 긋는 냉정함을 잃지 않았다.

"저는 단지 물으신 일에 대해 생각한 바를 말씀드린 것뿐입니다."

"대답한 것만으로 끝난다고 생각하오, 미쓰나리!"

"무슨 뜻인지요……?"

"그대만 한 인물이 내전의 풍파쯤 대수로운 게 아니다, 내가 못 본 척 눈감아버리면 끝나는 일……로 생각하나요?"

미쓰나리는 못마땅한 듯 외면하며 대답하지 않았다.

"왜 대답이 없나요, 미쓰나리? 나는 그대의 속마음을 알 수가 없구려. 우라쿠가 친척인 조카딸을 애지중지하며 키웠으며…… 그걸 전하가 가로챘다, 그게 아니면 나를 시기하는 자가 일부러 자차를 전하에게 떠밀었다…… 분명히 그렇게 말했지. 그게 그대에게는 조금도 마음에 걸리지 않소? 난처한 일이라고 생각되지 않소?"

"마님, 마음에 걸리지 않는다고 말한 적은 없습니다."

"그럼, 마음에 걸리기는 한다는 말인가?"

"예, 하오나…… 세상일에는 제아무리 마음에 걸린다 해도 어쩔 수 없는 경우가 있습니다."

"어쩔 수 없다…… 그럼, 그대는 전부터 일이 이렇게 될 줄 알고 있었다는 말이오?"

"예…… 걱정은 하고 있었지요. 그러나 일이 일이니만큼 감히 전하께 젊은 놈이 함부로 입 밖에 내어 말할 수도 없고 우라쿠 님과 담판할 수도 없는 일 아니겠습니까?"

"그렇다면 일이 이 지경이 된 지금 어떤 선후책이 있어야 할 게 아니겠소. 그대에게서 내가 듣고 싶은 것은 비웃음이 아니라 뒤처리란 말이오."

미쓰나리도 네네의 감정에 휘말려 든 듯 뺨이 벌겋게 달아올라 있었다.

"마님! 당분간은 잠자코 보고 있을 수밖에 별도리 없다고 생각합니다. 전하께서 아직 아무 말씀도 없지 않습니까?"

"그렇다 해서……."

"전하께서 아무 말씀도 없는데 저희가 어찌 감히 의견을 내놓을 수 있겠습니까? 더구나 전하 입장에서 본다면 이 일은 너무나 뜻밖에 저지른 우연한 실수…… 실수를 따지고 책망하기보다는 먼저 전하께서 어떻게 나오시는지…… 그것을 기다리는 게 가장 중요하다고 생각합니다만."

네네는 끝내 신경질적인 목소리로 가로막았다.

"그만 됐어요. 물러가요. 그대에게는 나쁜 버릇이 있어요. 그대는 남이 괴로워하는 것을 재미있어해!"

말해버리고 나서 차마 뜨끔해 스스로를 억눌렀다.

미쓰나리는 정중하게 절하고 나갔다. 여전히 '내가 옳다─'고 굳게 믿는 태도로 온몸에 비웃음이 번져 있는 듯한 느낌이었다.

네네는 사시나무 떨 듯 떨고 있었다.

"남이 괴로워하는 것을 보고 재미있어한다……."

그 말이 불쾌하게 다시 자신에게로 되돌아왔다. 이쯤 되면 네네가 마치 풀 길 없는 질투로 온몸을 불태우며 괴로워하고 있는 것 같지 않은가?

'왜 그렇게 이성을 잃었을까?'

미쓰나리의 성격에 대한 분노인가? 질투인가? 아니면 자차에 대한 두려움인가……?

이러나저러나 이 불안을 지울 수가 없다. 전부터 이 같은 불안이 엄습한 뒤에는 언제나 상서롭지 못한 흉사가 기다리고 있었다. 아케치 미쓰히데가 혼노사의 노부나가를 기습할 때 느꼈던 예감과 어떤 점에서 아주 흡사했다. 그때는 히데요시도 어떤 예감이 있었던 듯 밑도 끝도 없이 불쑥 한마디 했었다.

"미쓰히데를 노하게 하는 것쯤 일도 아냐."

그러고는 얼른 입을 다문 뒤 이런 말을 남기고 출진했다.

"만약의 경우에 어머니를 부탁하겠어, 네네."

그로부터 네네는 영 불안이 사라지지 않았었다.

"미쓰히데를 노하게 하는 것쯤 일도 아냐."

그 뜻이 네네에게도 차츰 이해되었기 때문이다. 누구에게나 급소나 약점은 있기 마련이다. 노부나가를 뒤에서 마음대로 조종할 수 있는 사람이 어느 선을 넘어 미쓰히데를 가혹하게 다루도록 꾸민다면 미쓰히데가 아니라도 화내게 마련이다. 그런 만큼 노부나가가 미쓰히데에게 주고쿠 출진을 명령한 뒤 그가 떠나고 없는 동안 고슈, 단바의 영지를 몰수하고 대신 이즈모, 이와미 땅을 내린다는 전갈을 위해 아오야마 요소가 길을 떠났다는 소식을 들었을 때 네네는 혼노사의 변을 퍼뜩 예감했다.

그때의 예감에는 기묘한 망상이 떠나지 않았다. 다른 것이 아니었다. 뒤에서 줄을 조종하고 있는 게 남편 히데요시가 아닌가 하는 의혹이었다. 그래서 네네는 그 길로 곧장 오만도코로를 남몰래 아즈치에 가까운 나가하마성에서 비교적 안전하다고 생각되는 히메지성으로 떠나보내고 자기는 시녀 한 사람을 오만도코로처럼 꾸며 이부키산(伊吹山) 기슭에 있는 다이키치사(大吉寺)로 난을 피했던 것이다.

지금도 그때와 흡사한 걷잡을 수 없는 불안이 가슴속에 줄곧 오가고 있었다…… 만일 이번 일로 우라쿠가 히데요시에게 한을 품고 규슈로 가는 출진 길에서 어떤 불상사라도 일으키지 않을까 하고 그것이 마음에 켕긴다.

그리고 보니 처음부터 자차히메의 신변에는 뭔가 요기 어린 이상한 그늘이 달라붙어 있었다. 불행한 환경에서 자란 자차히메였으므로 사랑해 주고 정을 쏟아보려고 애썼지만 자차히메 쪽에서 언제나 네네를 다가오지 못하게 했다. 마치 미쓰나리의 성격이 아무래도 네네에게 맞지 않듯 자차히메 또한 완전히 이질적인 물과 기름같이 생각되었다.

'그런 자차가 마침내 내 앞을 가로막아선 것이다……'

가슴 죄며 초조해 하면서도 그 불안의 원인을 정확하게 포착할 수가 없었다. 그럴수록 더욱 애타고 안타까웠다.

'그래, 미쓰나리 말대로 잠자코 전하 태도를 기다리는 수밖에 없어……'

스스로를 달래며 네네는 혀를 찼다.

동쪽을 향해

히데요시의 규슈 출진을 앞두고 이에야스는 12월 4일에 슨푸성으로 옮겼다. 오사카에서 돌아온 것이 11월 11일. 그로부터 23일 만에 한 이전이었으니 눈코 뜰 새 없었다.

물론 신축할 시간도 없고 수리조차 제대로 하지 못했지만 그래도 역시 감개무량했다. 일찍이 이 슨푸의 도읍, 쇼쇼미야(小將宮) 거리에는 지난날의 슬픈 추억들이 쌓여 있다.

"미카와의 집 없는 아이."

말끝마다 조롱받았던 굴욕의 산하가 이제 그의 소유였다. 이마가와 요시모토, 우지자네 부자의 손에서 다케다 신겐의 것이 되었다가, 지금 히데요시와 손잡은 이에야스의, 본의 아니게 동쪽으로 향할 수밖에 없는 그의 거성이 된 것이다······ 건물도 산하도 말이 없으나 말하는 것 이상의 감개를 자아냈다.

그다지 큰 성은 아니었다. 세로로 6정, 가로로 5정, 천수각의 토대는 28칸 사방. 3중으로 둘러싼 해자 기슭에는 저마다 공동주택이며 무사 숙소를 즐비하게 지어, 그곳에 다케코시 야마시로(竹越山城), 와카바야시 이즈미(若林和泉), 오쿠보 히코자에몬, 이타쿠라 가쓰시게, 안도 다테와키, 나가이 우콘(永井右近), 무라코시 모스케, 니시오 단바, 혼다 마사노부, 미즈노 이나바(水野因幡) 등을 살게 할 예정이었으나 설이 임박한 까닭에, 4일 이전에 따라온 것은 오쿠보 다다치카 한 사람뿐이었다.

슨푸로 옮기자 이에야스는 곧 린자이사에 있는 셋사이와 조모 게요인의 무덤에 참배했다.

이전식은 앞서 길일을 택해 이미 마쳤으므로 옮기자마자 곧바로 무사 숙소와 구획정리 공사에 착수했다.

하마마쓰성의 수비는 스가누마 마사사다에게 맡기고 슨푸의 새 행정관으로는 이타쿠라 가쓰시게가 등용되었다.

슨푸성 아래에서는 먼저 센겐궁(淺間宮) 신축과 아버지 히로타다를 위해 다고시(手越)에 있던 호도사(報土寺)를 미야가사키 거리(宮崎町)로 옮기는 공사를 시작했다. 잇따라 가신들이 옮겨오자 이번에는 봄날의 후지산을 우러러보며 매사냥이라 구실 붙인 공격과 수비를 위한 맹훈련이 시작되었다.

히데요시가 규슈 토벌을 끝내고 돌아올 때까지 이에야스 또한 새로운 성을 자유로이 쓸 수 있도록 도로, 교통, 통신은 물론 모든 면의 설비와 연습을 끝낼 셈이었다. 정월, 2월, 3월, 이렇듯 부산한 세월이 흘렀다. 슨푸의 거리에서 아베 강변의 둑에 걸쳐 벚꽃이 활짝 피기 시작할 무렵에는 마쓰다이라 이에타다가 감독하는 아래 성도 어느덧 완성되어 가고 있었다.

그날은 아침부터 가랑비가 내리기 시작했다. 겨우 움트기 시작한 새 잎새의 초록빛이 본성 앞뜰에 달콤한 향내를 풍기고 있었다.

"아룁니다. 나가마쓰 도련님이 방금 말 터에서 돌아와 주군을 뵙겠다고 기다리고 계십니다."

이에야스는 책상 위에 펼쳐 놓은 호도사의 설계도에서 시선을 들었다.

"이리로 들게 해라."

그리고 새삼스럽게 전갈하러 온 무사를 쳐다보았다.

"오, 히코자에몬이로군. 자네도 사슴고기를 먹어보았나?"

"예, 주군께서 쏘아 맞히신 다와라의 사슴, 분명히 먹었습니다."

"어때, 맛있던가?"

"전혀……."

오쿠보 히코자에몬은 무뚝뚝하게 고개 저었다.

"도련님을 모셔오겠습니다."

화라도 난 듯한 표정으로 성큼 거실에서 나가버렸다.

이에야스는 웃음을 머금고 나가마쓰가 들어오기를 기다렸다. 히코자에몬이 그러한 기색을 보일 때는, 이에야스에게 무언가 하고 싶은 말이 있을 때라는 걸 알고 있었다.

나가마쓰가 무슨 말을 하면 꾸짖으라는 뜻인지, 그와 반대로 그 또한 나가마쓰와 더불어 이에야스에게 무언가 호소하겠다는 의사표시인지.

"아버님, 나가마쓰입니다."

"오냐, 들어오너라. 승마연습이 끝났군."

"예, 끝났습니다."

12살 된 나가마쓰는 단정히 무릎 꿇고 절하고는 똑바로 이에야스를 올려다보며 자세를 바로 했다. 히데요시의 양자가 된 오기마루 히데야스에게서는 어딘지 막 자란 듯한 위태로운 패기가 느껴졌으나, 나가마쓰는 오아이의 고지식함을 판에 박아낸 듯 너무도 예절바르다. 이에야스는 하나도 나무랄 데 없는 그러한 나가마쓰마루에게 이따금 문득 불안을 느낄 때가 있었다.

'이 녀석, 소심한 건지, 아니면 뱃심이 좋은 건지?'

주의를 주면 그대로 지키고, 말솜씨부터 태도에 이르기까지 지나치게 단정했다. 무술 중에서 이렇다 할 뛰어난 솜씨도 없고 그렇다고 썩 못하는 것도 없었다. 글을 쓰게 해도 잘 쓰는 축에 들고, 말달리기를 봐도 중간 이상이다. 칼을 쥐어줘도, 활터에 세워도, 헤엄치게 해도, 걸음을 걷게 해도―

"음."

감탄할 정도는 아니지만 특별히 뒤떨어지지도 않는다. 평범하다면 평범하고, 균형이 잘 잡힌 우량아라고 한다면 그렇게도 보였다.

"이 아비에게 뭔가 할 말이 있다고? 무슨 이야기냐? 먼저 그 대강의 뜻을 한마디로 말해 봐."

"예, 한마디로 말씀드리는 건 무리입니다."

"그러나 바쁠 때는 길게 듣지 못할 경우도 있다. 개요를 말하는 것도 수련의 하나지."

"예."

나가마쓰는 더 이상 거스르려 하지 않고 진지하게 한마디로 표현해 보려고 생각하는 얼굴이었다.

"한마디로 말해, 저희 가문의 중대사입니다."

"허, 가문의 중대사라…… 그렇다면 좀 더 자세히 듣지 않을 수 없구나. 무슨 일이냐."

"오사카의 형님 오기마루 님이 드디어 간파쿠 전하를 따라 출진하신다고 들었습니다."

"그래서……"

"아버님께서 오사카로 보내신 인원수는, 사카이 다다쓰구가 인사만 드리고 돌아오게 한 뒤 남은 건 혼다 히로타카뿐. 하인 잡배들까지 합쳐도 겨우 3000도 안 되는 수로 가세했다 들었는데 그것이 사실입니까?"

"음, 그렇다만 무슨 못마땅한 점이라도 있느냐."

"예, 그 정도로는 형님 체면이 서지 않을 뿐더러, 간파쿠 전하께서도 섭섭해 하시지 않으실까 생각합니다만."

"그럼, 나가마쓰는 좀 더 군사를 보내야 한다고 여긴단 말이지?"

"예, 영주들과 비교하여 병력이 너무 적으면 뒷날을 위해 좋지 않을 거라고 생각됩니다."

"분명히 그렇게 말했겠다. 누가 너에게 그런 말을 일러주더냐?"

이에야스가 웃으면서 되묻자 나가마쓰는 머리를 조금 갸우뚱하며 전혀 수그러들지 않는 태도로 대답했다.

"아무도 말하지 않았습니다. 또 비록 그런 자가 있다 하더라도 이름을 밝힐 수 없습니다."

이에야스는 좀 귀찮아졌다.

'어린애다운 데가 없어……'

그렇다고 이상한 쪽으로 빗나가면 더욱 불안할 테지만…….

"좋아, 이름을 밝히지 않는 것은 훌륭한 마음가짐이다. 그렇지만 나가마쓰, 이번의 규슈 정벌, 그 싸움은 이미 대충 끝난 거다. 알겠느냐, 지난해 12월, 간파쿠는 다조 대신에 임명되어 도요토미 히데요시라는 이름은 고금에 없는 가장 명예로운 이름이 되었다. 12월 초의 출진을 연기하여 그 사이에 충분히 시간을 두고 모리를 부젠에서, 시고쿠 세력을 분고에서 활용하여 북 규슈 지방을 완전히 제압하고 오토모(大友) 가문을 도와 남쪽의 발판을 다지셨단 말이다. 그동안 시고쿠 세력이 한 번 패하고 오토모 요시노리가 싸움에 지는 일 등이 있기는 했지만, 그러나 간파쿠 다조 대신의 위업 앞에서는 별 게 아니었지. 점점 위풍을 떨치며 정세는 시시각각 도요토미 가문을 이롭게 하고 있다. 누구든 간파쿠를 상대로 싸움을 벌이는 일이 얼마나 어리석은 행위인가를 깨닫지 않으면 안 될 정도로. 알겠느냐, 이번 긴키 방비는 마에다 도시이에, 교토 수비는 하시바 히데쓰구에게 맡기고, 3월 초하룻날 마침내 규슈로 출진을 단행하셨지만, 그 총병력은 12만 명…… 이쯤 되면 이건 전쟁이 아니라 전대미문의 들놀이다. 이제 알겠느냐, 아비가 군사를 3000밖에 보내지 않은 이유를."

거기까지 차근차근 말하자 나가마쓰는 또 고개를 갸웃하며 절했다.

"그렇다면 더욱 다른 가문에 못지않은 병력을 보내시어 그곳의 지리와 인정 등을 두루 살피게 했어야……."

"나가마쓰."

"예."

"너는 내 말을 아직 이해 못했구나."

"그럴까요?"

"알겠느냐, 지난해 여름만 해도 유람 여행과도 같은 이런 출진은 상상도 할 수 없는 정세였다. 그런데 지난해가 저물 무렵부터 올 봄에 걸쳐 간파쿠가 직접 전쟁에 나서지 않아도 될 만큼 전국이 호전된 것이다…… 그 공의 대부분이 이 아비의 상경에 있었다는 걸 모른단 말이냐? 그래서 아버지는 일부러 인원수를 줄여서 보낸 거야. 알겠느냐, 나는 이미 공을 충분히 세웠다."

나가마쓰는 깜짝 놀란 것 같았다. 그로선 거기까지 생각이 미치지 못한 듯 이해하려고 애쓰는 진지한 표정이 기특했다.

"그러면 공은 이미 충분하므로 혼다 히로타카만 보내신 것이군요?"

"그렇지. 실은 한 사람도 안 보내는 것이 간파쿠에게서도 이득이야. 만일 12만 대군이 12만5000이 되고, 12만8000이 되었다고 해서 전국의 양상이 달라지는 건 아니니까. 그보다는 그 대군 뒤에 도쿠가와의 헤아릴 수 없이 많은 군사가 아직 도사리고 있다…… 적으로 하여금 이렇게 생각하게 하는 편이, 훨씬 더 적을 두렵게 만드는 것이다. 이런 일에 대한 네 생각은 아직 어리다. 이야기는 그것뿐이냐?"

나가마쓰는 순순히 절을 올렸다.

'알아들었는가 보군. 이해가 늦지 않은데……'

이렇게 생각했을 때 나가마쓰가 다시 입을 열었다.

"한 가지 더 여쭈어볼 말씀이 있습니다."

"허, 또 있어? 어디, 들어보자."

"이 나가마쓰에게는 생모와 계모…… 두 어머니가 계십니다. 그 두 어머니 가운데 어느 분이 더욱 소중한지 그것을 여쭙고 싶습니다."

너무나 뜻밖의 질문에 이에야스는 씁쓸한 표정으로 고개를 돌렸다. 나가마쓰의 됨됨이로 미루어 아버지를 괴롭히려고 꺼낸 질문은 아닐 것이다. 그러나 생모와 계모 중 어느 쪽이 더 소중하냐고 묻는 것은 이에야스의 커다란 허점을 찌르는 일이었다.

'무슨 생각으로 이런 말을 꺼낸 것일까?'

상대가 성실하기만 한 자식이니만큼 어물어물 넘겨버릴 수도 없고 그렇다고 별안간 대답할 수도 없는 일이었다.

"나가마쓰."

"예."

"너는 그 두 어머니 중 어느 한쪽이 못마땅하다는 이야기냐?"

"아닙니다, 두 분 다 좋아합니다."

"그러면 그것으로 됐지. 뭐가 납득되지 않느냐?"

"이해가 안 됩니다. 이 성 증축 공사는 거의 완성되어 가고 있지 않습니까?"

"음, 그래서……"

"생모가 사실 곳은 이미 공사가 끝나 이사까지 마치셨는데 계모께서 사실 거처는 완성될 기미가 보이지 않으니 그 뜻을 모르겠습니다."

이에야스는 흠칫해 저도 모르게 주위를 둘러보았다. 그러고 보니 이에야스는 아사히히메를 하마마쓰성에 그대로 내버려뒀다가 주라쿠 저택이 완성되는 날 거기로 옮기게 할 작정이었던 것이다.

본디 끊을 수 없는 인연으로 맺어진 남편을 두었으나, 그 전남편은 자결하고 말았다. 그와 같이 상심하고 있는 여인을 정실부인이라는 이름으로 고독의 우리 속에 가두어서는 안 된다……는 연민에서 하다못해 혈육이 가까이 있는 교토에서…… 지내게 하려고 생각하면서도 이에야스는 결코 진심으로 정실을 위하고 있지는 않은 것 같았다.

물론 애정으로나 성(性)으로도 이끌릴 리 없었지만, 그렇다고 명색이 정실부인인데 밤마다 소실의 방을 찾는 꼴을 보여주는 것도 잔인한 생각이 들어, 아사히히메의 입장을 충분히 이해해 준 셈치고 있었으나 사실 그것은 모두 자신이 멋대로 한 행동 같았다. 아니, 적어도 세심한 나가마쓰의 눈에 그렇게 비쳤기 때문에 한 질문임이 틀림없었다. 거기까지 생각이 미치자, 이에야스는 다시 한번 가슴이 철렁했다.

"나가, 이것도 너 혼자 한 생각이 아니구나, 그렇지?"

"예…… 아닙니다."

"이건 오아이가 시킨 말이렷다. 생모가 네게 계모의 처소를…… 그렇게 말한 게로군."

"아닙니다. 그건 말씀드릴 수 없습니다."

나가마쓰는 황급히 부인했지만 그 표정에 보이는 당황한 빛은 이에야스의 추측이 틀림없음을 말하고 있었다.

"알겠다. 그 일 같으면 걱정마라. 계모가 윗자리다. 정실부인이거든. 그리고 네가 말하는 그 거처를 위해 지금 영내에서 좋은 재목을 베고 있는 중이다. 알겠느냐?"

"예, 잘 알겠습니다."

"네 질문은 이제 끝났겠지…… 그러면 네 어미도 같은 걱정을 하고 있을지 모르니 돌아가는 길에 들러서 그렇다는 사실을 알려주도록 해라."

말하면서 이에야스는 저도 모르게 한숨을 내쉬었다. 그 질문을 받은 것이 다행이었다. 이곳에 거처도 마련해 주지 않고 아사히히메를 곧바로 교토에 돌려보냈다면 그야말로 쫓아낸 꼴이 되고 마는 게 아닌가….

나가마쓰는 다시 한번 단정하게 인사를 올리고 나갔다. 어딘지 패기가 부족함을 느끼게 하는 안타까움 이면에 묘한 냉철함과 믿음직스러움을 느끼게 한다.

'앞으로의 세상은 이 아이로 족할지도 모른다…….

나가마쓰와 엇갈리듯 이번에는 오쿠보 히코자에몬이 들어왔다. 그의 표정에는 여전히 커다란 불만이 도사리고 있다.

"히코, 너도 나가마쓰를 부추겼겠지?"

히코자에몬은 못들은 척했다.

"올해는 병자들이 견디기 힘든 기후 같습니다."

"뭣, 병자……? 누가 병났느냐."

히코자에몬은 이 슨푸성 안에 처처하게 되면서부터 이에야스의 측근무사로 발탁되었으나 조카인 다다치카와 달리 어딘지 모나서 되도록 혼다 마사노부를 피하는 눈치였다. 마사노부의 재주꾼 같은 점이 성격적으로 반발을 느끼게 하는 것이리라. 이에야스는 그것도 괜찮다고 생각하고 있었다. 저마다 다른 결점을 지닌 자들은 서로 견제하며 동시에 서로 연마도 하는 것이다.

"누가 병났느냐니, 이상한 말씀을 하십니다. 아니, 여태껏 모르고 계셨단 말씀이십니까?"

"모른다. 대체 누가 아프냐."

히코자에몬은 뿌루퉁하니 대답했다.

"사이고 마님이시지요. 그래서 도련님께서 마음이 외로우실 겁니다. 생모님은 편찮으시고, 계모의 거처는 짓지도 않고……."

"흠."

"그러나 워낙 예절 바른 분이어서 불평도 못 하시고…… 주군께서는 천하태평이시고……."

"히코자에몬."

"왜 그러십니까?"

"이야기하려면 좀 더 알아듣기 쉽게 해야지. 마님의 거처는 곧 지을 거라고 이야기했다. 다음은 사이고 부인이라…… 오아이가 아프니, 문병이라도 가라는 건가?"

"아니, 그렇게는 말하지 않았습니다. 감히 주군께 이래라 저래라 할 수 있겠습니까?"

"흠, 그렇게 되는 것인가."

"주군께 감히 그런 말씀을 드릴 수는 없고 때때로 혼자 푸념이나 하는 거지요. 주군 귀에 혹시 들리셨다면 용서해 주십시오."

"오아이가 그토록 많이 아픈가?"

"그럼, 정말 모르고 계십니까? 이거 큰일 났네."

"큰일……?"

"적어도 사이고 마님께서는 후계자를 낳으신 분일 뿐 아니라, 하마마쓰 이전부터 문중을 위해서도 잊어서는 안 될 소중한 분이신데, 그런 분이 병나신 것도 모르고 새로운 소실들에게 푹 빠져 계셨다면 큰 실수…… 실로 중대사로…… 그래서는 중신들을 다루시는 데도……."

"닥쳐라, 히코자에몬!"

"예."

"그 말도 혼잣말인가. 혼잣말 치고는 목소리가 너무 크다, 미련한 놈!"

"그것도 들으셨다면 용서를."

"그래서 나가마쓰가 적적해 하므로 네가 귀띔해 주었다는 말이냐?"

히코자에몬은 세게 머리를 흔들었다.

"제가 어찌 시킬 수 있겠습니까? 도련님께서 보다 못해 간언하신 것…… 근본을 바로 하여 끝을 맑게 하라는 옛 교훈을 몸소 실천하신 것이겠지요."

이에야스는 혀를 차고 나서 우습다는 듯 말했다.

"나가마쓰가 나더러 근본을 바로 하여 끝을 맑게 하라는 둥 시건방진 수작을 다하는구나, 히코자에몬."

히코자에몬은 웃지도 않고 시선을 피하며 말했다.

"정실부인의 처소를 짓는 일을 잊어버릴 정도면 이제부터 동쪽에 뜻을 두시려는 주군이 염려되시는 것인지도 모르지요."

"알았다, 알았어. 그러나 히코자에몬, 어린 것을 지나치게 부추기지는 마라. 처소는 곧 지을 것이고 또 오아이 문병도 가겠다."

"문병 가신다 해도 이미 때가 늦었을지도 모릅니다."

"뭣이! 그토록 병이 중하단 말이냐?"

"그런 것조차 모르시니…… 도련님은 그게 섭섭하셨는지도 모르지요."

"흠, 참으로 얄미운 입이로다. 헌데 또 가슴이 아프다고 하더냐?"

"심신을 다 바쳐 가문을 위해 봉사하셨습니다…… 자식들 양육으로부터 교토에서 내려오신 마님에 대한 일, 내전 단속 등으로 힘이 벅찬 판에 주군께서는 지칠 줄 모르고 여색 사냥만 하시니까요."

"히코자에몬!"

"이것도 혼잣말입니다. 혼잣말을 꾸중하는 사람은 아무도 없을 겁니다."

"알았다. 당장 문병 갈 것이니 의원을 불러라."

"의원은 필요 없습니다."

"그건 무슨 까닭인가?"

"의원이 없어서가 아닙니다. 부족한 것은 주군의 위로뿐……."

"잘도 지껄여대는구나. 따라와! 너도 가자."

"따라는 가겠습니다만 말씀이 길어지면 분부가 없더라도 물러나겠습니다. 부족한 것은 이 히코자에몬의 얼굴이 아니니까요."

이에야스는 대꾸하지 않았다. 그러고 보니 어느덧 4, 5개월이나 오아이를 찾지 않고 있었다. 건강한 몸이 아닌데도, 그 가냘픈 몸을 바쁘게 움직여 언제나 내전을 다스리고 있다.

그 바지런한 모습을 보고 있으면, 찾아가는 게 도리어 더 신경 쓰게 하는 일 같아서 여기서도 또한 제멋대로의 독단으로 요즈음은 주로 오타케 부인과 오무스 부인 곁에서 밤을 지냈다.

오타케 부인은 다케다의 옛 신하 이치카와 마사나가(市川昌永)의 딸. 오무스 부인은 미쓰이 요시마사(三井吉正)의 딸로, 둘 다 사이고 마님인 오아이 부인보다 젊었다.

'과연 그 말을 듣고 보니 사내란 정말 제멋대로인지도 몰라.'

시무룩하니 뒤따르는 히코자에몬의 시선을 등에 간지럽게 느끼면서 새 재목과 헌 재목이 뒤섞인 채 벽의 향내만은 새로운 내전 맞은편 오아이의 방문 앞에 이르렀다.

오아이의 시녀가 소스라치며 놀랐다.

"대감께서 드시옵니다."

그렇게 외치려는 것을 가볍게 제지했다.

"그만, 그만둬. 지금 누워 있을 테니 그냥 둬라."

이에야스는 가만히 장지문 안을 들여다보다가 콧등이 시큰해지는 것을 느꼈다. 오아이가 황급히 몸을 일으키고 있었다. 그 어깨가 이상하리만큼 앙상하고, 흩어진 머리카락이 목덜미에 두서너 올 달라붙어 열에 들떠 땀이 난 것을 한눈에 알 수 있었다.

"아프다는 말을 듣고 왔소. 왜 진작 알리지 않았소?"

"이렇게 어질러져 있습니다. 오사토(阿里), 어서 향을."

오아이는 시녀에게 이르고 나서 나가마쓰를 생각나게 하는 단정한 자세로 깍듯이 인사한다.

이에야스는 잠시 말없이 어루만지는 듯한 눈길로 오아이를 바라보았다. 하마마쓰성에서 처음으로 오아이를 봤을 때의 가슴 설레던 그 놀라움과 젊음이 어제 일처럼 생생하게 떠올랐다.

이에야스로서는 첫사랑의 여인이었던 이오 미망인의 혼령……을 보는 듯한 심정으로 지그시 가슴을 누르면서 넋 잃고 바라보았던 것을 기억하고 있다. 그때는 분명 불에 타다 남은 늙은 매화나무에 하얀 꽃이 대여섯 송이, 바람에 날려 가지에 와 매달린 눈송이처럼 피어 있었고 오아이는 아직 20살도 되지 않은 젊은 여인이었다. 이미 출가하여 아이를 낳은 여인─그런 그늘은 아무 데도 없었고, 조심스럽게 이에야스를 올려보던 눈길에 초승달 향기가 있었다.

이에야스는 문득 시선을 돌리며 돌이켜 생각하지 않을 수 없었다.

'나는 이 여인에게 대체 무엇을 해주었던가……?'

자기가 진심으로 사랑한 것은 이 여인 하나뿐이었다…… 그런 마음으로 대하면서도, 실은 내내 괴롭히기만 한 것 같다……그 증거로 여윈 어깨에는 뼈가 앙상하게 솟았고, 목은 더욱 가늘어졌으며, 가슴은 시들었고, 핏기는 사라지고 없었다.

'이 여인은 마음 놓고 안살림을 맡길 수 있는 여인……'

그러한 신뢰가 여자에게 있어 과연 그대로 만족할 만한 행복이었을까…… 신뢰라는 말을 핑계로 아무렇지도 않게 무시해 오고 있었다. 오기마루의 생모인 오만이나 쓰키야마 마님처럼 성가시게 굴지도 않고, 반발 같은 건 손톱만치도 없으며, 놓아주면 묵묵히 일하고 안으면 황홀한 듯 눈을 감는다. 누구에게나 사랑받고 누구에게나 존경받으면서 그것을 뽐내는 기색도 없이 언제나 멀리서 이에야스를 어려워하며 지켜보아온 여인……

남자란 그런 여자는 무시하고 좀 더 신경 쓰게 만드는 작은 악마에게 마음이 이끌리는 것일까……? 만약 그렇다면 이에야스는 오아이에게 보상할 길 없는 잘못을 저지른 셈이 된다.

"오아이."

"……예."

"괴로워 보이는구려. 그냥 누워 있는 게 좋겠어."

"예…… 하지만…….."

"괜찮소. 그대가 일어나 있으면 나도 빨리 자리를 떠야 하니까. 잠시 이야기하다 가고 싶으니 누우시오."

말하면서 시녀에게 눈짓했다.

"주군, 저는 이만 물러가겠습니다."

오쿠보 히코자에몬은 살며시 방을 빠져나갔다.

오아이도 시녀의 시중을 더 이상 물리치지 않았다. 얌전히 누워 베개에 오른쪽 뺨을 기댄 채 눈도 깜박이지 않고 이에야스를 올려다보고 있다.

"괴로운가?"

"아니오."

"의원은 뭐라고 하던가."

"무리하지 말라고 했습니다."

"무리하지 말라고……"

이에야스 역시 상대에게서 눈을 떼지 않고 말했다.

"너무 무리했어, 그대는."

말하자 갑자기 뜨거운 덩어리가 가슴속에서 치밀어 올랐다.

'병세가 이토록 무거운 줄은 몰랐소! 용서하시오…… 용서해……..'

오아이는 이미 정신적으로나 육체적으로나 기력이 다한 것처럼 보였다. 그러고 보니 하마마쓰에서 이리로 옮기는 도중 피를 토했다는 말을 들은 일이 있다. 그러나 이처럼 심각한 줄은 생각도 못하고 이에야스는 문병하는 대신 히코자에몬을 통해 시녀들에게 새 성에서의 생활에 익숙해질 때까지 여러 가지로 잘 보살펴주라는 명령을 내렸을 뿐이었다.

"대……."

오아이가 불렀다.

"용서해 주세요."

이에야스는 깜짝 놀라 얼굴을 가까이 가져갔다.

"무슨 소리요. 무리하게 일만 시킨 내가 나빴소."

"아니에요. 가장 중요한 이번 이전에…… 몸이 약하여…… 아무 도움도 되어 드리지 못하는 걸 용서하세요."

"오아이……."

"네."

"그대는 그 말을 진심으로 하는 거요. 내가 바빠서 문병을 못해준 데 대한 원망이 아니란 말이오?"

이번에는 오아이쪽에서 깜짝 놀란 듯 눈을 크게 떴다. 그 표정의 변화만으로도 그것이 원망이나 비꼬는 게 아닌 이 여자의 진심에서 우러나는 말임을 알 수 있었다.

"대감!"

"오, 무슨 말을 하려고 그러오. 저런, 눈물을 흘리긴…… 가만히 누워 있구려, 내가 눈물을 닦아줄 테니."

"용서한다고 한 말씀만 해주셔요."

"무슨 말이오. 용서고 뭐고 있소. 그대는 너무도 충실히 일만 해왔는데."

"아니에요…… 아니에요, 용서한다는 그 말씀을 듣지 못하면, 오아이는 야속합니다."

"거 참, 자꾸 이상한 말을. 왜 그래, 왜 그러는 거요?"

"이번의 이전…… 대감께도 나가마쓰마루의 일생에도 가장 중요한 일……이라는 걸 알면서도 몸이 약해……."

"그것 때문인가. 그것 때문이라면 용서하고말고. 용서하오. 오아이……."

"고맙습니다."

이에야스는 아직 이 여인이 하고 싶어 하는 말의 속뜻을 모르고 있었다.

'병 때문에 정신없이…….'

그렇게 해석하고 오아이의 손을 꼬옥 잡아주었는데, 오아이는 그 손에 매달리며 응석을 부리지는 않고 살며시 이마에 갖다 대었다가 쌀쌀하다 싶을 만큼 단정한 동작으로 가만히 풀며 말했다.

"이젠 안심하고 먼저 저승으로 떠날 수 있게 되었습니다."

"못난 소리를! 그대는 아직 젊소. 병에 져서는 안 돼. 명의와 명약은 이 세상에 얼마든지 있소. 마음이 중요한 거야."

그러나 오아이는 그 말을 듣는 것 같지 않았다. 살며시 시선을 방 한 모퉁이 선반으로 옮겼다. 거기에 막 피기 시작한 벚꽃가지가 옛 이가(伊賀)의 단지인 듯싶은 소박한 꽃병에 꽂혀 있었다.

"보시오, 벌써 봄이 왔군, 오아이. 저렇듯 만물에 꽃피는 봄…… 봄은 인간의 정기 또한 저절로 안에서 샘솟게 하는 계절이지. 마음만 굳게 먹으면 병은 꼭 나을 거요. 나도 이제부터는 자주 문병 올 테니……."

그 말이 들리는지 안 들리는지 꽃에서 시선을 떼지 않고 들릴락 말락 한 가냘픈 목소리로 중얼댔다.

"청이 있습니다."

"뭐라고, 청이 있다고……?"

이에야스가 되묻자 오아이는 섬칫한 듯 입을 다물었다. 어쩌면 그 중얼거림은 오아이의 의지와는 상관없이 입에서 새어나온 것인지도 모른다. 그녀는 겁먹은 듯한 시선을 또 벚꽃가지로 돌리며 힘없이 고개를 저었다.

"청이 있으면 어디 말해 보오. 사양할 것 없소."

말하고 나서 여태까지 소원 같은 건 한 번도 입에 올린 적 없던 오아이의 성격을 생각하자 이에야스는 가슴이 죄어오는 듯한 애처로움을 느꼈다.

'이 여인에게도 하고 싶은 말이 많았을 터인데…….'

그것을 묵묵히 눌러가며 살아왔다. 그러한 그녀가 병석에 눕게 되자 마음이 약해져 저도 모르게 응석조로 입에 담고 만 모양이다. 그 마음이 헤아려지므로 이에야스는 다시 한번 재촉하지 않을 수 없었다.

'오아이, 뭔가 할 말이 있는 것 같군. 아니, 물론 많이 있었겠지. 그러나 꾹 참아 왔어…… 좋소, 이번만은 꼭 들어주고 싶으니 말해 보오."

오아이는 여전히 뭔가 두려운 듯 입을 다물고 있다.

"남남이 아니잖소, 오아이. 그대는 분명 청이 있다고 말했잖아."

"대감……."

"오, 말해보오. 들어줄 테니."

"이대로 아무것도 묻지 말아주세요. 오아이는 하마터면 오늘날까지 지켜온 마음의 계율을 깨뜨릴 뻔했습니다."

"뭐, 마음의 계율……?"

"네, 저 벚꽃처럼…… 아니지요, 벚꽃뿐이 아닙니다. 온갖 나무와 꽃들처럼……."

"무슨 말인지 알아들을 수 없군."

"나무나 풀꽃들은 마음이 아무리 쓰라리고, 간절히 원하는 게 있어도 말하지 않습니다."

"그야 그렇지만……."

"그리고 봄이 오면 모자라는 것은 모자라는 대로 힘을 다하여 꽃을 피웁니다."

"흠, 그대는 그것을 본따 여태까지 살아왔다는 말이오?"

"네, 그렇게 하는 것이 대감을 위하고 나가마쓰마루를 위하는 길이라 믿고 마음의 계율로 삼아…… 그러니 아까의 말은 못 들으신 것으로 해주세요."

뜻하지 않은 오아이의 말에 이에야스는 저도 모르게 벚꽃을 다시 쳐다보았다. 과연 식물에는 굶주려도 목말라도 의사표시의 자유가 없다. 돌아보는 자가 있건 없건 호젓이 피어 열매를 맺고 그러다 목마르면 말없이 시들어간다…….

'이 여자는 그런 삶을 계율로 삼아왔더란 말인가…….'

이에야스는 이때처럼 오아이가 애처롭고 가련해 보인 적 없었다.

'식물 같은 마음으로 살아온 여자…….'

그러나 그 여자도 인간이었다. 저도 모르게 입에 올렸다가 그것을 부끄러워하는 슬프고도 겸손한 여자였다…….

"오아이, 그 말을 들은 이상 나는 더더욱 들어야만 해…… 오직 단 한 번뿐인 그대의 청…… 그걸 듣기 전에는 이곳을 떠나지 않겠소. 자, 말해 보오, 이에야스가 그대에게 청하는 것이니."

오아이는 또 겁먹은 듯 사방을 두리번거리며 일어나려고 했다.

"누워 있어도 좋소, 누운 채로……."

황급히 오아이의 어깨에 손을 얹으며 이에야스는 자신의 뺨이 한순간 젖어오는 것을 느꼈다.

오아이가 말했다.

"말씀드리겠습니다."

"잘 생각했소, 어서 말해보오."

이에야스는 한 손을 오아이 어깨에 얹은 채 한 손으로 가만히 눈물을 닦았다.

'이것이 이 여자의 마지막 말이 될지도 모른다……'

그런 불안이 솟구쳐온다. 생각했던 것보다 오아이의 병이 위독하다는 게 차츰 느껴졌기 때문이었다. 그러고 보니 오아이는 웬만해서 자리에 눕는 여자가 아니었다. 자리에 누울 때는 이미 '시들어가는 때'라는 것을 미처 알지 못한 자신의 미련함이 원망스러웠다.

"웃으시면 안 돼요. 어쩌면 대감께서 벌써 다 알고 계신 일인지도 모르니까요……"

"웃다니, 어서 말해라."

"대감, 지금까지도 잘 참아오셨으니 간파쿠 전하와 다투지 마십시오."

"뭐라고? 아니…… 그…… 그게…… 그대의 소원이오?……"

"네, 그렇습니다. 오기마루 님을 양자로 보내시고, 아사히히메 님을 정실마님으로 맞아들이셨으니…… 나가마쓰는 이제 아사히히메 님의 아들이 된 것입니다."

"흠"

"그 두 집안이 다툼을 벌인다면 지금까지 하신 일이 모두 다 거짓…… 그리 되면 신불이 노하시겠지요."

"……"

"대감의 생모께서도 하마마쓰성에 계실 때 신불을 속이면 영화를 얻지 못할 거라고 늘 말씀하셨습니다. 그뿐 아니라 대감께서 참으신다면 백성들은 괴로운 전쟁의 도탄에서 구원을 받습니다…… 서쪽에서 어려운 문제가 생기면 동으로, 동으로…… 피해 주셨으면……하는 것도 생모님과 나누었던 말씀입니다."

이에야스는 잠자코 팔짱을 꼈다. 이 여인에게서 이 같은 이야기를 듣는 게 너무나 뜻밖이었지만 잘 생각해 보니 모든 게 자신의 불찰이었던 것 같았다. 말 못하는 나무며 풀의 마음을 계율로 삼으려고 맹세할 정도의 여자라면 그만큼 깊은 관찰의 눈도 열려 있을 것이었다.

"용서하세요…… 동으로, 동으로…… 그렇게 소원을 말씀드리자…… 생각하고는 부끄러워졌습니다. 그만한 것을 모르실 대감이 아니신데…… 이것은 어쩌면 나가마쓰의 신변의 안전과 영화를 바라는 저의 번뇌가 아닐까 하고…… 그래서 도중에 입을 다물었던 것입니다."

"오아이!"

"용서해 주시겠어요. 마음의 계율을 깨뜨렸습니다."

"잘 말해주었소. 참으로 옳은 말이오."

"황송해라…… 용서해 주십시오."

"하지만…… 염려 마오. 이에야스도 그럴 생각으로 이렇듯 이 성에 옮겨 온 것이오."

"그러니 더욱 부끄러워……."

"아니, 그렇지 않소. 신불을 속이는 자에게는 영화가 없다는 이제 그 말, 깊이깊이 명심하리다. 이에야스뿐 아니라 나가마쓰에게도 천하인이 되든 안 되든 천하인의 마음으로 살아라, 백성과 신불을 두려워하라고 잘 타일르리다."

거기까지 말하자 오아이는 몇 번이나 조그맣게 고개를 끄덕이고는 눈을 감았다. 두 눈가에 눈물이 몇 방울 맺혀 있다. 무척 지쳤던 모양인지 곧 조용히 잠든 숨소리로 바뀌었다.

이에야스는 여전히 그 얼굴에서 시선을 떼지 않고 있었다…….

이에야스가 오아이 방을 살며시 빠져나온 것은 숨소리가 깊어진 것을 확인하고서였다. 히코자에몬의 말처럼 회복의 가망이 없어 보였다. 그렇게 생각하니 금방 일어나기가 불안했고, 앉아 있자니 잠자는 것을 방해하는 것 같아……망설이던 끝이었다.

'그랬구나! 오아이의 눈은 거기까지 미치고 있었어…….'

방에서 나오자 이에야스는 곧장 복도 끝까지 가서 자기 거실을 향한 마루에서 나막신을 찾았다.

히코자에몬이 이에야스를 보고 다가가 나막신을 가지런히 놓았으나 아무 말도 하지 않았다. 그도 역시 말없이 뒤따른다.

뜰로 나서자 이에야스는 저마다 순이 조그맣게 돋은 단풍나무, 버드나무, 벚나무, 매화나무에 차례로 눈길을 준 뒤, 그 너머에 웅장하게 솟아오른 후지산을 올려다보았다.

"히코자에몬."

"예."

"오아이를 이 뜰의 정원수에 비유한다면 어떤 나무일까?"

"예?"

"벚나무일까, 매화나무일까, 아니면 버드나무일까……?"

히코자에몬이 대답했다.

"소나무입니다. 돌아가시면 그 옆에 소나무를 심어주십시오."

"음……."

"그러면 해마다 한 번씩 보일 듯 말 듯 뽀오얗 안개 같은 꽃을 피울 겁니다."

이에야스는 그 말에는 일부러 대꾸하지 않았다. 히코자에몬의 눈에도 살 수 없을 것으로 비친 것을 안 이상 가벼이 입을 열 수 없었다.

또 몇 걸음 걷다가 이에야스는 멈춰 섰다.

"히코자에몬."

"예."

"이 언저리의 나무들은 모두 동쪽으로 가지를 뻗고 있구나. 동쪽과 남쪽…… 서쪽으로는 조금도 뻗지 않았어."

히코자에몬은 고개를 갸우뚱한다.

"초목은 다 그렇지 않습니까, 해가 비치는 쪽으로 가지를 뻗으니까요."

"그럼, 오아이의 소나무도 동쪽으로 뻗어갈까?"

"예……? 뭐라고 말하셨습니까."

"아니다, 내 불찰이었다고 너에게 사과하는 거다. 그렇듯 중환인 줄 몰랐어."

"기뻐하셨겠지요. 과연 사이고 님 혈통이라 훌륭한 기상을 지니신 분입니다!"

"음……."

"주군! 무엇을 보고 계십니까?"

"후지산이다."

"오늘의 후지는 어쩐지 시원찮습니다. 하늘빛이 맑지 못하니……."

"나는 저 후지를 향해 이 성의 큰방 마루 끝에 올라서서 오줌을 갈긴 적이 있었지……."

"아, 주군께서 볼모로 계셨을 때……."

"그렇지, 미카와의 집 없는 아이라는 놀림과 수모를 받던 시절…… 그런데 지금 이렇게 이 성의 주인이 되었다."

"출세했다는 감개무량한 기분이십니까?"

"웃지 마라, 히코자에몬. 그 반대다. 그로부터 오랜 세월이 흘렀건만 나는 아직도 집 없는 떠돌이가 아닌가 하는 생각이 드는구나."

히코자에몬은 또 고개를 갸우뚱했으나 잠자코 있었다.

그러고 보니 인생이란 모두 집 없는 떠돌이, 그저 덧없는 나그네 길을 계속 가고 있는 것인지도 모른다……

진원지(震源地)

　사카이 항구에서는 오늘도 60척 넘는 배들이 차례차례 짐을 부리고 떠나갔다. 아무튼 병력 30만, 말 2만 필에 대한 1년 치 양곡과 말먹이를 여기서부터 아마가사키, 효고(兵庫) 등지에 모아두었다가 시모노세키까지 배로 운반한다니 그야말로 전대미문이라 할 만하다. 그러고 보니 지금까지 이곳에서 실어낸 쌀만 해도 자그마치 5만 석은 충분히 넘을 것이다. 배는 20여 곳에서 징발한 200석, 300석짜리가 대부분이고 1000석 배는 손가락으로 셀 정도이니 배나 사람 할 것 없이 당분간은 또 눈이 어지러울 정도로 바쁜 날이 계속되리라.

　양곡과 말먹이를 모아 쌓는 담당은 고니시 류사(小西隆佐), 요시다 세이에몬(吉田淸右衛門), 다케베 주토쿠(建部壽德) 등이고 이시다 미쓰나리, 오타니 요시쓰구, 나쓰카 마사이에 등은 바닷가에 즐비하게 세워진 창고에서 짐 쌓는 일이며 분배 지시 등으로 눈코 뜰 새 없이 바빴다.

　히데요시가 직접 12만 대군을 거느리고 오사카를 떠난 지 20여 일 지난 3월 하순이었다. 벚꽃은 이미 다 졌고 시가지 주변은 선명한 초록으로 바뀌어 있었다. 그러므로 갖가지 색깔로 물들인 깃발과 드림으로 뒤덮인 바다 위와 하얗게 빛나는 시치도 해변(七堂濱)에서 개미처럼 움직이는 인부들의 대조는 풍경으로 보면 활기가 넘쳐 보였지만, 그러나 나야 쇼안은 차츰 화가 치밀어 올랐다.

　'이제부터 대체 무엇이 잡힌단 말인가.'

　본점에 있는 쇼안을 마중 나온 딸 고노미에게 그는 꾸짖는 투로 물었다.

"고노미, 소덴이 어디서 간파쿠 행렬과 마주쳤는지 못 들었느냐?"

쇼안이 히데요시가 출진하기 전에 규슈의 어지러운 사태를 잘 수습해 내려고 지쿠젠(築前)까지 은밀히 심부름 보냈던 소덴이 지모리노미야(乳守宮)에 있는 나야 쇼안의 별장으로 돌아왔다고 해서 부르러 온 것이다.

고노미는 걸음이 빠른 쇼안을 뒤쫓듯 걸으면서 대답했다.

"들었습니다. 아키(安芸)의 하쓰카이치(二十日市)에서 만났답니다. 간파쿠의 모습은 정말 볼 만했다던데요. 무슨, 새빨간 비단 갑옷에 괭이 모양 장식을 단 투구를 쓰고, 황금 말안장을 얹은 갈색 말 위에 올라……."

거기까지 말하고 웃음을 터뜨리자 쇼안이 꾸짖었다.

"웃을 일이 아니야!"

그러나 고노미는 웃음을 멈추려 하지 않았다.

"또 그 얼굴에 가짜 수염까지 달고 있더래요."

"웃을 일이 아니라는데도!"

"네, 그런데 고노미는 간파쿠님을 다시 봤어요. 요즈음 그런 요란한 차림으로 꽃구경을 떠나시는 분은 그리 많지 않거든요."

"뭐, 꽃구경이라고……?"

"그렇지요. 싸움이라고 생각이나 하시는 줄 아세요? 그렇기 때문에 내일은 배를 몇 척 마련하여 이쓰쿠섬(嚴島) 구경을 떠나자……는 말씀까지 하셨대요."

그리고 고노미는 또 웃어댔다.

쇼안은 입맛이 쓴 듯 혀를 찼다. 그는 히데요시에게 화내고 있는 것은 결코 아니었다. 고노미조차 꽃구경……이라고 말하는, 그토록 승패가 뻔한 싸움을 히데요시로 하여금 하게 한 스스로에게 화내고 있는 것이었다…… 쇼안은 생각했다.

'시마즈 요시히사(島津義久)라는 자도 알 수 없는 사람이다!'

히데요시가 3월 초하룻날 12만 병력을 거느리고 오사카를 출발하기 전에 총병력 8만이 앞서 떠났다.

우키타 히데이에(宇喜多秀家)의 비젠(備前) 군 1만5000.

미야베 호인(宮部法印) 이하 이나바(因幡), 호키(伯耆) 군 4400.

마에노 나가야스(前野長泰) 이하 다지마 군 4000.

후쿠시마 마사노리와 나카가와 히데마사(中川秀政), 다카야마 나가후사(高山長

房)의 하리마(播磨) 군 5500.

호소카와 다다오키의 단고 병력 3000.

하시바 히데나가, 쓰쓰이 사다쓰구의 야마토 군 1만7000.

하시바 히데카쓰의 단바 군 5000.

니와 나가시게(丹羽長重)와 이코마 지카마사의 2천300.

마에다 도시나가 이하 엣추, 에치젠 군 1만2000.

가모 우지사토, 오다 히데노부(織田秀信), 구키 오스미(九鬼大隅), 이케다 데루마사, 모리 우콘, 이나바 노리미치(稻葉典通) 등의 1만2000.

그 전에 이미 규슈로 건너간 모리, 고바야카와, 깃카와 등 주고쿠 군, 시고쿠의 센고쿠 군, 규슈의 오토모 군 등을 합하면 30만이 넘는 대군이었다.

시마즈 요시히사가 아무리 죽을힘을 다해도 그것을 막아낼 도리 없을 터이니, 설득하기에 따라서는 충분히 항복시킬 수 있을 것 같았다. 그래서 사카이 사람들은 여러 가지 책략을 써서 히데요시의 출진을 연기하고 시마즈와의 사이를 중재해 보았던 것인데 끝내 아무 성과도 얻지 못했다. 그리하여 마침내 잠시의 시간도 아까운 건설 도상에서 우스꽝스럽게 꾸민 히데요시를 규슈까지 떠나보내지 않을 수 없게 된 것이다……

쇼안은 아직도 무엇인가 생각하며 소리죽여 웃고 있는 고노미의 앞장을 서서 급한 걸음걸이로 자신의 별장 문을 들어섰다.

소덴을 지쿠젠에 보낸 것도 물론 쇼안이었다. 소에키, 소큐 등 사카이 사람들과 의논 끝에 한 일로, 하카타의 대상인 가미야 소탄(神谷宗湛)을 통해 마지막 공작을 시도해본 것이었다.

쇼안이 들어서자, 여장을 풀고 쇼안의 자랑거리인 서원에 벌렁 누운 채 콧구멍털을 뽑고 있던 소덴이 벌떡 일어났다.

"아, 이런…… 지금 돌아왔습니다."

"그래, 수고했다고 하고 싶으나 공연한 헛걸음을 했군, 소덴."

"예, 그 일로……."

소덴은 손가락에 붙은 코털을 붙어 날리고 그 손으로 귀밑머리를 긁었다.

히데요시의 다실에서 봤을 때는 의젓하고 예절 바른 다인이었으나 여기서는 몹시 예의가 없었다.

"도대체 무엇이 시마즈 님을 그토록 화나게 만들었단 말이오. 설마 이길 거라고 생각하지는 않을 텐데."

소덴은 그 물음에는 직접 대답하지 않고 엉뚱한 소리를 했다.

"간파쿠 전하에게는 바람이나 좀 더 피우시도록 하는 게 좋겠지요. 그렇지 않으면 무슨 일을 저지를지 모릅니다. 무턱대고 협박부터 하니 낭패지요."

"흠, 그러면 시마즈 님은 체면 때문에 고집 부리고 있다는 말인가?"

쇼안은 이맛살을 찌푸리며 자리에 앉았다.

"그러나 시마즈 님인들 앞뒤 가리지 않고 끝까지 자살행위를 하실 미련한 분은 아닐 터…… 아무튼 우리의 판단에 마가 끼었던 모양이오. 이런 싸움을 벌이게 했으니."

"역시 간파쿠……가 되시더니 얼마쯤 사람이 달라지신 것 같습니다."

소덴의 말을 쇼안은 가볍게 제지했다.

"그런 말을 해서는 안 돼. 그렇게 되면 그것은 우리나 소에키…… 아니, 지금 일본에서 으뜸가는 다도 명인 소에키 님의 가르침이 잘못됐다는 답이 되잖나."

"어쨌든 지난해 정월, 일부러 멀리 하카타에서 소탄 님을 오시게 하여 간파쿠 전하를 뵙게 한 이쪽의 계획은 송두리째 틀리고 만 셈입니다."

"틀어져 나간 직접적인 원인은?"

"전하께서 시마즈 님에게 보낸 편지 때문입니다."

"내용이 우리가 듣던 것과 달랐단 말인가?"

"예, 달라도 이만저만 달랐던 게 아닙니다…… 이제 일본은 오슈 끝까지 평정됐다, 그러니 너도 항복하라고 도도한 자세로 꼭대기서부터 눌러댔으니……."

"흠, 졸렬한 짓이었군!"

"졸렬하고 말고 어디 말이나 됩니까……?"

소덴은 또 한 번 머리를 긁었다.

"그러니 가미야 소탄 님을 통해 소에키 님이며 다다오키 님의 편지를 전해도, 시마즈 요시히사 님은 코웃음 치며 편지를 외면했답니다."

"그렇겠군, 졸렬했어!"

"시마즈 님이 아니더라도 북쪽에는 아직 호조도 있고 다테(伊達)가 있다는 걸 모를 리가 없습니다. 그보다도 도쿠가와 님 한 사람을 두고도 얼마나 속을 태웠는지 잘 알고 있으므로, 이 편지대로 되었을 때 다시 한번 생각해 보자고 하더랍니다."

쇼안은 쓴웃음을 지었다.

"그럼, 그 이야기를 소에키 님에게 다 말해 드리고 왔소?"

"예, 아키의 하쓰카이치에서 만나 뵈었기에 잘 말씀 드렸습니다."

"소에키 님은 뭐라고 하던가."

"불쾌한 듯 웃지도 않으시더군요. 그러나 이젠 시마즈 님도 아셨을 겁니다. 전하의 편지도 졸렬했지만, 설마 전하께서 규슈까지는 오지 않을 거라고 생각한 시마즈 님도 앞일을 내다볼 줄 몰랐지요."

그때 고노미가 차를 받쳐들고 들어왔으므로 두 사람은 잠시 말을 멈췄다.

"말씀이 끝나셨다면 목욕물이 준비되었습니다만."

"예, 무엇보다도 반가운 대접이군요. 이따가 천천히 하겠습니다."

무언가 더 말할 듯한 고노미를 쇼안은 눈짓으로 물러가게 했다.

"그럼, 엄청난 싸움이 벌어지겠군."

"예, 그렇습니다!"

"소탄 님 예상은?"

"규슈에서의 고마키 전투……라고 하시더군요."

"규슈에서의 고마키 전투라……."

"예, 처음에는 계산착오였습니다. 시마즈 요시히사가 히데요시 같은 당치도 않은 자의 명령에 복종할 수는 없다…… 당연히 규슈까지는 출진해 오지 않겠지 하는 계산에서 한 말이었겠지요. 그런데 저렇듯 대군을 몰고 나왔습니다. 이쯤 되면 승산 없는 줄 알면서도 체면과 고집 때문에 쉽게 굴복하지 못합니다. 그래서 전하에게 한바탕 해댄 뒤 유리한 제휴를 맺을 생각이겠지요…… 그렇게 되면 소탄 님 말대로 규슈에서의 고마키 전투가 되는 셈이지요."

쇼안은 지그시 허공을 응시하며 아무 대꾸도 하지 않았다. 싸움이란 타산적인 계산뿐만 아니라 고집이니 체면이니 하는 감정이 뒤따라 엉뚱한 방향으로 전개되어 가는 기괴한 생물이다.

시마즈 요시히사는 이미 히데요시의 적수로 싸울 수 있는 상대가 아니다. 게다가 요시히사에게 아무 이익이 되지 않을 뿐 아니라 사카이 사람들에게도 그들의 목적인 해외진출에 큰 장애가 된다. 그래서 사카이 사람들은 은밀히 하카타의 가미야 소탄을 불러들여, 지난해 1월 3일 오사카성 안에서 열린 다도 모임에 참석시켜 히데요시에게 소개한 뒤 여러 가지로 대책을 꾸몄던 것이다.

그 결과, 우선 시마즈 문중의 중신 이주인 다다무네(伊集院忠棟)가 다도에서는 소에키, 노래짓기에서는 호소카와 유사이에게 사사하고 있는 것을 이용하여 그와 연락해 그 둘 사이를 원만하게 수습해 보려고 했다.

물론 그동안 히데요시의 출진도 억제하고 있었다. 걸핏하면 무력으로 해결하려 드는 난세 이래의 악습을 바로잡아 이치로 움직이고 이치로 화평의 길을 열어 나가도록 하려 한 것이다. 말하자면 이것은 사카이 사람들에게 있어서 시금석이기도 했다.

도쿠가와 문중과의 문제에서도, 그들은 음으로 양으로 움직여 어쨌든 평화리에 손잡게 했었다. 그러므로 그들은 생각했다.

'시마즈 문제도 이런 식으로!'

그 자신감으로 3월까지 히데요시의 출진을 연기시켜 왔는데, 시마즈로부터 아무 회답도 얻지 못했다. 그리하여 소덴을 규슈로 급히 보내 사정을 탐지하는 동안 히데요시는 기다리다 못해 마침내 출진을 감행하고 만 것이다.

지금 소덴의 보고에 의하면, 시마즈 요시히사를 그르치게 한 원인의 대부분은 히데요시의 편지에 있었다는 게 밝혀졌으나 문제는 그것만이 아니다. 지금은 리큐(利休) 거사가 된 소에키가 히데요시 곁을 잠시도 떠나지 않고 이번에도 동행하고 있다. 그러면서도 싸움을 저지하지 못했다는 사실은 사카이 사람들의 실력이 아직 시대를 움직일 수 없다는 것을 말해준다.

쇼안은 그것이 안타깝도록 분했다. 아니, 쇼안뿐만이 아니다. 리큐 거사인 소에키도 쇼안 이상으로 안타까워하며 소덴을 만난 자리에서 쓰디쓴 표정으로 아무 말도 못했다.

그들은 '다도—'라는 새로운 무형의 깃발을 내걸고, 무력 이상의 강력한 힘으로 무장들을 제압하는 인간 혁명을 꾀하여 어느 정도 궤도에 올려놓았다. 그리하여 그것은 거의 이루진 것처럼 보였다. 히데요시로 하여금 그의 '황금 다실'을 황실 별궁으로 옮겨놓게 했고, 칙명으로 소에키에게 리큐 거사 칭호를 내리게 하여 일본 으뜸가는 왕좌에 당당히 앉아 천하 여러 영주들의 스승이 될 지위를 획

득했던 것이다. 모리, 고바야카와, 깃카와 일족은 물론 마에다 도시이에와 호소카와 다다오키, 가모 우지사토, 히데나가, 거기에 오만도코로까지 그런 뜻으로 볼 때 훌륭히 소에키의 제자가 된 게 아니었던가.

'그런데, 이제 와서 한 가지 실패를 기록하다니……'

물론 이러한 기획의 지혜주머니는 다름 아닌 나야 쇼안이었으며, 그런 만큼 쇼안은 이 차질에 분통이 터졌다.

"쇼안 님, 어디 몸이라도 편찮으신지……"

문득 정신 차리고 소덴이 근심스러운 얼굴로 고개를 기웃거리며 쇼안의 얼굴을 들여다보고 있었다…….

쇼안은 머리를 끄덕이며 쓴웃음 지었다.

"염려 마시오. 자, 그건 그렇고 그대가 한 번 더 하카타까지 다녀와야 할지 모르겠소."

"한 번 더…… 저야 몇 번이고 좋습니다만, 무슨 묘안이라도 있습니까?"

"묘안이랄 것까지는 없으나…… 내가 걱정하는 일은, 소에키 님이 이 일로 속상하시어 간파쿠 전하와 충돌이라도 하면 어쩌나 꺼림칙하구먼."

"과연…… 그렇기도 하겠군요."

"알다시피 소에키 님은 간파쿠와 거의 맞먹는 강한 성격이니…… 간파쿠가 그런 식으로 끝까지 일처리 한다면 옆에서 코웃음도 서슴지 않을걸."

"분명 그럴 가능성이 있지요."

"그러니 그대가 한 번 더 하카타에 내려가 소에키에게 내 생각을 전해 주지 않겠소."

"그 생각이란……?"

"치열한 싸움은 절대로 피하시도록…… 간파쿠 전하는 세상에 흔히 있는 분이 아니다. 그러니 시마즈 님의 항복을 천천히 기다리시라고…… 소에키 님에게 그 진언을 계속해야겠어."

"치열한 싸움을 피하게 한다……"

"그렇지, 그러기 위해서는 간파쿠에게 새로운 관심을 기울일 수 있는 장난감을 드려야지. 외도나 좀 해주셨으면 좋으련만 그럴 간파쿠가 아니니, 새로운 장난감을 드리는 게 가장 좋아."

여기서 쇼안은 잠시 허공을 응시하는 눈빛이 되었다.

"아시겠소, 시마즈의 항복은 시간문제요. 승리할 것은 뻔한 일이니 서두르실 것 없이, 특히 간파쿠께서 규슈까지 내려가신 기념으로 영원히 남을 사업을 하시도록…… 소에키 님이 진언케 하는 거요."

"규슈에 영원히 남는 사업을?"

"모처럼 행차하셨으니 그 땅에 새 일본 발족의 대 기지를 몸소 설계하시고 돌아오시도록 하라고……."

"과연 간파쿠의 구미가 동하겠군요."

"어떻게 해서든 움직여 그 땅이 풍비박산나지 않도록 해야지. 일본인이 같은 일본인을 아무리 죽여본들 자랑스러운 일은 아니거든. 백성을 더 잘 살게 하는 길을 생각해야만 불세출의 간파쿠 전하지. 그래서 그곳에 또 하나, 제2의 사카이 항구를 만드십시오, 하고 진언하는 거요……."

"제2의 사카이 항구를……?"

"바로 하카타요. 소탄 님이며 시마야(島屋) 님들과 함께 차라도 들면서, 간파쿠 자신의 손으로 항구 건설의 기본 설계를 그리도록 한다…… 그러면, 간파쿠는 이 사업이 재미있어 반드시 격렬한 싸움은 피할 걸세."

소덴은 무릎을 탁 치며 바싹 다가앉았다.

"과연! 훌륭한 장난감이로군요! 그렇게라도 하지 않으면 시마즈 님도 간파쿠님도 서로 오기부리다 무슨 일을 일으킬지 모르는 일, 정말이지 묘안입니다. 제2의 사카이 항구를……."

"그렇게 하는 게 소에키 님의 고집을 풀어주는 데도 묘약이 될 것 같소. 알겠소, 소에키 님에게 모처럼 일본 으뜸가는 다도 명인이 규슈 땅까지 행차한 터이니 그곳 영주들을 모조리 제자로 삼고 돌아오시라고 전해 주오. 알겠소? 오토모 님도 시마즈 님도…… 그걸 못 하면 사카이 사람들의 체면이 서지 않는다고 말이오."

소덴은 감탄에 겨워 신음소리를 내면서 말했다.

"음! 과연 쇼안 님이십니다."

그것은 실로 묘안 이상의 하늘의 계시라 해도 좋았다. 히데요시의 성격도, 소에키의 성격도 속속들이 활용되고 그러면서도 시마즈를 위해, 일본을 위해, 그리고 사카이 사람들을 위한 길도 된다…… 이것이야말로 참다운 '정치'라는 것이리라……하고 소덴은 생각했다.

"정말…… 역시 묘안은 있는 법이군요."

"소덴."

"예."

"그리고 또 한 가지, 소에키 님은 어떤 일이 있더라도 간파쿠와 다투지 말 것…… 이 쇼안이 살아 있는 한 간파쿠로 말미암아 소에키 님의 마음이 상하는 일 없도록 할 것이니, 서로가 서로를 살리도록…… 쇼안이 특별히 그 점을 부탁하더라고 잘 전해 주오."

"잘 알겠습니다. 그런데 쇼안 님, 소에키 님과 간파쿠가 그토록 다툴 가능성이 있습니까?"

"있고말고."

쇼안은 비로소 시선을 허공에서 상대에게로 옮겨갔다.

"두 사람이 다 이해심 많고 서로 반해 있으면서도 둘 다 몹시 성미가 급하거든."

"기질이 강한 분들이라 그것은 이해됩니다만……."

"게다가 소에키 님 풍류의 깊이를 간파쿠가 모르고, 간파쿠 인간의 폭을 소에키 님이 모르오."

"—그럴까요?"

"이따금 두 사람의 대화가 엇갈리는 걸 보면 알 수 있지. 예를 들면 소에키 님이 권하여 후루타 오리베(古田織部)에게 굽게 한 찻잔 빛깔……."

"찻잔 빛깔……?"

"그렇소, 검정은 오랜 전통의 위엄을 나타내는 색이라고 설명해도 간파쿠는 모르거든. 간파쿠는 붉은색을 좋아하니까."

"황금 다실 같은 것을 좋아한단 말이지요?"

"황금 그 자체는 훌륭한 거요. 그러나 그것에 집착하는 사람의 속마음은 천해지지…… 아니, 그런 것보다 붉은색은 조잡함을 나타내는 색이라고 말해도 간파쿠에게는 통하지 않거든."

"예."

"그것을 억지로 통하게 하려는 옹고집이 소에키 님에게 있고, 납득하기 전에는 어느 누구의 말도 받아들이지 않는 옹고집이 간파쿠의 마음속에 도사리고 있소."

"바로 붉은색과 검은 색이군요."

"그렇소."

쇼안은 여기서 한숨을 내쉬었다.

"그게 바로 인간의 숙명인지도 모르오. 하지만 우리가 지금 지향하는 바는 그런 숙명을 타파하고 새로운 사고방식을 심으려는 데 있으니까, 이때 쇼안과 간파쿠가 싸움을 벌이면 말도 안 되는 거요."

"말씀을 듣고 보니 정말 그렇습니다."

"그러니 그대도, 이런 사정을 깊이 염두에 두고 움직여 줘야겠소. 가미야 소탄 님은 그대를 굉장히 인정하더군. 이번 일은 간파쿠와 소에키 님 두 사람에게 좋은 장난감을 선사하는 셈치고 한 번 더 하카타에 가서 그들의 마음을 움직인 뒤, 시마즈 님 또한 세계를 향해 가슴을 폈을 때 일본에 없어선 안 될 사람이라고 설득하는 거요."

말을 끝맺고 쇼안은 비로소 밝게 소리 내어 웃었다.

소덴은 장난기 어린 눈으로 쇼안의 웃는 얼굴을 지켜보았다. 아키의 하쓰카이치에서 만난 꼭두각시 무사 같은 히데요시와, 항간에 파묻혀 히데요시를 조종할 궁리만 하고 있는 쇼안의 인물됨을 비교해 볼 때 새삼 세상이 우스웠다.

지금 온 일본의 무장들은 어떻게 히데요시의 비위를 맞출까 전전긍긍하고 있다. 또는 어떻게 대항하여 어떻게 살아남을 것인가에 노심초사하지 않는 자가 없다. 따라서 그런 사람들 눈에 비친 히데요시야말로 '절대의 힘'으로 그들에게 군림하는 권력자로 보일 게 틀림없었다.

그 히데요시를 쇼안은 한낱 졸개쯤으로 취급하고 있다. 아니, 새로운 일본을 위해 필요한 경비대 대장 정도로 생각하는 모양이었다. 그것은 히데요시 뿐 아니라, 노부나가가 사카이에 간섭하기 시작할 무렵부터 지니고 있는 쇼안의 대담무쌍한 사고방식이었다. 처음에 그는 노부나가의 행정관을 '오다의 사환'이라며 속으로 비웃었다.

"오다의 사환쯤은 적당히 구슬러 이제부터는 새로운 일본의 발전을 생각하지 않으면 안 된다."

그리하여 노부나가의 다실에 소큐, 소에키, 소시(宋之) 등을 잇따라 들여보냈고, 노부나가가 혼노사에서 미쓰히데의 손에 의해 죽자 재빨리 깃발을 거두어 히데요시에게로 옮겨갔다.

"미쓰히데는 이미 낡았다. 지금부터는 히데요시에게로 눈을 돌려야 한다."

그리고 그 결과 교묘한 투표 등으로 모든 사람의 뜻을 하나로 모아 온 힘을 다 기울여 히데요시를 지원해 왔던 것이다.

노부나가의 다인들은 그대로 인원수를 늘려 히데요시에게 옮겨갔다. 소에키의 아들 쇼안(紹安), 소큐의 아들 소쿤(宗薰) 외에 약장수 고니시 유키나가로부터 칼 집장이 소로리 신자에몬, 쇼안, 소덴 등 그들을 둘러싼 다섯 명산 스님들과 공경들에 이르기까지…… 말하자면 사카이 사람들의 지하정부라고 할 수 있는 조직체를 만들어낸 것이었다.

그 사카이 사람들이 이번의 시마즈 대 히데요시 사이의 중재에 있어서는 여간 속 태우지 않았다. 사카이 사람들 생각으로는 한 시각이라도 빨리 평화적으로 그 둘을 손잡게 하여 하카타, 히라도(平戶), 나가사키(長崎) 등의 항구를 열고 그곳을 기지로 삼아 남방으로 크게 진출하고 싶은 희망을 품고 있었으니 무리도 아니었다. 그들이 얻은 정보에 의하면 남방 여러 지역에는 에스파냐, 포르투갈 외에 영국, 네덜란드 등의 신흥국이 잇따라 진출하여 남쪽 해상을 휘젓고 다니고 있었다. 따라서 이 기회를 놓치면 일본의 발전은 있을 수 없다는 전망이었다.

쇼안의 웃는 얼굴을 한참 동안 물끄러미 지켜본 뒤 소덴은 오른손 엄지손가락으로 콧구멍을 후볐다.

"기분이 좀 풀리신 것 같군요. 그러면 목욕보다 먼저 요기를 좀 했으면 합니다."

"아, 이거 몰랐군. 고노미! 고노미! 손님에게 진짓상을 올려라."

큰 소리로 부르는데 또 한 사람의 방문객이 있었다.

"밥상보다 이 소로리가 먼저 왔소. 그렇지, 이왕 왔으니 이놈도 대접을 받아볼까요?"

소로리 신자에몬이 늘 그렇듯 우스갯소리를 하며 들어오더니 히데요시를 대할 때와는 또 다른 점잔을 떨며 쇼안에게 깍듯이 머리 숙였다.

"두세 가지 드릴 말씀이 있어서…… 소인도 꽃구경 삼아 나왔습니다."

쇼안은 소덴을 대할 때보다 부드럽고 사람 좋은 늙은이 티를 내며 말했다.

"잘 오셨소. 방금 소덴에게 하카타에 다시 다녀오라고 이르는 중이었소. 그래, 간파쿠 전하께서는 기별이 있었소?"

"아닙니다. 간파쿠 전하께서는 예정대로 거창하게 배를 꾸미시어 미야시마 신궁을 참배하시고 무사히 여행을 계속하시는 모양입니다. 그런데 그보다 동쪽이 좀……."

"동쪽이라니…… 그러면 도쿠가와 님이?"

"아니, 그보다 더 동쪽입니다."

"오다와라의 호조님 말인가?"

"그 오다와라에서 혼아미 고지의 아들 고에쓰 님이 오셨습니다."

"허……."

"아마 도쿠가와 님 부탁도 있었던 것 같은데…… 돌아오셔서 한다는 이야기가 동쪽에서도 일전을 면할 길이 없을 것 같다고……."

소로리는 쇼안의 얼굴빛을 신경질적으로 살피면서 말을 이었다.

"어쩌면 이곳 사카이에 총을 사러 사자들이 올 것 같습니다."

"허참, 호조 님도 그렇게 세상이 안 보이는가?"

"예, 역시 도쿠가와 집안과의 혼사도 그 원인이 되어 있는 것 같습니다만."

"도쿠가와 님을 호조 편으로 계산하고 있었다는 것이겠군."

"그런 것 같다는…… 혼아미 님의 추측입니다."

"그럼, 도쿠가와 님은?"

"그야 벌써!"

틀림없이 히데요시 편이라는 뜻이리라, 소로리는 그 커다란 머리를 무거운 듯 숙이며 끄덕였다.

그때 고노미의 지시로 두 하녀가 밥상을 날라 왔다. 상 위에는 술병과 술잔도 곁들여져 있었다.

"제가 한 잔씩 따라 올리겠어요. 우선 아저씨부터."

고노미는 먼저 소덴의 잔에 술을 따르고 아버지에게 향했다.

"아까 류타쓰(隆達) 님께서 자비센(蛇皮線 ; ^{샤미센(三味線)의 전신(前身). 뱀가죽}_{을 붙여 만들어 이런 이름이 붙가음})을 연주해 드리겠다면서 오셨기에 손님이 계시다고 뒤로 미루었어요."

"뭐, 류타쓰가……그래, 자랑인 노래를 들려주려던 것이겠지. 자, 신자에몬 님에게도 한 잔 따라 올려라."

"어머, 실례했군요. 그럼, 소로리 님."

고노미는 신자에몬에게 술을 따르면서 말했다.

"아버님, 류타쓰 님 이야기로는 소젠 님 병세가 그리 좋지 않다더군요."

"허, 소젠이 아픈가?"

"예, 오긴 님이 불쌍해요. 지금 돌아가신다면 애들도 너무 어리고."

그러나 그때 벌써 쇼안은 딸의 이야기를 듣고 있지 않았다.

"소로리, 호조와 다테에게는 총을 못 팔게 해야 해."

낮았으나 엄격하게 명령하는 투였다. 소로리는 순간 흠칫하여 잔을 입에서 떼고 쇼안을 쳐다보았다.

쇼안은 벌써 아무렇지도 않은 표정으로 돌아가 고노미에게 말하고 있었다.

"소젠의 병세가 그토록 깊단 말이냐."

"예, 봄이 되어도 기침이 멎지 않고 이따금 피도 토하신다나 봐요."

"벌써 과부가 된다면 오긴 님이 불쌍하군."

"신자 님."

"……예."

"오다와라로 직접 가는 배를 잘 감시하도록 하오. 이건 호조 가문을 위한 일이기도 하니."

그리고 다시 딸 고노미에게로 시선을 옮겼다.

"오긴은 역시 간파쿠 곁으로 갈 팔자로 태어난 것인지도 모르지."

"어머나, 그런 말씀을 어떻게…… 오긴 님이 승낙할 줄 아세요?"

"신자 님."

"예."

"서둘러선 안 되오. 너무 서두르면 안 되지만 정세의 변동이 있다는 것을 자세하게 간파쿠님에게 알릴 필요가 있소……."

"그건 분명히……."

"다도만으로는 부족할지 모르겠군. 탈춤도 거문고도 좋고, 큰 북도 좋고, 호궁도 좋고, 노래도 좋고……."

"아참!"

소로리는 갑자기 뭔가 생각난 모양이었다.

"전하께서 아주 재미있는 꽃을 하나 꺾으셨습니다."

"꽃을 꺾다니, 여자 말인가?"

"예, 우라쿠 님에게 맡겨두었던 아사이 님의 큰 따님을."

"뭣이, 아사이의 따님을?"

웬일인지 쇼안의 얼굴이 어두워졌다. 그는 거듭 말했다.

"그건 좋지 않아. 좋지 않아, 신자."

"그…… 그럴까요?"

소로리는 그 의미가 얼른 이해되지 않는 듯 되물었으나, 쇼안은 더 이상 설명하지 않았다.

그러나 소덴은 그 뜻을 알아차리고 소로리에게 들으라는 듯 중얼거렸다.

"아사이님 따님을 측실로 둘 바에야 차라리 소에키 님 따님 오긴 편이 낫겠지요."

"아니지요…… 그것으로 싸움만 좋아하시는 전하의 마음이 돌아서기라도 한다면……."

"신자 님……."

"또 마음에 거슬리십니까?"

소덴이 웃으며 덧붙였다.

"간파쿠는 싸움을 좋아하는 게 아니오."

"그럴까요?"

"싸움을 좋아하는 게 아니라 싸움밖에 할 줄 모르시는 거지. 그래서 사카이 사람들이 광산을 파도록 가르치고, 다도도 가르쳤소. 연극도 즐기도록 이끌고…… 이것은 어디까지나 목적이 있어서 한 일이었소. 그런데 그 일에 방해되는 짓을 권해서야……."

"천만에! 제가 왜 자차 님을 권했겠습니까? 이 일에 대해서는 우라쿠 님도 화나셨을 겁니다. 손안의 구슬을 뺏긴 셈 아닙니까?"

"그러니 잘못됐다는 거요!"

쇼안은 웃으면서 뒷말을 거두었다.

"그보다 규슈에서 개선한 뒤의 일인데……."

"예, 개선해 오시면 기타노에서 전대미문의 큰 다회를 열기로 되어 있습니다."

세 사람은 술을 적당히 끝내고 고노미의 시중을 받으며 밥을 먹기 시작했다.

오후의 햇살이 따사롭게 툇마루에 비치고 건너편 뜰에는 소나무에서 노란 꽃가루가 흩어지고 있다.

"기타노의 대다회 때 호조, 우에스기, 다테까지 모두 온다……고 한다면 그때 해결 안 된 칼사냥도 할 수 있겠는걸."

소덴의 말에 쇼안은 가볍게 고개를 저었다.

"아직은 그렇게 잘 되지 않을 거요."

"어쨌든 싸움의 뿌리만은 깡그리 뽑아 없애버리지 않으면, 큰일을 할 수 없습니다."

"소덴은 그렇게 말하지만, 문제는 그다음부터요."

"그럴까요."

"암, 지금의 이 국가재흥은 오다 님으로부터 비롯됐다……고 보지만 실은 오다에게 그것을 가르친 건 바로 사이토 도산이었지. 이 큰 살모사는 낡은 지식이나 인습을 깨뜨려 부수는 법을 오다에게 가르쳤소. 아무튼 사위 목을 베어 오라며 딸을 보냈을 정도니…… 아비도 없고 어미도 없지. 물론 형도 동생도 없고, 신도 부처도 없다는 식의 광포한 방법으로 새로운 길을 뚫고 나갔소. 알겠소, 오늘날의 무장들은 대부분 그 광포의 찌꺼기요. 싸움 밖에 모르는 것은 비단 한 사람뿐만이 아니오. 그런 간파쿠에게 싸움밖에 모르는 자들을 어떻게 조종하게 하느냐가 큰 문젯거리가 되는 거요."

"과연 그 말씀이 옳습니다."

"그러므로 쓸데없는 고집만 일삼을 게 아니라, 생활을 즐기면서 모든 사람의 눈을 외곬으로 향하게 할 수 있는 표적을 만들어줘야지. 춤이나 다도도 좋고, 문학도 좋지. 그러나 그것만으로는 그렇게 날뛰던 자들의 남은 정력을 꺾을 수 없소. 그들은 주머니 속이 좀 넉넉해져 여유가 생기면 곧 저들끼리 싸울 궁리를 일삼을 테니까."

소로리가 맞장구쳤다.

"정말 그렇군요. 지금도 행정관이라는 요직에 앉은 다섯 무장들은 저마다 어디 싸움거리가 없을까 눈에 불을 켜고 있으니까요."

"그렇게 교육받고 자랐으니 무리가 아니지. 그러므로 사카이 사람들은 지금부터 슬슬 남쪽 바다가 얼마나 넓은지 가르쳐주어야 하는 거요."

"누구를 내보내시렵니까?"

"스케자에몬이 지금 한창 배를 만들고 있지. 루손(필리핀)에 간다고. 이것을 우리 일로 알고 힘껏 도와야 하오."

"아버님, 이제 진지는 그만 드시겠어요?"

고노미의 말에 쇼안은 밥공기를 엎어놓았다.

"모두의 시선을 한 군데로 모이게 하는 거지, 남쪽 바다로."

"아버님."

"뭐냐. 또 무슨 말참견이 하고 싶으냐?"

"그 일을 두고 고니시 님이 말씀하시던데요."

"음, 뭐라더냐?"

"이젠 이쯤에서 시국에 뼈대를 집어넣어야 할 것 같다고요."

"시국에 뼈대라…… 하하하…… 약으로 뼈대를 넣으려는 셈인가?"

"아니지요. 히에이산의 화공(火攻) 이래 일본의 신불은 이제 아무도 믿지 않을 터이니 예수교로 새로운 길을 열 때가 왔다고."

그 말을 듣자 쇼안은 갑자기 눈살을 험하게 모으며 꾸짖었다.

"너는 잠자코 있거라!"

쇼안의 꾸중을 듣고도 고노미는 그리 기가 꺾이지 않았다. 도리어 장난꾸러기처럼 눈을 반짝이며 소덴에게 말을 건넸다.

"소덴 님도 그런 생각을 갖고 계시겠지요? 아저씨도 세례명을 갖고 계실 테니까. 아저씨뿐만이 아니에요. 고니시 님은 아우구스티노, 다카야마 님은 주스트, 나이토 하루야스 님은 요한, 가모 님은 레온…… 여러분들이 차례차례 세례 받고 있다고 오긴 님에게서 들었거든요."

소덴은 좀 당황한 듯 손을 저었다.

"이것 참…… 하지만 신앙이 아닙니다. 나는 아주 질 나쁜 악마여서."

"호호호! 처음에는 악마라도 좋다고 신부님도 가라시아 님도 말씀하셨어요. 그걸 구하시는 것이 천주님 은혜라던데요."

쇼안이 다시 꾸짖었다.

"고노미! 그만해. 일에는 순서가 있다. 아직 나라 안 사정이 제자리를 찾지 못하고 어수선한 판에 분열의 씨앗을 들여오는 것은 일러. 지나치게 나서지 마라."

고노미는 웃으면서 아버지 앞에서 밥상을 끌어당겼다. 승복하지 않은 증거로 조그만 입술이 뾰로통하게 나와 있었다.

소덴은 왠지 한숨을 내쉬었다. 모처럼 환하게 밝아졌던 쇼안의 얼굴이 예수교 이야기로 다시 흐려졌기 때문이었다. 그러고 보니 소덴 자신도 자주 신부 소로테를 찾아가면서 에스파냐 사람에게 방심할 수 없는 점이 있음을 꿰뚫어보고 있었다.

그러나 그것과 예수교 교리는 별개인 듯싶었다. 고노미가 말하듯 요즈음 사카이에는 예수교 신자들이 부쩍 늘고 있었다. 보기에 따라 저쪽도 야심, 이쪽도 야심, 서로 이용할 생각으로 가까이 한 것인데 새 종교 교리가 어느덧 사람들 마음을 사로잡아가고 있었다.

쇼안은 전부터 그것을 염려하고 있었다. 이제 세계로 눈을 돌려야 할 때에 이르렀는데, 그 때문에 예수교가 들어와 불교도와의 사이에 새로운 분규를 일으킨다면 그야말로 잇코 반란의 재연이 되리라는 것이었다.

소덴이 말했다.

"이제 배가 든든해졌습니다. 배가 부르니 시간이 아깝군요. 이 길로 곧장 해변으로 나가 하카타 행 배나 찾아보기로 하겠습니다."

그러나 쇼안은 대답하지 않았다. 하녀들을 시켜 밥상을 물리는 고노미의 뒷모습을 쏘는 듯한 눈초리로 바라보고 있었다. 이렇게 되자 소로리 또한 신경질적으로 입을 다물어 방 안 공기는 더욱 날카로워질 뿐이었다.

'앞으로 아무도 일본의 신불은 믿지 않을 것이다……'

고노미가 흘린 그 한마디가 쇼안을 얼마나 초조하게 하는지 소로리도 잘 알고 있었다. 그렇기 때문에 선(禪)의 세계에 접근하여 거기서 얻어진 '검소한 취향의 다도'를 통해 무장들 마음에 새로운 안식처를……하는 생각이 간절하지만 오직 그것만으로는 부족하다는 것을 너무 잘 알고 있는 쇼안이었다. 무장들은 '차'를 즐기고는 있었으나 '다도'에서 '선'으로 나아가지 않고 총이며 교역의 이익을 위해 그대로 예수교에 뛰어든다. 그렇게 되면 사카이 사람들 역시 알지 못하는 사이 대립의 싹을 하나 키우는 꼴이 되어간다……

'고노미는 그 아픈 상처를 아무 생각 없이 건드리고 말았다……'

그렇게 생각하니 어지간한 소로리도 온몸에 땀이 배었다. 소덴이 살며시 자리에서 일어났다.

파벌의 싹

"사카이 사람들에게도 약점은 있다."

쇼안의 별장에서 나오자 소로리 신자에몬은 오마치(大町)의 롯켄(六軒) 거리에서 사쿠라(櫻) 거리의 철물점 골목까지 일일이 친지들을 찾아보고 나서 야마토(大和) 다릿목의 선창으로 갔다.

이것으로 사카이 거리의 분위기는 대충 파악한 셈이었다. 때가 때인만큼 몰래 총을 사들이려는 자도 없고 또 재고품도 없는 것 같았다. 어느 대장간이나 모두 부지런히 풀무질하며 닥쳐올 주문에 대비하고 있었다.

해안 길의 큰 상인들은 모두 미곡과 건어물 거래로 혼잡을 이루고 있고 목수 거리에서는 작은 배 만들기에 여념 없었다.

여인숙 거리의 번잡함과 여러 절간에 주둔해 있는 영주들 진막의 혼잡은 예상했던 대로이며 몇 군데에서는 살기어린 말다툼에 부닥치기도 했지만, 그 번잡 속에도 분명 목에 십자가를 걸고 머리에 흰 베일을 쓴 예수교 여인들 모습이 늘어나고 있었다.

이것도 저것도 새로운 풍속……이라고 본다면 대수로울 것 없지만, 오늘의 소로리는 마음에 걸려 견딜 수 없었다. 전쟁이 끝난 뒤의 문화정책이 없기 때문에 나라 안이 평정되자마자 예수교가 번져 일본이 그대로 남만국으로 변한다……는 공상이 묘하게 머리에서 떠나지 않는 것이다.

"세계를 향해 창을 열어라."

입만 열면 그렇게 말하는 사카이 사람들의 그 창으로 천주와 군함이 뛰어 들어와 가짜 수염을 붙인 간파쿠 전하와 전쟁을 시작한다면 평화고 돈벌이고 없게 된다.

'아무래도 뭔가 새로운 수법을 생각해 내야 해……'

온 일본 사람이 예수교 따윈 거들떠보지도 않을 만큼 재미있는 놀이라든가, 고맙고 황송하여 감지덕지할 신이라도 부디 나타나주지 않으려나……?

그런 생각을 하면서 소로리는 나루터를 막 떠나려 하는, 쌀을 싣고 온 듯한 요도야 배의 건널 판자를 달려 올라갔다.

"사공님, 소로리입니다. 일보고 돌아가는 길이니 좀 태워주시오."

그리고 중앙 선실로 뛰어 내려서려는데 뒤에서 어깨를 툭 치는 사람이 있었다.

"아이구, 깜짝이야! 이보시오, 놀라는 바람에 칼집에서 칼이 빠져나와 강물 속에서 헤엄칠 뻔했소."

정말로 칼집에서 한두 치쯤 빠져나온 칼을 탁 쳐서 꽂으며 돌아보니 거기 서 있는 것은 역시 히데요시의 측근 다인 가운데 한 사람인 모즈야 소안이었다.

"누구신가 했더니 소안 님이시군. 아우님 병환은 좀 어떻습니까?"

소안은 그 말에는 대답하지 않고 의미심장하게 웃었다.

"소로리 님은 또 기타노만도코로님 심부름이오?"

소안은 가게를 아우 소젠에게 완전히 물려주고 있었다. 그 소젠에게 시집간 여자가 바로 오늘 쇼안의 별장에서 여러 이야기 끝에 이름이 나온 소에키의 양녀 오긴이었다.

"아우님께서 병환이 몹시 위중하다고 들었습니다만……"

"어디서 들으셨소?"

"예, 저…… 쇼안 님의…… 고노미 님과 길거리에서 만났지요."

소로리가 갑자기 말끝을 흐리며 얼버무린 것은, 이 소안만이 사카이 사람들 가운데 어딘지 좀 꺼림칙한 존재였기 때문이었다.

"그는―이시다 미쓰나리의 밀정이 되어버렸어."

그런 소문이 나돌고 있다. 그래서 소로리는 경계한 것이었다…….

소안은 딴전부리며 슬쩍 유도했다.

"허, 쇼안 님을 찾아갔다 오시는 길이시군. 쇼안 님을 오랫동안 못 뵈었는데 여

전하시겠지요."

'방심해선 안 될 사람이다…….'

소로리는 정색하고 마주 고개를 끄덕였다

"아, 그렇습니까…… 정말 반가운 일이군요."

말하면서 소로리는 돛대 옆에 앉았다.

"하하…… 쇼안 님 안부를 물은 것은 내 쪽이오, 소로리 님."

"예?…… 그럼 쇼안 님을 찾아가신 게 아니었던가요?"

"좋소…… 하하하, 말을 피해가는 솜씨가 비상하시군요."

소안도 소로리 옆에 나란히 앉았다.

"소로리 님, 부탁이 하나 있는데."

"허, 소안 님이 저 같은 사람에게……."

"그렇소, 소소리 님은 간파쿠님의 특별한 총애를 받고 있는 몸, 이번의 규슈 행차에 왜 하필 나만 쏙 빠졌는지 그걸 좀 알아봐 주시오. 무엇이 간파쿠의 기분을 상하게 했는지?"

소로리는 엷게 물들기 시작하는 저녁하늘을 올려다 본 채 간단하게 받아 넘겼다.

"그거라면 잘 알고 있지요."

"허, 알고 있다고?"

"뭐, 기분상하셨다고 할 것까지는 없습니다. 소에키 님에게 다인 셋을 데리고 가라고 분부하셨기 때문에 소에키 님이 소큐, 소쿤, 소무(宗無)를 인선하신 것뿐이지요."

"바로 그 인선을 말하는 거요, 소로리 님."

"예……?"

"소무 님이 따라갈 정도라면 어째서 내가 뽑히지 않았는지. 세상에 묘한 소문이 나돌고 있어서."

"그렇습니까? 소무 님은 아시다시피 양조장을 경영하는 집안 출신이지만 무예를 아시거든요. 그래서 소에키 님 신변을 지키는 의미도 포함된 동행이라고……알고 있습니다만."

"그런 게 아니오. 세상의 소문은."

"어떤 소문입니까?"

"내가 동생 색싯감으로 이시다 미쓰나리 님을 통해 소에키 님에게서 오긴 님을 데려왔다, 그게 전하의 비위를 건드렸다는 소문이오."

"허, 처음 듣는 이야기군요?!"

소로리는 일부러 눈알을 크게 굴리며 소안을 돌아보았으나 속으로는 이 질문의 의미를 너무도 잘 알고 있었다. 소안은 소에키를 중심으로 한 다인들 중에서 좀 사람됨이 얕은 야심가였다. 그러므로 유별나게 소에키의 환심을 사려고 오긴을 모즈야 집안에 줄 수 없겠느냐고 말을 건넸던 것이다. 오긴을 자신의 아내로 맞아 소에키의 친척이 되면 출세 길이 트일 거라고 생각한 모양이었다. 그랬는데 소에키는, 오긴의 성미가 지나치게 강하여 소안과 맞지 않을 거라고 거절했다.

오긴은 소에키의 친딸이 아니다. 소에키의 둘째 아내가 데려온 딸로 친아버지는 노부나가 손에 멸망한 마쓰나가 단조(松永彈正)였다. 즉 마쓰나가 단조의 첩이었던 미야오 도산(宮尾道三)의 딸이 단조가 죽은 뒤 두 아이를 데리고 소에키의 후처로 들어온 것이다.

오긴과의 혼담을 거절당하자 소안은 이시다 미쓰나리를 통하여 태도를 바꾸었다.

"사람을 잘못 아신 겁니다. 오긴 님을 맞을 사람은 제가 아니고 제 아우 소젠입니다."

하필이면 그러한 혼담에 다섯 행정관 중에서도 세도가 당당한 이시다 미쓰나리가 끼어든 데는 까닭이 있다……고 소로리는 해석하고 있었다.

이시다 미쓰나리는 사카이 사람들이 사사건건 히데요시를 움직이는 일을 속으로 매우 못마땅하게 여기고 있었다. 정치는 어디까지나 자기들 스스로의 손으로!……라고 생각하는 날카로운 기백의 측근으로서는 무리도 아니었다. 더구나 사카이 사람들은 다도를 통하여 오만도코로를 비롯하여 기타노만도코로며 또 그녀들을 둘러싸고 있는 아사노, 가토, 후쿠시마, 가타기리, 호소카와 등 거칠기 짝이 없는 시동 출신 무장들과 자주 상종하여 자칫하면 문치파(文治派)와 대립하기 쉬운 입장에 있었다.

미쓰나리는 사카이 사람들 중에서 하나쯤 자신의 심복을 만들어두고 싶었다. 그 대상으로 소안이 미쓰나리의 마음에 들었다. 그래서 그 청을 받아들여, 오긴을 아내로 맞아들이려는 사람은 성격이 과격한 소안이 아니고 사람됨이 진실하고 무던한 동생 소젠 쪽이며, 소안은 아우에게 가게를 물려주고 여생을 다인으로 지내겠노라는 청을 넣었다.

다름 아닌 이시다 미쓰나리가 중매를 서고 보니 소에키도 더 버틸 말이 없어 오긴은 모즈야 소젠에게 시집가게 되었다. 그 오긴으로 말미암아 히데요시로부터 눈총 받는다고 소안은 생각하는 모양이었다.

"처음 듣는 말인데요. 대체 어디서 그런 소문이 나왔을까요?"

"그게 말이오…… 간파쿠 전하께서 오긴 님을 측실로 원했었다는 아주 그럴싸한 말들이 도는 모양이오."

"허! 그런 말은 처음 듣는데요."

"소문이란 참으로 무서운 것 아니겠소. 간파쿠 전하뿐 아니라 소에키 님 또한 그럴 마음으로 있었는데 내가 이시다 미쓰나리 님을 움직여 억지로 뺏어왔다, 그래서 모즈야 소안은 전하의 비위를 거스르고 소에키 님의 미움을 받게 되었다, 출세하려고 획책을 꾸미다 반대로 출세의 싹을 도려내고 말았다는 소문이오."

소로리는 웃음을 터뜨리기 시작했다. 이야기의 중간은 좀 달랐지만 마지막 한마디는 아닌 게 아니라 사실이라고 할 수 있었다. 소에키의 비위를 맞추려고 미쓰나리를 움직인 것은 결코 현명한 술책이 못 되었다. 소에키가 미쓰나리와 뜻이 안 맞는다는 것쯤 소에키의 후배로서 알았어야 했던 것이다.

"무엇 때문에 웃는 거요, 소로리? 나에게는 웃을 일이 아니오."

"그야 뭐…… 그런데 대체 어디서 그런 소문이 나왔을까?"

"그 점이오, 아무래도 같은 다인들 입에서…… 나왔을 거라는 생각밖에 안 드는군요."

"아무려면 다인들 가운데 그런 말을 퍼뜨릴 분이 있으려구요."

"그러니까 소로리 님에게 부탁하는 게 아니겠소. 나의 어디가 다른 사람들 눈에 안 드는지. 그리고 소문대로 전하의 생각이 지금까지도 그러시다면 오긴 님을 이혼시킬 도리밖에 없지 않겠소?"

"소안 님은 그 일 때문에 사카이에 오셨습니까?"

"그렇소, 아우의 병문안도 할 겸 해서."

"참, 아우님 병환은?"

그러자 소안은 고개를 흔들면서 내뱉듯 한마디 했다.

"죽어버려 과부가 되면 재미없지. 죽기 전에 어서 이혼을 시켜야하는데."

소로리는 저도 모르게 혀를 차려다가 얼른 시선을 돌려버렸다.

'이것이 풍류의 길에 뜻을 둔 자의 말일까?'

이런 얕은 생각으로 아등바등 일을 꾸미니 소에키의 눈 밖에 나고 히데요시에게도 인정받지 못하는 것이리라.

어쨌든 이 얼마나 스스로를 위장하는 가련한 인간의 몸부림인가. 소에키의 눈에 들려고 오긴을 원했고, 퇴짜 맞자 아우에게…… 그리고 그 아우 부부 사이에 이미 자식이 둘이나 있는데 아우가 죽었다면 모를까 죽기 전에 이혼시키려고 날뛰다니. 동생이 죽어버려 과부가 되면 체면이 서지 않는다고 생각하는 말투가 아닌가.

"소안 님, 아우님은 영 회복될 가망이 없습니까?"

고개를 끄덕여 보이는 소안의 눈에 조금도 슬퍼하는 기색이 없었다.

"오긴 님이 무척 낙심하시겠군요."

"나는 모르고 있었소…… 설마 여럿이서 오긴 님을 전하의 측실로 들어앉히려 꾸미고 있을 줄은."

"누가 그런 일을 꾸미고 있단 말입니까?"

"아니, 아직은 소문이지만 소에키 님도 쇼안 님도……."

"그건 그런 게……."

그런 게 아니라고…… 말하려다가 소로리는 입을 다물었다. 상대가 더욱 심각한 표정으로 소로리의 귀에 입을 가져왔기 때문이었다.

"소로리 님, 증인이 되어 주시오."

"증인……?"

"그렇소. 아우는 전하가 규슈에서 돌아오시기 전에 죽을 것이오. 그런데 죽기 전에 이미 오긴은 내가…… 이 소안이 분명 이혼시켰다고 말이오."

"왜 그런 증인이 필요한가요?"

"비록 소문이라 할지라도 일단 전하께서 눈독들인 여자. 그런 여자를 그대로 둔다는 것은 황송하니 죽기 전에 동생을 이혼시켰다고 말이오."

"그 말을 제가 전하에게 말씀드려야 한다는 겁니까?"

"그냥은 부탁하지 않소. 나도 언젠가는 소로리 님의 힘이 되어줄 수 있는 사람이오."

"음."

소로리가 당치도 않다는 듯 신음하자 소안도 화나는 모양이었다.

"소로리 님!"

"예."

"이시다 님을 비롯한 측근들이 사카이 사람들에게 좋지 않은 감정을 품고 있지 않다는 건 아실 테지."

"글쎄요…… 그런 일은 도무지."

"머지않은 장래에 그 일은 반드시 불행을 몰고 올 것이오. 사카이 사람들은 누가 뭐라 해도 고작해야 다실이나 지키는, 살아 움직이는 차 도구에 불과하니 다섯 행정관의 눈 밖에 난다면 장래가 염려스럽소."

"이제 그 말씀, 소에키 님이 들으시면 뭐라고 하실까요? 살아 움직이는 차 도구라는 말을……."

"그러니 곤란하다는 거지. 사람이란 스스로를 낮추면 다치지 않는 법. 큰 나무는 그만큼 바람도 크게 맞는 것이오."

소로리는 이마를 때리며 혓바닥을 쑥 빼물었다.

'기가 막혀서, 이런 사카이 사람도 다 있었구나!'

적어도 사카이 사람들은 새로운 일본의 눈이 되고, 창이 되려는 긍지를 가지고 살아왔다. 그렇다 해서 이 세상에 무력이나 권력은 필요치 않다고 우쭐하여 빗나간 행위를 해온 것은 물론 아니다. 말하자면 이것은 군비문제로 노부나가에게 단단히 시달린 데 대한, 사카이 사람들의 엄격한 반성이고 진보이기도 했다. 사카이만이 세상 밖에 초연히 서서 이득을 탐내는 일이란 생각도 못할 일이며, 여기서는 무력이나 권력과도 어느 정도 협조하여 서로 수레의 두 바퀴를 이루면서 발전을 꾀해야 한다고 깨달았던 것이다.

그리고 그 결과가 히데요시를 지지하고 히데요시에 의해 살아남으려는 일련의 정책이었는데, 그것이 소안에게는 아주 다른 의미로 받아들여진 모양이다. 소안은 벌써 히데요시의 강대한 힘에 압도되어 지배받는 비참한 한 사람으로서 권력자의 비위를 맞추며 출세를 도모하려 하고 있었다. 그렇지 않다면 아우가 죽기 전에 오긴을 이혼시킨다……는 따위 묘한 생각을 할 리 없었다.

"소로리, 뭐가 우습소?"

"허허, 뭐가 우습다니요. 소안 님은 소에키 님이나 쇼안 님이 오긴 님을 전하의 측실로 들여보내려 한다는 소문을 어느 분에게서 들었습니까?"

"그럼, 그게 아니라는 말이오."

"예, 제가 알기로는 결코 그렇지 않습니다. 도대체 그런 비열한 생각을 할 소에키 님이나 쇼안 님이라고 생각하십니까?"

"소로리! 말이 지나치잖소. 나는 이 귀로 직접 들었소."

"본인의 입으로? 헤헤…… 그게 바로 크게 틀린 거라고 이 소로리는 생각합니다. 만약 소안 님이 뭔가 들으셨다면, 그것은 전하께서 너무 거칠게 독주하셨을 때 그래서는 매우 곤란하다, 좀 더 부드러워지시도록 여자라도 권해드릴까…… 하는 농담의 말이었겠지요."

어느덧 배는 조금씩 상류로 움직이고 있었다.

그러나 일단 말을 꺼내면 소로리에게도 주위를 잊고 흥분하는 격한 기질이 있어 배도 저녁바람도 의식에 없는 것 같았다.

"소로리 님!"

"왜 그러십니까? 저는 의미 없이 공연히 항변하는 게 아닙니다. 사카이 사람들이 품은 오늘날의 높은 이상을 돌이켜 생각하시더라도 비열한 오해는 마시라고 말씀드리는 겁니다."

"뭣이, 내가 비열하다고?"

"예, 그렇지 않습니까? 만일 오긴 님을 이혼시킨다 해도 그것을 좋아하실 전하도 아니고 소에키 님, 쇼안 님 역시 기뻐하지 않을 겁니다. 격이 다르고 그릇이 다릅니다."

"말 다했소, 소로리 님?"

"예, 소안 님을 위해서지요."

"그럼, 한마디 묻겠는데, 소에키 님은 왜 내가 오긴 님을 원했을 때 퇴짜를 놓았소?"

"성격이 안 맞는다, 양쪽이 다 너무 모난다고 해서지요. 그러나 그것을 그대로 받아들이지 않으신다면 이렇게 말씀드리지요. 즉 소에키 님이 귀하의 그 비열함을 꿰뚫어보셨기 때문이라고…… 예, 결코 전하께 측실로 바치기 위해서가 아닙니다."

말을 쏟아버리고 나서 소로리는 '앗차' 싶었다. 말이 지나쳤다. 너무 모진 말이었다…….

소로리의 예감은 적중하고 있었다. 소안은 눈을 부릅뜨고 불끈 쥔 주먹을 부들부들 떨며 소로리를 향해 돌아앉았다. 소로리는 헤헤헤……하고 웃으며 머리를 꾸벅 숙였다.

"좋은 약은 입에 쓰다고 하지 않습니까? 저는 오로지 소안 님을 위한 말씀이었습니다."

"내 걱정 같은 건 안 해줘도 되오!"

"예, 그렇습니까?"

"그렇게 나온다면 나에게도 생각이 있소."

"헤헤헤…… 부디 마음을 푸십시오."

"지금 한 그 말, 하나도 빠짐없이 전하께 말씀드려 옳고 그름을 가려달라고 하겠소."

"그것도 좋겠지요."

"그렇게 방자한 소로리 님 심보를 만일 전하께서 아신다면…… 죽어가는 아우 곁에 오긴을 그냥 묶어두는 것조차 황송하다고 생각하는 나의 고지식함과, 전하는 과연 어느 쪽을 택할 것 같은가?"

이런 말까지 소안의 입에서 나오자 소로리도 그만 배알이 뒤틀렸다.

"그렇다면 소안 님은 저를 한 번 골탕 먹이실 셈인가요?"

"골탕 먹이다니?"

"저는 그런 사실이 없다고 했는데 그걸 근거 삼아 아첨하려는 소안 님의 함정에 이 소로리가 스르르 빠져들었군요. 헤헤…… 소안 님도 정말이지 보통 아니셔……."

거기까지 말했을 때였다. 저녁 해가 문득 무릎 위에 그림자를 떨구었다.

"아……."

소로리는 자세를 고쳐 앉았다. 언제 왔는지 오른쪽 비스듬한 위치에 전투복 차림의 이시다 미쓰나리가 서 있었다.

"아니, 행정관님 아니십니까? 행정관님이 이 배에 계신 줄도 모르고 당치도 않게 언성을 높여 떠들어 죄송합니다."

미쓰나리는 그 말에는 대꾸도 하지 않고 작고 다부진 몸집을 뻣뻣하게 세우고 소로리를 물끄러미 내려다보았다.

배는 이미 배꾼들의 영차 소리에 이끌려 크게 좌우로 굽이치며 저녁노을이 비친 물결을 타고 있었다. 오른쪽 기슭에 보이는 스미요시(住吉) 숲이 왠지 싸늘한 모습으로 비쳤다.

잠시 뒤 미쓰나리는 나직하게 억누른 목소리로 말했다.

"소안, 신자에몬에게 할 이야기가 있으니 자리를 비켜주게."

"예."

소안은 무릎 꿇고 이마를 조아린 다음 측근무사에게 눈짓하여 미쓰나리 앞에 걸상을 갖다 놓게 한 뒤 고물 쪽으로 물러갔다.

소로리는 정중한 자세로 두 손을 무릎 위에 놓고 고개를 조금 숙이면서 속으로는 화가 치밀고 있었다.

'미쓰나리가 무슨 말을 들은 거겠지…….'

무슨 말을 들었을까 하는 불안도 있었지만 그보다 배 위에서 할 말이 있다며 일부러 소안을 내보낸 데 대한 반감이 더 컸다.

"소로리."

"예."

"자네는 어딜 갔었는가? 일부러 사카이까지 가서 뭔가 내 잘못이라도 찾아냈는가?"

목소리가 낮아서 파도 소리에 거의 묻힐 정도였으나 날카로운 빈정거림은 소로리의 가슴을 도려내기에 충분했다.

소로리는 잠자코 있었다. 상대의 말을 좀 더 듣지 않고는 섣불리 입을 열 수 없었다.

"자네들은 참 멋진 장사꾼이로군. 인간을 차로 둔갑시켜 어물쩍 살아가고 있으니 말이야."

미쓰나리는 여전히 낮은 목소리로 말하며 훗훗훗 웃었다.

"하지만 너무 우쭐해지지 마라. 천하는 자네들 장난감이 아니니까."

"……."

"신기하게도 오늘은 말이 없구나, 신자에몬. 말해봐. 소안에게 전하께서 오긴에게 생각이 있다고 말한 것은 바로 나일세."

"예? 행정관님이……."

"하하…… 드디어 미끼에 걸려 입을 여는군. 내가 그따위 미친 수작을 입에 담을 줄 아느냐."

"아닙니다…… 그러니 깜짝 놀란 거지요."

"신자에몬."

"예."

"소안은 그저 호인일 뿐이야. 그렇게 기를 써 사카이 사람들의 근성을 선전해선 안 돼."

"원, 당치도 않은 말씀을……."

"자네들이 너무 기 쓰니까 세상에 아리송한 소문이 떠도는 거야."

"또 소문……이 났습니까?"

"그래, 그러나 그 소문은 전하가 오긴을 탐낸다는 따위 실없는 것이 아니야. 어때, 듣고 싶은가?"

"뒷날의 참고로 삼을 수 있도록 괜찮으시다면 들려주십시오."

"들려주지. 다인들이 전하의 총애가 깊은 것을 기화로 오만도코로님이며 기타노만도코로님에게 바싹 들러붙어 도요토미 집안의 안방을 마음대로 주물러 보려고 날뛴다는 소문이네. 어때, 자네도 들은 적 있나?"

상대의 비꼬는 말투가 너무도 노골적이어서 소로리의 반발심도 한꺼번에 불타올랐다.

"아, 그 소문이라면 저도 들었습니다."

"뭣이, 들었다고?"

"예, 사카이 사람들이 내전을 움직여 사나운 영주들을 배경으로 위세를 떨쳐 보려고 하니 다른 한쪽에서는 은밀히 자차히메님을 전하 품에 밀어 넣어 이에 맞서려 한다는 소문을 말씀하신 것 아닙니까?"

"신자에몬!"

"……예."

"드디어 실토했구나. 소문이 났다고 내가 말한 것은 거짓이었다. 아무도 그런 말은 하지 않아."

"예, 그 점에서는 행정관님도 실토하셨지요. 제가 소문을 들었다고 한 것도 거짓이거든요. 아무도 그런 말은 하고 있지 않습니다."

"흥…… 고약한 자로군."

"그렇습니다…… 그러나 행정관님도 사람이 점잖지 못하시군요."

"신자에몬."

"예."

"이 소문이 정말 소문으로 퍼질 것 같다고 생각지 않나?"

"퍼질 것 같기에 말씀드린 겁니다."

"어떤 세상이든…… 커지면 커질수록…… 파벌이 생겨나기 마련이지. 자네들, 만일 그따위 싹을 키우는 눈치가 보인다면 용서하지 않겠네."

미쓰나리의 말에 소로리도 자세를 고치며 가슴을 쭉 폈다.

"그 말씀은 행정관님답지 않습니다. 파벌이란 싸움과 같아서 상대가 없으면 이루어지지 않는 겁니다. 어느 누가 저희들 따위를 상대로 그런 얼빠진 짓을 하겠습니까? 그보다는 중신님네들께서 힘이 쪼개지지 않도록 미리 주의해 주셨으면 좋겠습니다."

미쓰나리는 갑자기 하하하…… 하고 웃음을 터뜨렸다. 히데요시의 측근에서 재치가 으뜸간다는 평을 듣는 만큼 미쓰나리의 언동에는 언제나 무언가 칼날 같은 섬뜩한 느낌이 따라붙는다. 소로리는 흠칫하여 입을 다물었다.

"신자에몬, 자네는 전하의 측근에서 약삭빠른 재치와 기지로 한몫 보고 있지만 근본은 매우 착하고 정직하구면."

"그렇습니까?"

"그 증거로 금방 발끈하거든. 성급한 사람치고 악인은 없는 법이지. 악인은 참을성이 강하니까."

"그렇군요, 말씀을 듣고 보니 확실히 저도 호인인 것 같습니다."

"신자에몬."

"예."

"아까 말한 파벌의 싹 말인데."

"아, 그건 제 말이 좀 지나쳤나 봅니다."

"그렇지 않아. 자네가 보는 눈과 내가 본 바가 딱 맞았네. 그래, 앞으로 도요토미 집안에 화근이 남는다면 그건 방금 자네가 말한 대로야."

미쓰나리는 갑자기 비꼬던 태도를 거두고 진지한 어조가 되었다. 신자에몬은 그 마음을 헤아리지 못해 잠자코 있었다.

"그래서 자네한테 부탁이 있네. 자네, 그 파벌의 바람을 막는 울타리가 되어주지 않겠나."

"파벌의 바람을 막는 울타리……."

"그렇지, 내가 지금까지 자네를 화나게 한 것은 말하자면 자네의 사람됨을 알아보기 위해서였어."

소로리는 고개를 갸웃하며 히죽 웃었다. 섣불리 믿을 수 없다는 것을 노골적으로 나타내보인 그 웃음에 미쓰나리는 정색하며 고개를 끄덕였다.

"무리가 아닐 테지. 아무튼 내 이야기나 들어보게."

"예, 듣겠습니다."

"알다시피 도요토미 가문은 대대로 내려오는 가신 하나 없는, 벼락출세를 한 집안이네."

"허, 그런 대담한 말씀을."

"사실은 어디까지나 엄밀하게 뿌리에서부터 따져야지. 이 가문에는 역대의 가신이 없으므로 그에 대신하는 것은 어려서부터 줄곧 전하를 모셔온 우리들이네."

"그러시다면 가토, 후쿠시마, 아사노, 가타기리……."

"일일이 이름을 들 것은 없어. 오늘날은 호소카와도 구로다도 가모도 이세도 모두 우리와 같은 처지…… 그리고 우리가 굳게 뭉쳐 있는 한 일본 안에는 적이 없어."

"말씀대로지요."

"그러니 외부의 적보다 집안의 적…… 우리 사이의 분열을 가장 경계하지 않으면 안 될 시기가 온 것 같다는 말인데."

소로리는 미쓰나리의 말을 듣는 동안 조금씩 그의 인상이 달라져가는 기분이었다. 평소의 거만하고 음모를 일삼는 작은 사나이라는 인상 대신 주인 집안을 염려하는 성실하고 충성스러운 자세가 절로 우러나고 있었다.

"그래서 자네에게 부탁인데, 자네들 사카이 사람들은 누구보다 일본의 통일을 간절히 바라고 있지 않는가?"

"무슨 말씀인지 대강 알겠습니다. 그러나 왜 별안간 이런 배 위에서 그런 말씀을 하시는 건지요?"

그러자 미쓰나리는 서쪽으로 흐르는 노을 진 하늘을 똑바로 쳐다보며 중얼거리듯 말했다.

"도쿠가와, 시마즈 등 분열을 원하는 자가 차츰 문중에 늘고 있어……."

"그렇군요. 도쿠가와, 시마즈 모두 역대의 가신이 아니지요."

소로리는 미쓰나리의 걱정이 점점 자신의 마음에도 번져오는 것을 깨달으면서도 아직 완전히 공감하고 있지는 않았다.

'이것도 평소의 재사꾼 티를 내려는 게 아닐까…….'

그런 반감이 말끔히 가시지 않은 채 어딘가에 남아 있었다.

"저들이 뚜렷한 적으로 있을 때는 조금도 겁날 게 없지."

"그렇습니다."

"하지만 한편으로 들어오면 언젠가 문중의 불평세력과 결합하여 마침내 이 집안의 숨통을 눌러버리게 될지도 모르는 일이야."

"그래서…… 제가 어떻게 하면 그 울타리가 되는 겁니까?"

"우리들 고참 가신들의 결속, 이것이 첫째야."

"그 말씀만으로는 이해되지 않습니다. 저는 재담이나 풀어놓는 이야기꾼이고 보니."

"신자에몬."

"……예."

"혼자만 알고 있지 누설하면 안 되네."

"그렇게 말씀하신다면 저도 남자입니다, 라고 말씀드릴 따름이지요."

"이미 도쿠가와 님은 완전히 이편 사람이 되셨네."

"예."

"전하가 규슈에서 개선해 오시면 축하 인사차 상경할 테지."

"그러시겠지요."

"더구나 그분은 내전 마님의 사돈 아닌가. 오만도코로님이며 기타노만도코로님과 자주 만나시게 되겠지. 그때……."

미쓰나리는 잠시 사방을 둘러보았다.

"만약 사납고 거친 영주들과 우리들 사이가 그리 신통치 않다……고 느끼기라도 하는 날이면 그야말로 오래오래 남는 화근이 될 것이네."

"아하, 그 점을 염려하셨군요."

"신자에몬, 이 일이 나와 관계없다면 구태여 자네한테 부탁하지 않네. 그러나 불행하게도 내 자신의 일이어서 내 입으로 직접 말할 수 없다네."

소로리는 정신을 바짝 차리고 자세를 고쳐 앉았다.

미쓰나리의 눈 속에 한 가닥 붉은 기운이 슬프게 스치고 있었다. 그런 미쓰나리를 대하기는 이번이 처음이었다.

"그렇다고 내가 사사건건 사나운 시동 출신인 영주들 눈치만 살피면 이 집안 살림을 꾸려나갈 수 없네. ……나는 간파쿠 집안의 살림꾼이거든."

"말씀하시는 대로입니다."

"그러니 자네가 내전에 들어가거든 내 고충을 열 번 스무 번 되풀이 이야기해 줄 수 없겠나? 내가 얼마나 고참들의 눈치를 살피고, 그러면서도 말을 할 수 없는 입장에 있는지를."

소로리는 긴장하며 고개를 끄덕였다.

'이것이 나에 대한 미쓰나리의 부탁인가…….'

무엇엔가 속은 듯한 기분도 들고 동시에 가슴이 뿌듯해 오기도 했다. 인간이란 제아무리 큰소리쳐도 한 꺼풀 벗기면 모두 불쌍한 면을 갖고 있다. 미쓰나리만은 다른 평범한 인간들과 색다른 존재인 줄 알았더니 그 환상이 깨지자 그곳에 서 있는 미쓰나리는 갑자기 무력하고 쉽게 다가갈 수 있는 인간으로 바뀌어 있다.

"알겠습니다. 그렇게 해보겠습니다."

배가 기즈강 어귀에 있는 간스케(勘助)섬의 선창 초소 앞에 닿자 미쓰나리는 기다리던 객선으로 옮겨 탔다. 모즈야 소안도 부지런히 그 뒤를 쫓아가는 것을 보니 그들은 처음부터 일부러 소로리의 뒤를 미행했던 모양이다. 생각하기에 따라서는 미쓰나리가 그토록 도요토미 집안에 움트기 시작한 파벌을 걱정한다는 이야기도 되겠으나 아무튼 꺼림칙한 일이기도 했다.

'섣불리 사카이에도 나다니지 못하겠구나……'

미쓰나리가 소로리를 구스르기 위해 일부러 요도야 배에 오른 것이라면 뭣 때문에 그랬을까?

'아무래도 이것은 도쿠가와 님에 대한 경계인 모양이다.'

주위는 어느새 캄캄해져서 후덥지근한 바람이 바다에서 불어오고 있었다. 여느 때 같으면 강물은 깊은 어둠 속에 묻혀 잠들 시간이건만 지금은 무수한 별빛처럼 강 위는 온통 배의 등불로 가득했다. 교토, 오사카를 먹여 살리는 동맥이 30여만 명분의 보급까지 도맡았으니 무리가 아니었다.

'미쓰나리 님에게 너무 가까이 접근한 것은 아닐까?'

어쨌든 미쓰나리가 쇼안에 대한 일을 입에 올리지 않은 것이 소로리를 안심시켰다. 소에키도 소에키려니와 사카이 사람들 전부를 능히 움직이는 힘은 쇼안에게 있다. 그러나 쇼안은 미쓰나리 따위 전혀 문제시하지 않았다.

그 뒤 미쓰나리는 그답지 않게 따뜻한 정을 보이면서 이것저것 오사카성 안의 사정을 들려주었다. 영주들은 오만도코로보다 기타노만도코로를 어머니처럼 누님처럼 사모하고 있다. 그러나 도요토미 가문이 간파쿠라는 대 권력을 손안에 넣은 오늘날에는 그런 조그만 인정의 결합이 오히려 방해될지언정 이득은 되지 않는다고 미쓰나리는 말했다.

"그런데도 기타노만도코로님은 아직도 나가하마의 4, 5만 석 시절과 같은 기분으로 정치 이야기에 끼어들곤 한단 말일세."

그래서는 천하의 결속이 어렵지 않겠느냐고 차마 거기까지는 입에 올리지 않았지만 입 밖에 낸 거나 다름없는 불만을 드러냈다. 미쓰나리쯤 되는 인물이 내전을 꺼려 정치에 대해 조종하거나 오늘 같은 걱정을 해야 한다는 것은 오히려 우스꽝스러운 일본의 비극이 아니겠느냐면서 소로리 이외의 사카이 사람들에게도 협조를 구해달라는 것이었다.

'생각했던 것보다 약하고 착한 사람이군.'

그런 느낌으로 맡았는데 혼자가 된 뒤 가만히 이것저것 다시 생각해 보니 또 다른 비판이 슬며시 솟아나려 했다.

'있는 그대로 설복시켜 따르게 하면서 더욱 강해져야 하는 게 아닐까?'

어디까지나 인간이면서 인간 이상의 강한 힘을 지배받는 자에게 나타낸다……

그것이 정치의 요점이라고 쇼안은 입버릇처럼 말했는데, 그의 말이 옳다면 미쓰나리는 역시 정치가로서는 선이 가늘었다.

'지나치게 선이 가는 점에 혹시 파벌의 싹이?'

그렇게 생각하니 섣불리 미쓰나리를 도와줄 수도 없을 것 같았다. 파벌의 싹을 잘라버리려다가 도리어 파벌을 만든대서야 의미가 없다.

배는 밤 9시에야 요도야 다리 선창에 닿았다. 그리고 그곳 나무다리 위에서 등불을 비추며 복신(福神)처럼 벙글벙글 웃고 있는 요도야 조안을 보고 소로리는 깜짝 놀랐다. 조안은 소로리의 발밑에 등불을 들이댄 채 여전히 웃는 얼굴로 은근하게 머리 숙였다.

"수고 많으십니다. 이 배에 타고 계시다는 소식을 듣고 마음뿐입니다만 음식을 준비해두었습니다. 자, 안내하겠습니다."

"예? 뭐라고 하셨습니까, 조안 님?"

소로리는 어리둥절했다. 무엇 때문에 이런 시각에 몸소 선창에…… 그렇게 생각한 조안이 바로 자기를 마중하러 왔다지 않는가? 대상인들 중에서도 거만하다는 평판이 나돌고 있는 조안이었다. 그런 그가 겨우 2, 3년 전까지만 해도 보잘것없는 칼집 장인이던 나를……? 그렇게 생각한 순간 소로리는 등골에 오싹한 한기를 느꼈다.

'분열의 싹을 키우고 있는 것은 비단 도요토미 가문 내부만이 아니라 상인들 사이에서도 벌써 크게 시작된 모양이다……'

자기가 배에 올라탄 것이 배가 도착하기도 전에 어떻게 조안에게 알려졌을까? 아니, 그보다 더 무서운 것은 유들유들하게 웃는 조안의 얼굴이었다.

"전하께서 도착하시기도 전에 규슈의 전황이 벌써 호전되었다면서요?"

"……예, 그런 것 같습니다."

"소로리 님은 그곳에 안가십니까?"

"예, 저는 저……."

"아직도 이곳에 볼일이 더 남아 있나요? 자, 발밑을 조심하십시오. 돌층계가 있으니."

소로리는 조안이 비춰주는 등불의 환한 동그라미 안을 걸으며 생각했다.

'이 사람은 나를 히데요시의 밀정으로 알고 있구나……'

갑자기 입맛이 쓰고 울화통이 치밀었다. 그렇지 않고서야 무엇 때문에 조안이 직접 자기를 마중하고 술상을 차리겠는가?

'거절하자. 거절하고 곧장 돌아가자.'

이시다 미쓰나리에게는 사카이 사람들의 첩자로 오인되고, 모즈야 소안에게는 소에키의……그 일만으로도 심사가 뒤틀려지는데 이번에는 요도야 조안까지 이런 취급을 했다.

'대체 나라는 인간은 그만한 일밖에 못하는 사람으로 보이는 것일까?'

내 발로 땅을 밟고 내 눈으로 시대를 관찰하며 살아가고 있다고 생각하는데, 남의 눈에는 모두 누군가의 위력의 그늘에서 그 영향으로 가슴 펴고 살아가는 졸장부로밖에 안 보이는 모양이다. 이래서는 여기저기에 대립이 커진다면 소로리 신자에몬이라는 사나이는 어느 틈에 진짜 형편없는 익살꾼이 되어버릴 것 같았다.

'적어도 한 세력을 대표하는 기수쯤이면 몰라도……'

근본적으로 누구에게나 지기 싫어하는 사람이었으므로 애매한 자신의 입장을 깨닫자 견딜 수 없었다.

'나는 아무래도 행정관 같은 건 할 자격이 없는지도 모르겠다……'

선창의 돌층계를 올라가 죽 늘어선 창고 사이의 골목길로 접어들자 소로리는 그 자리에 쭈그리고 앉아버렸다.

"아이구, 배야!"

그 동작에서 착상에 이르기까지 어느덧 익살이 완전히 몸에 배어 있었다.

"안 되겠습니다, 조안 님. 탈것을 좀 마련해 주십시오. 아이구! 정말 못 견디겠습니다."

말하면서 그는 스스로에게 침이라도 뱉어주고 싶은 생각이 들어 자신도 모르게 눈을 감았다.

시마즈(島津)의 가풍

히데요시의 규슈 정벌이 실제로 끝난 것은 사쓰마(薩摩)의 다이헤이사(大平寺)까지 진출한 그의 본진에 시마즈 요시히사가 찾아와 대면한 5월 8일이었다. 히데요시 쪽에서 보면 마땅히 이길 싸움에 이긴 것이고, 시마즈 요시히사 역시 충분히 실력을 과시하고 항복한 것이니 예상한 대로 되었다고 할 수 있었다.

시마즈 군이 항복한 직접적인 동기가 된 것은 휴가(日向) 다카키(高城)의 결전이었는데, 히데요시는 여기에는 직접 손대지 않았다. 부젠, 분고로부터 휴가, 오스미(大隅) 방면으로 진격해 들어간 동생 히데나가에게 맡기고, 히데요시는 그 승리를 확신하여 독특한 그의 선전전을 펼치면서 지쿠젠, 지쿠고, 히고를 거쳐 사쓰마로 향하는 진로를 잡았다. 히데요시에게 있어 이번 전쟁은 처음부터 유람하는 기분인 일대 선전전이었다고 할 수 있었다.

일찍이 야마자키 전투에 출진하기에 앞서 히데요시는 미요시 가즈미치에게 명했었다.

"내가 전사하면 어머니와 아내를 다른 곳으로 옮기고 히메지 성안의 것은 남김없이 불살라버려라."

그런 다음 모든 것을 버리는 심정으로 출진했었는데, 이번의 규슈 출진에서는 그러한 비장감이 전혀 없었다.

그는 3월 초하룻날 오사카성을 출발하자 칙사를 비롯한 왕자와 공경들의 성대한 환송을 받으며 하루 평균 5, 60리 길을 유유히 행군해 나갔다. 그 행색 역시 괴이하여 붉은색 갑옷에 괭이 모양 장식을 붙인 투구를 쓰고 붉은 비단으로 지은 전투복에 가짜수염까지 달았으니 실로 가관인 분장이었다.

18일 만에 아키의 미야지마에 가까스로 도착하자, 눈부시도록 요란스럽게 장식한 배를 타고 이쓰쿠시마(嚴島) 신사(神社)에 건너가 그 옛날의 기요모리(清盛)라도 된 기분으로 회랑에서 사방의 경치를 감상했다.

듣기보다 아름다운 이쓰쿠시마
구름 너머 신선에게 보여주고 싶구나.

간파쿠쯤 되면 간파쿠다운 풍류가 있어야만 한다. 그런 의미로 이번 여행은 처음부터 간파쿠 전하의 유람이었다.

26일 시모노세키(下關)에 도착하자 여기서도 아미다사(阿彌陀寺)의 안토쿠(安德) 천황 영전에 참배하고 노래짓는 모임을 열었다.

부서진 파도의 그 자취를 물으니
예나 다름없이 옷소매 젖는구나

마시타 나가모리, 오다 노부카쓰, 이시카와 가즈마사, 소에키 등 옛날의 주인뻘 되는 사람도, 적도, 다인들도, 근시들도 모두 땅 위에 이마를 조아려 엎드리게 해놓고 아득한 옛날의 역사 이야기에 귀 기울이는 모습은 그대로 오늘날 수학여행의 풍취이기도 했다.

그렇다 해서 의미 없이 시간을 허송하는 히데요시는 아니었다. 겉으로는 유유히 봄날을 즐기는 것처럼 보이면서 내면으로는 쉬지 않고 시마즈에 대한 공작을 게을리하지 않고 있었다. 겉으로는 고야산의 중 고잔 오진(興山應甚), 전쇼군 아시카가 요시아키의 사자 잇시키 아키히데(一色昭秀) 등을 보내 항복을 권고하고 뒤로는 규슈의 대상인들에게 명을 내려 적의 기가 꺾이도록 꾸준히 획책했다. 그리하여 히데요시가 도착하면 적이 그 위압에 눌려 곧 항복한 것으로 세상에 보이게 할 연출을 노리고 있었으니 시마즈 군 쪽에서 그런 움직임을 보이지 않았다면 히데요시의 한가로운 유람은 더욱 느긋했을지 모른다.

그 히데요시가 오사카를 출발한 지 63일 만인 5월 3일에 사쓰마의 다이헤이사에 도착했다는 것은 이미 시마즈의 항복이 결정되었다는 이야기도 되고, 히데요시의 출진 뒤에도 60여 일이나 시마즈의 항전이 계속되었다는 뜻이 되기도 했다.

시마즈 요시히사는 결코 평범한 인물이 아니었다. 물론 히데요시에게 이길 것으로 생각지는 않았지만, 그렇다고 간단하게 질 것으로 생각하지도 않았다. 그런 뜻에서 고마키 전투 때 이에야스의 계산과 흡사했다. 싸워서 이길 수 있다고 오판하여 싸우는…… 무모함이 아니고 한 차례 싸운 뒤 화친을 맺어 시마즈의 존재를 확인시킨 것이다.

실력 없는 허수아비 영주로 히데요시를 좇는 일은 싫었고, 가능하면 숙적 오토모 가문을 항복시켜 규슈를 손아귀에 넣은 뒤 그 세력을 토대로 특수한 지위를 인정받으면서 손잡았으면 하는 생각이었다.

요리토모 이래 300여 년 동안 한 번도 남의 침략을 받지 않았다는 자부심이 있었고, 가문 안에는 뛰어난 무인 명장들이 수두룩했다. 요시히로(義弘) 외에 도시히사(歲久), 이에히사(家久) 등의 용맹한 동생들과 사촌 동생 다다나가(忠長), 유키히사(征久). 중신 이주인 다다무네를 비롯하여 니로 다다모토(新納忠元), 마치다 히사마스(町田久倍), 기타고 다다토라(北鄉忠虎) 등 일기당천의 무사들이 기개를 겨루고 있었다.

따라서 그들의 시야가 조금만 더 넓었던들 거기까지 내몰리지는 않았을 게 아닌가…… 그런 의미에서 고마키 전투로 무엇 하나 잃은 것 없는 이에야스와는 비교도 할 수 없는 결과였다. 이에야스에게는 노부나가의 아들을 도와 역신을 친다는 히데요시로서 가장 치명적인 '명분'이 있었지만, 시마즈 요시히사에게는 그것이 없었다. 히데요시가 칙명을 받들어 항복을 권고하는데 그것을 따르지 않았다는 불리한 조건만 남고 말았다.

다이헤이사에 있는 히데요시의 본진을 찾아온 요시히사는 몹시 씁쓸한 표정이었다.

처음에 히데요시가 요시히사에게 내놓은 조건은 이러했다.

"사쓰마, 오스미, 휴가의 세 곳 외에 히고, 히젠의 절반씩을 내놓으라."

그에 따르지 않았다가, 히데요시에게 실컷 야유당한 뒤 휴가 다카기의 패전으로 항복하게 되었으니 무리도 아니었다.

물론 항복 따위 할까보냐는 맹렬한 반대가 아직 가신들 사이에 남아 있었다. 가고시마에서 농성하여 싸우다가 깨끗이 성을 베개 삼아 죽자는 것이었다. 그러나 그런 무모한 짓을 감행할 만큼 요시히사는 어리석지 않았다. 거기에 오늘의 슬픔이 있고, 분함이 있고, 자조가 있고, 꿈틀거리는 울화가 있었다.

항복하자는 말을 맨 먼저 꺼낸 것은 중신 이주인 다다무네였다.

"이제 바야흐로 칼은 부러지고 화살촉은 씨가 말랐습니다. 근년에 히젠, 히고, 지쿠젠, 부젠에서 계속된 전투로 사쓰마, 휴가, 오스미 등 세 곳의 무사들은 모두 지치고 무기와 군량마저 다한 형편. 이런 터에 농성하여 일전을 벌였다가 만의 하나라도 실수하는 날이면 일문일족은 모조리 전멸하게 됩니다. 화친을 맺는다면 비록 세 영지는 몰수당하더라도 가문만은 남을 게 아닙니까? 이 큰 난관부터 우선 피함이 옳다고 생각합니다."

이런 의견에 기이레 스에히사(喜入季久), 가마타 마사치카(鎌田政近), 혼다 지카사다(本田親貞) 등이 동의하여 잇시키 아키히데의 권고에 따라 화의를 맺게 되어 오늘의 대면이 이루어진 것이었다.

요시히사는 가고시마를 출발하여 도중에 생모를 모신 시주절인 이주인 마을의 셋소사(雪窓寺)에 들러 머리를 깎고 왔다. 그러나 그것으로 일이 끝나리라고는 생각하지 않았다. 상대가 나오는 태도 여하에 따라서는 할복자결이라도 서슴지 않을 결심으로 시동조차 거느리지 않고 혈혈단신으로 히데요시의 본진 막사 앞에 섰다.

막사 안은 쥐죽은 듯 고요했다. 히데요시가 막료들을 죽 늘어앉히고 거만하게 버티고 있으리라고 생각했던 요시히사에게는 좀 뜻밖이었다.

안내한 무사가 자리를 뜨자 두 간 남짓한 본진의 내실이 한 눈에 들여다보였다. 무사 같은 사람은 하나도 없고 자기처럼 머리를 깎은 60살 남짓한 늙은 다인 하나가 조용히 앉아 있을 뿐이었다.

"시마즈 님 아니오. 무얼 주저하시오. 어서 들어오오."

그 말을 듣자 요시히사는 얼굴이 달아올랐다.

'쓸데없는 짓이다!'

생각하면서도 전쟁에서 졌다는 굴욕감이 온몸을 찔러왔다. 큰 칼 작은칼을 훌쩍 내던지고 성큼성큼 안으로 들어가 바른 자세로 앉았다.

"시마즈 요시히사, 머리를 깎고 류하쿠(龍伯)가 됐습니다."

히데요시는 싱긋 웃었다.

진중에서 어쩌면 이렇듯 느긋한 모습인가. 팔걸이에 가냘픈 손을 얹은 홀가분한 홑옷 차림이다.

"시마즈 님은 시골무사인 줄 알았더니 꽤 생각이 빠르시군. 잘 오셨소. 5월의 사쓰마는 몹시 더운데."

"그렇습니다."

"소에키, 시마즈 님에게 부채를 갖다 드리게. 이렇게 더워서야 진지한 이야기는 못 하겠는걸."

요시히사는 상대의 시선이 심술궂게 자신의 피부를 훑고 있는 것을 느끼자 비로소 상체를 쓱 일으켰다.

"보시다시피 머리까지 깎고 온 류하쿠, 화의의 조건을 말씀해 주십시오."

"하하하…… 우선 편히 앉으소. 그리고 나서 그대의 심경부터 듣기로 하지."

"심경…… 패한 저에게 그것을 물으십니까?"

"오, 듣고 싶으이. 시마즈 정도의 무장이 어째서 그토록 무익한 싸움을 되풀이했는지."

요시히사는 그 말이 채 끝나기도 전에 어조를 높여 강하게 대꾸했다.

"제 심경은 오직 분할 따름입니다!"

그런 다음 문득 웃음 지었다.

"지쿠젠(히데요시의 전관직)님이 오신다 한들 문제랴, 사쓰마 땅은 예로부터 타곳 사람은 하나도 발을 디디지 못했던 곳, 본때를 보여주겠다고 생각했던 것이 그만 실패했습니다."

"핫핫핫…… 간파쿠라는 걸 잊었었군, 시마즈. 지쿠젠이라면 그대와 좋은 상대가 되었을지 모르지만 이 몸은 간파쿠다."

"옳은 말씀. 전하의 깃발을 본 이곳 백성들은 모조리 그 깃발에 이마를 조아리며 나를 배신하여 떠나가고……."

거기까지 말한 요시히사는 비로소 소리 내어 웃었다.

"하하하……."

그 웃음은 자조적인 게 아니었다. 가슴에 막혔던 응어리가 무엇인가에 빨려나오듯 저절로 터져 나온 뜻밖의 웃음이었다. 그러나……웃고 나서 아차 싶었다.

'아직 이르다!'

항복의 뜻을 전하러 이 진지로 보냈던 가신 고노 미치사다(河野通貞)를 만난 히데요시가 한 치의 틈도 없는 엄격함을 보이며 했다는……그 말이 생각났던 것이다.

"모든 것은 시마즈가 하기에 달렸어. 무조건 오라고 해!"

아니나 다를까 히데요시는 눈동자를 번뜩이더니 곧 아무 일도 없었다는 듯 태연히 부채질하기 시작했다.

요시히사는 점잖게 말을 이었다.

"설마 이 고장 백성들이 그럴 줄은 몰랐습니다. 억지는 어느 때나 통하는 게 아닌가 봅니다. 아무쪼록 이 몸은 뜻하시는 대로."

패자로서 승자 앞에 나선 것이다. 사과할 것은 사과한 뒤 시마즈 가문의 존속을 도모해야 한다……고 생각하면서도 눈앞에 앉아 있는 여위고 몸집 작은 사나이 하나 때문에, 요리토모 이래 시마즈 가문의 자부심이……하는 생각이 들자 요시히사는 눈앞이 아찔해지는 듯했다.

여기서는 구애받으면 받을수록 더욱 히데요시의 경멸을 살 뿐이다. 할 수만 있으면 거친 파도를 넘어 불어오는 호탕한 바람처럼 깨끗이 웃어넘기고 도마 위의 잉어가 되고 싶었다. 그렇게 할 결심으로 여기까지 온 것인데 패자의 서글픈 집착이 그것을 용납해 주지 않는다.

히데요시는 갑자기 팔걸이 위로 윗몸을 내밀었다.

"시마즈."

뜻밖에도 목소리가 가늘고 친근한 사람의 다정한 정담을 연상시켰다. 눈에서는 날카로움이 사라지고 부드러운 미소가 흐르고 있다.

"예……."

"그대의 결심이 그렇다면 그것으로 충분하지 않은가."

"예?"

"히데요시에게는 다른 뜻이 없다. 영지는 틀림없이 그대에게 돌려주마. 그러나 멀리 이곳까지 일부러 온 길이니 사쓰마에 들르지 않고 이대로 돌아가는 것은 화살을 가진 체면상 있을 수 없는 일, 그대의 본성까지는 일단 가겠네."

빠른 말투로 말하고 나서 히데요시는 다시 한번 나직하게 불렀다.

"시마즈, 그대는 히데요시의 뱃속을 잘못 본 듯하군."

시마즈 요시히사는 웃으려고 했다. 서늘한 바람이 불며 지나가듯 담담하게 가장 알고 싶은 일들을 상대가 시원스럽게 털어놓았다. 거기에 대해 기쁨과 감사로 대답해야지……생각하면서도 아무리 해도 웃음이 나오지 않았다.

'시건방지다!'

속으로 생각하다가, 그렇게 생각한 것이 서글퍼졌다. 이 조그만 사나이 속에 숨어 있는 불가사의한 힘이 차츰 요시히사를 압박해 오는 것이다.

"뱃속을 잘못 보았다……고 하셨습니까."

"그렇지. 그대는 지쿠젠 때부터 이 간파쿠가 품어온 비원을 모르고 있어."

"비원……이라니요."

"히데요시는 그대를 미워하거나 오토모를 감싸는 소인배가 아니다."

"……"

"그대는 그 점을 잘못 보았어. 설마 히데요시가 나오랴. 나오기 전에 북 규슈를 손아귀에 넣고 그런 뒤 상경하리라 생각했겠지."

"그렇습니다."

"그런데 그대는 센고쿠를 쳤어. 그러나 거기에 화내어 일부러 멀리 규슈까지 어정거리고 나올 만큼 나는 그릇이 작지 않거든."

"……"

"내게는 지쿠젠 시절부터의 염원을 이루기 위해 규슈에 오지 않을 수 없는 이유가 달리 있었지. 그대는 바로 그 점을 보지 못한 거야."

요시히사의 얼굴에 기름땀이 홍건이 배어나오고 있었다.

히데요시가 이 자리에서 까닭 없이 농담할 리는 없고, 그 말들이 다 사실이라면 지쿠젠 시절부터의 비원이라는 것을 요시히사는 전혀 모르고 있는 것이다.

"하하하……."

히데요시는 비로소 즐거운 듯 웃어젖혔다.

"다른 게 아니야. 여기 규슈는 당나라, 남만, 조선으로 가는 나루터라는 거지."

"아!"

"이곳을 다스리지 않고는 앞으로 일본의 발전이 없어. 그런 규슈를 히데요시가 가만둘 것 같은가."

히데요시는 다시 목소리를 낮추고 옆에 앉아 있는 소에키 쪽을 흘끗 쳐다보았다. 소에키는 자못 진지한 태도로 조용히 두 사람의 대화에 귀 기울이고 있는 듯이 보였다.

히데요시는 다시 요시히사 쪽으로 돌아앉아 필요 이상 낮은 목소리로 잘못을 저지른 어린아이를 타이르듯 찬찬한 어조로 말을 이었다.

"그대는 내가 일본을 다 평정했다……고 써 보낸 글에 반대의견이 있었다며? 이것은 히데요시의 속셈만 알게 되면 납득이 가지. 히데요시에게 일본 사람은 어느 누구도 적이 아니야."

"……."

"그 증거로 이에야스도 이해하고 오사카성으로 인사하러 왔었지. 이에야스까지 그렇게 나오는데 오다와라의 호조며 오슈의 다테 따위가 무슨 일을 한다고. 문제는 그들에게 앞으로 일본의 입장을 설명해 주면 끝나지. 이 일은 또한……."

히데요시는 다시 한번 소에키 쪽을 흘끗 돌아보았다.

"주고쿠의 모리 일족에게도 마찬가지. 그대는 보았겠지. 모리, 고바야카와, 깃카와 세 사람이 이번 싸움에서 히데요시를 위해 얼마나 힘을 다해 싸웠는지……."

"분명히 보았습니다."

"그랬을 테지. 모리도 처음에는 여간해서 납득하려 들지 않더군. 내 속을 몰랐던 동안은 말야."

"……."

"그런데 지금은 알아. 그때부터는 그렇듯 견마지로(犬馬之勞)를 마다하지 않고 있네. 히데요시와 함께 일본의 장래를 생각하지 않으면 안 될 시대가 된 것이지…… 이젠 난장판을 이루었던 난세가 아니고, 일본은 천자의 명을 받드는 히데요시 아래 굳게 뭉쳐 당나라, 남만, 조선의 움직임을 유심히 살펴야 할 시대가 마침내 된 것이다……나 히데요시의 소원 또한 그 점에 있다. 국내에서 이 모임 저 세력 등 어느 한쪽을 도와 서로 다투게 하는 데 결코 있지 않아…… 그런 일들을 완전히 납득했기 때문에 저토록 잘 싸워주는 것이지. 알았는가, 시마즈도?"

"아……아……알 것 같습니다."

"모를 까닭이 없지. 다만 히데요시의 눈이 어디를 보고 있는지, 뱃속에서 무엇을 생각하는지 알지 못하면 애매해진다. 이를테면 히데요시가 자신의 뜻을 펴기 위해 오토모를 뒤에서 밀며 시마즈를 친다……는 식으로 말이지. 이것은 큰 오해야. 제 아무리 오토모라 한들 잘못이 있으면 나는 용서하지 않아. 앞으로 일본의 발전에 방해되는 짓을 하면 사정없이 친다…… 그러나 히데요시의 비원을 이해하고 거기에 협력하는 자는 모두 천자의 백성이므로 천자의 신하인 히데요시가 제멋대로 치는 일은 생각도 못할 일."

시마즈 요시히사의 관자놀이에 꿈틀꿈틀 힘줄이 돋아났다.

'과연 히데요시다. 멋진 이론을 생각해냈구나…….'

그렇게 감탄하면서도 감정은 그것을 받아들이지 않았다.

'말이 많다! 요시히사는 어린애가 아니야.'

그러나 그 반박을 상대에게 곧바로 들이댈 수 있는 입장이 못 된다. 패자의 굴욕을 단단히 각오하고 머리를 깎고 이 자리에 온 것이다.

"간파쿠 전하께 말씀드리겠습니다."

"오, 알아들었다는 말인가?"

"그 점은 류하쿠, 한 달 전부터 이미 알고 있었습니다."

"뭣이, 한 달 전에……."

"그렇습니다."

요시히사는 파르라니 반들거리는 자신의 중머리를 가리켰다.

"그러므로 이렇게…… 이것만으로는 사죄의 뜻이 모자란다고 여기시는지요."

히데요시는 흥 하고 웃었다.

"내가 하는 말을 사죄의 독촉으로 들었는가, 시마즈."

"아닙니다. 저의 깊은 죄를 생각하니……."

"그럼, 사죄가 모자란다면 배라도 가를 작정인가."

"가르라고 하신다면."

"이 자리에서 가르겠나? 하하하…… 시마즈, 꽤 성미 급한 사람이로군."

"그럴지도 모르겠습니다. 그러나 선악 어느 쪽이든 깨달으면 곧바로 실천에 옮기는 게 시마즈의 가풍입니다."

"하하하…… 곤란한 가풍이로군."

"곤란한 가풍이지요……."

"그러나 히데요시는 그대에게 할복하라고 할 사람이 아니네."

"그런가요."

"그것을 여태까지 자세하게 설명해 준 것이야. 알겠나, 그대도 천자의 백성, 나 또한 천자의 신하가 아닌가. 그대가 자신의 잘못을 깨달았는데 할복시킨다면 나는 천자께 불충하는 게 되지 않겠나."

히데요시는 이번에는 입을 크게 벌리며 목젖까지 보이도록 웃었다.

"왓핫핫핫…… 이제 한 말은 모두 겉치레 말이다. 시마즈, 여기에는 이면적인 뜻도 있어."

"허."

"그대가 어렵게 여기까지 찾아왔는데 배를 가르게 할 만큼 히데요시는 어리석지 않다."

"……."

"생각해 보게. 이 자리에서 배를 갈라 죽게 한다면 그대 신하들이 반항할 것이다. 이 무더위 속에서 한두 달은 더 싸움이 계속될 거야. 그런 서툰 싸움을 누가 하겠나?"

"음, 그렇지요……."

"그러니 그대는 가신들에게 감사하게. 앞뒤를 가리지 않는 난폭한 가신들이 그대 목숨을 살린 거야. 까까중머리로 왔기 때문에 살아난 게 아니고. 어떤가, 이것이 시마즈의 가풍…… 그 가풍을 소중히 간직하게."

시마즈 요시히사는 점점 머리가 수그러들었다.

'정말 무서운 상대…….'

뱃속으론 어떻게 생각하든 이처럼 터놓고 말하기란 쉬운 일이 아니다. 그것을 태연히 해내는 것은 반석과도 같은 튼튼한 자신감이 있기 때문이다.

"알아들었습니다."

"음, 정말 알아들은 표정이로군."

"그럼, 류하쿠, 이 길로 가고시마로 돌아가 전하를 맞을 차비를 하도록 하겠습니다."

"그게 좋겠네. 앞으로도 그 시마즈의 가풍을 잘 살리면 여러 모로 공을 세울 수 있겠지. 히데요시는 무장의 체면상 그대의 본성까지 찾아가지만, 한낱 적이나 편이라는 입장에서 그대가 가진 훌륭한 시마즈의 가풍까지 미워할 만큼 졸렬한 인물은 아니야. 비록 적이긴 했으나 시마즈의 가풍은 훌륭했다고 모두에게 전하게."

"알겠습니다."

정중하게 대답한 다음 그러나 요시히사는 마지막으로 한마디 비꼬는 말을 아니 할 수 없었다.

"이것도 다 전하를 위해서겠지요."

히데요시는 담담하게 응수했다.

"그렇지. 내 몸과 세상을 함께 도모하는 게 제1급 인물이 아니겠나?"

그리고 시마즈가 절하고 일어서려 하자 큰 소리로 불러 세웠다.

"잠깐! 시마즈."

마지막으로 하지 않아도 될 말을 한 요시히사도 요시히사지만, 요시히사가 몸을 일으켜 장막 밖으로 나가려는 때 비로소 밖에서 대기하고 있는 근시들이 펄쩍 뛸 만큼 큰 소리로 불러세우는 히데요시도 히데요시였다. 이렇게 되고 보니 점잔만 빼던 간파쿠도 아니고 사쓰마의 운명을 어깨에 짊어지고 사죄하러 온 비장한 패장도 아니었다. 두 사람 다 남을 깜짝 놀라게 하기 좋아하는 전국기질(戰國氣質)을 지닌 악동들의 장난밖에 되지 않았다.

"잠깐, 시마즈!"

터무니없이 큰 소리로 불린 순간 요시히사도 돌아섰다.

"오!"

아마도 히데요시는 요시히사가 마지막으로 던진 비꼬는 말에 응수할 작정이었으리라. 근위무사는 질겁하여 두 사람을 번갈아 바라보았다. 아니, 근위무사들 뿐만이 아니었다. 어지간해서 눈 하나 깜짝하지 않는 소에키조차 저도 모르게 한쪽 무릎을 일으켰다. 그도 그럴 것이 다음 순간, 히데요시가 칼 걸이에 얹혀 있던 자랑거리인 큰 칼을 집어들고 요시히사 앞으로 성큼성큼 다가섰기 때문이었다.

'노했구나!'

누구의 눈에나 그렇게 보였다. 당장이라도 칼을 뽑아 무장하지 않은 요시히사를 향해 휘두를 것 같은 살기가 주위 가득히 감돌았다.

그런데 다음 순간 히데요시는 칼집째 그것을 요시히사에게 불쑥 내밀었다.

"시마즈!"

"예."

"그대를 처음 만난 자리에서 정표가 없어선 뭣하니 선물로 이것을 줌세."

"감사합니다."

요시히사는 선 채 칼을 받아들고 소리 나게 칼을 조금 뽑았다가 다시 칼집에 꽂았다. 사람들은 다시 앗! 소리 지르며 목을 움츠렸다. 칼을 받아든 찰나 요시히사가…… 그러면 이번에는 히데요시 쪽에 아무 방비가 없다. 그러나 그것은 어디까지나 두 사람의 지위를 잊은 짓궂은 장난이었다.

"왓핫핫핫……."

히데요시의 호탕한 웃음소리가 먼저 진중에 울려 퍼지고 이어서 요시히사의 목소리가 따랐다.

"왓핫핫핫……."

"하하하……."

"시마즈, 큰 칼만 갖고는 안 될 테지. 그 큰 칼은 내가 비장하던 무네치카(宗近)다. 호헤이(包平)의 것도 같이 주지."

"감사합니다."

"그리고 영토를 그대로 인정하는 증서를 내일 성에서 주겠다. 볼모도 차질 없이 준비하도록."

"말씀대로 시행하겠습니다."

사람들은 비로소 안도의 한숨을 내쉬었다.

히데요시는 선 채 요시히사를 전송하고 다시 한번 크게 웃은 뒤 거실로 돌아왔다.

"이만하면 시마즈의 옹고집도 납득했겠지."

히데요시에게 부채를 건네주면서 소에키는 낮은 목소리로 말했다.

"아직 멀었지요."

"뭣이 아직 멀었느냐. 어려운 일이 아직 남아 있다는 거냐."

소에키는 거기에 대해서는 대답하지 않았다.

"차 한 잔 드시겠습니까, 전하."

그리고 다시 생각난 듯 고개를 설레설레 저으며 중얼거렸다.

"아직 멀었어."

소에키가 두 번째로 중얼거리는 소리를 듣자 히데요시도 무겁게 입을 다물었다. 새삼스레 지적하지 않더라도 아직 안심할 수 없는 일들이 몇 가지 남아 있었다. 비단 시마즈 집안뿐만이 아니다. 히데요시 정도의 큰 인물이 30만이나 되는 사람을 움직여 일단 규슈까지 온 이상 그 목적과 의의를 분명하게 밝혀야 할 것이었다.

첫 번째 목적은 시마즈 요시히사에게도 말했듯 규슈를 당나라, 남만, 조선으로 가는 나루터로서 새로운 국가적 견지에서 정비해 나가는 일이었다. 그것을 분명히 하지 않고 돌아가면 이번 원정은 아무 의미가 없다. 물론 히데요시 자신의 안전을 위해서나 전쟁의 사후처리 관습으로 볼 때 지극히 당연하고도 좀 더 따지고 들면 거기에 '—과연 히데요시답다'고 자랑할 만한 견식이 있어야 한다. 그리고 그것은 어디까지나 '새로운 일본의 발전을 위해서……'라는 한마디로 요약할 수 있을 것이다. 따라서 그 새로운 견지에 서서 견식을 활용할 수단을 강구하고 돌아가는 게 제2의 목적이 된다.

히데요시는 소에키가 끓여준 차를 마시며 몇 번이고 자신을 향해 고개를 끄덕였다.

"음, 과연 아직 멀었다는 게 이 맛인가?"

"너무 심한 말씀. 소에키의 차가 아직 멀었다는 게 아닙니다."

"하하하, 차가 아닐세. 하카타 항구의 부흥을 두고 한 말이야."

히데요시는 차를 마신 뒤 늘 하는 버릇대로 찻잔을 돌려가며 살펴보았다.

"이 찻잔도 조선에서 온 것인가, 소에키?"

"그렇습니다."

"이도(井戶)의 찻잔과 비슷한 게 결이 곱군. 굽도 선이 훨씬 부드러운데, 뭐라고 부르나?"

소에키는 온화하게 웃었다.

"이도 찻잔 가운데서도 결이 더 정교하다고 할까요?"

"못 보던 건데, 어디서 구했는가?"

"예, 쓰시마의 소(宗) 님이 보내주신 것입니다."

거기까지 말하다가 소에키는 왠지 당황하여 말투를 바꾸었다.

"소품이어서 전하의 관심을 끌 만한 게 못됩니다. 그저 먼 길에 갖고 다닐 정도의……."

"아니야, 아주 좋구먼. 조선이 가까우니 소 녀석은 그쪽 나라에서 여러 가지 것들을 곧잘 손에 넣는가보군. 조선이란 참으로 묘한 나라인가 본데."

"아닙니다, 모두 명나라 기술이 그 나라에 흘러든 까닭인 줄 압니다."

"소에키."

"예."

"일본 안을 모두 평정하고 나면 조선에나 건너가 볼까."

소에키는 웃으며 손을 내저었다.

"당치도 않은 말씀이십니다. 그보다 모처럼 이곳에 오셨으니 하카타 항구를 잘 정비하시고 히젠, 히고에서 지쿠고 언저리의 예수교 동향 등 이것저것 살피시면 뒷날 큰 참고가 되실 것입니다."

"음, 예수교라…… 그것도 있었군."

히데요시는 짓궂은 눈빛으로 말했다.

"남만을 상대하는 게 조선보다 돈이 더 벌린다는 이야기겠지. 돈을 더욱 많이 벌기 위해서는 예수교를 알아야 한다. 핫핫핫…… 엉뚱한 데서 사카이 상인 티를 내는구먼."

정곡을 찔려 소에키는 저도 모르게 시선을 내리깔고 찻잔을 치웠다.

히데요시와 소에키의 사이는 미묘했다. 소에키는 어디까지나 다도를 통해 히데요시의 사부(師父)이고자 했고, 히데요시는 소에키를 3000석 주어 먹여 살리는 사랑하는 벗으로 생각하고 있었다.

물론 히데요시만큼 예민한 감각을 지닌 인물이 사카이 사람들이 바라는 바를 모를 리 없었다. 알고 부려야 한다고는 생각했지만 그 소에키가 마음속으로 스승 행세를 하고 있을 줄은 꿈에도 생각지 못했다.

그러나 스스로 히데요시의 사부로 자처하고 있는 소에키의 사정은 달랐다. 그는 자신의 눈에 비치는 히데요시에 대해 하루도 속 편한 날이 없었다. 히데요시의 실패는 곧바로 사카이의 파멸을 뜻하는 것이며 일본의 발전에도 결정적인 악영향을 끼치게 된다……고 굳게 믿기 때문이었다.

또 한 가지, 두 사람에게 공통되는 성격의 유사성이 끊임없이 두 사람으로 하여금 무의식중에 겨루게 하고 있다는 점도 놓쳐서는 안 될 것이다. 한마디로 말해 양쪽 다 '후세에 이름을 남기겠다!'는 야망을 가슴에 품고 있다는 것이었다. 히데요시는 불세출의 영웅, 새로운 일본의 구세주로서 영원히 신의 자리에 군림하려 했고, 소에키는 다도와 이를 둘러싼 문화의 길에서 같은 것을 지향하고 있었다.

그러한 위치에 서서 보는 소에키의 눈에 요즈음 마음에 걸리는 걱정거리가 한 가지 생겼다. 시마즈 문제가 해결됨에 따라 히데요시의 눈이 남쪽보다는 차츰 조선쪽으로 기울기 시작하고 있는 것이었다. 그래서 그는 지금 조선의 찻잔을 히데요시 앞에 내놓은 자신의 경솔함을 후회하며 서둘러 예수교로 말머리를 돌렸는데……

히데요시가 그렇게 된 데는 물론 그럴 만한 원인이 있었다. 이곳 다이헤이사로 본진을 옮긴 얼마 뒤 쓰시마섬 주인 소 요시시게(宗義調)로부터 사스 시게미쓰(佐須調滿), 야나가와 시게노부(柳川調信), 가미야 야스히로(神谷康廣) 등 세 사자가 찾아와 히데요시에게 묘한 정보를 알린 결과였다.

솔직하게 말해 지금까지 히데요시가 '조선출병―' 운운한 것은 히데요시 특유의 국내용 거짓 선전에 지나지 않았다. 그 선전을 소 요시시게는 곧이들었던지 그 세 사자를 보내 아뢰게 했다.

"아무쪼록 조선 출병의 뜻만은 거두어 주시기를. 조선 왕에게는 결코 반심이 없으며 간파쿠 전하의 뜻을 거역할 의사가 털끝만큼도 없습니다. 저희들은 친히 빈번한 거래를 하므로 저들의 사정을 잘 알고 있으니……"

이때도 소에키는 옆에 앉아 사자들의 말을 들으며 속으로 웃고 있었다. 사카이에서 잔뼈가 굵은 소에키는 소 요시시게의 속셈을 훤하게 들여다보고 있었다.

'소 녀석, 독점한 교역을 못 하게 될까 봐 저따위 수작을 꾸미는군……'

그런데 이러한 사자의 말이 히데요시의 마음을 전혀 엉뚱한 반향으로 돌려놓았다.

"좋다! 그렇다면 출병은 그만두마. 그 대신 요시시게는 조선 왕으로 하여금 나에게 조공을 바치도록 하라. 내 분명히 이른다."

호리병박에서 말이 튀어나온다더니 소 요시시게는 자신의 교역 독점권을 지키려다 히데요시로 하여금 진정으로 조선에 관심을 갖게 만든 셈이 되어 버렸다.

소에키는 바로 그 점을 두려워했다.

"조선에서 시작하여 명나라까지 손에 넣어볼까?"

그 뒤에도 히데요시는 자주 그 말을 입에 올렸다. 따라서 지금의 히데요시에게 더욱 매력 있는 장난감을 쥐어줘야 한다……는 것이 바로 사부로 자처하고 있는 소에키의 초조감이었다.

사카이 사람들이 수집한 정보는 히데요시의 그것보다 몇 갑절 더 자세하게 세계의 사정에 통해 있었다. 조선과의 교역은 기껏해야 소 요시시게 하나를 배불리는 정도의 이익이지만 남만을 통한 교역로는 루손, 안남(베트남), 샴(태국), 천축으로부터 유럽 전체에 통하고 있었다.

더욱이 조선은 일본이 만약 그 땅에 뿌리박는 날이면 당장 명나라의 엄중한 항의를 받고 그야말로 진퇴양난에 빠질 것이었다.

"황송합니다만 전하께서는 좀 잘못 생각하고 계신 것 같습니다."

"뭐라고 내 생각이 잘못되었다고?"

"예, 사카이가 노리는 것을 알았다……고 조금 전에 말씀하셨습니다만."

"하하하…… 나한테 들켜서 멋쩍단 말인가?"

"그렇지는 않습니다. 사카이 사람들이 바라는 일은 전하의 이익에 보탬 되며 바로 일본의 이익에도 기여하는 겁니다. 사카이 사람들은 전하 밑에서의 발전을 생각하고 있으므로 그런 말씀은 삼가시는 게 좋을 듯합니다."

"알았네!…… 익살이나 야유는 소로리에게 모두 맡겨야겠군그래."

"그렇습니다. 전하의 시선은 좀 더 높은 곳을 보셔야 합니다."

"그렇지만 소 놈이 얄밉군. 제 이익을 지키려고 날더러 출병하지 말라니."

"거기까지 훤히 아셨다면 그냥 내버려두십시오."

"아니야, 그냥두면 버릇이 돼. 그래서 안코쿠사의 에케이에게 일러 소 부자를 하카타까지 오게 하도록 일러두었어."

"소 부자를…… 어떻게 하시려고."

"하하…… 걱정마라. 큰 뜻을 지니고 있다면 일본인은 모두 소중한 우리 편이다. 터무니없는 짓은 않겠다. 다만 그 부자가 또 한 번 괘씸한 말을 지껄여대면 조선왕을 내 앞에 대령시키도록 엄명내릴 작정이네."

소에키는 미간을 살짝 찌푸렸으나 이 문제는 더 이상 건드리지 않는 편이 좋겠다고 판단했다. 숙원이던 통일이 바야흐로 눈앞에 다가와, 통일된 일본의 무궁한 발전을 위해 힘쓰려는 참인데 엉뚱하게도 조선으로 건너가게 되어 선박이란 선박을 모두 징발당하는 날이면 옴짝달싹 못하게 된다. 이번의 규슈 정벌만 해도, 선주들의 웅대한 계획과는 상당한 거리가 있었다.

"전하께서는, 앞으로 며칠 만에 시마즈 문제를 마무리할 작정이십니까."

"글쎄, 보름이면 하카타에 돌아갈 수 있겠지."

"저는 그리 쉽게 안 될 듯싶습니다만."

이런 경우에는 이야기를 다시 이 문제로 끌어들이는 편이 상책이었다.

"류하쿠는 항복했지만 동생 요시히로가 과연 순순히 항복해 올까요."

"하하……그렇게 염려하지 않아도 된다. 그자는 앞뒤가 꽉 막힌 돌대가리가 아니니까."

"말씀은 그렇게 하시지만 휴가 미야코성(都城)의 혼고(北鄕) 이치운(一雲), 사쓰마 오쿠치성(大口城)의 니로 다다모토 등 모두 꽤 만만찮은 자들이 남아 있습니다."

거기까지 말한 소에키는 문득 생각을 바꾼 듯 화제를 교묘하게 자기 쪽으로 돌렸다.

"제 생각 같아서는 앞으로도 한 달…… 뭐, 내기해도 좋습니다. 그 일이 끝나는 대로 돌아오는 길에 예수교를 시찰하시어 이번 원정에 유종의 미를 거두시기…… 바랍니다. 아무래도 예수교를 깊이 모르고는 세계로 발을 뻗지 못하는 게 현실이니까요."

히데요시는 소에키의 말에 순순히 고개를 끄덕였다. 이따금 신경을 몹시 자극하는 말을 곧잘 하는 소에키였지만, 히데요시는 그 선의를 의심해 본 적은 없었다.

'이자도 보통이 넘는 고집쟁이……'

그렇게 생각하고 웃어버리는 것은 바꾸어 말해 히데요시가 소에키의 사람됨을 자신과 비교할 만큼 크다고 생각지 않는 증거였다.

"그렇군. 그럼, 제3의 수확으로 예수교를 연구해 볼까?"

"제 3이라니…… 무슨 뜻입니까."

"이번 규슈 정벌에서 얻은 수확 말이야."

"허……."

"단순히 시마즈의 버릇을 고쳐주기 위해서라면 뭣 때문에 간파쿠가 일부러 오겠는가? 첫째는 명나라, 남만, 조선으로 진출할 나루터를 굳히는 일. 두 번째는 이번 기회에 모리를 완전히 써먹어 보이는 것…… 그러고 보면 선물이 하나쯤 더 있는 것도 좋지 않겠는가?"

"알아들었습니다. 그래서 예수교를 제3의 선물이라고 하셨군요."

"예수교의 현지 시찰을 하면서 하카타에 돌아가는 것으로 정하고…… 그런데 소에키, 시마즈의 가풍은 참으로 재미있다고 생각하지 않나?"

"그야 물론…… 요리토모 이래의 가풍이니까요."

"자네들의 이면공작도 별다른 효과가 없었어."

"예, 전하께서 방해하셨으니 그렇지요."

"말을 너무 함부로 하는군, 소에키."

히데요시는 크게 웃었다.

"상대를 적당히 화나게 만들되, 자포자기에 빠지지 않게 하는 건 참으로 어려운 일이로군. 타산적인 계산은 할 수 있을 정도로 화나게 만드는 기술 말이야."

"전하."

"뭔가?"

"만일 전하를 그 정도로 화나게 만드는 상대가 나타났을 때에는 부디 조심하십시오."

"뭐, 나를 화나게 만들어……?"

"예, 그때를 당하여 전하께서 울컥 화내시면 상대도 곤란하지만 전하 자신도 큰 손해를 보시는 겁니다…… 그런 일이 사람의 긴 생애에서 생기지 않는다고 장담할 수는 없는 일입니다."

히데요시는 혀를 차며 시선을 돌려버렸다.

"아주 고약한 버릇이 있군."

"예……? 뭐라고 하셨습니까?"

"설교하는 버릇 말이야. 사람을 가리지 않고 아무에게나 설교하려 들거든. 그런 설교는 에케이나 간베에더러 하라고 해. 시마즈도 안 듣겠다고 할 거다."

그러고는 문득 생각난 듯 말했다.

"그렇군, 간베에를 불러와, 간베에를."

그때 벌써 히데요시의 머릿속은 시마즈 가문 처리 문제로 가득했다. 조금만 더 심하게 다루었으면 자포자기에 빠져 철저한 항전으로 돌아설 뻔했던 시마즈 일족…… 그 처리를 상당히 신중하게 다루지 않으면 안 된다.

'이제 위엄은 실컷 보여주었다. 다음은 어떤 은혜를 베풀어야 하는가?'

그것에 대해 생각하기 시작하자 히데요시는 그 일이 견딜 수 없이 재미있어졌다.

히데요시는 류하쿠가 가고시마성에 자신을 맞아들이면서 맨 먼저 무슨 말을 할 것인지 궁금했다. 성을 비우겠다고 할 것인지? 아니면 아직 감정을 삭이지 못해 오기를 부리고 나올 것인지?

그런 생각을 하니 입가에 저절로 웃음이 떠올랐다.

정치와 종교

히데요시가 사쓰마에서 군사를 거두어 하카타로 향한 것은 5월 27일이었다. 시마즈 류하쿠가 다이헤이사에서 히데요시와 대면한 8일부터 계산하면 20여 일을 사후 처리로 보낸 셈이다.

히데요시도 홀가분한 기분이었지만 시마즈 쪽에서는 그 이상으로 안도의 한숨을 내쉬었을 것이었다.

류하쿠는 히데요시를 가고시마성에 맞아들이자 자신의 셋째딸 가메히메(龜姬)와 다이헤이 사까지 동행했던 중신 시마즈 유키히사, 시마즈 다다나가, 이주인 다다무네, 마치다 히사마스 등을 볼모로 내놓고 곧바로 가고시마성을 비워 히데요시에게 바치려고 했다. 그러나 히데요시는 성을 명도하는 일만은 받아들이지 않았다.

"요리토모 공 이래 명문의 긍지에 상처 주지 않으리라."

그러한 온정이 그들 일족의 강경한 투지를 꺾는 데 큰 보탬이 되는 일임을 히데요시는 잘 알고 있었고, 사실 그것은 그 뒤의 처리과정에 크게 영향을 미쳤다. 사쓰마의 영유권을 그대로 인정해 준 외에 요시히로에게 오스미를 주었고, 15살 난 그의 아들 히사마스에게는 휴가의 대부분을, 또 이에히사와 유키히사 등의 영지도 그대로 인정해 주었다. 마지막까지 항복하지 않고 버틴 니로 다다모토, 기타고 이치운 등도 그 죄를 용서한 뒤 사쓰마 땅을 떠났으니 히데요시의 마음속은 아마 시원한 바람을 쐰 듯한 상쾌함 바로 그것이었으리라.

히데요시는 5월 27일에 사쓰마를 떠나 히고에서 지쿠고를 거쳐 지쿠젠으로 접어드는 길을 택했다. 생각했던 대로 규슈의 일들을 처리하고 논공행상에 대한 구상을 하면서 하카타의 하코자키(箱崎)로 향하는 길이었다. 가는 도중 내내 기분이 흡족하여 때로 일부러 가마를 세워 백성들과 담소하기도 했다. 불세출의 영웅……이라고 스스로 믿고 있는 만큼 히데요시의 태도는 지나치리만큼 대범했다.

히고에 들어가 구마(球磨)를 넘어 야쓰시로(八代)에서 구마노쇼(隈庄)로 향하는 도중이었다. 가마의 양쪽 문을 활짝 열어젖히고 왼쪽에서 불어오는 시원한 바닷바람에 온몸을 내맡긴 채 졸음이 와서 가물가물하는 히데요시의 눈에 문득 몇 가닥의 흰 반사광이 들어왔다.

'무엇일까……?'

감기려는 눈을 뜨고 다시 보니 그것은 머리에 흰 천을 두른 여인들이 숲 사이에서 빠른 걸음으로 움직이는 모습들이었다.

'예수교 여신도들…….'

그렇게 생각한 순간 히데요시는 소에키의 말이 문득 생각나 가마를 세웠다.

"저것들은 무엇을 하는 것이냐. 저 숲속에 사당이 있는 듯한데."

옆을 지키며 따라오던 마시타 나가모리가 재빨리 다가왔다.

"폭동입니다. 그냥 지나가시는 게 좋을 것 같습니다."

"뭐, 폭동?!"

"예, 그만 상서롭지 못한 광경을 보시고 말았습니다. 이 언저리에서는 늘 싸움이 벌어지곤 합니다."

"저 흰 천을 두른 사람들은 예수교 신자인가?"

"예, 여인네들까지 모아놓고 저 소동들입니다. 하오나 이쪽에는 아무런 적의도……."

"신발을 대령해라. 가까이 가선 안 된다면 가까이 가지 않을 테니. 그러나 백성들 일은 알아두어야 한다."

히데요시는 벌써 부채를 이마 위에 쳐들고 가마에서 반쯤 내려서고 있었다. 근위무사는 할 수 없이 신발을 가지런히 놓았다.

"아니, 이상한 짓들을 하고 있구나. 과연 여자보다 남자가 더 많군. 그런데 저 사내들은 지금 사당을 부수고 있는 게 아니냐?"

마시타 나가모리는 눈살을 찌푸리며 히데요시 뒤를 따랐다.

히데요시는 성큼성큼 걸어가 늙은 소나무 밑에서 걸음을 멈춰 섰다. 저도 모르게 나무 뒤에 몸을 숨긴 꼴이 되었으나, 그는 거기서 황량한 사당 숲에서 일어나는 사람들의 동향을 지켜볼 생각이었던 것이다.

숲에서 한길까지는 200미터 가까운 거리였다. 그리고 지금 그 한길을 간파쿠 전하의 행렬이 지나가고 있다. 이것을 구경하려 하지 않고 저들의 일에 열중하여 행동하는 부락이며 백성이 있다는 것은 히데요시로서는 이해할 수 없는 일이었다.

'모를 리가 없다. 그런데……?'

무슨 일에 그토록 몰두하여 히데요시를 거들떠보지도 않는 것일까……? 폭동이라면 아마 영주나 촌장, 아무튼 토지 지배자에 대한 반감이나 분노일 것이었다. 그렇다면 규슈 일원을 평정하고 유유히 개선해 돌아가는 히데요시는 그들의 어려운 문제를 얼마든지 해결해 줄 수 있는 대 권력자가 아니겠는가…….

'그런데도…….'

그때 옆에서 마시타 나가모리가 설명하기 시작했다.

"저곳은 미야지(宮地) 언저리로 시라키(白木) 묘켄(妙見) 신궁에 속한 영지의 백성들이라고 들었습니다."

"흠, 신궁 영지의 백성이라……."

히데요시는 그 말에 비로소 납득되는 듯했다. 나무들 사이로 이따금 보이던 흰 천을 두른 여자들은 어느새 경내에서 둥그렇게 둘러서 합장한 채 뭔가 열심히 기도드리고 있었다. 그리고 그 기도하는 여자들에 에워싸인 형태로 남자들이 사당 건물을 마구 부수고 있었다. 그다지 분노한 빛도 없이 다만 해야 할 일을 하고 있을 뿐이라는 냉정한 분위기였으며, 그것이 오히려 더 살벌함을 느끼게 했다.

"그럼, 저 사당은 시라키 묘켄의 신궁인가?"

"예…… 아닙니다, 그것은 잘 모르겠습니다만……."

"어쨌든 신관에 대한 반감으로 저러는 것이겠지. 알았다, 주모자를 불러오너라."

"황송하오나……."

"불러올 것 없다는 말이냐?"

"예, 상관마시고 여행하니 계속하시는 것이……."

"나가모리!"

"옛."

"나는 이 지방의 새 영주를 아직 결정하지 않았다. 백성들의 소리를 들어 두어 야 때에 따라 이 간파쿠가 신관들을 나무라줄 수도 있고 화해시켜 줄 수도 있겠 지. 어찌됐든 이 고장 수호신의 사당을 때려 부수는 것은 온당치 못한 일. 냉큼 가서 불러오너라."

히데요시는 그늘을 골라 시동에게 걸상을 놓게 한 뒤 다시 명령 내렸다.

"가서 곧바로 폭력을 중지시키고 우두머리 되는 자 두서넛을 데리고 오도록 해 라."

일단 말을 꺼내면 누가 뭐라 해도 쉽사리 듣는 히데요시가 아니었다. 나가모리 가 달려가서 곧 큰 소리로 뭐라고 말했다. 그러나 그들의 귀에는 안 들리는지 기 도하는 자는 기도하고 부수는 자는 연신 부수어댄다.

나가모리의 종자가 두 발을 구르며 위협했다. 거리가 멀어서 확실하지는 않지 만 칼집 정도는 쳤을 것이다. 여인들 중에서 한 사람, 남자들 중에서 두 사람, 합 해서 세 사람이 나가모리의 뒤를 따른다……기보다 끌려오는 모습으로 따라왔다.

히데요시는 천천히 부채질하면서 그 광경을 지그시 바라보고 있었다.

"자, 간파쿠 전하시다. 무릎 꿇어라!"

끌려온 세 사람은 그 자리에서도 몹시 냉정했다. 서로 얼굴을 마주보고 고개 를 끄덕이면서 십자를 긋고 나서야 나란히 무릎 꿇고 절했다.

적어도 지금까지처럼 열광과 감동에 겨운 표정으로 히데요시를 우러러보던 백 성들과는 사뭇 다른 태도였다. 한 사람은 40살 남짓한 이목구비가 천해 보이지 않는 남자이고, 또 한 사람은 홍안의 젊은이, 그리고 한 여자는 어딘지 낯익은 이 런 시골구석에서는 좀처럼 보기 드문 20살 남짓한 해맑은 얼굴의 처녀였다. 어 쩌면 머리에 두른 흰 천 때문에 그 처녀가 실제 이상으로 더 예뻐 보였는지도 모 른다.

"괜찮다. 직접 대답해도 좋다. 겁먹지 말고 먼저 나이 든 자부터 이름을 대라. 내가 간파쿠다."

"예, 저는 안드레이 다쿠치(田口)라고 합니다."

"뭐…… 안드레이……? 그따위 남만 냄새 나는 이름 말고 진짜 이름을 대라."

"예, 하지만 신앙을 모르던 시절의 속명은 깨끗이 잊어버렸습니다."

"허, 잊어버렸다는 데야 물을 수 없지."

히데요시는 못마땅한 표정이었다.

"저쪽 젊은이는?"

"예, 주앙이라 합니다."

"너도 전의 이름을 잊었느냐?"

"예, 그렇습니다."

"그럼, 처녀는?"

"막달레나입니다."

"좋다, 너희들이 지금 폭동을 일으키고 있는 모양인데. 안드레이가 주모자인가?"

"예, 그렇습니다."

"너희들은 묘켄 신궁 영지의 백성들이라 들었는데 틀림없느냐?"

"맞습니다."

"신궁에는 공출미를 얼마나 내고 있느냐?"

"사륙제입니다."

"사륙제라면 그리 비싼 연공은 아니군. 거기다 부역이나 돈을 바치라고 하더냐?"

다쿠치라는 40대 남자가 천천히 고개를 저었다.

"그런 일은 없습니다."

"그럼, 폭동을 일으킨 이유는?"

"저희들에게 신앙을 버리지 않으면 소작 부치던 땅을 빼앗겠다고 합니다."

"음."

히데요시는 얼른 판단이 서지 않아 고개를 갸웃거리며 잠시 입을 다물었다. 신궁 땅을 부쳐 먹는 소작인들에게 예수교의 신앙을 버리라고 한다…… 그것은 그리 무리한 요구가 아닌 것 같았다. 그러나 그 때문에 소작 부쳐 먹던 땅을 몰수한다……는 것은 좀 지나친 처사다.

한편 신관의 입장에서 보면 소작인들이 다른 종교를 믿는 일은 감정적으로 용납하기 어려울 것이다.

"그럼, 너희들은 신앙은 어떻든 신관을 개인적으로는 존경하고 있다는 점을 상대에게 잘 설명해 주었느냐?"

세 사람은 여기서 시선을 교환하더니 십자를 그었다.

"생각하는 대로 대답해 봐라. 나는 간파쿠다, 꾸짖지는 않겠다. 나는 태어날 때부터 너희들 편이다."

히데요시는 말하면서 농사꾼이던 자신의 소년시절을 회상하며 빙긋이 웃었다. 그러자 그들은 그 말을 어떻게 해석했는지 눈을 빛내며 몸을 내밀었다.

"그럼, 간파쿠님도 태어나면서부터 저희와 같은 신앙을."

아마 그들은 태어나면서부터 농부……였다는 히데요시의 말뜻을 같은 신앙이라는 뜻으로 해석한 모양이었다. 그들이 그렇게 해석해도 히데요시는 전혀 개의치 않았다. 상대가 자기의 위력에 겁먹고 마음속에 있는 것을 입 밖에 내지 않는다면 의미 없다. 그러나 친근감을 보이며 진실을 이야기한다면 사소한 오해쯤은 상관하지 않는 히데요시였다.

"그래, 그래. 그러니 신관에게 어떤 잘못이 있었는지 어려워 말고 다 말해 봐라."

남자는 기뻐하며 눈을 빛냈다.

"그럼, 말씀 올리겠습니다. 저희들은 나가사키의 파드레(padre ; ^{포루투갈어로 신})님 권유로 불쌍한 병자를 구하려고 헌금했는데 그걸 알고 펄펄 뛰며 화내셨습니다."

"음, 그래서?"

"무리도 아니지요. 그자에게는 마귀가 붙어 있으니까요……."

"마귀……."

"예, 마귀는 그에게 이렇게 말하도록 시킵니다. 내가 공물을 싸게 매기는 것은 예수교에 바치게 하기 위해서가 아니다, 그따위 짓을 자꾸 하면 땅을 뺏어 다른 사람에게 농사짓게 할 테다 라고."

"그래서, 너희들은 뭐라고 했느냐?"

"웃었지요. 웃은 다음 당신이 그런 몹쓸 짓을 하도록 내버려둘 수 없다고 말했습니다."

"그래서는 상대가 물러나지 않을 텐데. 그냥 내버려둘 수 없다는 말만으로는 말이지."

"그래서 몇몇 사람이 모여 협의하고 파드레님과도 의논했습니다. 그랬더니 파드레님은 차라리 이 언저리의 신사를 모두 파괴해 버려라, 그렇게 되면 마귀들도 회개할지 모른다고 하시더군요."

"뭐, 뭐라고 했지? 그 파 뭐라는 자는 어느 나라 사람이냐?"

"에스파냐 분입니다."

"그러나, 그래서 너희들이 그 길로 곧장 사당을 부수기 시작한 것은 아니렷다."

"아닙니다, 당장 시작했습니다. 그만큼 천국이 가까워지는 것이니까요."

히데요시는 다시 고개를 갸우뚱하며 잠시 입을 다물었다. 그들이 경계심을 풀고 친근한 태도를 보이는 것은 알 수 있었으나 이야기 내용은 전혀 이해되지 않았다.

"그건 좀 난폭한 짓이 아니냐?"

"아닙니다. 이것은 용기입니다."

"그러나 그 신관이 이제 앞으로 이곳에 부임해 올 내 신하…… 곧 새로운 영주에게 고발하는 날에는 너희들이 곤란해질 터인데?"

"그렇다면 새 영주님도 마귀가 붙은 사람이란 말입니까?"

"아니, 같은 신자일지라도 재판은 공평해야 할 게 아닌가."

"같은 신자……같으면 조금도 걱정할 것 없습니다. 고발하더라도 반드시 저희가 이길 것입니다."

"그건 또 어떻게 아는가."

"같은 신자들끼리는 서로 굳은 맹세가 있습니다. 비록 상대가 영주라 해도 겁날 게 하나도 없습니다. 여차하면 신의 나라에서 대포를 가득 실은 검은 배가 오거든요. 비록 그전에 죽는다 해도 그 용기가 우리를 그만큼 천국에 가까이 가게 해주니까요……."

히데요시는 당황하며 손을 들어 상대의 말을 가로막았다.

"그 신의 나라란 어디를 가리키는 것이냐?"

"예, 파드레님이 태어나신 나라……바다 저편에는 일본보다 몇 배 몇십 배 강한 신의 나라가 얼마든지 있습니다."

히데요시는 갑자기 불쾌해져 입을 다물었다. 일본보다 몇십 배 강한 신의 나라……라는 말은 지금의 경우 히데요시의 얼굴에 침을 뱉는 것이나 같았다.

이 성실해 보이는 농부들에게 그따위 생각을 불어넣은 자들은 보나마나 선교
사들임에 틀림없다. 어쨌든 그들이 신사나 사당을 파괴하여 신관의 영혼을 구하
라고 선동했다는 건 너무나 뜻밖의 일이었다.

본디 히데요시에게 확고한 신앙 같은 게 있을 리 없었다. 그의 신불 숭배는 엄
밀히 말해 자신의 위엄을 나타내기 위한, 말하자면 여기저기 절을 짓는 버릇에 지
나지 않았다. 따라서 그가 정의의 편에 서 있다고 확신하는 지금은 어떠한 신에
게든 명령내리면 되리라 생각하고 있었다.

"히데요시를 지켜라."

그런데 이 농부들은 노부나가 때문에 불타죽은 히에이산의 중들 같은 불손한
말을 하기 시작한 것이다.

잠시 뒤 히데요시는 눈살을 모으고 전혀 악의 없는 활짝 갠 밝은 표정으로 고
개를 갸우뚱하며 조심스럽게 입을 열었다.

"한 가지 더 너희에게 묻겠는데…… 이 나라의 새 영주가 만약 같은 신자가 아
니고 부처님을 숭상하는 사람으로 너희가 섬기는 신을 적으로 삼아 싸우겠다고
한다면 너희는 누구 편이 되겠느냐?"

이번에는 젊은이가 앙연히 대답했다.

"물론 마귀 편을 들 수는 없습니다! 마귀 편을 들면 지옥에 떨어집니다."

히데요시는 차츰 입안이 깔깔해지는 것을 느꼈다.

"그럼, 한 가지만 더…… 신이나 부처님을 믿는 사람은 모두 마귀라서 지옥에 떨
어진다는 말이구나."

"물론이지요."

"다쿠치라고 했지, 나이 든 쪽 말이다. 너도 어머니가 계신가?"

"예?"

상대는 엉뚱한 물음에 잠시 말을 더듬었다.

"아, 어머님은 8년 전 겨울에."

"8년 전…… 그러면 네 어미도 예수교 신자였느냐?"

"아닙니다. 그때는 아직…… 파드레님의 가르침을 배우기 전이었습니다."

"신불을 믿었겠지, 그 어머니는?"

"……예."

"그렇다면 네 어미도 마귀라서 지옥에 가 있겠군. 너는 그 어머니와 달리 천국으로 가겠단 말이지?"

상대는 갑자기 입을 다물었다.

"너는 인정머리가 없구나!"

"예⋯⋯?"

"너만 천국에 가면 네 어머니는 어찌돼도 상관없다는 말이냐?"

"아닙니다. 그, 그건⋯⋯."

"그럼, 네 어미는 마귀가 아니었느냐?"

"예, 어머니는⋯⋯."

"신불을 믿었어도 말인가?"

거기까지 추궁했을 때였다. 갑자기 처녀애가 흰 천을 획 벗어던지며 괴성을 질렀다.

"저는 마귀가 되겠습니다!"

"뭐, 뭐, 뭐라고, 너도 마귀가 되겠다고⋯⋯?"

"예! 그렇습니다. 제 어머니도 지옥에 계십니다⋯⋯."

"무슨 소리야, 막달레나!"

당황한 젊은이가 가로막았으나 처녀는 듣지 않고 또 부르짖었다.

"그래요! 저는 저는⋯⋯ 지옥에 가더라도 어머니를 꼭 만나야 해요!"

히데요시는 쏘는 듯한 눈초리로 그것을 지켜보았다.

처녀는 비틀비틀 일어서더니 당황하여 붙잡으려는 젊은이의 손을 뿌리쳤다. 눈에 번들번들 핏발이 서고 관자놀이 옆에서 힘줄이 파랗게 꿈틀거리고 있었다.

"배반하면 지옥에 갈 수 있고⋯⋯ 지옥에 가야 어머니를 만날 수 있어요."

"막달레나!"

"싫어요, 난 지옥에 간 어머니 곁으로 가서 위로해 드려야 해요. 어머니! 용서해 주세요. 소노는 어머니가 천국에 가신 줄만 알았어요."

"이봐! 잠깐! 기다리래두⋯⋯."

젊은이가 일어나려 하자 나가모리가 불호령을 내렸다.

"가만있어! 전하가 계시는 자리다!"

젊은이는 그 한마디 불호령에 납작 엎드렸으나 처녀는 그대로 신들린 사람처럼 걸어가기 시작했다.

"내버려둬라, 나가모리."

"예."

히데요시는 갑자기 뜨거운 뙤약볕 속으로 달려가는 처녀를 지켜보며 저도 모르게 한숨을 내쉬었다.

'미친 것은 아닌가 보다……'

아마 처녀는 어려서 사별한 어머니의 무덤이라도 생각난 것이리라. 그렇게 생각하자 눈앞에 엎드린 두 남자에게 말할 수 없는 증오감을 느꼈다.

"보았느냐, 너희들. 처녀는 어머니 무덤에 용서를 빌러 간 모양이다."

나이 든 남자가 말했다.

"무서운 일입니다. 딸만이라도 천국에 보내고 싶은 게 어머니 마음일 텐데요."

"너도 그렇게 생각하나?"

"예, 믿음이 약해서입니다. 아직 세례 받은 지 얼마 안 된 아이라서 그런 것 같습니다."

"나가모리!"

히데요시는 그 남자에게는 대꾸도 하지 않고 나가모리를 불렀다.

"가서 신사를 파괴해서는 안 된다고 전해라!"

"예."

"명을 거역하면 목을……"

말하다가 또 얼굴을 찡그리며 침을 삼켰다. 목이 베여 죽으면 드디어 천국에……라고 말하던 나이 든 남자의 말이 생각났기 때문이었다.

"잠깐 기다려라! 나가모리."

"옛."

"꾸짖지는 말고 이렇게 전해라. 너희들이 신사를 파괴하지 않더라도 간파쿠가 신관에게 말해 줄 것이다. 간파쿠 전하의 허락이 있을 때까지는 결코 파괴해서 안 된다고 일러라."

말하면서 그의 위력을 두려워하지 않는 자가 바로 발아래 있다는 사실에 은근히 화가 치밀었다. 아니, 그 이상으로 히에이산을 불태워버렸을 때 노부나가의 격노가 생각났다.

'예수교도 역시……'

이런 풍조가 이대로 온 일본 땅에 퍼져버린다면 그야말로 노부나가의 노력도, 자신의 피눈물 어린 공적도 위기에 맞닥뜨리게 될 것이다.

'이것은 이들의 죄는 아니지만……'

생각하면서 히데요시는 벌떡 일어나 근위무사에게 명령하며 가마 쪽으로 걸어가기 시작했다.

"저자들에게 더 물어볼 게 있으니 끌고 와!"

겉으로는 어디까지나 유쾌한 개선장군인 히데요시였으나 행렬 뒤에 두 예수교 신자가 따르면서부터 이따금 조용히 생각에 잠겼다. 노부나가의 생전에도 잇코 종도들의 처절한 저항을 종종 경험한 적 있는 히데요시였다. 그러나 예수교가 히데요시에게 그런 두려운 마음을 품게 할 줄은 꿈에도 생각지 못했다. 히데요시의 가신 중에도 다카야마 우콘이며 고니시 유키나가 같은 열성적인 신자가 몇 있었지만 그들이 정치와 종교를 혼동하여 그 때문에 히데요시의 뜻에 거역한 적은 아직 한 번도 없었다. 아니, 오히려 우콘이나 유키나가는 깃발표지 위에 십자가를 달고 전선에 나타나면 언제나 놀랄 만한 공을 세웠다. 그러므로 히데요시는 노부나가의 선례를 따라 선교사의 포교를 그냥 허락하고 있었다. 그러나 옛날부터 일본 땅에 존재해 온 신불과 그들이 충돌하게 되거나 무지한 민중이 선동되어 정치적인 불안의 원인이 된다면 그대로 지나칠 수 없는 문제가 된다.

'무라사키노(紫野) 다이토쿠사의 고케이(古溪) 종도를 비롯하여 다섯 산의 승려들과 사이좋은 소에키가 예수교를 조사하라고 한 속셈이 어쩌면 이런 데 있지 않았을까……?'

문득 그런 생각이 들었으나 그것은 아무래도 좀 지나친 기우 같았다.

가는 도중 히데요시는 나가모리에게 그들을 감시케 하며 두 사람의 태도와 말을 그대로 적어두도록 일렀다.

그들은 끌려가면서도 조금도 두려운 빛이 없었고, 하루에도 몇 차례씩 그들의 신에게 기도드릴 뿐 이성을 잃은 태도는 보이지 않았다. 오다 노부타카가 불행한 죽임을 당한 것은 천주님의 가르침을 받은 몸이 그것을 버리고 가짜 우상이며 기만심 많은 돌팔이 중들의 꾐에 빠진 때문이었고, 다카야마 우콘이 히데요시의 명에 의해 언제나 위험한 선봉만 맡으면서도 생명을 보존하는 것은 천주님 은혜 때문이라고 그들은 말했다.

"그런 것을 어떻게 다 아느냐."

그렇게 물으면 대답은 언제나 한결같았다.

"파드레님은 무엇이든 훤히 알고 계십니다."

그뿐이랴, 때로 그들은 파드레의 말이라고 하며 히데요시를 비평하기까지 했다. 히데요시가 이번에 무사히 규슈를 평정할 수 있었던 건 아마 그가 천주님을 믿게 되었기 때문이리라는 것이었다. 그렇지 않았으면 간파쿠가 되고 천하를 한 손아귀에 넣으려고 숱한 사람들을 희생시켜 온 히데요시가 여태 천주님 벌을 받지 않았을 리 없다고 했다던가.

히데요시는 그때 얼굴을 찡그리고 혀를 찼다.

"내가 천주의 은혜로 승리했다는 건가?"

상대가 그렇듯 굳게 믿고 있는 것을 움직일 수는 없다. 일찍이 잇코 종도들이 오로지 죽음의 기치를 내걸고 완강하게 맞서오던 것과 같은 게 거기에 있었다.

히데요시는 6월 7일에 하카타의 하코자키에 도착했다. 여기서 오사카에서 내려온 이시다 미쓰나리와 고니시 유키나가 등 군량 책임자를 만났으나 예수교에 대한 말은 전혀 비치지 않았다.

"그 두 사람을 그냥 돌려보내라."

나가모리에게 넌지시 이른 다음 하카타의 도시계획과 논공행상에 관한 일에 몰두했다.

하카타 거리는 황량하기 이를 데 없었다. 오토모와 류조사(龍造寺) 사이에 몇 차례 벌어진 전쟁으로 민가는 세우기 바쁘게 불타버려 주민들은 대부분 어디론가 흩어져버리고 여름풀이 마구 우거진 폐허였다.

히데요시는 곧 구로다 조스이(黑田如水 ; 구로다 간베에)와 이시다 미쓰나리를 불러 시가지 구획도면을 그리게 하고 공사를 벌였다. 공사 감독으로 다키가와 가쓰토시, 야마자키 가타이에, 나쓰카 마사이에(長束正家), 고니시 유키나가 네 사람을 임명하고 도로공사에서 건축 완성에 이르기까지의 일을 분담시킬 30여 명의 소감독을 그 밑에 두었다.

"간파쿠 히데요시가 일본을 위해 중요한 항구를 만들려고 한다. 며칠 만에 완성될 수 있는지 온 힘을 다해 보라."

도시계획은 남북을 세로로 하고 동서를 가로로 잡았다. 남쪽 바깥쪽에는 20간 넓이 해자를 파고, 세로의 도로 폭을 넓게 잡아 상인들의 점포가 나란히 들어서게 했으며, 가로로 난 좁은 길에는 많은 일반 주민들을 수용할 수 있도록 설계했다.

폭넓은 세로길을 9개나 만들고 그곳으로 곧 부유한 상인들을 초청하여 늘 그렇듯 사람들 넋을 빼는 다회를 날마다 베풀었다. 그런 의미에서 소에키가 주장하는 '검소한 취향의 다도'는 더할 나위 없는 시정상의 무기가 됐다.

검소한 다도 정신은, 한 잔의 차를 앞에 두고 한 지붕 아래 모이는 한 신분의 차이도 언쟁을 벌일 여지도 없었으며, 오로지 주인과 손님이 서로 기쁨을 나누며 예의를 다하여 미(美)를 숭상하고 화합을 이루어 가게 했다.

가미야 소탄, 시마이 소시쓰 등은 히데요시의 친구 같은 그러한 대접을 받고 처음에는 오히려 경계심을 느꼈던 모양이었다. 그러나 그것은 곧 황송한 감격이 되고 존경이 되었다가 놀라움으로 바뀌었다.

"어떻게 이런 분이 세상에 계시는가."

그날도 히데요시는 시마이 소시쓰를 불러 13간 넓이의 거처를 번화한 거리에 잡아주고 오래오래 부역을 면제해 준다는 뜻을 전한 뒤 그를 데리고 소에키와 셋이서 아담한 다실로 들어갔다.

"어떤가, 소시쓰. 도시계획이 마음에 드나?"

"예, 시민들은 새 세상을 만난 듯 기뻐하며 요즘 이리로 잇따라 돌아오고 있습니다."

"그들 이야기가 아니네. 그대의 거처가 마음에 들었나 말일세."

"오로지 황송할 따름입니다. 뭐라고 표현할 말이 없을 정도입니다."

"그대와 가미야에게 똑같이 13간 반짜리를 배정해 주었으니 가미야도 만족해하고 있을 테지."

"여부가 있겠습니까? 그 은혜에 보답하기 위해 이 고장을 일본에서 이름난 항구로 만들어야겠다고 분발하고 있습니다."

그 말을 듣자 히데요시는 만족스러운 듯 고개를 끄덕였다.

"그런데 소시쓰, 그대는 예수교에 대해 좀 아는 게 있나?"

차를 끓이면서 소에키가 눈을 치뜨고 흘끗 쳐다보았다.

"예, 저는 불교신자여서 잘 모릅니다만 여러 가지 소문을 듣고……"

"내가 이렇듯 규슈를 평정하여 일본 번영의 터전을 닦아놓고 돌아가는 길이니 그대들이 기뻐하는 만큼 예수교인들도 기쁘게 해주고 싶은데 그러려면 어떻게 하는 것이 좋겠는가."

"예수교 신자를 기쁘게 해준다고요……?"

"그렇지, 같은 일본인 아닌가. 기쁘게 해주고 싶군. 그렇지 않으면 내 정치는 공평치 못한 게 되지. 그들이 좋아할 만한 기발한 일이 없을까?"

히데요시는 진지한 눈으로 말하고 이번에는 자기 쪽에서 흘끗 소에키를 쳐다보았다.

히데요시가 시마이 소시쓰를 불러 이런 것을 묻는 데는 몇 가지 까닭이 있었다. 시마이 소시쓰는 스스로 '중이면서 속인이고 속인이면서도 중—'이라고 말하고 있는데, 그의 겉으로의 상업은 양조장 경영, 뒤로는 이 언저리 일대를 한 손아귀에 쥐고 흔드는 금융업자 중의 거물이었다. 결코 탐욕스러운 고리대금업자는 아니었다. 히데요시가 탐색케 한 바에 의하면 쓰시마 태수 소 요시토모(宗義智)의 무역자금은 대부분 그의 주머니에서 나간 돈이었고, 히젠 가치오야마(勝尾山) 성주 쓰쿠시 히로카도(筑紫廣門) 같은 사람은 몇 차례에 걸쳐 채권 변제를 다짐하는 각서를 써서 소시쓰에게 주었다. 그리고 오토모 집안 내부의 오무라(大村), 마쓰라(松浦), 아리마(有馬) 등 예수교와 관련 있는 영주들 사정을 훤히 꿰뚫고 있다는 것을 알았기 때문이다. 더구나 그의 아내는 광산업의 시조라고 할 수 있는 가미야 소탄의 누이동생이다. 그래서 히데요시는 일부러 시마이 소시쓰를 불러 그의 의견을 들으려 한 것이다.

"그대는 불교도라고 했는데 흔히 있는 그런 광신자는 아닌 모양이군. 부처님을 믿는 것은 좋으나 지나치게 그 길에 빠져서는 안 된다고 배웠을 테니 필경 예수교에 대해서도 상세하게 알겠지. 나에게 그것을 가르쳐줄 수 없겠는가?"

"예수교도를 기쁘게 해 줄 방법……?"

소시쓰는 다시 한번 신중히 고개를 갸웃거리며 생각한 다음 말했다.

"그것은 대단히 어려운 일이라고 생각됩니다."

"하하하……"

히데요시는 가볍게 웃었다.

"쉬운 일 같으면 뭐하러 그대한테 묻겠나? 어디 얼마나 어려운지 말해보게."

"예, 그들을 진심으로 기쁘게 해주고 싶으시다면 전하께서 몸소 천주님 앞에 무릎 꿇으시고 그 교리에 따라 모든 정치를 하시는 길밖에……."

"뭣이, 그들의 교리에 따라 정치를?"

"예, 그렇게 하지 않으면 그들이 언젠가는 전하를 이단자로 볼 것은 남만 각지의 사정을 살펴보건대 불 보듯 뻔한 거라고 생각됩니다만."

"소시쓰!"

"예."

"그럼, 내가 천주님의 신하가 되지 않고는 만족하지 않는다는 말인가."

"그렇습니다."

"그럼, 묻겠는데…… 요즘 예수교를 믿는 영주들 수가 늘었다. 그들의 진심은 천주의 신하이고 내 신하는 아니라는 뜻인가."

"전하, 참으로 어려운 질문입니다. 저는 보시다시피 한낱 장사꾼 출신의 하잘 것 없는 다인…… 그런 것은 예수교의 명령과 전하의 명령이 이해가 상반된 채 서로 부딪쳐야만 비로소 판가름 날 일입니다. 가정하여 물으시는 건 난처합니다."

"허……."

히데요시는 말을 멈추고 차를 한 모금 마셨다.

옹고집쟁이―아니, 적어도 배짱 세기로는 규슈 으뜸간다고 소문난 소시쓰, 그런 소시쓰의 말이므로 히데요시도 얼른 다음 질문을 하기 쉽지 않았다.

"양쪽에서 동시에 상반되는 명령이 내려지지 않으면 알 수 없다…… 과연."

"황송한 말씀이오나 돌아가신 우대신님이며 전하께서는 그 점에 있어 어딘가 안이했던 것 같습니다. 신앙과 정치는 별개의 것…… 그러한 아무 훈련 없이 너무 쉽게 포교를 허락하신 거지요. 그러니 마땅히 그 여파가 밀려올 수밖에요."

소시쓰는 태연히 말하며 찻잔으로 조용히 손을 뻗었다.

히데요시는 한동안 소시쓰를 노려보듯 똑바로 쳐다보고 있었다. 소시쓰의 말은 여태까지 예수교에 대해 아무 대책도 마련하지 못한 히데요시의 허물을 매섭게 힐난하고 있는 것같이 들렸다.

'남만과의 교역을 원하는 이상 충분히 생각해 두었어야 할 일, 그것을 새삼스레…….'

상대가 침착하게 차 맛을 즐기면 즐길수록 무언의 힐문은 아프게 가슴을 찔러왔다.

히데요시는 말투를 홱 바꾸었다.

"이 규슈에는 대체 신도 수가 얼마나 될까?"

"글쎄요…… 60만이라고도 하고 100만이 넘는다고도 하지요."

"허, 100만이라…… 그중에는 물론 무사도 상인도 농민도 기술자도 섞여 있겠구먼."

"예, 그래서 마음만 먹으면 어느 고장에든 교회를 세울 수 있지요."

"교회를 세울 수 있다는 말은 큰 성도 쌓을 수 있다는 뜻이겠군."

"예, 지금 실제로 남방 여러 지역에 그런 성이 있는 모양입니다."

"일본 땅에는 아직 그것이 없는 건 영주들이 진정한 신자가 아니라……는 이야기인가."

"처음에는 교역 이익……을 얻고 싶어 신도인 척 가장합니다. 그런데 그게 차츰 진짜 신앙으로 바뀌어가지요……."

"과연 그렇겠군. 일찍이 전란시대에 잇코 종문으로 난을 피해 들어갔던 농민이며 피난민들이 얼마 안 가 용감한 반란군이 되어버렸지."

"그러므로 폭동이 일어나지 않게 훌륭한 정치를 하신다면 조금도 개의하실 일이 없을 줄로 압니다만."

히데요시는 또 잠시 입을 다물고 좁은 다실 안을 둘러보았다. 오늘은 소에키가 대나무를 잘라 만든 꽃꽂이 통에 남빛 나팔꽃이 한 송이 꽂혀 있고 그 곁에 이쿠시마 교도(生島虛堂)의 붓글씨가 한 폭 걸려 있다. 찻잔은 소에키가 지시하여 구운 조지로(長治郎)의 새 작품이었다.

"그럼, 결론은 이렇게 되는 거로군, 소시쓰. 즉 이 히데요시는 물론 이 고장의 새 영주가 될 사람은 예수교를 믿지 않으면 신자의 폭동을 막을 수 없다……."

"우선 그렇게 될 듯싶습니다."

"만약 그들을 탄압하면 폭동이 일어난다, 폭동이 일어났을 때 천주님이 영주 편을 드느냐, 아니면 신도들 편을 드느냐……."

"그것은 잇코 폭동 때 충분히 경험하셨으리라 생각합니다."

"잇코 종은 혼간사 쪽과 담판 짓는 것으로 해결할 수 있었다. 예수교의 총 본

산은 일본에 없지 않느냐?"

소시쓰는 희미하게 웃었다.

"예…… 그런 식으로 이치만 따진다면 종교가 다른 많은 외국과 교역을 할 수 없게 됩니다."

"웃지 마라, 소시쓰…… 나는 그렇듯 속 좁은 사람은 아니다. 요컨대 예수교를 믿는 자나 신불을 믿는 사람들이나 이 나라를 살기 좋은 나라라고 고맙게 여기게 만드는 정치를 베풀면 되는 일 아니겠나?"

"그렇습니다. 그러면 사소한 선동자들의 출현 따위 그리 문제될 것 없습니다. 그런데 그런 취지가 과연 문중의 여러분들에게 얼마나……."

말하다가 소시쓰는 흠칫하여 입을 다물었다. 히데요시의 얼굴빛이 단번에 싹 바뀌어 있었다. 히데요시는 스스로 자기가 한 말의 무의미함에 놀랐던 것이다. 예수교도 신불도 다 함께 환영할 정치를 베푼다면…… 입으로는 간단하게 말하지만 그런 것은 도둑이 없어진다면 하는 가정과 마찬가지로 완전히 무의미한 말에 지나지 않았다.

문제는 매우 절박했다. 아직 신불을 믿는 신자로서 예수교 교회당을 파괴했다는 말은 듣지 못했으나 예수교 신자들 편에서 신불을 모신 사당을 파괴하는 자는 나오기 시작했다. 살아가기 위한 물자의 배분을 둘러싼 폭동 같으면 다스릴 길 있으나 신앙이라는 무형의 것이 주된 폭동에서는 그것을 버리라고 해봤자 무리일 게 뻔했다. 더구나 그것은 한 번 불 뿜기 시작하면 영주와 백성들 문제에서 히데요시가 이끄는 일본과 세계의 분규로 발전될 우려가 있었다.

'옳지, 그래서 소에키도 소시쓰도 나의 무계획성을 지적한 것이다.'

그것을 깨닫자 히데요시는 이 일로 다시는 자신의 자신 없는 모습을 상대에게 보여서는 안 된다고 생각했다.

"하하하…… 알았어, 알았어. 이것으로 해결의 실마리를 잡았다."

히데요시는 활달하게 웃어젖히고 슬쩍 화제를 바꾸었다.

"소시쓰, 그대는 쓰시마의 소 요시토모와 퍽 가까운 사이였지."

소시쓰는 어떻게 대답해야 할지 소에키와 살짝 눈짓을 주고받았다.

"가깝다……기보다 여러 가지로 신세지고 있습니다만."

"하하…… 숨기지 마라, 숨기지 마. 미쓰나리가 말일세, 이시다 미쓰나리가 다 탐색했네. 소는 그대한테 도무지 고개를 들지 못한다더군."

"설마하니…… 적어도 그분은 쓰시마 태수가 아니십니까?"

"좋아, 좋아. 실은 말일세, 내가 머지않아 소 부자를 불러 야단칠 작정이다. 아니지, 야단친다기보다 좀 짓궂은 명령을 내려야겠어. 일이 그렇게 되면 혹시 그대한테 달려가 히데요시에게 잘 말해 달라고 부탁해 올지 모르니 그때는 딱 잡아떼도록 해, 알겠지?"

"짓궂은 명령을……하시다니요?"

"조선 왕으로 하여금 나에게 신하의 예를 취하게 할 사자로 가도록 명할 생각이다."

"아니, 그건 또 무슨……."

"더 이상 말하지 말게. 그놈은 조선 왕쯤 제 맘대로 조종할 수 있다는 듯 큰소리쳤다. 그렇지, 소에키?"

그러나 소에키는 긍정하는 듯 않는 듯 묘한 자세로 다른 화제를 꺼냈다.

"어떻습니까, 이 새 찻잔이 마음에 드시는지요?"

"응, 이 까만 것은 좋지 않군. 나는 빨간 게 좋은데…… 그러니 소시쓰."

"예."

"만일 소가 조선에 사자로 간다면 그곳 왕이 뭐라고 할 것인지, 그 말의 내용에 따라 그대가 그곳으로 가 주어야 할 일이 생길지도 모르니 그렇게 알고 있게."

"제가 조선에…… 그건 또 무슨 일로?"

"뭐, 그 고장의 지리와 인정을 살피러 가는 것이지."

예수교 문답으로 쑥스러워진 체면을 얼버무리는 것인 줄은 알지만 소에키는 히데요시의 화제가 조선으로 미치자 마음이 안절부절못했다.

"전하, 이 찻잔의 검은 색은 말입니다…… 빨간 빛깔보다 훨씬 공이 드는 빛깔입니다만."

오늘은 히데요시도 소에키의 말을 반박하지 않았다.

"그런가, 새 찻잔 이야기는 이따가 천천히 듣기로 하지. 그런데 소시쓰."

"예."

"소가 조선과 1년에 얼마만큼 교역하고 있는가, 거기서 한 걸음 더 나아가 그들 상호 간에 하카타 항구의 선박 출입을 허락한다면 그 양이 얼마 늘 것인가, 또 옛날처럼 조선 땅에 일본의 교역관을 설치하는 게 이익인지 아니면 손해를 가져올지 등 그런 것들을 조사하여 내게 들려주겠나?"

"알겠습니다. 가미야와 잘 의논하여 조사해 보지요."

"그게 좋겠군. 문제는 전란이 끝나면 나라의 부(富)를 추구해야 하거든. 나는 오사카에 돌아가면 천황께 청을 드려 볼 작정이다."

"무엇을 말입니까?"

"수도를 교토에서 오사카로 옮기자고."

히데요시는 가볍게 말하고 뒤를 웃음으로 얼버무렸다. 그러나 예수교 문제는 아무래도 얼버무릴 수 없는 듯했다.

이윽고 차를 끝내고 소시쓰가 돌아가자 화로 앞에 앉아 회합에 대한 반성에 잠겨 있는 소에키에게 성급한 어조로 말을 걸었다.

"히고 땅은 차라리 삿사 나리마사 같은 고집쟁이를 영주로 삼는 게 좋을지 모르겠군."

소에키는 그 말에는 직접 대답하지 않고 고개를 갸우뚱했다.

"탄압만으로는 폭동을……"

"물론이지. 하지만 아무래도 너무 고삐를 늦춘 것 같아. 저마다의 이익을 위해 선교사들 앞에 백성들을 방치해 놓았을 뿐 아니라 그중에는 영주가 직접 백성들에게 믿음을 권한 자도 있는 모양이야."

"확실히 그런 점도 있었습니다만……"

"소에키."

"예."

"그대가 날더러 예수교를 잘 조사하라고 한 참뜻은 교역도 좋지만 포교를 적당한 선에서 억누르라는 뜻이었겠지."

"글쎄요……그 점은 헤아려 살피시기 바랄 뿐입니다."

"알겠어, 좋아. 그럼, 차가 끝나거든 도로공사 구경이나 나가세. 그대도 따라오게."

"예."

어느덧 긴 여름해가 기울기 시작하고 있었으나 히데요시는 소에키와 세 시동을 거느린 홀가분한 모습으로 망치소리가 드높이 울리는 거리로 나섰다. 여기저기 돌아보며 다니다가 시내 중심부에 마련한 감독의 임시거처에 들러 잠시 쉬면서 이시다 미쓰나리의 보고를 들을 때 그는 여느 때와 달리 이따금 넋 잃은 듯 뭔가 생각에 잠겨 있었다.

거리에서는 인부도 무사도 장사치들도 히데요시의 모습을 보면 흙바닥에 꿇어 엎드려 전송했다. 여느 때의 그 같으면 그때마다 몇 마디씩 말을 건네며 지나갔지만 오늘은 침울한 모습으로 답례조차 하지 않았다.

귀로에 올랐을 때는 해가 지고 있었다. 여기저기 공사 현장에서 하루의 노동을 끝낸 일꾼이며 목수들이 부지런히 연장을 챙기고 있었다.

숙소에 가까운 해자 옆 상가의 골목 끝에 와서 히데요시는 걸음을 멈췄다. 기껏해야 7, 80평 남짓한 빈터에 15, 6명의 일꾼들이 흙먼지 바닥에 무릎을 꿇고 둘러앉아 두 손을 모아 하늘을 우러러보며 기도드리고 있다.

히데요시는 큰 소리로 헛기침했다. 그들이 기도를 중지하고 히데요시에게 인사할 것인지 아닌지, 지금 히데요시의 관심은 온통 거기에 쏠려 있었다.

"흠!"

그가 다시 한번 기침하자, 그들 중 2, 3명이 흘끗 히데요시를 돌아본 듯했다. 그러나 황급하게 히데요시 쪽으로 돌아앉지는 않았다. 등을 돌린 자는 돌린 채, 하늘을 우러러 보던 자는 그 자세 그대로 저마다 계속 기도를 드린다. 히데요시는 야릇한 쓸쓸함이 가슴을 스치고 지나가는 것을 느꼈다. 상하를 가리지 않고 열광에 들떠 있는 이 거리에서도 대 은인인 히데요시를 무시하고 기도하는 사람들이 있었던 것이다.

히데요시는 오기 부리는 마음으로 그들의 기도가 끝나기를 기다렸다. 여기서 화낼 생각은 물론 없었다. 그러나 기도가 끝난 뒤 그들의 거동만은 분명히 알아두고 싶었다.

기도가 끝났다. 그리고 한 사람, 한 사람의 시선이 히데요시에게 돌려졌다…… 싶은 순간 히데요시와 반대 방향에서 나타난 자가 있었다. 법복을 입은 일본인 선교사였다. 기도를 마친 인부들은 일단 히데요시에게 돌렸던 시선을 다시 일제히 그에게로 돌리더니 그의 앞으로 부지런히 달려가 발아래 꿇어 엎드렸다.

사람들 마중을 받고 나서 그가 히데요시를 알아보았다. 그리하여 그들은 그 법복 입은 남자를 앞세우고 히데요시에게 다가와 다시 땅바닥에 꿇어앉았다.

히데요시는 또 한 번 마음이 아파왔다. 법복 입은 남자에게와 달리 히데요시에게 하는 절은 마지못해 하는 겉치레 인사일 뿐이었다.

'이자들의 마음속에 나라는 존재는 없구나……'

히데요시는 조용히 절하고 지나가는 법복 입은 남자를 불러 세우고 싶은 충동을 느끼면서도 부를 수가 없었다.

히데요시는 걸음을 옮기려다가 다시 멈춰 섰다. 뒤에서 이시다 미쓰나리가 급히 쫓아오고 있었다.

"미쓰나리, 무슨 급한 일이라도 생겼나?"

미쓰나리는 가까이 오자 절한 뒤 물었다.

"예수교 무리들과 무슨 말씀이라도 하셨습니까?"

"아니, 말은 하지 않았네만 자네는 예수교를 어떻게 생각하나?"

"이 고장에 와서 새로이 눈뜨게 되었습니다. 인부들 중에 그 교를 믿는 신자들은 품성도 일의 능률도 훨씬 뛰어나더군요."

"허…… 자네까지?"

말하고 그는 홱 돌아서서 걷기 시작했다. 예수교의 첫 번째 계명은 오로지 천주만 섬기며 두 주인을 따르지 말라는 것이라고 한다…… 그 생각을 하자 미쓰나리의 말까지 몹시 불쾌하게 들렸다.

천주님이냐? 히데요시냐? 정치냐, 종교냐가 아니라, 어디까지나 자신의 권위와의 비교였다.

'그냥 두어서는 안 되겠어!'

생각하면서 히데요시는 뒤따르는 미쓰나리에게 말했다.

"미쓰나리, 조선과 명나라를 손에 넣기 전에 예수교 문제부터 처리해야겠다."

미쓰나리는 순간 무슨 말인지 이해하지 못해 고개를 갸웃거렸다.

해는 어느덧 지고 서늘한 바람이 땀에 젖은 땅을 조용히 쓰다듬고 있었다.

거미

오사카성 정문 밖에 신축된 호소카와 다다오키의 저택 안. 동북쪽으로 성을 바라보며 이 저택 쪽대문을 지나 안으로 들어가면 안채로 통하는 현관이 남쪽을 향하고 있다.

모즈야 소젠의 미망인 오긴이 문지기의 안내로 현관에 들어서자 18, 9살쯤 되어 보이는 얌전한 시녀가 나와 맞이했다. 두 아이를 친정에 맡기고 교토로 거처를 옮기던 중 다다오키의 아내 가라시아 부인을 찾아볼 마음이 생겼던 것이다.

미리 연락해 두었기 때문에 객실로 안내되자 곧 부인이 나왔다. 양쪽 다 한창 나이였으나, 남편 병간호로 지친 오긴은 얼굴이 좀 홀쭉하여 젊어 보이고, 부인은 통통하게 살찐 몸매였다.

"오, 오긴 님 잘 오셨어요."

"부인도 별고 없으신 것 같아 다행입니다."

"그런 딱딱한 인사말일랑 그만두기로 해요……."

말하며 십자를 긋는 부인의 가슴에 오늘도 은 십자가가 걸려 있다.

"소젠 님이 그렇듯 뜻밖에……."

"네, 이것도 다 미리 정해진 운명이겠지요."

"그럼, 아이들은?"

"친정에 맡기고 왔어요."

"몇 살이더라…… 벌써 5년이나 지났군요."

"네, 큰 아이는 5살이고 작은 아이는 3살."

"그대나 나나 이상한 아버지 밑에서 태어나……."

부인이 말을 꺼내자 오긴은 얼른 손을 저으며 가로막았다. 부인의 아버지는 아케치 미쓰히데, 오긴의 아버지는 마쓰나가 단조. 둘 다 노부나가와 히데요시를 적으로 돌리고 싸우다 그 손에 죽었다. 그러므로 오긴은 지금 그런 말을 듣는 것이 이중으로 괴로웠다.

"제 아버지는 소에키 한 분뿐입니다. 훌륭한 아버님이시지요."

"참 그랬었지. 그런데 이제부터 교토로 이사 가신다고 들었는데."

"네, 거기서 되도록 아버님 거처 가까이에…… 이번에 간파쿠께서 개선해 오시면 전에 없었던 대대적인 차 모임을 베푼다고 해서 아이들은 삼촌에게 맡기고 이사하기로 했어요."

"잘하셨어요. 가슴병은 아이들에게 옮는다고 신부님께서도 말씀하시더군요. 거처를 옮기면 우울한 기분도 좀 풀리겠지요."

그리고 부인은 목소리를 낮추었다.

"그런데 오긴 님도 그 소문을 아시는지 모르겠군요."

"네? 무슨…… 무슨 소문 말인가요."

너무도 진지한 물음에, 부인은 그냥 웃으며 활짝 트인 마루 끝에서 안뜰로 시선을 옮겼다.

"아직은 말씀을 드리지 않는 게 좋을지……."

"그렇게 말씀하시니 더 궁금합니다. 무슨 이야기인데 그러세요?"

"역시 시원하게 말해 버릴까…… 조심하는 것보다 더 좋은 일은 없으니."

"궁금하군요, 어서. 말씀해 주세요."

"오긴 님, 무슨 묘한 소문 못 들으셨나요? 소안 님이 소젠 님 생전에 당신을 이혼시키려 했다던데……."

"그 이야기라면 들었습니다. 소문이 아니라 소안 님 입을 통해 직접 들었지요."

"저런! 그래, 오긴 님은 뭐라고 했어요?"

"그냥 웃었지요. 참으로 이상한 일이더군요. 돌아가신 소젠 님이 아이들 아버지……라는 걸 생각만 해도, 오긴은 재혼 같은 건 생각조차 할 수 없는 여자가 되어 있는걸요."

뜻밖에 시원스럽게 말하는 오긴을 바라보며 부인은 왠지 괴로운 듯 미간을 찌푸리며 한숨 쉬었다. 호소카와 부인은 시녀가 날라 온 차를 오긴에게 권했다.

"그럼, 그 뒤의 소문은 못 들으신 모양이군요."

"그 뒤의 소문이라니…… 무엇인데요?"

"친형제나 다름없는 사이니 터놓고 이야기할게요. 소안 님은 당신을 억지로 이혼시켜 어디론가 보낼 작정이었다고……."

"보내다니요…… 어디로?"

부인은 마음 아픈 듯 시선을 또 다른 데로 돌렸다.

"소안 님도 차마 그 말까지는 할 수 없었을 거예요. 너무도 속이 빤히 들여다보이는 더러운 수작이니."

"어머나, 그런 건 조금도……."

"간파쿠님……이라고 한다면 오긴 님도 짐작 갈 테지요?"

"아니오, 전혀."

오긴은 어리광 부리듯 목을 갸우뚱하다가 무슨 생각이 났는지 소녀처럼 웃기 시작했다.

"그런 소문 같으면 조금도 두렵지 않아요. 호호호……."

"저런, 지금은 웃지만 웃고만 있을 수 있을지 원……."

"어머나, 부인까지도 그런…… 아니에요, 그건 맹랑한 소문일 뿐이에요."

"전혀 그렇지 않은가 보던데. 나는 그렇게 들었어요."

"아니에요. 간파쿠 전하께서는 이제부터 한가한 시간이 많아서 여자 사냥을 할 것이다……예, 모르긴 해도 그건 노부나가 님의 젊었던 시절을 회상하시던 끝에 나온 농담일 거예요. 그때 마침 신자에몬 님이 즉흥적으로 소에키의 딸이 꽤 쓸 만하다는 말을 하셨나 본데 그 말에 살이 붙어 소문이 된 모양이지요…… 너무 걱정 마세요, 부인."

그러나 부인은 여전히 미간을 펴지 않았다.

"그렇다면 좋으련만…… 내가 들은 말은 그보다도."

"더 그럴싸한 소문이었나요?"

"오긴 님! 남의 일이 아니에요."

"네, 명심하고 잘 듣겠어요."

"또 그런 농을……."

부인은 말하고 나서 다시 한번 진지하게 생각한 뒤 말했다.

"아무튼 교토에 가시더라도 전하 눈엔 띄지 않도록 각별히 조심해야 돼요."

"어머나, 아직도 그런 말씀을."

부인은 가볍게 오긴을 제지했다.

"당신은 아무것도 모르고 있어요. 사카이 사람들 중에도 당신이 간파쿠 전하 곁에 있으면 좋을 거라고 은근히 바라는 사람들이 적지 않을 거예요."

"비록 그렇다 해도 아버님이 허락하실 리 없어요. 허락할 아버님이 아니시니, 걱정은 거두셔요."

"바로 그거예요. 그런 소에키 님의 성격을 계산에 넣고 일을 꾸미는 자가 있다면 어떻게 하겠어요?"

"네?"

의미를 얼른 이해하지 못하고 오긴은 소녀처럼 입을 멍하니 벌린 채 천진난만한 표정을 지었다.

"아버님 성격을 계산에 넣다니요…… 그게 대체 무슨 말인가요?"

"오긴 님, 남자들이란 비열한 계략을 좋아하거든요. 잠시라도 눈을 떼면 엉뚱한 장난을 하려 들지요. 사카이 사람들 중에는 당신의 고운 자태를 이용하려는 자도 있을 것이고, 소에키 님 기질을 계산에 넣어 이용하려 드는 자도 있을 게 정한 이치 아니겠어요…… 그래서 충고하는 것이니 아무쪼록 전하 눈에 띄지 않도록 해요."

오긴은 다시 한번 소리죽여 웃더니 진지하게 되물었다.

"이야기를 좀 더 듣지 않고는, 도무지 무슨 영문인지 알아들을 수 없군요, 저로선……."

오긴은 호소카와 부인을 친언니처럼 따르며 존경하고 있었다. 한쪽은 아케치 미쓰히데의 딸, 한쪽은 마쓰나가 단조의 딸이라는 비슷한 배경 탓도 있었으나 그 이상으로 두 사람은 서로의 재능과 지혜를 인정하고 있는 터였다.

부인은 지금 기쿄(桔梗)라는 어릴 적 애칭대신 호소카와 집안에서는 다마코(珠子)로 불리고 있었다. 가라시아는 세례명으로 교인들은 세례명을 불렀으나 오긴은 역시 기쿄 님이라 부르고 싶었다.

노부나가가 그녀의 뛰어난 재치와 아름다운 용모를 사랑하여 아케치 가문의 문장(紋章)을 그대로 애칭으로 삼았다고 전해진 것처럼, 그 무렵의 노부나가와 미쓰히데는 아주 밀접한 주종관계에 있었다. 그런데 노부나가의 주선으로 호소카와 다다오키에게 출가해 온 뒤부터 그녀 운명에 말할 수 없는 변화와 고통이 따라다녔다. 미쓰히데가 혼노사에서 노부나가를 친 뒤로는 역신의 딸로서, 세상의 이목이 두려워 사람들 시선을 꺼리는 별거가 계속되었다. 그리고 히데요시의 주선으로 간신히 용서받았으나 그때는 이미 남편과의 사이에 적잖은 틈이 벌어져 있었다. 다다오키는 그 용맹이 널리 세상에 알려진 맹장, 부인은 부인대로 강한 성격이었으니 무리도 아니었다. 다다오키로서는 부인의 신앙을 받아들일 수 없었고 다다오키의 신앙은 부인이 볼 때 답답하기 그지없었다. 그러면서도 두 아이를 잘 키우며 남편을 잘 다루어오고 있었다.

이 집을 한창 지을 때의 일이었다던가. 두 사람이 무슨 일 때문에 서먹서먹하게 앉아 있는데 인부가 발을 잘못 디뎌 기왓장 한 장이 지붕을 뚫고 두 부부가 앉은 자리에 떨어졌다. 다다오키는 화가 나서 인부의 목을 단칼에 베어버렸다.

그때 부인이 사나운 눈으로 남편을 쏘아보며 추호의 두려움을 나타내지 않으므로 다다오키는 내뱉듯 한마디 했다.

"당신은 참 무서운 여자로군. 꼭 귀신같아!"

그러자 부인은 조용히 대꾸했다.

"당신에게 어울리는 귀신 마누라지요."

그러한 부인의 심상치 않은 말이므로 오긴은 비로소 섬칫해졌다. 오긴을 히데요시에게 가까이 가게 하여 이용하려는 사카이 사람들이 있듯이, 소에키의 성격을 이용해 일을 꾸며보려는 사람도 있을 것이라는 한 귀로 흘려들을 수 없는 말이었다.

"부인, 좀 자세히 설명해 주세요, 그게 대체 무슨 말씀이에요?"

부인은 웃는 듯 노려보는 듯한 야릇한 시선으로 오긴을 한참 지켜보다가 한숨을 내쉬었다.

"오긴 님처럼 총명한 사람이 그걸 모르겠단 말이에요?"

"네, 모르겠어요. 아버님 성격을 이용한다는 게 무슨 말인지요?"

"오긴 님."

"네."

"소에키 님이 대표 격으로 있는 사카이 사람들을 간파쿠의 측근들이 모두 호감 갖고 있다고 생각지는 않겠지요?"

"그야 물론이지요. 어느 세상에나 다 질시와 경쟁은 있는 법이니까."

"그렇다면 내 이야기를 알아들을 텐데. 소에키 님과 간파쿠 사이를 이간질하려면 어떤 함정을 팔 것인지."

그래도 오긴은 여전히 납득되지 않는 모양이었다. 굳은 표정으로 나지막이 물었다.

"그것과 저와 무슨 관계가……?"

호소카와 부인은 애써 명랑한 어조로 말했다.

"만일…… 오긴 님에 대해 누군가가 간파쿠 전하에게 귀띔한다고 합시다."

"뭐라고 말인가요?"

"사카이 으뜸가는 미녀가 한창 나이에 홀로 독수공방하고 있다고."

"어머! 그런 농담을 다……."

"농담이라도 좋아요…… 그 사카이 으뜸가는 미녀는 애기도 잘 낳는 사람이라고."

"그건…… 또 무슨?"

"몸이 약한 소젠 님에게 시집가서도 잠깐 사이에 자식을 둘이나 낳았으니, 그런 여자라면 간파쿠의 자식도 곧……."

거기까지 말한 부인은 엄숙한 표정을 지었다.

"누군가 이런 말로 오긴 님을 간파쿠에게 권하는 자가 있다면 간파쿠께서 귀가 솔깃해지지 않을 수 없지 않겠어요?"

"글쎄요, 그렇다 해도 아버님이 허락하지 않으실 거예요."

"바로 그 점이에요, 오긴 님!"

부인은 거기서 한층 더 목소리를 낮추었다.

"소에키 님은 물론 한마디로 딱 잘라 거절하실 테지요. 다른 일 같으면 몰라도 다도로 전하를 모시는 몸이니 그것만은 못하겠다고……."

"아마 그러실…… 거예요."

"소에키 님으로서는 딸을 바쳐 출세를 꾀했다는 소문이 퍼지면 다도의 권위가 땅에 떨어진다, 한 세상을 지도할 인물이 되느냐 아니면 변변찮은 차 시중꾼이 되느냐는 갈림길이니만큼 목숨을 걸고라도 결코 받아들이지 않겠지요."

부인의 말을 거기까지 듣던 오긴은 갑자기 무릎을 탁 쳤다. 비로소 부인의 말 뜻이 날카롭게 가슴에 와 닿은 것이다.

"어머나, 하지만 그런 일을 꾸미는 자가 정말 있을까요?"

"있다 하더라도 그 함정에 빠지지 마세요."

오긴은 온몸을 긴장시키며 고개를 끄덕였다. 과연 그런 순서로 함정을 파놓으면 아버지와 히데요시 사이를 능히 이간시키고도 남을 것이다. 세상의 어느 누가 권해도 소에키는 거절할 게 분명하고 거절당한 간파쿠는 불쾌한 감정의 여운이 두고두고 남을 것이다. 여느 일과 다르다. 남자란 한번 입 밖에 낸 남녀 간 이야기에 대해 끝없이 어리석게 매달리는 법……히데요시도 예외는 아닐 것이다.

더구나 요즈음 히데요시는 곧잘 말한다지 않는가.

"아이가 있었으면!"

기타노만도코로 앞에서도 이따금 말한다고 한다.

"당신이 자식을 낳아주었더라면"

그리하여 원망하기도 하고 쓸쓸해 한다는 것을 오긴은 소로리를 통해 듣고 있었다. 그러던 차에 아기를 잘 낳는 여자……라니 어쩌면 그토록 상스럽고도 상대의 마음을 사로잡는 말이란 말인가.

오긴은 그만 부르르 몸을 떨었다.

"천하를 마음대로."

입버릇처럼 뇌까리던 히데요시가 그런 일로 아버지를 심하게 다그치고 옥박지르는 모습이 눈앞에 선히 떠오르는 것 같았다. 오긴의 얼굴에서는 어느덧 핏기가 가셔 있었다.

"부인! 거기까지 주의를 해주시는 걸 보면 아무래도 부인께선 그를…… 아시는 모양이군요. 귀띔해 주시지 않겠어요?"

웬만큼 뚜렷한 확증 없이는 이 같은 일을 함부로 입 밖에 낼 부인이 아니었다. 그러한 부인이 지나가는 이야기처럼 몸서리쳐지는, 생각하면 할수록 기이하기 짝이 없는 충고를 한 것이다.

'틀림없이 그 상대도 알고 있을 것이다!'

그렇게 생각되자 오긴은 다시 묻지 않을 수 없었다. 그러나 부인은 천천히 고개 저었다.

"그건 말할 수 없어요."

"정 그러시다면 할 수 없습니다만……."

"오긴 님."

"네."

"질시와 경쟁은 어느 세계에나 있는 법이라고 아까 말했지요?"

"네."

"그러면 됐어요. 그뿐이지 뭘……."

"……?"

"다도에 기울이는 소에키 님 마음의 깊이는, 보통 사람들에게는 좀처럼 이해가 안 될 거예요."

"정말 그래요……."

"그러니 보통 사람들은 소에키 님이 사카이 사람들만을 위해 간파쿠 전하를 멋대로 주물러대고 있다고 해석할 테지요."

"그게 바로 질시의 원인인 줄은 압니다만."

"그렇게 되, 도요토미 가문의 공신들은 무장파건 문치파(文治派)건 모두 소에키 님에게 호의를 가질 수 없을 터. 그 점을 늘 잊지 말고 전하 눈에 띄지 않도록 하세요. 뒤에서 그런 이야기가 한창 나돌 때 당신의 그 아름다운 꽃향기를 뿌리고 다니지 말아요."

"어머머……."

"역겨운 것이에요, 이 세상이란."

"정말이에요. 저는 모즈야 집안의 번거로운 속박에서 벗어나 교토에서 조용히 애들이나 키우고 싶었는데……."

"이런 것 저런 것 모두 오긴 님 죄예요."

"저의 죄라니 너무하신 말씀……."

"오긴 님이 뛰어난 미인으로 세상에 태어났기에 과부가 되어도 세상이 조용하지 않잖아요—그게 미인으로 태어난 죄지."

　말끝을 내던지듯 가볍게 마무리한 뒤 부인은 호호호…… 웃었다. 그러나 오긴은 웃을 수 없었다.

지금까지 죽은 남편의 간호와 자식들에게 정신 뺏겨 생각도 해보지 않았던 한 점의 검은 구름이 별안간 가슴에 가득 퍼져갔다. 그러고 보니 아버지 소에키가 미쓰나리나 나가모리에게 호감을 얻지 못하고 있는 건 분명한 것 같았다. 그뿐이랴, 용맹한 시동 출신 가토, 후쿠시마 등은 다도 자체에 대해 반발을 느끼고 있는지도 모른다.

싸움터와 차.

피와 다도 정신.

서로가 용납되지 않는 상극이 오긴 모자의 미래를 덮친다…… 일이 그렇게 되는 날이면 오긴은 거미줄에 걸린 한 마리의 가냘픈 나비 신세에 불과하리라. 히데요시의 의지와 소에키의 의지 사이에 끼어 아무리 발버둥 친들 벗어날 길 없을 테고 자신의 의지 따윈 통하지도 않을 것이다…….

문 밖에서 목소리가 들렸다.

"아룁니다."

부인의 시녀 오시모(阿霜)였다.

"방금 교토의 자야 시로지로 님께서 마님께 문안인사차 오셨습니다."

부인은 오긴을 흘끗 쳐다보며 말했다.

"마침 잘 왔군, 이리로 모셔라."

자야 시로지로는 두 사람과 다 친숙한 사이였다. 그저 출입 상인으로서가 아닌 사카이 사람으로서, 다인으로서.

항간에 자야 시로지로와 혼아미 고지는 도쿠가와 가문의 밀정……이라는 소문도 없지 않았으나 부인은 그런 것에 아랑곳하지 않았다. 혼노사 변이 일어났을 때 미쓰히데의 딸인 줄 알면서도 은밀히 자기를 감싸 주었던 자야의 마음을, 거칠고 피비린내만 풍기는 무장들보다 훨씬 깊고 높은 곳을 지향하는 성품이라고 꿰뚫어보았다.

오긴 역시 자야가 싫지 않았다. 사카이 사람들은 겉치레를 요란하게 하는 경박함이 있는 데 비해 자야 시로지로에게는 그것이 없었다. 좀 심하게 말하면 촌티 난다고 할 수 있었다. 그만큼 소박하고 성실해 보여 믿음직스러웠다.

"자야 님은 요즘 기타노만도코로님한테도 드나드신다니 세상 돌아가는 이야기나 들어봅시다."

"정말이지 한동안 세상 출입을 끊었더니 바보가 더 큰 바보가 되어버렸어요."

오긴은 한숨을 몰아쉬며 대답하더니 손을 살며시 입에 갖다 댔다.

"그런데 아까의 그 이야기는……."

비밀로……하자는 뜻이리라.

거기에 오시모가 자야 시로지로를 안내해 들어왔다. 오시모는 나이도 30살에 가까웠으며 이곳 호소카와 집안 안채에서는 시녀 우두머리 격인 지위로 기상이 씩씩한 여인이었다.

"마님, 손님에 대한 말씀을 드렸더니 자야 님께서 어찌나 반가워하시던지요."

"오래 뵙지 못해 정말 죄송합니다. 별고 없으시다니 다행이군요."

자야는 부인에게 깍듯이 인사하고 이번에는 오긴 쪽으로 고쳐 앉았다.

부인이 제지했다.

"인사는 그 정도로 하시지요. 새삼스럽게 그럴 거 없겠지요. 그보다 사카이에서 북을 배우던 때 이야기라도 나누는 게 어떨까요. 오긴 님은 어떠세요?"

"예, 그 시절이 무척 그립군요…… 그런데 오늘은 자야 님이 기타노만도코로님 심부름이라도?"

자야는 어디까지나 격의 없는 태도로 말했다.

"아, 아닙니다. 참, 간파쿠께서 개선해 오시면 드디어 대망의 해외무역선 제도를 공포하시고 해외와의 교역을 허가제로 바꾼다고 합니다."

"어머나, 그 말을 누구에게 들었나요?"

"예, 전하보다 한 걸음 앞서 돌아오신 이시다 미쓰나리 님으로부터 들었습니다. 저에게도 미리 신청해 허가를 얻어 두라고 친절하게 말씀해 주시더군요."

"이시다 미쓰나리 님아……."

미쓰나리의 이름이 나오자 부인은 흘끗 오긴 쪽을 살피고 화제를 얼른 다른 데로 돌렸다.

"미쓰나리 님도 많이 출세하셨어. 이제는 아주 간파쿠 전하의 집사 같아."

오긴은 눈치를 못 챘지만 부인의 표정에 경멸의 빛이 스치고 지나갔다. 어쩌면 부인이 넌지시 귀띔하며 주의시킨 배후의 인물이란 바로 미쓰나리를 가리키는 건지도 몰랐다.

"그래서 자야 님도 허가를 신청하셨군요."

"예, 그야 물론. 이제부터…… 앞으로 일본은 아무래도 해외로 뻗어나가지 않으면……."

"미쓰나리 님이 주선하신다면 허가는 나오겠지요. 그건 그렇고 교토에서 열릴 대다회에 대한 이야기는 없었나요?"

"왜요, 있었습니다. 그것 때문에 여러 가지 일들이."

자야의 얼굴이 잠시 흐려졌다. 부인은 자야의 표정 움직임을 민감하게 읽었다. 무역선 허가와 대다회 물품조달을 맡긴 이면에 뭔가 자야를 괴롭히는 '조건—'이 붙어 있는 게 틀림없으리라. 부인의 눈으로 볼 때는 그러한 미쓰나리의 움직임이 불쌍하기도 하고 우습게도 보였다.

"미쓰나리 님은 무공이 뛰어난 시동 출신 무장들에게 지지 않으려고 정치 방면 일에 남달리 열심이신 것 같군요."

"……예."

자야는 얼굴빛이 긴장되며 머뭇거렸다.

"그토록 애쓰지 않아도 전쟁은 차츰 사라질 테니 저절로 미쓰나리 님이 활개를 칠 세상이 되련만."

"……예."

"자야 님, 혹시 미쓰나리 님이 마음에 걸려 하는 무장의 이름을 아시는지요?"

"아니오, 제가 어떻게 그런 것까지……."

"가르쳐 드리지요…… 바로 도쿠가와 님이에요."

서슴없이 한마디 하고 오긴을 돌아보며 의미심장한 미소를 지었다.

"그렇지요, 오긴 님."

순간 자야 시로지로의 표정에 다시 당황하는 빛이 스쳤다.

부인은 갑자기 스스로에게 혐오를 느꼈다.

'나에게는 그런 것을 재빨리 꿰뚫어보고 남을 난처하게 만들어 되지 못한 자기만족을 맛보는 악취미가 있어…….'

그러나 그것은 이상한 형태로 한층 더 뚜렷하게 자야에게 돌려졌다.

"미쓰나리 님이 자야 님께 어떤 명령을 내리셨는지 그걸 한 번 알아맞혀 볼까요?"

말해버리고 나서 앗차! 싶었으나 이미 뒤로 물러설 수 없었다. 어쩌면 자신의 생각이 틀렸다는 것을 자기 눈으로 직접 확인하려는 자학인지도 몰랐다.

"이것 참, 놀랐습니다. 하지만 그런 일은……."

"없다는 말인가요? 그러면 더욱 무언가 있을 거라고 생각되네요. 호호호…… 역시 나는 아케치의 딸이었어요, 자야 님."

"이건 너무 지나친 농담인 것 같습니다."

"아시겠어요, 자야 님? 규슈의 군사 일이 끝나면 다음은 오다와라 차례지요."

"예…… 그야…… 그럴지도 모르겠습니다만."

"그래서 미쓰나리 님은 맨 먼저 이에야스 님에게 출가한 아사히히메 님을 무슨 구실을 붙여 곧 교토로 빼돌리려고 하는데 그 구실은…… 그렇지요, 오만도코로 님 병문안 정도……그런 뒤 도쿠가와 님에게 오다와라 싸움의 최선봉을……."

자야 시로지로는 분명 경탄의 빛을 보였다.

부인은 즐거운 듯이 웃었다.

"호호…… 맞혔군요, 슬픈 일이지만."

"예……."

"그러나 너무 염려 마세요. 요즈음 가라시아는 점괘를 좀 볼 줄 아니까."

"정말이십니까?"

"호호호…… 사람은 아름다운 것이 보이기 시작하면 동시에 추한 것도 보이는 법, 싫어도 눈에 띄니 불행해져도 할 수 없는 일이지요. 해외무역선 허가를 내줄 테니 도쿠가와 문중의 내정을 샅샅이 살펴라…… 나도 남자라면 역시 그런 부질 없는 생각을 했을지도 모르겠어요."

거기까지 말한 부인은 오긴을 돌아보았다.

"여자란 슬픈 존재예요! 하지만 굳세지요! 그렇지 않아요, 오긴 님? 여자란 한 결같이 아름다움을 찾아 나아갈 수 있으니까요……."

오긴은 왠지 모르게 등줄기에 소름이 끼쳤다. 오긴은 남편을 '죽음'의 손에 빼앗겼다. 그러나 가라시아 부인은 살아 있으면서 잃은 게 아닐까…….

부인의 남편 호소카와 다다오키는 지금도 무장으로서의 출세를 위해 끊임없는 노력을 기울이고 있다. 그런데 부인은 그 욕망이 도달할 궁극의 한계를 이미 또렷하게 보고 있었다. 오다 노부나가의 생애에서. 아버지 아케치 미쓰히데의 생애에서. 그리고 그러한 욕망을 초월한 목표를 지향하며 살려고 했으며 거기서 '신앙'을 찾아낸 것이다.

'천주님의 사랑!'

그러한 부인의 눈에 비치는 남편은, 오긴의 눈에 비친 소젠보다 더 추한 이교도로 보이는 것은 아닐지?

"여자는 슬픈 존재다! 하지만 굳세다!"

이렇게 말한 부인의 말 속에 불행한 부부생활의 어두운 그림자가 드리워져 있는 듯하여 저도 모르게 무서워진 것이다. 더구나 결코 부부 사이의 문제만은 아닐 것이다. 부인의 눈에는 이미 세상만사가 모두 슬프고 애달픈 한 폭의 희화(戲畵)로 비치는지도 모른다. 간파쿠도, 미쓰나리도, 남편도…… 오긴도, 그리고 자야까지도…….

오긴의 안색이 흐려진 것을 민감하게 읽었는지 부인은 밝게 웃었다.

"호호…… 아무래도 오긴 님도 자신의 앞에 막아선 거대한 산을 깨달은 것 같군요."

"앞길을 막는 산……이라고요?"

"그래요. 이것은 비단 미쓰나리 님뿐만이 아니고 또 간파쿠님 한 사람만의 일도 아닐 거야. 모든 사람의 앞길을 가로막는 산일 테지…… 그건 그렇고 자야 님은 무슨 특별한 볼일이라도 있어 들르셨나요?"

"아닙니다!"

곰곰이 생각에 잠겨 있던 자야 시로지로는 황급히 시선을 부인에게 돌리며 고개 저었다.

"오사카에 온 길에 인사차 찾아뵌 겁니다."

"그렇다면 또 한 가지 선물을 드릴까요, 오긴 님?"

"예?…… 저 자야 님에게?"

"그래요. 이 선물은 좀 무겁긴 하지만……."

부인은 또 한 번 화사하게 웃었다.

"자야 님."

"……예."

"규슈에서 개선하면 다음 차례가 오다와라인 건 알고 계시지요?"

"그…… 그렇습니다만."

"그 오다와라 다음은 어떻게 될까요? 그런 걸 생각해 보신 적 있으세요?"

자야 시로지로는 섬칫하여 부인의 얼굴에 시선을 멈추었다. 자야 또한 요도강을 함께 배타고 여행한 이래 부인이 예사 여인이 아닌 줄은 짐작하고 있었다. 숱한 고난을 겪는 동안 그 예지가 연마되어 더욱 날카로운 빛을 내고 있었다. 그런 만큼 그대로 투사하는 거울 같은 안목을 가졌다는 건 믿었으나 오다와라 앞의 앞까지 생각하고 있을 줄은 미처 몰랐던 것이다.

"오다와라 다음에 오는 것…… 그게 대체 무엇일까요, 마님?"

"한마디로 말하면 도쿠가와 님의 위기 아니겠어요, 오긴 님?"

오긴은 또 자기 이름이 불리자 당황하여 눈을 깜박거렸다. 물론 그녀에게 그러한 전망이 있을 리 없었다.

"도쿠가와 님의 위기……라고 하셨습니까?"

이미 자야 시로지로는 자신과 이에야스의 관계를 부인 앞에서 굳이 숨기려 하지 않았다. 상대는 두 사람의 관계를 속속들이 알고 호의어린 조언을 해주려는 게 아닌가?

"그렇지요. 간파쿠님 측근들의 욕망이 반드시 그런 형식을 취할 거라고 제 점괘에 나와 있어요."

"또 점괘 이야기로 농담을……."

"호호…… 측근에 계신 분들에게는, 자기들보다 뛰어난 사람이 전하를 가까이 한다는 건 반가운 일이 아닐 테지요."

"맞습니다."

"인간은 시기심이 많아요. 그러니 도쿠가와 님에게 영토를 바꾸라고…… 진언할 사람도 나올 법 하지 않을까요?"

"아……."

"미카와로부터 스루가, 도토우미 지방은 오와리로 이어서는 중요한 지역이니 간파쿠 전하의 심복을 앉히는 게 좋을 거라고…… 만일 그렇게 된다면 과연 도쿠가와의 가신들이 용납할까요……."

"음."

"용납하지 않는다면 규슈도 평정되고, 오다와라 정벌도 끝났으니 어디 이번에는 한 번 천천히 해보자고……."

자야 시로지로는 어느덧 온몸을 와들와들 떨고 있었다.

"미처 생각지 못했습니다!"

그러고 보니 그럴 위험성이 분명 있었다. 무장들과 공을 겨루는 문치파들은 오다와라 정벌이 끝나면 반드시 그러한 진언을 하리라. 그렇다면 지금부터 이 일에 대비해야 할 필요가 충분히 있다.

그건 그렇고 호소카와 부인이란 어쩌면 이토록 날카로운 예지를 가진 여인이란 말인가. 거듭된 불행이 갈고닦아준 예지일까? 아니면 그 신앙에서 비롯된 영롱한 빛인가?

"자야 님, 나는 더 이상 이 나라에 사사로운 욕망에서 오는 전쟁은 일어나게 하고 싶지 않아요. 그보다는 한결같이 천주님의 자비로운 은혜를 알도록 해주고 싶어요."

"그야 당연하신……."

"가르침이 금방 전파되지는 않겠지요. 그러나 쓸데없이 피를 흘리게 할 수는……."

"예, 그래서 저희들도 언제나 사카이 사람들과 손잡고……."

"그, 사카이 사람들 가운데 말이에요, 오긴 님."

부인은 다시 오긴을 돌아보았다.

"나는 이따금 이런 꿈을 그리지요. 오긴 님이 만약 나와 같은 신앙을 가졌다면, 차라리 자야 님에게 부탁드려 도쿠가와 님을 가까이에서 모시도록 했으면 하고……."

"어머나, 저를 도쿠가와 가문으로……."

"호호…… 이건 농담이에요. 무엇보다 오긴 님은 지금 교회당 문을 찾지 않으시니 그렇다면 고노미 님이라도."

"정말 그래요, 고노미 님은 나날이 신앙에 열심이신 듯하더군요."

"자야 님."

"예."

"이 꿈은 어떨까요?"

"저, 고노미 님을 도쿠가와 가문으로 말씀입니까?"

"도쿠가와 님은 간파쿠님 측근들보다 훨씬 고생을 많이 겪으신 분. 그분의 내전으로부터 천주님의 빛을 비추게 할 수는 없을지."

"글쎄요……"

"이건 내가 문득 한 번 그려본 꿈이에요…… 지금 상태로는 선물이 되지 않겠지만 혹시 틈이 나시면 한 번 되새겨보지 않겠어요?"

"아, 예."

자야는 어느새 온몸이 땀에 푹 젖었고, 그 땀조차 잊고 있었다.

자야 시로지로는 오긴보다 한 발 앞서 호소카와 저택에서 물러나오자 문 앞에서 어디로 갈까 하고 잠시 망설였다. 이제부터 요도야 다리나 핫켄야(八軒家) 강변으로 나가 배를 타고 교토로 돌아갈 셈이었는데 갑자기 그러고만 있을 수 없을 것 같은 초조감을 느꼈다.

'그렇다…… 히데요시의 뜻이 어떻든, 측근의 움직임이라는 것이 따로 있었다……'

이시다 미쓰나리의 말로는 히데요시의 오사카 도착은 추석 때인 13일이나 14일 무렵이 될 거라고 했다. 벌써 비젠의 오카야마까지 와 있었다. 그래서 조정에서는 간주지 하루토요(勸修寺晴豊)가 히데요시를 맞이할 칙사로 이틀 안에 교토를 출발한다던가……

그렇게 되면 물론 이에야스도 가만히 있을 수 없어 전승 축하차 상경해야 하리라. 그때 만일 영토 변경에 대해 암시받게 되는 날이면 그야말로 아닌 밤중에 홍두깨 격이라 당황하게 되지 않을까……?

'아니, 아직은 그럴 리 없다……'

규슈 정벌은 끝났지만, 동쪽에 호조 세력이 아직 남았고 우에스기와 다테 같은 거취가 분명치 않은 큰 세력도 남아 있다.

'말을 꺼낸다 하더라도 역시 오다와라가 해결된 뒤일 것 같군.'

그렇다 해서 이대로 알리지 않고 두어도 될까? 전에는 무사 생활에 정떨어진 자야 시로지로였지만, 지금은 이상한 친근감을 가지고 이에야스에게 의지하고 있었다. 도저히 구제할 수 없을 것 같던 난세가 뚜렷이 '평화'를 눈앞에 두게 된 때문인지도 모른다.

'역시 뛰어난 힘이 배후에 없으면 평화란 있을 수 없는 것이다.'

이렇게 생각하니 자야에게는 히데요시보다 이에야스가 더 믿음직하게 여겨졌다. 아전인수(我田引水)……라고 해버리면 그뿐이지만, 히데요시의 언동 속에는 무언가 위태롭고 깨어지기 쉬운 것이 느껴졌다. 이에야스 쪽에서 히데요시에게 전쟁을 거는 일은 만에 하나도 없으리라. 그러나 히데요시는 이기는 싸움이라면, 때로 측근의 입방아에 장단을 맞출 수도 있다는 느낌이 든다.

'그렇다! 간파쿠도 이만큼 커졌으니 온갖 기생충이 자라게 마련이지.'

1대 1로는 이해할 수 있는 일도 주위에 이 사람 저 사람의 평판이 성가신 거미줄을 치기 시작하면 생각지 못한 결과를 가져올 수 있다.

자야는 걸음을 옮기기 시작했다. 걷기 시작했을 때는 벌써 마음이 정해져 있었다.

"이에야스를 위해 충성을……."

그런 심정에서가 아니라 미쓰나리한테서 들은 이야기며 호소카와 부인의 말 등을 들은 그대로 전할 작정이었다.

이에야스와 히데요시가 서로 다투게 만들어서는 안 된다는 것은 비단 자야 혼자만의 생각이 아니라 사카이 사람들을 비롯한 교토의 장사치, 공경, 승려들의 한결같은 소망이었다. 아마 호소카와 부인의 생각도 바로 거기에 있을 게 틀림없었다. 그러므로 예수교 신자인 고노미를 도쿠가와 가문 내전에 들여보내는 꿈을 그려본 것이리라.

쨍쨍 내리쬐는 7월 뙤약볕 아래, 자야의 걸음이 갑자기 빨라졌다. 배를 타고 교토로 돌아가 그 길로 곧장 이에야스에게 갈 작정이었던 것이다.

'이에야스에게 고노미 이야기를 하면 어떤 표정을 지을까?'

북녘 하늘에 소낙비구름이 뭉게뭉게 솟아오르고 있다.

남과 여

　간파쿠가 없는 동안 오사카에 모인 여러 장수의 부인들은 계속 지루한 나날을 보냈다. 저마다 나무 향내 그윽한 새집에 살면서도 실은 '볼모―'로 감시받고 있는 것이다. 그것을 알므로 그 가운데에는 유달리 화려하게 차려입고 보란 듯 절을 참배하는 자도 있었다. 물론 대부분의 여인들은 심한 더위에 질려 조용히 집 안에 틀어박혀 있었지만……

　교고쿠 다카쓰구에게 출가한 아사이 나가마사의 둘째 딸 다카히메도 그 더위와 무료함을 어찌할 수 없었던지 오늘 언니 자차히메를 찾아갔다.

　자차히메는 오다 우라쿠의 저택 안에 지은 15평 남짓한 아담한 처소에서 여러 종류의 찻잔을 늘어놓고 들여다보고 있었다. 고려 찻잔도 있고 당나라에서 건너온 청자 찻잔도 있었다. 아니, 그보다도 소에키며 후루타 오리베(古田織部)가 조지로에게 굽게 했다는 온갖 종류의 새 찻잔이 더 많았다. 빨간 것, 검은 것, 흰 것 등등…… 그것들은 구워지는 온도에 따라 여러 가지로 변색하거나 마구 뒤섞여 군데군데 무지개처럼 야릇한 무늬 아닌 무늬를 그려내고 있었다. 모양도 가지가지여서 큰 것, 작은 것, 간단하게 틀에 찍어 만든 것, 손으로 빚어 만든 것도 있어 그것들을 물끄러미 들여다보면 절로 끌려들게 되는 것과 그렇지 않은 것이 있었다.

　"언니, 찻잔 품평을 하시나요?"

　다카히메는 갓 출가한 여자의 교태와 어른스러운 태연한 태도를 풍기면서 자차히메 옆에 앉아 찻잔 하나를 집어 들었다.

"그러고 보니 요즘 나도는 소문이 참말인가 봐?"

"나도는 소문이라니 무슨 소리냐, 다카?"

"간파쿠 전하께서 이번 가을 기타노에서 일찍이 없었던 큰 다회를 베푼다는 소문."

"아, 그것 말이냐……."

"그러는 것을 보니 아무래도 좀 수상해."

"뭐가 수상하니. 거 이상한 말 좀 하지 마라."

"호호호…… 다회 소문도 소문이지만 한 가지 또 있거든요."

"빙빙 돌리지 말고 이야기해. 그 밖에 또 무슨 소문이 있다는 거지?"

"그걸 확인하러 왔어요."

손바닥 안에서 찻잔을 뱅그르르 돌리면서 다카히메는 말했다.

"이런 식으로 찻잔을 다루는 걸 소에키 님이 보면 굉장히 화내겠지요?"

그러면서 찻잔을 집어던지듯 방바닥에 내려놓았다.

"언니!"

"뭐니, 경박스럽게."

"세상에서는 언니가 간파쿠 전하의 측실이 된다던데…… 그런 소문이 나도는 걸 아세요?"

"몰라."

쌀쌀하게 대답하고 자차히메는 찻잔을 거두기 시작했다.

"그럴 줄 알았어요, 나도 그런 일은 있을 수 없다고 생각했어요."

"……."

"유달리 잘생긴 사람을 좋아하는 언니가 아무려면 아버지보다 더 나이 많은 그 못생긴 전하하고……."

다카히메는 목을 움츠리며 소리 죽여 웃었다.

"그런 소문을 듣고 나는 한동안 굉장히 혼났어요."

"왜, 무엇 때문에?"

"남편을 생각할 때마다 전하의 얼굴이 그 위에 포개져 보여서 말예요. 절로 웃음이 터져 나오는 거예요."

"어머나, 고약하구나 다카. 말 좀 삼가."

자차히메는 동생의 말투에서 그것이 규방의 일과 관계되는 말임을 알고 쌀쌀하게 나무랐다.

"호호호……."

언니가 소문을 부정하자 한결 마음 놓인 듯 다카히메는 다시 한번 밝게 웃으며 목을 움츠렸다.

"이제 조금 있으면 남편이 돌아올 텐데 그때 또 전하 얼굴이 생각나서 웃기라도 한다면 그때는…… 정말 큰일이에요."

"다카!"

"어머나, 그런 무서운 얼굴을…… 마음이 너무 울적해 찾아왔는데, 기분 좀 풀게 그냥 내버려둬요."

자차히메는 가볍게 혀를 차며 일어나 장지문을 활짝 열어젖혔다. 시원한 바람이 불어들어 와 자차히메가 즐기는 난과 사향 향내가 다카히메의 코끝에 물씬 스쳤다.

"다카."

"네."

"다카는 출가한 몸이니 대답할 수 있을 거야. 너는 네 남편을 어떻게 생각하니?"

"어떻게 생각하다니요?"

"고우냐, 미우냐."

"네?"

다카히메는 목소리를 삼킨 다음, 고개를 갸우뚱하여 생각하는 얼굴이 되었다.

"글쎄…… 고운 것 같기도 하고…… 미운 것 같기도 하고……."

"어떤 때가 곱고, 어떤 때가 밉지?"

"아이, 언니 앞에서 그런 부끄러운 말을 어떻게 해요?"

"흥!"

자차히메는 쌀쌀하게 웃었다.

"부끄러움 같은 거 다카한테서는 사라졌어. 있는 건 음탕한 교태뿐이야."

"어머나, 그런 심한 말을……."

"낭군의 손길을 기다리면서 녹을 듯이 교태 부리고 있어. 온몸이……."

너무 매서운 비평에 다카히메는 얼굴이 뾰로통해졌다.

"아내가 남편에게 어리광 부리는 것이 뭐 나빠요? 세상 사람들은 남편에 대한 교태는 음란하다고 하지 않아요. 언니는 아직 시집가지 못해 공연히 질투하고 있는 거예요."

"호호호……."

자차히메는 배를 움켜잡고 웃기 시작했다. 웃으면 웃을수록 더욱 웃음이 치솟았다. 질투한다……는 말이 다카히메의 사람 좋음과 무신경함을 그대로 노골적으로 증명하고 있기 때문이었다. 적어도 자차히메가 묻는 말뜻은 그런 단순한 것이 아니었다. 남자에게 정복당한 여자의 육체는 대체 상대를 사랑하게 될까 미워하게 될까? 그런 것을 동생한테서 알아내어 자신의 결심을 도우려는 것이었다.

"어머, 뭐가 그렇게 우스워요?"

"호호호…… 그럼, 내가 다카와 낭군 사이를 알아맞혀 볼까?"

"혼자 사는 언니가 그걸 안다는 말씀이에요?"

"모를 줄 알고? 다카에게 남편은 처음에 낯선 남이었지."

"처음에야 다 남남이지요."

"그러던 것이 잠자리를 같이 할수록 점점 사랑하게 되어, 소실을 맞이할 때는 죽이고 싶도록 미워지지."

자차히메는 다시금 쏘는 듯한 눈빛으로 다카히메의 얼굴에 스치는 표정을 지켜보았다. 다카히메의 표정에 당황한 빛이 스쳤다. 교고쿠 다카쓰구에게도 소실이 있었다, 아마 그것을 생각하고 움찔해진 모양이었다.

"어때, 내가 맞혔지, 다카."

다카히메는 그 말에는 대답하지 않고 오히려 물었다.

"자차 언니는 왜 자꾸 그런 것을 물어요?"

그제야 의아한 생각이 든 모양이다.

"남정네들이 제멋대로 하는 행위는 다 아는 이야기 아니에요? 세상에 흔히 있는 일이지요. 애써 잊으려 하는 일을 가지고."

자차는 또 웃었다.

"호호……."

그러나 이번에는 아까만큼 웃을 수가 없었다. 세속적인 것에 모든 것을 양보하고 살아가려는 다카히메의 슬픈 노력이 가슴에 찡하게 울려왔기 때문이었다.

"다카는 마음이 약하구나."

"그렇다 해서 남편에게 거역한다면 더욱 거북해질 뿐이겠지요. 여자는 질투를 삼가야 해요."

"호호…… 이제 알았어. 더 물을 것도 없지."

자차는 세차게 고개를 젓더니 갑자기 엄격한 눈길이 되었다.

"다카는 이미 노예가 된 거야. 다카쓰구 님이 아무리 난봉 부려도 비위를 맞추며 매달리는 노예가…… 이제 알았어."

다카히메는 갓 깎은 파란 눈썹자국을 곤두세웠다.

"어머…… 언니는 몰라요. 부부 사이란 그렇듯 간단하게 단정할 수 있는 게 아니라고요."

"말은 그렇게 하지만, 다른 여자와 희롱한다……고 생각하면 찢어 죽이고 싶겠지."

"아니, 그렇게 밉지는 않아요."

"그러니까 이미 진 거야, 다카쓰구 님에게."

거기까지 말하고 자차히메는 시녀를 불렀다.

"과자라도 좀 내오도록 해라."

둘은 입을 다물었다. 서먹해서라기보다 더 이상 그런 문제로 말씨름하는 것이 쓸데없는 일로 생각되었다. 다카히메는 언제부터인지 남편에게 순종하는 평범한 아내가 되어 있었고, 자차히메는 여전히 한 번 말을 꺼내면 한 발도 양보하지 않는 강한 고집을 지니고 있다.

시녀가 차와 과자를 내오자 두 사람은 말없이 먹었다.

"여기도 굉장히 덥군요."

"덥지, 세상이 온통 여름이니까."

"언니…… 그 소문이 거짓이면 어디 시집이라도 가는 게 좋지 않을까요?"

"소실을 들이지 않을 젊고 잘 생긴 신랑감이 있다면야……."

"설마 없으려고요. 지체 낮은 사람이라면."

"잘 생기고 지체 높은 사람이 있거든 알려다오."

"여전하시군요."

"뭐가……?"

"아니에요. 이 과자 맛이 좋다고 했어요."

"호호호…… 남편 맛을 생각하고 있는 듯한 감미로운 얼굴을 하고서."

다카히메는 달그락 소리 내어 찻잔을 내려놓으며 언니 쪽을 흘겨보았다.

그러나 자차히메는 말도 못 붙일 만큼 쌀쌀한 표정으로 또 무슨 다른 생각을 하고 있었다.

발소리가 나더니 문 앞에 우라쿠가 나타났다. 우라쿠는 히데요시보다 한 걸음 먼저 오사카에 돌아온 것이었다.

"오, 누군가 했더니 교고쿠 부인이 와 있었구먼."

다카히메에게 가볍게 인사하고 두 사람 사이에 앉더니 천연덕스럽게 말했다.

"전하께서 드디어 모레 14일에 도착하신다. 아참, 다카히메는 잠시 숙모님하고 이야기라도 하며 자리를 좀 비켜주지 않겠나?"

다카히메는 의아한 듯 자차히메를 얼른 쳐다보았다.

"네, 그러지요."

그리고 필요 이상으로 공손히 머리 숙이고 일어나 나갔다. 자차히메의 얼굴빛이 우라쿠의 말 한마디에 갑자기 굳어진 듯한 기분이 들었던 것이리라.

다카히메가 자리를 뜨자 우라쿠는 잠시 말없이 부채질하면서 창밖을 바라보고 있었다. 요즘 와서야 가까스로 뜰에 어울리게 자리잡아가고 있는 젖꼭지나무와 돌 등롱에 이글이글 아지랑이가 일고 있었다. 졸음이 올 듯한 노 젓는 소리와 매미소리가 멀리서 뒤섞여 들려오고 있었다.

"자차……그렇게 긴장할 것 없다."

자차히메는 대답하는 대신 무릎 위에 포갠 자신의 손가락을 눈도 깜박이지 않고 내려다보고 있었다.

"나는, 너만은 너 하고 싶은 대로 해주고 싶었다…… 아니, 지금이라도 네 대답 여하에 따라서 애써볼 생각이 있지."

"……"

"솔직히 말해 그 일을 알았을 때, 나는 전하가 원망스러워 견딜 수 없었다! 이런 일 저런 일 뜬세상의 쓴맛을 겪어오지 않았다면 칼을 휘두르며 전하에게 덤벼들었을지도 모르지."

"……."

"나는 이제 너에게 아무것도 숨기지 않겠다. 너에 대한 나의 애정이 좀 지나쳤다. 세상의 여느 숙질간이 아니라 어쩌면 한 남자와 여자였는지도 모르지."

머리에 백발이 드문드문 섞인 우라쿠의 입에서 너무나 뜻밖의 말을 듣고 자차히메는 깜짝 놀라 얼굴을 들었다.

"그런 만큼 전하가 미워 미칠 것만 같았다."

"어머나……."

"놀랄 것 없어. 육친의 애정도 때로는 자연의 섭리에 질 때가 있다. 남자와 여자…… 이것은 아무래도 나이며 지위, 의리며 사려에 있는 것 같구나. 그렇기 때문에 오늘날까지 사람에게서 사람이 계속 태어나고 있는 것이겠지."

"숙부님! 이제 그런 말씀은 제발……."

"잘 들어두는 게 좋을 거다. 그런 감정을 품고 있었기 때문에 한때 울컥하여 전하를 원망했다. 손안의 구슬을 빼앗겨 진흙탕 속에 동댕이쳐진 느낌이었지……."

"무서워요."

"그러나…… 생각해 보니 나와 너도 남자와 여자, 그와 마찬가지로 전하와 너도 역시 남자와 여자였다……."

"숙부님!"

"더구나 나로 말하면 노부나가의 막냇동생으로 태어났으면서도 가신이었던 히데요시의 비위를 맞추며 살아가는 남자…… 그리고 한쪽은 마침내 천하를 손안에 쥔 남자…… 같은 남자이면서도 하늘과 땅 사이지."

우라쿠는 부채로 슬그머니 얼굴을 가렸다. 눈 가장자리가 불그레한 것이 자차히메는 못 견디게 슬펐다.

우라쿠는 대체 무엇 때문에 이런 말을 자차히메에게 털어놓는 것일까? 약한 남자가 강한 남자에게 계집을 빼앗겼다…… 단지 그뿐이라고 달관하고 있다면 혈육인 외숙부와 조카딸 사이에 이런 감정까지 털어놓을 필요가 어디 있단 말인가? 왜 가슴속에 고이 간직한 채 히데요시의 뜻에 순종하라고 타이르지 않는 것일까……?

그러한 자차히메의 의문에 대해 우라쿠는 곧 대답해 주었다.

"너는 내가 왜 이런 이야기까지 털어놓는지 의아스럽겠지."

자차히메는 잠자코 시선을 들었다가 다시 내리깔았다.

"나도 잘 모르겠다. 지금 내 마음은 이성을 잃고 있어……."

"……."

"전하는 모레 오사카에 도착하시면 이 성에서 추석을 지내고 교토로 떠나신다. 아마 그믐께 대궐에 들어가셨다가 팔삭^(8월초 하룻날) 인사를 주라쿠 저택에서 받게 되겠지. 그리고 그날 10월 초하룻날부터 열릴 기타노의 대대회에 대해 말씀하시겠지만…… 너에 대해서는 나한테 지시가 있었다."

자차히메는 다시 얼굴을 똑바로 쳐들었다. 지시……라는 말이 기가 센 자차히메의 자존심을 날카롭게 찌른 모양이다.

"저는 전하의 계집이 아니에요!"

그렇게 말하고 싶은 듯한 반발이 눈 속에 노골적으로 담겨 있었다.

"어쨌든 들어라. 전하는 네 거처를 교토로 옮기라고 하셨다. 그러나 주라쿠 저택은 아니다. 주라쿠 저택에는 오만도코로님과 기타노만도코로님이 옮겨 앉으시게 된다. 이것은 전부터 해온 약속이라 이제 와서 변경할 수 없다는 거야."

자차히메는 어느새 입술을 꼭 깨물고 우라쿠를 응시하고 있었다. 기타노만도코로를 꺼려서 주라쿠 저택 가까이에 은밀히 살림을 차려주려는 것일까?

"나는 화가 났다! 적어도 노부나가의 조카딸인데 정실까지는 아니더라도 신분에 어울리는 떳떳한 대접쯤은 해달라……고 말했지만 실은 그것도 거짓말이었다."

"예?"

"너를 전하 손에 넘겨줘야 한다고 생각하니 오장육부가 마구 뒤틀려 뭐가 뭔지 알 수 없었어."

"……."

"그래서 나는 전하의 지시보다 네 뜻을 따르기로 결심했다. 전하라는 남자를 너라는 여자가 어떻게 대하느냐…… 네 생각대로 움직이는 수밖에 없다, 내 이야기는 여기까지다…… 알겠느냐, 자차!"

자차히메는 대답 대신 눈을 깜박이며 한숨 쉬었다. 우라쿠의 고민을 다 이해한 것은 아니었다. 그러나 자기로서는 뭐라 명령할 수 없으니 자차히메 자신이 결단을 내리라는 뜻임은 알 수 있었다.

"자차, 그 일이 있고부터 상당한 시일이 지났다. 너도 여러 가지 생각한 바가 있겠지. 나는 너 하자는 대로 할 테니 네 생각을 이야기해 보아라."

말꼬리에 애원을 담으면서 우라쿠가 말을 끝내자 자차히메의 어깨는 다시 한 번 무겁게 내려앉았다.

우라쿠도 자차히메의 대답을 금방 듣게 되리라고는 생각지 않았다. 이런 일은 우라쿠가 일러주고 자차히메가 그것에 따르는 형식이 가장 무난하다는 것을 알고 있었다. 알면서도 야릇한 마음의 동요까지 모두 털어놓는 우라쿠의 마음속에는 스스로 걷잡을 수 없는 다른 뜻이 숨어 있기 때문이었다.

'만약 자차가 무슨 일이 있어도 히데요시의 뜻에 따르지 않겠다고 버틴다면……'

그렇게 되면 우라쿠는 지금까지 쌓아온 세속적인 짐을 벗어버리고 한 마리의 미친 수컷이 되어버릴지도 모른다. 그런 기대가 어딘가에 숨어 있는 만큼 억지로라도 자차에게 결단 내리게 하려는 것이었으리라.

자차히메의 침묵이 계속되자 우라쿠는 또 끈적끈적한 말투로 엉뚱한 이야기를 꺼냈다.

"나는 지금까지 한 번도 해본 적 없는 일을 생각해 봤지. 내가 과연 전하에게 진심으로 복종하고 있는 것일까 하고…… 그런데 그렇지 않은 모양이야. 약한 남자가 어쩔 수 없이 강한 남자 뒤를 따르는…… 단지 그것뿐이 아니라 이 약한 남자는 강한 남자가 언젠가 지쳐 쓰러질 기회를 노리고 있는지도 모른다는 것."

"……"

"그러니 네 결심에도 여러 가지 형태가 있을 수 있겠지. 전하가 그리워서 따라간다…… 그것은 세상 여느 여자들의 태도다. 너는 그들과 달라서 네 아버지를 죽인 자이기 때문에……네 어머니의 목숨을 빼앗은 자이기 때문에…… 아니 아니, 오다 집안이 차지했던 천하를 도둑질한 자이기 때문에 따라가서 네 손으로 그것을 되찾으려는 생각이 있는지도 모르지."

자차히메는 이제 더 이상 놀라는 모습이 아니었다. 그녀에게도 외숙부 우라쿠의 어지러운 심정이 슬프도록 가슴에 전해져왔다.

'세상에 그럴 수가!'

그렇게 생각하면 그 한마디로 끝나지만 한 남자가 계집에게 나타내는 광란의 모습이라고 생각하면 이해 못 할 바도 아니다.

게다가 자차히메는 자기 마음속에 차츰 히데요시를 용서하는 또 한 여자가 깃들어 있는 사실을 알고 놀라던 참이었다. 우라쿠의 말처럼 그것은 60살에 가까운 늙은이와 19살 난 처녀의 간격을, 남자와 여자라는 병행하는 선까지 단번에 압축시킨 것 같았다. 이성으로는 도저히 견딜 수 없었다. 피와 말먹이 냄새에 절은 거무튀튀한 메마른 피부, 숱이 얼마 남지 않은 보기 흉한 반백의 머리카락, 움푹 꺼진 눈, 삐죽한 입술…… 아무리 뜯어봐도 잘난 데라고는 없건만 자차히메 속에 있는 또 하나의 여자는 그것에 끌리고 있는 것 같았다.

"어떠냐, 생각이 결정되었느냐? 네 생각을 그대로 전하께 이야기하마. 그것이 내가 마지막으로 도달한 결론이다."

다시 우라쿠에게 재촉받은 자차히메는 얼굴이 확 붉어졌다. 무엇 때문인지는 모른다. 그런데 붉어졌다 싶은 순간 자차히메의 입에서 뜻밖의 말이 튀어나왔다.

"가겠어요, 전하 곁으로. 복수하기 위해!"

"뭐?"

이번에는 우라쿠가 하얗게 질렸다.

"복수한다고?"

우라쿠가 소스라쳐 되묻자 자차히메는 순진하리만큼 앳된 느낌으로 대답했다.

"네."

우라쿠는 다시 한번 놀랐다. 복수라는 말이 지닌 무서운 의미에 대해 비로소 온몸에 소름이 끼쳤다. 자차는 말 이상의 깊은 뜻까지 생각하고 있는 것 같지는 않았다. 외숙부 우라쿠의 말을 전적으로 믿고 시키는 대로 하겠다는 순진함마저 느껴졌다.

'그렇다면 나는, 나는 자차를 선동한 것이 되는데…….'

만일 그런 사실이 우연한 기회에 자차히메 입에서 히데요시에게 새어나가게 된다면 대체 어떻게 될 것인가? 그래도 태연히, 그렇게 말하지 않으면 자차히메가 전하 곁으로 가지 않으려 할 것이기 때문에……라는 식으로 웃으며 얼버무릴 만한 대담성이 자신에게 있을까……?

'없다!'

우라쿠의 마음속에서 용수철이 튀듯 그런 대답이 튀어나왔다.

"왜 그러세요? 갑자기 이마에 땀이……."

"아니다…… 아무것도 아니야. 더위에 지친 모양이지."

"얼굴색도 창백해진 것 같아요."

"괜찮다, 별일 아니야."

우라쿠는 당황하여 휴지를 꺼내 이마에 밴 땀을 닦으며 온몸의 맥이 빠지는 것을 느꼈다.

'나는 자차가 히데요시한테 가지 않을 것으로 기대하고, 해서는 안 될 말을 해버렸구나…….'

그 결과 우라쿠 자신 몸 둘 곳 없는 위험에 맞닥뜨릴 판국이 되었다. 자차히메는 '복수'하기 위해 히데요시 곁으로 간다고 한다…… 남자에게 간 여자가 얼마나 한심스러운 변화를 나타내는지 우라쿠는 잘 알고 있었다. 남자와 여자의 교접이란 인력 이상의 신비한 힘으로 두 사람을 접근시키고 묶어준다. 어떠한 남녀든 잠자리 속에서는 사람이면서 한낱 짐승이고, 또 무슨 비밀도 적나라하게 서로 털어놓고 마는 신(神)이기도 했다.

이윽고 우라쿠는 말했다.

"자차, 네가 참으로 가엾구나!"

"하지만 복수를 위해서라면……."

"바로 그 원한을 품고 접근하는 심정이 가엾단 말이다. 내가 잘못한 것 같아!"

"무슨 말씀이세요?"

"내가 나빴어! 네가 불쌍한 나머지 마음에도 없는 말을 했다. 용서해 다오."

"마음에도 없는 말이라구요……?"

"그래, 원한을 품고 가까이 가라는 둥…… 내 자신 전하의 큰 은혜에 고맙게 생각하며 감사하는 몸이면서 이성을 잃고 말이다."

자차히메의 눈썹이 갑자기 험악하게 곤두섰다. 이 경우 우라쿠는 냉정해지려다가 점점 더 이성을 잃어버렸다 해도 과언이 아니었다. 이렇듯 길게 변명을 늘어놓지 않았다면 그녀는 우라쿠가 원한에 찬 넋두리조차 입 밖에 낼 수 없는 비참한 꼴로 히데요시에게 압박받으며 살아가고 있다……는 정도로만 생각했을 것이다. 그러나 구차한 변명은 오히려 자차히메의 신경을 건드렸다.

'이 외숙부는 나마저도 경계해야 하는 비열한 사람!'

예민한 신경을 찌르듯 매섭게 건드린 것이다. 적어도 자차히메는 지금까지 외숙부 우라쿠를 경멸하고 있지는 않았다. 노부나가의 동생으로 태어났으면서 힘으로 히데요시와 대적하지 못하고 풍류객을 가장하며 그의 휘하에서 살아가며…… 순순히 머리 숙이지도 못하고 그렇다고 반역도 못하는 지식인.

그런 외숙부가 남자와 여자의 관계로 자기를 보고 있었다……고 털어놓았을 때 결코 불쾌한 기분은 아니었다. 남보다 더 깊이 인생을 바라보는 눈에는 흔히 세상에서 말하는 도덕이라는 애매한 포장을 꿰뚫는 날카로움이 있는 것이려니……하는 기분으로 새삼 남자와 여자에 대해 생각하던 참이었다.

그런데 그 '남자'가 갑자기 태도를 바꾸었다.

자차히메가 복수를 위해 히데요시에게 접근하겠다고 한 순간 보기에도 딱하고 민망할 만큼 당황하여 비열하고도 꼴사나운 한 인간으로 떨어지고 만 것이다.

자차히메는 그것이 화났다.

'이 숙부만은……'

어느 구석엔가 남아 있던 존경심이 단번에 사라지고 히데요시 앞에서 쩔쩔매는 비굴한 다인들과 마주 앉아 있는 듯한 따분함이 느껴졌다.

'이렇듯 비열하고 히데요시를 두려워하는 인간이 왜 똑똑한 체하며 남자와 여자 문제를 끄집어내어 횡설수설했던 것일까……'

"숙부님."

자차의 눈은 심술궂게 빛나고 목소리는 메말라 있었다.

"그럼, 전하께 원한을 품고 접근해서는 안 된다……는 말씀인가요?"

"그, 그래. 그러다간 네가 견뎌내지 못할 게다. 그러니 내가 말을 잘못했다고 사과하는 게 아니냐?"

"그렇다면 저는 전하 곁으로 가지 않겠어요."

"뭐, 뭐라고?"

"전하에 대한 원한을 잊을 길 없으니 곁에서 모실 수 없지요. 숙부님이 전하께 그렇게 전해 주세요."

노래라도 부르듯 말하고 그녀는 새침하게 외면했다.

우라쿠는 점점 더 당황했다. 이 말을 처음부터 들었으면 아직 그 감정을 다룰 방법이 있었을 것이다. 그러나 자기가 선동하는 바람에 갈 마음이 생겼고, 그녀가 가겠다고 하자 두려워져 자기가 한 말을 취소했기 때문에 가기 싫어졌다면 모든 게 자기 책임이었다. 그런 의미에서 우라쿠는 자차히메에게 완전히 속이 들여다보인 결과가 되었다.

"저나 숙부님이나 전하께 옛 주인이었던 사람이니 구차스레 숨길 것도 없겠지요. 있는 그대로 다 말씀드려 주세요."

"자차!"

"그것으로 충분해요. 남자와 여자의 감정으로 자차를 전하께 안 주는 게 아니다. 자차가 전하께 원한을 품고 있어서 줄 수 없다……고 분명히 사정을 말씀드려 주세요."

자차히메는 이미 우라쿠를 골탕 먹이려는 한 마리의 암표범이었다. 물론 이것도 '여자'이기에 일어나는 야릇한 투기심에서 비롯된 것인지도 모른다. 산전수전 다 겪은 우라쿠만한 사나이가 부들부들 입술만 떨 뿐 순간적으로 대답을 찾지 못했다.

자차는 스스로 자신의 감정을 다스릴 수가 없었다.

'왜 이렇듯 심술궂게…….'

그렇게 생각하면서도 곤경에 빠져 있는 우라쿠가 점점 더 추하고 미웠다.

"그렇게 말하면 되잖아요? 전하께 사양할 것이 뭐 있어요. 잊을 수 없는 원한이므로 잊을 수 없다고 말할 뿐인데."

우라쿠는 허공을 물끄러미 바라보며 겨우 입을 열었다.

"그러나 그것은……."

중얼거리듯 말했으나 뒷말이 이어지지 않았다.

자차히메는 입술을 일그러뜨리며 웃다가 황급히 웃음을 거두었다.

"숙부님은 전하의 지시보다 제 뜻을 좇겠다고 하셨어요. 제 생각대로 하시겠다고 하셨어요."

"자차!"

"그래서 저도 마음을 정했어요. 죽어도 전하께는 가지 않겠어요."

"……."

"그렇게 결정되면 다음 일에 대한 생각은 숙부님 마음속에 있겠지요. 자, 이번엔 제가 들을 차례예요. 어서 말씀해 주세요."

따져드는 바람에 우라쿠는 그만 눈을 감아버렸다. 본디 보통 여자가 아니었다. 그러나 이토록 매섭게 우라쿠의 이기심을 찔러 오리라고는 생각지 못했다. 안 될 것을 뻔히 알면서도 한 걸음도 물러날 줄 모르는 과격한 기질.

'비는 수밖에 없다…….'

이렇게 생각했을 때 자차히메의 빈정거림이 더욱 날카로워졌다.

"아니면 남녀 간의 일은 세상의 평범한 상식 앞에서는 꼼짝도 못 하는 것일까요? 전하의 위력 앞에서는 말이에요."

"……."

"저는 싫어요! 누가 기타노만도코로 따위 밑에서 첩살이 같은 것을……."

우라쿠는 갑자기 슬픈 감정이 복받쳤다. 자기도 확실히 이성을 잃었다. 그러나 자차히메의 기질은 더욱 심하게 이성을 잃고 있다.

'이도 저도 다 불행하게 자란 탓이겠지…….'

상대를 추호도 용서치 않으려는 그 격렬함은 머지않아 자신의 앞길에 스스로 풍파를 불러일으키리라.

자차히메는 다시 말을 이었다.

"왜 잠자코 계세요? 어째서 계획을 말씀하지 않으시는 거예요. 설마 아무 복안도 없이 그런 말씀을 하신 것은 아니겠지요. 이번엔 제가 들을 차례예요. 제가 어떻게 처신하면 좋을지 그걸 어서 말씀해주세요."

"자차."

"예, 말씀하세요."

"내가 잘못했다……."

우라쿠의 눈에서 굵은 눈물이 한 방울 방바닥에 뚝 떨어졌다.

"나는 입 밖에 내서는 안 될 말을 너에게 해버렸다…… 용서해 다오."

"그러시면 깊이 생각하지도 않고 말씀하셨다는 거예요?"

"그렇지는 않다. 아무리 진실이라도 때로는 가만히 가슴에 담아두어야 하는 법……이라고 스스로를 꾸짖고 있는 참이다."

"아무리 진실이라도……."

말을 이으려다가 자차히메는 세차게 혀를 찼다.

자차히메의 몸속에는 노부나가와 같은 피가 흐르고 있었다. 상대가 틈을 보이면 사정없이 그 허점을 찌르고 들어가 베고 베고 마구 베어버리는 성품이었다.

그런 의미에서는 외숙부인 우라쿠가 훨씬 더 온후하고 소심한 듯했다.

우라쿠는 말을 이었다.

"용서해 다오. 아무 힘도 없는 내가 진실을 말하려다가 도리어 네 마음을 상하게 했구나. 머리 숙여 이렇게 사죄할 테니 용서해 다오."

"진실을 이야기하려다가……"

자차히메는 다시 한번 혀를 찼다.

"비열한 그것이 진실일까요? 아무 계획도 없이 제 마음을 시험하려는…… 그 고양이 같은 교활성이 진실이란 말인가요?"

"뭐, 이 우라쿠가 고양이 같다고?"

"그래요!"

자차히메는 몸을 앞으로 확 내밀었다.

"그렇지 않다면 자, 어서 저를 데리고 이 오사카를 떠나주세요. 간파쿠의 눈이 미치지 않는 곳으로 가서 다시 남자와 여자의 마음에 대해 이야기해 주세요."

"그, 그건……"

"그걸 못 한다면 고양이지요. 처음부터 간파쿠의 위엄이 두려워 시키는 대로 할 작정이었으면서 짐짓 그럴 듯하게 가장한, 조카딸에 대한 말씀…… 숙부님의 본심은 제 마음을 희롱하는 것뿐이었어요."

"자차!"

"노하셨나요? 호호…… 노하셨다면 이 자리에서 저를 베세요. 간파쿠에게는 자차가 간파쿠에 대한 원한을 버리지 않아서 처벌했다고 하면 돼요. 자, 목을 치세요."

그러나 여기서 자차히메를 벨 용기는 우라쿠에게 없었다. 그것을 훤히 알고서 하는 자차히메의 폭언이었다.

"목을 베시든가, 아니면 함께 속세를 버리시든가. 어서 대답해 주세요."

"그, 어느 쪽도 할 수 없는 남자라는 것을 안다면 그때는 어떻게 하겠느냐."

"뭐라구요? 그 어느 쪽도 할 수 없는……"

"그래, 네가 무슨 말로 욕하든 비는 길밖에 없구나. 내가 잘못하여 네 마음을 상하게 했어."

역시 우라쿠는 세속 일에 노련한 인물이었다. 이제 외숙부의 체면 따위에 구애되다가는 더욱 곤경에 빠지게 된다는 것을 알고 있었다.

"나는 기량으로는 네 외숙부이기는커녕 나이 어린 사촌동생보다 못난 인물…… 그래서 간파쿠의 비호 아래 가까스로 살아가는 신세가 되었다. 그걸 잊어버리고 똑똑한 체하며 원한이니 남자니 하다가 네 마음을 괴롭히게 되었구나…… 용서해 다오. 이렇게 빈다."

"숙부님 자신의 이기심을 얼마쯤 깨달으셨나요?"

"오, 깨닫다 마다, 그러니 이렇게 비는 것 아니냐. 자차, 너를 벨 수 있는 우라쿠도 못 되고, 둘이서 오사카에서 떠날 만한 기량도 없다……."

"그렇다면 억지로 전하의 첩살이를 하라는 것인가요?"

우라쿠는 대답 대신 두 손을 짚었다. 그리고 자차히메를 지그시 올려다보며 또 눈물을 뚝뚝 떨구었다.

자차는 뽀드득 이를 갈며 내뱉듯 말했다.

"역시 그게 숙부님의 진정한 모습이었군요."

아무래도 외숙부 우라쿠는 남자와 여자의 관계에서는 도저히 자차히메와 대적할 수 없었다. 어쩔 수 없는 동정이나 안타까운 가슴의 비밀 같은 애매한 감정에 도취할 자차히메가 아니었다…… 그런 의미에서 우라쿠의 술회는 무참하게 허를 찔리고 말았다.

그러나 이렇게 순순히 사과하니 자차히메도 격렬한 감정의 뒤처리가 난감해졌다. 상대가 거슬러야만 더욱 더 광분할 수 있는데 상대는 모든 저항을 단념하고 만조의 밀물을 맞아들이는 포구 같은 잔잔함을 되찾고 있었다.

"처음부터 숙부님은 그런 생각이셨지요. 엉뚱한 말을 하시면서 속으로는 저를 간파쿠에게 바칠 꿍꿍이속이었다구요."

"면목이 없다."

"게다가 될 수만 있다면 그것으로 출세도 꾀하고 싶은 추한 마음을 가지셨던 거예요."

"그랬는지도 모르지, 용서해 다오."

"그게 남자인가요? 혈육의 사랑을 초월했느니 어쩌니 하면서 사실은 자신의 안

일만 냉정하게 계산하는 그 마음······."

"무슨 욕을 들어도 할 말 없구나. 내 말은 모두 서글픈 넋두리였다."

"아이, 속상해!"

자차히메는 거기서 문득 입을 다물었다. 우라쿠의 태도는 이제 무슨 소리를 들어도 히데요시의 명령을 거역하지 못하는 처세의 무거운 돌에 짓눌려 있었다. 이렇게 되면 더 이상 떠들어봤자 자차히메의 짐만 될 뿐이라는 것을 느낀 때문이었다.

자차히메는 발딱 일어났다. 앉은 채로는 도저히 전환할 수 없는 감정의 물결을 비참한 외숙부에게서 눈길을 돌림으로써 가라앉히려고 애썼다. 밖의 햇살은 여전히 땅을 이글이글 태우고 있었다. 제비가 눈앞의 푸른 하늘을 스쳐 지나가자 서늘한 바람 기운이 아련히 느껴졌다. 힘과 힘으로 대립하고 있는 남자들의 세계. 그 세계에서 무력한 남자가 비참하게 버둥거리는 모습이 오장을 휘젓는 듯한 아픔으로 뚜렷이 느껴진다.

서서 두 번 방 안을 돌고 나서 세 번 만에 정원의 뙤약볕을 바라보았을 때 자차히메는 갑자기 소리 내어 깔깔 웃었다.

"호호······ 목을 벨 수도 없다. 그렇다고 오사카에서 달아날 수도 없다······ 그러시다면 불쌍한 우리 숙부님을 구해 드려야겠군요."

"용서해 주겠느냐?"

"염려 마세요. 이번에는 제가 본심을 털어놓겠어요."

"뭣이! 본심을?"

자차히메는 고개를 끄덕이고 그대로 뜰을 바라보았다.

"저는 약한 남자는 딱 질색이에요."

"허······."

"아버지도 싫어요. 히데요시 손에 죽었으니까요!"

"······."

"우대신님도 마음에 차지 않아요. 미쓰히데 따위에게 죽었으니까."

"······."

"간파쿠에게 빌붙어 살아가는 남자들은 그냥 쳐다만 봐도 속이 뒤집혀요! 그러고 보면 제가 진심으로 모실 수 있는 남자는 세상에 오직 두 사람뿐이에요. 하나는 간파쿠, 또 한 분은 대궐 안에 계신 분······."

그렇게 말한 자차히메는 다시 한번 미친 듯 웃어댔다. 웃으면서 자신의 눈시울이 젖어오는 것을 알 수 있었다.

'분명 내 본심을 말하고 있다······.'

그러나 그 본심이라는 것은 몹시 비뚤어진 싸늘한 이지의 계산인지도 모른다. 자차히메는 약한 남자와 정을 나누는 것만으로 만족할 수 있는 여자가 아니었다. 물론 천성적으로 그런 것은 아니리라. 약육강식의 현실이 자차히메의 성장과정에 커다란 그림자를 드리우고 있었다. 약하다는 것은 모든 면에서 추한 것을 수반하는 악으로 보였다. 따라서 오늘날의 일본에서 가장 강한 자가 아니면 '아름다움'을 느낄 수 없으며, 아름다움을 느끼지 못하는 곳에 자신을 매몰시키는 것은 견딜 수 없는 일이다······라고 생각하면 자차히메의 말은 그냥 내뱉는 소리가 아니었다.

다만 자차히메의 이러한 사고방식이 히데요시에게 육체를 정복당하기 전에도 있었는지 어떤지는 오직 신만이 아는 비밀이었다. 그 비밀 속에 참다운 남자와 여자의 관계가 있지만 지금 당장 자차히메에게 그것을 해명하라 한들 무리한 일이리라.

자차히메는 여전히 우라쿠에게 등을 돌리고 선 채 빠르게 말했다.

"숙부님 입장을 구하기 위해 두 사람 중에서 하나를 고르는데······ 그 사람이 간파쿠면 되는 것 아니겠어요?"

"미안하다."

"미안하실 것 없어요. 간파쿠는 강한 자니까 이것이 제 숙명인지도 모르지요."

"그렇게 생각해 준다면."

"저는 숙부님이 바라시는 대로 간파쿠 곁으로 가겠어요."

"으······."

"눈물을 보일 것도 없고, 쌓이고 쌓인 원한도 강물에 흘려보내 아무것도 모르는 다카나 다쓰처럼 얌전하고 순진하게······."

거기까지 말하고 자차히메는 갑자기 우라쿠를 홱 돌아보았다. 무릎에 매달려 어리광 피우며 실컷 울고 싶은 심정과 끝까지 약한 틈을 보이지 않으려는 불같은 격정이 가슴속에서 회오리바람처럼 소용돌이쳤다. 이런 때 목 놓아 울든가,

웃든가, 쏟아지는 봇물처럼 지껄이지 않고는 배길 수 없는 것도 자차히메의 성미였다.

자차히메는 다시 입술을 떨며 이야기를 이어나갔다.

"그러나 저는 그냥 가지는 않겠어요. 저는 간파쿠의 주인이었던 집안에 태어난 몸…… 천한 집안 태생인 기타노만도코로 밑에서 살지는 못하겠어요. 그 판단은 숙부님이 책임지셔요."

"그렇다면 어떻게 맞아들이라는 것이냐?"

"그야 뻔하지요, 제가 살기에 어울리는 훌륭한 성을 하나 지어 달라고 하세요."

"성을 하나……?"

"3만 석이나 5만 석짜리 작은 성이 아니라, 이 오사카성이나 주라쿠 저택에 못지않은 간파쿠의 위력을 자랑할 만한 성이 필요해요."

"……"

"기타노만도코로는 물론 측실들에게도 결코 머리 숙이지 않아도 된다는 간파쿠 자신의 서약서를 받아오세요. 누가 주라쿠 언저리의 조그만 집에서 살 줄 아세요? 일본 으뜸가는 간파쿠의, 일본 으뜸가는 아내가 아니면 저는 승낙할 수 없어요."

쏟아내듯 말하고 나서 비로소 자차히메는 우라쿠 앞으로 돌아왔다. 우라쿠는 어안이 벙벙한 표정으로 자차히메를 바라보았다.

'자차는 정말 본심을 말하고 있는 것이겠지……'

다만 그것이 가능하고 불가능하고를 떠나 듣기에 하나하나 지당한 말들이었다. 오다 노부나가의 조카딸이라기보다 히데요시가 평생을 두고 잊지 못할 연정을 품었던 오이치 부인이 낳은 딸. 그 딸을 손에 넣으려면 성 하나쯤의 희생은 당연한 일인지도 모른다. 그러나 자기 입으로 그런 말을 서슴없이 마구 하는 자차히메의 기질이 우라쿠는 두려웠다.

"왜 잠자코 계세요. 담판을 못 하시겠나요?"

"아니다, 그건……"

"그럼, 책임지고 하겠다고 말씀하셔야죠. 그러면 눈 딱 감고 갈 테니까."

우라쿠는 이미 옴짝달싹할 수 없는 총구 앞에 몰린 가련한 토끼 신세였다. 이 자리에서 그것은 무리라……고 해봤자 자차히메는 결코 물러서지 않을 것이다.

자차히메의 마음에 이렇듯 커다란 파도를 일게 한 사람은 결국 우라쿠 자신인 것이다.

"알았다, 네 말대로 간파쿠에게 진언하마."

"진언이 아니에요, 담판하시라는 거예요."

"그래, 네 말대로 담판 벌여 네 마음에 들도록 해주는 게 내 책임이고 내 사리의 표시도 되겠지. 아니…… 애당초 간파쿠가 처음 말을 꺼낼 때 진작 그런 담판을 해두었어야 옳았어. 용서해 다오."

비록 이 일로 히데요시가 아무리 화낸다 하더라도 끝까지 매달려보는 수밖에 도리 없다고 우라쿠는 결심했다.

우라쿠가 순순히 동의하자 이번에는 자차히메 편에서 망연한 얼굴이 되었다. 자차히메 자신은 아마 자기가 지금까지 무슨 말을 지껄였는지 잘 모르는 것 같았다. 우라쿠에 대한 반항과 히데요시에의 야릇한 친근감, 거기에 불같은 성미가 끼어들긴 했지만 계산의 밑바닥에 깔린 것은 역시 기이한 여인의 꿈틀거리는 고집인 듯싶었다.

자차히메는 입을 다물더니 느닷없이 눈물을 주르르 흘렸다.

'스스로도 걷잡을 수 없는 또 하나의 자신이 내 안에 자리 잡고 있어……'

자신은 정말로 우라쿠에게 분노를 느꼈던 것일까? 아니, 그보다도 진정으로 히데요시를 미워하고 있는지, 아니면 사랑하고 있는지? 그것조차 분명하지 않았다.

"자차."

우라쿠는 이미 마음의 평정을 되찾은 것 같았다.

"우리는 서로 많은 이야기를 주고받았다…… 속에 있는 것까지 숨김없이 모두……."

"……"

"그러나 세상 사람들은 이런 것까지는 모르겠지. 내가 살아가는 비참한 길도, 또 너의 그 불같은 분노의 깊이도…… 그러니 이것은 모두 이 자리에서만의 일로 두고 깨끗이 잊어버리자꾸나."

자차히메는 여전히 멍하니 허공에 시선을 던진 채였다…… 아마 격정을 터뜨린 데 대한 반성이 견딜 수 없이 슬프게 마음을 할퀴고 있는 것이리라. 긴 속눈썹 밑

에서 두 줄기 눈물이 주르륵 흘러 뺨을 적시고 콧등 가득 송알송알 돋아난 땀이
반짝거리고 있었다…….

무심유심(無心有心)

슨푸성 내전 뜰에는 싸리꽃이 흐드러지게 만발해 있었다. 달력으로는 아직 7월이었으나 어느덧 초가을 내음이 감돌기 시작하여 마루를 통해 불어오는 바람에 하늘의 높이를 느낄 수 있다.

이에야스는 조금 전부터 가볍게 눈을 감고 히데요시를 따라 규슈에 출진한 혼다 히로타카가 보낸 오무라 다케타유(大村武太夫)의 보고에 귀 기울이고 있다. 그의 양옆에는 오쿠보 히코자에몬과 혼다 사쿠자에몬, 좀 떨어져 교토에서 달려온 자야 시로지로가 단정히 무릎 꿇고 앉아 있다.

오쿠보 히코자에몬이 이에야스 대신 이따금 끼어들어, 상대의 보고 가운데 분명치 못한 점을 확인했다.

"그럼, 소장(小將)께서는 지쿠젠과의 경계인 간자쿠성(巖石城)을 점령할 때 무공을 세우지 못했다는 말인가?"

"예, 그때 소장님은 제2대로 나가셨는데, 성에 이르렀을 때는 벌써 누군가가 함락해 버린 뒤여서……."

다케타유는 싸움터에서 그을린 구릿빛 얼굴을 자못 분한 듯 일그러뜨리며 대답했다.

소장……이란 히데요시에게 양자로 보낸 오기마루를 가리키는 말이었다.

오기마루는 이미 미카와 소장(三河少將) 히데야스라 칭하며, 이번 규슈 작전에 일군의 대장으로서 삿사 나리마사를 군사 감독으로 거느리고 전열에 참가해 있었다.

"흠, 도착했을 때 이미 낙성된 뒤였다……그렇다면 적이 너무 일찍 무너졌단 말인가, 아니면 소장님의 진군 속도가……."

"그건 소장님 책임이 아니지요. 낙성이 예정보다 빨랐던 것입니다. 소장님은 이를 몹시 분하게 여기시고, 더 일찍 오지 못한 것을 안타까워하시며 눈물까지 흘리셨습니다."

"뭐, 분해서 우셨다고?"

"예, 그것을 삿사 님이 보시고 과연 도쿠가와 님의 아드님답다, 모두들 본받으라고 가신들 앞에서 감탄하셨습니다."

"음, 그렇다면 틀림없겠지."

히코자에몬은 힐끔 눈을 돌려 이에야스 쪽을 쳐다보았다.

"혼다 히로타카 님은 크게 전공을 세우고, 소장님도 무사하시다…… 그리하여 모두들 지난 14일, 간파쿠님과 함께 무사히 오사카로 회군하셨다는 말이지."

"예, 개선행렬을 맞는 오사카에서의 환영은 참으로 극진했습니다…… 만일 주군께서 전승 축하차 오사카로 오시게 된다면 그냥 머물러 대기해야 할지, 그것을 하명받기 위해 달려온 것입니다."

히코자에몬은 고개를 크게 끄덕였다.

"알았다. 이상 들으신 대로입니다만……."

그러나 이에야스는 대답이 없었다. 눈을 반쯤 뜬 채 깜박 잠이 들었는지도 모른다.

"주군!"

다시 한번 히코자에몬이 불렀으나 여전히 좌선(座禪)의 경지에 들어간 듯 꼼짝도 하지 않는다.

오카자키에서 와 있던 혼다 사쿠자에몬이 흐흐 하고 웃었다.

"됐어, 그대는 잠시 물러가 쉬게. 주군과 곧 의논한 뒤에 지시하겠으니."

"알겠습니다. 그러면 잠시 쉬도록 하겠습니다."

다케타유가 고개를 갸웃거리면서 물러가자 사쿠자에몬은 히코자에몬과 자야를 번갈아 쳐다보며 다시 한번 웃었다.

"허, 정말로 잠들어버리신 모양이군."

사쿠자에몬이 말하자, 히코자에몬은 한시름 놓은 듯 대답했다.

"아닌 게 아니라 요즈음 사이고 마님의 불공으로 무척 피곤하셨을 게야."

"히코자."

"예."

"주군께선 역시 낙담하고 계신가?"

"낙담하시지 않았다면 사람이 아니겠지."

"그런 걸 묻는 게 아니야. 정말로 지쳐버리셨는지 묻는 거네."

"허, 말씨름이 아닙니다. 어찌 지치지 않으시겠느냐는 거지요."

"그게 바로 잔소리지. 지치는 데도 여러 가지가 있을 게 아닌가?"

"여러 가지라니 그게 무슨 말입니까?"

"한심한 사람이로군. 육체의 피로인가 아니면 정신적인 타격인가, 옆에서 모시면서 그것도 모르는가?"

"그렇다면 양쪽 다지요. 아무튼 사이고 마님만큼 묵묵하게 내조하시는 분은 없었으니까."

"흥!"

"흥은 또 무엇입니까? 그럼, 다른 의견이라도 있다는 말이오?"

"흥이란 코끝으로 웃는 소리야. 내조의 공쯤 그대가 설명하지 않아도 알고 있어."

"아무튼 잔소리 심한 노인이네. 그것도 모르고 이 히코자더러 잔소리가 많다니……."

혼다 사쿠자에몬은 더 이상 그 말은 상대하지 않고 이번에는 자야 시로지로 쪽으로 돌아앉는다.

자야는 섬칫한 듯 하얀 부채를 놀리던 손을 멈추고, 무슨 말을 물어올 것인지 기다리는 자세가 되었다.

사쿠자에몬은 그에게도 코웃음을 한 차례 던졌다.

"흥! 주군께서 주무실 정도이니 염려할 건 없겠지만……."

그러면서 목소리를 낮췄다.

"이를테면 간파쿠에게 우리 주군의 영토를 변경시킬 속셈이 있는 것으로 보고, 주군을 전승축하 인사차 오사카에 가시게 한다면 대체 간파쿠 놈이 어떻게 대할 것 같은가?"

"글쎄올시다."

자야는 이에야스의 숨소리가 마음에 쓰이는 듯한 기색이다.

"이리로 오면서 줄곧 생각해보았습니다만, 간파쿠의 성미가 그러하니 아마 이번에도 아무 격의 없이 서위임관(敍位任官)에 대한 주선을 하지 않을까 합니다."

"흠……."

"오기마루 님도 이제는 미카와 소장님, 그러니 주군께 정2품 다이나곤(大納言) 벼슬쯤……."

"흥! 아무 밑천도 들지 않는 장사니까……."

"그 밖에 나가마쓰 님의 관직과 성인식 같은 것도……."

"과연. 오기마루 님이 간파쿠의 이름자 중에서 히데 자를 받아 히데야스가 되었으니. 나가마쓰 님도 그렇게 될 거라는 이야기군. 아무튼 간파쿠의 배가 아플 것은 없는 일이지."

그리고 나서 사쿠자에몬은 옆에 있는 히코자에몬을 향해 말했다.

"히코자에몬, 주군을 깨우게. 우리들 일이 아니라 도쿠가와 문중의 중대사야."

그러자 히코자에몬은 이에야스의 귀에 입을 대고 터무니없이 큰 소리로 고함질렀다.

"주군!"

이에야스는 조용히 눈을 떴다. 잠을 잔 것도 아니고, 그렇다고 깨어 있었던 것도 아니다. 이들의 대화는 그대로 청각을 통해 들어왔지만, 그것에 감정이 움직이는 일 없이 충분히 휴식을 취하는 그가 요즈음 흔히 하는 묘한 가수면이었다.

"주군! 이야기 들으셨습니까?"

"오, 대충 들었다."

"들으셨다면, 사쿠자의 의견을 말씀드리지요. 사쿠자는 축하 인사고 뭐고 이번에는 상경하지 않으시는 게 좋겠다 생각하고 있습니다."

"그건 왜?"

"상대는 이것저것 실속 없는 생색만 내려는 것입니다. 히데요시 따위한테서 다이나곤이니 주나곤이니 하는 관직을 받을 까닭이 하나도 없소. 그따위 허울 좋은 빈껍데기쯤……."

"사쿠자."

"예."

"그대는 다이나곤이 어깨에 무거운가?"

"이것 참, 묘한 말씀을 다 하십니다. 히데요시 따위에게 그런 껍데기뿐인 은혜를 입는다니……."

"잠깐, 사쿠자. 저쪽이 배 아프지 않으면 이쪽도 역시 배 아플 일 없어. 그러니 받았다고 해서 손해되거나 짐 되는 것도 아니지 않은가?"

"그럼, 주군은 가실 작정입니까?"

이에야스는 시원스럽게 긍정했다.

"그렇다. 히데요시니 간파쿠니 하며 너무 구애받지 마라. 일본을 위해 규슈가 깨끗이 정리되었다. 그 축하로 천황을 뵈러 간다…… 그것뿐이야."

사쿠자에몬은 답답하다는 듯 혀를 찼다.

"그런 뒤 꼼짝달싹 못 하게 압력을 가해 온다……는 자야의 걱정을 모르십니까? 만일 간파쿠가 영토 변경 문제를 꺼내면 어쩔 셈이십니까……? 이것저것 은혜니 의리니 하며 아무 소리 못하도록 만든 뒤 어려운 문제를 제시하고 듣지 않으면 얻어맞게 되는 줄 알면 애당초부터 이쪽도 그 수에 넘어가지 않도록 대비하는 게 중요한 겁니다."

이에야스는 자야를 흘끗 쳐다보고 나서 살찐 얼굴을 긴장시켰다.

"모두들 걱정해 주는 마음은 잘 안다. 그러나 내 생각은 오아이가 죽은 무렵부터 조금씩 달라지기 시작했어."

"어떻게 달라지셨습니까?"

"오아이는 좋은 여자였어!"

"그야 물론…… 보기 드문 정숙한 부인의 귀감이었지요."

"나는 오아이와 쓰키야마의 생활태도를 곰곰이 비교해 보았다……."

"흥! 이번에는 여자들 이야기입니까?"

사쿠자에몬은 일부러 이에야스의 화를 돋우려는 듯 얼굴을 돌려버렸으나 이에야스는 상대하지 않았다.

"오아이는 인간으로서 할 수 있는 최고의 인내를 나에게 가르쳐주었다. 오아이는 나보다 더 깊은 곳에서 산 여인이었어."

"과연 그렇습니다."

자야가 맞장구치자, 이에야스의 눈에 어렴풋이 반짝이는 것이 어렸다.

"쓰키야마와 이야기를 나누다 보면 나는 언제나 분노를 느꼈어. 상대의 주장이 옳으면 옳을수록 노여움이 끓어올랐어…… 옳다는 것은 때로 사람을 조금도 행복하게 해주지 못하는 거야."

"음……"

"그런데 오아이에게는 옳다는 주장이 없었어. 그 이름 그대로 언제나 사랑만 있었어……"

이에야스는 여기서 얼른 얼굴을 돌려버렸다.

혼다 사쿠자에몬 역시 문득 눈물을 비칠 듯하면서도 입으로는 오히려 혀를 찼다. 이에야스의 말뜻을 모르는 사쿠자에몬이 아니었다. 이에야스는 사이고 부인의 식물의 삶을 본 딴 괴상한 인생철학을 빌려 이번에도 모두에게 상경을 이해시키려는 것이다.

사쿠자에몬이 느끼는 불만은 그 점에 있었다. 지금의 이에야스 심정은, 히데요시에게 접근하여 겸허한 마음으로 평화를 추구하려는 데 있었다. 그러나 그것은, 상대도 무심한 거울로 마주 보느냐 않느냐에 따라 위험한 길로 이끌릴 수도 있는 일이었다. 이쪽에 반역할 의사가 없더라도, 상대에게 치밀한 계산이 있다면 무심한 이쪽의 마음상태는 바로 허점이 된다. 그것을 헤아리고 자야 시로지로가 일부러 교토에서 찾아온 것이다. 따라서 만약 영토를 바꾸는 문제를 꺼내면 어떻게 대처하겠다는 대비책을 듣고 싶은 것이다.

좌석의 분위기가 숙연해지자 사쿠자는 그 특유의 마구 내뱉는 듯한 어조로 말을 이었다.

"주군의 심경은 다들 잘 알았겠지. 주군은 이제부터 간파쿠를 묵묵히 정으로 감싸실 생각이신 모양이군, 사이고 부인이 주군을 섬겼듯이. 그렇지 않습니까?"

이에야스는 거기에 대해서는 직접 대답하지 않았다.

"옳은 일로 충돌해 좋은 경우도 있다면, 양보를 하는 편이 오히려 옳은 경우도 있다. 사람이 저마다 뜻하는 바도 마찬가지지. 대비책이 졸렬한 계책이 되고, 무책이 도리어 상책이 되는 경우도 있어. 요컨대 갈팡질팡 마음이 흔들리지 않을 한 치의 여유만 지니고 있으면, 감화의 힘은 대단히 큰 것이라고 오아이가 내게 가르쳐주었다……."

"핫하하……."

"무엇이 우스운가, 사쿠자? 무엄하구나. 나는 살아 있는 사람을 평가하고 있는 게 아니라 저승으로 간 오아이 이야기를 하고 있는 것이다."

"무슨 말씀을! 주군께서 너무 엄청난 거짓말을 하시므로, 사이고 부인 영전에 면목 없어 사쿠자는 그만 웃지 않을 수 없었습니다."

"뭐, 오아이 영전에 면목 없다고?"

"예, 그러한 거짓말은 공양이 되지 않을 뿐 아니라, 도리어 사이고 부인이 황천 길을 가시는 데 걸림돌이 될 것입니다. 지금 주군이 하시는 말씀을 가만히 듣고 있으니, 주군께서는 부인과 같은 애정으로 간파쿠를 감싸고 부인처럼 일편단심 으로 간파쿠를 받들어 모시겠다……는 이야기 같습니다."

"받들어 모신다……."

"하하하…… 본디 천성부터 제멋대로인 주군이 어찌 간파쿠를 사이고 부인처 럼 받들어 모실 수 있을까. 그만한 일을 할 수 있다면 지금까지처럼 부인을 울리 지 않았을걸. 그렇지 않은가, 히코자에몬."

자신에게 말이 돌아오자 오쿠보 히코자에몬은 퉁명스럽게 얼굴을 옆으로 돌 렸다. 이런 엉뚱한 곳에서 말꼬리를 넘기면 맞장구칠 도리가 없지 않는가?

'엉큼한 늙은이…….'

히코자에몬이 가세하지 않자, 사쿠자에몬의 독설은 더욱 기세를 올렸다.

"주군! 그런 설교는 마사노부 따위에게나 들려주시는 게 좋겠습니다. 주군의 성 미를 너무나 잘 알고 있는 이 사쿠자는 우스워 그냥 듣고 있을 수가 없습니다."

"아직도 대항할 셈이냐, 사쿠자."

"암, 대항하고말고요. 주군께서는 사이고 부인의 마음을 전혀 모르시는 것 같 군요. 사이고 부인이 무심한 마음으로 주군을 떠받들었다고요…… 말도 안 되는 소리. 부인은, 사이고 부인은 온 힘을 다해 주군과 싸웠고, 싸우다 지쳐서 돌아간 겁니다. 가슴 가득 원한을 품고 죽었단 말입니다."

사쿠자에몬의 폭언에 이에야스의 이마가 단번에 붉어졌다. 다른 때도 아니고. 하염없는 마음으로 먼저 간 사람에 대한 추모에 잠겨 있는데 가슴 가득 원한을 품고 죽었다고 했으니 무리가 아니었다.

"사쿠자! 말이 지나치다!"

"지나친 말이 아닙니다. 다만 주군의 관점보다 더 날카로운 각도에서 본 바를 말씀드린 것뿐입니다."

"그대…… 그럼, 오아이가 나에게 심복하지 않았다는 건가?"

"흥! 심복이라는 게 뭡니까. 심복하고 있으면…… 애정을 갖고 있으면, 싸움은 없다는 말씀입니까, 주군은?"

"들어보자, 사쿠자. 오아이가 무심하게 나를 섬기지 않았다고 했겠다. 그럼, 어떤 속셈으로 나를 대했다는 것이냐."

"하하하…… 시치미를 뚝 떼시는군. 쓰키야마 마님의 삶도 투쟁, 사이고 부인의 삶도 투쟁, 두 분 사이에 무슨 차이가 있단 말입니까?"

"음, 그냥 들어 넘길 수 없는 말이군. 한쪽은 사사건건 반항만 일삼아 지금까지 내 마음에 불쾌한 기억을 남기고 갔고, 한쪽은 내게 하나의 밝은 빛을 선사하고 세상 떠났다. 그 둘 사이에 차이가 없다니, 대체 무슨 생각으로 하는 말인가?"

"저런, 또 주군의 눈이 헛보셨군…… 아니, 지금까지 그런 눈으로 사람을 보아오셨습니까, 주군은……?"

말하며 그는 한무릎 와락 다가앉았다.

"쓰키야마 마님이나 사이고 부인이나 다 주군을 자기 마음대로 하고 싶었을 뿐입니다."

"그래서 한쪽은 갈수록 나를 화나게 했고, 한쪽은 내 마음을 사로잡았다."

"흥, 그러니 헛것을 보고 있다는 거지요. 한쪽은 반항함으로써 주군을 이기려고 잔뜩 화내게 만들어 지금껏 주군의 마음속에 남아 있습니다…… 이것은 이를테면 조그만 승리입니다. 그와 반대로 사이고 부인은 주군의 횡포를 참고 견디며 무심하게 모시는 것으로 이기려 하다가 돌아가셨지요. 그 뜻은 무심을 가장함으로써 언젠가 주군을 정복하려는 데 있었습니다. 그러므로 외곬으로 사랑했다고 생각하는 것은 터무니없는 착각, 자신의 뜻과는 다른 것을 남겼으니 패배한 겁니다."

"이놈이……."

이에야스는 자신이 우스워졌다. 사쿠자에몬이 이처럼 반발할 때는 반드시 다른 목적이 있기 때문이라는 것을 잘 알면서도 오늘 만큼은 분노를 누를 길 없었던 것이다.

'점잖지 못하다!'

마음 어딘가에서 쓸쓸하게 꾸짖는 목소리를 의식하면서 이에야스 역시 윗몸을 팔걸이 앞으로 쑥 내밀었다.

"사쿠자!"

"아직도 모르시겠단 말씀입니까?"

"그럼, 네 놈은 쓰키야마의 생활태도가 옳았다고 억지 쓰는 거냐?"

"어쩌면 그렇게도 모르십니까, 주군! 그렇지 않습니다."

"그럼, 무슨 소리인가?!"

"쓰키야마 마님도 싸웠고, 사이고 부인도 싸웠고……그리하여 쓰키야마 부인은 주군에게 얼마쯤 이겼고, 사이고 부인은 주군에게 졌다고 말하는 것입니다."

"왜 한쪽은 이기고 한쪽은 졌는가?"

"그건 하나마나한 이야기. 쓰키야마 마님 시절에는 주군이 약했고 사이고 부인 때는 주군이 강해져 있었습니다. 그래서 이겼다는 겁니다. 즉 싸워서 이겼을 때 주군의 마음도 후련하지 않겠습니까…… 그 이치를 사나이들 세계에서도 잊지 마시라는 것이지요. 언제든지 강자의 위치에 서 있어 주십사는 말씀입니다!"

사쿠자에몬은 늙은 두꺼비처럼 사방을 날카롭게 두리번거렸다. 이에야스는 사쿠자에몬을 지그시 노려본 채 입을 굳게 다물었다. 윗몸을 앞으로 내민 사쿠자에몬의 표정에는 말할 수 없이 서글픈 빛이 감돌고 있었다.

'저 늙은이가 모든 사정을 속속들이 알고 반발해 오는 것인데…….'

그러나 대체 무엇 때문에 이토록 강경하게 괴상한 논리를 펴는 것인지? 이에야스는 그 점이 이해되지 않았다.

"주군, 어떻습니까? 사이고 부인이 남기고 간 귀한 교훈을 아직도 깨우치지 못하셨습니까?"

"……."

"사이고 부인은 끝내 주군을 마음대로 하지 못했습니다. 마치 주군이 간파쿠를 마음대로 주무르지 못하는 것처럼…… 마음먹은 대로는 못했지만 끝까지 꿇리지 않고 싸웠단 말입니다. 무심하게 보인 것도 실은 싸움, 언제나 한마디의 반항을 하지 않은 것도 싸움…… 그런 것을 진짜 무심으로 받아들이신다면 사이고 부인의 혼백은 쉴 곳이 없을 겁니다."

"……."

"사이고 부인이 저희에게 남긴 교훈은 죽을 때까지 싸우신 그 투지입니다! 그렇게 받아들이지 않는다면 부인의 혼백은 지옥을 방황할 테지요."

이에야스는 손에 쥐고 있던 부채를 사쿠자에몬에게 별안간 확 던졌다.

"닥쳐라, 건방진 놈 같으니!"

"허, 드디어 화나셨군."

"그대들이 나에게 투지를 가르치는 건 주제넘은 일이다. 투지가 넘치고 남아돌아서 인내가 중요하다는 것이야."

"흥! 겁쟁이들이나 곧잘 인내를 입에 올리는 법이지요."

"아직도 닥치지 못하겠나!"

후려치듯 질타하면서도, 이에야스는 가슴에 뭉쳤던 응어리가 시원하게 내려가는 것 같았다. 사쿠자에몬의 목적을 문득 깨달았기 때문이다. 사쿠자에몬은 자야를 경계하고 있었다. 물론 자야의 마음을 의심하는 것이 아니라, 그의 광범한 교우관계로 보아 혹시 밖으로 샐지도 모르는 도쿠가와 문중의 사풍(士風)이나 근성……에 대해 경계하고 있는 것이다.

'이에야스의 방침은 히데요시에게 저항하지 않을 작정……'

만일 자야 시로지로가 이렇게 믿고 돌아갔다가, 그 말이 어쩌다가 무슨 말 끝에 약자의 냄새라도 풍기게 되는 일이 있다면……하는 게 걱정인 모양이었다.

'음, 자야에게도 속마음을 털어놓지 못하는구나.'

이에야스는 자야 시로지로 쪽으로 돌아앉았다.

"자야, 들었겠지? 이 늙은이의 옹고집을."

"예……."

"정말 한심한 일이다. 한 번 말을 꺼내면 주종도 분간하지 못하는 판이니."

"하오나, 참으로 찾아보기 힘든 가풍이 아닌가 합니다만."

"모두들 그렇게 말하니 저 늙은이가 더욱 기승부리지. 사쿠자!"

"뭡니까, 주군?"

"나에게 그토록 반항하는 것은 무슨 계책이 있어서겠지. 어디 들어보자. 만일 간파쿠가 영토 변경 같은 어려운 문제를 꺼내면 그대는 어떻게 뚫고 나가겠나?

물론 이에야스에게도 방책은 있다. 있으니 묻는 거다. 그대부터 먼저 말해 봐라."

"흥!"

사쿠자에몬은 콧방귀를 뀌고 한무릎 더 다가앉았다. 역시 이에야스가 본 대로, 자야에게 보여주기 위한 연극이었던 모양이다.

자야 시로지로는 안절부절못하는 마음으로 이에야스를 살피고 사쿠자를 살피고 히코자에몬을 살폈다. 히코자에몬 또한 어느새 두 주먹을 불끈 쥐고 몸을 앞으로 내밀고 있다.

"우리의 계획이란 무심 따위가 아닙니다, 주군."

"군더더기 설명은 필요 없다. 본론이나 말해라."

"말하지 말래도 기어이 하겠소. 나의 계책이란 간파쿠 쪽에 조금이라도 무례하거나 수상한 조짐이 보이면 곧장 오와리로 노도처럼 쳐들어가자는 겁니다. 먼저 오와리로 쳐들어가, 기요스에서부터 기후를 제압하고, 그런 뒤 돌아보며 호령만 내리면 일은 다 되는 거지요."

"누구를 향해 호령 내린다는 것인가?"

"동쪽을 바라보면 아직도 모두 우리 편들. 호조, 우에스기, 다테 등이 있습니다. 규슈 정벌처럼 될 리 없지요. 간파쿠가 한가하게 꽃구경이나 하게 내버려두지는 않겠습니다."

자야 시로지로가 당황하여 얼른 대화에 뛰어들었다.

"사실 그 점은 혼다 님 말씀이 맞습니다…… 그래서, 소인 역시 간토 문제가 완전히 해결될 때까지는 간파쿠 입에서 그런 말이 나오지 않을 것 같다……고 말씀드렸던 것입니다."

"자야, 당신은 좀 잠자코 계시오. 자, 이것이 내 의견이니 이젠 주군의 계책을 들어야겠습니다. 자, 주군, 사쿠자의 계책은 다 말씀드렸으니 이번엔 주군 차례요."

가슴에 맺혔던 응어리가 녹아버리자 이에야스는 이제 웃음이 복받쳐 올라왔다.

자야 시로지로는 사쿠자에 의해 이미 충분히 대표된 도쿠가와의 독특한 가풍에 매우 난처해하고 있었다. 교토에 돌아가, 어떤 경우 어떠한 이야기가 나오더라도 이러한 가풍을 잊고 약점을 드러내는 일은 없으리라.

이에야스는 마침내 웃음을 터뜨렸다.

"핫하하…… 그러면 사쿠자, 그대의 말을 따른다면 내일이라도 군사를 동원해야 할 게 아닌가?"

"어째서요?"

"상대에게 벌써 수상한 기미가 있다고 자야가 알려왔지 않나?"

"그건 이야기의 본론이 아닙니다. 자, 주군께서 어떻게 하시겠는지 그 계책을 말씀하십시오."

"내가 무심이라고 한 것은, 자기 할 일을 다한다는 뜻이다. 할 일을 다한 뒤의 행동에는 공연히 이것저것 걱정하는 게 아니라는 뜻이었어."

"그것은 얼토당토않은 궤변입니다. 나는 간파쿠가 만약 영토 문제를 꺼냈을 때를 두고 말한 겁니다."

"그때는 어찌 그대의 지시를 기다리고 있겠나? 곧바로 군사를 풀어 단숨에 북오미까지 나가야지."

"흠."

"생각할 것도 없어. 나에게 영토 교체를 명령할 정도라면 동쪽을 다스릴 수 없다. 동쪽을 다스리지 못하는 것은 일본을 위해 불행한 일. 일본을 위해 도움주지 못하는 사람 밑에 이 이에야스가 어찌 서겠느냐? 사쿠자, 그 점만 깊이 새겨두어라."

"흠."

"다만 내가 오아이의 삶에서 배웠다는 것은, 오로지 일본을 위해……서는 어떠한 일이라도 인내하겠다는 것이다. 그 인내를 그대가 말한 투지와 자리를 바꿔놓아도 돼. 자야, 내 말을 알겠지."

"……옛."

"그런데 간파쿠도 아직은 나와 한 뜻…… 그러므로 지금은 이러니저러니 할 것 없다. 할 일은 이미 다 했으니 무심한 마음으로 축하하러 상경하겠다는 거다. 만일 영토 교체 문제를 꺼내면 그것은 일본의 이익을 위해 좋지 않다고 한마디로 거절하는 거야. 그렇지, 히코자에몬?"

이에야스가 말을 건네자 히코자에몬은 빙긋 웃었다. 그제야 그도 이에야스와 사쿠자의 대화 이면에 무언가 다른 뜻이 숨어 있음을 눈치챈 것이다.

히코자에몬은 양쪽을 다 압도하는 듯한 몸짓으로 입을 열었다.

"그러면 요컨대⋯⋯ 주군의 분부나 노인의 말씀은 오십보백보 같군요."

"뭣이, 오십보백보라고?"

"그렇습니다. 유심은 무심에 통하고 무심은 그대로 유심과 통하는 것, 그렇지 않습니까, 노인?"

"중 같은 소리 말게. 인간에게는 끝까지 투지가 있어야 해. 나는 투지가 으뜸이라고 말씀드렸어."

"그 투지는, 그러나⋯⋯."

히코자에몬은 의젓하게 자야 쪽을 건너다보며 말했다.

"천하의 으뜸가는 일을 위해 불태우는 투지가 아니면 필부의 만용, 그래서 주군께서는 천하제일이 아니면 일체 마음에 두지 않겠다, 늘 무심으로 계시겠다고 말씀하시는 거요."

"히코자에몬!"

"노인, 또 화나셨소?"

"이 늙은이에게 설교할 셈인가."

"설교한들 들을 노인도 아니지요."

"그렇다면 지금 그 말은, 누구 들으라고 한 건가?"

"허, 또 트집은⋯⋯ 그저 혼잣말이오⋯⋯ 혼잣말이란 대체로 자신을 이해시키기 위해 하는 것⋯⋯ 이제 알겠는가, 히코자에몬! 하고 말이오."

자기 자신에게 그렇게 말하고 히죽 웃으며 자야 앞에 손을 저어 보였다.

"시로지로 님, 바로 이 점이 골치요. 간파쿠가 어쩌다 섣부른 소리를 꺼내는 날이면 벌집 쑤신 듯 와글거릴 테니, 무서운 가풍 아니오?"

"아닙니다, 마음 든든한 일이지요."

팽팽하게 긴장됐던 좌중의 분위기가 어느 정도 누그러지자, 자야 시로지로는 크게 안도의 한숨을 내쉬며 어깨를 내렸다.

"그런 이야기를 듣고 아무 준비도 없이 불시에 일을 당하실까봐 저도 그저 말씀드렸을 따름으로⋯⋯."

"시로지로 님."

"예, 그러나 이제 안심했습니다."

"공연한 일이 아니오. 일부러 여기까지 찾아오신 보람이 충분히 있었다고 생각하오. 적어도 이 히코자에몬으로서는…… 여차하면 주군께서 북 오미로, 노인께서는 기요스에서 기후까지 달려갈 기세인 것을 확실히 알게 되었으니 말이오."

"그렇게 말씀해 주시니 제 체면도 좀 서는 것 같습니다."

"그쯤 되면 이 히코자는 어디를 쳐야 할까? 아무래도 오사카성을 맨 먼저 공격하지 않으면 안 되겠는걸. 왓핫핫핫…… 덕분에 각오가 섰습니다."

이에야스는 웃음을 거두고 있었다.

"히코자에몬. 이번 상경에는 그대도 데리고 가겠다."

"아, 고맙습니다, 저에게 선봉을 허락하신다는 말씀……."

"그게 아닐세. 사쿠자의 옹고집에 질렸으니 그대라도 세상 구경을 시켜 길들도록 해줘야겠어."

"사람을 길들인다고요…… 마치 사나운 말 다루듯 하시는군요."

"그럼, 사나운 말이 아니라고 생각하나? 자네들을 타고 있으면 대체 어느 방향으로 달려갈지 알 수 없으니 나도 좀처럼 무심해질 수 없단 말이야. 안 그런가, 자야."

이에야스는 말하며 크게 웃고 시동을 불러 명을 내렸다.

"식사준비를 해라."

식사 이야기를 듣자 자야 시로지로는 갑자기 허기가 밀려오는 것을 느꼈다. 그러고 보니 어느덧 낮 2시가 지났는데 아침부터 아무것도 먹은 게 없었다. 모두들 점심도 잊고 열심히 정보를 교환했던 것이다.

"그럼, 주군의 마음은 확고한 것입니까?"

사쿠자가 불쑥 말할 때까지 자야는 이미 이야기가 끝난 것으로 착각하고 있었다.

"움직이지 않는다. 하지만 조금도 걱정하지 말게. 아직 간파쿠가 그런 억지를 부리는 일은 없을 테니."

"그 점은 자야 님이 전하는 소식으로 알고 있는 일. 아무튼 주군, 두고두고 명심하시기를."

"먹고 체하지 말라는 말인가?"

"농담이 아닙니다. 이 사쿠자가 예언해도 좋습니다."

"무엇을 예언한다는 말인가, 할아범."

"이대로 나가다가는 주군은 점점 간파쿠라는 너구리에게 홀릴 것이오."

"또 그 이야기라면 그만 해."

"그만하고 싶지만 그만 할 수 없도록 마음에 걸립니다. 요즈음 주군은 입만 열면 천하를 위해서, 일본을 위해서라고 하십니다."

"그것이 사나이로 태어난 본분이 아닌가?"

"일본을 위해서라는 그 말이 실은 간파쿠의 입버릇이 그대로 전염된 것인 줄 모르십니까? 벌써 홀리고 있는 겁니다, 그게."

"사쿠자, 알았네, 이젠 그만해 둬."

"아니오, 아직 예언은 끝나지 않았습니다. 천하를 위한다는 말씨름에서는 아무래도 간파쿠 너구리가 한 수 위일 겁니다. 이번에 주군이 상경하시면 간파쿠는 틀림없이 마님을 데려오라고 할 것입니다."

"아사히히메를……?"

"예. 오만도코로님이 병중이시니 문병을 겸하여 함께 오라고……."

"허, 그게 예언인가?"

"또 있습니다. 마님을 데려가면 다이나곤이니 뭐니 해서 기분을 띄워준 뒤, 마님을 교토에 남겨두고 가라고 하겠지요."

"그 일 같으면 염려 말게. 그 편이 아사히히메를 위해서도 좋을 것 같아 나도 그럴 생각으로 있으니까."

"흥! 그게 바로 간파쿠 너구리가 원하는 바란 말입니다. 홀리는 쪽은 그쯤에서 제2막으로 들어가지요. 주군은 마님을 뺏기고 혼자 돌아올 겁니다. 그러면 다음에는 마님이 나가마쓰 님을 보고 싶다고 청할 겁니다. 엄연한 모자지간이니 안 된다고 할 수 없지요. 보내게 되면 오기마루 님까지 해서 두 아드님을 볼모로 뺏기고 마는 겁니다."

"허, 참으로 재미있군그래."

"또 있지요. 다음 차례는 오다와라 공격. 이 역시 상대는 단수가 몹시 위인 큰 너구리므로 그때 선봉에 서라는 둥 이마가와 요시모토 같은 무리한 요구는 하지 않을 겁니다. 어차피 이기는 싸움이거든. 자, 이쯤에서부터 홀리기 제3막으로 접어드는 거지요. 은혜와 의리로 얽히고설킨 채 잔뜩 혼이 빠져버렸으니 영토 교체를 하라고 해도, 또 오사카성으로 출사를 하라 해도 꼼짝 못 하게 됩니다. 주군은 일본을 위해 일본을 고스란히 간파쿠 너구리에게 갖다 바치는 꼴이 됐으니까요.
아니, 이거 공연한 말만 오래 지껄였군. 늙은이는 서둘러 오카자키로 돌아가 그렇
게 될 때를 대비하여 기골 있는 젊은이들이나 훈련시켜야겠습니다. 머지않아 오
와리를 쳐야 할 테니까요.”

이렇게 말하고는 시녀들이 밥상을 내오기 시작하는데 사쿠자에몬은 눈알을
허옇게 굴리면서 자리를 털고 일어났다.

“그럼, 자야 님, 나는 할 일이 많아 먼저 실례를.”

이에야스가 사쿠자에몬을 만류할 줄 자야는 알았으나 이에야스는 그냥 앉은
채 붙들지도 않았다.

“그래, 가겠는가?”

한마디 할 뿐, 여전히 느긋한 표정으로 등 뒤에 대고 던지듯 말했다.

“공연히 마음만 젊어서 무리는 하지 말게.”

밥상이 나오는데 돌아가겠다며 자리를 뜨는 쪽도 어지간하지만 그러한 그를
만류하지 않는 이에야스 또한 보통이 아니라고 생각하고 있을 때, 사쿠자에몬은
매섭게 한마디 더 했다.

“암, 어서 그런 무리를 안 하고도 살 수 있게 해주시오.”

그러고는 나가버렸다. 자야는 깜짝 놀라 이에야스를 쳐다보았다.

‘이번에는 정말 분통을 터뜨릴 것이다!’

그런데 이에야스는 그때 이미 히코자에몬을 돌아보며 웃고 있었다.

“어때, 히코자에몬. 자네도 늙으면 저런 옹고집이 될 가능성이 있으니 미리부터
조심하게.”

“이거, 정말 반가운 말씀이십니다. 황공하여 몸 둘 바 모르겠군요.”

“뭐, 반가운 말이라고?”

“예, 이 히코자놈, 저 노인 정도의 못된 인간이 되고 싶다고 불철주야로 노력하
고 있지요.”

“자야, 이 말 들었겠지?”

“……예.”

“어째서 우리 가문에는 대대로 이렇듯 심통 사나운 놈들만 쏟아져 나오는 것일
까…… 간파쿠가 보시면 깜짝 놀랄 것이다. 주인과 신하 사이가 너무 격의 없으

니!"

자야 시로지로는 대답하는 대신 엄숙한 표정으로 밥상 앞에서 합장했다.

여전히 보리밥이었다. 거기에 그릇 바닥이 훤히 비쳐 보이도록 멀건 된장국 한 그릇과 단무지 외에 방금 소금단지에서 뽑아낸 것 같은 말라비틀어진 정어리 한 마리가 올라 있을 뿐이었다.

"시간이 많이 지났군. 시장하겠어. 사양 말고 많이 먹게나."

"황송합니다. 그럼 사양 않고 먹겠습니다."

자야 시로지로는 문득 사카이 상인들의 식탁을 생각해 보았다. 손님에게 내는 식탁이라면 아무리 간소해도 생선회와 야채 조림만은 올라 있는 법이다.

'이제 다이나곤까지 벼슬이 오르려는데도 이토록 가난한 식탁을 받고 계시다 니…….'

자야 시로지로는 눈앞이 뿌옇게 흐려졌다. 히코자에몬은 어떻든 46살인 이에 야스도 참으로 맛있는 듯 젓가락을 옮기고 있었다.

'엄격한 선원(禪院) 생활과도 비할 수 있는 것…….'

자야가 아는 한 상인들 중에서 이처럼 검소한 생활을 지키면서도 늘 활기를 잃지 않는 사람은 혼아미 고지와 고에쓰 부자 정도였다. 고에쓰의 어머니 묘슈(妙 秀)는 엄격한 니치렌(日蓮) 신자로, 남에게서 진귀한 비단옷감을 선물받으면 그것 을 작게 잘라 보자기를 만들어 집에 드나드는 가난한 일꾼의 처자들에게 나눠주 고 자신은 하나도 가지지 않았다. 이웃에서는 이를 두고 '인색하기 때문'이니 어떠 니 말들이 많았지만, 묘슈 부인 스스로는 언제나 무명옷만 몸에 걸쳤다.

이에야스도 어딘가 그것을 닮아 있었다. 소비를 극단적으로 억제하며 늘 불시 의 재난에 대비하고, 오로지 '세상을 위해서' 모든 생각을 해나갔다.

그렇지 않다면 저토록 밝은 표정을……하고 생각했을 때 갑자기 이에야스가 말을 걸어왔다.

"자야, 인간이란 한시도 방심할 수 없는 존재야."

이 느닷없는 이에야스의 말에 자야 시로지로는 젓가락을 손에 쥔 채 이에야스 를 올려다보았다.

"이따금 나도 맛있는 음식이 먹고 싶다."

"예, 그건…… 저 역시……."

"그러나 그때마다 나는 반성하곤 하지. 맛있는 것이 먹고 싶어질 때는 잘 생각해 보면 몹시 피곤해 있을 때야."

"지당하신 말씀이십니다."

"인간은 피곤해서는 안 돼."

"확실히 나이 들면 영양 섭취가……."

"자야, 착각하지 말게."

"예?"

"내가 피곤하다고 한 것은 육신의 피로를 말한 게 아니다."

"아, 예……."

"정신면의 피곤을 말하는 거야. 미식을 하고 싶어질 때는 해야 할 사업, 즉 목적이 흐려져 있을 때라고 말한 것이야."

"아! 예, 그 말씀이셨군요."

"그렇지, 육체는 아무리 맛있는 것만 골라 먹고 몸을 아끼며 잠잔다 해도 100살을 넘길 수 없다. 때가 되면 기력은 반드시 쇠퇴하는 법, 그러나 정신은 죽는 날까지 쇠퇴하지 않게 할 수 있어."

자야는 저도 모르게 젓가락을 살며시 내려놓고 자세를 바로 했다. 그렇게 하지 않을 수 없는 예의범절 때문이기도 했으나 단지 그래서만은 아니었다. 마치 선원에서 훌륭한 스승 앞에 앉아 있는 듯한 느낌이 들었던 것이다.

"편한 자세로 식사하면서 듣게나."

"……예."

"나는 남의 힘의 고마움을 잘 알고 늘 감사하며 지낸다. 하지만 자기 역량의 효력도 잊어서는 안 된다고 생각하지. 그러니 내 밥상에 맛있는 반찬이 올라 있지 않으면, 이에야스가 아직 자신만만하게 정신의 피로를 잊은 채 크나큰 목적을 위해 꾸준히 일하고 있는 것이라고 생각해 주게."

"황송한…… 말씀이십니다."

"진수성찬을 대접하지 못하는 데 대한 변명이랄까…… 이게 진수성찬이다, 자야."

"산해진미보다 훌륭한, 감사하기 그지없는 마음의 진미입니다."

"나 역시 맛있는 음식은 맛있어."

"예, 지당하신 말씀."

"그러나 나는 가난한 백성이 있는 한 그들에게 부끄러워 얼굴을 들지 못할 호사는 삼가야 한다고 늘 생각하고 있지. 사람은 너나 할 것 없이 모두 신불의 사랑하는 자식들이거든."

"옳은 말씀이라고 생각합니다."

"그리고 조금이라도 남보다 호사한다고 생각하면 언젠가 그것이 마음에 부담이 되어 자신감을 잃게 되는 법이다. 어떠냐, 이 밥상 같으면 아직 괜찮은 편이지?"

자야 시로지로는 비로소 그것이 이에야스가 자신의 노고를 치하해 주는 말인 것을 깨달았다. 이에야스의 무심은, 이렇듯 참으로 엄격한 자기반성 위에 선 무심이었던 것이다. 히코자에몬이 조금 전에 무심은 유심, 유심은 무심이라고 말했지만 이것은 예사로운 무심이 아니었다.

그렇게 생각하자 자야는 절로 눈앞이 흐려지며, 그 흐려진 망막 속에 이에야스와는 지극히 대조적인 히데요시의 호화롭기 그지없는 생활이 떠올랐다.

책모(策謀)의 벌레

자야 시로지로는 슨푸성을 나가려다 문득 한 가지 잊었던 일을 생각하고 걸음을 멈추었다. 다름 아니라 나야 쇼안의 딸 고노미에 대한 일이었다. 물론 아직 쇼안에게도 고노미에게도 말하지 않았으나, 호소카와 다다오키 부인의 말을 듣고부터 만일 이에야스에게 그런 생각만 있다면 고노미를 내전으로 들여보낼 일을 한 번 말해 볼까 생각하고 있던 참이었다. 그렇게 되면 사카이 사람들에게나 이에야스에게나 또 자신에게도 편리한 점이 많다.

성안에서는 그런 것까지 생각할 겨를이 없었다. 사쿠자에몬과 이에야스의 말다툼에 가까운 토론에서부터 사이고 부인을 잃은 이에야스의 상심, 그리고 검소한 밥상 앞에서의 이야기 등에 정신을 빼앗겨 지금껏 머릿속에서는 줄곧 무언가 타고 있었다.

'그래, 일부러 되돌아가 말씀드릴 성질의 일은 못된다. 상경하셨을 때 하기로 하자.'

이에야스는 히데요시의 전승을 축하하러 상경할 거라고 했으니까…… 생각하면서 성 정문을 빠져나오려 할 때 세 종자를 거느린 한 무사가 문 앞에서 말을 내려 종종걸음으로 들어오는 것과 정면으로 마주쳤다.

자야는 정중히 머리 숙이고 길을 비켜섰다.

"오, 자야 시로지로 님 아니오?"

"아, 혼다 마사노부 님이시군요."

"잘 됐소! 겨우 만났군. 오카자키의 성주 대리님한테서 귀하가 와 계시다는 말을 듣고 만나고 싶어 말을 달려 돌아오는 참이오. 오래 끌지 않을 테니 우선 성 안의 내 거처까지 함께 가주시지 않겠소?"

자야는 그리 거절해야 할 까닭도 없었다.

"그렇게 하지요."

대답은 했으나 반갑고 그리운 상대로는 생각되지 않았다. 그즈음 슨푸성에서 가장 출세한 중신으로, 야하치로(彌八郞)라고 불리던 옛날부터 줄곧 이에야스 옆에서 일하면서 어느덧 중신 대열에 끼어들었고, 지금은 몇몇 사람들로부터 이에야스의 호신용 칼이니 지혜주머니니 하고 불리는 사람이었다. 물론 그만한 기량이 있어서일 테지만 마사노부를 대할 때마다 자야는 왠지 그 옛날의 오가 야시로가 연상되어 고개를 설레설레 내젓곤 했다.

"그럼, 저에게 볼일이 계셔서 일부러 돌아오시는 길이십니까?"

"그렇소."

마사노부는 벌써 앞장서 부지런히 성문을 지나 왼쪽으로 접어든 뒤 자기 집 쪽으로 걸어가고 있었다.

"실은 자야 님에게 은밀히 의논할 일이 있소."

"저에게 은밀한 의논이……."

"걸어가면서 할 수 있는 이야기가 아니오. 오늘 밤은 내 집에 머무르시도록 하시오. 천천히 의견을 듣고 싶으니."

"그야 뭐, 오늘 꼭 떠나야 할 만큼 급한 볼 일도 없으니."

"그럴 것이오. 아무 대접도 해드릴 수는 없지만, 실은 교토의 오구리 다이로쿠에게서 심상치 않은 정보를 들어와 거기에 대해 자야 님 의견을 꼭 들어보고 싶소."

"정보……?"

"그렇소. 아사이 나가마사의 딸 자차히메가 간파쿠의 소실이 된다는…… 그대도 얼마쯤 들었겠지만, 만일 그게 사실이라면 이건 굉장한 희소식이오!"

무슨 생각을 하는지 혼다 마사노부는 흥겨운 듯 말하면서 자기 집 현관으로 들어갔다. 자야를 데리고 거실로 들어설 때까지 혼다 마사노부는 왠지 몹시 들떠 있었다.

"교토에서 오신 귀한 손님이시다. 먼저 중요한 이야기가 있으니 아무도 들어오지 못하게 해라. 일이 끝나면 손뼉 쳐 부를 테니 음식 마련을 미리 해 두도록. 손뼉 치거든 상을 들여와, 알겠지? 술을 곁들여서……."

걸음을 옮기면서 청지기와 아내에게 이르고 거실에 들어가, 단둘이 마주 앉자 갑자기 사람이 달라졌나 싶을 만큼 근엄한 태도로 바뀌었다.

자야는 내심 의아한 생각이 들어 고개를 갸웃거렸다. 교토에 파견되어 주재하고 있는 특사 오구리 다이로쿠에게서 자차히메가 히데요시의 측실로 들어간다는 소식이 있었다……는 것이 어찌하여 그렇듯 중요한 일인 것일까?

"자야 님—"

"예."

"설마 우리 주군의 은공을 잊어버린 것은 아니겠지?"

"그야 물론……."

대답하면서 자야는 속이 왈칵 뒤집히는 것을 느꼈다.

'새삼스럽게 무슨 그따위 말을…….'

네 따위보다는 내가 이에야스를 훨씬 더 깊이 알고 있다……는 반감을 자야는 꾹 밀어 넣었다.

'이도저도 다 이에야스를 위해 하는 일이겠지…….'

"그렇다면 말하겠는데, 지금 도쿠가 집안과 간파쿠 두 집안은 겉으로는 화친을 맺고 있으면서도 사실은 먹느냐 먹히느냐의 중대한 기로에 서 있소."

"그렇습니까?"

"그러니 내 말을 소홀하게 들어 넘겨서는 안 된다는 말이오. 내가 하는 말은 곧 주군 말씀이니……아니, 주군께서 차마 못하시는 말을 내가 대신하는 거라고 이해하시오."

"알았습니다."

"이렇게 다짐부터 받는 것을 용서하시오. 그만큼 중요한 이야기를 의논하고 싶어서 그러는 것이니."

자야는 저도 모르게 그만 웃음이 터져 나올 뻔했다. 제 아무리 근엄한 척 꾸며도 끝내 본색을 감추지 못하는 인물들이 세상에는 비교적 많다. 히데요시도 그 가운데 한 사람이었으나 혼다 마사노부도 엉터리 비슷한 광대기가 있는 모양이다.

"자야 님도 나도 주군을 위해 모든 것을 아낌없이 바치는 사람들 아니오? 그러나 무슨 일이든 조심하는 것 이상 없으니 이 일에 대해서는 결코 말이 새지 않도록 해주시오."

"잘 알겠습니다."

"아까도 잠깐 말씀드렸지만 아사이 나가마사의 딸이 간파쿠의 측실이 된다는 것도 놓쳐서는 안 될 좋은 기회의 하나일 거요."

"그렇게 말씀하시니 저로서는 좀 이해가 안 되는데요."

자야의 말에 혼다 마사노부는 다시 진지한 얼굴로 돌아가 가슴을 젖혔다.

"자야 님, 내 지혜는 아무래도 보통 사람들의 의표를 찌를지도 모르겠소."

"그렇군요."

"만일 아사이 나가마사의 딸이 간파쿠의 자식을 낳는다면 어떻게 되겠소?"

"글쎄요, 그렇게 되는 날이면 간파쿠의 후계자가 될지도……."

마사노부는 크게 고개를 끄덕였다.

"그렇소! 그런데 그게 간파쿠의 씨가 아니고 엉뚱한 남의 자식이라면 어떻게 될까요?"

자야는 어처구니없어 눈을 깜박거리며 마사노부를 똑바로 쳐다보았다.

마사노부는 목을 앞으로 쑥 내밀며 눈알을 번들거리고 있었다.

자야 시로지로는 다시 한번 되묻지 않을 수 없었다.

"아사이 가문의 딸이 간파쿠의 자식을 낳는다……고 하셨지요?"

상대의 말이 너무도 엉뚱하여 농담인지 진담인지 도무지 판단할 수 없었던 것이다.

혼다 마사노부는 엄숙하게 고개를 끄덕여 보였다.

"그렇소! 그 측실의 자식이 간파쿠의 씨가 아니고 남의 자식이라면 어떻게 되겠느냐고 말했소."

"남의 자식……?"

"그렇소. 본디부터 간파쿠는 자차히메의 철천지원수, 게다가 나이 차이 또한 엄청나니 늘 곁에 가까이 불러 잠자리를 같이 할 수는 없을 것 아니오. 그리 되면 규방이 쓸쓸할 것은 당연한 이치지."

자야는 마사노부의 얼굴을 뚫어지게 쳐다보면서 대답하지 않았다.

혼다 마사노부는 그들의 상식으로는 평가할 수 없는 무사……라고 누군가 하는 말을 얼핏 들은 기억이 있긴 했으나 이렇듯 인생의 비밀을 태연하게 입에 올리는 인물일 줄은 꿈에도 생각지 못했다. 적어도 이런 말을 예사로 입에 담는 무사라면, 무사의 윗자리에 둘 수 없는 불결한 인품……이라고 자야는 생각했다.

마사노부는 목소리를 낮췄다.

"모르겠소? 아마 알면서도 모르는 척하려는 표정 같군. 그렇다면 설명하는 방법이 따로 있지. 세상에는 병법군략이라는 것이 있소."

"그야 있습니다만……."

"군략이란 상대의 실력을 살피고 여러 모로 뜯어보며 어디에 약점이 있는지를 찾아내는 것이오. 그것을 찾아내어 상대를 무너뜨리는 묘수를 썼다고 해서 이것을 칭찬하면 했지 결코 비겁하다고는 하지 않소. 전쟁 이외의 흥정도 마찬가지 원리라 할 것이오. 비겁하다 옹졸하다 해보았자 싸움에 지고 나면 아무 소용없소. 이겨야 하오! 이기기 위해서는 상대방의 약점을 샅샅이 살펴 급소를 찔러야만 하오."

자야는 불쾌한 감정을 누르며 상대의 말을 가로막았다.

"말씀 중입니다만…… 그럼, 혼다 님은 간파쿠의 침실에까지 책략의 손길을 뻗치지 않으면 싸움에서 진다고 생각하시는지요?"

"하하하…… 지지는 않소. 지금 형세는 아주 대등하거든. 그러나 이기고 있는 것도 아니오. 그래서 꼭 이겨야 한다는 말이오."

"이겨서 어떻게 하시겠다는 겁니까."

"뻔하지. 간파쿠의 천하를 도쿠가와의 천하로 바꿔야 하오!"

"그, 그것은 주군의 뜻에서 나온 말씀이신가요?"

마사노부는 다시 한번 어린아이를 어르는 듯한 얼굴로 웃었다.

"자야 님. 내가 이 말을 남에게 해서는 안 된다고 한 건 바로 그 점 때문이오. 그것이 주군의 뜻이건 아니건 우리들 신하된 자의 입장에서 일이 그렇게 되도록 추진해야 한다고 믿소. 자야 님은 아직 이해가 덜 되어 아마 주군으로 하여금 천하를 쥐게 하여 혼다 마사노부가 출세를 도모한다…… 도쿠가와 집안의 집권 아래에서 천하를 마음대로 주물러보려 한다……고 생각하시는 것 같은데, 자야 님,

나는 그렇지 않다고는 않겠소. 그것도 있겠지요. 그러나 그것뿐만이 아니오. 다만 지금까지 겪어온 것처럼 간파쿠에게 당하는 게 싫소. 아시겠소? 나는 남에게 지는 것은 참지 못하는 천성이란 말이오."

자야는 저도 모르게 탄성을 질렀다.

'과연 이자는 대단한 인물이군……'

결코 상대의 말에 감동한 것은 아니었다. 그 엄청난 뻔뻔스러움과 불가사의한 두뇌에 어리둥절해진 것이다.

"이제 조금은 이해한 것 같은 얼굴이구려. 자야 님, 나는 현실세계에 있는 모든 것에서 한시도 눈을 떼어서는 안 된다는 생각을 갖고 있소. 아까의 이야기만 해도 결코 세상에 없는 이야기가 아니오. 자야 님, 쓰키야마 마님 이야기를 아실 테지요."

"깊이 알지는 못합니다."

"일부러 그렇게 말하는 거라면 그래도 좋소. 그러나 모르고 있었다면 이는 정말 작은 일이 아니오. 나도 평소에는 입에 올리지 않았으나 오늘은 분명히 밝히리라. 쓰키야마 마님은 독수공방을 견디다 못 해…… 사내 품이 그리워 주군을 배반했소. 우리 문중에도 이런 일이 있었소. 간파쿠 댁 안방이라고 해서 없으란 법은 없겠지."

자야는 상대의 집요함에 그만 질리기 시작했다. 그가 하는 말에도 일리가 없지 않다. 싸움터에도 군략이 있는 것이니 정치나 외교에 그것이 있다 해서 나쁠 것은 없다. 그러나 상대의 인간적인 약점을 찾아내어 그것으로 대책을 세운다는 것은 아무래도 추악해 견딜 수 없었다.

"이제 알아들으신 모양이구려. 아시겠소. 이렇게 하면 비겁하다, 저렇게 하면 도리에 벗어난다……고 여기는 우유부단한 선인은, 체면도 염치도 없이 과감하게 덤비는 악인에게 대적하지 못하고 어처구니없이 당하고 마는 거요. 그 점에 있어 주군과 내 생각에는 얼마쯤 거리가 있소. 주군은 선인이 되려 하시고 나는 철저한 악인이 되려고 생각하고 있지요. 물론 이것은 어디까지나 도쿠가 집안을 위해서지만……."

"알겠습니다. 혼다 님은 대체 저에게 무엇을 어떻게 하라는 것입니까?"

"대단한 일은 아니오. 자야 님 손길이 미치는 아리따운 여자 하나를 간파쿠 전하의 내전으로 들여보내 주었으면 하는 것이오."

"제 손길이 미치는 여자를……."

"나도 들어서 알고 있소. 소에키 님에게 굉장한 과부 딸이 있으며, 자야 님과 가까이 지내는 나야 소안 댁에도 훌륭한 따님이 있다지요……."

"허……."

자야는 이 기괴한 책략을 즐기는 혼다 마사노부에게 차츰 흥미를 느끼기 시작했다.

'대체 무슨 생각을 하고 있는지 어디 끝까지 들어보자…….'

"그럼, 그 둘 가운데 어느 한 사람을 간파쿠 곁에 들여보내 무엇을 명령하라는 겁니까?"

"특별히 이를 것도 없겠지요. 여자란 백이면 아흔 아홉은 남자의 손길이 한 번 닿으면 다음부터는 사랑을 독차지하려고 미쳐 날뛰게 되니까. 그러면 되는 거요. 그뿐이오."

"그 말씀만으로는 아직 잘 알아들을 수 없습니다. 그리고 나서는 일의 순서가 어떻게 진행되는 것입니까."

"하하…… 아무래도 내 생각을 따라오지 못하는 것 같구려. 그쯤 된 뒤 잘생긴 젊은이를 자차히메 옆에 넣어주는 것이오. 그러나 그것까지 자야 님 손을 빌릴 것은 없겠지. 다른 사람을 골라서 하겠소."

"과연, 그렇게 되면 아사이의 자차히메는 그 젊은이와 불의의 관계를 맺을 것이다…… 그런 음란한 기질을 가지고 있다……고 보시는 모양이군요."

"하하하…… 자야 님, 거기가 조금 틀렸소. 세상에 특별히 음란한 여자나 뛰어나게 정조 굳은 여자가 따로 있는 게 아니오. 계집은 어디까지나 계집, 사나이는 끝까지 사내거든. 주위 분위기, 놓인 입장, 그리고 정해진 사내에게 불만이 있고 없고에 따라 언제든 탈선할 수 있는 거요."

마사노부는 다시 눈을 가늘게 뜨고 자야의 반응을 기다렸다. 자야는 차츰 자신이 관찰자의 위치에서 점점 미끄러져 내려가는 것을 느꼈다.

'이런 판국에 화내본들…….'

생각하면서도 역겨움을 억누를 수 없었다.

"그렇다면 접근 방법이며 주위 분위기는 혼다 님이 따로 손쓸 테니 이 자야에게는 자차히메와 겨룰 만한 미인을 들여보내라는 말씀이군요."

"이제 아셨소?"

"예, 잘 알겠습니다."

자야는 일단 재빨리 맞장구쳐 놓고 대답해 버렸다.

"그러나 이 부탁은 맡을 수 없겠는데요."

그리고 자신의 입술이 저절로 일그러지는 것을 느꼈다.

혼다 마사노부도 히죽 웃었다. 과분한 자리에 앉아서 그 무슨 해괴한 소리냐……는 생각을 하고 있는 자야의 기분은 싹 무시할 작정인지 뜻밖에 점잖게 나왔다.

"맡지 못하겠다는 말씀이오? 그 까닭을 들려주실 수 있겠소?"

뜻밖에도 점잖은 태도였다.

"그 까닭이야 인간의 근본과 관계되는 일이라고 생각됩니다만."

"인간의 근본……?"

"아까 혼다 님도 말씀하셨듯 인간에게는 선인이 되려고 힘쓰는 분과 철저한 악인이 되지 않고는 승리를 얻을 수 없다고 생각하는 분이 있다고 하셨지요."

"그것은 분명 그렇소."

"이 자야는 선인이고자 원하는 쪽의 인간이어서, 혼다 님 부탁을 받들려면 이 사고방식 자체부터 바꾸지 않으면 안 됩니다."

"그렇다면 지금은 아직 변함없다는 말씀이신가?"

"당분간은 바뀔 것 같지 않습니다."

"그 때문에 큰 낭패를 초래해도 말이오?"

자야는 마침내 상대 이상의 열띤 표정으로 몸을 앞으로 내밀고 말았다.

"혼다 님! 거기에 혼다 님과 제 생각의 차이가 있는 것 같습니다. 훌륭한 선인이 되고자 노력하는 자가, 철두철미 악인이고자 하는 자에게 지고 만다……는데 이 자야는 도저히 동의할 수 없는데요."

"음."

"그러므로 만일 제 생각이 달라진다 하더라도 혼다 님께 도움 되어 드릴만큼 가까운 장래에 바뀔 것 같지 않습니다. 이런 사정을 깊이 헤아려 주시기를."

"하하하…… 보기 좋게 거절당했군."

"아무튼 사람 저마다의 처세에 관한 일이니 너그러이 양해해 주십시오."

"그럼, 자야 님은 선을 추구해서 간파쿠를 이길 길이 있다는 거요?"

"그렇습니다, 어느 세상에서든 선을 지향하는 자가 이긴다, 이것이 우리가 살아가는 조건입니다."

"예를 들면……."

"간파쿠의 시정이 제 아무리 훌륭하더라도 반드시 어디엔가 부족한 부분이 있을 겁니다. 그것을 안으로부터 보좌하여 만민을 위해 일하게 되면 간파쿠도 주군을 무시할 수 없게 될 것이며, 긴 안목으로 볼 때 그것이 마침내 승리의 길……이라는 것이 주군의 생각 아니겠습니까?"

과감하게 거기까지 말하자 혼다 마사노부는 흠칫 자세를 고쳤다. 자야는 상대가 왜 갑자기 자세를 바로잡고 정색하는지 얼른 판단이 서지 않았다. 그만큼 마사노부의 거동이 갑작스러웠던 것이다.

'내가 한 말이 너무 지나쳐 화난 것인가…….'

그렇게 생각했을 때 마사노부는 자야 앞에 손을 넙죽 짚었다.

"아니, 왜 이러십니까, 혼다 님."

그러나 마사노부는 대꾸가 없었다. 마치 부복하듯 낮게 머리 숙이고 어깨를 가늘게 떨고 있다.

"혼다 님! 왜, 왜 이러십니까?"

"으으……."

"어디가 편찮으신지요……? 사람을 부를까요, 혼다 님?"

"아니, 아니오. 실수였소! 내가 큰 실수를 했소……."

그제야 자야는 마사노부가 울고 있는 게 아닌가 하는 생각이 들었다.

'그러나 뭣 때문에……?'

생각할수록 점점 더 알 수 없는 일이었다.

조금 전까지만 해도 그토록 자기가 하고 싶은 말을 거침없이 해대던 상대가, 갑자기 두 손 짚고 눈물을 흘리기 시작했으니 무리도 아니다.

"내 실수였소!"

마사노부는 다시 한번 신음하듯 말하며 윗몸을 일으켰다.

"자야 님, 용서하시오. 주군의 신임이 두터운 자야 님을 시험하려던 이 마사노부의 의심을 용서해 주시오."

"그러시면 이 자야를 시험하시려고?"

"마음에도 없는 자차히메 이야기를 이것저것 늘어놓아 보았지요. 이야기하면서도 부끄러웠소! 나의 얄팍한 꾀로는 발밑에도 따를 수 없구려."

"갑자기 그런 말씀을 하시면……"

"아니, 과연 주군의 두터운 신임을 받는 자야 님, 이로써 마사노부도 안심하고 큰일을 털어놓을 수 있겠습니다."

자야는 다시 한번 아연했다. 아마도 지금까지는 마사노부가 시험 삼아 한 말이고, 진짜 이야기는 지금부터라는 말인 것 같다. 실로 기이한 성격의 소유자라 할만했다.

마사노부는 점잖게 손가락 끝으로 눈두덩을 누른 다음, 다시 한번 머리 숙였다.

"주군으로부터 자야 님의 인물됨을 여러 차례 들었으면서도, 이 마사노부는 내 눈으로 확인하지 않고는 안심할 수 없다는 불손한 생각을 품었소. 용서하시기 바라오."

"혼다 님, 우선 손을 거두시지요. 자야 시로지로 대답드리기 난처합니다."

"아니오, 과연 듣기보다 더욱 깊은 도량…… 새삼스레 말씀드릴 것도 없지만 지금까지의 이야기는 강물에 씻어버려 주시오."

"……"

"그리고 이제부터 마사노부가 말씀드리는 내용에 대해 기탄없는 의견도 듣고 싶소."

마사노부는 다시금 사람이 변한 듯 야릇한 성실함을 나타내 보이면서 말을 이었다.

"첫째로 알고 싶은 것은, 올해 6월 19일부터 간파쿠는 예수교 외국인 신부들에게 20일 동안의 기한부로 일본을 떠나라는 명령을 내리셨다는 풍문이 있는데 혹 들으신 일이 있는지. 물론 그렇게 되면 나가사키 땅도 그들 손에서 되찾을 것이라고 생각되는데……"

그것은 자야 시로지로가 놀랄 만큼 진지한 목소리였다. 자야는 숨죽이며 마사노부를 찬찬히 바라보았다. 신이 나서 남녀 사이의 일들을 설명하던 사람 입에서 별안간 예수교 이야기가 나왔으므로 자야의 머리로는 그 비약을 따라가기 힘겨웠던 것이다.

"들으신 이야기가 있으시다면 뒷날을 위해 한번 들려주셨으면 하오만."

"예, 분명히 들은 적은 있습니다만······."

"그렇다면 거기에 반대하는 영주들이 규슈 땅에 혹시 없었소?"

"거기까지는 아직."

"아니, 속으로 불만 있어도 겉으로 드러내지 않는 영주도 있을지 모르지요. 그런데 그 금지령 내용이 어떤 조문으로 되어 있는지 혹시 들으셨는지?"

"실은 사카이에 그런 소문이 있다는 정도밖에 듣지 못했습니다."

"역시, 아직은 살필 시간이 없었겠지요. 그럼 내가 알아본 내용을 말씀드리기로 하고 그 진위는 후일에 밝혀주시면 좋겠소. 내게 들어온 정보에 의하면, 일반 서민이 예수교를 믿는 것은 허락하나 200정보(町步), 2, 3000석 이상의 무사는 당국의 허가를 얻지 않으면 신앙을 가질 수 없다. 또 나라의 고을을 다스리는 영주들이 그 가족이나 영내 백성들에게 예수교를 강권하는 것은 불법이므로 금지한다. 이것은 천하의 사업에 지장되니 이것을 분별 못하는 자에게는 가차 없이 벌을 내리겠다······ 그리고 신도를 가장하여 당나라, 남만, 조선 등에 일본인을 노예로 팔아먹는 일, 또 소나 말고기를 먹는 것도 엄금한다고 했소."

자야 시로지로는 또 한 번 숨을 삼키고 마사노부를 고쳐 보았다. 슨푸에 있는 마사노부가 어찌하여 사카이 가까이 살고 있는 자야 이상으로 예수교 일에 이르기까지 이처럼 소상하게 알고 있는 것일까?

'정말 보통 인물이 아니다······.'

그러한 놀라움과 무엇 때문에 이런 것을 조사하고 있는가 하는 의문이 크게 겹쳐졌다.

"간파쿠가 이 같은 금지령을 내리게 된 직접적인 원인은 본디 신국(神國)인 일본 땅에 예수교 나라의 못된 법을 퍼뜨려 신사불각(神社佛閣)을 마구 파괴하는 등 전대미문의 폭행사건이 벌어진 때문이라고 했소. 그런 소문을 조금이라도 들으셨는지."

"전혀 못 들었습니다만."

"물론 일본인이 노예로 다른 나라에 팔려 간다는 사실을 안 분도 있을 거요.

그러나 그보다도 간파쿠의 신하인 영주가 예수교의 강력한 후원자가 되어 그런 못된 짓에 가담하고 있다는 사실이 간파쿠로서는 견딜 수 없는 일이었겠지요. 그렇지 않겠소?"

"그런 성미이시니 참을 수 없었을 겁니다."

"그렇다고 신앙 문제에까지 일일이 간섭하게 되면 영주들 불만도 적지 않을 텐데."

"옳으신 말씀."

"내가 자야 님에게 살펴주기 부탁하고 싶은 것은 바로 그 점이오. 전례는 얼마든지 있소. 잇코 종도들의 폭동, 니치렌 종도들의 소동…… 이것은 노부나가 공도, 그리고 우리 주군도 한껏 쓰디쓴 경험을 하고 애먹었지요. 그러한 일이 간파쿠 치하에서도 일어나고 있다……면 어찌 소홀히 보아 넘길 수 있겠소. 아시겠소, 자야 님?"

마사노부의 입가에 네 번째로 기분 나쁜 웃음이 떠올랐다.

자야 시로지로는 왠지 모르게 등줄기가 오싹했다. 몹시 성실한 듯 보이는가 하면, 다음 순간 흉물스러운 저 웃음…… 화내는가 하면 눈물을 흘리고, 거만하다 싶으면 몹시 겸손해진다.

'일곱 개의 얼굴을 가진 이상한 사람이다.'

그렇게 생각하자 자야는 다시금 당황하여 마사노부의 참뜻이 어디에 있는지 뒤쫓지 않으면 안 되었다. 히데요시가 마사노부의 말대로 예수교 신앙을 제한하고 신부들을 나라 밖으로 추방한다고 해서, 그것이 도쿠가와 가문과 어떤 관계 있는 것일까? 이 문제에 이르자 자야는 다시 구름을 잡는 듯한 의문 속에 빠져들었다.

마사노부의 민감한 눈은 그것을 금방 알아차린 것 같았다.

"그런 의문을 가지시는 것도 당연하지요."

자야가 마치 이미 그렇게 말하기라도 한 것처럼 마사노부는 목소리를 낮추었다.

"주군이나 자야 님이 말하듯 도쿠가와 가문이 간파쿠를, 일본을 위한다는 선의의 큰 목적 위에 서서 감시해 나간다고 치면 더욱 그런 거요. 늘 상대가 갖는…… 어쩌면 앞으로 갖게 될 적에 대해서도 충분히 눈길이 미치지 않으면 안 되오. 그렇게 생각하지 않으시오?"

"그렇군요. 그런 필요도 있겠지요."

"있느니 없느니 할 단계가 아니오. 언제나 알고 있어야만, 어느 때든 그것을 제압하여 불온한 난동을 미리 막을 수 있고, 또한 그것을 역이용해 간파쿠를 누를 수도 있겠지요. 어떻습니까, 자야 님, 이 마사노부의 생각이?"

"아!"

자야는 저도 모르게 손으로 입을 막았다. 마사노부의 눈 속에 번들거리는 교활한 빛이 번개같이 가슴을 찔러왔다. 혼다 마사노부는 새로이 예수교 제한 문제로 말미암아 일어나는 히데요시에 대한 반감을 한데 모아 자기편으로 끌어들이려는 구상을 이야기하고 있는 게 분명했다.

"알아들으신 모양이구려."

마사노부는 다시 웃었다. 그러나 그것은 조금 전의 웃음처럼 음흉하고 교활한 것은 이미 아니었다. 생각했던 대로 이야기를 진행시킬 수 있어 마음 놓은 듯한 웃음이었다.

"정말 탄복했습니다! 이 자야 같은 건 어림도 없는 그 기막힌 눈빛……이제 저도 완전히 알았습니다."

"마사노부의 마음속을 알아 보셨다는 말씀이신지요?"

"아닙니다, 주군께서 혼다 님을 중히 여기시는 까닭을 비로소 깨달았습니다. 정말 놀랍습니다."

"하하하…… 참으로 겸연쩍은 칭찬을 늘어놓으시는군. 그런데 만일 간파쿠가 도쿠가와 문중의 영토 교체 문제를 꺼내는 날이면 서쪽의 예수교 영주들과 손잡아야 할 것이오. 그래서 자야 님."

"예."

"만일의 경우에는 자야 님 힘으로 그들과 손잡을 수 있도록 여러 가지로 힘 되어 주시도록 이렇게 와주십사 한 것이니, 그렇게 아시기를."

"그야 뭐……"

"이야기는 그것뿐이오. 이젠 아무것도 없소. 이런, 어느새 날이 다 저물었군. 여봐라, 준비되었거든 술상을 들여오너라."

자야는 그날 밤을 성안에 있는 마사노부의 집에서 묵고, 이튿날 아침 교토로 향했다. 성 아래거리의 여인숙에 들게 했던 사동 둘을 데리고, 서둘러 도카이도 길로 돌아가는 자야의 가슴속에서는 언제까지나 혼다 마사노부의 그림자가 사라지지 않았다.

'과연 불가사의한 지혜 주머니를 가진 사나이……'

그러나 자야는 왠지 그에게 호감이 가지 않았다…… 아마 히데요시와 겨루게 해도 손색없을 듯 보이는 예리한 머리를 가졌으면서도 한 번, 두 번, 세 번 끝도 없이 회전하는 두뇌는 그 회전이 잘 될수록 뒷맛이 개운치 않은 불신 비슷한 것을 뒤에 남겼다.

혼다 사쿠자에몬, 오쿠보 히코자에몬, 사카키바라 고헤이타, 이이 나오마사 등 지나치게 분명한 사람들에게도 일종의 허전함을 느꼈지만, 이 혼다 마사노부라는 자는 어디가 뼈대고 어디가 살인지 도무지 분간할 수가 없었다.

'과연 이에야스는 그러한 면을 높이 사서 부리고 있는 것일까?'

그런 생각이 들자 갑자기 한 가지 불안이 떠올랐다.

'이시카와 가즈마사와는 전혀 질이 다른 귀재(鬼才)다. 그는……'

그 귀재가 어쩌면 이에야스의 본연의 모습을 가리는 커다란 검은 구름이 되는 것은 아닐까……? 그가 풍부한 정보망으로 자야를 압도하던 예수교에 대한 해박한 지식만 해도, 대체 어디서 그런 정보를 얻어냈을까 생각하니 불안스러웠다.

'혹시 누구와 내통하고 있는 것은 아닌지……?'

물론 그러한 빈틈없는 인물이니 스스로는 어디까지나 도쿠가와 문중의 대들보가 되려는 것일 테지만, 꾀 많은 자는 특히 자신의 꾀에 빠지기 쉬워 그로 말미암아 도리어 꼼짝 못 할 궁지에 몰려 때로 적의 수중에 떨어지고 마는 경우가 있는 법인데…….

그런 생각을 하면서 오이강을 건너고, 덴류강을 건너 하마마쓰 언저리에 이르렀을 무렵, 자야는 문득 누군가 미행하고 있는 것을 느꼈다.

"얘야, 조키치, 오늘도 두 떠돌이 무사가 우리 뒤를 좇아오는 것 같구나."

"예, 이따금 갓을 들어 우리를 살피고 있는 듯합니다."

"그러게 말이다, 아무래도 우리를 따라오고 있는 것 같아."

"그러고 보니, 바깥 성문 가까이에서는 우리 앞을 가다가 일부러 뒤처진 듯한 생각이 드는군요."

"어디서부터 우리를 뒤쫓은 것일까. 우리 뒤를 쫓아왔다면 말이야……."

"처음 눈에 띈 것은 가나야(金谷) 언저리였습니다. 그렇지, 시마키치?"

"저는 전혀 몰랐어요…… 지금 말씀을 듣고 깜짝 놀랐습니다."

"좋아, 어쩌면 슨푸의 어느 분이 우리 신변을 지켜주려고 은밀한 호위를 딸려 보냈는지도 모르지. 이제 곧 하마마쓰다."

그렇게 말하고 바짝 마른 길을 걸어 마고메강 다리목에 이르렀을 때였다.

"거기 가는 상인들, 잠깐 기다리시오."

천천히 나와 앞길을 가로막은 사람은 눈에 익은 그 두 떠돌이 무사였다. 앞을 막아 선 두 사람은 갓을 벗으려 하지 않았다. 한 사람은 자야 앞에 버티어 섰고, 또 한 사람은 조금 떨어져 흐르는 강물을 내려다보고 있었다. 두 사람 다 신고 있는 짚신에서 칼자루까지 흙먼지를 뒤집어쓰고 있었다.

"예, 어느 가문의 누구신지요. 또 무슨 일로 그러시는지요?"

"당신들은 교토 사람이군?"

"예, 그렇습니다."

"도쿠가와 가문의 피륙 상인 자야 님인 것 같은데 잘못 본 건가?"

"잘 아시는군요. 제가 그 자야올시다, 그런데 댁은?"

"이름을 댈 만한 사람은 못 돼. 무슨 일로 어디에 갔다 오는가?"

"허참, 이름도 밝히지 않는 분이 그런 것을 왜 알려고?"

상대는 그 말에는 대꾸하지 않고 물었다.

"순순히 말할 수 없을까?"

가벼운 말이었으나 말끝에 위협이 담겨 있었다.

"순순히 말하지 않겠다면 굳이 들을 필요 없네. 우리는 특별히 그것을 알아오라는 명령을 받지는 않았으니까."

"명령이라……고 하셨습니까? 그 말씀을 들으니 이번엔 이쪽이 궁금해지는군요. 어느 영주님 신하이신가요?"

"그건 밝힐 수 없다, 용무가 용무인 만큼."

상대는 더위 때문에 콧잔등에 흥건히 내밴 땀을 손바닥으로 문질렀다.

"어때, 이쯤이면?"

강물을 보고 있는 일행에게 묻자 그가 먼지를 걷어차듯 다가왔다.

"동서 어느 쪽에도 사람 그림자는 없군. 여기가 좋겠어. 하마마쓰에 들어가기 전에."

"그래? 그럼."

말하면서 그들은 칼자루를 잡았다.

"자야 님."

"왜 그러십니까?"

"개인적으로는 아무 원한도 없소. 그러나 방금 들은 그대로요. 전쟁이 사라지니 사람을 베는 것도 시절의 변화를 좇아 변하는구먼."

자야 시로지로는 사동 조키치를 돌아보면서 칼에는 손도 대지 않았다.

"그럼, 누구인지는 모르나 이 자야를 베라고 명령한 분이 계시군요."

"그런 셈이지."

"그러니 더욱 알고 싶어지는데 그게 대체 누구요?"

"흐흐……."

뒤에서 다가선 쪽이 코끝으로 웃었다. 나이를 보니 처음 말을 걸어오던 쪽보다 4, 5살 젊어보였다.

"알고 싶을 거야, 자야. 나 역시 자네가 왜 죽어야 하는지 그게 알고 싶다. 자네는 대체 무엇하러 교토에서 슨푸까지 갔었나?"

"가업인 포목 주문을 받으러 왔소."

"그것은 겉으로 내놓는 구실이고, 자네가 도쿠가와 집안의 밀정이라는 것쯤은 교토, 오사카에서 모르는 자가 없어. 자네 혼다 마사노부를 만나 무슨 이야기를 하고 왔나?"

자야는 흠칫하면서 한 걸음 뒤로 물러섰다.

"그렇게 물어봤자 대답할 리 없지. 그만하고 베어버리세."

"음, 그게 좋겠어."

두 사람은 서로 고개를 끄덕이고 나서 칼을 뽑았다.

"주인님!"

사동 조키치가 뒤로 팔짝 물러서며 칼을 뽑아들었다…… 자야는 사동을 제지하고 나서 다시 한번 공손히 두 사람에게 머리 숙였다.

"농담이시라면 이 정도로 하시지요. 이 더운 날씨에 쓸데없는 짓입니다."

"뭐, 농담이라고?"

"예, 저를 자야인 줄 아시는 분이라면, 이 자야가 옛날에 무엇을 하던 사람인지 쯤은 아실 텐데요."

"음."

"자야도 전에 마쓰모토 기요노부라는 이름으로 불렸던 무사, 칼이라면 이 싸움터 저 전투에서 신물 날 정도로 경험한 사람이오."

젊은 쪽이 칼끝을 바싹 추켜들며 소리쳤다.

"그, 그것이 어쨌다는 거냐!"

자야는 물러서지 않았다. 두 다리를 반쯤 벌려 허리를 엉거주춤하게 낮추고 한 손으로 삿갓모서리를 잡은 채 나직하게 웃었다.

"그래서 당신들에게 살의가 없다는 걸 한눈에 알 수 있는 거요. 모처럼 장난하려면 더욱 깜짝 놀라게 하는 편이 더 재미있을 텐데. 게다가 칼날에는 인간의 의사와는 생판 다른 움직임이 있는 법. 장난으로 시작했던 것이 어쩌다가 살기로 변하면, 손해 보는 것은 두 분이오."

"그게 무슨 뜻인가. 칼싸움을 벌이면 당신이 이긴다는 말인가."

자야는 여전히 자세를 흩트리지 않고 말했다.

"그렇소. 우리 셋은 이런 산길에서의 위험한 일에 익숙하니까."

"자식! 우리를 깔보는군."

"천만에! 죽음의 신은 변덕쟁이라는 것도 잘 알고 있소. 살의가 없을 때 칼을 거두시오. 그리고 서로 손해되지 않을 말을 나눌 수 있을 거요. 어떻소, 저 둑 아래 버드나무 옆에 바위가 있군. 그늘에서 시원한 강바람이나 쐬면서 이야기를 나누어 보는 게."

조용한 말투로 권하자 젊은 쪽이 동행에게 흘끗 눈짓했다. 동행은 거기에 대답을 한 것인지 아닌지 번개같이 앞으로 한 걸음 내디디며 새하얀 칼날을 비스듬히 내리쳤다.

"얍!"

조키치가 나직하게 부르짖었다.

"앗!"

자야는 꿈쩍도 하지 않는 모습이었다. 쓰고 있던 삿갓이 두 조각 나고 그리로 눈부신 햇살이 비쳐들었다.

"하하하…… 보십시오. 칼에는 칼 자체가 갖는 위험한 면이 있는 법이오."

상대는 다시 칼을 휘두르기 전에 나직하게 신음소리를 뱉으며 한 걸음 뒤로 물러섰다. 꿈쩍도 하지 않는 자야의 여유가 상대를 적잖이 놀라게 한 모양이다.

"음, 과연 대단한 뱃심이군."

"아니지요. 당신들에게 벨 마음이 없다는 것을 알았을 뿐이오."

"벨 마음이 없다는 걸 어떻게 알았나?"

"눈동자 속에 베면 안 된다고 씌어 있소."

"음!"

그들은 다시 한번 서로 눈짓을 교환한 뒤 칼을 수직으로 치켜들었다.

자야가 나직이 말했다.

"오! 조키치, 시마키치, 이들이 진짜로 벨 마음이 생겼구나, 낭패로군."

두 사동이 좌우로 갈라서더니 상대를 향해 칼을 겨누었다.

자야가 말했다.

"칼을 거둘 수 없겠소? 내가 해서는 안 될 말을 한 것 같소. 당신들이 나를 베어서는 안 된다는 명령을 받고 왔다……고 말한 게 나의 불찰이었소."

상대는 이제 대꾸도 하지 않았다. 숨 막히는 듯한 살기가 햇볕을 튕기며 싸늘하게 피부에 육박해 왔다.

"한번 잘 의논해 봅시다. 나는 비밀을 지키겠소. 자야 놈은 누가 뒤쫓고 있다는 걸 눈치채고 샛길로 사라져 버렸다……고 보고하면 몇 마디 꾸중을 듣는 것으로 끝날 것이오. 칼을 휘두르면 피차의 손해. 자, 생각을 고쳐 보시오."

"닥쳐! 잠자코 덤벼라!"

"그게 바로 쓸데없는 일. 당신들은 나를 베어서는 안 된다는 명령을 받았다는 걸 내가 들추는 바람에 그만 명령한 사람의 정체가 탄로 났다고 오해한 모양인데, 정체를 눈치챈 경우에는 살려주지 말라는 엄명을 받으셨겠지. 그러나 자야는 그 사람이 누군지 모르오. 다만 당신들 눈에 살기가 없기에, 베지는 말고 위협만 하며 시험하라……는 명령을 받은 것이라고 판단했을 따름. 지금의 살기는 아무 쓸데없는 짓이오. 당신네들만 손해 보게 될 것이니 살의를 버리고 생각을 고치시기를……"

거기까지 말한 자야는 말을 뚝 그쳤다.

상대는 전혀 살기를 버리지 않았다. 숨소리가 점차 거칠어지고 칼끝 저쪽에서 번들거리는 핏발 선 두 눈에 파랗고 싸늘한 불꽃이 튀었다.

'이들은 이가 놈들이다!'

그렇게 느낀 것은 그들의 조용한 태세를 보고서였다. 바람 없는 대낮의 둑 위에 하늘거리는 아지랑이 같은 몸짓은, 싸움터에서 유유히 통성명을 하는 양성적 병법이 아니라 은밀한 행동에 능숙한 음성적 몸짓 바로 그것이었다.

"얘들아, 이제 하는 수 없다."

잠시 상대의 움직임에 따라 천천히 몸을 오른쪽으로 돌리다가 자야는 끝내 칼을 뽑았다.

"나는 살생만은 하고 싶지 않았어. 상대가 손을 털면 나도 깨끗이 물러가려 했고, 일이 무사히 끝나면 거기 두 사람의 배후에 있는 양반의 이름도 구태여 들추지 않으려 했는데 소용없는 일이 되었군."

"……"

"이렇게 싸우게 됐으니 이제는 밝혀야겠다. 내 상대는 이가 놈들이렷다!"

"얏!"

상대는 그 추측이 바로 들어맞았다는 것을 증명하듯 덤벼들었다. 쌩! 하고 큰 칼이 허공을 둘로 가른 다음 순간 다시 확 떨어졌다. 칼이 부딪는 소리도 없고, 다시 휘두르는 모습도 없다. 그러나 숨소리는 상대 쪽이 훨씬 더 거칠어지고 있었다.

"이렇게 된 이상, 배후 인물의 이름도 생각해 두어야겠다. 얘들아, 그 사람 이름은 혼다 마사노부!"

"얍!"

다시 반응이 있었으나 이번에는 자야 쪽에서 선수 쳐 반걸음 앞으로 나서는 바람에 상대의 칼은 미처 움직일 틈이 없었다.

"혼다 마사노부 님은 내가 이 사람들의 위협에 비밀을 누설할지 어떨지를 알고 싶었던 거다. 그것뿐이야. 그런데 마사노부 님의 마지막 말이 그만 이 두 사람을 꼼짝 못 하게 만들어버린 거다. 누가 시킨 줄 눈치채는 날에는 살려두지 말라고…… 그런 의미에서 마사노부 님은 잔인하고 지독한 양반이지."

미처 말이 끝나기도 전에 젊은 쪽이 바람을 일으키며 자야에게 덤벼들었고 그와 동시에 그때까지 숨죽이고 있던 조키치의 칼이 무지개를 그리며 허공에서 번쩍였다. 두 번째 칼바람은 단번에 살기의 소용돌이로 바뀌었다. 조키치의 칼끝 아래 으악! 하는 비명 소리가 터졌을 때 자야의 칼도 또 한 사람의 칼도 눈에 보이지 않는 속도로 빛을 가르고 있었다.

허공에서 칼끝끼리 부딪는 쇳소리에 이어 쨍그렁 하고 대여섯 간 떨어진 저쪽에서 쇳소리가 들린 것은 나이 든 쪽이 옆으로 내려친 바람에 시마키치의 칼이 부러져 땅에 떨어지는 소리였고, 그때 땅 위에 서 있는 사람 그림자는 셋으로 줄어 있었다. 부러져나간 칼자루를 이상한 듯 들여다보고 있는 시마키치. 오른쪽 옷소매를 높이 걷어 올린 채 쓰러진 상대의 꿈틀거리는 모습을 지그시 내려다보고 있는 조키치. 그리고 나머지 한 사람은 조용히 칼날을 닦고 있는 자야 시로지로였다.

자야가 말한 대로 두 사람은 강둑 좌우의 풀밭에 칼을 쥔 채 쓰러져 있었다. 이상하게도 피는 흐르지 않았다.

"조키치."

"예."

"노련해졌구나, 칼등으로 치는 솜씨가."

"그보다도 주인님께 여쭈어볼 게 있습니다."

"저 두 사람을 시켜 우리를 미행하게 한 사람이 혼다 마사노부라는 것 말인가?"

"예, 도저히 이해할 수 없습니다. 주인님은 도쿠가와 님에게 신임이 두텁고 없어서는 안 될 소중한 분입니다. 그런데 어째서 이런……."

자야 시로지로는 잠자코 발길을 돌렸다.

"걷자, 이 두 사람은 누군가가 와서 구해 줄 것이다."

"……예."

"오늘은 시간이 좀 이르지만 하마마쓰에서 묵도록 하자."

"예."

"쓸쓸하구나. 인간 세상이란……."

한 번 벗어던졌던, 앞이 쪼개진 삿갓을 손에 들고 걷기 시작하자 조키치가 허둥지둥 달려와 자기 것과 바꾸어 갔다.

"볕을 피하기만 하면 되니 저는 이것으로 충분합니다. 하지만 혼다 님이 어째서……."

"조키치!"

"예."

"세상은 변했어. 이제 일본 땅 안에서 전쟁 횟수는 훨씬 줄어들었다…… 그러나 사람 마음은 조금도 변하지 않았어."

"그……그럴까요?"

"그야 조금은 변한 사람도 있지. 우리처럼 말이다…… 그러나 대개 여전한 것 같아. 사람을 베는 게 얼마나 무서운 죄인지. 남을 짓밟고 올라서는 출세가 과연 무슨 의미가 있는지……? 아무도 다시 생각하는 기척이 없는 것 같다."

"그럼, 혼다 님도 출세욕 때문에……."

"아니다, 혼다 님뿐 아니라 모든 사람이 말이다. 전장에서 서로 죽일 수 없게 되니 이번에는 그 살벌함을 전장이 아닌 사회로 옮겨오는 거란다."

"무서운 세상이군요."

"그래, 사람이 변하지 않는 이상은."

거기까지 말하고 자야는 문득 입을 다물었다.

'이제부터 이에야스의 덕망에 흠집 내는 자가 있다면 마사노부가 아닐까?'

자신의 이름이 알려진다고 아무나 가리지 않고 베려는 데 독선적인 편협성이 숨어 있는 것 같아 자야의 가슴은 저도 모르게 왈칵 뜨거워졌다.

'용서할 수 없다. 이것만은…….'

아내 아닌 어머니

아사히 마님은 그날도 시녀 셋과 하인 넷을 거느리고 성 밖으로 나갔다. 하마마쓰성에서 옮겨온 뒤 슨푸에서 처음으로 맞는 가을이었다.

이에야스는 지금 상경 중이어서 성에 없었다. 성을 지키기 위해 마쓰다이라 이에타다가 와 있었고 파발꾼이 빈번하게 교토로 오가고 있다.

간파쿠와의 대면이 무사히 끝나 예정대로 다이나곤에 임명되어 행복한 나날을 보내고 있다고 이에타다는 아사히에게 알려주었다. 아사히로서는 다이나곤도 간파쿠도 자기와는 인연이 먼 하늘의 구름 같았다. 다만 마님의 양자가 된 나가마쓰마루가 이번에 성인식을 올리고 오빠 히데요시로부터 히데타다(秀忠)라는 이름을 얻게 되어 종5품하의 시종이 되었다는 말을 들었을 때는 왠지 마음이 설레었다.

친자식은 아니었다. 이 역시 친정 오빠와 남편이 자기네 필요에 따라 잠시나마 모자의 인연을 맺게 한 사이임에 지나지 않는다. 그런데 어느새 이 성안에서 아사히와 가장 친밀하게 지내는 상대가 되었다.

히데타다는 참으로 세심하고 예의바른 아이여서 슨푸성에 있을 때는 아침마다 내전에 문안드리러 왔다. 사내아이 손치고는 지나치게 하얀 두 손을 나란히 짚고 판에 박은 듯 인사했다.

"어머님 안녕히 주무셨습니까. 심기는 어떠신지요?"

'이것도 아마 누군가의 명령으로 하는 것이겠지.'

누구……라 할 것도 없이 이제는 고인이 된 그의 생모 오아이 부인…… 이라고 생각하자 아사히는 처음에 히데타다가 곱지 않았다. 어쩌면 오아이에 대한 투기였는지도 모른다.

그런데 그 히데타다는 생모가 세상 떠난 뒤에도 그 깍듯한 예의범절을 버리지 않았다. 그렇게 생각해서 그런지 생모를 잃고부터 한층 더 계모에게 정을 기울이는 것같이 느껴진다.

'저 아이가 진정 내가 낳은 아이였더라면…….'

언제부터인지 아사히는 그런 생각을 하게 되었다.

"마님, 마님을 하마마쓰에서 이 성으로 부르신 분이 누구신지 아십니까?"

시녀가 물었을 때 아사히는 고개를 갸우뚱하며 상대를 빤히 쳐다보았다.

"성주님이 아닙니다. 실은 도련님이었다고 합니다."

"어머나, 나가마쓰 님이 나를?"

그때부터 히데타다의 얼굴을 한번이라도 보지 않는 날은 온종일 마음이 허전했다.

그 히데타다의 얼굴을 벌써 사흘 동안 보지 못했다. 그는 지금 하마마쓰성으로 가서 오쿠보 히코자에몬과 다다치카를 상대로 매사냥을 하고 있다.

"마님, 저것이 아베(安倍)마을의 즈이류사(瑞龍寺)입니다."

한 시녀가 눈앞에 보이는 우묵한 숲을 가리켜도 마님은 금방 대꾸가 나오지 않았다. 히데타다가 있는 하마마쓰성을 눈 속에 그리면서 멍하니 발걸음을 옮기고 있었기 때문이었다.

"마님, 어디 몸이라도 불편하신지요……?"

"아니, 아무렇지도 않아."

"아, 위험합니다. 나무뿌리가 길바닥에."

하마터면 넘어질 뻔한 몸을 부축받으며 아사히 마님은 쓸쓸하게 웃었다.

"도련님이 하마마쓰에서 언제쯤이나 돌아올지. 다치지나 않으셨으면 좋으련만……."

시녀가 웃었다.

"호호호……."

"뭣이 우스우냐? 도련님 이야기를 하면 안 되는 거냐?"

아사히 마님은 자신도 우스웠던 모양이다.

"어쩐지 불안하구나. 큰 멧돼지나 나타나지 않을까 하고……."

"나타나기만 하면 좋은 사냥감이지요. 도련님도 이젠 솜씨가 훌륭하시니까."

"그렇겠지. 암, 그렇고말고."

아사히 마님은 스스로를 타이르듯 거듭 말했다.

"참 이상한 일이야. 대감보다 도련님이 더 좋으니."

시녀는 대답하지 않았다. 아내라고는 이름뿐, 둘이 나란히 가신들 앞에 앉아 보는 것은 정초의 세배를 받을 때 정도이다…… 그것이 무엇인가를 사랑하지 않고는 살 수 없는 여인 마음의 배출구를 도련님에게 돌리고 있음을 알기 때문이었다.

"길이 이토록 험할 줄 알았다면 가마를 먼저 보내지 말 걸 그랬습니다."

"아니, 괜찮다. 이 드높은 하늘 아래 도련님도 달리고 계실 거다. 나도 그래서 걷고 싶었던 거야."

"돌아오실 때는 가마로 오시도록 하세요. 그럼, 조금만 더 걸어가실까요?"

"오, 걷다마다."

말한 뒤 문득 고개를 갸웃거리며 중얼거렸다.

"그런데 기타노만도코로는 어떻게 즈이류사라는 절을 알게 됐을까?"

즈이류사는 도쿠가와 가문이나 아사히 마님과도 별로 인연이 없는 절이었다. 그런데 오사카성의 기타노만도코로한테서 좋은 스님이 있으니 참배하러 가라는 전갈이 왔던 것이다. 아니, 그보다도 직접 참배를 권한 것은 오사카에서 따라온 시녀 고하기(小萩)였다.

"심심파적으로도 좋으니 한 번 다녀오시지요. 기타노만도코로님이 떠받들고 계신 스님이 교토에서 내려와 계시답니다."

이런 말을 듣고 가볼 생각이 들었던 것인데 막상 걸어보니 생각했던 것보다 멀었다.

"자, 제 손을 잡으세요. 돌층계가 헐었어요."

삼나무 숲의 울창한 가지 끝에서 비둘기가 줄곧 울어대고 있다.

그 소리에 정신 팔려 또 넘어질 뻔하는 마님의 손을 고하기와 젊은 시녀가 양쪽에서 부축했다.

"비둘기가 우니 쓸쓸한 기분이 드는구나."

"정말이에요. 밤이면 부엉이도 울겠지요?"

"부엉이는 낮에는 눈이 보이지 않는다지? 밤밖에 모르는 새…… 가련도 하지."

"보세요, 저기 산문 앞에 절 사람들이 마중 나와 있습니다."

"정말, 저렇게 수고를 끼쳐서 오히려 미안하구나."

"무슨 말씀이세요? 다이나곤님 마님의 행차이신데. 절로서는 더 없는 영광이지요."

"마님이란 말이지…… 이름뿐인."

"그렇지만 도련님의 어머님이 아니십니까?"

"그래, 히데타다 님이 돌아오면 오늘의 절 참배 이야기를 해줘야지."

낡은 산문 아래 세 승려와 앞서 가마를 따라간 하인들이 공손히 마중 나와 있었다.

그들 사이를 지나 마님은 위태로운 걸음으로 8간 사방의 법당 옆에 잇닿은 천장이 낮은 객실로 들어갔다.

뭔가 서먹서먹했다. 안면이 있는 것도 아닌데다 접대하는 모습이 지나치게 호들갑스러웠다. 처음에는 동자승이 차를 날라왔다. 동자승이 나가자 이번에는 흰 수염을 늘어뜨린 중이 들어왔다.

아마 이 절의 주지스님인가보다……생각하고 있는데 역시 공손한 태도로 과자를 권하면서 잘 오셨다고 방바닥에 이마를 납작하게 대다시피 큰절을 하고는 긴장된 표정으로 나가버린다.

누가 무슨 명을 내렸는지 시녀들마저 물리쳐져 잠시 아사히 마님은 객실에 혼자 있었다.

'도쿠가와 다이나곤의 아내……'

입 속으로 되뇌어 보아도 도무지 실감나지 않았다. 여전히 자기는 스스로 목숨 끊은 전남편의 아내였다. 그 증거로 마님이 꾸는 꿈속에 이에야스의 얼굴은 언제나 없었다.

'결국 인생 그 자체가 하나의 꿈이 아닐까? 그것을 꿈인 줄 모르고 울기도 하고, 무서워하기도 하고, 화내기도 하는 것인지 모른다.'

아사히 마님은 살며시 자기 손을 보고 무릎을 보았다. 거기에 자기 몸이 있다……고 생각하는 것은 꿈속에서 느끼는 한낱 착각이고, 죽을 때 바로 그 꿈에서 깨어나는 게 아닐까……?

이러한 일들을 멍하니 생각하고 있을 때 이번에는 28살쯤 되어 보이는 젊은 중이 보라색 승복을 걸치고 들어왔다. 그 뒤에 시녀 고하기가 따르고 있었다.

젊은 중은 앞서 나타났던 늙은 중처럼 지나치게 공손한 인사는 하지 않았다.

"교토에서 내려오신 도인(藤蔭) 스님이십니다."

고하기가 말하자 그는 가볍게 눈인사만 하고 마님을 지그시 바라보았다. 마님은 고개를 끄덕였을 뿐 아무 말도 하지 않았다. 할 말이 없었던 것이다.

젊은 중 쪽에서 잠시 뒤 말을 걸어왔다.

"마님, 그 뒤 몸은 좀 어떠신지요?"

"글쎄요, 별로……."

"내내 몸이 좋지 않으시다고 들었습니다만."

"누구한테서…… 들으셨는지?"

"예, 기타노만도코로 마님과 오만도코로님에게서."

"아니, 요즘은 많이 좋아졌어요."

"슨푸의 생활은 어떠하신지요."

"글쎄…… 별로 다를 것도 없지요."

"뭐 힘드신 일은 없으십니까?"

"별로……."

"도쿠가와 님과의 사이는?"

"여전합니다."

"때때로 교토나 오사카가 그리우시겠습니다."

"뭘요, 어디 가나 다 마찬가지겠지요."

젊은 중은 거기서 흘끗 고하기를 쳐다본 뒤 조금 다가앉았다.

"마님, 실은 이 도인, 간파쿠님으로부터 밀명을 받고 왔습니다."

"어머나, 전하한테서……?!"

"예, 드디어 교토의 주라쿠 저택이 완성되어 내달 초순께는 오만도코로님을 비롯하여 기타노만도코로님, 미요시 부인도 모두 그리로 옮기십니다. 전하 말씀이 마님 생각은 어떠신지…… 알아보라고 하셨습니다만……."

여기서 젊은 중은 다시 찌르듯 아사히 마님을 응시했다.

아사히 마님은 멍하니 고개를 기울이며 상대를 빤히 쳐다보았다. 오빠의 밀사라는 이 승려. 가고 싶다면 금방이라도 주라쿠 저택으로 데려다 줄 것 같은 말투지만, 왜 오빠가 그런 말을 하는 것인지 도무지 짐작되지 않았다. 아니, 거기까지 생각할 기력이 이미 없는지도 모른다.

"어떻습니까? 슨푸에서 사시기 어렵지 않으신지요?"

아사히 마님은 대답 대신 한 번 더 고개를 기울이고 생각해 보았다.

'살기 좋다는 것일까, 아니면 살기 어렵다는 것일까?'

"마님이 만약 교토에서 사실 의향이 계시다면 모두들 주라쿠성으로 옮겨가실 때가 좋은 기회라고 생각됩니다만."

"글쎄……?"

"오만도코로님, 기타노만도코로님이 모두 옮겨가신 뒤 기타노에서 일생일대의 큰 다회를 여신답니다. 지금 장안은 그 소문으로 자자하지요."

아사히 마님은 너무 말하지 않는 것이 상대에게 딱하게 생각되어 슬며시 고하기를 바라보며 구원을 청하듯 눈을 깜박였다. 그러나 오늘의 고하기는 구원의 손길을 내밀지 않고 오히려 승려 편을 들었다.

"마님, 생각하시는 대로 대답하세요. 오만도코로님도, 미요시 부인도 마님을 뵙고 싶어 하신답니다."

"고하기."

"네."

"너는 알고 있는 것 같구나. 전하께서 왜 나를 슨푸에 두시기 꺼려하시는지?"

"무슨 그런 말씀을. 두시기 꺼려하시다니요…… 사랑하시는 동생이니 이곳에서 고생이라도 하실까봐 그것을 염려하여 하신 말씀이겠지요."

"그럴까?"

"그 밖에 무슨 뜻이 있겠습니까? 그렇지 않습니까, 스님?"

젊은 중은 머리를 끄덕였다.

아사히 마님도 고개를 끄덕이며 말했다.

"그래……그러시다면 염려 마시라고 전해 주세요. 세상은 어디 가나 다 마찬가지니까."

"그러시다면, 교토로 돌아가실 생각이 없으시다……는 말씀이십니까?"

"돌아가도 마찬가지. 그러니 아무 염려 마시라고."

중은 날카로운 눈초리로 고하기를 쳐다보았다. 고하기는 그 시선을 누르듯 가볍게 고개를 끄덕이고 다시 웃는 얼굴로 아사히 마님에게 돌아앉았다.

"마님도 참 어린 소녀 같은 말씀을 하시는군요. 그러나 그것은 본심이 아니시겠지요. 역시 교토에서 오만도코로님과 함께 사시고 싶으실 거예요. 그렇지요, 마님?"

아사히는 다시 한번 분명하게 고개를 가로저었다.

"아니. 나는 이제 슨푸에 익숙해졌어. 게다가 나가마쓰 님도 있으니 움직이기 귀찮아졌다. 고하기, 너는 혹시 이런 것을 생각해 본 적 없느냐? 어차피 꿈같은 세상이기는 하나 여자로 태어난 보람으로 어미다운 마음을 갖고 한 번 살아 보았으면 하는……?"

고하기는 무척 난처한 표정으로 다시 무릎걸음으로 다가앉았다.

"마님, 듣는 이도 없으니 바른 대로 말씀드리겠습니다. 교토로 옮기십시오."

"왜? 너는 내가 말한 어미다운 마음을 가지고 살고 싶은 생각이 없다는 것이냐?"

단호하게 거절하는 말투는 아니었다. 단지 생각하는 대로 말하라……면서 그대로 말하자 그 대답을 몹시 뜻밖으로 여기는 듯한 고하기의 말에 얼마쯤 의혹을 가졌을 뿐이었다.

고하기는 이마에 땀을 흘리며 숨을 몰아쉬었다.

"마님의 고우신 마음씨는 잘 알고 있습니다. 알기 때문에 더욱 이 말씀을 드려야겠습니다. 나가마쓰 도련님이라고 해서 결코 마음 놓을 수는 없습니다."

"뭐, 나가마쓰 님에게 마음 놓을 수가 없다고?"

"마님이 낳으신 아드님도 아닐 뿐더러 나날이 비위를 맞추시는 그 태도, 그게 다 생각이 있어서 하는 짓입니다."

"나가마쓰 님에게 다른 생각이?"

이 말은 아사히 마님의 감정에 손톱을 확 세웠다. 오로지 하나, 이 세상에서 단지 하나뿐인 마음의 등불에 바람이 몰아친 것이다.

"어디 들어보자. 고하기, 나가마쓰 님에게 어떤 생각이 있다는 거냐?"

"생각해 보십시오. 대감님에게는 그 밖에도 네 분의 아드님이 계십니다. 맏아드님이신 히데야스 님은 간파쿠 전하의 양자가 되셨지만……그래도 남아 있는 것이 또 셋, 그런 데다 아직 정식 후계자도 확실히 정해지지 않았습니다."

"그것이 어떻다는 거지?"

"그러므로 생모를 잃은 나가마쓰 도련님이 마님의 환심을 사려는 거예요. 마님 뒤에는 간파쿠 전하가 계시거든요…… 이것만으로도 설명은 충분하리라 생각됩니다만."

"닥쳐라!"

마님은 별안간 엄한 목소리로 고하기를 나무랐다.

"네 마음은 어찌 그리 천하단 말이냐? 나가마쓰 님의 그 마음씨는 생모가 살아 있을 때부터였어. 나를 키워준 어미로서 진심으로 따르고 있단 말이다."

말하면서 마님은 왜 자신이 이렇듯 기를 쓰고 노하는지 알 수 없었다. 어쩐지 마음이 쓰라렸다. 단 하나 마음의 구원에 진흙이 뿌려진 듯한 느낌이었다.

"어머나."

고하기는 깜짝 놀라 입을 다물었다. 아사히의 격렬한 반응이 그녀로서도 무척 놀랍고 뜻밖이었으리라. 그와 동시에 그녀는 전혀 다른 또 하나의 의문에 부딪치고 깜짝 놀랐다.

'혹시……?'

오랜 동안의 금욕과 비정상적인 부부생활에서 나가마쓰마루를 자식으로서보다 이성으로 보기 시작한 것은 아닐까……? 하는 뜻밖의 의문이었다.

"그렇다면 마님께서는……나가마쓰 님이 계시기 때문에 교토로 옮기지 않겠다는 말씀이신가요?"

아사히는 분명하게 대답했다.

"그래! 네 말을 들으니 더욱 돌아갈 수 없는 심정이 되는구나. 그래, 나가마쓰 님에게는 낳아준 어미가 없어. 생모가 있는 다른 아이들에게 져서는 안 된다. 내가 뒷바라지를 해줘야 해…… 나는 나가마쓰 님의 어미란 말이다!"

인간은 누군가를 사랑하지 않고는 못 견디는 슬픈 숙명을 지니고 있다. 특히 여성이 그러하다. 남편이든 자식이든 또는 동생이든…… 생나무를 토막내 듯 남편을 빼앗긴 아사히 마님은 어느덧 어미 잃은 히데타다에게 외곬으로 사랑을 쏟아 붓고 있었다.

그러나 고하기는 그것을 더욱 곡해했다. 아니, 그것은 반드시 곡해라고만 할 수 없는 것인지도 모른다. 히데타다가 된 나가마쓰마루는 벌써 소년기를 벗어나 청년기에 접어들고 있었던 것이다.

고하기는 숨을 삼켰다.

"어머나…… 어지신 심성에서 하시는 말씀인 줄은 알지만 저희들과 너무나 동떨어진 생각이십니다."

"동떨어져도 좋아."

"아닙니다. 그럴 수는 없습니다. 도쿠가 집안 가신들 중에 대체 누가 그 착하신 마음씨를 알아주겠습니까? 저마다 심술궂게 약점만 찾는 자들뿐인데……."

아시히 마님은 또 그 말을 가로막았다.

"그러한 분위기이기 때문에 나는 어미의 마음을 주려는 것이다."

"아닙니다. 언젠가 반드시 끔찍한 함정에 빠지게 될 것입니다."

"고하기!"

"……네."

"너는 나를 속였구나."

"속이다니요, 당치도 않은 말씀을."

"아니다, 분명히 나를 속였어. 덕망 있는 스님이 오셨으니 참배하라느니 생각하는 대로 말하라느니 하면서, 너는 처음부터 나에게 올가미에 씌워 괴롭게 만들어 교토로 돌려보낼 작정이었어."

"무슨 말씀을 그렇게 하십니까? 모두 다 마님의 행복을 생각해서."

"닥치지 못할까! 내 행복을 어찌 너 따위가 알 수 있을까! 쓸데없는 짓은 하지 마라."

여기까지 말하자 여태껏 눈을 지그시 감은 채 듣고 있던 젊은 중이 갑자기 거칠게 혀를 챘다.

"말씀 중에 죄송하오나 그런 독단은 용납되지 않습니다."

"뭐, 용납되지 않다니, 누구를 보고 하는 말이오?"

"마님께 드리는 말씀입니다."

"이건 그냥 들어 넘길 수 없는 말! 나는 도쿠가와 다이나곤의 아내 되는 몸이오. 스님은 왜 그런 것을 나에게 명령하는 거요?"

"간파쿠 전하의 명령입니다."

"또 오빠……."

"분명히 말씀드리지요. 전하께서는 마님을 간파쿠의 위엄에 도움 줄 수 있는 분이라고 생각지 않으십니다."

"내가 너무 어리석다는 말인가요?"

"바꿔 말하면 그렇게도 되겠지요. 그런 까닭에 다음번의 동방정벌이 있을 때 마님이 슨푸에 계시면서 행여나 돌이킬 수 없는 과오를 저지르거나 큰 실수를 하실까봐 미리 배려하셔서 저에게 은밀히 명을 내리신 것입니다. 거역하실 수 없다는 점을 아시기 바랍니다."

아사히는 틈을 주지 않고 외치듯 대답했다.

"그럴 수 없어! 나는 오빠의 꼭두각시가 아니에요. 그래, 오빠가 이 세상에 얼굴을 들 수 없을 만큼 추태를 부리겠어. 그런 누이를 가진 간파쿠라고 온 일본의 웃음거리가 되도록 행동해야지. 돌아가서 그렇게 알려드려요."

두 사람의 감정은 완전히 빗나가고 말았다. 젊은 중은 눈을 크게 부릅뜬 채 숨을 삼키고 있었다.

고하기도 잠시 말을 잃었다. 이처럼 대담한 저항에 부딪치게 될 줄 몰랐던 것이리라.

두 사람만이 아니었다. 이성을 잃은 듯 폭언을 내뱉은 아사히 마님도 새파랗게 질려 부들부들 떨기 시작했다. 아무리 감정이 격해졌다고는 하나 히데요시를 온 나라에 웃음거리로 만들어버리겠다는 것은 지나친 악담이었다. 본디 그럴 수 있는 성품이 못 되는 만큼 오히려 말해버린 아사히 마님 자신이 더 놀라 겁에 질린 듯한 느낌이었다.

이윽고 젊은 승려는 고하기를 흘끗 쳐다보았다. 그의 눈은 의아심과 우려를 나타내고 있었다.

'혹시 실성한 것이 아닐까?'

고하기는 가볍게 머리를 저었다. 고하기가 새로이 부딪친 의문은 고하기도 모르는 사이에 이에야스와 마님 사이에 실질적인 부부관계가 생긴 건 아닐까 하는 것이었다.

'이것은 도련님에 대한 애정만이 아니다……'

전남편 때도 그랬지만 부부생활에 들어가면 애틋하도록 착하고 온순한 아내가 되어버리는 것이 마님의 천성…… 그러한 변화가 마님에게 일어난 게 아닐까……? 여기에 생각이 이르렀을 때 젊은 승려가 입술을 일그러뜨리며 말하기 시작했다.

"잘 알겠습니다. 그러시면 마님은 교토로 돌아가시지 않을 결심……이시라고 전하겠습니다."

마님은 대답 대신 고개 숙이고 시선을 무릎 위로 떨어뜨렸다.

'말이 지나쳤어……'

그러한 반성이 가련한 자세에서 풍겨오고 있었다. 그러나 승려는 그 마음을 헤아리기에는 너무 젊은 것 같았다.

"저의 이번 소임은, 싫으시다는데 억지로 모시고 가는 것은 아닙니다. 굳이 돌아가시지 않으시겠다면 그대로 전해 올릴 뿐이지요. 다만 제가 이렇게 이 절에서 찾아뵙고 전하의 분부 말씀을 전해드렸다는 사실만은 분명히 기억하시기 바랍니다."

고하기가 당황하여 승려를 제지했다.

"잠깐! 마님이 그렇게까지 분명한 의사를 말씀드린 거라고는 생각되지 않아요. 돌아가시거든 좀 더 슨푸에 머물고 싶다……고 하시더라고 말씀 좀 잘 전해 주세요."

"그러나 일에는 다 때가 있는 법입니다. 기타노의 큰 다회는…… 이를테면 온 일본 땅에 평화가 왔다는 큰 축제지요. 그런 기회에 돌아가시는 게 좋을 거라고 생각합니다만…… 싫으시면 하는 수 없지요. 그러나 이만한 좋은 구실이 자주 있을 것 같지는 않습니다. 이 점에서 제가 몇 번이고 귀경하시기를 권했다는 사실, 시녀께서도 깊이 마음에 새겨주시기 바라오."

"잘 알겠습니다. 기회 있는 대로 제가 마님께 잘 말씀드리겠습니다."

"그리고 앞으로 오사카와의 연락은 이 절을 통해서 하겠소. 그러니 때때로 참배하시도록 평소 시녀님이 잘 도모해 주시기를."

"네, 알겠습니다."

아사히 마님은 그동안 고개를 떨어뜨린 채 무릎 위의 한 점만 마냥 바라보고 있을 뿐이었다.

아사히 마님 일행이 즈이류사를 떠난 것은 한낮이 조금 지났을 때였다. 올 때는 걸으면서 기분 전환이 되었는지 무척 즐거워 보였던 아사히 마님이 돌아가는 길에는 가마 안에 묵묵히 앉아 무엇을 물어도 고갯짓으로만 대답할 뿐이었다.

즈이류사에 참배하라……는 일이 아사히 마님 마음의 어둠에 구원의 등불을 켜주려는 게 아니라 오사카로부터 연락받는 비밀장소임을 알았을 때, 그것만으로도 세상은 더욱 추악하게 생각되었다…… 모든 것에 이면이 있는 인생, 그 인생 속에서 언제나 누군가에게 조종당하며 살아가는 몸.

'이런 일은 나에게만 있는 것일까? 아니면……'

이 조종하는 끄나풀이 모든 사람을 춤추게 하고 있다면 왜 사람들은 그 끄나풀을 끊어버리려고 좀 더 애써보지 않는 것일까?

그런 생각을 멍하니 하는 동안 가마는 벌써 성문으로 들어서고 있었다.

"자, 다 왔습니다, 손을."

아직 나무향기가 새로운 내전 현관에서 가마를 내리니 눈앞에 20명 남짓한 시녀들 얼굴이 늘어서 있었다.

'이들도 모두 나처럼 늘 조마조마하게 살아가고 있는 것일까?'

고하기에게 손을 잡힌 채 긴 복도를 건너 아사히 마님을 위해 신축된 내전의 거실로 돌아가 휴 하고 한숨 돌리는데 기다렸다는 듯 고하기가 말을 걸어왔다.

"마님, 이 고하기에게는 무슨 일이든 감추지 마셨으면 합니다."

"무슨 말이냐, 감추다니?"

"상경하시기 전에 대감님이 한 번 건너 오셨지요?"

"그래, 건너 오셨는데 어쨌다는 거냐?"

"저…… 부부간의 일을, 마님께……"

그러나 아사히 마님은 의아스러운 듯 눈만 두어 번 깜박거릴 뿐 얼굴도 붉히지 않았고 묻는 뜻도 깨달은 눈치가 없었다.

"부부간의 일?"

"네, 무례한 말씀입니다만 잠자리의…… 인연 말입니다."

확실하게 말하자 아사히 마님은 얼굴을 확 돌렸다. 별다른 감정이 따르지 않는 쌀쌀한 부정인 것 같았다. 어쩌면 왜 일부러 상처를 건드리느냐는 불쾌한 감정이

들었는지도 몰랐다.

"그럼, 역시…… 그런 일은 없었군요."

"……"

"무례한 말씀을 드려 죄송합니다. 아참, 돌아오시는 길에 바람 때문에 목이 마르시지요? 차를 내오겠습니다."

이렇게 말했을 때 내전 입구에서 젊은 시녀의 목소리가 들려왔다.

"도련님께서 납십니다."

"아, 나가마쓰 님이 오신다."

갑자기 아사히 마님은 당황하기 시작했다.

"고하기, 저기에 보료를, 그리고 나가마쓰 님이 좋아하는 과자를 준비해라."

"네."

"빨리 마중 나가야지. 어쩌면 나가마쓰 님이 이 세상에 오직 한 사람…… 나와 인연 있는 분인지도 몰라. 실수 없도록…… 아, 저 창문도 열어서 시원한 바람이 통하게 해라."

사람이 달라진 듯 활기찬 모습으로 이것저것 지시하기 시작했다.

히데타다는 들어오자마자 늘 그렇듯 정중하게 인사했다.

"어머님, 이제 돌아왔습니다. 그동안 별고 없으셨습니까?"

그가 얼굴을 들기 무섭게 아사히 마님은 고개를 갸우뚱하며 자못 즐거운 듯 실눈을 지었다.

"도련님이 성을 비우고 있는 동안 내가 평안할 리가 있겠소. 그걸 그대는 모르겠어요?"

"제가 없으면 평안하실 리 없다고요?"

"그래요, 정답게 말할 상대가 있어야지. 그래서 온종일 입을 다문 채 뜰의 잉어나 바라보고 바람소리를 듣는 게 고작이지. 그런데 이번 수확물은?"

"예, 아직 기러기도 보이지 않고 학도 없었습니다. 그래서 아무 수확도 없었지만 들판을 실컷 뛰놀다 왔습니다."

"멧돼지는 안 나왔나요?"

"예, 자주 나타나 농작물을 해친다기에 몰이꾼을 많이 동원했지만 도무지 나타나지……."

"아, 참으로 다행이었어! 아마 우리 도련님의 늠름한 모습에 겁먹고 못 나온 게지요. 아, 과자가 나왔군요. 자, 성을 비운 사흘치예요. 천천히 하마마쓰 이야기라도 들려줘요."

아사히 마님과 히데타다 사이에 차와 과자가 놓여졌다. 히데타다는 그것들을 역시 단정하게 같은 자세, 같은 동작으로 먹고 마셨다.

"나가마쓰 님."

"예, 무슨 말씀이신지?"

"그대도 이젠 어린아이가 아니에요. 종5품하의 시종 벼슬자리에 오른 당당한 어른이에요."

"아직 몸만 컸지 속이 차지 못해 부끄럽습니다."

"아니야, 남 못지않게 총명한 그대. 그러므로 물어보는데, 어떨까요, 간파쿠님과 오다와라의 호조 사이에 곧 싸움이 벌어질 것 같은가요?"

히데타다는 신중하게 고개를 갸웃거리며 말했다.

"그런 건, 저로서는 아직 잘 모르겠습니다만……."

"어미가 묻는 데도 자기 심중을 털어놓지 못하나요?"

"글쎄요……."

"중신들이며 아버님 뜻이야 모른다 하더라도 나가마쓰 님에게는 나름대로의 생각이 있을 터, 그것을 나에게 들려줘요."

"제 생각……말씀입니까?"

"그래요. 다른 이들의 생각 같은 건 듣고 싶지도 않아요."

"그러시다면 말씀드리지요."

"오, 반가워라. 어디 말해 봐요."

"간파쿠 전하와 오다와라의 싸움은 반드시 있을 거라고 생각합니다."

"역시……."

"그러나 그것은 간파쿠 전하와 호조씨의 싸움이 아닙니다."

"그렇다면 누구하고 누구의 싸움일까?"

"간파쿠 전하와 우리 아버님 이에야스의 냉전인 줄 압니다."

"저런! 어째서, 어째서 그렇지요?"

"아버님 배후에 호조씨가 도사리고 있으면 간파쿠 전하께서 마음 놓지 못하십니다. 그러기에 오다와라 정벌이란 구실에 지나지 않고 실은 이에야스를 고립 상태에 몰아넣어 그 힘을 약화시키려는 뜻을 가진 싸움…… 이라고 저는 보고 있습니다만…….'

조심스럽게 거기까지 말하자 히데타다는 계모에게서 시선을 돌렸다. 자신의 말을 듣고 계모가 놀라리라 상상하고 있었다. 그런데 아사히 마님은 뜻밖에도 아무 내색 없이 다시 질문을 계속했다.

"역시 그렇겠지요? 나도 그럴 거라고 생각했어요. 그래, 싸움은 어느 편이 이길까요?"

"그것은 문제가 되지 않습니다."

"문제가 안 되다니?"

"호조씨는 이미 간파쿠 전하의 적수가 되지 못합니다. 그러므로 그 싸움이 끝나면 우리 집안의 입장이 부쩍 낮아져……."

"그렇다면 아버님도 간파쿠와 싸울 작정이실까요?"

히데타다는 고개를 저었다. 이때만은 소년다운 진지함이 눈썹 언저리에서 날카롭게 번뜩였다.

"천하를 위해 간파쿠 전하를 도우시겠지요."

"천하를 위해……."

"예, 만백성이 간절히 바라는 것은 평화입니다."

"천하를 위해서……라니 나는 도무지 모르겠네. 그러면 나는 어떻게 될까? 싸움이 시작되면 나가마쓰 님과 헤어져 교토에 가서 살아야 할까?"

히데타다는 흠칫 놀란 듯 입을 다물었다. 그 역시 측근들과 몇 번인가 그 문제를 두고 이야기를 주고받은 적 있었다. 간파쿠가 과연 아사히 마님을 슨푸에 둔 채 싸움을 시작할 것인가, 아니면 마님을 교토로 불러놓고 강한 태도로 도쿠가와를 압박해 올 것인가? 그것으로 말미암아 대국적으로는 큰 변화가 없을지라도, 히데요시의 뱃속을 알 수 있는 중요한 열쇠는 되리라는 의견이 많았다.

"왜 대답하지 않지요? 나는 그대와 헤어져 교토로 가게 될까, 아니면 이대로 슨푸에서 지낼 수 있을까요?"

"……."

"생각이 있을 테니. 나에게 이야기해 봐요."

"어머님!"

"응?"

"그것은 저 같은 사람이 생각해봤자 어쩔 수 없는 일 같습니다."

"왜 그럴까?"

"간파쿠가 정하실 일이기 때문에."

"그래?"

"간파쿠가 그렇게 분부하신다면…… 교토에서…… 오만도코로님에게 효도나 하시는 수밖에 없다고…… 저는 생각합니다."

"나가마쓰 님, 그럼, 그대 역시 간파쿠의 결정대로 움직일 수밖에 없다는 말인 가요?"

"예."

"나는 그것이 이해되지 않소. 간파쿠와 나는 같은 형제가 아닌가요? 한쪽은 명령하고 한쪽은 줄곧 복종만 해야 하다니 이 무슨 이치에 닿지 않는 일일까요? 만약 내가 싫다면서 듣지 않으면 어떻게 될까요?"

"글쎄요……."

히데타다는 다시 한번 신중히 생각한 다음 대답했다.

"그것이 인간 세상의 싸움을 덜어줄 수 있는 약속이라면 비록 이치에 맞지 않는 점이 있더라도, 따르는 게 따르지 않는 것이고 지는 게 혹 이기는 것이 아닐는지……."

그리고 살며시 계모의 얼굴빛을 살폈다.

히데타다의 대답이 마음에 들지 않았는지 아사히 마님은 바짝 다가앉았다.

"그럼, 전쟁을 피하기 위해 간파쿠가 시키는 대로 해야 한다는 의견인가요?"

"예, 전쟁을 피하기 위해서는……."

거기까지 말하고 히데타다는 뒷말을 삼켰다. 경솔하게 말하다가 오해라도 사게 되면 그야말로 돌이킬 수 없는 일이 될 거라고 생각했음이 분명했다.

아사히 마님은 어깨를 떨구고 한숨을 내쉬었다.

"나가마쓰 님은 나를 좋아하지 않는가보군요."

"원, 당치도 않으신 말씀을!"

"그럼, 나는 슨푸에 그냥 있는 게 좋겠다는 건가요?"

"그야 그렇지만 간파쿠님 명령이시라면……."

"알겠어요, 이제 됐어요. 나가마쓰 님 의견은 의견이고…… 나도 달리 생각해 보지요."

아사히는 말을 마치자 쓸쓸한 듯 웃어 보인 뒤 시선을 뜰 끝으로 옮겼다.

히데타다는 잠시 단정히 앉은 채 계모를 지켜보고 있었다.

그는 아직 계모의 불만이며 불안을 알아차리지 못했다. 그러나 다음에 벌어지게 될 호조씨와 히데요시의 불화는 주위 사람들로부터 귀 아프게 들어온 터였다. 어떤 자는 이번 싸움이야말로 도쿠가와 가문의 운명을 결판내는 고마키 전투 이상의 뜻을 갖는다고 단언했다. 또 어떤 자는 여기서 과감하게 히데요시와 손잡지 않으면 도쿠가와 가문은 영원히 도요토미 집안 가신으로 전락해 버릴 거라고 하는가 하면, 또 어떤 이는 그렇게 될 바에는 차라리 떠돌이 무사 노릇을 하며 땅을 갈겠다고 했다.

히데타다는 이러한 이야기들에 자신의 의견을 말한 적은 없었다. 그에게 아버지는 절대적인 존재였다. 생모 오아이의 영향인지도 몰랐다. 큰일은 아버지가 결정한다. 자신은 그 뜻을 받들어 보좌하기 위해 태어난 것이라고 믿고 있었다.

'아버님은 히데요시에게 거역하지 않을 작정이다…….'

그것은 한 가문의 이익보다 천하의 평화에 비중을 두어야 한다는 신앙에 가까운 아버지의 사고방식에 바탕하고 있었다. 그러므로 히데타다 역시 그것에 따라 살아야 했으며 그것이 계모에 대한 냉정한 답이 되기도 하는 것이었다.

'나의 사고방식은 틀리지 않았다.'

그렇게 자문자답했을 때 갑자기 아사히 마님이 무릎을 꺾고 울음을 터뜨렸다. 아랫자리에 늘어앉은 시녀들이 깜짝 놀랄 만큼 큰 그 울음소리는 차츰 슬픈 흐느낌으로 바뀌어갔다.

"어머님, 왜 그러십니까?"

아사히 마님은 얼굴을 숙인 채 말했다.

"미안하군요…… 나가마쓰 님은 아직 어려요. 나처럼 삶에 짓눌려 지쳐버린 사람이 아니오. 그런데 공연한 푸념을 늘어놓았으니…… 미안해요."

"아닙니다, 어머님 심정은 잘……."

말하다가 히데타다는 다시 말을 끊었다. 너무나 잘 알고 있다……고 말하고 싶었지만 거짓말이 될 것 같았다. 그는 계모가 왜 이토록 이성을 잃는지 이해할 수 없었다.

'아버님은 간파쿠와 싸울 뜻이 없다는데도.'

눈물을 닦으려던 그녀는 다시 하염없이 울었다. 남편도 없고 자식도 없는 여인의, 영혼 밑바닥에서 짜내는 듯 서럽고 고독한 흐느낌이었다······.

정상(頂上)

네네는 자기 거실만은 손수 치우려고 아까부터 줄곧 문갑 정리에 골몰하고 있었다. 그 속에 든 것은 주로 규슈에 출진 중인 히데요시가 보내온 편지들이었는데, 그것을 다시 읽노라면 새삼 이 오사카성과의 이별이 못내 아쉬워졌다.

사람의 생애에도 산과 마찬가지로 정점이 있는 것만 같다. 만약 그렇다면 네네 인생의 정점은 이 오사카성에서 영화를 누렸던 내전 생활에 있었던 건 아닐까……? 교토의 우치노에 완성된 주라쿠 저택은 여기보다 나으면 나았지 못지않게 화려하다는 말을 다섯 행정관을 비롯해 히데요시로부터 자주 들었으나, 웬일인지 그곳은 이미 내리막길의 길목 같은 느낌이 들었다.

'그것으로 좋겠지. 꽃이 만발한 채 오래 있어도 좋지 않아…….'

입구에서부터 옆방에 조심스레 대령해 있는 시녀들을 잊은 듯 네네는 또 한 통의 편지를 펼쳤다.

지금은 늦더위가 기승부릴 계절은 아니었다. 9월에 접어들어 뜰의 일곱 가지 꽃 덤불도 한창때를 넘겼다. 그런데도 남쪽으로 향한 마루 끝에는 따가운 볕이 들어, 방 안은 땀이 날 만큼 따뜻했다.

네네는 편지를 펼쳐 들고 문득 미소 지었다. 언문이 마구 섞인, 그러나 시원시원한 히데요시가 젊었을 때인 도키치로의 체취를 맡았기 때문이었다. 그 편지는 5월 28일 자로 히고 땅 사시키(佐敷)에서 쓰기 시작하여, 다시 29일에 야쓰시로(八代)에 도착하여 이어 쓴 편지였다.

그 사연인즉—

시마즈 요시히사에 대한 처분이 끝나, 요시히사는 외동딸 기쿠와카(菊若)를 볼모로 내놓기로 했다는 것. 사쓰마, 오스미 두 곳은 그대로 요시히사에게 주기로 했다는 것.

6월 5일에는 하카타로 돌아갈 예정인데, 거기까지 가면 벌써 오사카까지 반쯤 돌아간 셈이 된다……는 등 서투른 글귀가 담겨져 있었다.

그리고 하카타에서는 이키, 쓰시마의 소 요시토모에게도 볼모를 내게 하고, 조선까지 일본 황실에 복종하도록 손쓰겠다. 만일 듣지 않으면 내년에는 정벌을 명하겠다. 자기 일생에 명나라까지 반드시 손에 넣어 영토로 삼을 생각을 하니 한층 분발하게 된다……는 자못 히데요시다운 허풍을 친 다음 끝에 가서 무척 순진스러운 속삭임으로 끝맺고 있었다.

"나이를 먹고 보니 이번 싸움통에 흰머리가 많이 났지만 굳이 뽑지 않았다. 이 것을 그대에게 보이기에 좀 부끄러운 생각도 들지만, 남도 아닌 그대이니 무관하리라 생각하면서도 역시 난처한 일이라……."

거기까지 읽고, 네네는 쓸쓸히 웃으면서 편지를 말았다.

흰머리가 늘었다느니 하며 시치미 떼고 방심하게 한 뒤 몰래 아사이의 딸에게까지 끝내 손을 뻗었다. 자차히메와 전하에 대한 소문은 이제 성안 쑥덕공론의 초점이었다. 네네가 지나가면 말소리가 뚝 끊어지는 내전에서의 이야깃거리는 대개 그것이라고 봐도 틀림없을 것이다.

'사내들이란 정말 어쩔 수 없다니까…….'

이때 아사노 나가마사가 나타났다. 네네가 히데요시의 편지를 읽고 있었던 것을 알고 나가마사는 희미하게 웃음 지었다. 여자 간파쿠의 내면을 들여다본 듯하여 마음이 풀어진 것이리라.

그리고 보면 요즈음 네네는 여자다운 점이 없어지고 옛이야기 속에 나오는 호조 마사코(北條政子)를 연상시키는 데가 있었다. 히데요시가 타고난 성미대로 아무 스스럼없이 정치 문제에까지 참견하게 한 탓도 있었다. 규슈의 인사 문제에 개입해 히고에 삿사 나리마사를 천거하여, 지금 그곳에서 반란이 일어나려 하고 있었다. 히데요시의 선교사 추방정책에도 참견하여, 그 정책의 완화를 위해 열심히 운동해 온 고니시 유키나가며 그 아비 주토쿠도 자주 만나는 눈치였다. 따라서 영주들 가운데 네네를 두려워하는 자와, 눈살을 찌푸리는 자, 또는 중간에 끼어들어 이용하려는 자들이 부쩍 늘어나고 있었다.

나가마사는 그러한 네네를 경계하기 시작했지만, 굳이 간할 필요는 없다고 믿고 있었다. 네네만큼 진지하게 히데요시를 염려하고, 그 과업을 완수시키기 위해 세심하게 배려하는 사람도 없었다. 그런 뜻에서 네네는 글자 그대로 히데요시에게는 누구보다 훌륭한 반려자임에 틀림없었다.

나가마사는 스스럼없는 태도로 방 안을 한 바퀴 둘러보면서 말했다.

"옮기실 준비는 대충 끝난 것 같습니다. 오사카를 출발하는 행렬에 대해서는, 만도코로님의 뜻을 충분히 참작하라는 전하의 하명이 계셨습니다."

네네는 호들갑스레 눈을 가늘게 떠 보이면서 물었다.

"그래요? 역시 행렬 안에 그 사람도 끼워 넣으실 작정이신가?"

"그 사람이라니요?"

"호호호…… 그대도 점점 전하를 닮아가는구려. 자차 님 말이오."

"만도코로님께서 굳이 안 된다고 하시면, 제가 다시 전하께 말씀드리겠습니다만."

"안 된다고 하면, 내가 질투한다고 또 뒷공론들 할 테지."

"글쎄올시다."

"그렇듯 난처한 얼굴 하지 않아도 돼요. 끼워 넣으실 생각이시라면 그냥 데려가는 게 좋겠지요."

네네는 싹싹하게 말한 다음 눈썹을 날카롭게 곤두세웠다.

"허나 이 행렬은 길에서 남자들에게 보이지 않도록 하는 것이 내 소원이니까, 그 뜻을 잘 전해 줘요."

"옛!"

나가마사는 순간 귀를 의심했다. 히데요시는 네네가 교토에 도착하면, 곧바로 황실에 주청하여 종1품 위계를 내리게 할 속셈이므로 이번 행차를 일생일대의 호화판으로 꾸며 후세에 이야깃거리가 되도록 하려는 꿈을 펼치고 있었다. 그 꿈을 다 알고 있을 네네가 길가에 남자들을 세우지 말라……니 무슨 생각에서 하는 말일까……?

"도로변에 남자들을 내보내지 말라는 말씀이십니까?"

네네는 선선히 고개를 끄덕였다.

"그래요. 아무리 간파쿠의 내실이고 어머니라도 세상에 대해 삼갈 일은 삼가야지요. 이 보라는 식의 행차는 신불에 대해 두려움을 모르는 행동이기도 하고, 남자들은 가업에 전념해야 하니 전송은 필요 없어요. 같은 여자들의 전송은 받기로 하지요."

아무 일도 아닌 듯 말하고 다시 문갑을 정리하기 시작했다.

나가마사가 네네의 말뜻을 이해하기까지는 한참이나 걸렸다. 이사는 벌써 이달 13일로 결정되었고 모든 준비가 다 되어 있었다. 그런데 남자들의 행렬 구경을 허용치 않겠다는 것은 네네가 히데요시에게 던지는 도전장과도 같았다.

잠시 생각에 잠겼던 나가마사가 입을 열었다.

"만도코로님, 전하께 무슨 불만이 있으신 것 같습니다만."

"아니오, 불만 같은 게 있을 리 있나요?"

네네는 두말하지 말라는 투였다.

"그래요. 남자들뿐 아니라 승려들도 일체 전송할 필요 없다고 전해 줘요."

"승려들도……? 무엇 때문입니까?"

"승려에게는 여자를 멀리해야 한다는 계율이 있어요. 그런 사람들에게, 더욱이 간파쿠 가문 내전의 화려함을 과시한다는 건 잔인한 일이에요. 간파쿠님은 예수교 신부들마저 추방하셨어요. 간파쿠에게 삼가는 마음이 없다면 아내인 내가 그것을 메워야 해요. 알겠지요?"

나가마사는 말문이 막혀버렸다.

'이것은 예사 간언이 아니다…….'

네네 같은 여자가 막상 오사카를 떠나게 되어 이런 말을 할 때는 상당한 결심이 있어서일 것이다.

"만도코로님."

"또 무슨 말이오?"

"만도코로님은 이번 이전을 기회로 전하께 간언드릴 생각이신 것 같군요."

"아니, 이것은 평소부터 아내 된 자의 마음가짐…… 그 밖에 아무 뜻도 없어요."

"그러나 남자들과 승려들까지 전송을 못 하게 하신다면……."

"왜? 부도(婦道)에 어긋나나요? 네네는 그렇게 생각지 않아요. 오사카성으로 세상 사람들을 놀라게 하고, 대불전을 지어 놀라게 했으며, 또 주라쿠 저택으로 놀라게 했는데 그 위에 이사 행렬로 놀라게 하고, 큰 다회를 열어 또 놀라게 한다……면 전하께서는 백성을 놀라게 하는 재간밖에 없으시다는 말인가요? 아니, 그러면 앞으로는 무엇으로 더 놀라게 할 셈이신지. 웬만큼 하지 않으면 놀라게 해 줄 씨도 마르겠어요. 그러니 이 네네에 관계되는 일만이라도 좀 삼가려는 거지요."

아사노 나가마사는 새삼스레 큰 한숨을 줄곧 내쉬었다.

네네는 분명 보통 여자가 아니다. 그것은 히데요시 한 사람에게 하는 간언일 뿐 아니라 측근들에 대해 통렬히 비꼬는 말이기도 했다.

'대체 히데요시가 이따위 일만 벌이는 걸 그냥 두어도 좋은가? 좀 더 뿌리 깊은 문화정책을 펼치도록 해야 하는 것 아닌가……?'

그것은 언제나 나가마사의 마음속에서도 되풀이되는 자문자답이었는데, 네네가 정통으로 찔러온 것 같았다.

나가마사는 다시 입을 다문 채 앉아 있다가 정중하게 머리를 조아렸다.

"하신 말씀, 그대로 전하께 전해 올리겠습니다."

"그렇게 해줘요."

"그러나 다시 전하께서 말씀 내리실 경우에는 부디 양보하시기 바랍니다."

"호호호…… 염려 말아요. 전하께서 아직은 그토록 분별력을 잃지 않았을 거요."

나가마사는 조용히 자리를 물러났다. 교토 이전이 그들 부부 사이에 이처럼 험악한 공기를 몰고 올 줄이야…….

'역시 자차히메 사건에 그 뿌리가 있는 게 아닐까……?'

나가마사는 그렇게도 생각해 보았으나 그 일만으로 이런 말을 할 네네라고는 생각되지 않았다. 더욱이 승려에게는 여자를 멀리해야 하는 계율이 있다고 하는 한마디는 마음 한구석에 걸렸다. 네네는 예수교 신자가 아니다. 그러나 예수교 신자들의 순수한 면에 무척 아름다움을 느끼고 있는 듯했다.

어느 날 이러한 신앙 문제로 내전에서 토론의 꽃이 핀 적 있었다던가.

"신과 부처, 그리고 예수교의 천주 가운데 어느 쪽이 위고, 어느 쪽이 아래인가?"

히데요시와 이야기꾼들을 청중으로 하여 이것이 그날의 논제였던 모양.

마침 그 자리에 있던 고니시 유기나가의 아비 주토쿠는 천주를 떠받들었다.

"그야 두말할 것도 없습니다."

천주는 절대적 존재이며, 그 밖에는 인간들의 덧없는 염원들이 그려낸 우상에 지나지 않는다고.

그러나 이 논의는 불교도인 여인들의 야무진 반격을 받았다.

"천주만이 유독 인간들의 허망한 소원이 그려낸 신이 아니라는 증거가 어디에 있는가?"

그런 뜻에서 보면 어느 것이든 모두 관념의 소산이며 별것 아니다. 그러므로 저마다 어느 신불을 믿든 그건 자유이며 간섭할 일이 아니라는 것이 그 자리의 결론에 가까웠다.

히데요시는 줄곧 싱글벙글 웃으며 듣고 있다가 그때에야 여전히 입을 다물고 듣기만 하던 네네에게 말했다.

"만도코로, 그대 의견은?"

네네는 미소를 가득 머금은 채 대답했다.

"뻔한 것을 물으시는군요."

"뻔하다니?"

"네, 그야 물론 천조대신(天照大神)을 섬기는 일본국의 신들 아니겠습니까?"

"허, 재미있는걸. 그것을 모두 알아듣도록 설명할 수 있겠소?"

"할 수 있지요. 해(日)의 신이 이 세계를 만드시어 만물을 이처럼 낳고 기르셨습니다. 인간도 부처도 천주도 모두 해의 신이 낳으신 것입니다. 그러므로 신들 가운데에도 조물주와 피조물의 차이가 있는 거지요."

"허, 정말 재미있군!"

히데요시는 거듭 물었다.

"그러면 그대는 어째서 나무아미타불을 부르고, 관세음보살에게 절하는가?"

"호호호…… 그야 물론 사람이란 먼 조상의 신보다 자기를 낳아준 어머니를 더욱 그리워하는 것과 같은 마음에서지요. 아시겠습니까? 부처 앞에 절하는 것이나, 천주에게 기도하는 것도 실상은 저 깊은 곳에 계시는 천지를 창조하신 해의 신들에게 참배드리는 것이랍니다. 그런 까닭에 어디서 빌건 그것은 사람마다 자유라는 겁니다."

결론은 신앙의 자유라는 한 곳에 도달했으나 효심마저 신앙심에 연결된다고 잘라 말한 그 훌륭한 논리에는 내로라하는 주토쿠도 대꾸하지 못했다고 한다…….

이러한 네네의 뜻하지 않은 반발이니만큼 아사노 나가마사의 마음은 무거웠다.

그는 바깥채로 돌아가 히데요시 앞에 나아갈 때까지 내내 히데요시가 기분 좋기를 은근히 빌었다.

'만약 히데요시의 심기가 불쾌하다면 어떤 풍파가 일어날 것인지……?'

본성 2층에 있는 히데요시의 거실에서는, 방금 이에야스를 내보내고 돌아온 히데요시가 험악한 표정으로 이시다 미쓰나리에게 무언가 명을 내리고 있었다.

나가마사는 흠칫했다.

"미쓰나리, 정치란 백성을 기쁘게 하는 것…… 단지 그 한 가지가 모든 것이다. 다도를 권하는 게 무엇이 나쁘냐? 비용이 많이 드는 것도 아니야. 한 잔의 차를 마시는 것을 풍류로 알고 깊은 우주의 모습과 인생을 생각한다…… 거기에 추호도 그릇된 것은 없을 거다. 짐작컨대 미쓰나리는 소에키와 배포가 맞지 않는 모양이군."

나가마사가 들어왔으므로 미쓰나리는 그 이야기를 다시 언급하지 않았다.

"이에야스도 저렇듯 차츰 마음을 열고 있지 않느냐. 다회를 열어 그 사람에게 가볍게 여겨질 일이 어디 있다고 그러느냐? 그보다는 예수교 놈들 반란에 대한 조사나 잘 해라. 믿지 말라는 것은 아니다. 무지한 백성들을 선동해 자기 욕심을 채우려는 부당한 자들은 참된 신자로 인정할 수 없으니 처벌하라는 것이다. 그런 일과 다회를 혼동하지 마라!"

나가마사는 히데요시의 말투에서 무슨 일인지 상상하면서 미쓰나리 옆자리에 나란히 앉았다.

"나가마사. 기타노만도코로의 기분은 어떻더냐?"

"예, 그게……."

이 자리에서 말하기 거북한 듯 주저하는 기색을 보이자 히데요시는 벌써 눈치채고 미간을 더욱 험상궂게 찌푸렸다.

"무엇이 못마땅하다는 건가? 말해 보라."

"솔직히 말씀드리면, 행렬이 지나치게 화려하면 마음이 편치 않다는 말씀이셨습니다. 세상의 이목을 생각해 좀 더 검소하게 하고 싶다는 의향이셨습니다."

"뭐, 세상의 이목! 내가 누구의 이목을 생각해야 한다는 말인가?"

"저는 기타노만도코로님의 의견을 전해 드리고 있을 뿐입니다."

"흠, 그것도 좋겠지. 세상눈을 두려워하는 것은 갸륵한 일이다. 그렇다면 가마 수를 2, 30개쯤 줄여라."

"그리고……"

"또 뭐라던가?"

"아녀자들이 많은 행차니 남자들은 구경하지 못하게 해달라십니다."

히데요시는 의아스러운 듯 고개를 조금 갸우뚱했다.

"남자들에게 보이기 싫다고? 흠, 아무렴, 간파쿠의 만도코로니까. 얼굴을 구경거리로 내보이기 싫다는 거겠지. 누구에게서 무슨 옛말이라도 들은 모양이구먼."

"또한, 승려도 남자인지라 마찬가지로……"

거기까지 말하자 나가마사는 식은땀이 겨드랑이를 타고 주르륵 흘러내리는 것을 느꼈다. 결과는 같아도 의미는 완전히 달랐다.

'나는 모든 것을 왜곡해서 말하고 있다……'

그 순간 히데요시가 갑자기 표정을 풀고 웃기 시작했다.

"앗핫하…… 알았다. 알았어! 그래? 중놈들에게도 얼굴을 보여줄 수 없다고?"

"황송하오나 어떻게 들으셨는지요?"

"그건 말이야, 부부 사이의 은밀한 일이긴 하나, 내가 언젠가 앞으로 조선을 비롯해 명나라, 나아가 남만국까지 휩쓸어 손안에 넣겠다고 말한 적 있었어. 네네도 역시 여자군. 그만큼 큰 인물의 안사람인 고로, 제아무리 도사고 종정일지라도 얼굴을 함부로 내놓지 않겠다는 것일 테지. 과연 네네다운 생각이다. 핫하하…… 역시 남편을 이해하는 사람은 아내밖에 없어. 마침내 네네도 나의 큰 뜻에 어울리는 자세를 갖추었군. 그래? 그렇게 말했단 말이지……"

나가마사는 씁쓸한 표정으로 다시 할 말을 찾지 못하고 있었다. 자신도 말을 왜곡하여 전하긴 했지만 히데요시의 이 엉뚱한 해석은 또 무엇이란 말인가? 네네는 요즘의 히데요시의 생활에 따끔하게 침을 놓을 생각인 듯한데, 히데요시는 전혀 반대로 자신을 높이고 있었다.

'과연 이래서는 거리가 너무 멀다……'

비와(琵琶) 법사가 입버릇처럼 되뇌는, 교만한 헤이케(平家)는 오래 못 간다……는 말이 얼핏 나가마사의 가슴을 스쳤다.

"좋아, 네네가 하자는 대로 해줘."

히데요시는 무척 기분 좋은 모양이었다.

"그렇다면 가마 수는 그리 줄일 필요가 없겠다. 남자들은 중들까지 일체 구경해서는 안 된다고 포고 내려라."

네네의 요구를 선뜻 받아들이는 바람에 나가마사는 속으로 오히려 어리둥절할 지경이었다. 잘 됐다! 어떻든 풍파는 일지 않게 되었으니…… 그렇게 생각하면서도 가슴 한 구석에 풀리지 않는 커다란 응어리가 남았다.

"미쓰나리는 물러가도 좋아. 나가마사는 다른 일도 있으니 잠시 남아 있도록."

히데요시는 다시 사무적인 말투로 돌아갔다. 미쓰나리가 자리를 뜨자 목소리를 낮추었다.

"나가마사, 네네가 무엇이 못마땅하다더냐?"

뜻밖의 질문에 나가마사는 정신이 아찔했다.

'일은 끝났다……'

그렇게 생각한 것은 나가마사의 지레짐작이었고 히데요시는 미쓰나리가 신경 쓰여 일부러 대답을 그렇게 꾸며댄 모양이었다.

"그대 얼굴에, 마음에 걸리는 일이 있다고 씌어 있어. 히데요시의 눈은 옹이구멍이 아니야. 그래, 무슨 말을 듣고 왔나?"

"예, 그게 좀……."

"옮기기 거북한 말을 하던가? 그러니까 질투 때문인가?"

나가마사는 머리를 천천히 옆으로 저었다.

"그렇다면 내가 하는 일이 너무 사치스럽다고 하던가?"

"아닙니다. 그것만도……."

"흠, 그러면 어느 영주들 가운데 수상쩍은 동향이라도 있다는 건가?"

"실은 전하께 대한 불만뿐만 아니라, 저희들 측근의 무능에 대한 꾸지람 같기도……."

"뭐, 그대들의 무능에 대한……?"

"예, 전하께서 하시는 일은 모두 사람을 놀라게 하시는 일뿐, 사람을 놀라게 하는 재간밖에 없는가, 그렇게 하도록 내버려두고 측근의 구실을 다했다고 할 수 있겠느냐고 하셨습니다."

히데요시는 흥 하고 코웃음 쳤다.

"그런 이야기였군."

"예, 그렇습니다."

"그렇다, 바로 히데요시는 남을 놀라게 하고, 분발하게 만들기 위해 이 세상에 태어났어."

"과연."

"농부의 자식으로 태어나 천하를 손에 넣었다. 그리고 이제 일본 천지에서 전쟁을 없앨 근본 방책을 생각하고 있는 중이야."

"……"

"앞으로 만일 싸움이 벌어진다면 세 가지 경우를 생각할 수 있다. 그 하나는 누군가 히데요시의 명령에 따르지 않을 경우…… 그러나 그건 이미 문제되지 않는다. 이 히데요시의 토벌 세력을 당할 자는 아무도 없어. 그렇다면 원인은 나머지 두 가지로 줄어든다."

나가마사는 머리를 갸우뚱한 채 히데요시를 쳐다보고 있었다. 네네에게도 그로서는 상상도 못할 예민한 점이 있었으나, 히데요시 역시 무슨 말을 하려는 건지 걷잡을 수 없는 놀라운 비약을 보이고 있었다……

히데요시는 목소리를 낮춰 달래는 듯한 말투가 되었다.

"알겠나, 나가마사. 두 가지 원인 중 하나는 시마즈나 오토모 같은 영주들의 영토 분쟁, 이것은 언제든 전쟁으로 발전할 수 있거든. 나머지 한 가지는 터무니없는 선동자들이 부채질해 일어나는 백성들의 반란……이것뿐이다."

"예……"

"그래서, 나는 그 두 가지를 없앨 묘책을 강구하고 있는 중이지."

"전쟁의 뿌리를 송두리째 뽑아버릴 묘책 말입니까."

히데요시는 가볍게 머리를 끄덕였다.

"이제 온 일본 국토를 다시 조사해서, 구석구석 영지의 생산고를 일단 밝히는 거다."

"그것이 싸움의 뿌리를 뽑는 일과 어떻게……?"

"영주들 영지의 생산고를 확실히 해놓아야 해. 여태껏 있었던 영주들 사이의 분쟁을 보면 이러한 허실, 이를테면 표면으로는 생산이 없고 뒷구멍으로는 실제로 생산이 많은 땅을 두고 시비가 벌어졌던 것이다. 그렇기 때문에 이번 조사로 이를 분명히 해두면, 영지로 말미암아 일어나는 싸움은 바로 히데요시에 대한 반역을 뜻하게 돼."

"예, 정말 그렇게 되겠군요."

"히데요시에 대한 반역이 되면 큰일이니 함부로 싸우지 못하겠지…… 게다가 공식적인 수입이 바로 실제 생산으로 정해지는 까닭에, 영주들이 백성들을 우려 먹을 궁리를 못하게 된다. 그렇게 되면 어질게 다스리는 영주와 어리석은 영주의 차이가 한눈에 드러나게 되니까."

나가마사는 이 말에 그만 무릎을 탁 칠 뻔하다가 침을 꿀꺽 삼켰다.

'네네도 네네지만, 히데요시 역시 결코 단순하게 우쭐대는 인물이 아니다!'

"말하자면 일본 국토 토지조사가 이 땅에서 전쟁의 씨를 거두어 없애버리는 묘책이지. 그렇지 않겠느냐. 혹독한 공출을 강요당하지 않는다면 백성들도 예수교의 선동 따위에 넘어가지 않는다. 다음의 또 한 가지는 이 조사가 끝나면 반란을 막기 위해 칼을 몰수할 작정이다."

"칼을 몰수하다니요?"

"백성들 살림은 이 간파쿠가 보장한다. 무뢰한이나 도둑들은 내가 강력히 단속할 것이니 모든 백성들은 일체 무기를 지니지 못하게 하는 거지. 무기는 때로 흉기로 바뀐다. 이것이 없어지면 사사로운 싸움도 근절되는 이치란 말이야."

거기까지 말하고 히데요시는 비로소 빙그레 웃어보였다.

"어떤가? 다 이러한 시책의 선전이야. 주라쿠 저택으로 옮기는 것이나, 대불전의 건축, 또 기타노에서 벌일 큰 다회도…… 이렇게 해서 백성들이 안심하도록 이끌어야 해. 그러지 않고는 무기를 거두어들일 수 없어. 네네는 현명한 여자야. 그러나 여자의 안목은 역시 좁아. 그래서 내가 기껏 사람이나 놀라게 하는 재간밖에 없다느니 하면서 이것저것 다 잊어버리고 마구 놀아먹는 것같이 걱정하는 거지."

"……."

"그런데 그렇지 않단 말이야. 히데요시에게는 마지막 목적이 한 가지 있어. 전쟁이 없어질 리 없다고 믿고 있는 자들에게, 실제로 싸움이 없는 세상을 만들어 보여줌으로써 놀라게 하는 것…… 이게 사람을 놀라게 만드는 내 재주다. 어때, 이제 알겠나?"

나가마사는 어느 새 두 손을 무릎에서 내려 방바닥을 짚고 있으면서 그것을 조금도 깨닫지 못하고 있었다. 히데요시가 생각하고 있는 것들이 그대로 그의 머릿속에 선명하게 살아나고 있었다.

나가마사는 히데요시가 말한 포부가 무엇을 기초로 짜인 것인지 알 수 없었다. 그런 만큼 그의 놀라움은 컸다. 사사로운 싸움을 없애기 위한 토지조사. 그것이 바로 선정악정(善政惡政)을 가늠하는 저울이 되고, 백성들 불만을 누르고 반란을 없애는 기초도 된다…… 칼의 몰수는 고사하고 이것만으로도 일석(一石) 삼조, 아니 사조라도 떨어뜨릴 묘책을 짜내는 히데요시의 두뇌가 실로 놀라움을 금할 수 없는 고금에 드문 것으로 여겨졌다.

나가마사는 말했다.

"참으로 놀랍습니다…… 그 말씀을 들으니 기타노만도코로님보다 우선 제 가슴이 후련해졌습니다."

히데요시는 천천히 머리를 끄덕였다.

"사람에게는 태어날 때부터 그릇의 크기가 정해져 있는 법이야. 그렇다고 네네가 작다는 건 결코 아니다. 네네 또한 여인으로서는 보기 드문 재기를 타고난 여인이지. 그러나 네네가 훤히 들여다볼 수 있을 정도로 히데요시의 속이 좁고 얕지는 않아. 틈나는 대로 그 이야기를 들려줘서 쓸데없는 걱정일랑 하지 말라고 해."

"예, 잘 알겠습니다."

"그러면 네네가 청한 대로, 남자들의 전송이나 구경은 일체 금하도록 해라. 염려해 주는 네네의 진심을 무시할 수야 있겠느냐?"

나가마사는 그제야 안도의 숨을 내쉬고 얼굴의 긴장을 풀었다. 새삼스럽게 주군을 믿고 우러러보는 표정이 그대로 역력히 얼굴에 드러나 있었다.

"좋아, 이제 그만 물러가게."

"이제야 마음 놓았습니다. 그럼……."

나가마사가 물러가자 옆방에 대기 중이던 소에키가 들어왔다. 종일 끊이지 않는 접견상대 중에서, 소에키는 지금까지 마음 놓고 상대할 수 있는 이야기꾼의 한 사람이었다. 그러나 오늘의 히데요시는 웬지 무뚝뚝한 표정으로 소에키를 물리쳤다.

"다회에 대한 이야기겠지. 오늘은 그만두세."

"예…… 기타노 지방의 구획정리가 잘 되었기에 보시라고……."

"나중에 보지. 두고 가게."

소에키는 그의 불쾌한 듯한 안색을 알아차리고 책상 위에 조그마한 두루마리를 놓고 말없이 물러갔다.

이번에는 고니시 유키나가 차례였다. 유키나가의 용건은 그 아비 주토쿠와 함께 예수교 선교사들에 대한 국외 추방령 연기를 탄원하러 온 것임을 한 눈에 알 수 있었다.

"오늘은 구태여 이야기들을 것 없다. 신부들이 반성했으면 그것으로 충분하다. 굳이 매정하게 서두를 뜻은 없으니 나중에 하도록 하라."

이 역시 그대로 내쫓듯 하여 돌려보내고 히데요시는 생각에 잠겼다.

네네가 했다는 말이 웬지 마음에 걸렸다.

'남을 놀라게 하는 것밖에 모르는 분…….'

입으로는 그릇이 다르다느니 온 나라의 토지조사를 한다느니 하며 나가마사를 가지고 놀았으나, 그것만으로 과연 불세출의 대 영웅으로 추앙될 만한 크나큰 위업을 남길 수 있느냐에 대해서는 역시 불안했다.

토지 조사에 대한 착안의 근거는 나야 쇼안의 말을 듣고부터였다. 물론 쇼안은 그것으로 싸움이 사라진다거나 선정의 기초가 될 거라고 말한 건 아니었다.

"일본은 60여 개 주(州), 이것을 모두 손안에 넣는다 해도 한 주에 한 사람씩 60여 명의 영주밖에 둘 수 없습니다."

그는 이렇듯 일본 땅이 좁다는 것과 가난함을 지적했었다.

히데요시는 팔걸이를 당겨 한 팔로 턱을 고였다.

'토지 조사만으로는 저 많은 공신들에게 다 나눠줄 수 없을지 모른다…….'

이미 일본 땅은 히데요시의 손안에 들어온 거나 다름없었다.

오다와라에 대한 일도 완전히 복안이 서 있었다. 호조 부자에게 터놓고 상경을 권하여 오면 영지를 바꿔주고, 불응하면 규슈 정벌 때처럼 꽃구경 삼아 일전을 벌이면 그것으로 충분했다. 이 점에 대해서는 이미 상경해 온 이에야스를 만나 그의 뱃속도 충분히 확인해 두었다.

이에야스는 호조와 결탁하여 히데요시의 위업에 맞설 정도로 우둔하지 않다. 지금은 오히려 호조씨의 멸망을 바라고 있는 것으로 짐작되었다. 이유는 말할 나위 없이 일본 땅이 너무 좁다는 것이다. 호조씨 하나가 아무리 저항한들 그것은 문제가 아니었다. 하나하나 유유히 쓰러뜨려 가면 간토 8주라는 새로운 영토가 생기게 된다.

'이 새 영토에 이에야스를 옮겨놓는다……'

그렇게 되면 지금의 이에야스가 차지하고 있는 미카와, 도토우미, 스루가 땅이 비게 된다. 거기에 오다 노부카쓰를 두어 오와리 서쪽을 튼튼하게 굳힌다. 혹시 노부카쓰가 조상들의 땅이라며 오와리를 떠나는 일을 꺼린다면 오히려 더 바람직한 일이었다.

'그때는 옴짝달싹 못할 만큼 작은 나라로 옮겨 목숨만 유지하게 하면 되는 것……'

그러나 그런 식으로 계산해 들어가도 공신들을 모두 만족시킬 만한 땅이 없다…… 그런 일을 너무나 소상하게 아는 까닭에 히데요시는 필요 이상으로 기타노만도코로가 말하는 일을 계획하고 있는 건지도 모른다.

"사람을 놀라게 하는 일."

사람 수에 비해 나라가 너무 좁다. 분배해 줄 보상의 땅덩어리가 모자라므로 하는 수 없이 자신의 위력을 필요 이상으로 과시한다.

'불평하지 마라. 불평해봤자 이 히데요시에게는 통하지 않는다!'

그러한 의식이 어디엔가 잠재되어 작용하고 있는지도 모를 일이었다.

'그럭저럭 나도 이제 정상에 와 있는 게 아닐까?'

그렇게 생각되는 것이 히데요시의 성격상 견딜 수 없는 일이었다. 이러한 식의 절정감은 그가 지금까지 품어온 '태양의 아들'이라는 자부심과 격렬하게 충돌한다. 태양을 보라. 날마다 솟아올라 만물을 길러내며 늘 변함없이 드높은 곳에서 빛나고 있지 않은가?

히데요시는 팔걸이에 기대어 턱을 고인 채 신음소리를 크게 냈다.

"음. 싸움이 있으면 심심치는 않겠지만······."

눈앞의 적을 어떻게 놀려주고 어떻게 굴복시킬지 하는 문제와 씨름할 때는, 천만가지 지혜가 샘솟듯 솟아올라 온몸이 순식간에 활기로 가득 찬다. 그런 의미에서 본다면, 히데요시는 일찍이 둘도 없는 '노름꾼'의 한 사람이었다. 그러나 막상 그 전란이 다스려지고 보니, 싸움터에 있을 때처럼 긴장이나 자극을 체험할 수 없었다.

'정상이 아니다. 히데요시에게 정상이 있다니 될 말인가!'

이때 또 시동이 찾아온 자의 이름을 알리러 왔다.

"오다 우라쿠사이 님께서 뵙기를 청하십니다만."

"뭐, 우라쿠가······."

히데요시는 안도하며 가볍게 머리를 끄덕였다.

"들게 하라."

우라쿠라면 자차히메 일일 것이다······라고 생각하자 히데요시는 왠지 자세를 가다듬고 그답지 않게 얼굴에 화색을 보이며 기다려지는 심정이었다. 때가 때인 만큼 젊은 자차히메와의 정사는 마음의 탄력을 느끼게 해주었다.

'내게도 아직 청춘이 있다!'

"우라쿠인가? 어서 들어오게."

"예, 전하께서는 여전하시군요······."

"그렇지도 않아. 아주 변해버렸다, 나는."

"무슨 말씀을, 혈색도 좋으시고 눈의 총기도 더 하신 것 같습니다만."

"공연한 소리 마라. 자차는 별일 없겠지? 상경 준비는 다 끝났는가?"

"실은 그 일로······."

"뭐, 자차 일인가, 아니면 상경 준비에 관한 문제인가?"

"그 두 가지 모두입니다."

우라쿠사이는 가슴을 젖히듯 하며 부드럽게 미소 지었다.

히데요시는 왠지 섬뜩했다. 기타노만도코로에게 한 대 아프게 찔린 뒤인데, 또 자차한테서 무슨 소리를 듣는 것은 견딜 수 없는 일이었다. 기타노만도코로는 어디까지나 '아내의 임무'를 내세운 설교 같은 투로 나왔지만 자차는 그 반대였다.

사람 마음을 얄미우리만큼 꿰뚫어보면서, 감정과 감정의 틈새를 노리고 떼쓰는 어린아이처럼 화살을 쏘아댄다. 마음에 여유가 있을 때는 더없이 재미있는 어리광이지만, 상대할 틈이 없을 때는 감당하기 힘든 장난감이었다. 상대를 자기편으로 휘어잡아 놓지 않으면 직성이 풀리지 않는 고집스러운 성미를 가지고 대들기 때문이다.

"자차가 또 뭐라고 했는데?"

"예, 주라쿠 저택으로 옮겨가는 행렬에 끼고 싶지 않다, 사양하겠다고 합니다."

히데요시는 미간을 찌푸리며 혀를 찼다.

"안 된다고 일러라!"

"예, 이미 결정된 일이므로 안 될 거라고 말했지만 듣지 않습니다."

"안 듣다니! 듣게 하도록 해. 뭐야, 그대가 곁에 있으면서……"

"그러나, 전하께서도 잘 아시듯 불같은 성품인지라 한 번 고집을 부리기 시작하면 이 우라쿠로서는 도저히 당할 수 없습니다."

"그러니 날더러 어떻게 하라는 건가?"

"황송하오나 전하께서 몸소 설득하셔야……"

"날더러 설득하라고?"

"예, 저로서는 도저히 어찌할 바……"

그리고 우라쿠는 자차의 성격을 잘 알지 않느냐는 식으로 시선을 옮겨 무릎의 흰 부채를 만지작거리기 시작했다. 히데요시가 가장 싫어하는 시치미 떼는 우라쿠의 태도였다. 소에키도 가끔 이러한 모습을 보이는데, 분명 마음속으로 히데요시를 가볍게 여기는 증거인 것 같았다.

"우라쿠."

"예."

"이제 와서 그런 고집은 용서할 수 없다. 그렇게 일러. 그 말이면 충분해."

우라쿠는 천천히 말을 이었다.

"그러나 자차에게도 그만한 이유가 있는 것 같습니다만. 어쩌면 자차가 임신했는지도…… 그렇게 되면 가마 여행은 몸에 해로운지라……"

"뭐, 자차가 임신을!"

히데요시는 펄쩍 뛸 듯하다가 당황하여 다시 팔걸이에 매달렸다.

"그, 그게 정말인가, 우라쿠?!"

우라쿠는 여전히 눈길을 뜰로 보낸 채였다.

"물론 아직 확실치는 않습니다…… 이것은 아무튼 전하의 은밀한 비밀이므로, 이 우라쿠보다 전하께서 짐작되시리라 생각합니다만."

"애태우지 마라, 우라쿠."

"진실을 말씀드렸을 뿐입니다."

"자차가 그대에게 그렇게 말하던가?"

"예."

"뭐라고 하던가, 자세히 말해."

"만일 임신이라면 뱃속의 아기에게 해로울 테니 행렬에 끼고 싶지 않다고 했습니다."

"시녀들은? 그런 일은 시녀들이 먼저 눈치채기 마련인데……."

"황송하오나 시녀들에게는 미처 물어보지 못했습니다. 드러내어 할 말이 못되는 까닭에."

히데요시는 괘씸한 듯 또 한 번 혀를 찼다.

"그렇다면…… 뱃속의 아기에게 해로우면 큰일이니, 행렬에서 빼 달라?"

"뱃속의 아기에게도 그렇고…… 그 밖에 자차의 말에는 더 큰 의미가 있는 것 같습니다만."

"어떤 의미인가. 내 머릿속이 타는 것 같구나! 내게 자식이 생긴다고…… 50살이 넘어서 자식이…… 그런 소리를 느닷없이 듣고 보니 당장 어떻게 결정 내릴 수가 없구나. 자차는 대체 무슨 생각을 하고 있는가?"

"자기로서는 아직 확실치 않지만 만일 임신이라면 여태껏 측실로 정해진 바도 없고, 그렇다고 오만도코로나 기타노만도코로의 시녀도 아닌 애매한 신분으로 행렬에 참가한다면 장차 태어날 아기에게 죄스럽다는 겁니다."

"그야 당연하지! 이 히데요시 자식의 어미가 되는 것이니……."

"예, 그런데 어머니가 될 몸……이라고 확실하지는 않으니 눈에 띄지 않게 행차에서 제외해 주셨으면 좋겠다. 만일 굳이 끼기를 원하신다면 그에 상당한 격식을 갖추어주십사……."

히데요시는 벌써 우라쿠의 말을 귀담아듣지 않고 있었다. 귀 기울여 들었더라면 우라쿠의 말투가 애매하기 짝이 없다는 사실을 알아차렸을 것이다. 상경 행렬을 구실 삼아 자차의 신분을 확실히 해두려는 우라쿠 자신의 머리에서 나온 이야기일지도 몰랐다. 임신…… 이라는 강렬한 느낌의 말을 쓰면서도, 확실하냐고 따져 물으면 안개나 연기 속 같은 애매한 대답을 했다.

그러나 그 말을 들은 히데요시는 어쩔 줄 몰라 하고 있었다. 인간이란 누구에게나 약점이 있는 법. 언젠가 기타노만도코로가 나가하마에서 한 번 임신한 적 있었다. 그때도 히데요시는 어쩔 줄 몰라 허둥대었다. 그러나 태어난 아기는 덴쇼 4년(1576) 10월 14일에 죽었다. 그 이름은 죽은 친아들 대신 양자로 삼은 노부나가의 넷째 아들 히데카쓰와 같은 이름으로, 하마마쓰의 묘호사(妙法寺)에 묻혔고 혼코인 조카쿠(本光院朝覺)거사라고 법명이 주어졌다.

그로부터 다시는 히데요시에게 자식이 없었고, 이제는 거의 씨가 없는 것으로 단념하고 있는 터였다. 바로 그 허점을 우라쿠가 찌른 거라면 우라쿠의 간악함은 상상 이상의 것이고, 만일 자차의 말이 진실이라면 참으로 자차의 날카로운 발견이라고 할 수 있었다. 그나저나 히데요시는 이마에 진땀을 흘리며 무척 당황해 하고 있었다…….

"그것이 만일 사실이라면……."

땀을 흘리며 히데요시는 완전히 몽상의 세계를 들여다보는 얼굴이었다.

"내 생애는 새롭게 시작된다고도 할 수 있다. 그렇지 않은가, 우라쿠?"

우라쿠는 얄미우리만치 시치미 뗀 표정으로 말했다.

"예? 무슨 말씀이신지?"

"아니, 그대는 모르는 일이야. 어쩌면 아무도 모를지도 모르지. 나가하마에서 아들 하나를 가졌을 때는 지금보다 훨씬 더 젊었어. 자식이라는 게 인생에 어떤 의미를 갖는 것인지 깊이 생각해 보지도 않았지. 아무튼 머릿속이 그 일로 꽉 차 있었으니까. 그런데도 갑자기 내 주위가 일시에 환해진 듯한 느낌이 들었던 것을 지금도 기억하고 있다. 이 녀석이 모자라는 놈이면 어떻게 할까 하는 염려도 해 보고, 어떻게 하면 잘 키울 수 있을까 싸움터를 누비면서도 넋을 잃고 생각했지. 그러나 그놈은 오래 살지 못했어. 네네가 많이 울었지. 아마 다시는 임신하지 못할 것을 예감했는지도 몰라. 여자란 그런 일에는 몹시 민감하거든. 그래서 나는 나보다 네네가 더 불쌍해 노부나가 님께 부탁드려 히데카쓰를 양자로 삼았던 거다. 그냥 두면 네네가 몸져누워 버릴 것 같아서…… 그러던 내게 50살이 넘어 자식을 주시다니…… 이건 정말…… 하지만 거짓말일 거다. 믿을 수 없어!"

우라쿠는 다시금 시선을 돌려 조용히 부채를 펼쳤다 오므렸다 하고 있다.

'이것은 내가 대답할 일이 못 된다……'

이렇게 생각하며 굳이 히데요시의 술회를 방해하지 않으려는 듯했다.

"우라쿠!"

"예!"

"그대는 어떻게 생각하나?"

"무엇을…… 말씀입니까?"

"자차 말이다. 자차가 말한 대로 들어줄 도리밖에 없겠지."

"전하 좋으실 대로……라고 말씀드릴 수밖에 없군요. 다만 제가 말려서는 자차가 듣지 않으므로."

히데요시는 허공으로 시선을 보내며 말했다.

"임신했다면…… 가마여행은 좋지 않지. 유산될 우려가 있어. 비록 자차가 그것을 알고 거짓말했다 해도 이번에는 잠자코 들어주는 수밖에 없어."

"……"

"어떤가, 우라쿠? 아니, 그대는 이런 내 심정을 모르겠지."

"……"

"그러나 이 이야기는 함부로 네네에게 해서는 안 돼. 네네는 투기 많은 여자는 아니야. 측실들 일에 이르기까지 이것저것 나에게 의논하는 아량이 있어. 그러나 아이가 생겼다……고 하면 문제가 달라져."

"그야 물론 함부로 이야기하지 않는 것이 좋겠지요."

"그렇지. 함부로는 말 못하지. 나의 놀라움이 큰 것처럼 네네의 놀라움도 클 테니까."

이런 말을 하면서 히데요시는 이제 완전히 '정상—'에 올랐다는 야릇하게 쓸쓸한 심정에서 벗어나, 자신도 모르는 사이에 날개가 돋아나 하늘로 올라갈 것 같은 황홀경 속에 둥둥 떠오르는 것을 미처 깨닫지 못하고 있었다.

천지조화의 주인인 신은 이따금, 자신이 창조한 인간에게 심술궂은 장난을 하는 때가 있는 모양이다. 아니, 그것은 장난이라기보다는 깊은 뜻이 담긴 위로일지도 모른다. 히데요시는 문득 자기 인생의 '절정'을 느낀 바로 그 순간 눈부시게 밝은, 상상도 못 했던 별천지 속으로 들어간 것이다.

지금까지는 자차히메를 어떻게 해서 교토로 데리고 갈까……하는 일에만 마음 쓰고 있었다. 그러나 이제 우라쿠를 통해 자차히메의 임신을 알자, 그것은 전혀 다른 기대로 바뀌었다.

'나에게 자식이……'

생길지 모른다는 가냘픈 가능성만으로도 무슨 일이든 해야겠다는 결심이 서는 것이었다.

"이봐, 우라쿠."

"옛."

"자차는 기타노만도코로나 오만도코로와 동행하지 않겠다고…… 그건 그렇고, 교토에서는 어디서 살 작정일까?"

"글쎄올시다. 거기에 대해서는 아직……."

"그대가 모르지는 않을 것이다. 이쯤 되면 덮어둘 일이 아니니까, 정식으로 측실이라고 발표하겠지만, 그 뒷일이 문제야. 함께 주라쿠 저택에서 살 것인지 아니면……."

"황송하오나"

"무슨 말을 하기는 했구나. 뭐라고 하던가?"

"주라쿠 저택의 내전 주인이 아니면 10만 석 정도의 성을 하나……하며 농담삼아 말했습니다만."

"뭐, 10만 석짜리 성을 하나…… 하하하…… 그러나 주라쿠와 너무 떨어진 곳에 성을 가지면 마음대로 만나지 못하렷다. 그렇다고 주라쿠의 내전 주인……은 어려운 문제인걸."

"물론 진심으로 말한 것인지는 모르겠습니다만……."

"주라쿠에는 네네가 있다. 네네를 제쳐두고 자차를…… 들일 수는 없지."

"그것까지는 자차도 생각하지 않을 줄 압니다만……."

"그러면 어리광이나 농담인가?"

"그러나 전적으로 농담이라고만 생각하시는 것도 좀……."

"흠."

히데요시는 다시 한번 즐거운 듯 목을 갸우뚱해 보였다.

"좋다, 생각해 보자. 내가 직접 네네에게 청하지. 네네도 노부나가 공의 조카딸이라는 것쯤은 알고 있으니 결코 소홀하게 다루지 못할 거야."

우라쿠는 대답이 없었다. 오늘 일은 이 정도로 충분한 수확을 거둔 것이다. 기타노만도코로의 시녀도 아니고, 종도 아닌 애매한 신분으로는 교토로 가는 행차에 끼어들기 싫다는 것이 자차히메의 주장이었다. 그 주장은 이제 완전히 관철되었다. 지금 히데요시는 네네와 자차의 위치를 어떻게 다룰 것인지, 그쪽으로 생각을 달리고 있음을 잘 알 수 있었다.

"뒷날 은밀히 배로 옮겨주어야 되겠어. 잠시 동안은 그냥 그대가 맡아주게. 그동안 내가 자차의 마음에 들 만큼 조치를 생각할 테니. 그렇게 전해 주도록. 또 임신이 확실하다면 각별히 몸조심하란다고."

히데요시는 시선을 공중으로 보내고 흐흐흐 웃었다. 여느 때의 심술 많은 그 같으면 이렇듯 쉽사리 우라쿠의 혀끝에 휘말려 넘어갈 리 없었다. 그런 뜻에서도 '자식—' 문제에 관한 한 히데요시의 큰 약점인 것 같았다. 히데요시는 아직도 좀처럼 웃음을 거두지 못하고 있었다……

인생의 가시

이에야스와 히데요시의 재회는 철저하게 일방적으로 히데요시의 뜻대로 되어가고 있었다.

이에야스는 자신은 히데요시의 적수가 될 의사가 추호도 없다고 거듭 말했고, 함께 자리한 이시카와 가즈마사에게도 마음을 터놓은 듯 말을 건네기도 했다.

관위(官位) 문제에 있어서도 히데요시가 제안한 대로, 종2품 다이나곤 자리를 기쁜 마음으로 받아들이고 왕궁에 나아가 인사올리고 돌아갔다.

'이만하면 서쪽에 대한 야심은 없는 것으로 믿어도 틀림없다.'

그쯤 되니 아사히 부인의 상경도 그리 서두를 필요가 없었다. 드디어 위태롭게 될 경우에는, 연로한 오만도코로의 급환을 핑계 삼아 무조건 올라오게 하면 된다.

"뭐라고, 아사히가 슨푸를 떠나는 일을 싫어한다고? 핫하하……그토록 아들이 마음에 들었을 줄이야. 역시 여자로군. 그러면 이에야스가 이번에 히데타다라는 이름을 선물로 가져갔으니 기분 좋겠군. 그래, 이제 아사히의 양자도 어엿한 종5품하, 도쿠가와 구란도 히데타다(德川藏秀忠)가 되었으니까."

깨끗이 웃어넘기고 주라쿠 저택으로 옮겨가는 일에 착수했다.

히데요시가 옮기는 날은 9월 18일. 금은과 가재도구들을 몇백 척의 배에 실어 요도까지 나르고, 요도에서부터는 수레 500대에 인부 5000명을 딸려 운반할 예정이었다.

기타노만도코로는 이보다 닷새 앞선 13일에 오만도코로와 함께 오사카를 떠나 교토로 떠났다. 이 행렬 선두에는 먼저 오만도코로의 사인교 15채, 가마 6채로 기마무사 4명이 앞장섰고 그 뒤를 잇는 여러 예능인들 약 500명은 모두 붉은 옷을 입어 마치 신을 모신 가마를 호위하는 듯한 행렬이었다. 이어 혼간사의 아녀자들이 중간에 끼고, 그 뒤를 기타노만도코로 네네의 행렬이 따랐다. 그 행렬은 사인교 100채, 가마 200채, 옷궤짝을 실은 수레는 헤아릴 수 없이 긴 장사진을 이루었고 그 뒤를 기마무사와 오만도코로의 대열처럼 붉은 옷을 입은 사람들이 따르고 있었다.

겉으로는 남자와 승려의 구경은 금지되어 있었다. 그러나 금지 명령도 아랑곳하지 않고 남녀 할 것 없이, 오히려 여자보다 더 많은 남자들이 길 양쪽을 가득 메운 가운데 행렬을 전송했다. 아무도 나무라는 자가 없어 금지란 사실은 유명무실한 것이었다. 그러한 요구가 물론 엄격하게 실행되리라고는 예상하지 않았기 때문에 행차가 교토에 닿을 때까지 네네도 아무 말 하지 않았다.

네네로서는 처음 보는 주라쿠 저택의 구조…… 과연 히데요시의 솜씨인지라 호사를 다한 건물일 것이라고 상상은 했으나 실물은 상상 이상이었다. 사방 3천 보(步)의 돌축대. 쇠기둥 구리로 된 문이 휘황찬란하게 번쩍이며 양쪽으로 활짝 열어 젖혀져 있었다. 이런 문은 아마 일본 안에 다시없을 거라고 생각하면서 문을 들어서니 큰 현관에서 가마 대는 곳 지붕 기와의 화려함이 넋을 빼앗았다.

"옥 누각은 하늘의 별에 닿을 듯 높고, 붉은 옥 건물은 하늘에 우뚝 치솟았도다. 지붕 장식, 기와의 줄을 잇댄 곳에는 옥호가 바람을 안고 으르렁대며, 금빛 용이 구름을 향해 노래를 읊조리노라. 천황이 드실 임시처소는 노송나무껍질로 이었도다. 그 양옆에 가마 대는 곳이 있고, 뜰에는 무대가 있으며, 그 양옆에 분장실이 마련되어 있다. 측실의 거실에 이르기까지 수많은 장인들이 심혈 기울여 채색을 입혔도다. 그 아름다움 무엇에 비할 수 있으리오."

뒷날 천황이 주라쿠 저택에 행차했던 기록에 그렇게 적힌 호화로운 저택을 네네는 못마땅한 듯 돌아보았다.

주라쿠 저택에 도착한 지 사흘 만에 네네는 시녀로부터 자차히메에 대한 이야기를 처음 듣게 되었다. 물론 네네에게 알리기 위한 이야기가 아니라 저희들끼리 주고받는 말에 지나지 않았으나 거기에 예사로 들어 넘길 수 없는 내용이 들어 있었다.

한 시녀가 네네의 물건들을 챙기면서 또 한 시녀에게 물었다.

"자차 님이 행차에 끼지 않으신 이유를 알아?"

"알고 있지. 자차 님은 아직 정식 측실로 정해지지 않았으므로 만일 행렬에 끼게 되면 우리와 같은 취급을 받을까봐 그게 싫어서 빠졌다던데."

"호호호, 그건 겉으로 하는 소리이고, 다른 내막이 있대."

"다른 내막이 있다……니?"

"임신했대."

"어머나! 전하의 아기를 가졌다고?"

"거기에도 또 내막이 있대."

"무슨 소리야, 사람을 깜짝 놀라게 해놓고선."

"하지만 이면에 또 이면이 있는 세상인지라 들은 대로 말했을 뿐이야. 말을 들으니 임신했다…… 그렇게라도 핑계 대지 않으면 전하께서 허락하시지 않을 것이므로 전하를 속여서 행차에 끼지 않았다는 거야."

"자차 님이 전하를 속여?!"

"아니, 자차 님의 계략이 아니고 모두 우라쿠 님의 농간이래. 우라쿠 님은 전하께 자차 님을 빼앗긴 게 분해서 야단이라더군. 그래서 뒷날에 따로 모든 것을 갖추어 이리로 들여보내기로 했대."

거기까지 들은 네네는 자신의 거실을 지나 오만도코로의 거실로 들어갔다. 가슴속은 잔잔하지 않았다. 자차히메를 교토로 데리고 간다……는 것만으로도 속이 뒤집힐 듯 불쾌한데, 이번 행차에 끼지 않고 뒷날 따로 행렬을 차려서 온다니 가슴에 물결이 이는 것도 무리가 아니었다.

잠시 오만도코로 곁에 머물렀다가 시녀들의 대화가 끝났을 무렵 거실로 돌아오자, 네네는 노녀를 시켜 우라쿠에게 교토에 도착하는 대로 출두하라고 일러두었다.

우라쿠가 온 것은 그때로부터 3시간쯤 지나서 새 기와지붕에 저녁 해가 찬란하게 빛나기 시작할 무렵이었다.

"부르신다기에 급히 왔습니다만."

우라쿠는 정중히 머리 숙인 다음 실눈을 짓고 오른쪽 벽에 그려진 가노 에이토쿠의 공작 그림을 바라보았다.

"참으로 훌륭하군요. 마치 기타노만도코로님과 아름다움을 겨루고 있는 것 같습니다."

"우라쿠 님."

"예."

"아름다움을 겨루는 살아 있는 공작새 말이에요."

"살아 있는 공작이…… 어디에 있다는 말씀입니까?"

"호호호…… 그대 곁에 있잖소. 그 공작새를 모실 장소는 마련되었소?"

"예? 무슨 말씀이시온지?"

"거 왜 아이를 가졌다느니, 그게 거짓말이라느니 하는 공작새 말이오."

"예, 그 말씀이시군요."

"그래요. 그대에게는 어떻게 하겠다는 계획이 이미 정해져 있을 터. 생각한 대로 말해 주오. 그 공작새는 이 네네로서도 주인뻘 되는 공작새이니 그대가 원하는 대로 해드리고 싶소."

네네의 말에 우라쿠는 경계하면서 심술궂게 눈을 깜박거렸다. 네네의 드센 성격, 그 날카로움은 우라쿠도 잘 알고 있었다. 그러므로 언젠가 이런 일이 있을 줄 알고 이것저것 변명할 말을 마련해 두었으나 웬일인지 입이 떨어지지 않았다. 공작새 문답으로 너무나 예리한 공격을 받은 탓인지도 모른다.

"왜 말이 없소. 우라쿠 님 일이니 이럴 때는 저런 수로 저럴 때는 이런 방법으로 하는 어떤 복안이 있을 것 아니오."

"그런데 이번에는 전혀 아무것도……."

"왜 그럴까, 그대답지 않게."

"예, 전하께서 너무나 뜻밖의 일을 하신 탓이라고나 할까요?"

네네는 코끝으로 웃었다.

"전하가 여자를 좋아하는 것은 그대도 잘 알고 있었을 텐데."

"예, 그런데 제 불찰로 얼마 전까지도 까마득히 모르고 있었습니다."

"얼마 전까지라니…… 그게 언제요?"

"……예, 그게……."

"2월이나 3월의 일은 아닐 테지. 전하께서 규슈에 나가시기 전…… 그렇지요?"

"……예. 그런데 그 무렵에는 설마 그렇게까지 될 줄……."

"변명은 필요 없소. 기왕 생긴 일은 뒤처리가 중요해요. 그대가 진작 그것을 나에게 의논할 마음이 있었다면 벌써 마무리되었을 것을."

"……예, 아무튼 저도 반신반의하고 있었기 때문에 그만 말씀드릴 기회를 놓쳐버려서."

"우라쿠 님."

"……옛."

"그대는 이 네네보다 전하 쪽이 더 다루기 쉽다고 보신 모양이지요?"

"그게…… 대체 무슨 말씀이십니까?"

"자차 님이 임신했다는 사실을 그대가 분명 전하께 알려드렸겠지요."

"아닙니다. 그건……."

우라쿠의 이마에 마침내 땀방울이 송알송알 번지기 시작했다.

'이게 아닌데…….'

그까짓 여자 하나쯤 히데요시 쪽에서 밀어붙이면 꼼짝없이 굴복할 줄 알았는데 사소한 착오에서 역전되고 만 것이다. 히데요시가 아직 네네에게 털어놓기 전에 호출당하게 될 줄이야…….

"아니라면, 그런 일이 없다…… 임신하지 않았다는 말인가요?"

"그……그것이……."

"그것이 어쨌다는 거요? 그대답지 않게 어째서 그리 말꼬리를 흐리시는 거요? 설마 임신한 것도 아닌데, 했을지 모른다고 그대가 전하를 속인 것은 아니겠지요."

"기타노만도코로님……."

"어디 들어봅시다, 그대가 전하께 뭐라고 말씀드렸는지. 행차에 끼어야 할 자차 님을 어떻게 빼돌렸단 말이오?"

"만도코로님!"

우라쿠는 다시 한번 다급하게 네네의 날카로운 공격을 막았다.

"그렇다면 지금 의논드리겠습니다. 대체 자차를 어떻게 다루면 좋겠습니까? 어지간한 우라쿠도 이번 일만은 자차를 당해낼 재간이 없습니다."

그것은 우라쿠의 본심이기도 하고 교묘한 역습이기도 했다.

네네는 입가에 짓궂은 웃음을 띤 채 우라쿠를 똑바로 쳐다보았다. 이제 와서 새삼스럽게 당해낼 재간이 없다니 속으로는 우습기도 하고 얄밉기도 했다.

'어쩌면 세상의 뜬소문이 사실인지도 모른다……'

우라쿠가 남몰래 사랑하던 자차를 히데요시에게 빼앗겨 우라쿠쯤 되는 사람이 평정을 잃고 있다……어쨌든 히데요시에게 임신했을지도 모른다고 말하다니 이 무슨 간악한 수작이란 말인가? 네네가 생각해도, 그것이 히데요시를 가장 손쉽게 조종할 수 있는 방법임을 잘 알 수 있었다.

"우라쿠 님, 말이란 순서를 좇아서 해야 하는 법이에요."

"예, 너무 골탕 먹던 끝이라 그만."

"임신했다는 게 정말인지 거짓인지? 자차가 그렇게 말한 거요, 아니면 우라쿠 님의 재치요?"

"똑바로 말씀드리겠습니다. 그것은 이 우라쿠가 난처한 끝에 생각해낸 수단이었습니다."

"어찌하여 그토록 난처해졌던가요?"

"예, 전하께서는 기타노만도코로님 행렬에 끼어 교토로 옮기라고 분부하시고 자차는 그렇게 못 하겠다며 고집부렸습니다."

"그래서 자차 님을 다룰 수 없다고 판단해 전하를 속였단 말이오?"

"만도코로님! 부탁입니다. 제발 그것만은 전하께 알리지 마시기를."

"전하의 귀에 들어가고 안 들어가는 게 문제가 아니에요. 나는 그대의 재치가 조카따님보다 전하를 더욱 가벼이 여기는 불손한 마음에서 나온 것임을 말하고 있는 거예요."

"만도코로님!"

드디어 우라쿠는 외치듯 말하며 다다미 위에 두 손을 짚었다.

"그렇게 말씀하시면 이 우라쿠는 측근에서 받들 수 없게 됩니다. 널리 살피시어 우라쿠의 잘못된 생각, 경박했던 일들을 이 자리에서 용서해 주시기 바랍니다."

네네는 숨죽이고 우라쿠를 똑바로 쳐다보았다. 분명 우라쿠가 말한 대로일지도 모른다. 그러나 그 소문은 아이를 낳을 수 없는 네네로서 말할 수 없이 견디기 힘든 참혹한 거짓말이요 고문이었다.

"이렇듯 깊이 사죄드립니다. 자차를 다루지 못하고 전하를 기만한 죄, 참으로 우라쿠 일생일대의 과오였습니다."

네네는 차츰 자신도 가련해지고 우라쿠도 가련하게 여겨져 견딜 수 없었다. 노부나가의 아우로 태어났으면서 이렇듯 히데요시에게 종사하고 있다. 자기 소신대로 하지 못하고 비참하게 비위나 맞추는 이야기꾼 신분으로…….

네네는 말했다.

"알았어요. 이도저도 다 지난 일이니 앞날에 대해 이야기합시다."

"이해해 주시겠습니까?"

"이토록 부탁하는데 더 이상 책망할 수 없지요. 그러나 우라쿠 님, 아기에 대한 이야기는 죄스럽다고 생각지 않으시오? 내가 얼마나 괴로운지."

"말씀을 듣고 보니 후회됩니다."

네네는 끓어오르는 감정을 지그시 누르며 남의 일처럼 말했다.

"이제 됐어요. 그럼, 자차 님을 어디에 둘 작정인지 그대 생각을 말해 봐요. 교토로 온다면 공작새에게는 그에 어울리는 둥지가 있어야겠지요."

"황송하오나 그 일에 관해서는 오직 전하의 뜻에 달렸는데…… 이 우라쿠에게 의견 같은 것이 있을 리 있겠습니까?"

우라쿠는 이제 완전히 네네에게 굴복한 꼴이었다.

"다만 전하께서는 당분간 저에게 맡겨놓고, 다음에 다시 지시하겠노라고 하셨습니다."

"그대에게 맡긴단 말이요?"

"예, 전하께서도 아직 복안이 서지 않으신 모양입니다……."

네네는 여기서 묻는 것을 그만두었다. 이만큼 매섭게 다져놓았으니 우라쿠도 다시는 잔꾀를 부리지 못할 것이다. 우라쿠의 입으로, 임신 운운한 사실은 분명 그의 잔꾀였다고 실토하게 한 것만으로 충분했다.

"수고하셨어요. 이사 일 때문에 여러 모로 바쁘시겠지요. 오늘 일은 나도 잊기로 하겠으니 그대도 마음에 두지 말고 뒷일을 잘 수습해 주세요."

"송구합니다. 반드시 만도코로님의 배려가 헛되지 않도록 하겠습니다."

우라쿠가 물러가자 네네는 깊은 생각에 잠겼다.

'더 이상 우라쿠를 괴롭혀봤자 어떻게 되는 것도 아니다…….'

문제는 우라쿠가 일으킨 게 아니라 히데요시가 저지른 일인 것이다.

'남자란……?'

여느 때 같으면 쓸쓸한 웃음으로 끝내 버렸을 일이, 이번만은 왠지 무언가 마음에 걸렸다. 공연한 흥분이라고만은 할 수 없었다. 역시 질투인지도 모른다.

'어째서 그따위 계집아이에게……?'

그렇게 생각하고 보니, 이 계집아이는 여태껏 겪어온 측실들에게는 없는 것을 한 가지 지니고 있었다. 그것은 네네에 못지않은 강한 성격, 때로는 일신의 파멸도 두려워하지 않는 보기 드문 고집과 제 마음대로 하고야 마는 성깔이었다. 다른 측실들은 오로지 네네를 훌륭하게 우러러보고 있었다. 그러나 자차의 신변에는, 네네도 누를 수 없는 일종의 요기(妖氣)가 감돌고 있는 것 같았다. 오랫동안 행복을 등지고 살아온 몸에 스며든 허무일지도 모른다.

'무슨 일이 있어도 놀라지 않으리라!'

그러한 자포자기가, 때로는 대담하게 네네뿐 아니라 히데요시에게도 반항하게 하는 것 같아 염려스러웠다. 게다가 네네에게는 누가 뭐라 해도 출생에 대한 열등감이 있었다. 노부나가의 조카딸이요, 아사이 나가마사의 딸인데다 시바타 가쓰이에의 양딸…… 이렇게 늘어놓고 보니 모두 네네의 성장과는 비교도 안 되는 지체 높은 가문이었다.

네네는 차츰 이 주라쿠 저택이 무섭게 생각되기 시작했다.

'여기서 저 자차와 함께 산다……'

그것은 긴 세월 동안 행복에 젖어온 네네의 생활에 서서히 어두운 그림자가 드리우는 전조가 아닐까…….

네네가 이 일로 히데요시와 마주하게 된 것은, 교토 사람들의 눈을 놀라게 한 재보들이 요도에서 풀려 주라쿠 저택으로 완전히 운반된 18일 밤이었다.

히데요시는 흡족한 표정으로 네네의 거실에 들어와 눈을 가늘게 뜨고 네네 앞에 털썩 앉았다.

"어떤가, 이 내전이 마음에 드나? 네네……."

네네는 천연덕스럽게 웃으며 머리 숙인 다음 두 사람 사이에 손수 촛대를 끌어다놓고 앉았다.

"여쭐 말씀이 있습니다."

오늘밤만은 어떤 일이 있어도 웃음을 지우지 않으리라……고 생각하면서도 자칫하면 볼 언저리가 일그러질 것 같아 초조했다.

"여쭐 말씀이라니…… 이 방의 그림을 그린 화가 이름 말인가? 그건 말이야, 이번에 내가 일본 제일이라는 호칭을 내려준 가노 에이토쿠야."

히데요시는 네네의 의도를 민감하게 알아차리고 교활한 눈초리로 처음부터 연막을 깔았다.

"일본 제일에도 여러 가지가 있겠지요."

"그야 그렇지. 다도에는 소에키, 찻잔으로는 조지로에게 그 칭호를 내려줬지. 칼 감정에는 혼아미 고지, 이제부터는 노래와 춤에도 일본 제일의 칭호를 줄 참이야. 그렇게 되면 여러 장인들과 예능인들이 한꺼번에 활짝 꽃필걸. 저마다 기술을 다투어 노력할 테니까."

"여자로는…… 아니, 일본에서 여자를 가장 많이 가진 사람은?"

"뭐, 뭐라고?!"

"측실 수로는 일본 제일이 누구일까요?"

"아, 그것 말인가? 그거라면 아마 이에야스일지도 모르지."

"참으로 유감이로군요. 어떻게 전하께서 일본 제일이 못 되셨습니까?"

부드러운 말씨에 히데요시는 눈알을 빙글빙글 굴렸다. 심상치 않은 공기는 처음부터 눈치챘으나 이렇듯 칼날처럼 육박하고 나올 줄은 몰랐던 모양이다.

"하하하…… 무슨 말을 들었군, 네네."

"무엇을…… 말입니까?"

"핫하하…… 쓸데없는 소문을 퍼뜨리는 자들이 있지. 내가 거 왜, 소에키의 딸 오긴이라는 여자를 측실로 달라고 했다는……."

"호호호…… 소에키 님 딸을?"

"그렇지. 그러나 거기에는 곡절이 있어. 요즈음 소에키 그자가 때때로 내게 반항한단 말이야. 내가 소박한 취향은 알아도 고풍적인 정취는 모른다는 등 불손한 말을 하는 거야. 화제는 별 게 아니었지. 조지로의 찻잔 때문이었는데, 알다시피 이 주라쿠에 천황께서 납실 때 조지로의 찻잔을 보여드릴 예정이거든. 그런데 소에키는 그때 검은 찻잔을 써야 한다는 거야. 내가 검은 잔은 싫다, 아취가 없다, 그보다는 붉은 게 좋다고 했더니 많은 사람들 앞에서 나를 무안 주지 않겠소. 붉은색은 잡스러움을 나타내므로 전통과 기품을 존중하는 검정색이라야 한다, 차와 차 그릇에 대한 것은 소에키에게 맡기라고 말이야."

"호호호……."

"웃지 마오. 그래서 나한테, 소에키가 기고만장해 있다, 그자는 마음속에 모반할 징조가 있다……고 하는 자가 있기에 농담해 본 거야. 그런 마음이 있는지 없는지는 그 딸 오긴을 측실로 내놓으라고 해보면 알 일이라 싶어서 말이야. 그랬더니 그 말이, 벌써 내놓으라고 한 것처럼 소문나 버렸지. 아마 그따위 소리를 떠벌리고 다니는 녀석은 소젠이나 신자에몬일 거야."

"전하."

"뭐요, 그렇게 심각한 표정으로……."

"소에키 님 따님에 대해서는 알겠습니다. 그런데 자차는 어떻게 하시렵니까? 이역시 입빠른 사람들의 근거 없는 소문인 줄은 압니다만……."

히데요시는 울컥 화가 나서 입을 다물었다. 히데요시 쪽에서 이토록 마음 쓰고 있는 걸 알았으면 이쯤에서 화제를 바꿔주는 아량이 필요한 것 아닌가? 아니, 지금까지의 네네에게는 그런 아량이 있었다……그래서 은연중에 그것을 기대하고, 별것 아닌 이야기를 계속해 왔는데, 네네는 도무지 화제를 바꾸려 하지 않을 뿐 아니라 공격을 늦추려고 하지도 않는다. 아직 히데요시의 생각이 분명히 정해져 있지 않은 자차히메 문제에 대해 이성을 잃었다고 여겨질 만큼 노골적인 태도로 추궁해 온다.

히데요시는 이번에 새로 만들게 한 담뱃대를 집어 들고 한 번 불어보더니, 재떨이 가장자리를 요란스레 치고는 내동댕이쳤다.

네네는 시치미떼고 냉정하게 히데요시를 바라보고 있었다.

히데요시는 스스로를 자제하는 목소리로 불렀다.

"네네, 사람이 변했군."

"호호호……."

"무엇이 우스운가? 전에는 아무리 화나는 일이 있어도, 어딘가 사과할 수 있는 위로와 틈이 있었어. 그런데 요즈음은 그게 없군. 차디찬 논리만이 애정은 아닐 텐데."

네네는 계속 웃었다.

"호호호…… 그렇게까지 말씀하신다면 더 여쭙지 않겠습니다. 그러나 변한 것은 제가 아니라, 다조 대신인가 하는 벼슬에 오르신 전하 쪽……이라고 생각지 않으십니까?"

"내가 변했다니…… 그럴 리 있나!"

"그럼, 말씀드리지 않겠습니다. 그것이 위로가 되신다면 말씀드릴 것도 없겠지요."

"네네, 나는 무슨 일이 있어도 기타노만도코로서의 그대에 대한 애정과 예절만은 다할 작정으로 있소. 그대도 그걸 알고 있을 텐데."

씁어뱉듯 하는 말을 듣고 이번에는 네네가 입을 다물어버렸다. 쓸쓸했다.

'지난날 측실을 가졌을 때와는 다르다……'

오늘날까지는 떼쓰는 아이 같은 얼마쯤 열적은 표정으로, 그러나 아무런 구애받는 일 없이 네네에게 말했다. 그랬기 때문에 네네도 웃어버리고 동의해 왔는데 이번만은 달랐다.

'어쩌면 속으로 우라쿠가 한 임신이라는 말에 어떤 기대를 걸고 있는 게 아닐까……?'

그렇다 해도 무리가 아니라고 네네는 생각했다. 대를 이을 후사가 없는 쓸쓸함은 네네 쪽이 히데요시보다 더했다. 더구나 우라쿠는 그것이 자신의 잔꾀라고 이미 고백했다. 거짓말인 것이다. 만약 거짓말인 것을 알게 되는 날, 히데요시의 낙담과 분노를 보는 것은 견딜 수 없는 일이었다.

"자차 일은……."

역시 네네는 이대로 입을 다물고 방관자가 될 수 없었다. 나이를 초월하여 언제부터인지 모성적인 애정을 히데요시에게 주고 있는 그녀였다.

히데요시가 되물었다.

"자차 일?"

그 역시 네네가 굽히고 나와 줄 것을 개구쟁이 아이처럼 응석 부리며 기다리고 있었다. 그런 눈길이었다.

네네는 큰마음 먹고 말했다.

"세상에 웃음거리가 되지 않도록 지체에 어울리는 대우를 해주시기 바랍니다."

그렇게 말하는 것이 간파쿠 다조 대신의 정부인으로서의 아량이고 이성이어야 한다고 마음 한구석에서 서글프게 명하는 것이었다.

"지체에 어울리는 대우를 말이지?"

히데요시는 갑자기 생기 도는 목소리로 말하며 몸을 앞으로 내밀었다. 네네는 또다시 웃을 수밖에 없었다. 장난할 것을 허락받은 어린아이 그대로의 히데요시가 속상하기도 하고 애처롭기도 했다.

"지체에 어울리게 하려면 어떤 대우가 좋을까?"

"그야 전하께서 생각하셔야지요."

"음, 자차는 그래 봬도 강한 성격에다 현명한 데가 있는 여자야. 아마 그대 다음으로 내 마음에 들 것 같은데."

"호호호……."

"또 웃는 거요? 웃지 마오. 난 언제나 솔직하게 말해."

"호호호…… 너무 솔직하셔서 우스워서 그래요."

"그럼, 그대 눈에는 자차가 똑똑하지 않다고 생각하나?"

"지나칠 만큼 영리한 줄 알고 있습니다."

"아니야, 사람에게 지나치게 똑똑하다는 건 있을 수 없어. 남자나 여자나 슬기로운 것보다 더 좋은 것은 없지. 그러나 그대에 비한다면 역시 자차는 훨씬 떨어져. 그건 어쩔 수 없는 일이지. 그대가 지나치게 뛰어나니까."

네네가 냉정하고 날카롭게 마음을 정한 것은 이 순진한 아첨의 말을 남편 입에서 들었을 때였다.

'나는 오사카로 돌아가자.'

역시 네네에게는 오사카성이 히데요시의 인생에서 정상을 맛본 성이었고, 그곳에 있어야만 자기는 히데요시의 정실일 수 있다고 생각한 것이다.

"그럼, 우선 이 내전의 방 하나를 자차의 거처로 정해 주고, 우라쿠에게 오사카로부터 불러올리도록 시키지. 자차는 결코 그대에게 맞설 여자가 아니야."

히데요시는 네네의 마음이 변하기 전에 평소의 강압적인 태도로 단숨에 밀고 나가려 서두르고 있었다.

"알겠어, 그대에 대해서도 깊이 생각하고 있는 중이야. 우선 이 주라쿠 저택에 천황의 행차를 청할 것. 그리고 그 답례로서 그대 이름으로 왕궁 안에서 신악(神樂)을 바칠 것. 그런 다음 그대에게 황실에서 종1품 위계를 받는 절차가 있을 것이오. 그때 쓸 이름에 대해서 말인데, 네네."

네네는 여전히 미소를 머금은 채 잘도 움직이는 히데요시의 입을 바라보고 있다.

"네네란 사랑스러운 계집아이라는 뜻의 속된 이름이라 종1품 기타노만도코로의 이름으로는 좀 우스워. 그러니 이를 귀족식으로 요시코(吉子)라고 부르는 게 어떨까. 종1품 도요토미 요시코…… 물론 요시코의 요시는 히데요시의 요시지……."

"……."

"그대만 이의 없다면 곧 조정에 아뢰어 둘까 하는데……."

"……."

"아무튼 이제부터가 우리 부부에게는 인생의 봄날이야. 돌이켜보니 길고 힘든 인생이기는 했지만."

"……."

"아니, 네네, 왜 그러는 거요? 눈에 눈물이 가득하니. 아, 떨어졌어, 한 방울이…… 이게 어떻게 된 일이오, 네네?"

네네는 견디다 못해 얼굴을 숙였다. 이처럼 자기 때문에 마음 쓰는 남편이 측은해 견딜 수 없었다. 간파쿠 다조 대신 도요토미 히데요시……그 불세출의 위인으로 칭송받는 남편에게 이처럼 마음 쓰게 하는 자신은 얼마나 행복한 여인인가……? 아마 지금의 일본 천지에 히데요시 앞에서 네네처럼 자유롭게 입을 놀릴 수 있는 여자는 한 사람도 없을 것이다. 네네는 이 사실을 기뻐하고 싶었다. 감사하고 싶었다. 그런데도 왠지 쓸쓸함이 가슴 가득히 밀려와 눈시울이 흐려지는 것을 억누를 길이 없었다.

"어떻게 된 거요? 갑자기 몸이라도 아픈 거요?"

다그쳐 묻는 히데요시 앞에 네네는 견디다 못해 몸을 와락 내던졌다.

"용서하세요."

"뭐, 용서하라고? 무슨 그런 쓸데없는 소리를, 네네."

"저는 못된 계집입니다."

"그럴 리 있나? 그건 히데요시가 허락한 바가 아니오. 여자라고 마음에 있는 것을 입 밖에 내지 못하고, 소나 말처럼 오직 복종만 하는 것은 아무 의미도 없는 일. 타고난 재능은 마음껏 키우는 게 좋다……고 노부나가 공이며 노 마님께서 생전에 내게 늘 말씀하셨던 일, 그대는 그 말을 좇았을 뿐 아니오?"

"용서하세요."

네네는 거듭 말하고 히데요시를 다시 쳐다보았다.

"못된 저를 용서하시고, 제게 한 가지만 더……."

히데요시는 다시 흠칫하여 경계하는 얼굴이 되었다.

"말해 보구려. 그대가 하는 말이니 설마 무의미한 것은 아닐 테지. 충분히 생각하고서 하는 말일 테니 들어 주리다. 어디 말해 보오."

"말씀드리겠습니다. 제가 오사카에서 살도록 허락해 주십시오."

"네네!"

"……네."

"그것은 다른 일과 다르오. 일부러 이 새 저택으로 옮겨와 며칠이나 되었다고 그러오? 무엇이 마음에 들지 않아 오사카로 돌아가겠다는 거요?"

"마음에 들지 않다니…… 천만에요. 결코 그런 게 아닙니다."

"그럼, 무슨 까닭인지 어디 들어봅시다."

"이제 전하의 시중은 제가 없어도 될 것 같습니다. 오만도코로님도 교토에 오셨고, 시누님인 미요시 부인도 계시나……."

"미요시의 누님과 혹시 다투기라도 했나?"

"아니오. 그런 건……."

"설마 시어머니와 다툴 그대는 아닐 테고, 왜 갑자기 그렇게 무리한 말을 하지?"

"황송하오나 전하의 본성은 오사카에 있습니다."

"그것이 어쨌다는 건가?"

"네네는 기타노만도코로, 본성을 지키면서 긴장 속에 살았던 옛날의 심정을 계속 지니고 살고 싶습니다."

"뭐, 성을 지키는 심정으로 살겠다고?"

"예, 젊었을 때 전하께서 출진하시고 나면 네네는 온몸이 찢어지는 듯했습니다. 남편의 신상에 혹시 잘못되는 일은 없을까, 성을 지키는 마음에 해이해진 곳은 없을까 하고…… 네네는 앞으로도 그런 마음으로 살고 싶습니다. 그러기에는 역시 본성이 좋겠지요. 이곳은 이를테면 전하께서 출진하신 성채 가운데 하나…… 성채 일에 골몰하다가 본성을 소홀히 해서는 안 될 것입니다."

네네의 눈은 다시금 촉촉이 눈물에 젖어 이슬이 맺혔다. 네네는 자신의 말이 진실에서 멀리 동떨어지는 것이 슬펐다. 만일 마음먹은 대로 말할 수 있었다면 그 표현은 전혀 다른 게 되었을 것이리라.

네네는 히데요시의 인생이 마지막에 이르러 커다란 구멍이 뚫리기 시작한 사실에 말할 수 없는 불안을 느끼고 있었다. 천하통일이라는 지난날의 불타는 듯한 목표는 결코 포기할 수 없는 마지막 버팀목이었다. 그런데 그것이 달성되었다. 그리고 한낱 졸개에서 몸을 일으킨 히데요시는 지금 간파쿠 다조 대신이라는 그 누구도 차지하지 못한 출세를 하고 이제 두리번거리며 다음 목표를 찾기 시작하고 있다. 이미 절정을 맞아버린 것이다. 그에게 대항하는 자는 아무도 없고 정면으로 적대시하는 자도 없다. 그런 만큼 다음의 첫걸음을 어디로 내딛을지 모르는 위험을 내포하고 있었다.

꼭대기 다음에 있는 것은 하늘이다. 하늘로 오르려고 발버둥 칠 것인가. 아니면 이 세상의 여느 길인 영광 쪽으로 걸음을 옮길 것인가? 몇십 명의 애첩을 거느려도, 그 어떤 향연 속에 몸을 내던져도 누구 하나 탓하는 자가 없다는 것은 생각하기에 따라서는 소름끼치는 인간의 위기였다.

네네는 그것을 히데요시에게 말해주고 싶었다. 지금이야말로 히데요시가 임한 지난날의 그 어떤 전쟁보다 위험한 인생의 결전장에 있는 것이라고…… 그러므로 네네는 오사카성에 머물면서 손에 땀을 쥐고 눈썹을 곤두세워 이를 지켜보고 싶었다…….

"흐―음, 과연."

그러나 히데요시는 그렇게 받아들이지 않는 모양이었다.

'역시 여자야, 네네도……'

그러한 미소가 눈초리에 감돌고 있었다. 아니면 자차에 대한 질투를 억누르지 못해 자못 네네다운 핑계로 억지 쓰고 있다……는 식으로 받아들이고 있는지도 모른다.

"과연 듣고 보니 일리는 있지만."

"일리가 있다고 생각하신다면 허락해 주시기 바랍니다."

"그러나, 네네."

"……"

"세상에서는 그렇게 생각하지 않을걸. 간파쿠와 기타노만도코로가 끝내 부부

싸움했다. 그렇지 않고서야 그토록 화려한 행렬로 교토에 올라온 지 열흘도 안 되어 바로 오사카에 돌아갈 수 있느냐고 떠들어댈 게 아니겠소?"

"소문 같은 것에 구애받지 마세요. 그보다도 이곳은 싸움터이니, 뒤에 남겨둔 본성의 수비를 견고히 하는 게 뒷날을 위한 길일 것입니다."

"네네, 그대는 이곳을 싸움터라고 말했나?"

"네, 전하의 생애를 멋지게 장식하느냐 못 하느냐 하는 마지막 결전장입니다."

"핫하하…… 싸움만 계속해 온 자의 아내로서는 무리도 아닌 말솜씨로군. 그러나 이제부터는 그런 말을 쓰지 말도록. 이곳은 왕궁이 있는 교토의 우치노다. 싸움터가 아니고 정치를 하는 터전이지."

"어찌 되었건 오사카성은 그러한 전하를 떠받치는 기둥입니다."

"좋아, 말을 꺼낸 이상 듣지 않겠지. 그러면 이렇게 합시다. 본디 그대는 오사카에서 살 의향이었다. 그러나 내가 주라쿠 저택을 구경하라고 우겼기 때문에 보러 왔다. 그리고 이곳을 다 구경했으니 오사카로 되돌아간다고 말이지."

그 표현 방법도 네네는 불만스러웠다. 이것도 역시 목표를 잃어버린 인간들의 일시적인 미봉책처럼 들리는 것이었다.

9월 13일에 그토록 천하의 이목을 놀라게 하며 상경했던 기타노만도코로가 24일에 다시 오사카로 돌아간다는 소식을 듣고 사람들은 깜짝 놀랐다. 주라쿠 저택 안에서는 오히려 자신의 상상에 겁먹고 아무도 그 소문을 입 밖에 내지 못했다. 그러나 백성들 사이에서는 입에서 귀로, 귀에서 입으로 몇 가지 뜬소문이 바람처럼 불어 다녔다.

"들었소, 간파쿠님 내외분의 싸움을?"

"오, 말을 들으니 아사이 나가마사의 딸을 측실로 삼겠다고 전하께서 말씀하시자 기타노만도코로가 화냈다더군."

"그건 말도 안 되는 소리지. 어쨌든 가난한 졸개 출신이라 기타노만도코로님은 주라쿠 저택을 보고 깜짝 놀라 그런 영화를 누리려 해서는 안 된다고 충고하셨지. 그걸 듣고 간파쿠님이 노발대발하셔서……."

"아니야, 그것도 틀렸어. 내가 듣기에는 기타노만도코로가 밀어주어 히고의 영주가 된 삿사 나리마사 님 영지에서 예수교도의 반란이 끊일 새 없어, 여자가 정치에 입을 놀려 일을 그르친다고 꾸짖었다는 거야. 그랬더니 불같은 만도코로의

인생의 가시 533

성미에 지지 않고 대판 싸움이 벌어졌다더군."

"내가 들은 바로는, 전하께서 여자 사냥이 너무 지나쳐 문제가 일어났다던데……."

"여자 사냥!"

"그래. 싸움이 없어지니, 뭐 할 일이 있나? 게다가 간파쿠님은 젊었을 때 여자를 즐길 겨를이 없었던 분이야…… 그러니 이제 슬슬……."

"그건 자네 이야기 아닌가?"

"아니야, 그렇지 않아. 이것은 확실한 소식통으로부터 들은 거야. 돌아가신 노부나가 공의 따님이며 마에다 님의 따님……은 고사하고 아사이 님 딸에 소에키 님 딸인 모즈야의 미망인, 거기에 미쓰히데의 딸로 호소카와 님 부인이 된 오타마 님까지 불러들이려 했다는구먼. 말하자면 처음에는 지체 있는 숫처녀들뿐이었는데, 날이 갈수록 습성이 나빠져서 말이지. 그래서 견디다 못해 기타노만도코로가 간언하셨다더군."

하는 말 묻는 말은 저마다 달랐으나, 네네의 오사카 귀성이 간파쿠 부부의 싸움에서 비롯되었다는 점에서는 모든 소문이 일치했다.

그 소문의 소용돌이 속을 헤치고 네네는 주라쿠 저택에서 나와 요도에서 배를 타고 오사카로 갔다. 행렬도 그녀의 청으로 올 때의 5분의 1밖에 되지 않았으며 시녀는 겨우 열 몇 명뿐이었다.

요도에서 배에 오른 다음, 네네는 물끄러미 가을하늘 저편에 솟아오른 교토의 산 모습에 시선을 던진 채 움직이지 않았다. 자기 고집을 관철한 뒤의 외로움이라기보다 어쩐지 몸이 죄어드는 것 같은 감개였다.

'남편을 싸움터에 남겨두고 간다……'

그런 분명한 감정이 아니고, 네네 자신이 처음으로 싸움터로 나가는 것 같은 흥분이 살갗 밑을 거칠게 달리고 있었다.

'아내란 역시 외로운 존재인가?'

아니, 그렇지 않다. 네네는 어디까지나 남편에게 속한 아내가 아니고 남편과 대등하게 살아가는 여성의 전형(典型)이고 싶었다.

'그가 어떤 목적을 찾아낼 것인지, 오사카성에서 조용히 지켜봐 주자.'

그러나 그와 반대로, 자신의 인생을 찌른 가시의 아픔은 참으로 컸다. 네네는 그것과 맞서 싸우려고 눈도 깜박이지 않고 멀어져가는 교토를 바라보고 있었다.

기타노(北野)의 바람

교토 사람들이 고대하던 10월 초하루가 되었다. 이날은 간파쿠 히데요시가 온 일본 땅에 널리 알린 기타노의 대다회(大茶會)날이었다.

소젠의 후실 오긴은 일어나자 바로 창문을 열어젖히고 하늘을 쳐다보았다. 이 다회는 히데요시 일생일대의 거창한 행사이며 이제 대 스승이라는 이름으로 불리는 양아버지 소에키의 업적을 결정지을 중대한 날이었다.

모든 행사 지휘를 맡은 것은 물론 소에키였고, 거기 참여하는 자들은 거의 모두 그를 스승으로 우러르는 제자들이라 할 수 있었다. 그런 만큼 오긴은 주라쿠 저택의 후신 암자(不審庵子)에서 살다시피 하며 이것저것 지휘하고 있던 아버지 입을 통해 대강 이야기를 듣고 있었다. 아마 아버지의 가슴속에서는 새로이 평화 시대로 접어드는 이정표로서 '다도(茶道)'를 튼튼히 자리 잡게 할 결심인 게 틀림없었다. 초하루부터 10일 동안 예정으로 기타노의 솔밭을 큰 방으로 삼아 가벼운 갈대 가리개로 세 칸으로 나누어 1500내지 1600에 이르는 다석(茶席)이 마련된다고 했다.

히데요시가 쏟는 관심 또한 대단하여 전국에 팻말을 세우는 등 그 선전하는 모습이 흡사 '다도광(茶道狂)'을 연상케 했다.

"다도에 마음 있는 자라면 상민, 농민을 막론하고 차 솥 하나, 물병 하나, 찻잔 하나면 충분하다. 차가 없는 자는 누룽지라도 상관없다. 이 같은 분부는 소박한 취향을 가진 자를 가련히 여기시어 하시는 것인즉, 이번에 참여하지 않는 자는 누룽지를 끓여 차 대신으로 삼을 기회를 다시는 얻지 못할 것이다."

참으로 히데요시다운 유치함과 풍부한 유머가 깃든 선전이었다.

물론 전국의 여러 영주들도 이 성대한 의식에 참석하려고 잇따라 모여들었다. 바로 지난 8월에 슨푸로 돌아간 도쿠가와 이에야스도 아사히 부인까지 동반하고 와 있었다. 그런 만큼 히데요시는 매우 기분 좋았다.

들리는 바에 의하면 히데요시도 자신의 다석을 넷이나 마련해 두었다고 했다. 기타노 텐만궁(天滿宮) 신전 가까이에 갈대 가리개를 치고 동서로 통로를 낸 동쪽에 둘, 서쪽에 둘. 한 좌석은 히데요시 자신이 주인이 되어 차를 대접하는 자리였고, 두 번째 자리는 소에키, 세 번째 자리는 쓰다 소큐, 네 번째 자리는 이마이 소큐(今井宗久). 히데요시 자리에서는 한꺼번에 손님을 다 청하지 못하므로 세 번에 나누어 주인 노릇을 하기로 했다.

첫 번째로 초대받는 자는 도쿠가와 이에야스, 오다 노부카쓰, 오다 노부카네, 고노에 노부타다, 히노 데루스케(日野輝資) 다섯 사람. 오다 노부카네는 노부나가의 아우, 노부유키의 아들이다.

두 번째로 초대되는 자는 도요토미 히데나가, 미요시 히데쓰구(뒷날의 간파쿠), 마에다 도시이에, 가모 우지사토, 이나바 사다미치, 센 소에키 등 여섯 사람.

세 번째로 초대되는 자는 오다 우라쿠, 하시바 히데카쓰, 하치야 요리타카(蜂屋賴隆), 호소카와 다다오키, 우키타 히데이에 등 다섯.

이처럼 거국적인 다회인 만큼 오긴은 활짝 갠 푸른 하늘을 보자 마음 놓고 곧 어린아이들의 나들이 준비를 서두르기 시작했다.

"자, 기타노에 데리고 갈 테니 모두 단정하게 머리를 빗도록 해라."

오긴의 집은 아버지와 죽은 남편의 형 모즈야 소안이 마련해 준 것으로 삼본기(三本木) 강기슭에 있었다. 그래서 기타노까지 꽤 멀었다. 거리가 번잡해지기 전에 하인 둘과 두 아이를 데리고 아침녘에 가마로 나갈 작정이었다.

"자, 네가 가메 도령의 머리를 빗겨줘."

큰 아이의 유모 오사토(里)에게 들뜬 듯 말하면서 자신도 몸단장하기 시작했다. 둘째인 쓰루마쓰(鶴松)는 아직 돌이 될까 말까 하여 이 성대한 잔치를 보여줘도 무언지 알 리 없다. 그러나 어미로서 보여줄 필요가 있다고 생각하여 데려가기로 했다.

가메마쓰(龜松)의 유모가 입을 열었다.

"세상 사람들은……간파쿠님이 잔치를 좋아하는 것을 이용해 대 스승님께서 자신이 일본 제일이라는 것을 확고히 하려는 속셈……이라고 말하는 자들도 있나 봐요."

"호호호…… 뭐라고 하든 상관있어? 정말 그럴지도 모르니까."

"설마…… 그런 말씀을 들으시면 대 스승님이나 어머님께서 화내실 텐데."

"호호호……."

오긴은 우습다는 듯 웃었을 뿐 더 이상 대꾸하려 하지 않았다. 이번 경우에도 세상 소문이 사실과 가까운지 모른다……고 오긴은 생각한다.

이러한 '다도'의 유행을 후세 사람들은 히데요시라는 권력자가 만든 게 아니고 역시 아버지 소에키가 창조했다고 해석할지 모른다. 거기에 예(藝)와 도(道)의 강점이 있는 것이니 이에 비하면 권력의 자리란 물거품처럼 덧없다. 교만한 헤이케가 오래가지 못한다……고 했던 비와 도사의 술회를 빌릴 것도 없이 권력의 자리란 언제나 일장춘몽이었다.

그리고 보면 지난번 기타노만도코로가 오사카성으로 돌아가고 나서부터 오늘 대다회까지의 짧은 동안 히데요시의 심경이 두 번 세 번 변하는 모습을 아버지로부터 들은 오긴은 흥미진진했다.

히데요시는 네네를 오사카로 돌려보내고 곧 자차히메를 주라쿠 저택으로 불러들였다. 그러나 주라쿠 저택에 그냥 두는 건 꺼림칙하다고 반성했던지 오사카와 교토 사이에 있는 요도에 성을 지어 거기에 두기로 했다고 한다.

그뿐만이 아니었다. 네네 쪽에는 히데요시가 기른 시동 출신 영주들이 많기 때문에 그들의 불만을 피하기 위해 측실의 서열을 분명히 정했다던가. 기타노만도코로인 네네는 물론 다르다. 네네는 머지않아 오만도코로와 같은 종1품. 다음은 가모 씨 출신인 산조(三條) 부인을 렌추(簾中)라 부르게 하고, 그다음은 자차히메였다. 그녀의 이름은 당분간 '오소바네(傍寢)님'이라고 부르기로 했다 한다. 네 번째가 교고쿠 가문에서 온 마쓰마루 부인으로 '고요타시(用達)님'. 다음이 마에다 가문에서 온 가가 부인으로 '오소바카타(傍方)님'……

이 말을 들었을 때 오긴은 웃음을 멈출 수 없었다. 유곽 여자들의 서열에 비교되었던 것이다.

"기타노만도코로에다 렌추, 오소바네, 고요타시님……"

"예? 무슨 말씀이신지?"

유모가 되묻자 오긴은 당황해 고개를 저었다.

"자, 준비가 다 되었느냐? 되었으면 출발하자."

두 유모는 고개를 끄덕이며 아이들을 안아 올렸다…….

오긴이 생각해도 요즈음 히데요시는 어딘지 흔들리고 있는 듯한 느낌이었다. 아무리 눈앞에 전쟁이 사라졌다 해도 측실의 서열 따위를 정하다니 풍류치고는 지나친 느낌이었다. 이러다가는 벌이며 작은 새들까지 '일본 으뜸—'이라는 칭호를 주어 지저귀는 시합을 시킬지도 모른다.

무엇을 하든 지금은 무사태평했다. 아무도 거역하는 자가 없었다. 다만 이러한 상태가 계속된다면 무언가 일어날 것 같은 불안한 기분도 든다. 백성들은 우둔해 보이지만 더할 수 없이 민감한 촉각을 가지고 있다.

'간파쿠가 동요되고 있다……'

이 사실을 알게 되면 무슨 일을 저지를지 모른다. 그 한 가지 예는 예수교 문제…….

오긴은 미리 준비해 둔 3채의 가마에 올라 집을 나오자 기분 좋게 흔들리며 거리 양쪽을 바라보았다. 사람의 물결도 여느 날과 달랐다. 모든 발걸음이 기타노로 흐르는 것은 아니겠지만 거기에 모여드는 사람들을 구경하기 위해 발길이 잇따라 회장 쪽으로 옮아가고 있었다.

'이 세상이란 이상한 곳이야……'

오긴이 어렸을 때도 이 거리에는 많은 사람들이 흘러가고 있었다. 기억을 더듬어 보니 그것은 노부나가가 입경했던 때 같았다. 그 무렵 어머니는 소에키의 아내 소온(宗恩)이라는 차 냄새 풍기는 여스승이 아니라 예능을 즐기는 마쓰나가 단조의 소실이었다.

이제는 단조도 노부나가도 이미 죽고 없다. 그리고 소에키의 양딸이 된 자신은 지금 생각지도 못했던 모즈야 소젠의 자식들 어미로서 기타노로 서둘러 가고 있다.

그즈음 사람들은 거의 다 죽었겠지만 이 교토 거리에는 변함없이 늙고 젊은 인파가 넘치고 있다……이 인파는 히데요시가 죽어도, 소에키가 죽어도, 오긴이며 그 자식들이 죽어 없어져도 늘 계속해 흘러가고 있을 것이다……

오긴이 생각난 듯 중얼거렸다.

"아참! 간파쿠께서 이번에 조카님을 후계자로 정하신다지."

이 일 또한 웃음을 터뜨리게 했다. 자차히메가 임신했다느니 기타노만도코로가 화냈다느니 하는 소문이 자자해지자 히데요시가 뜬소문에 대한 대비책으로 결정한 건지도 모를 일이었다. 어쨌든 그러한 일로 자차히메를 '오소바네'로 만든 게 아니라는 뜻일 것이다. 매형 미요시 가즈미치의 아들 히데쓰구를 정식 후계자로 정하여 도요토미라는 성을 계승하게 하고, 기타노만도코로에게는 그녀의 동생 기노시타 이에사다(木下家定)의 다섯째 아들 히데아키(秀秋)를 정식으로 양자로 삼도록 분부했다고 했다.

이러한 일들을 종합해 보면 일본에 대해 무엇 하나 뜻대로 안 되는 게 없는 대권력자 히데요시가 사실 알고 보니 이것저것 마음 쓰며 살아가는 가장 불쌍한 사람 같은 생각도 든다……

"정말 이상야릇한 거야, 인간 세상이란……"

다시 한번 중얼거렸을 때 심한 반동과 함께 가마가 멈춰 섰다.

"여기서부터 가마는 못 간다. 내려서 걸어가도록."

소리높이 외치는 굵은 남자의 목소리를 듣고 오긴은 가마 옆에 신발을 놓도록 일렀다.

가마 옆으로 목소리의 주인공이 다가왔다.

"누구냐, 어느 분 부인이신가?"

오늘의 경비책임을 명령받은 대장급 무사인 듯했다.

오긴은 가마에서 나와 그의 앞으로 가 머리 숙였다. 아이들과 유모도 이어 가마에서 내려 나란히 섰다.

"저는 모즈야의 과부로 다인 소에키의 딸 오긴이라고 합니다."

"허."

상대는 검실검실한 턱수염을 훑으며 오긴을 다시 눈여겨보았다. 그 눈초리가 매우 부드럽고 맑았다. 우락부락한 몸짓과는 대조적이었다.

"부인이 소에키 님 따님이셨군요."

오긴의 아름다움에 감탄한 것처럼 그는 고개를 끄덕였다.

"지나가시오. 혼잡하니 조심하시고……."

유모 오사토가 살며시 오긴의 귓가에 속삭였다.

"가토 님입니다."

"뭐, 저분이 기요마사 님?"

그때 기요마사는 벌써 미색 겹옷을 입은 우악스러운 어깨를 흘끗 보이며 다른 통행인들에게 다가가고 있었다.

"가토 님이 경비하시는 것을 보니 무슨 일이 있었던 게 아닐까요?"

"그럴지도 모르지. 조심해서 가자."

신전 앞의 갈대 울타리에 가까이 가자 사람 수가 많이 줄어들어 나란히 놓인 다석을 구경할 수 있을 만큼 조용했다.

오긴은 우선 아버지가 맡은 둘째 칸을 들여다보았다. 동생 쇼안(少庵)이 오긴을 보고 깜짝 놀란 듯 다가와 소곤거리며 물었다.

"도중에 제지당하지 않았소?"

"잠시 세웠으나 허락받았어. 불러 세운 분이 가토 님이셨다더구나……."

"바로 그 일인데, 그래서 귀띔해 둘 말이 있소."

"왜? 무슨 일이라도 있었단 말이니?"

"……전하에게 원한 품은 예수교인들이, 규슈에서 폭도 우두머리의 밀명을 받고 구경꾼 틈에 섞여 다회에 들어왔다는 소문이 있소."

"전하의 목숨을 노리고?"

"그뿐만이 아니오. 예수교 사건으로 추방되어 고니시 유키나가의 감시 아래 있던 다카야마 우콘도 왔다고……."

"다카야마 우콘 님이……."

오긴은 저도 모르게 목을 움츠리며 사방을 둘러보았다. 다카야마 우콘은 열렬한 예수교 신자였을 뿐 아니라 아버지 밑에서 다도를 익힌, 오긴과 쇼안에게는 소꿉친구 같은 인물이었다. 우콘이 다도에 열중한 것은 마시는 차만이 아니라 소에키가 간직한 살아 있는 명기(名器)가 탐나서 그렇다……는 뜬소문이 나돌고 있었다. 말할 나위 없이 오긴 자신을 말하는 것이었다. 그 오긴은 소젠에게 출가하여 이렇듯 두 아이를 거느린 미망인이 되어 있다. 그 때문에 우콘은 더욱 예수교에 빠지게 되었고, 이시다 미쓰나리와 사이가 벌어져 규슈에서 세운 큰 전공에도 불구하고 추방되었다고 한다. 그 다카야마가 근신을 명령받은 곳에서 교토로 도망이라도 왔단 말인가?

쇼안이 다시 목소리를 낮춰 조그맣게 속삭였다.

"조심하시오. 우콘 님은 누님이 반드시 이 다회에 나올 것이니 꼭 한 번 만났으면……하고 고니시 님 영내에서 탈출하셨다 하오."

그 말을 듣고 오긴은 웃음을 터뜨렸다.

셋쓰 다카쓰키의 영주였던 다카야마 우콘은 다도와 예능에 통달해 있었지만 그 근본은 지나치리만큼 강직한 무장이었다. 처음에는 노부나가에게 종사하여 12아성(牙城)의 한 사람으로서 황금 지휘채와 은 기치의 사용을 허락받은 그즈음 손꼽히던 젊은 무사였고, 히데요시에게는 야마자키 전투 이래 줄곧 충성을 바쳐왔다. 그러다가 이른바 6월 19일의 예수교 금지령에 걸려들어 규슈 정벌 도중 추방이라는 쓴잔을 들게 되었는데, 히데요시 자신은 우콘을 추방할 마음이 추호도 없었다고 아버지 소에키로부터 들었다.

히데요시가 무엇을 보고 무엇을 느꼈기에 갑자기 금지령을 내렸는지 오긴은 짐작할 수는 있어도 확인할 길은 없었다. 아무튼 히데요시는 우콘이 그의 명령에 따라 깨끗이 신앙을 저버릴 것으로 생각한 모양이었다. 그런데 다카야마 우콘은 앙연히 사자에게 대답했다고 한다.

"나는 무사로서 천주님을 평생 믿기로 서약했다. 그러므로 주군의 명일지라도 바꿀 수 없는 일. 그리고 또한 한 번 세운 맹세를 파기하고 변절하는 가신을 가지셨다면 간파쿠 전하의 불명예가 되리라. 우콘은 결코 신앙을 버리지 않겠다 하더라고 전하시오."

이렇게 잘라 말하고는 하카타를 떠난 우콘이었다.

그만한 기개를 가진 다카야마 우콘이 어찌 오긴을 만나려고 이런 곳까지 숨어들 것인가.

"누님, 왜 웃으시는 거요?"

"아니다, 알았어. 소문이 그렇다면 서로 조심하는 게 좋겠지."

우콘이 오긴을 연모하고 있다는 게 뜬소문이라면 간파쿠의 목숨을 노려 예수교도들이 성안에 숨어들어왔다는 말도 뜬소문…… 특별히 심각하게 생각할 필요는 없는 듯싶어 유모와 아이들을 말 터 끝에 모인 사카이 사람들 속에 남겨두고 오긴은 그 길로 솔밭 사이를 한 바퀴 돌기 시작했다.

여기저기서 물끓는 소리가 일기 시작하며 저마다 자랑인 소박한 취향을 겨루고 있었다. 겨우 다다미 두어 장 넓이의 좌석이 많고, 초라한 다옥(茶屋)을 짓고 솔방울이며 솔잎을 지피는 풍류기 많은 지방 사람들도 눈에 띄었다. 그들을 더욱 자세히 보려면 여러 영주로부터 공경들, 대상인들에 이르기까지 10여 일이 걸려도 다 볼 수 없을 것이다. 그것을 대충 돌아보고 왔을 무렵, 간파쿠의 네 좌석에서는 벌써 다회가 시작되고 있었다.

그 행사가 끝난 것은 오후 1시. 그런 뒤 일찍이 없었던 그 잔치를 베푼 주인공 간파쿠 히데요시가 직접 한 바퀴 돌아보고 있었다. 히데요시는 손수 차를 대접한 이에야스를 비롯하여 공경과 영주들을 거느리고 일일이 소탈하게 웃는 얼굴로 다석들을 둘러보았다.

그리고 사카이 사람들이 차지한 한 모퉁이에 와서는 오긴이 앉아 있는 모즈야 소안의 자리 앞에서 걸음을 멈췄다. 오긴은 꿇어 엎드렸으나 벌써 히데요시의 몸차림이 어떠한지 눈여겨 본 뒤였다. 몸집이 그리 크지 않은 히데요시는 보라색 두건에 미색 겉옷, 금으로 오동잎을 수놓은 붉은 가사를 걸치고 능직 비단 겉옷에 작은 칼만 찬 가벼운 차림이라 흡사 장난감 인형을 보는 느낌이었다. 물론 오긴의 앞자리에는 죽은 남편의 형 모즈야 소안이 공손하게 도사리고 있었다.

히데요시는 흐흥 하고 코를 실룩거렸다. 그리고 그냥 지나칠 듯하다가 다시 되돌아와 두세 걸음 좌석으로 들어섰다.

오긴은 히데요시의 시선을 온몸으로 느꼈다. 히데요시는 눈은 오긴을 응시한 채 입으로는 다른 말을 했다.

"소안, 저것이 슈코(珠光)가 벗어던진 두건이렷다."

다다미 3장의 좁은 다석 벽에 장식해 놓은 슈코가 사랑하던 유품인 당나라산 차주머니를 두고 한 말이었다.

"알아보시니 기쁘기 한량없습니다."

"흠, 슈코만한 다인이 그 차주머니가 너무나 훌륭한 데 놀라 쓰고 있던 두건을 벗어던졌다 하여 '던진 두건'이라 한다고?"

소안은 지나칠 정도로 정중하게 설명했다.

"예, 슈코는 저희들에게 있어 다도의 원조, 슈코가 임종하실 때 제자 소슈(宗珠)

님에게 내 제삿날에 엔고(圓悟)의 글씨를 걸고 이 던진 두건을 사용하여 추도의 차로 삼아달라고 하셨다는 바로 그 유품입니다."

어쩌면 눈에 뜨인 그 차주머니를 뒷날 히데요시에게 바침으로써 소에키에 미치지 못하는 자기의 인기를 회복하려는 뜻이 있는지도 몰랐다.

히데요시는 또 한 번 코를 실룩거렸다.

"흥, 나 같으면 저 차주머니를 보고 두건을 벗어던지지는 않겠다."

"예……?"

"그대 뒤에 앉은 여인은?"

"예…… 아, 이 사람은 아우 소젠의 미망인……아니, 소에키 님 따님이라고 말씀드리는 편이 낫겠군요. 오긴이라고 합니다."

"흠, 오긴이라."

히데요시는 다시 한 걸음 다가왔다.

"오긴, 얼굴을 들라."

"네."

오긴은 거침없이 얼굴을 들고 히데요시를 똑바로 쳐다보았다. 두 사람의 시선이 부딪친 순간 히데요시의 눈동자가 마치 수줍은 소년처럼 잠시 일렁거렸다.

'수줍어하고 있다!'

이 느낌이 오긴에게는 우습기도 하고 두렵기도 했다.

'히데요시라는 남자는 뜻밖에도 여인에게 진지하고, 그만큼 또 집착하게 되면 무서운 남자가 되지 않을까?'

"그렇군, 그대가 오긴이로군…… 오긴, 내가 만약 여기서 두건을 벗어던진다면 그대는 어떻게 하겠는가?"

오긴은 미소를 머금은 채 나직하게 대답했다.

"저는 두 자식을 가졌고 이미 인생을 마친 미망인입니다."

"이 간파쿠가 그 미망인에게 두건을 던진다면……하고 묻고 있는 거다."

"호호호…… 농담이시겠지요. 과부에게 던진 두건은 다석의 풍치에 어울리지 않습니다."

"음, 듣기보다 뛰어난 재녀로다. 아이들은 데리고 오지 않았느냐?"

"큰 잔치를 구경시키기 위해 사카이 사람들 속에 데려다 놓았습니다."

"그래? 아이들을 잘 보살피도록 해라."

"감사합니다."

히데요시는 훌쩍 밖으로 나가 다른 좌석을 들여다보는 것 같았다.

오긴은 그제야 얼굴을 들었다. 어디까지나 태연하게 대한다는 것이 알고 보니 온몸이 땀에 흠뻑 젖어 있었다.

소안은 이미 그곳에 없었다. 히데요시 뒤를 허둥지둥 쫓아간 모양이었다.

바로 그때 또 그녀 앞에 우뚝 서는 사람 그림자가 있었다.

"아!"

그 순간만은 오긴도 숨이 멎는 것만 같았다. 틀림없는 오늘 아침 소문의 주인공, 다카야마 우콘…… 바로 그 사람이었던 것이다.

다카야마 우콘은 기이한 옷차림을 하고 있었다. 물색 두건에 소매 넓은 옷, 호기심 많은 촌스러운 씨름꾼 같은 차림으로 오긴에게 싱긋 웃어보였으나 그 눈동자는 웃고 있지 않았다. 물론 종자도 없고 동행한 자도 없었다. 어쨌든 소문이 사실이라면 그의 실종은 벌써 성안에 널리 퍼졌을 것이고, 모두들 눈에 불을 켜고 찾고 있을 터였다. 그런 그가 히데요시 바로 다음에 웃는 얼굴로 들어왔으니 오긴은 자신의 눈을 의심하지 않을 수 없었다.

"오긴 님."

"어머나……."

"내가 여기서 두건을 던진다면 어떻게 하시겠소?"

오긴은 살며시 주위를 살폈다.

"염려하지 마시오. 간파쿠가 가시는 곳에는 경계를 펴고 있지만 지나간 자리는 이렇듯 허술하니. 그러니 내가 경비하고 있다 생각해도 무방할 거요."

"우콘 님!"

"쉿, 그 이름은 삼가야 합니다. 나는 어떤 시골 영주에게 다인으로 종사하고 있는 미나미노보 도하쿠(南坊等伯), 그렇게 알아두시오."

"그런데 그 미나미노보 님이 여기 오신 것은?"

"청이 있어서요. 한 30분쯤 시간을 내주신다면……."

"30분쯤……."

"이 다회 울타리를 나가 동쪽으로 300미터쯤 가면 북쪽으로 뻗은 오솔길이 있소. 그 오솔길 오른쪽에 작은 찻집이 있으니 와주면 고맙겠소."

"글쎄요, 그런……."

"소꿉친구가 목숨 걸고 하는 부탁, 꼭 들어주실 것으로 알고 기다리겠소."

그리고 우콘은 들어올 때와 마찬가지로 훌쩍 밖으로 나가버렸다.

오긴이 아이들을 임시 숙소로 먼저 돌려보내고 혼자 우콘이 말한 곳으로 간 것은 벌써 저녁 해가 소나무 그림자를 길게 드리운 해 질 녘이었다.

구름처럼 모인 군중이 아직 흩어지지 않아 신전 뜰은 인파로 가득했다. 그 속을 헤치다시피 하면서 동쪽으로 가다가 북쪽으로 오니 사람들을 부르는 찻집들이 즐비하게 늘어서 있었다. 물색 두건을 쓴 사람이 그런 가게 앞 평상에 앉아 열심히 노래라도 짓는 듯한 모습으로 주위를 바라보고 있었다.

"아, 미나미노보 님."

부르다가 오긴은 깜짝 놀랐다. 미나미노보라고 이름 댄 우콘과 등을 맞대고 부유한 인상의 사카이 노인이 다도 스승들이 쓰는 두건을 쓰고 앉아 차를 마시고 있었다. 한눈에 누구인지 알 수 있었다. 나야 쇼안이었다. 쇼안은 오긴과 시선이 마주쳐도 아무 표정의 변화도 보이지 않고 무시했다.

"자, 이것으로 오늘의 내 할 일도 끝이군. 그럼, 슬슬 돌아가 볼까. 찻값은 여기다 두고 가지."

오긴은 마음 놓이는 기분이었다. 쇼안이 뒤에서 우콘을 지켜 주고 있는 게 틀림없었다. 그러나 두 사람을 만나게 해놓고 할일이 끝났다는 쇼안의 혼잣말은 무엇을 뜻하는 것일까……?

오긴은 두 손으로 가슴을 안 듯하며 우콘 옆으로 가서 앉았다.

쇼안은 오긴도 우콘도 무시한 채 사라졌다. 갑자기 바람이 일며 늦가을 냉기가 살갗에 스미는 듯한 느낌이었다.

"오긴 님, 잘 와주셨소."

"용건이 뭔가요? 가슴이 떨리는군요. 그것을 듣기 전에는……."

"나는 오긴 님을 연모해 왔소…… 그래서 당신한테 끌려 교토까지 왔다……고 말하면 웃으실 테지요."

"농담은 그만두세요. 오늘도 가토 님이 무서운 얼굴로 경비하고 계셨어요."

"경비는 가토뿐만이 아니오. 이시다도 마스다도 모두 눈이 벌게서 나를 찾고 있소."

"그 속을 용케도 이렇게······."

"오긴 님, 나는 천주님에 대한 의리를 다했소."

"천주님에 대한 의리라니요?"

"간파쿠의 명령에도 신앙을 버리지 않고 이처럼······."

"그것이 참된 신앙이겠지요."

"그러나 아직 의리를 지켜야 할 상대가 둘이나 남아 있소."

"둘이라니요?"

"간파쿠 히데요시, 또 하나는 다도."

오긴은 새삼스럽게 우콘을 다시 쳐다보았다. 지는 해가 차츰 흐려져 활촉에 한 줄기 얼굴이 찢긴 단아한 우콘의 옆얼굴이, 처절하리만큼 사나이의 기백을 담고 있었다.

'호소카와 님과 우콘 님, 어느 쪽이 더 의지 굳은 무사일까?'

나이는 우콘이 두어 살 젊었으나 두 사람 다 한창때인 장년이었다. 자기가 만약 우콘의 아내가 되었더라면······하고 생각하니 오긴은 야릇하게 애절한 심정이 들었다. 우콘을 떠돌이로 만들지 않기 위해 틀림없이 필사적으로 개종하도록 강요하지 않았을까······.

"그 못다 한두 가지 의리를 다하기 위해서요. 홀몸이 된 당신을 사모하여 교토에 숨어들어온 것으로 해 주시오."

"사정이 그러시다면 잊을 수 없는 어릴 적 소꿉친구이니."

"실은 우선 간파쿠에 대한 의리인데."

"간파쿠에게 어떤······."

"이 다회를 계속하지 말도록, 오늘만으로 끝내 달라고 당신이 소에키 님을 설득하여 소에키 님이 간파쿠를 움직이게 해달라는 부탁을 하고 싶소."

"이 대다회를 오늘만으로 끝내라고요?"

우콘은 머리를 크게 끄덕였다.

"그렇소! 자객이 수없이 숨어들어 들어와 있소. 그러나 그것은 고사하고, 열흘 동안 다회를 계속한다면 규슈의 반란을 수습하기 어렵게 될 거라고 전해 주시오."

"그것이…… 그것이 간파쿠에 대한 당신의 의리인가요?"

"그렇소, 히고의 영주가 된 삿사 나리마사의 폭정이 도에 지나친 모양이오. 그런 까닭에 신도들은 이 열흘 동안을 틈타 그 땅을 다시 수습할 수 없는 혼란 속으로 몰고 들어갈 것이오. 이것은 첫째는 간파쿠에 대한 의리요, 둘째는 무지한 신도들의 개죽음을 막으려는 천주님에 대한 선물이오."

우콘은 가볍게 소리 내어 웃었다.

"이 의리를 다 할 수 있게 도와준다면 그다음에는 우콘도 평생토록 한가로이 다도나 즐기자는 생각으로 당신을 연모한다고 나 스스로 퍼뜨렸던 거요. 하하하……"

오긴은 우콘의 웃음 속에서 한 가닥의 쓸쓸함과 솔바람 소리를 듣는 것 같은 거침없는 깨달음을 느꼈다.

'이분은 부러울 정도의 경지를 자기 속에 펼치고 있다……'

신앙도 버리지 않고, 히데요시도 원망하지 않고 맑은 마음으로 좋아하는 다도에 자신을 몰입시킬 수 있다는 것은 상상은 할 수 있어도 도저히 바라기 힘든 경지였다.

'여기까지 도달하기에는 반드시 괴로운 과정이 있었으리라……'

오긴은 미소 띤 얼굴로 우콘을 쳐다보았다.

"알겠습니다. 저도 우콘 님이 연모할 만한 여인이 되었다……고 생각하며 받아들이지요."

"고맙소. 역시 당신 입으로 소에키 님에게 이야기하고 소에키 님 입으로 위급을 알리는 게 간파쿠를 가장 설득하기 쉬울 겁니다."

"미나미노보 님."

"예."

"앞으로 어디에 묵으실 예정이신지?"

"꽤 어려운 걸 물으시는군……"

"모즈야의 과부는 당신이 연모하는 여인이니, 물어도 되는 것 아닌가요?"

"하하하…… 이거 한 대 맞았군. 염려 마십시오. 내게는 다도를 함께 하는 벗이 많이 있소."

"다시 고니시 님에게 돌아가시렵니까?"

우콘은 가볍게 머리를 저었다.

"아, 아니오. 같은 신앙을 가진 자가 쫓겨 다니는 자를 숨겨준다면 큰 폐가 되지 않겠소? 그래서 나는 당분간 사카이에 머물까 하오."

"그럼, 저 쇼안 님에게?"

"글쎄…… 어쩌면 류타쓰의 제자로 들어가 얼마동안 노래부르며 샤미센(三味線)이라도 뜯을지 모르겠군…… 또는 멀리 가가쯤으로 날아가서 다도 선생 노릇을 할지도 모르겠고……."

"그러고 보니, 미나미노보 님은 마에다 도시이에 님과 무척 친분이 두터우셨지요?"

"소에키 님 덕분이었지요. 무예의 벗보다 다도의 벗이 훨씬 좋답니다."

"……."

말을 이으려다 오긴은 문득 호소카와 부인 가라시아의 얼굴을 떠올렸다. 우콘은 호소카와 다다오키와도 사이 나쁘지 않았다. 만일 위험한 일이 있다면 호소카와 댁으로 피하는 것도 좋으리라. 그 부인도 같은 신앙을 믿는 정으로 반드시 우콘의 힘이 되어줄 것이다…….

"미나미노보 님, 이야기하다 보니 완전히 어두워졌군요."

"예, 사람도 드물어졌군요. 그럼, 부디 아까 그 일을……."

"만약 이 언저리에서 곤란한 일이라도 생기면 호소카와님 댁으로……."

우콘은 머리를 끄덕이고 일어섰다. 해는 벌써 지고 찻집의 손님도 두 사람뿐이었다. 오긴은 헤어지기가 아쉬웠다. 그러나 벌떡 일어나 절했다.

"몸조심하시기를……."

"당신도 아기들을 잘 돌보시도록!"

그리고 오긴으로부터 두어 발자국 떨어졌을 때였다.

"수상한 남녀, 움직이지 마라!"

아무도 없는 듯했던 포장 그늘에서 우르르 4개의 사람 그림자가 뛰어나와 두 사람을 에워쌌다.

오긴은 가슴이 철렁하여 몸에 지니고 있는 단도로 손을 가져가면서 우콘을 보았다. 우콘은 웃으며 서 있었다.

4개의 그림자는 모두 단단히 무장한 경비무사들이었다. 누구의 부하인지는 알 수 없었다. 아무튼 우콘이 솜씨 있는 무사인 줄 알아차리고 사방에서 빈틈없이 포위하는 태세였다.

"이제 수상한 남녀……라고 했겠다."

"물론 두 사람의 이야기를 다 들은 줄 알라."

"허, 그러면 새삼스레 이름을 댈 필요도 없겠군."

우콘이 말하는 뒤에서 오긴은 당황하여 손을 내저었다.

"인사가 늦었습니다. 저는 간파쿠 전하 밑에 있는 다인, 센노 소에키의 딸 오긴, 여기 계신 분은 아버님 제자로 가가에 사시며 다도에 뜻을 둔 미나미노보 님…… 오랜만에 오늘의 큰 행사를 구경하러 왔다가 뜻밖에 길에서 만나 옛이야기를 하다 보니 시간이 이렇게 되었습니다. 경비하시느라고 수고 많으시군요."

그러나 그 인사에 대한 반응은 없었다.

"두 사람 다 그냥 앞서 걸으시오. 그렇게 한다면 포승은 묶지 않겠소."

"그럼, 아직 의심이 안 풀리셨군요."

"걸어가라고 했다. 말을 듣지 않으면 끌고 가겠다."

"무슨 소리예요? 그렇게 진짜 창을 코끝에 들이대면 곤란합니다. 저는 소에키의 딸로 모즈야의 과부가 틀림없어요."

그 가운데 훤칠하게 키가 가장 큰 무사가 악을 쓰며 고함질렀다.

"알고 있어. 그대의 신분이든 뭐든 이 사내가 미나미노보란 것은 새빨간 거짓말이다……."

네 무사가 한 발 더 다가서 포위망을 좁혀오자 우콘은 흐흣 하고 웃었다.

"그대들은 이시다 미쓰나리의 부하들인가?"

"누구 부하든 무슨 상관이야. 수상한 자는 체포한다. 행정관 명령이다."

"행정관이라, 이제 알겠군. 오긴 님, 들으신 대로요. 수상한 것은 나이고 당신 신분은 알고 있다고 하니 어서 돌아가시오."

"하지만……."

"나야 그 행정관을 만나면 증명될 거요. 염려 말고 어둡기 전에 가시오."

오긴은 태연자약한 우콘의 눈동자에 아직도 미소가 그대로 남아 있는 것을 보자 가슴이 죄어들었다. 역시 맹장이라 일컬어진 사람인만큼 추호도 흔들림이 없었다. 오긴은 어쨌든 이 자리를 피해 아버지 소에키를 만나 이 말을 전해야

했다.

"그럼, 미나미노보 님, 저는"

"예, 몸조심하시기를……"

"미나미노보 님도……"

"다시 교토로 올 날이 있을 것이오. 스승님께 안부 말씀 여쭈어주시오."

오긴이 걷기 시작하자 네 무사는 눈짓으로 합의한 듯 말없이 둘러쌌던 길을 터주었다. 이것도 우콘이 짐작한 대로였다.

우콘은 오긴의 모습이 사라진 뒤에도 한참 동안 그대로 서 있었다.

"어서 걸어가!"

주위는 어느새 어둠이 깃들어 열려 있는 찻집도 드문드문했다. 바람 소리가 소나무 가지 끝에서 찬 공기를 흔들고 있었다.

"걸어!"

그러나 우콘은 무엇인가에 귀 기울이며 움직일 기색이 전혀 없었다.

다시 키 큰 무사가 소리쳤다.

"걸으라니까!"

다카야마 우콘은 그 말에도 아랑곳없이 상대가 당황할 정도로 띄엄띄엄 부드러운 목소리로 말을 건넸다.

"너희들, 내가 누군가 알고 있나?"

우콘이 빙그레 웃고 있는 것을 알고 상대는 화가 치밀어 소리 질렀다.

"알고 있으면 어쩌자는 거야!"

"흐흐흐, 알다시피 나는 다카야마 우콘이다."

"걷지 않으면 오랏줄에 묶어 끌고 가겠다."

"그래?…… 내가 순순히 묶인다면 말이겠지."

"뭣이, 대항하겠다는 거냐?"

"나는 너희들이 이시다 미쓰나리의 부하라는 걸 알아보았다. 가토나 호소카와 님 부하 같으면 끌려가줄 수도 있어. 말하면 알아들을 만한 분들이니까. 그런데 미쓰나리는 그렇지 않아. 그는 나와 본디 사이좋지 않았고 또한 간파쿠에게 예수교에 대한 경계심을 불어넣기 위해 안달 나 있는 사람이니 나를 베지 않으면 직성이 풀리지 않겠지."

"말은 필요 없다. 걸을 테냐, 아니면……."

"그 대답을 지금 하는 거다. 이봐, 끌려가면 목이 날아가고 여기서 버티면 살아남는다……그럴 때 너희들 같으면 어떻게 하겠나?"

너무도 침착한 되물음에 키 큰 무사가 악을 썼다.

"여기 있어도 움직이지 않으면 목숨은 없다. 베어버려도 좋다는 허락을 이미 받았다."

흘끗 눈을 크게 굴리며 네 무사를 둘러본 우콘은 또다시 나직하게 웃었다.

"허…… 너희들은 거짓말하고 있어."

"무…… 무엇이 거짓말이냐?"

"나는 지금까지 몇십 번 싸움터를 누벼온 경험으로 단번에 나를 이길 상대와 질 상대를 알아본다. 너희들도 마찬가지일걸. 보아하니 넷이 한꺼번에 덤벼들어도 이 우콘에게 베이고 말 것 같은데. 나 역시 베어버릴 수 있다는 것을 알고 있어."

"이…… 이놈이!"

"흥, 그래도 그 창을 내밀지는 못할걸. 내지르기만 하면 네 목이 먼저 날아간다는 것을 알잖느냐? 그만두지. 나도 무익한 살생은 하고 싶지 않다."

그러고는 홱 돌아서 북쪽으로 방향 바꿔 성큼성큼 네댓 걸음 걸어갔다.

"얏!"

괴성을 지르면서 키 큰 사내가 창끝을 겨누고 쫓아왔다.

"얍!"

짧은 기합이 그에 응하고, 공격해 온 한 녀석은 우콘이 몸을 피하면서 창을 잡아채는 바람에 저절로 그의 주먹 앞에 옆구리를 들이대고 있었다.

"윽"

그 사내가 넘어지는 동시에 나머지 둘이 동료를 부르러 달려갔다. 나머지 하나는 한 눈에 무릎이 떨리는 게 보일 정도였으나 여전히 우콘에게 창을 겨누고 있었다. 우콘은 묵묵히 선 채 다시 잠시 그 사내를 응시했다.

"죽이지는 않았으니 곧 일어날 게다. 쓰러진 친구를 메고 가거라. 알겠나, 이 다카야마 우콘은 사모하는 여자를 만나려고 교토에 온 것이다. 사람은 베지 않는다. 돌아가서 미쓰나리에게 일러라. 너희들 손에 떨어질 우콘이 아닌 것은 그가 더 잘 알고 있어. 너희들을 꾸짖지는 않을 게다."

우콘은 자상하게 타이르듯 남아 있는 무사에게 말하고 다시 그에게서 등을 돌렸다. 상대는 이번에는 쫓지 않았다. 쫓는 대신 그도 역시 우콘과 반대쪽으로 괴상한 소리를 지르며 달아났다.

우콘과 오긴이 이야기나눈 찻집의 포장은 아직 그대로 있었다. 그러나 거기에 사람 그림자는 이미 보이지 않았다.

이렇듯 일찍이 없었던 대다회는 첫날이 저물 무렵부터 괴이한 풍운이 감돌기 시작했다. 아마 히데요시도 이런 일은 예상치 못했으리라.

그날 밤—

자야 시로지로의 저택에서는 다회에서 돌아가는 길에 들른 이에야스를 맞아 시로지로와 나야 쇼안, 그리고 이에야스를 따라온 나가이 나오카쓰가 촛불을 둘러싸고 앉아 이야기 나누고 있었다.

"다회는 오늘로 끝나겠지요."

나야 쇼안이 말하자 이에야스도 자야도 그 말에 한마디도 대꾸하지 않았다. 다만 열흘이라는 말을 들은 나가이 나오카쓰만이 놀란 듯 얼굴을 들고 좌중을 둘러보았으나 아무도 설명해 주는 자는 없었다.

자야가 말했다.

"그보다도 오늘의 압권은 야마시나(山科)의 헤치칸(ノ貫)이었지요."

"그래, 그런데 그 사람은 대체 누굴까?"

이에야스가 묻자 자야는 싱글벙글 웃었다.

"그저 괴짜……라고 하면 당사자가 노하겠지요? 그것으로 그자는 충분히 간파쿠 전하를 풍자했다고 생각하고 있을 겁니다."

쇼안이 우습다는 듯이 말했다.

"그렇더군. 갈대 울타리는 겨우 2자 남짓밖에 떨어져 있지 않은데 양산 밑에 타는 듯한 붉은 깔개를 깔고 풍로에 솥을 걸어놓고는, 남만인이 피우는 타바코(담배)인지 뭔지 하는 것을 뻐끔뻐끔 피우며 콧구멍으로 물씬물씬 연기를 내뿜고 있더군요. 차란 콧구멍에서 나오는 담배 연기 같은 것…… 하지만 그러한 풍자를 전하께서 과연 아셨는지."

이에야스는 그 말에도 아무 대꾸 없이 자야를 향해 말을 돌렸다.

"그 학자 말인데."

"아, 그 새로운 학설의 후지와라 세이카(藤原惺窩) 선생 말씀입니까?"

"그래, 슨푸로 돌아가기 전에 만나고 싶은데 주선해 주겠나?"

쇼안이 옆에서 입을 열었다.

"그도 성질이 까다로운 사람이 되어서……."

"아무튼 만나고 싶다. 거절당해도 본전이니까. 지금부터는 학문을 좀 닦아야 할 것 같구나. 사람들 생각이 모두 저마다 다르면 질서가 없어. 불교도 종파가 너무 많아서 전후(戰後)의 세상을 바로잡기는 어려울 것 같아."

이에야스만 지나치게 진지한 것도 이런 장소에서는 왠지 어울리지 않았다. 자야 시로지로는 웃으려다 당황하여 웃음을 씹어 삼켰다. 이번에 상경하여 히데요시의 탈춤 상대가 되라는 명령을 받고 그 뚱뚱한 몸으로 춤추었다는 이에야스의 모습이 떠올랐던 것이다.

이에야스가 나아갈 방향이 아무래도 확실히 정해진 것 같다고 자야는 느꼈다. 사람들이 뭐라고 할지, 그건 상상하기 어렵지 않다. 도쿠가와 님도 히데요시에게는 당하지 못해 무릎 꿇었다……고 생각하는 자가 많을 것이다. 그러나 이에야스의 가슴속은 자야 시로지로가 잘 알고 있었다. 히데요시를 도와 평화시대를 건설하자. 그것이 노부나가 이래의 비원에 이어지는 한 줄기 길이라는 훌륭한 논리를 세워두고 있었다.

히데요시에게 굴하지 않는 증거로, 히데요시에게 정치적으로 부족한 점을 이에야스는 진지하게 탐색하기 시작했다. 이에야스가 본 바로는 다도며 다섯 중파 승려들의 불교 따위로 전후의 인심을 수습할 수는 없었다.

"학문을."

그리하여 새롭게 눈을 빛내기 시작한 것이다. 이에야스 자신이 요즘 열심히 읽고 질문도 하는 것은 정관정요(貞觀政要)와 《아즈마카가미(吾妻鏡 ; 가마쿠라(鎌倉) 막부의 역 사를 일기체로 적은 책 》였다. 전국시대에서는 '무력—'이 모든 것을 결정했으나 가마쿠라 이래의 무사 의리는 아무리 엄격히 보급시킨다 해도 치국(治國)의 기둥이 될 수 없었다. 그렇다면 성현의 가르침에 나라 사정을 적용시킨 학문으로 인간이 의지할 기준을 세워나가는 길 외에는 새로운 질서를 수립할 방법이 없다—는 생각으로 아마 후지와라 세이카의 이름을 든 것이리라.

"예, 알겠습니다. 뭐라고 할는지, 곧 연락해 보겠습니다."

자야가 대답하자 쇼안이 다시 입을 열었다.

"도쿠가와 님, 학문도 중요합니다만 그 전에 한 가지 더 생각하셔야 할 문제가 있습니다."

"학문 외에 말이오?"

"예, 이건 오다와라의 호조씨가 빈번하게 총을 사 들인다……는 따위의 일보다 훨씬 중대한 일입니다."

"뭘까, 나로선 도무지 짐작되지 않는군요."

"말씀드리지요. 어제 저에게 어떤 소식이 들어왔습니다. 그에 의하면 간파쿠는 하타카의 시마이 소시쓰 님에게 은밀히 조선 정찰을 명하셨답니다."

"뭐, 조선……?"

이에야스는 목을 갸우뚱하며 되물었으나 자야의 얼굴에 긴장된 빛이 어렸다.

"그게 사실입니까?"

"도쿠가와 님 앞에서 내가 왜 거짓말하겠소? 아마 간파쿠 전하는 조선 출병을 진지하게 고려하고 있는 모양이오. 그러나 소시쓰는 우리와 뜻이 같은 자이니 정찰하고 돌아온들 쉽사리 싸움을 권할 우려는 없지만……이번처럼 대다회가 규슈의 소란으로 하루 만에 끝나게 된다면 간파쿠 전하의 감정이 어떻게 바뀔지. 그러니 도쿠가와 님도 슬슬 자리를 옮겨 교토에서 정치적인 일의 말상대가 되어 드리는 게 실수 없이 일이 도모되도록 하는 길이 아니겠습니까?"

이때도 이에야스는 아무 말도 하지 않았다.

그러나 이에야스의 가슴속에는 벌써 그 결심이 서 있는 듯했다. 고향의 중신들은 여전히 히데요시 밑에 서는 것을 탐탁지 않게 여겼으나 이에야스의 눈은 이미 두 사람의 대립에서 벗어나 있는 것 같았다.

"과연, 그건 깊이 생각해 보셔야 할 문제 같습니다."

자야 시로지로는 은근히 말한 다음 모두들 앞에 상을 가져오게 했다.

입정야화(立正夜話)

식사를 마치고 쇼안이 돌아가자 이번에는 도쿠가와 가문의 연락관 오구리 다이로쿠와 칼 감정가인 혼아미 고지의 아들 고에쓰가 찾아왔다.

주라쿠 저택 안에서 말하기 거북한 정보의 교환은 이렇게 늘 자야의 집에서 이루어졌으며, 모두들 모이면 나가이 나오카쓰가 대청으로 나가 감시하게 되어 있었다.

교토 거리는 아직 술렁거리고 있었다. 대다회의 여운이 꼬리를 끌고 있는 모양이다.

서쪽에서 북쪽으로 방향을 바꾸기 시작한 바람이 닫아놓은 영창을 살며시 흔들고 있었다.

"고에쓰 님이 오다와라에서 얼마 전 돌아오셨으므로."

다이로쿠가 입을 열자 뒤이어 자야가 젊은 고에쓰의 수고를 치하하고 위로하듯 덧붙였다.

"직접 물어보실 말씀이라도 있을까 해서 불렀습니다."

고에쓰는 상인치고는 지나치게 번뜩이는 눈빛으로 온몸을 빳빳이 굳힌 채 이에야스를 관찰하고 있는 것처럼 보였다. 첫 대면은 아니나 이처럼 가까이 한 자리에서 말을 주고받는 일은 처음인 것 같았다.

"어떤가?"

이에야스가 말을 던졌다.

"호조 가문에는 좋은 칼들이 많겠지?"

젊은 고에쓰의 입이 조금 일그러졌다. 천연덕스러운 이에야스의 첫 물음에서 깊은 뜻을 캐내려고 의식 과잉 상태에 빠졌다고나 할까.

"대단한 명검은 못 보았습니다만 실제로 싸움에 쓸 만한 것은 수없이 많았습니다."

"허, 실제 싸움에 쓸 만한 거라니?"

"소슈의 제품들입니다."

튕겨내듯 대답한 뒤 고에쓰는 화제를 바꾸었다.

"도쿠가와 님 따님께서 우지나오 님 부인이시라고요?"

"그래, 우지나오는 내 사위지……."

"호조 문중에서는, 도쿠가와 님께서 전하 누이와의 인연만 중시하여 사랑하는 딸을 버리기야 하겠느냐는 말들이 숱하게 나돌고 있었습니다."

이에야스는 웃음을 터뜨렸다.

"하하하…… 나는 그런 것을 묻는 게 아니다. 칼 이야기를 했을 뿐이야."

"칼……."

"그래, 실제 싸움에 쓸 수 있느니 어쩌니 하는 말을 하지 않았느냐?"

"예, 칼은 소슈의 제품들……이라고 말씀드린 것은, 소슈 지방 일대 가마쿠라에서 미우라와 미사키(三崎) 언저리까지 백성들에게 총동원령을 내렸다는 뜻입니다!"

고에쓰는 다시 한번 튕겨내듯 대답한 다음 자못 활력이 가득 넘치는 눈을 빛냈다.

"저희 부자는 대대로 니치렌종(日蓮宗)을 믿고 있습니다."

"그렇던가……."

"그렇기 때문에 니치렌이 설파한 입정안국(立正安國)의 도는 언제나 저희들 염두에서 떠나지 않는 기원…… 칼을 감정하거나 여행하거나, 또한 닦고 갈고 하는 일들이 모두 이 일념과 연결됩니다. 그러한 마음으로 뵈오니, 아뢰옵기 황송하오나 도쿠가와 님의 일념도 안국(安國)에 있는 줄 압니다. 이는 실로 얻기 어려운 부처님께서 주신 인연인 것 같아 명하시지 않은 일까지 상세히 살피고 왔습니다."

말한 뒤 고에쓰의 눈동자가 샛별처럼 빛나며 이에야스의 눈을 응시했다. 이에야스는 속으로 놀랐다.

'참으로 무서운 기백이 담긴 눈이로다!'

나이는 30살이 채 못 된 것 같다. 더구나 상인 신분으로, 천군만마를 호령하며 단련을 거듭해 온 이에야스를 한 걸음도 물러서지 않는 기백으로 대하고 있다.

'혼아미 고지는 훌륭한 아들을 두었구나……'

고지와 이에야스는 이마가와 가문에 볼모로 있을 때부터 아는 사이였다. 이마가와 가문으로 칼을 갈러 왔다가 다케치요였던 이에야스와 뜻이 맞아 그를 위해 일부러 만들어준 칼 한 벌을 이에야스는 아직도 소중히 간직하고 있었다.

"허, 그렇다면 이 이에야스가 그대가 믿는 신앙의 뜻에 맞단 말인가?"

"그렇습니다. 노부가나 공이 살아계실 때부터 오로지 안국의 길만 줄곧 걸어오신 무장은 황송하오나 일본 안에 도쿠가와 님 말고는 없습니다. 그래서 주제넘게 참견했습니다. 용서하십시오."

이에야스는 정색한 얼굴로 고개를 끄덕였다.

"참견이라니…… 고마운 일이지. 종교의 뜻은 다르다 하나 내 뜻은 분명히 입정안국 외에 없다. 달리 있다면 부처님 벌을 받을 것이다."

"황송합니다."

"그런데 그대는 아까 호조 가문에서 일반 백성들까지 동원하고 있다는 말을 했는데."

"예, 간파쿠와 결전을 벌이려면 간토 8주의 무사로는 부족하다. 그러므로 만일의 경우에 대비해 영내에 있는 모든 백성을 군사로 뽑는다…… 이것은 우지마사 님 의견으로 우선 그 첫단계로 소슈의 농민들을 부락 단위로 무장시켜 맹훈련을 시작했습니다."

"고에쓰!"

"예."

"괜찮으니 그대가 생각한 대로 말하게."

"알겠습니다."

"그대 눈은 부처의 눈이다. 부정이 있으면 꺾어버리려는 매의 눈이야. 그 눈으로 어떻게 보았는가? 호조 부자는 혹시 내가 중재하면 간파쿠와 화평할 기미가 보이던가?"

"황송하오나 없었습니다!"

"싸워도 진다고 생각지 않는 모양이군."

"용기는 있지만 정의가 없습니다. 싸우든 화해하든 정의를 위한 일이 아니어선 안 된다는 근본적인 생각이 부족합니다."

"흠."

"아니면 전쟁준비를 해놓으면 간파쿠가 공격하지 않을 거라고 생각하는지도 모르겠고, 공격받고 나서 화해하는 것도 괜찮다고 여기는지도 모르겠습니다. 아무튼 그것은 호조 가문의 처지만 염두에 둔 이기적인 마음이며, 일본을 위하고 만백성을 위하는 불심과는 인연이 먼 것으로 보았습니다."

"그렇다면 전쟁이 되겠군……."

"십중팔구까지는 피할 수 없는 일이라고 생각됩니다."

"그래?……"

이에야스는 자야와 다이로쿠를 돌아보면서 씁쓸하게 웃었다.

"뜻대로 안 되는 일이야. 내가 이만큼 되어서도 딸과 사위 하나 구할 수 없으니."

"그렇습니다…… 인간 세상은 고집과 미망(迷妄)의 깊은 수렁…… 우리만이라도 정의를 관철시켜야 한다고 생각합니다."

한마디 한마디 힘주어 대답한 뒤 처음으로 고에쓰는 깊은 숨을 내쉬고 이마의 땀을 닦았다.

'과감하게 소신을 말하는 사나이…….'

이에야스는 고에쓰의 기품에 점점 끌려들어갔다. 직업이 칼과 인연 있는지라 명검의 혼백이 자연히 그에게 옮아간 건지도 모른다. 정의와 부정을 날카롭게 분별하고, 추호도 주저 없는 것이 그 얼굴에서 느껴졌다.

이에야스는 갑자기 목소리를 낮췄다.

"고에쓰."

"예."

"오다와라 소식은 알았다. 그대의 눈은 살아 있군."

"황송합니다."

"어때, 그 살아 있는 그대 눈에 이번 다회가 어떻게 보이던가?"

고에쓰는 순간 흠칫한 것 같았다. 비판할 수 없는 일을 비판하라는 요구를 받아 난처한 기색이 그의 미간을 스쳤다.

"그 풍류가 참으로 훌륭하다고 생각했습니다."

"훌륭하기만 하던가. 고마운 세상……이라고는 느끼지 않고?"

"아뢰옵기 황송하오나, 고맙다는 말은 얼마쯤 음미한 뒤에 쓸까 합니다."

"허, 그러면 고마운 시절이라고는 생각하지 않는구먼……."

"예, 아직 이 세상에는 다도 같은 것을 즐길 수 없는 사람들이 무수히 있습니다. 그러므로 풍류를 즐기며 노는 사람들에게는 고마운 일이나, 그 밖의 모든 다른 사람들 존재를 잊었을 때는 무의미한 게 되지 않을까 합니다."

"그렇다면 간파쿠 전하의 속셈은? 속셈은 무엇일까?"

"영웅의 속셈은 저희가 감히 헤아릴 수 없는 것……이오니 용서하시기 바랍니다."

"허, 그러면 고에쓰는 교주 니치렌의 속셈은 알지만 간파쿠 전하의 속셈은 모르겠다는 건가……?"

"황송하오나 태양은 누구의 눈에나 뚜렷이 비치지만, 자신의 운명의 별은 보이지 않습니다. 모르는 게 아는 것보다 위대하다는 해석은 좀 이해하기 어렵습니다."

이에야스는 다시금 고에쓰의 오만스러울 만큼 맑은 눈매를 지그시 바라보았다.

'무사 중에서도 보기 드문 기백을 가진 젊은이…….'

그쯤 되니 다시 끝까지 따져 물어보고 싶은 흥미가 일었다.

"그렇다면 이건 하나의 가정이지만, 자네가 만약 간파쿠 전하였다면 이번 다회는 열지 않는다는 건가?"

"제가 간파쿠라면…… 말씀입니까?"

"만약에 말이야, 그냥 지나가는 말로 대답해보게."

고에쓰는 그제야 표정을 풀고 싱긋 웃었다. 그 웃음 짓는 얼굴 또한 마치 사람이 달라진 것같이 맑고 순진스러웠다.

"제 이야기를 드려 죄송합니다. 실은 제게는 늙은 어머님이 계십니다."

"흠, 이야기가 꽤 빗나가는 것 같군."

"이 어머님은 옷을 지어 입으시라고 제가 얻어온 비단을 보내 드리면 그 기쁨을 나누시겠다고 하시면서 수십 장의 조각으로 만들어 집에서 일하는 사람들에게

골고루 나눠주시고 여태 한 번도 옷을 지어 입으신 적이 없습니다. 이 이야기로 제 대답을 대신하고자 합니다."

이에야스는 저도 모르게 무릎을 탁 쳤다.

"어떤가, 자야?"

그리고 마치 자기 일처럼 자야를 돌아보았다.

"그래, 자네 자당께서는 비단으로 옷을 지어 입으시지 않고 모두들에게 나눠준 단 말이지."

이에야스의 말에 고에쓰가 다시 한번 웃었다.

"어머님 말씀을 빌린다면, 그것이 참다운 다도의 마음인 것 같습니다."

"흠, 그런데 한 가지 더 묻고 싶군. 그러나 이건 결코 자네를 시험하려는 게 아니야. 좋은 안내자를 만났다는 생각으로 묻는 걸세."

"무슨 당치도 않은 말씀을!"

"자네 같으면 저 대다회를 여는 대신 무엇을 하겠나? 천하가 태평해진 것을 축하하기 위해서……."

"그렇다면……."

고에쓰는 잠시 생각한 다음 대답했다.

"죽 잔치를 하겠습니다."

"죽 잔치라니?"

"교토 안팎에 있는 모든 사원의 뜰에 큰 솥을 걸고 그날은 모든 백성들과 함께 죽을 끓여 먹고 지내겠습니다."

"허!"

"간파쿠도 없고 거지도 없고 평민도 없으며 무사도 없이 모두 똑같은 음식을 들고 새로운 세상을 향해 출발하겠습니다."

"자네 꿈은 크기도 하군."

"예, 그리고 그날에 이렇게 말해 주겠습니다. 이렇게 큰 솥도 있고 만약의 경우에 대비하여 곡식도 쌓아두었다. 이것은 천자님 분부로, 이 솥은 쌀과 함께 간파쿠가 맡아둘 테니 마음 놓고 가업에 정진하도록. 그리고 그대들이 모두 따뜻한 밥을 먹을 수 있을 때까지 간파쿠는 몸소 오늘의 이 죽을 계속 먹겠다고요."

이에야스는 당황하여 다시 물었다.

"고에쓰, 그러면 간파쿠는 날마다 죽만 먹는가?"

고에쓰는 다시 천진스럽게 웃었다.

"그것이 입정안국의 근본이 아닌가 합니다."

"음."

"백성보다 사치하며 백성들에게 명령내리는 것은 모순된 짓. 이 모순이 통하면 세상은 어지러워지는 법입니다. 시정의 건달이라면 모르나 간파쿠로 선택된 분이라면 그만한 인내심이 없어선 안 됩니다. 모든 백성이 부유해질 때까지 검소와 절약이 으뜸…… 백성의 굶주림을 없앤 뒤에는 절도 짓고, 다회를 열어도 좋고, 꽃 속에서 흥겨운 춤을 추어도 좋겠지요."

"알았다, 알았어, 고에쓰."

이에야스는 이마를 누르며 손을 흔들었다.

"정말 매섭구나, 자네 의견은. 무사는 직접 농사짓지 않는다. 농사짓지 않는 무리들이 사치에 빠져서는 백성들의 짐이 된다…… 가신들에게 그렇게 이르면서 보리밥을 먹는 이에야스도 자네 말에 의하면 사치스러운 거겠지."

"죄송합니다. 그 일에 대해서는 고에쓰, 얼마쯤 감회가 있습니다."

"감회라니?"

"예, 제가 도쿠가와 님을 존경하게 된 첫 번째 이유는 처음 뵈었을 때 댁에서 먹은 보리밥에 있습니다."

"무엇이? 우리 집 보리밥이 마음에 들었단 말인가?"

"또한 된장국도 바닥이 들여다보일 만큼 멀겠습니다."

"따끔한 말을 하는군."

"그러나 그 음식을 먹으며 이 고에쓰는 여기에 무언가가 있다고 생각하면서 가슴이 뜨거워졌습니다."

말하는 고에쓰의 눈동자가 정말로 젖어 있었다.

이에야스는 진심으로 유쾌해졌다. 고에쓰는 결코 아첨하기 좋아하는 사람이 아니다. 그뿐인가, 그는 분명 오늘의 다회를 조소하고 있었다.

그에게 말하게 한다면, 이 또한 입정안국의 염원이 없는 까닭에 쓸데없는 짓이라고 할 것이다. 어쨌든 세상에서 인색하다고까지 혹독한 평을 받고 있는 이에야스의 마음을 이처럼 정확하게 이해해 주는 사람이 여기에 있을 줄이야……

이에야스의 가신들이 강한 까닭은 그 자신의 소박 검소함에 있었다. 그는 결코 신하들 누구보다 사치하지 않았다. 아니, 사치한 자들의 통솔력은 속이 들여다보인다. 더욱 잘 통솔하기 위해 더욱 사치하게 되고, 녹을 늘려주지 않으면 필시 감당할 수 없게 마련이다. 더 줄 땅이 무한정 있지 않은 한 이 통솔력은 머잖아 한 계점에 이르러 힘없이 허물어지고 만다.

이에야스가 요리토모 이후의 가마쿠라 역사에서 배운 것은 바로 이러한 점이었다. 스스로 검소함을 보여 부족한 것을 불평하지 못하게 하는 데에서 단결과 희망이 생긴다. 불평이란 어떤 경우에도 정체와 분열의 원인이 된다. 젊은 고에쓰가 이것을 '입정안국—'이라는 말로 분명히 설명한 것은 기쁜 일이었다.

"우리 집 된장국이 바닥이 들여다보일 만큼 멀겋던가?"

"좀 지나치게 입을 놀렸습니다. 용서하시기 바랍니다."

"무슨 말을. 이에야스는 이렇게 칭찬받은 적이 없었어. 오늘 자네가 해 준 그 칭찬을 앞으로 해이해지기 쉬운 마음의 채찍으로 삼겠다."

"황공합니다."

"과연 사치는 온갖 무리(無理)의 근원이 되겠지."

이에야스는 오구리 다이로쿠와 자야를 바라보며 유쾌한 듯 웃었다.

"어떤가, 자네들도 내일부터 죽을 끓여 먹는 것이?"

자야 역시 기대에 찬 눈길을 고에쓰에게 던지고 있었다.

"혼아미 님은 언제나 정치는 백성을 납득시키는 일이라고 말합니다."

"옳은 말이야."

"납득시키는 근본은 입정안국…… 자신이 먼저 몸소 실천하고 백성에게 권해야 하는 면에서 볼 때, 간파쿠 전하는 백성들로부터 떠나가고 있는 것입니다."

"흐—음."

"황금 차 솥은 아무나 가질 수 있는 게 못됩니다. 아무도 못 갖는 것을 가지고 떠벌리는 다회는, 가난한 사람들에게 열등감과 불행을 뼈저리게 느끼게 할 뿐입니다. 그래서는 단순한 풍류객의 실없는 놀음이지 분열을 두려워하는 정치는 아닌 것입니다."

이에야스는 대답할 말이 없었다. 히데요시의 정치에는 확실히 그러한 과오가 있는 듯했다. 사사건건 영주들을 위압하여 납득시키려 든다. 군사(軍事)는 그것으로도 가능하다.

상대의 무력을 위축시켜 버리면 싸우지 않고 이길 수도 있다. 그러나 그것은 어디까지나 위압이지 납득은 아니다. 짓눌린 평화이지 진정한 평화라고 할 수 없다.

'이 세상에 과연 그런 진정한 납득, 진정한 평화가 있을 수 있는가……?'

이에야스의 생각은 벌써 고에쓰를 떠나, 또다시 스스로의 처신을 어떻게 해야 하느냐로 돌아가 있었다.

그들 앞에 다과가 나왔다. 다이로쿠는 차를 마시면서, 교토로부터 사카이 일대의 대상인 가운데서는, 자야 시로지로가 역시 가장 검소의 덕을 아는 인물이라고 말했다.

자야는 머리를 긁적이는 시늉을 했다.

"주안상 정도는 대접해 드릴 수 있는데 주군께 꾸지람 들을까 봐……."

"아니, 그런 뜻으로 말한 게 아니오. 시중에 몸을 담고도 늘 도쿠가와 님 뜻을 자신의 뜻으로 삼으며 살고 있다……는 말씀이오."

"하하하…… 저는 또 이 맛없는 차에 떡 한 개로는 대접이 너무 소홀하지 않나……하는 뜻으로 잘못 들었습니다."

이에야스는 자야와 다이로쿠가 주고받는 말은 벌써 마음에 두지 않고 있었다.

'무슨 일이든 그 근본에 입정안국의 정신이 없다면…….'

젊은 고에쓰가 말한 그 한마디가 이에야스의 마음을 무겁게 차지하고 있었다.

'확실히 그렇군.'

이에야스는 스스로 되뇌며 마음속으로 고개를 끄덕였다.

근본적으로 그런 마음이 없으면 모든 활동은 책략이 되고 모의가 된다. 남은 그것으로 속일 수 있어도 자기 자신은 속일 수 없다는 점에 인간의 숙명이 있는 듯했다.

'진정한 힘은 입정안국이 이루어진 뒤에 생긴다.'

"대감님."

고에쓰가 새삼스럽게 자세를 고치며 이에야스 쪽을 향해 앉았다. 이에야스는 뜨끔하여 고에쓰에게로 눈과 마음을 돌렸다.

"지금까지는 간파쿠님 시대였지만 이제부터는 대감님 시대가 오지 않겠습니까?"

"뭐…… 이제부터 내 시대가?"

"예, 간파쿠님은 지금까지 용케 승리를 거듭해 왔습니다. 그 뒤를 이어 잘 다스리는 분이 없다면 간파쿠님의 위업도 돌아가신 노부나가 공의 고심도 백성들 생활 속에 살아남지 못할 것입니다."

"흠."

"이제부터는 간파쿠님 옆에서 마지막 결실을 거두는 데 힘써 주신다면 신불도 기뻐하시리라 믿습니다."

"고에쓰!"

"……예."

"자네가 한 말에서 나는 한 가지 암시를 얻었어."

"어떤 암시이신지?"

"전쟁이 벌어질 것으로 자네가 내다본 오다와라의 호조와 간파쿠 사이 말이야."

"예."

"내 힘으로 어떻게 해서든 원만하게 손잡도록 힘써봐야겠어. 싸우지 않고 넘어갈 수만 있다면 더 이상 바랄 것 없지. 이것도 하나의 입정안국이라는 걸 깨달았네."

고에쓰는 머리를 갸우뚱한 채 금방은 대답하지 않았다. 아마 '그것은 헛수고……'라고 말하고 싶었는지 모른다.

"싸우면 반드시 호조가 진다. 그것만 깨닫게 해준다면, 하지 않아도 될 싸움…… 그러면 호조 가문도 살게 될 뿐 아니라 막대한 전쟁비용도 건지게 되는 거지."

"대감님, 제가 말씀드리고자 한 것은 오다와라에 대한 일이 아닙니다. 그 뒤에 일어날지 모르는 더 큰 전쟁 말입니다. 저는 무장과 상인들 양쪽을 교제하고 있으므로 그러한 우려가 있다는 걸 알 것 같은 기분입니다."

고에쓰는 확신에 찬 태도로 그렇게 말했다.

"전하께서 입버릇처럼 말씀하시는, 조선으로 해서 대명나라로 출병하는 일 말인가?"

이에야스가 웃으며 되묻자 고에쓰는 그를 가만히 쳐다보면서 고개 저었다.

"그럼, 그 밖에 또 큰 싸움이 일어날 우려가 있다……는 말인가?"

고에쓰는 시로지로에게 흘끗 시선을 던졌다.

"자야 님, 실례를 무릅쓰고 대감님께 한 가지 더 제 소견을 말씀드려도 좋을까요?"

시로지로는 기다렸다는 듯 고개를 끄덕였다.

"예, 꼭 그렇게 주시오."

"그렇다면 이것은 어디까지나 제 의견, 제 불안입니다만 대감님에게 남만 여러 나라의 사정을 들려 드리는 예수교 신부나 누가 있습니까?"

"아니, 없는데……"

이에야스는 고에쓰가 무슨 말을 하려는 건지 궁금하여 저도 모르게 팔걸이 위로 윗몸을 내밀었다.

"남만 여러 나라……라고 흔히 말합니다만 이것은 유럽이라는 예수교 신앙을 믿는 나라들을 가리킵니다."

"허, 그래서."

"그곳에는 포르투갈, 에스파냐 등 우리나라에 신부들을 보내고 있는 국가들 외에 영국, 네덜란드, 프랑스, 러시아 같은 수많은 나라들이 있다고 합니다."

"호……."

"그 나라 사람들은, 유럽의 간파쿠 전하는 누가 되는가 하고 눈이 벌게서 다투고 있답니다. 그뿐 아니라 천축으로부터 이쪽 일본에 이르는 나라들을 서로 차지하려고 다툰다는데, 이런 이야기를 혹시 들으셨는지요?"

"듣지는 못했지만 있을 법한 이야기로군."

"바로 그것입니다. 간파쿠 전하께서는 그 일을 어렴풋이 아시고 신부들을 추방시키기로 하셨습니다. 그런데 그 신부들 가운데 하나가 그것을 분하게 여겨 이런 말을 했답니다."

"뭐라고 했는가?"

"두고 보자, 간파쿠를 지쳐 쓰러지게 하여 이기고 말 테니까 하고."

"저런……어떤 방법으로 지치게 한다더냐?"

"예, 간파쿠를 부채질해 조선에서 대명나라로 쳐들어가게 한다…… 그렇게 되면 간파쿠는 이기기는커녕 넓디넓은 대륙에서 이리저리 끌려 다니다가 쓰러진다.

아니, 일본뿐 아니라 대명나라도 조선도 모두 완전히 쇠약해질 것이니, 그때 유럽 나라들은 서로 마음대로 나눠가지면 된다고 한답니다."

이에야스는 저도 모르게 침을 꿀꺽 삼키며 몸을 앞으로 쑥 내밀다가 가까스로 당황한 기색을 감추었다. 같은 일본 땅 안에 사는 고에쓰의 말이 아닌가? 그것이 사실이라는 걸 어찌 가볍게 믿을 수 있겠는가?

'그러나 전혀 있을 수 없는 일도 아니다……'

그렇게 생각하니 등골이 서늘해졌다.

"하하하…… 고에쓰, 재미있는 말을 하는군."

"그런 이야기도 있기에……들려 드리는 게 어쩌면 도움이 될까 해서 외람되게 입을 놀렸습니다."

"재미있게 들었다. 유럽에서 그 나라들이 다투고 있다면, 전혀 있을 수 없는 일이라고 할 수 없을 것 같군. 서로가 시야를 넓혀 충분히 대비해 나가자."

말하면서 이에야스는 다시 한번 마음속으로 오다와라의 호조 부자 모습을 그리고 있었다.

'어떻게든 설득해야지……'

사카이와 규슈 지방 이곳저곳에 남만의 배가 온다는 사실은, 다만 배가 들어왔다는 현상만으로 생각해서는 안 될 일이었다. 배를 보낼 만한 힘이 있는 자가 그 배후에 도사리고 있는 것이다…… 적어도 세계의 바다를 누비고 다니는 것이다. 그 배후의 세력은 상상 이상으로 강력할 것임에 틀림없다.

'이러한 때 오다와라에서는 아직……'

자야 시로지로가 다시 입을 열었다.

"혼아미 님은 그들 남만인들의 목적이 교역이나 포교에만 있는 게 아니라……는 것입니다."

"옳지!"

"그러니 온 나라가 하나로 뭉치기만 하다면 두려워할 것 없으며, 그 통일을 위해 간파쿠 전하와 어깨를 겨룰 만한 인물이 필요하다. 그것이 앞으로 일본의 운명을 결정할 거라고……"

고에쓰는 멋쩍은 듯 자야의 말을 가로막았다.

"아니, 자야 님. 잠깐만! 모처럼 노부나가 공 때부터 쌓아올린 노력이 결실 맺어 어쨌든 전란이 끝나가고 있습니다. 이런 다행스러운 기회가 외부로부터 허물어진 다면 아무 의미 없지요. 그러니 어디까지나 안으로부터 입정안국의 결실을 거두 어야 한다는 것입니다."

"단순한 통일이 아니고, 입정안국의 뜻을 터득한 인물……이 나서야 한다는 말 이겠구먼?"

"그 입정안국이 바로 일본을 통일시키는 길…… 그 밖에 통일의 길은 없다…… 고 생각합니다."

이에야스는 고개를 끄덕였으나 더 이상 묻지 않았다. 그 자신의 눈도 벌써 고 에쓰와 같은 곳을 바라보고 있었다.

구태여 말할 것도 없이 이에야스 자신이 겪어온 과거사가 바로 '평화'의 소중함 을 나타내는 거울이었다.

조부 기요야스는 25살에 전사했다. 아버지 히로타다 또한 26살 때 가신의 칼 에 찔려 세상 떠났다. 정실인 쓰키야마 부인의 비참한 최후도, 맏아들 노부야스 의 가슴 아픈 생애도 모두 난세가 요구한 희생이었다. 아니, 그보다 더욱 애절한 추억을 자아내는 것은 조모 게요인의 생애였다고 할 수 있다…….

'대체 게요인의 삶 어디에 빛이 있었던 것일까……?'

뿐만 아니라 그 불행의 실이 아직도 끊어지지 않아, 이에야스의 둘째 딸 스케 히메가 오다와라의 우지나오에게 출가하여 지금 전란의 바람 앞에서 떨고 있다.

스케히메뿐만이 아니다. 현재 이에야스가 주라쿠 저택으로 데리고 와 있는 아 사히 부인도 간파쿠의 누이로 태어났으면서 이미 살아 있는 송장이 아니던가?

'이쯤에서 난세의 끈을 끊어버려야지…….'

그 끈을 끊으라고 조부도, 조모도, 아버지도, 처자도 모두 한결같이 이에야스 를 압박해 온다…….

"고에쓰."

"예!"

"오늘 저녁에는 좋은 마음의 양식을 얻었다."

"부끄럽습니다."

"나도 자네가 말한 입정안국을 위해 노력하리라. 자네도 그 마음을 시중에 널 리 펴도록 하게."

"고에쓰, 고마우신 그 말씀을 마음속 깊이 새기고 노력하겠습니다."

"자야, 폐를 끼쳤구나. 그럼, 그 학자 일에 대해 잘 부탁하네."

이에야스가 몸을 일으키자 다이로쿠가 황급히 일어나 행차 준비를 명하러 나갔다.

고에쓰는 꿇어 엎드린 채 다시금 쏘는 듯한 시선으로 사라지는 이에야스의 뒷모습을 지그시 바라보고 있었다.

오다와라(小田原)의 계산

호조 우지마사는 아까부터 바깥 성 망루 위에 선 채 서쪽의 토목공사에 동원된 개미떼 같은 인부들의 움직임을 지켜보고 있었다.

덴쇼 7년(1589) 여름이었다.

하야카와(早川) 어귀에서 유모토(湯本), 소코쿠라(底倉) 쪽으로 쌓아올리는 성채 언저리에서 한 무사가 인부를 줄곧 매질하는 모습이 보였다. 더위에 지쳐 게으름 부리다 맞는 것인지, 그렇지 않으면 인부로 위장하고 숨어든 정탐꾼이 발견된 것인지?

매질하는 사나운 서슬에 비해, 맞는 쪽은 아무 감각 없는 양순한 모습이었다.

우지마사는 뒤따라온 근위무사 구노 겐자부로(久野源三郎)에게 부채 끝으로 가리키며 말했다.

"겐자부로, 저것 좀 봐라. 때리는 쪽은 잔뜩 흥분해 있는데 맞는 쪽은 태연하군."

"어째서 저럴까요? 얄미울 정도로 반응이 없군요."

"하하하……."

우지마사는 반쯤 펼친 부채를 이마에 갖다 대고 웃으며 말했다.

"뭐랄까, 마음이 초조한 자가 먼저 저렇게 흥분하는 법이거든."

"마음의 초조……라시면……."

"공사장의 무사들은, 어제까지 끝내라는 내 명령을 받았는데 오늘도 아직 공사가 끝나지 않고 있다. 그 때문에 생기는 초조감이지."

"예, 그래서 저렇게 험악하게……."

"그래, 저 꼴을 보고 있으니 하시바의 격분한 모습이 눈에 선하게 떠오르는구나."

우지마사는 지금도 히데요시를 간파쿠나 전하라고 부르지 않고 있었다. 물론 그쪽에서 온 사자나 도쿠가와 가문 사람 앞에서는 그렇게 부르지 않는다. 히데요시 님이라고 부르기는 하나, 그런 때의 말투에는 불쾌한 구석이 역력히 드러났다.

"하시바도 지금쯤 어떻게 해야 하나 하고 무척 초조해 하고 있을 거야. 나는 이처럼 냉정한데."

"도쿠가와 가문에서 또 사자가 온다고 들었습니다만."

"그래, 그러나 누가 뭐래도 우리 부자는 상경하면서까지 하시바의 비위를 맞출 생각은 없어. 문제는 다만 상대의 출병을 늦추기 위해 상경하지 않는다는 말은 결코 하지 않을 뿐이지."

"이러고 있으면, 초조한 나머지 성급히 출병해 올 테지요."

"흐흐흐……."

우지마사는 입 속으로 조롱 섞인 웃음을 웃은 뒤 층계 아래로 몸을 휙 돌렸다.

"덥구나! 내려가서 주판이나 놓아보자. 따라 오너라, 겐자부로."

"예."

"어때, 너는 하시바가 정말로 화나서 출병할 때가 언제쯤일 거라고 생각하나?"

"글쎄요…… 가을쯤 될 것 같습니다."

우지마사는 머리를 저었다.

"아니, 아니야. 도쿠가와로부터 독촉이 오면 이번에는 꼭 상경하겠다고 말해 주겠다. 그러면 정월까지는 무사할 거고 출병은 일러야 내년 봄이다."

"그때까지는 우리도 충분한 군비를 갖추게 되겠지요."

"그렇고말고, 농병(農兵)들을 훈련시키기 시작한 지 벌써 3년째. 이제 곧 오다와라 군을 총동원한 힘을 보여 주어야지."

우지마사는 얼마쯤 위태로워 보이는 걸음으로 층계를 내려가면서도 하는 말은 어디까지나 호기에 넘쳤다.

거실로 돌아와 책상 앞에서 땀을 닦자, 우지마사는 시녀들을 물리치고 영지에 대한 장부를 펼쳤다.

"겐자부로, 주판을 들어라."

"예, 준비됐습니다."

"그럼, 무사시 338개 마을."

"예, 338."

"사가미 359개 마을."

"예, 놓았습니다."

"이즈 116개 마을."

"116……."

"시모우사 38개 마을."

"38개 마을."

"가즈사, 우에노, 시모노 합해서 8개 마을. 모두 얼마인가?"

"예, 859개 마을입니다."

"859개 마을에서 30명씩 징발하면 모두 몇인가?"

"859개 마을에서 30명씩…… 2만5770명이 됩니다."

"50명씩 뽑으면 얼마나 되는고?"

"예, 4만2950명입니다."

"아마 무리하면 100명까지 동원할 수 있을지도 모른다. 그러나 이건 어디까지나 비밀이다. 그러면 이들 영지에서 새로 거둘 수 있는 실수입고를 내봐. 됐나?"

그렇게 이르고 우지마사는 각 영지에 붉은 글씨로 적어 넣은 쌀 산출량을 부르기 시작했다. 정말로 그만큼 나는지 어떤지, 요즈음 우지마사는 때때로 직접 말을 몰고 영내를 돌아다니면서 실제로 한 평씩 벼를 베어오기도 하고 볍씨 알을 훑기도 하여 그 조사 결과를 저마다 이름 옆에 붉은색으로 공식적 수입과 실수입고를 구분해 비교해 보곤 한다.

"그럼, 모두 얼마인가?"

"예, 256만1778석이 됩니다."

"흠, 256만 석이라."

"그런데 실제로 이 정도 수확이 있겠습니까?"

"없는 것을 있다고 내가 나를 속여 무엇 하겠나? 나오는 건 나오는 거야."

우지마사는 눈을 가늘게 뜨고 말한 뒤 붉은붓으로 합계를 적어 넣었다.

"그러면 그 256만 석에서 만 석당 300명씩 무사를 내놓으면 몇 명이 되지?"

"300명씩 말입니까?"

"이를테면 그렇다는 말이다. 급할 때는 그 이상도 나와야 해. 영내에는 잡병, 들도둑들도 많다. 모이라면 모이는 거지."

"300명의 256배…… 7만6800명이 됩니다."

"흠, 무리한다면 9만 명까지는 되겠군. 거기에다 농병들과 직속부대를 합하면 실제로 싸울 수 있는 자는 15만 명인가?"

"그런 대군을……."

"하하하…… 이 대군과 맞서려면 적은 30만 병력과 10만의 보급군이 필요할 것이다. 그래도 공격해 올까? 이 점이 재미있게 되는 거지."

"만일 그런 엄청난 대군으로 밀어닥쳤을 때는……."

겐자부로가 질린 듯 되묻자 우지마사는 무서운 눈으로 꾸짖었다.

"젊은 놈이 그 무슨 소리냐? 소운(早雲) 공으로부터 내 아들 우지나오까지 5대 동안 한 번도 져본 적 없는 우리 가문의 큰일 가운데 큰일이다. 비록 초토가 될망정 하시바 따위에게 굽힐쏘냐. 여차할 때는 도쿠가와도, 오슈의 다테도 내 편이란 말이다."

우지마사는 다시 붉은붓을 들어 이번에는 잠시 동안 말없이 무언가 속셈을 거듭하고 있다.

지금의 영주 우지나오는 몰라도, 아버지 우지마사에게는 히데요시와 타협할 생각이 처음부터 전혀 없었다. 따라서 기회 있을 때마다 사카이로 사람을 보내 총을 구해 모았고, 지금은 거리 전체를 높은 성곽으로 둘러싸고 세 곳에서 중총까지 만들기 시작했다. 중총이란 대포와 소총의 중간쯤 되는 강력한 총기로, 힘센 장정 넷이 받들고 하나가 점화시키는 거창한 장치였다.

"중총에 쓰이는 청동은 여기저기 사원의 종을 빌려 쓰도록 해."

우지마사가 그렇게 말했을 때 우지나오는 반대했다.

"그런 사실이 오사카 쪽으로 새나가면 어떻게 될지 염려스러운데요."

"하하하…… 그것은 그대의 잘못 생각이다. 대비되어 있는 줄 알면 상대는 굽히고 들어오는 법이야. 또 전쟁이 곧 벌어지게 되면 사원 쪽에서도 편안히 구경만하고 있을 수 없지. 이러한 사실을 승려로부터 신도들에 이르기까지 분명하게 각오를 굳혀 두려는, 말하자면 일종의 사기 앙양책이다. 이기게 되면 전보다 더 나은 종을 만들어 돌려준다고 미리 약속해 둔다. 이것이 정치라는 거야."

그리고 사실 여기저기에서 필요 이상으로 큰 종이 오다와라 거리를 둘러싼 성곽 안으로 실려 들어왔다. 실려 오는 건 종만이 아니었다. 봄부터 거의 날마다 곳곳에서 우마차에 실은 쌀가마들이 바닷가에 즐비하게 늘어선 곳간으로 모여들었다. 누구 눈에나 필요 이상의 것으로 보일 만큼 막대한 분량이었다.

"대체 저렇게 많은 쌀이 필요할 정도로 농성하실 셈일까?"

근위무사들이 쑥덕거리는 것을 듣고, 우지마사는 희끗희끗한 머리를 흔들면서 껄껄 웃어댔다.

"핫하하…… 이것은 우리가 먹으려고 모으는 쌀이 아니다. 적의 대군이 들이닥쳤을 때 그들이 먹지 못하도록 미리 빼돌리는 것이야."

다음에는 여러 마을에 먹을 쌀 이외에 비축미를 숨긴 자들은 엄벌에 처한다는 요지의 포고령을 내렸다. 이렇게 되자 농민들은 불안감에 싸여 비축해 둔 쌀을 절에 맡겨 숨기기 시작했다.

"염려할 것 없어. 식량이 떨어졌을 때는 신고만 하면 배급할 것이다. 자신의 집과 논을 소중히 생각한다면, 부역뿐 아니라 시간 나는 대로 몸을 충분히 단련하여 적에 대비하도록 하라."

이런 포고가 나갔을 무렵에는, 여러 절의 곳간도 샅샅이 점검하여 식량 외에는 모두 공출하도록 명령내리고 있었다.

이처럼 철저한 총동원 체제가 펼쳐졌기 때문에 요즈음은 오히려 백성들 편에서 말했다.

"싸움은 언제 하나?"

"이제 슬슬 시작할 때가 됐는데."

저마다 그날을 기다리며 죽창을 갈고, 화살촉을 만드는 등 긴장된 기운이 감돌았다.

우지마사는 그것이 무척 만족스러웠다. 때때로 오사카 편의 첩자 같은 자가 잡히면 일부러 그들에게 성곽 안을 보여 준 뒤 놓아주곤 했다.

"아룁니다. 방금 사코노다이부(左京大夫)님이 오셨습니다."

시동의 목소리에 우지마사는 붓을 놓고 자세를 바로잡았다.

"우지나오 님이 왔어? 이리 드시라고 해라."

우지나오는 들어오면서 책상 위에 놓인 장부를 흘끗 쳐다보고 아버지 앞에 앉았다. 우지나오의 어머니가 다케다 신겐의 딸이었기 때문에, 그 풍모에 어딘지 젊은 날의 신겐을 떠오르게 하는 데가 있었다.

우지마사는 이러한 우지나오를 믿음직스럽게 바라보면서 말했다.

"올해도 풍년이구나, 우지나오. 이런 식으로 가면 하느님도 우리 편을 들 것 같은데."

우지나오는 그 말에는 대꾸하지 않고 다른 이야기를 꺼냈다.

"방금 하야카와 어귀에서 수상쩍은 자를 발견했다면서 끌고 왔습니다만."

"아, 아까 매를 맞던 자일 테지. 뭐, 벌을 내릴 것까지는 없을 거다. 우리의 방비 태세를 잘 보여준 뒤 두들겨서 내쫓아버리면 돼."

"그런데 조사한 자의 말에 의하면, 머리를 기른 승려로 은밀히 우리 부자를 만나보고 싶다……고 한답니다."

"그럼, 적의 첩자가 아니란 말이냐?"

"그건 알 수 없습니다. 그러나 우리에게 은밀히 할 말이 있다고……."

"흠, 좋다. 그럼, 만나보기로 할까? 뜰로 끌어오라고 해라."

우지나오는 겐자부로에게 눈짓으로 명했다.

"머리를 기른 중이라."

"예, 즈이후라고 합니다. 옛날에는 이곳에도 가끔 나타나 예언 같은 소리를 지껄인 적 있는 괴짜 중이랍니다."

"흠, 심심파적거리로 좋겠군그래. 물론 무기는 안 가졌겠지."

"그야 물론 세세히 조사했습니다."

"그래? 교묘한 소리나 해서 상금을 탐내는 거지 중일지도 모르지……."

그때 왼쪽 문에서 한 인부차림의 사내가 두 손을 묶인 채 두 근위무사에게 끌려 들어왔다. 정말 승려였던 자인지도 모른다. 머리털이 서너 치나 자라 밤송이처럼 쭈뼛쭈뼛 서 있다. 키는 결코 작지 않으며 건장한 어깨는 무사라 해도 손색없을 것 같은 몸집이었다. 나이는 쉽사리 짐작되지 않는다. 다만 눈매가 이상하리만큼 깊고 맑았다.

"우리 부자를 만나고자 한 자인가? 직접 대답을 허락하니 우선 이름부터 말하라."

그러자 상대는 부드러운 몸짓으로 가슴을 뒤로 젖히며 섰다.

"이름은 즈이후, 때때로 유랑하는 난처한 병이 있는 만년학승(萬年學僧)입니다."

"흠, 사람을 물리치고 무슨 할 말이 있다고?"

"예, 그러나 누가 자리에 있든 저로서는 아무 상관없습니다."

"어떠냐, 해칠 뜻은 없는 것 같으니 포승을 풀어줄까?"

"그것도 전혀 상관없습니다. 몸은 이렇게 묶여 있어도 제 혓바닥은 자유자재, 귀하께 불안을 드리는 것은 소생의 본뜻이 아닙니다."

"괴짜로군……."

우지마사가 우지나오를 돌아보며 말했다.

"그러면 그냥 들을까, 우지나오?"

"좋도록 하시지요."

"좋다, 즈이후라 했겠다, 무슨 말을 하고 싶은가? 기탄없이 말해 보라."

"예."

즈이후는 꾸벅 머리 숙이고 섬돌 위에 걸터앉았다.

"두 분께서는 이같이 허술한 방비로 오사카와 싸우실 생각이신지 우선 그것부터 묻고 싶습니다……."

즈이후라는 괴승의 첫마디에 우지마사는 되물었다.

"뭐, 허술한 방비라고?"

당연한 일이었다. 내심 자랑스러워하며 잡힌 첩자들도 일부러 그냥 되돌려 보낼 정도인 오다와라의 대비를 상대는 가볍게 코웃음 치고 있었다.

"즈이후라고 했지?"

"예, 바람 부는 대로 늘 방랑을 즐기기 때문에 그대로 이름으로 삼았습니다."

"그대 역시 하시바가 보낸 첩자, 그렇지?"

"아니, 굳이 첩자……라고 한다면 하늘의 첩자, 히데요시나 이에야스의 첩자는 결코 아닙니다."

"흠, 대단한 호언장담을 하는군. 그러면 불도는 어디서 닦았으며, 종파는 무엇인가?"

"예, 가장 오래 머물렀던 곳은 히에이산입니다. 그러나 천태종도 제 발을 묶어두지 못했고 굳이 종파를 말씀드린다면 8종(八宗)을 두루 섭렵했다고 말씀드릴 수 있을는지요."

거기까지 태연자약한 표정으로 대답한 뒤 즈이후는 갑자기 목소리를 낮추었다.

"그런데 성주님께서는 아직 제 질문에 답을 주시지 않았습니다."

"그대의 질문?"

"예, 이같이 허술한 방비로 오사카와 싸우실 의향이신지…… 이것이 저의 첫 번째 질문이었습니다."

우지마사는 선뜻 시원한 표정으로 응수했다.

"그렇네."

여느 때 같으면 이렇게 터놓고 이야기할 우지마사가 아니었다. 그런데 이 괴승 앞에서는 이상하게 화가 나지 않았다. 무엇인지 모르게 한 줄기 맑은 바람이 이 사나이한테서 일고 있는 것 같았다.

"그대가 8종을 아울러 갈고닦은 명승이라면 나 또한 육도삼략(六韜三略)이 바로 나라고 할 만한 무장이다. 이기지 못하는 싸움은 하지 않는다."

"참으로 믿음직한 말씀입니다. 그래야만 합니다. 이러한 전쟁을 하시는 건 그야말로 불안한 일이지요."

"즈이후! 그대는 내 말을 잘못 알아들었군. 나는 이기지 못하는 싸움은 하지 않는다고 했지, 이번 싸움을 하지 않는다고는 말하지 않았어."

"그러면…… 이길 거라고 생각하시는지요?"

"그렇다. 그대 눈에는 그렇게 보이지 않겠지."

"예, 싸우면 반드시 패한다……고 보았기에 공사장에서 저도 모르게 그 말을 하다가 이렇게 끌려왔습니다."

"그거 재미있군! 싸우면 반드시 패한다니 그 이유를 들어보자."

"말씀드리지요. 벌써 영지 내의 총동원령과 식량비축 상황이 모두 오사카에 누설되어 있습니다."

"오, 그럴 테지. 그러나 그 정도 새어나갔다 해도 우리들에게는 아무 지장이 없다."

"그런데 히데요시라는 사람은 거기에 한 술 더 뜨는 인해전술의 명수입니다."

"인해전술……."

"그렇습니다. 아마 이곳을 치러 올 때는 그 어마어마한 대열과 바다와 육로에서 몰려드는 엄청난 보급품으로, 보기만 해도 귀하의 싸울 뜻을 꺾어버리려 들 것입니다."

"와도 끄덕하지 않는다. 그것에 대비한 정예병이 이미 준비되어 있단 말이야."

그러자 즈이후는 거침없이 머리를 흔들며 웃었다.

"안 될 말씀이십니다. 사람의 차원도 대비태세의 차원도 다릅니다. 세상에 차원의 차이만큼 무서운 것은 없는 법이라……."

우지마사는 좀 불쾌해진 듯 퉁명스럽게 말을 가로챘다.

"차원이 다르다는 건 무슨 뜻인가, 즈이후. 하시바와 내가 무엇이 다르단 말인가?"

즈이후는 얼굴에 여전히 웃음을 띠고 있었다.

"성주님…… 세상에는 현격한 차이……라는 것이 있습니다. 그러나 이 현격한 차이 정도면, 때에 따라 져야 할 자가 이기고 이겨야 할 자가 지기도 하는 뒤바뀌는 일도 곧잘 있습니다만."

"흠, 재미있는 이야기로군."

"그런데 차원이 다르다는 건 어느 누구도 어쩌지 못하는 것입니다. 절대로 이길 편이 이기고, 질 편이 지게 되어 있습니다. 한쪽에는 역사의 뜻이라 해도 좋고, 신불의 가호라 해도 좋은, 세상에서 흔히 말하는 뜻하지 않은 운이 따라주고 있는데 한쪽은 그와 반대로 가난의 신과 불운의 별이 달라붙어 떨어지지 않지요. 이렇게 되면 이겨도 지고, 상대를 베고도 자신이 쓰러지고 맙니다, 말하자면 모든 게 불리하게 전개되는 법, 멀리는 헤이케(平家 ; 다이라(平) 성(姓)을 울 가진 일족)의 멸망에서, 가까이는 다케다, 아케치, 시바타 무리들이 몸소 교훈을 남기고 간 것과 같습니다."

"즈이후!"

"노하셨습니까? 그러나 잠시 참으십시오…… 이 즈이후는 아첨하지 않는 대신 결코 거짓말도 하지 않습니다. 모처럼 이만한 군비를 마련하셨으니, 이 군비를 배경삼아 화의를 도모하십시오. 그러시면 호조 가문은 일본에 없어서는 안 될 큰 영주로 행운이 계속될 것입니다."

여기까지 말하자 아버지의 분노를 알아차린 우지나오가 황급히 가로막고 나섰다.

"아버님! 예사 놈이 아닙니다. 제가 좀 따져볼 테니 잠시 가만히 계십시오."

"음, 네가……."

"즈이후라고 했느냐?"

"예, 시키지도 않는 소리를 지껄이며 다니는 중이올시다."

"그대가 말한 것을 우리 가문을 염려한 충고로 알고 물어보겠다."

"무슨 말씀이든 제가 아는 한."

"그대는 이 성으로 오기 전 어디에 있었는가?"

"죄송합니다. 슨푸에 머물면서 이것저것 세상이 돌아가는 모습을 바라보고 있었습니다."

"이에야스 공을 알고 있으렷다."

"직접으로는 모릅니다. 그저 그분의 생각을…… 짐작으로 알고 있습니다만."

"그럼, 묻겠다! 우리 가문과 오사카 사이에 전쟁이 일어나면 이에야스 공은 어느 쪽에 가담할 거라고 생각하는가?"

"바로 그것이 아주 중요한 점입니다."

즈이후는 잠시 사방을 둘러보고 나서 말했다.

"사람들을 물리칠 필요는 없겠지요? 모두 측근이시나……."

"괜찮다. 말하라."

"예, 이에야스 공은 귀하의 장인이시지요."

"그게 무슨 상관이냐?!"

"분명히 사이고 부인 몸에서 태어나신 스케히메 님…… 덴쇼 3년(1575)에 태어나셨으니 올해 16살…… 이에야스 공께는 참으로 사랑스러운 따님이겠지요."

"그래서…… 그래서 우리 편을 들 거라고 생각하는가?"

"아닙니다. 편들 수 없는 싸움이기에, 이 싸움을 만류하려고 무척 고심하고 계시는 것을…… 슨푸에 있으면서 느꼈습니다."

즈이후는 잠시 말을 끊고 우지나오를 똑바로 보았다.

우지나오는 당황하여 아버지를 보고 즈이후를 쳐다보았다.

'무슨 까닭으로 이 떠돌이중은 거침없는 독설을 내뱉는 것일까?'

아버지나 자기를 노하게 했다가는 자신의 생명이 위태롭다는 걸 모르는 것일까.

'만일 목이 달아날 것을 각오하고 말하는⋯⋯거라면 그 목적이 대체 무엇일까⋯⋯?'

우지나오로서는 즈이후의 정체가 무엇인지 아직 알 수 없었다. 뿐만 아니라 즈이후에게는 여전히 공포감이나 주저가 느껴지지 않는다.

"이봐, 나그네중, 그대는 혹시 도쿠가와 님의 부탁으로 온 것이⋯⋯?"

즈이후는 천천히 머리를 가로저었다.

"부탁받고 움직인다면 어찌 자기 뜻대로 산다고 할 수 있겠습니까?"

"그러면 한 가지 더 물어보자. 그대는 이번에 우리 가문과 간파쿠 사이에 있었던 일들을 알고 있는가?"

"표면상 이유는 조슈의 사나다 마사유키와의 불화. 히데요시가 사나다에게 준 나구루미(奈胡桃)성을 호조가 뺏었다느니 그렇지 않다느니⋯⋯ 그러나 이런 일들은 문제되지 않습니다. 이 댁에서 히데요시의 부름에 응해 상경하느냐 않느냐에 달려 있지요⋯⋯ 말하자면 하찮은 고집이랄까요?"

"그것을 그대는 어째서 하찮은 고집이라고 단언하는가? 이 가문이 이 땅에서 간토를 다스린 지 이미 나로서 5대째⋯⋯ 이유 없이 히데요시에게 무릎 꿇어야 할 까닭이 없지."

"무슨 말씀을⋯⋯ 히데요시에게 항복하는 게 아닙니다. 히데요시 역시 천황님의 가신에 지나지 않는 몸, 일본을 통일시키고자 하는 황실의 명을 전달하는 역할 뿐⋯⋯이라고 해석하면 노할 일도 없지요. 그런 뜻으로 볼 때 이 댁에는 인물이 없습니다."

"뭐, 인물이 없다고?"

"예, 말씀하신 대로 이 가문 안에 이즈 니라야마의 우지노리(氏規) 님, 무사시 이와쓰키의 우지후사(氏房) 님이 계시면서도 어찌하여 지난해 4월 천황께서 주라쿠 저택에 거둥하셨을 때 성주님께 상경을 권하지 않았느냐는 것이 이 가문을 염려하고 싸움을 싫어하는 사람들이 한결같이 입을 모아 하는 말입니다⋯⋯ 상경하지 않고 군비에 몰두하고 있다는 소문이 나면 오히려 나라의 질서를 어지럽히는 자로서 역적 누명을 쓰게 됩니다. 역적이라는 이름을 받고 싸우는 것은 어리석기 짝이 없는 일, 군사만 문제 삼다가 민심의 귀추를 놓쳐서는 안 되는 것입니다."

우지마사가 견디다 못해 아들을 제지했다.

"우지나오! 이제 이자와의 문답은 그만두어라. 이놈은 우리에게 공포심을 불어넣기 위해 보내진 첩자다."

즈이후는 부드럽게 웃으며 다시 말을 이었다.

"허, 성주님 눈에는 그렇게 보이십니까? 그렇게 비쳤다면 할 수 없지요. 제가 입을 다물기로 하겠습니다."

우지마사는 어깨를 부르르 떨며 고함질렀다.

"저놈을 끌어내라! 끌어내서 제 놈이 가고 싶은 곳으로 가도록 내쫓아라."

"잠깐."

우지나오는 아버지를 제지하고 다시 한번 즈이후 쪽으로 돌아앉았다.

'과연 저놈은 아버님 말씀대로 적의 간첩일까?'

그런 것 같기도 하고, 아닌 것 같기도 하다.

"예사로 다뤄서는 안 될 놈이나…… 이대로 놓아주면 뒷날 우환의 씨가 될 겁니다. 여기서 베어버리는 게 좋겠습니다."

냉랭하게 내뱉은 뒤 즈이후의 표정 움직임을 조용히 노려보았다. 즈이후는 가고 싶은 대로 가도록 내쫓으라고 했을 때에도, 이 자리에서 베어버리자고 했을 때도 아무 표정의 변화를 보이지 않았다. 눈도 뺨도 여전히 웃고 있었다. 이자가 만일 첩자라면 얼마나 대담하고 무서운 의지를 가진 사나이인 말인가…… 우지나오는 문득 등골이 서늘해지는 것을 느꼈다.

우지마사가 말했다.

"그래, 여기서 벨 테냐? 하긴 우리 부자 앞에서 이따위 헛소리를 지껄여대니 예사 놈이 아닐 거다. 베어버리는 게 뒷날을 위해 좋을지도 모르지."

우지나오는 성급하게 외쳤다.

"겐자부로, 베어라!"

"예!"

구노 겐자부로는 칼을 들고 뜰로 내려갔다.

아직도 즈이후는 엉덩이도 들지 않고 미소를 머금은 채 아버지와 아들을 올려다보고 있다.

겐자부로가 가까이 다가가 칼을 쓱 뽑아 들었다. 서녘으로 얼마쯤 기울기 시작한 햇살이, 높이 쳐들어 올린 하얀 칼날에 눈부시게 반사되어 즈이후의 뺨에서 번쩍 빛났다.

즈이후가 웃었다.

"핫하하……."

"무엇이 우스우냐? 뭐, 남길 말이라도 있느냐?"

우지나오는 오히려 자기 몸이 긴장하는 것을 의식하면서 더듬거려지는 혓바닥을 가까스로 놀렸다.

즈이후는 천천히 고개 저었다.

"아무것도 할 말 없소. 미친 사람들에게는 어떤 말을 해도 소용없는 일. 자, 마음대로 하시오!"

순간 겐자부로의 칼이 높이 곤두섰다.

"기다려! 기다려라, 겐자부로."

다급하게 부른 것은 즈이후가 아니라 우지나오였다.

"내가 처치하겠다…… 이곳을 피로 더럽히는 건 불길하다. 말 터로 끌어내라. 말 터에 나가 내 손으로 베어버리겠다."

즈이후는 마치 그것도 계산에 넣고 있었던 듯 천천히 몸을 일으켰다.

"끌고 가라, 말 터로."

우지나오는 다시 한번 외치듯 말하고 자기도 뜰로 내려갔다.

"겐자부로는 아버님 곁에 남아 있거라."

우지마사는 고개를 갸웃하면서도 우지나오의 말에 굳이 반대하지 않았다.

우지나오가 즈이후가 끌려간 문을 나갈 때 등 뒤에서 겐자부로에게 말을 건네는 아버지 목소리가 들려왔다.

"사코노다이부도 이젠 일처리가 시원시원해졌군그래."

'정말로 베는 줄 알고 계시는군…….'

점점 붉게 물들어가는 산옻나무 잎사귀를 아름답다고 느끼면서 우지나오는 본성 정문을 나가 서쪽으로 나직하게 펼쳐진 벚나무 말 터로 내려갔다.

"이쯤이면 됐다."

"옛."

끌고 온 졸개가 멈춰 섰다.

우지나오가 말했다.

"오랏줄을 풀어라."

"묶은 채로면 칼 쓰는 맛이 없다."

즈이후가 다시 웃었다.

"핫하하…… 어떻습니까? 차원이 다르다는 걸 아셨습니까? 귀하는 역시 이 즈이후를 벨 수 없을 겁니다. 뭘 그렇게 놀라십니까?"

즈이후는 다시 웃었다.

"나는 수행 중인 승려요. 독설을 끝없이 쏟아내지만 그러면서도 상대방에게 살기가 있는지 없는지 살필 줄도 알지요."

포승이 풀리자 즈이후는 자기 손목을 소중한 듯 어루만지며 우지나오를 지그시 쳐다보았다. 그의 눈은 여전히 악의 없는 어린이의 맑은 눈동자처럼 부드러워 보였다.

"그러면 그대는 내가 여기까지 끌고 와 구해 줄 것으로 내다보았단 말이냐?"

즈이후는 머리를 끄덕였다.

"만약 귀하에게 진정으로 벨 마음을 먹게 만든다면, 그때는 이 수도승이 크게 패하는 거요. 이쪽에 해칠 마음이 없는 자는 상대에게도 살기를 일으키게 하지 않는 법, 상대에게 살기를 일으키게 할 정도라면 나의 수행은 엉터리가 되는 거지요."

"……?"

"우지나오 님, 옛날에 이 즈이후는 '싸움에는 즈이후'라는 별명이 붙어 다니던 인간이었소. 즈이후가 가는 곳에는 반드시 싸움이나 피비린내가 따랐으니까."

우지나오는 꼿꼿이 선 채 바위처럼 움직이지 않았다. 그의 눈은 깜박거리는 것마저 잊은 듯했다.

"살기는 살기를 부르는 법. 그 무렵의 즈이후에게는 거리의 건달들까지 달려드는 형편이었지요. 가는 곳마다 절이건 영주 저택이건 가리지 않고, 승병이며 좋지 못한 무사들이 닥치는 대로 나에게 시비를 걸어오기에…… 이상하다고 느꼈소. 그래서 그때부터 나는 수행을 쌓기 시작했지요. 아시겠소?"

"……"

"내 쪽에서 싸울 마음이 있으므로 상대의 전투심에도 불이 붙는 거요. 이쪽에서 화내면 상대에게 냉정하라고 한들 소용없는 일이지요. 요컨대 상대를 끌어안아야만 하오. 끌어안고 뺨을 비벼댄 다음 진심을 말한다면 상대는 해칠 마음 없이 들어주는 법이오…… 그것을 깨달은 지 벌써 15년, 이제야 겨우 노여움을 사지 않고 독설을 쏟아놓을 수 있게 되었소. 귀하께서 일부러 이곳까지 전송해 주셨으니 한 가지만 더 말씀드리겠소. 이것은 감사의 표시요."

즈이후는 부드러운 표정으로 실눈을 지었다.

"머지않아 오사카에서 또 사자가 올 것이오. 나도 잘 아는 묘온인이라는 자로 히데요시와 가까이 지내는 중놈이오."

"뭐, 오사카에서 승려가 사자로?"

"그렇소. 앞으로 보름 안에 올 것이오."

"그, 그걸 그대가, 어떻게…… 어떻게 알고 있지?"

"내가 잘 아는 자라고 말씀드리지 않았소? 그러나 그가 아마 마지막 사자가 될 거요. 오다와라 정벌이 될 것인가, 아니면 화의의 길을 열 것인가?"

거기까지 말하고 즈이후는 목소리를 낮추었다.

"내가 일부러 이 성으로 온 것은 도쿠가와 님의 지시가 직접 있어서는 아니오. 그러나 도쿠가와 님과 전혀 관련이 없는가 하면 그것도 아니오. 도쿠가와 님을 존경하고 있는 혼아미 고에쓰라는 젊은이가 도쿠가와 님을 위해, 또한 이 댁을 위해, 여러 모로 애써 화평을 도모하려 하는 까닭에 부탁도 받지 않고 독설을 퍼부으러 온 것이오. 알겠소? 해심(害心)은 해심을 불러일으키고, 살기는 살기를, 투쟁심은 투쟁심을 부릅니다. 싸움꾼 즈이후가 깊이 깨달은 것이니 거짓은 없소. 묘온인이라고 일컫는 승려가 오면 그게 아마 마지막 기회가 될 거요."

우지나오는 다시 온몸이 저려와 머리를 끄덕일 수조차 없었다. 말없이 손을 들어 떠나려는 즈이후를 다시 불러 세웠다.

즈이후에게 해칠 마음은 분명 없는 것 같았다. 아마 그가 입 밖에 내놓은 여러 가지 말들도 진실일 것이다. 누구의 부탁을 받은 것도 아니고 어느 누구의 첩자도 아닌 것 같다. 부처를 섬기는 수행 중인 자로서 세상에 더 이상의 풍파를 일지 않게 하려는…… 그 마음이 호조 가문에 대한 호의가 되고, 그 호의가 또한 독설을 뒤섞은 간언이 되었다고 판단한다면 틀림없으리라.

그러나…… 그것을 깨닫고 보니 우지나오는 이 떠돌이중에게 더 물어보고 싶은 것이 있었다. 지금 호조 가문이 가장 믿고 의지하는 것은 이에야스였다. 그의 사랑하는 딸은 자기 아내이며 그 장인에 대해 우지나오는 점점 존경심이 더해가고 있었다. 아버지 우지마사는 이에야스를 자기와 동등하게, 또는 자기에게 충성을 바치는 충신 정도로 아는 교만한 생각을 버리지 않았지만 우지나오는 그렇지 않았다.

도쿠가와 가문과 호조 가문이 스케히메와의 결연으로 손잡았을 때와 오늘의 정세는 달라져 있다. 히데요시는 이미 규슈를 정벌했고, 천황을 주라쿠 저택에 초대했으며, 또한 매부로서 이에야스와의 교분도 두텁게 다져가고 있었다. 관직에서도 크게 차이난다. 이에야스는 종2품 다이나곤으로 좌근위대장(左近衛大將)을 겸하며 또한 좌마료어감(左馬寮御監)에 보직되었는데, 호조 가문 당주인 자기는 이제 겨우 종4품 사코노다이부에 지나지 않았다. 아버지 역시 마찬가지다.

"또 무슨 용건이 있습니까?"

걸음을 옮기던 즈이후가 두세 걸음 돌아오자 우지나오 쪽에서도 가까이 다가갔다.

"걸상을."

"예."

"이 스님 것도."

"알겠습니다."

"우선 앉으시오, 즈이후 님."

"황송합니다. 독설을 퍼부었는데도 불구하고 관용을 베풀어주시니 기쁘기 한량없습니다."

"스님, 조금 전에 도쿠가와 님과 전혀 관련 없지 않다……고 하셨는데."

즈이후는 크게 고개를 끄덕이며 말했다.

"그런 뜻으로 말씀드린다면 간파쿠와도 전혀 관계없는 것은 아닙니다."

"뭐, 간파쿠와도……?"

"그렇소. 귀하와 부친께서는 간파쿠가 귀하들을 원수로 여기고 있는 것처럼 착각하고 계시오. 그러나 도쿠가와 님은 물론 간파쿠도 호조씨를 전혀 그렇게 생각하지 않습니다."

"음……."

"세상에는 피해망상이라는 벌레가 살고 있소. 이 벌레에 물리면 모두 적으로 보이지요. 개인도 마찬가지요. 그래서 소중한 충신을 의심하고 어진 아내를 내쫓기도 하는 거요. 이것이 한 나라 한 집안 속에 파고들게 되면 멸망의 벌레로 바뀌오. 누구 할 것 없이 모두 가상의 적으로 보이므로 어느 틈에 진짜 적으로 주위를 에워싸이는 거요. 오늘의 호조 가문에도 이러한 현상이 없지 않소. 마음을 가라앉히고 옛일과 비교해 생각해 보십시오. 멸망하는 자는 대개 이 망상의 벌레 때문에 스스로 움직이다 멸망해 갔소. 조용히 수세(守勢)를 지켜 멸망한 자는 하나도 없습니다……."

우지나오는 걸상에 조용히 앉아 단풍이 들기 시작한 벚나무 잎 사이로 깊고 맑게 갠 가을하늘에 눈길을 던졌다.

사방은 그지없이 고요했다.

우지나오가 다시 즈이후에게 시선을 돌렸을 때 그는 나란히 놓인 걸상에 앉은 채 꾸벅꾸벅 졸고 있었다.

'예사 승려가 아니다……'

자기를 해칠 자는 없다고 믿고 나뭇가지 사이로 흘러드는 한 줄기 햇살 속에 '안심—' 바로 그 자체인 듯 앉아 있었다.

그러고 보니 분명 겸허하게 수세를 지켜 멸망한 자는 역사에 없었다. 때를 살피지 못하고, 스스로 적을 찾아 움직인 자들이 망한 것이다. 다케다 가쓰요리는 잃은 땅을 되찾으려고 나가시노로 나가지 않았으면 망하지 않았을 테고, 이마가와 요시모토 역시 상경을 서둘러 덴가쿠 골짜기로 스스로 망하기 위해 나간 것이나 다름없었다. 생각해 보니 우지나오의 마음속에 의문이 싹트기 시작했다.

'호조가 무엇 때문에 간파쿠와 싸워야 한단 말인가……?'

히데요시의 부름에 따라 자기나 아버지가 상경하여 천하 통일에 협력하겠다고 하면 우에노의 나구루미성에 대한 일 같은 건 문제도 아니었다. 그렇다면 자신들은 이 승려가 말하는 그 피해망상의 벌레에게 홀려 무의미한 멸망의 길로 접어들고 있는 건지도 모른다.

"즈이후 님."

나직한 목소리로 부르자 즈이후는 가늘게 눈을 떴다.

"아버님이 가장 걱정하시는 것은, 상경하면 히데요시가 그대로 우리를 잡아 죽이든가 아니면 영지를 바꾸라고 하지 않을까 하는 것인데, 이것 역시 망상이란 말이오?"

그러나 즈이후는 대답하지 않았다. 듣는 것 같기도 하고 자는 것 같기도 했다.

"대답할 필요가 없다는 말이오?"

"……."

"싸우면 도쿠가와 님도 우리 편에 서지 않을 거라고 하셨지요?"

"……."

"차원이 다르다는 말도 했소. 그렇다면 길은 하나뿐. 도쿠가와 님의 중재를 통해 상경하든가, 아니면 간파쿠의 사자가 오는 대로 곧 싸울 뜻을 버리고 그 요구에 따르든가……."

"우지나오 님!"

"듣고 있었소?"

"실례했군요. 어찌나 피곤한지 그만."

"나는 스님이 부럽소. 스님의 마음은 극락정토에 있구려."

"그러면 이제 물러가겠습니다. 지금부터 하야카와 어귀로 해서 유모토에 묵고 내일은 하코네 신사에 참배한 다음 곧장 슨푸로 가겠습니다."

우지나오는 상대가 더 이상 할 말이 없는 듯한 태도를 보이자 졸개에게 눈짓했다.

"좋도록 하시오."

"감사합니다. 이것으로 내 염원의 하나를 풀었소. 뒷일은 부자분의 재량에 달려 있습니다."

즈이후는 다시 한번 몸을 쭉 펴면서 조용히 웃었다.

"싸움꾼 즈이후에게 적이 없어졌소. 어디까지나 마음이 주(主)요, 행위는 종(從)입니다."

"조심해 가시오."

"예, 그리고 그 말씀을 그대로 귀하의 내일에 바치겠습니다."

즈이후가 걷기 시작하자 조금 전까지 오랏줄로 잡아끌던 두 졸개가 마치 전부터 모시던 하인처럼 순순히 뒤따랐다.

우지나오는 눈도 깜박이지 않고 그를 지켜보고 있었다.

개전전야

슨푸의 이에야스에게 오다와라의 우지나오와 히데요시로부터 앞서거니 뒤서거니 사자가 온 것은 덴쇼 17년(1589) 11월 첫무렵이었다.

우지나오가 보낸 사자는 오다와라의 노신 마쓰다 노리히데(松田憲秀)였다. 그는 이에야스 앞에 나오자 살피듯 말했다.

"주군 우지나오 님은, 이 댁에서 특별히 주선해 주신다고 약속하신다면 상경에 대해 다시 생각하실 의향이 있는 듯합니다만⋯⋯."

이에야스는 뜰에 내려앉은 서릿발을 바라보면서 잠시 대답이 없었다.

'이것이 두 달만 빨랐더라면⋯⋯.'

그러나 때는 이미 늦었다. 히데요시는 9월 초부터 호조 토벌 준비를 시작하여 진행시키는 한편, 한 달 동안은 그래도 한 번 더 상대가 어떻게 나오는지 살피는 척하다가 이젠 완전히 생각을 바꿔버렸다. 여름에 벌써 우에스기 가게카쓰와 사타케 요시시게를 시켜 다테 마사무네를 치게 할 무렵부터 그렇게 될 가능성이 있었다.

아마도 히데요시에게는 일본 땅이 너무 좁은 것이리라. 아끼는 신하들에게 나눠줄 땅이 없다. 이쯤 되면 여간 신중하게 교섭하지 않고는 이런 계산을 하게 할 우려가 있었다.

'이자만 없애면 새 땅이 얼마 생기는데⋯⋯.'

게다가 9월 초로 접어들자 히타치 시모쓰마(下妻) 성주 다가야 시게쓰네(多賀谷

重經), 시모다테(下館) 성주 미즈타니 가쓰토시(水谷勝俊) 등이 글을 보내왔다.

"반드시 동쪽을 정벌하셔야 합니다."

마쓰다 노리히데가 다시 재촉했다.

"어떠신지요? 솔직하신 의견을 듣고 돌아가 주군께 알리려 합니다만……."

이에야스는 휴 하고 한숨을 내쉬었다.

"간파쿠 전하가 동쪽 정벌을 말씀하기 시작한 것은 9월 초순이었다."

"예, 그 말씀은 듣고 있습니다……."

"표면상으로는 이제 호조를 용서할 수 없다고 말씀하시며 여러 영주들의 처자를 모조리 교토로 불러올렸다. 나도 내 처를 주라쿠 저택으로 보낸 것을 알고 있을 테지."

"예, 그러나 그 무렵에는 아직 협상의 여지가 있었던 줄 압니다만……."

"그렇다. 그 무렵에는 한 가닥 희망이 없지 않았지. 그러나 호조 집안에서는 마지막 사자에게마저 죄송하다, 다른 뜻은 없으니 곧 상경하겠다……는 대답은 하지 않았다."

"그건 큰 주군을 비롯하여 집안 내의 의견이 일치하지 않아서."

"알고 있어. 그러자 간파쿠는 마음을 정하신 거지. 벌써 군량미 책임자가 오와리, 미카와로부터 이 슨푸까지 군량미 수집이 한창이야."

"그렇다면 전쟁은 곧……."

"물론 알 수 없지. 간파쿠의 속셈은 알 수 없지만 나로서는 이제 중재할 방도가 없다는 말이야."

"그렇다면 출병은 이미 움직일 수 없는 사실이라는 말씀입니까?"

이에야스는 다시 입을 다물고 대답이 없었다. 히데요시에게 벌써 간토 8주의 분배에서부터 영토교체에 이르기까지 모든 구상이 서 있다는 말은 차마 입 밖에 낼 수 없었다.

"아무튼 나에게는 달리 방법이 없다. 그렇다고 호조 가문으로서는 모두 손 놓고 있을 필요 없을 테니, 노신들이 다시 잘 협의해 봐야지."

이렇게 말하여 노리히데를 돌려보낸 다음 날, 이번에는 히데요시의 사자 오타니 요시쓰구가 교토에서 내려왔다. 그는 기분 나쁠 만큼 여인 같은 맑은 살결에 금빛으로 보이는 눈을 사방으로 굴리면서 이에야스에게 말했다.

"다이나곤님, 전하께서 드디어 결심하셨습니다."

"호, 결심이라니?"

"물론 호조 토벌입니다. 예상하고 계셨겠지만……."

이에야스는 상대의 시선을 모호하게 피했다.

"하는 수 없는 일이지."

요시쓰구는 희미하게 웃었다. 그는 이에야스가 이 일을 예상하고 있을 뿐 아니라 마음속으로 환영하는 줄 알고 있었다.

"이번 일은 빠를수록 좋습니다. 그렇지 않으면 다테의 책동, 사타케의 움직임 등으로 동쪽은 점점 혼란에 빠질 뿐입니다……."

"그럴지도 모르지."

"전하께서는 벌써 교토 안 산조에 큰 돌다리를 놓을 준비를 시작하셨습니다. 그래서……."

요시쓰구는 잠시 말을 끊고 이에야스의 표정을 살폈다.

"앞으로는 호조씨와 왕래를 끊고, 시급히 상경하시라는 말씀이십니다."

"당연한 일, 알고 있소."

"시급……하다고 하셨는데 언제쯤 상경하실 수 있는지요?"

"그러면…… 지금은 신변에 일도 좀 있고 하니, 글쎄 12월 첫 무렵에는."

"혹시나 해서 여쭙습니다만 그때 나가마쓰 님…… 아니, 히데타다 님도 함께 오시는 겁니까?……."

"호……."

이에야스는 놀란 듯 숨을 내쉬었다.

"그게 전하의 분부라면……."

"아니, 전하의 분부……는 아닙니다."

"그래요……."

"주라쿠 저택에 계시는 아사히 마님께서 좋은 기회이니 꼭 함께 오셨으면 하는 말씀이 계셨습니다."

상대는 '볼모'라는 말 대신 아사히 부인의 이름을 들추어내며 자못 명안이라는 듯 미소 지었다.

이에야스는 천천히 고개를 저었다.

"승낙하지 않겠다는 말씀이십니까?"

"물론."

"그건 또 무슨 이유이신지?"

"때가 때이니만큼 부자가 함께 성을 비울 수 없소. 내가 상경하여 군사회의에 참석하고 돌아오는 길로 히데타다를 상경시키지요. 전쟁을 눈앞에 두고는 모든 행동을 신중히 해야 한다고 아내에게 전해 주시오."

오타니 요시쓰구는 음! 하고 나직하게 신음하면서 눈을 크게 떴다. 그 역시 히데요시가 자랑하는 심복이었으므로 이에야스의 말이 날카롭게 가슴을 찌른 모양이었다.

"드릴 말씀이 없습니다. 그 뜻을 전하께…… 아니, 마님께 그대로 전하겠습니다."

"그런데 오타니 님, 스테마루(捨丸) 님은 건강하게 자라고 계신지."

"예, 그야 물론……."

요시쓰구는 사람이 달라진 듯 얼굴의 긴장을 풀고 몸을 앞으로 내밀었다.

"어찌나 귀여우신지, 틈만 나면 요도성으로 납시는 형편입니다."

이에야스는 요시쓰구의 입으로 교토와 오사카에서의 히데요시와 자차히메, 그리고 자차히메가 낳은 아이에 대한 소문을 듣고 싶었던 것이다.

자차히메는 교토로 불려 올라가자 곧 임신했고, 히데요시는 두 사람을 위해 요도성을 신축하여 옮기게 했다. 그리하여 히데요시로부터 '요도 것'이라든가 '요도 마누라'로 불리던 자차히메가 지금은 사람들로부터 '요도 마님'이라는 존칭으로 불리고 있다.

요도 마님이 낳은 아이는 사내아이였다. 태어난 날은 올해 5월 27일로 이름을 쓰루마쓰마루(鶴松丸)라고 지었으나 태어난 해의 미신으로 말미암아 '스테마루'라고 불렀다. 아마 버린 셈치고 한 번 튼튼하게 키워보려는 뜻이리라. 아무튼 54살에 히데요시는 생각지도 않았던 아버지가 된 것이었다.

"나도 애비가 됐다. 더욱 젊어져 일본을 위해 큰 업적을 남겨야겠어."

입버릇처럼 말하며 정실의 눈치를 살폈다.

"이 애는 당연히 오사카성의 기타노만도코로 밑에서 키워야 하는 자식인데. 그러나…… 아직은 젖을 먹어서 말이야."

그리고 틈만 나면 요도성으로 내려가 쓰루마쓰를 보곤 했다.

54살에 아버지가 된 히데요시— 이 신기한 사실이 영웅호걸에게 어떤 인간적인 변화를 일으키게 할 것인지……? 어떤 자는 매우 인정스러워졌다고 했고 또 어떤 자는 '그렇지 않다'고도 했다. 오히려 젊은이의 패기로 근시들을 마구 꾸짖었다. 이 정도 기세라면 명나라, 아니 천축까지도 도전할 것 같았다. 아무튼 마음이 두드러지게 젊어져 그 날카로운 패기를 당할 자는 아무도 없을 거라는 풍문도 있었다.

그 일에 대해 이에야스도 생각하고 있었다.

'무언가 변화가 있을 법한데.'

그러던 참에 히데요시의 심복인, 막료에서 수재로 이름을 떨치는 오타니 요시쓰구가 그 일을 어떻게 보고 있는가 싶어 화제를 옮겨간 것이다.

요시쓰구도 역시 그 일에 흥미를 가졌던 모양인지 몸을 앞으로 쑥 내밀며 목소리를 낮췄다.

"아무튼 요도성에서는 시녀와 유모마저 멀리하고 세 분만 오순도순 지내신다고…… 침소도 함께 하셔서, 천한 백성들처럼 내천(川)자로 주무신답니다. 이쯤 되면 젊어지신 기분으로 무슨 행동을 하실지 모르겠다고 젊은 무사들은 두려워 떨고 있는 형편입니다."

이에야스는 눈을 가늘게 뜨며 웃었다.

"허, 그참……."

정작 그가 알고 싶었던 일은 그 다정한 모습보다는 그것이 일상생활에 끼치는 영향에 대해서였다.

"그렇다면 스테마루 님은 아직 당분간 오사카로 가시기 힘들겠구먼."

"아마 내년 여름께나……하고 생각하시는 모양입니다."

"여름이라…… 그러면 돌을 넘겨서?"

요시쓰구는 밝게 웃었다.

"하하하…… 전하는 지혜가 많으신 분입니다. 그 무렵에는 오다와라 전쟁이 한창일 테니 그때 도련님은 오사카의 정실 곁으로, 요도 마님은 진중으로…… 이쯤 되면 보내는 편이나 받아들이는 편도 쑥스럽지 않을 것이니, 역시 전하는 세상에 드문 대군사(大軍師)시지요."

이에야스는 문득 웃던 얼굴이 굳어지는 것을 느꼈다. 오다와라로서는 이번 전쟁이 흥망을 결정하는 중대사이다······ 그러나 그것을 상대하는 히데요시는 쓰루마쓰마루를 성깔 드센 생모로부터 또 그 이상으로 깐깐하고 기질 센 기타노만도코로에게 보냄으로써 내전의 갈등을 해소시킬 기회쯤으로 아는 모양이었다.

'그러한 복안이 전쟁 시기를 결정하는 데 큰 요인이 되었을지도 모른다.'

"그렇다면, 스테마루 님이 오사카로 옮겨가시면 곧 출진하신다는 말씀인가?"

"아닙니다, 그 이전일 겁니다."

"그건 또 왜 그런가?"

"전하의 책략은 굉장히 기발합니다."

"호······."

"두 부인과 얼굴을 마주하고 이래라저래라 하기는 힘들다, 그러니 우선 당당히 출진하신 다음 진중에서 내전으로 명령을 전한다······ 이렇게 되면 기타노만도코로님께선 거스를 수 없고, 멀리 떨어져 계시므로 실랑이도 벌일 수 없을 테니까요."

"하하하······ 그럴듯하군."

"그 정도 일에 빈틈이 있겠습니까? 아마, 진중에서 요도 마님에게 그대가 없어 적적하니 스테마루는 오사카성으로 보내고 곧 진중으로 달려오너라 하고······."

"호······."

"그리고 기타노만도코로님에게 비어 있는 동안의 모든 일을 당부하고, 또한 오랜 기간에 걸친 출진이므로 신변의 일은 요도 마님을 시켜 시중들게 하겠으니 그렇게 아시오······하게 되면 양쪽 모두 납득할 것 아니겠습니까?"

요시쓰구는 거기까지 말하고 날카로운 눈매로 다시 이에야스를 응시하며 말을 이었다.

"이렇게 사소한 일에 이르기까지 세심하게 마음 쓰시는 분이니 섣불리 입을 열면 뒷날 후회의 씨앗을 남기게 되지 않겠습니까."

이에야스는 가볍게 머리를 끄덕이면서 가까스로 웃음을 참았다.

요시쓰구가 뜻밖에 별소리를 다······했더니 역시 그 나름대로 계산이 있었던 것 같았다. 그렇게까지 잘 알고 있는 히데요시이므로 이에야스도 그 명령에 절대 복종하지 않으면 안 된다고 말하는 것이었다.

"그렇다면 전하의 출진은 봄철 안으로?"

"그건 산조 강변에 돌다리가 준공될 무렵…… 지난번 규슈 정벌의 전례에 비추어 3월 초하루, 천황으로부터 축하의 칼을 하사받으신 뒤 새 다리를 당당하게 건너 출진한다……고 생각하셔도 그리 틀리지 않을 것 같습니다만……."

이에야스는 다시 무겁게 고개를 끄덕였다.

"3월 1일이라…… 지난번에도 궁중에서 전송을 나왔었지."

"벚꽃이 활짝 필 무렵이니 가는 길은 꽃놀이가 되겠군요."

"오타니 님."

"예."

"호조 부자는 큰 손해를 보았소그려."

"그렇습니다. 자기 분수를 너무 몰랐던 것 같습니다."

"꽃구경 삼아 떠나시는 출진은 규슈의 경우도 있었지만…… 이번에는 스테마루 님과 기타노만도코로의 교묘한 관계까지 함께 해결하시려는 계책이 있었다니……."

"다이나곤님, 이런 것이 바로 인간의 행운과 불운이라는 거겠지요. 해가 솟아오르듯 간파쿠 다조 대신 자리까지 오른 데다, 이제 틀렸다고 단념하고 있던 아드님까지 얻으셨으니…… 이처럼 운이 센 분은 귀신도 못 당하는 겁니다, 하하하……."

이에야스는 마쓰다 노리히데에게 희망을 가질 만한 대답을 하지 않은 것이 다행으로 여겨졌다. 손쓰는 것도 늦었지만…… 히데요시의 가슴속에는 벌써 개전문제뿐 아니라 싸움 중에 해결할 집안일의 사소한 일에 이르기까지 배려가 끝나 있는 것이다.

오타니 요시쓰구의 말에 의하면 요도 마님을 진중으로 불러낼 작정인 것 같으니 전번의 규슈 원정 때보다도 더 느긋하게 자리 잡고 앉아 동쪽 방면에 대한 일은 오우 지방 구석구석까지 깨끗이 해결하고 돌아올 속셈임이 틀림없었다.

'그렇게 되면 다음에 쓰게 될 수는……?'

이에야스는 마침내 자기가 히데요시의 화살 앞에 설 때가 다가왔다는 생각이 들었다.

그는 이미 히데요시와 싸울 마음이 없었다. 일본의 통일을 지고한 사명으로 알고 협력하는 점에서는 틀림없었으나 앞으로 히데요시가 이에야스를 어떻게 생각할 것인가는 다른 문제였다.

더욱이 쓰루마쓰마루의 탄생이 인간으로서의 히데요시에게 분명 새로운 하나의 문제를 던져주고 있다. 지금 일본에서 히데요시만큼 자신의 운을 믿는 자는 없을 것이다. 오와리 나카무라의 농군 자식이 일본 제일의 권력을 손에 넣어 간파쿠 다조 대신이라는 역사상 전례 없는 출세를 한 것이다…… 뿐만 아니라 그 만족의 절정에서 사람 힘으로는 어쩔 수 없다고 믿었던 자식까지 얻었으니 이쯤 되면 히데요시가 아니더라도 어떤 착각에 빠져들지 않을 수 없다.

'내 운은 대체 어디까지 뻗어갈 것인가…….'

그리고 새삼스럽게 이에야스를 바라보았을 때 이에야스 쪽에 만일 조금이라도 빈틈이 있다면 어떻게 될까…… 이에야스는 본디 히데요시에게 귀찮고 거북스러운 존재였다. 치고 싶어도 치지 못하고, 굴복시키려 해도 안 되어 하는 수 없이 등용하고 있는 눈엣가시 같은 존재였다. 그 이에야스에게 빈틈이 있다고 보면 자신의 행운과 결부시켜 히데요시의 생각이 단번에 바뀐다 해도 어쩔 수 없는 일이다.

'바로 지금 제거해야!'

따라서 이에야스는 히데요시에게 협조하면서, 동시에 한 치의 빈틈도 보이지 않는 아슬아슬한 경계선을 유지하며 대처해 나가지 않으면 안 될 처지에 있었다.

"여러 가지 이야기를 나누다보니 그만 식사가 늦어지고 말았소. 여봐라, 촛불을 준비하고 얼른 상을 내오도록 해라……."

이에야스는 그러고도 한참 오타니 요시쓰구와 세상 이야기로 꽃을 피운 뒤 생각난 듯 손뼉 쳐서 물리쳤던 시동들을 불렀다.

"귀하신 사자의 행차, 미리 일러두었지만 접대역인 혼다 마사노부 외에 나와 있는 중신들도 모두 참석해 환담을 나누도록 하라고 일러라."

"알겠습니다."

시동들이 물러가자 이에야스는 눈을 가늘게 뜨고 다시 요시쓰구를 향했다.

"오타니 님, 아이들이란 무서운 것이오. 먼저 태어난 놈이 밉다는 것은 아니지만 늦둥이일수록 더 귀여운 법이거든. 오늘 인사드리게 하겠소만 이 이에야스에게도 히데타다 밑으로 아우가 셋, 거기에 호조 가문으로 시집간 딸 외에 계집아이도 셋이나 있소……."

요시쓰구는 수재답게 한마디로 시원히 대답했다.

"어디에 비교하겠습니까, 자식에 대한 사랑을…… 호조 가문으로 출가하신 따님의 구출 문제도 전하께서는 깊이 생각하고 계십니다."

"호, 내 문제까지 간파쿠님께서 생각하고 계십니까……?"

이에야스가 놀란 듯 눈을 크게 뜨자 요시쓰구는 쾌활하게 말을 이었다.

"간파쿠 전하께서는 또한 다이나곤을 위해 그 이상의 선물을 생각하고 계시는 듯합니다."

"그 이상의 선물……?"

"아마 짐작도 못하실 겁니다. 그 문제는 제가 섣불리 입을 놀린 것 같습니다만."

"그 말씀을 듣고 보니 마음이 설레는군. 어떤 선물을 주시려는지."

요시쓰구는 장난스럽게 눈을 가늘게 뜨며 말했다.

"하하하…… 호조 토벌 뒤 간토 8주를 다이나곤에게 진상하겠다……고 하신다면 받으시겠습니까?"

이에야스는 태연한 척 요시쓰구를 바라보면서 가슴속이 철렁하고 숨이 막히는 듯한 기분이었다.

'역시 오고 말았구나……'

그러한 불안과, 그것을 입에 담는 요시쓰구의 생각을 알 수가 없었다.

"고후, 시나노는 이미 손에 넣으셨고 거기에 사가미, 무사시, 고즈케, 시모쓰케, 가즈사, 시모우사까지 합치면 저로서는 계산도 못할 넓이입니다. 저의 경솔한 억측이오나 이번에 상경하시면 이러한 말씀이 나오지 않겠는가 싶어……그만 입을 놀렸습니다. 그냥 잊어주시기 바랍니다."

이에야스는 가까스로 웃음을 지우지 않고 버티어냈다. 사이고 부인이 죽기 직전에 예견했던 일들이 눈앞에 닥쳐온 것이다.

물론 요시쓰구는 은근히 이에야스의 속을 떠보라는 히데요시의 밀명을 받고 왔을 게 분명하다.

'그렇지 않고서야 어찌 그런 말을 함부로 누설하겠는가……'

"호, 정말 놀랐소."

이에야스는 상대의 시선이 꿰뚫을 듯 날카롭게 탐색하는 빛을 띠기 시작하는 것을 느끼면서 진지한 표정으로 말했다.

"좀 믿기 힘든 일이오."

"믿기지 않으십니까?"

"믿을 수가 없소. 이에야스는 고후, 시나노 외에 미카와, 도토우미, 스루가도 이미 소유하고 있소. 거기에다 간토 8주를 더한다면 일본 땅의 반을 얻게 되는 셈이니 말이오."

요시쓰구는 슬그머니 혀를 찼다. 그처럼 교묘하게 받아넘길 줄은 몰랐던 것이다.

미카와, 도토우미, 스루가 등의 옛 영지에다 어찌 또 간토 8주를 붙여주겠는가. 그것은 물론 앞의 것을 거두어들인 뒤의 일인 것을…… 그러나 경솔하게 입을 놀린 이상, 그것을 이에야스가 잘못 들은 것이라고 말할 수는 없는 노릇이다.

"오타니 님."

"예."

"교토로 돌아가시면 전하께 말씀 올려 주시오. 이에야스는 그런 막대한 은상은 사양할 것 같더라고. 우리 문중은 절약을 으뜸으로 살아가는 사람들인지라 지금의 영지로도 충분히 부양할 수 있소. 따라서 그 이상의 것은 바라지도 않더라고 말이오."

역시 광대노릇은 이에야스가 한 수 위인 모양이다. 오타니 요시쓰구는 비로소 낭패스러운 듯 줄곧 눈을 깜박거렸다.

짐작컨대 히데요시는 간토로 영지를 옮길 것을 이에야스에게 암시하고, 상경했을 때 곧바로 대답할 수 있도록 준비하게 하라고 요시쓰구에게 명했을 것이다. 그런데 이에야스는 상대가 말머리를 잘못 꺼낸 것을 틈타 막대한 영지를 더 내려주는 일은 필요 없다고 보기 좋게 피해버린 것이다.

이쯤 되자 이 말에 더 이상 꼬리를 달게 하지 않으려는 듯 촛불을 날라 오는 자, 상을 내오는 자들이 들어오고 뒤따라 중신들이 들어와 버렸다. 요시쓰구는 무언가 석연치 않은 표정으로 혼다 마사노부의 질문에 대답하고 있었다.

"간파쿠 전하께서는 도련님의 탄생을 기념하여 명나라를 정벌하신다는 소문이 나돌던데 사실입니까?"

슨푸에서 으뜸가는 재주꾼으로 자처하는 마사노부로부터 그 같은 엉뚱한 질문을 받고 요시쓰구는 미간을 찌푸렸다.

"글쎄요, 나는 오다와라 정벌 외에는 모르고 있소만……."

"예, 그러시군요. 오다와라 같으면 모르되 명나라는 좀 먼 것 같습니다."

"그러나 만일 그것이 사실이라면 어떻게 하시겠소, 이 댁에서는?"

"그야 뭐, 명령하신다면 어디든 가겠지만 명나라에도 총이 있습니까?"

"그건 모르오. 이 사람은 아직 명나라에 가보지 못했으니까."

"그러시겠군요. 자, 한 잔 더 드시지요."

그 옆자리에는 오카자키에서 요시쓰구를 안내해 온 혼다 사쿠자에몬이 쓴 약을 마신 두꺼비 같은 자세로 도사리고 앉아 때때로 생각난 듯이 코웃음 치면서 혀를 차고 있었다.

"흥!"

이에야스 본인은 히데요시도 한 수 놓고 대할 정도였으니 요시쓰구의 흥미를 끌기에 충분한 존재였으나, 노신들은 그렇지 않아 마치 멀리 외딴섬에서 데려다 놓은 것처럼 다루기 힘들었다.

"자, 마음껏 드시오. 저희도 들겠소. 아무튼 이렇게 귀한 손님이라도 오셔야 좋은 음식을 구경할 수 있답니다."

"벌써 많이 먹었습니다."

"그러시면 섭섭하오. 무사들은 다 사정이 비슷하잖소. 좀 더 앉아 자리를 함께 해주시지요."

이렇게 노골적으로 말하는 자가 있는가 하면 일부러 잔까지 들고 와서 묻는 자도 있었다.

"교토 여자들은 발톱에도 붉은 연지를 바른다던데 정말입니까?"

"글쎄요. 이 몸은 여인에 대해서는 도무지……."

"그럴 리 있겠소. 오타니 님은 미남자요. 그런데 그 여인들은 발톱에 연지를 바르고 그 발을 쳐들어 사내들에게 보여주는 것인지……."

이에야스는 어쩌고 있나 하고 흘끗 보니, 이러한 가신들의 언동에는 아랑곳도 하지 않고 무심한 표정으로 뚱뚱한 몸집을 둥그렇게 웅크리고 식사에만 열중하고 있었다.

요시쓰구는 좌중의 분위기에 질려 신경이 날카로워지는 것을 느꼈다.

'이게 도대체 일부러 하는 짓들인지 아니면 미카와 무사들의 본디 모습인

지……'

마침내 그는 소리 내어 잔을 엎었다.

"이제 충분하오!"

혼다 마사노부는 이때 벌써 종5품 사도노카미(佐渡守)가 되어 있었다. 언젠가 반란 때 이에야스 곁을 떠나 긴키, 호쿠리쿠 등지를 한참 떠돌아다니다가 혼노사의 변 이후 복귀를 허락받아 지금까지 계속 섬기고 있었다.

교토를 떠날 때 히데요시는 요시쓰구에게 귀띔해 주었다.

"혼다 마사노부는 보통내기가 아니야. 그자를 자세히 관찰하면 이에야스의 뱃속을 대충 알 수 있을 거다."

그런데 바로 그 마사노부까지 싱거운 촌놈 노릇을 하고 있다.

당대의 효웅(梟雄) 마쓰나가 단조는 평했었다.

"도쿠가와 가문에는 용맹스러운 자들이 많으나, 머리 돌아가는 데는 혼다 마사노부가 으뜸, 그처럼 다루기 힘든 사나이는 세상에 드물 것이다."

그러므로 예사 인물이 아닌 줄 알고 있었지만, 그렇더라도 명나라에 총이 있느냐는 식으로 나오는 것은 너무 지나치다.

요시쓰구가 노기를 띠며 잔을 엎어버리자, 왼쪽에 도사리고 앉았던 혼다 사쿠자에몬이 웃었다.

"흥!"

"노인장! 뭐라고 하셨소?"

"아니, 이 사람도 잔을 엎었다는 말이오. 그러면 곧 진지를 올리고 침소로 안내하리다."

"노인장!"

"뭐요?"

"나는 이 가문의 분위기에 익숙지 않소. 혹시 이 요시쓰구가 여러분을 불쾌하게 해드린 점이라도 있습니까?"

"무슨 말씀을. 오타니 님이 아니외다, 마음에 안 드는 건 간파쿠님이오."

이 대담한 말에 요시쓰구는 금방 대꾸가 나오지 않았다. 이렇게 태연하게 히데요시를 욕하는 중신들이 도쿠가와의 가신 가운데 있다니……?

"그렇습니까? 그러면 간파쿠 전하의 어떤 점이 마음에 드시지 않소?"

"글쎄."

사쿠자는 나머지 술을 다 마시고 나서 요시쓰구보다 더 큰 소리로 잔을 엎어놓았다.

"이것저것 할 것 없이 모두요."

"모두 마음에 드시지 않는다는 거요?"

"그렇소. 오타니 님께서 보실 때는 우리 주군이 마음에 드시지 않을 거요. 서로 마찬가지 아니겠소?"

요시쓰구는 더 이상 이 노인과 이야기를 계속할 수 없었다. 더 계속했다가는 더욱 우롱당할 게 뻔했다. 표면적으로는 어디까지나 친밀하게 악수를 나누는 것 같지만 안으로는 서로 폭약을 안고 있는 것이다.

'히데요시도, 이에야스도⋯⋯.'

두 사람은 그것을 알면서도 서로 접근하려는 것이다. 아니, 어느 쪽이든 상대를 쓰러뜨리지 않는 데 얄궂은 '평화'가 존재하고 있는지도 모른다.

어느새 오타니 요시쓰구는 마음속으로 오늘의 이 분위기를 히데요시에게 어떻게 보고할 것인지 생각하고 있었다.

'이에야스는 히데요시의 명령대로 움직이겠다고 하지만 방심할 수 없는 공기가 이 집안에 흐르고 있다⋯⋯.'

이러한 공기를 과연 히데요시의 출진 때까지 씻어버릴 수 있을 것인지?

씻어버리지 못한다면, 히데요시는 스스로 적중에 뛰어드는 셈이 되는 것인데⋯⋯.

진격

이에야스는 오타니 요시쓰구를 돌려보내고 곧 상경준비에 착수했다. 히데요시의 마음은 이미 정해져 있었다. 상대편이 전력을 과시하려고 일부러 방비 상태를 공개하고 있을 정도니, 호조 쪽의 전략과 작전은 이에야스와 히데요시에게 속속들이 알려져 있다.

이즈 나라야마성의 호조 우지노리를 총대장으로 삼고, 시시하마성(獅子濱城)에 오이시 나오히사(大石直久), 아라리성(安良里城)에 가지와라 가게무네(梶原景宗)와 미우라 시게노부(三浦茂信), 다고성(田子城)에 야마모토 쓰네토(山本常任), 시모다성에 시미즈 야스히데(淸水康英) 외에 에도 셋쓰노카미 아사타다(江戶攝津守朝忠)와 시미즈(淸水)의 수비 장수 다카하시 단바노카미(高橋丹波守)가 들어갈 모양이었다.

하코네와 미시마 사이에는 새로이 야마나카성을 쌓아 여기에 노신 마쓰다 노리히데의 조카인 야스나가를 성주로 두고, 그 밑에 다마나와(玉繩) 성주 호조 우지카쓰, 근위장수 마미야 야스토시(間宮康俊), 아사쿠라 가게즈미(朝倉景澄), 우쓰기 효고노스케(宇津木兵庫助) 등을 배속시켜 정면의 공격에 대비하게 하고 아시가라성(足柄城)에는 우지마사의 아우 사노 우지타다(佐野氏忠), 신조성(新莊城)에는 에도성의 도야마 가게마사(遠山景政)를 보내 북서쪽을 대비케 했다.

바로 서쪽인 미야기노(宮城野), 소코쿠라(底倉) 등의 방위도 튼튼했고, 후방에는 하치오지성(八王子城)이 있으며, 무사시의 오시성(忍城), 이와쓰키성을 밤낮으로 보수하느라 여념 없었다.

따라서 이 전쟁도 성급히 공격전을 벌이면 규슈 정벌 이상의 희생이 따르게 되리라.

사기도 매우 높았다.

총동원된 농사꾼이며 평민들까지 죽창을 벼르며 이런 속삭임을 주고받았다.

"이기면 어엿한 무사가 될 수 있다."

그러나 이에야스는 그런 일에 별로 신경 쓰지 않았다. 히데요시의 전술은 알고도 남음이 있었다. 그는 반드시 호조 군을 압도하고도 남을 대군을 거느리고 와서 지구전을 펼칠 게 분명했다. 다만 오다와라 공격 선봉을 명령받아 지구전의 책임을 도쿠가와 군이 떠맡게 될 것을 두려워했다.

"도쿠가와 군은 뭘 하고 있는가. 오다와라 하나 함락시키지 못하다니."

이러한 평판이 지구전에 들어간 진중에 나돌게 된다면, 그대로 온 일본의 모든 영주들에게 이에야스의 '힘'에 대한 의심을 품게 하는 결과가 될 것이었다. 히데요시가 만약 이에야스에게 영토교체를 순조롭게 명령할 생각이라면, 그것은 뼈아픈 화살이 되어 돌아오리라.

"공로도 별로 없이 간토 8주를 받고도 불만이란다."

이러한 소문은 삽시간에 세상을 휩쓸어 두 사람 사이 힘의 '균형'을 파괴하리라.

호조 군의 포진에 관한 정보를 대충 수집하자 이에야스는 매사냥을 구실 삼아 하마마쓰성으로 나아가 거기서 중신들과 회의를 열었다. 히데요시의 마음이 결정된 것처럼 이에야스의 마음도 벌써 정해져 있었다. 그러므로 명령을 내리기만 하면 되는데, 그것으로는 가신들의 불만이 가시지 않는다. 그래서 어디까지나 의논이라는 형식을 빌려 자신의 의사를 밀어붙이려는 것이었다.

소집된 것은 이이 나오마사, 사카이 다다요, 사카키바라 고헤이타, 혼다 마사노부, 혼다 사쿠자에몬, 오쿠보 다다치카, 나이토 마사나리(內藤正成), 아오야마 도시치로(靑山藤七郎), 그 밖에 고슈에서 온 도리이 모토타다도 참석했다.

"간파쿠의 독촉으로 12월 첫 무렵 상경해야 되게 되었다. 이번에는 주고쿠, 규슈에도 동원령이 내렸다고 들었다. 여러 영주들이 모두 처자를 볼모로 내놓고 있어 우리도 히데타다를 보내지 않으면 안 될 것 같다. 저마다 의견을 말해 보아라."

이에야스는 무표정하게 낮은 목소리로 말하기 시작했다.

맨먼저 입을 연 것은 사카키바라 고헤이타였다.

"히데타다 님을 볼모로 보내는 것은 주군께서 직접 거절하셨다고 들었습니다만. 그리고 사자도 굳이 내놓으라고 우기지는 않았습니다. 그렇다면 굳이 내놓을 필요가 없지 않겠습니까?"

이에야스는 쓰디쓴 얼굴로 고개를 저었다. 장지문에 잎을 떨군 매화나무 고목 그림자가 그린 듯 비치는 오후 2시가 지나서였다.

"고헤이타, 그렇게는 안 될 거야."

"그러나 저쪽에서 굳이 강요하지 않는 것을……."

"내가 나와 교대하여 보내겠다고 한 것은 보내지 않으려 한 게 아니다. 우리에게는 우리의 고집과 계획이 있다는 걸 상대에게 알려주기 위해서였지."

"그러나……."

"들어봐, 개전이 결정되고, 한편이 되기로 한 이상 상대를 일부러 경계하게 만들 필요는 없다. 어디까지나 쾌히 한편이 되는 거다. 그러는 것이 괴로운 입장에 서지 않을 수 있는 방법이야."

그리고 이에야스는 돌처럼 침묵 지키며 다다미를 노려보고 있는 사쿠자에몬 쪽을 흘끗 바라보았다.

"사쿠자, 상경하더라도 나는 곧 돌아올 테니 지금부터 히데타다의 출발 준비를 해둬야 한다. 수행은 이이 나오마사, 사카이 다다요, 나이토 마사나리, 아오야마 도시치로, 너희들 넷이 가라. 그게 좋겠지, 사쿠자?"

그러나 사쿠자에몬은 들리지 않는 것처럼 꼼짝도 하지 않았다.

이에야스는 쓴웃음 짓고 오쿠보 다다치카에게로 시선을 옮겼다.

"그렇게 두말없이 보낸 다음, 간파쿠가 그렇게까지 할 것 없다……고 나온다면 우리 가문의 체면도 서고 나중에 감정의 불씨도 남지 않는다. 그러니까 단단히 준비해 두도록."

"예."

나이토 마사나리와 사카이 다다요는 대답했으나 나오마사도 도시치로도 대답하지 않았다.

"알겠나, 이번 싸움에서 가장 경계해야 할 것은 간파쿠에게 쓸데없는 의심을 일으키게 하지 않는 거야. 전쟁은 길게 끌 것이다. 그동안 지리에 밝으니 강공으로 나가라는 명령이 내려지지 않도록…… 그 점에 유의해야 한다."

그때 난데없이 사쿠자에몬이 흥! 하고 비웃는 소리가 났다. 그 비웃음은 이미 버릇처럼 때와 장소를 가리지 않게 된 모양이었다.

"이의 있나, 할아범……?"

"그런 게 있다 해도 주군께서 듣지 않으실 것이오."

"뭐라고!"

"이것은 회의라고 할 수 없소. 주군께서 혼자 명령을 내리는 거지…… 회의라더니 이게 뭐요, 말도 안 되는……."

"의견이 있으면 말하라고 하지 않았나?"

"의견이야 많지요. 주군의 말씀을 가만히 듣자하니 히데요시 놈이 어떤 억지를 걸어와도 옳습니다……하고 기분을 상하게 하지 마라, 히데요시 앞에 넙죽 엎드려 기어라, 그것이 충의라고 하시는 것처럼 들립니다. 그렇지 않습니까, 주군……."

"그게 할아범 의견인가?"

"의견은 무슨. 주군의 말씀 중에 부족한 것을 보충했을 따름이오. 모두들 잘 들으시오. 우리 주군께서는 언제부터인지 모르나 히데요시의 독기에 쐬여 이제 겁쟁이가 되어버렸소. 알겠소? 그런고로 매사에 히데요시의 명령이 제일. 예, 예, 하고 섬기기만 해라…… 주군! 그러면 된다는 거 아니오? 나머지는 말하나마나지."

이에야스는 그만 긴 한숨을 지었다.

'혼다 사쿠자에몬이 너무 늙었구나…….'

옛날의 귀신 사쿠자로서 훌륭히 가문을 다스려왔던 이 노인도 이제는 그저 옹고집이, 매사에 이에야스에게 맞서는 괴팍한 존재로 부각되어 버렸다.

그러한 노신은 사쿠자 하나뿐만이 아니었다. 오늘 이 자리에 참석하지 못하게 한 사카이 다다쓰구도 역시 그랬다. 그는 이에야스의 고모부가 되는 인척 관계여서 그런지 사쿠자보다 더욱 오만불손했다. 사쿠자는 이에야스에게만 물어뜯을 듯 쏘아붙이는 정도지만, 다다쓰구는 이에야스에게보다도 누구를 가리지 않고 온 가신들을 들볶았다. 가문 안의 사람들을 상대로 그렇듯 위세부리며 주책스럽게 행동한다면 은거를 명할 수밖에 없다고 생각했다.

'거기에 비하면 사쿠자는 아직…….'

보는 안목도 있고 사려도 깊을 뿐 아니라 인간적인 폭도 넓다. 이렇게 생각해서 참석시켰는데, 그의 존재도 차츰 시대의 흐름을 따라가지 못하는 경직된 시기로 접어든 모양이었다.

"핫하하…… 할아범이 또 과격한 소리를 하는군. 한마디로 말하면 할아범 말이 맞아. 그러나 단순히 겁쟁이가 된 게 아니라, 일본을 위하는 길이라 믿고 이 이에야스가 명령하는 것이다. 그 일은 이것으로 결정됐다. 앞날의 문제에 대해 무엇이든 의견이 있으면 말해라."

사쿠자는 또다시 흐흥 하고 웃었다. 그러나 이번에는 아무 말도 않았다.

'주군의 속셈쯤 나도 잘 알고 있지. 누구도 아무 말 하지 마라. 잔소리 말고 따라오너라.'

이렇게 비꼬아주고 싶었으나, 이에야스의 강한 말투로 봐서 그럴 필요가 없을 것 같다고 판단했다.

회의는 사쿠자가 말한 대로 이에야스의 생각대로 진행되었고, 생각한 대로 결정되었다. 이따금 누군가 발언해도 이에야스는 번번이 그것을 제압하면서 자신의 의지를 밀고 나갔다.

이에야스의 상경은 12월 7일로 정해졌다. 10일에 교토에 도착하여 히데요시와 협의하고, 자야 시로지로를 통해 여승방에 황금 10닢을 바친 뒤 그길로 슨푸에 돌아와 출진준비를 시작하기로 했다.

그렇게 하면 히데요시도 히데타다는 연내에 상경할 필요가 없다고 만류할게 틀림없다. 그렇듯 도쿠가와 가문의 체면을 세워놓고 히데요시가 상경하지 않을 거라고 생각하고 있을 무렵인 정월 3일에 자진하여 히데타다를 상경시켜 히데요시에게 의심할 틈을 주지 않는다. 이것이 인척인 호조의 정벌을 나가는 데 반드시 필요한 수단이라는 것을 이에야스는 설득했다.

사쿠자에몬이 침묵을 지킬 정도였으니, 누구도 이의를 제기할 사람이 있을 리 없었다. 일사천리로 일이 결정되고 모두들 물러갔다. 술은커녕 차도 식사 대접도 없고, 배고픈 자들은 대기실에서 마음대로 먹고 돌아가라는 식이었다.

모두들 긴장한 표정으로 자리를 뜨는데, 사쿠자에몬만은 일어나지 않았다. 사쿠자는 어느새 무릎 위에 고개를 떨구고 졸고 있었던 것이다.

"할아범, 회의가 끝났다. 일어나! 일어나 돌아가게."

그러자 사쿠자에몬은 멍한 표정으로 사방을 둘러보더니 간사한 목소리로 빈 정대며 자세를 고쳐 앉았다.

"주군께서 지금 뭐라고 하셨소? 난 요즈음 귀가 멀어 잘 듣지 못하외다."

이에야스는 사쿠자, 이 늙은이가 또 무슨 할 말이 있어 남았구나…… 짐작하면서 똑같은 말을 되풀이했다.

"이야기가 끝났으니 물러가도 좋다고 했다."

"가만 있자, 주군께서 다 말씀하신 뒤 내가 무슨 말을 하려고 했더라?"

"잊어버릴 만한 일이라면, 꼭 오늘이 아니어도 되겠지. 물러가 잠시 쉬었다 가게."

"옳지, 이제 생각났소. 방금 내가 꿈을 꾸었소."

"음, 그대가 꾸는 꿈이라면 또 이에야스에게 대드는 꿈일 테지."

"그런데 그게 아니고 꿈속에 이시카와 가즈마사라는 놈이 나타나……."

"뭐, 가즈마사가!"

"그 녀석이 내게 이제 그만 물러나라고 달려들었소. 언제까지나 오카자키성을 맡을 만한 기력이 네놈에게는 없다. 이미 네놈 시대는 가버렸으니 젊은이들에게 길을 터주고 은퇴하랍디다."

이에야스는 순간 흠칫했다.

'이 영감, 아직 안 늙었구나. 내 속을 꿰뚫어 봤어……'

"허, 무엇 때문에 가즈마사가 그런…… 가즈마사에게 약속한 일이라도 있는가?"

"흥, 그놈과 약속은 무슨…… 그놈은 주군으로 하여금 히데요시 공포증에 걸리도록 한 장본인이오."

"그럼, 왜 그런 꿈을 꾸었을까? 꿈을 꾸는 건 마음에 무언가 걸리는 일이 있기 때문이야."

"주군!"

"말해, 두 사람밖에 없어."

"나를 은퇴시켜 주시오. 가즈마사 같은 놈이 꿈에 나타나 몰아대는 걸 보면 정말 물러날 때가 된 것 같소."

이에야스는 갑자기 사쿠자가 불쌍해졌다.

"흠. 오만도코로가 오카자키에 머물러 있을 무렵 처소 주위에 나뭇단을 쌓아올려 히데요시를 격노케 한 일이 있었지…… 그때 일을 생각하고 있나?"

사쿠자는 얼굴을 홱 돌렸으나, 이번에는 냉소하지 않았다.

"그 일이라면 염려하지 마라. 둘만 있으니 내 말한다만 이에야스는 마음속으로 그대에게 두 손을 모으고 있다. 그때 그렇게 했으므로 히데요시도 미카와 무사의 무서운 결속을 깰 수 없다는 것을 깨닫고 우리 가신들을 유혹하려는 공작을 단념했던 거야."

이에야스가 거기까지 설명하자 사쿠자는 얼굴을 찌푸리며 비웃었다.

"그게 무슨 말이오? 그게 주군으로서 하실 말씀이오?"

"그러면 그때 일이 마음에 걸려 은퇴하려는 게 아니라는 건가?"

"주군! 이 혼다 사쿠자에몬도 사내대장부요."

"허, 갑자기 젊어졌군그래."

"히데요시 따위를 생각해 나뭇단을 쌓고 은퇴하는 그런 얼빠진 사람인 줄 아시오?"

"하기는 그럴지도 모르지."

"나는 단지 나뭇단을 쌓아야 할 때라고 믿었기 때문에 쌓은 거고, 내가 은퇴할 때라고 내 마음이 명령하기 때문에 은퇴하는 거요. 녹을 타 먹었으니 충성을 다하여 은혜를 갚겠다거나 주군이 말한다고 해서 불법한 일에 추종하는 빙충이가 아니오. 사람 잘못 보지 마시오."

이렇게 내뱉고 상반신을 앞으로 쑥 내밀며 턱 밑에서 집요한 시선을 가다듬어 이에야스를 노려보았다. 주변에 요기가 감도는 듯한 얼굴이었다.

이에야스는 그만 고개를 돌리고 싶어졌다. 이에야스를 향해 '잘못 보지 마라……'고 한 말은 얼마나 대담한 폭언인가.

이만한 폭언을 퍼부을 수 있는 사람은 분명 지금의 가신들 중에 아무도 없었다.

'이 영감이 무슨 생각을 하고, 이런 무례한 짓을 하는 것일까……?'

생각이 있어서 하는 폭언이라면 이에야스 또한 피할 수 없는 일이었다.

"잘못 봤다고 했나, 사쿠자?"

"오, 분명히 그렇게 말했소."

사쿠자에몬은 기분 나쁠 정도로 숨을 한 번 헐떡였다.

"오늘은 이 사쿠자, 주군과 일생일대의 결투를 할 작정이오."

"진정해라. 이에야스는 아직 그대의 속이 들여다보이지 않을 정도로 늙지 않았고, 무기력하지도 않다."

"주군!"

"뭔가, 할아범."

"그렇게 큰소리칠 정도면 나뭇단을 쌓아올려 오만도코로를 협박한 일을 후회하거나 무서워 떨고 있을 사쿠자가 아니라는 것쯤 똑똑히 기억해 두시오."

"그 말이 그토록 화났는가?"

"안 그러게 됐소? 배꼽이 떨어진 날부터 오늘까지의 충성, 사쿠자의 근성은 그런 데 있지 않소. 사쿠자가 가즈마사의 꿈을 꾼 내력도 모르신다면 참으로 한심스러운 분이오, 주군은……"

"뭐, 가즈마사의 꿈을 꾼 내력…… 아, 그대는 그 때문에 화났단 말인가?"

"주군! 가즈마사는 가신 중에 자기만 충신인 줄 알고 하늘같은 자부심을 안고 오사카로 나갔소. 그건 잘 아실 거요."

이에야스는 흠칫 놀란 듯 숨을 삼키며 아무 말도 하지 않았다.

'이 영감 봐라, 가즈마사와 나의 묵계를 눈치채고 있었구나……'

그러나 그것은 함부로 입 밖에 낼 수 없는 일이었다.

"가즈마사 놈은 도쿠가와 가신 중에서 히데요시와 겨룰 수 있는 외교가는 자기밖에 없다고 자부하고 스스로 적진에 뛰어들었소…… 그때 사쿠자는 그놈에게 쏘아붙여 주었소. 쓸개 빠진 놈, 네놈이 걸어가는 길만이 무사의 길이라고 생각하지 말라고."

"……"

"가즈마사가 어떤 변설로 히데요시를 홀리려 해도 그 배후인 가문 안에 히데요시를 무서워하는 기풍이 생겨 버린다면 무슨 소용 있겠소? 가장 중요한 건 적 앞에서, 적중에서, 적의 뒤에서도 적을 두려워하지 않는 근성이오! 그게 없어지면 순식간에 멸망의 바람이 불어 닥치는 법. 히데요시가 위대하기 때문에 가즈마사는 괴롭다는 얼굴을 누구에게도 보이지 마라, 만약 그런 얼굴을 보이면 영원히 경멸해 주겠다고…… 확실하게 말하지는 않았으나, 충분히 뱃속에 스며들도록 해주었소. 바로 그놈이 꿈에 나타나…… 네 놈도 스스로 물러가라고 했소…… 이렇게 말씀드려도 모르는 주군께 사쿠자는 평생을 바쳤다니…… 이 기막힌 기분을 주군이 어찌 알겠소."

이에야스는 황급히 시선을 다른 곳으로 돌려버렸다. 겨우 사쿠자의 생각이 이해되었다. 사쿠자는 히데요시에 대한 이에야스의 태도가 온 가신들까지 히데요시를 두려워하는 기풍 속으로 휩쓸리게 할까봐 염려하고 있는 것이다.

'과연 그래. 그렇게 된다면 천하의 감시역을 못 하리라……'

사쿠자에몬은 다시 말을 이었다.

"주군은 이 사쿠자에게 뭐라고 하셨소? 이에야스가 히데요시와 손잡는 것은 히데요시에게 굴복한 게 아니고 히데요시보다 한 단 높은 곳에 서서 히데요시가 천하를 다스리는 모습을 감시하기 위한 것이다, 그것이 참으로 신불의 뜻에 쫓아 응하는 길……이라고 하셨소. 그렇다면 어디까지나 히데요시가 두렵게 생각하는 감시자의 자세가 필요한 거요."

이에야스는 눈길을 돌린 채 대꾸했다.

"그거야 있지. 그런 자세를 내가 무너뜨렸다고 생각하나?"

사쿠자에몬은 어깨를 흔들고 고함지르며 대들었다.

"누가 주군의 자세가 무너졌다고 했소! 주군은 혼자서 천하를 감시할 수 있다고 생각합니까? 주군만 혼자 도취하여 자세를 가다듬는 척해도 배후의 가신들이 무너져간다면 주군은 방구석의 장식품 하나보다 쓸모없게 되는 거요. 감시하려다 되려 히데요시에게 홀랑 삼켜지고 말 것이오."

이에야스는 갑자기 낮은 소리로 웃으며 말했다.

"알았다, 사쿠자. 그대가 뭘 염려하고 있는지 알았어."

"아니, 아직 모를 거요. 어설프게 알고 있으면 다치기 쉬운 법. 저 늙은이, 잔소리 많다고 생각하지 마시오. 오늘의 회의를 진행시키는 방법…… 그건 또 무슨 교만이란 말이오? 자기 혼자만 신불의 뜻을 알고 있는 듯 요령 부려 전체의 의견을 눌러버렸소. 그것은 히데요시가 위대하다는 것을 인정하기 때문에 너희들 의견은 듣지도 않겠다는 태도. 그렇게 해놓고도 모두들이 히데요시를 두려워하지 않는다면 오히려 그게 더 이상한 일이지…… 모르는 사이 히데요시를 주군보다 월등히 뛰어난 인물로 인식하게 되는 거요. 주군! 문중 가신들은 주군 정도 위치에서 깨달을 수 있는 자가 없소. 그 사람들에게는 그들이 알아들을 수 있는 말로 하셔야지요. 히데요시에게 함부로 당하지 않을 것이다, 지금은 할 수 없이 한편이 되지만 언젠가는 쓰러뜨려야 할 상대…… 털어놓고 분명히 설득해 놓고, 자, 그러면 어떻게 하면 좋겠느냐고 물어야 하는 거요. 쓰러뜨릴 작정으로 버티고 서야 가까스로 쓰러지지 않을 수 있는 법…… 혼자 잘난 척하며 모두의 마음을 무시하셨소. 대장이란 좀 더 말을 아껴야 하는 법이오."

"알았다, 알았어, 할아범…… 그대 말에서 한 가지 깨달은 게 있다. 분명 내가 말이 많았어. 이렇게 말하면 납득되나?"

"안 되오."

사쿠자는 한 번 더 다짐하듯 힘주어 반발했다.

"그러나 더 이상 말하는 것은 혀만 쓸데없이 놀리는 일, 은퇴 문제에 대해 고려해 주시기를 부탁드리고 사쿠자는 물러가겠소."

"고집불통 늙은이로군. 질려버렸다."

"주군이 질리는 건 바라지 않소. 히데요시를 질리게 해야 상대의 섣부른 수작을 봉쇄할 수 있는 거요. 그렇지, 빨리 물러가 가즈마사의 꿈이나 더 꾸어볼까."

사쿠자에몬은 벌떡 일어나 인사도 없이 다음 방으로 건너갔다.

이에야스는 그 뒷모습을 바라본 뒤 곧 책상 앞으로 갔다. 오다와라 공격 때는 역시 사쿠자를 오카자키에서 이 슨푸로 불러올려야 한다. 사쿠자의 말대로, 가신들 중에 히데요시에 대한 공포증이 퍼지게 된다면 이에야스의 존재는 무의미한 것이었다.

'역시 할아범이야……'

이에야스는 오카자키의 성주 대리를 누구로 바꿀지 고개를 갸우뚱하며 생각했다.

혼다 사쿠자에몬은 복도로 나가다가 오쿠보 히코자에몬과 마주쳤다.

"노인장, 소리가 꽤 높으시더군요."

"히코자에몬, 듣고 있었군."

"귀머거리가 아니고서야 안 들으려 해도 귀에……."

히코자에몬이 말하고 목소리를 낮추었다.

"그러나 다른 사람들은 듣지 못하도록 접근하는 자를 감시하고 있었습니다. 그래도 다이나곤이 아니오. 우리가 너무 심하게 퍼부어대는 것을 젊은이들에게 보이기는 싫었소."

"히코자."

"뭡니까, 노인장?"

"나, 자네 집에서 하룻밤 묵자."

"이건 또 웬 바람입니까?"

"당직을 누구와 바꾸고 나를 데려가주게. 반주는 조금만 있으면 돼."

"영광입니다…… 그럼, 잠시……."

사쿠자를 복도에서 기다리게 해놓고 당직실로 들어갔다가 곧 웃으며 되돌아왔다.

"술은 준비되어 있습니다만 안주감이 되어 꾸중 듣는 것은 반갑지 않은데요."

"아냐, 자네에게 부탁할 게 있어."

"그래요. 그럼, 안내를……."

"어때, 요즈음 슨푸의 사기가 해이해지지는 않았나?"

"이 오쿠보 히코자가 있는 한은."

"크게 나오는군그래."

"뭘요, 노인장 발치에도 미치지 못하는걸요."

"히코자."

"예."

"자네는 녹도 필요 없다, 명예도 싫다, 목숨도 소중하지 않다고 하는 인간을 본 적 있나?"

"재미있는 질문이군요. 있습니다, 꼭 한 사람."

"아부는 하지 마라. 그 한 사람이란 나를 말하는 거겠지?"

"틀렸는데요."

"뭐, 틀렸어…… 그러면 누구야, 그게?"

"오쿠보 히코자에몬이라는 사나이……."

"핫하하…… 자네는 내게 없는 것을 지니고 있단 말야."

"그야 제가 더 부유하긴 하지요."

"그게 아니야. 쓸데없는 소리를 해서 손해 보는 성격과 재미있는 주책을 부리는 점이지."

"노인장을 닮았으니까요."

"나는 말수가 적은 편이지. 게다가 말만 하면 남을 화나게 한단 말이야."

"그게 노인장이 타고난 품성이지요. 그런데 노인장께서 오카자키에서 은퇴하실 작정이시라 들었습니다만 은퇴만 하시려는 건 아니겠지요."

"뭐, 그 이야기까지 들었나."

두 사람은 어깨를 나란히 큰 현관을 나서자 앞뜰에서 오른쪽으로 꺾어 오쿠보 성곽이 있는 쪽으로 걸어갔다.

사쿠자는 오쿠보 형제들 중에서 웬일인지 이 히코자에몬이 가장 마음에 들었다. 사쿠자를 닮은 강직한 자로, 사쿠자 이상의 독설가이면서도 어딘가 풍부한 인간미와 해학을 지니고 있었다. 글재주도 상당하고 창 솜씨도 보통이 아니었다.

사쿠자는 그 히코자에몬에게 무슨 말을 하려는 것인지, 드물게도 유쾌한 표정으로 히코자에몬의 집 대문을 들어섰다. 오쿠보 성곽은 형 다다요와 그 아들 다다치카의 저택이었다. 그 왼쪽 구석에 후지산 쪽으로 작은 문을 낸 집이 히코자에몬의 집이었다. 입구에 서리 맞아 시든 국화 몇 송이가 남아 있었다.

사쿠자에몬은 비좁은 현관에 이르자 마중 나온 하인과 여자들에게는 말도 하지 않고 무뚝뚝하게 히코자에몬을 따라 방으로 들어갔다.

다다미 8장 깔린 방 옆으로 다시 4장짜리 방이 이어지고 동쪽은 넓은 마루로 되어 있다.

"허, 히코자. 생각했던 것보다 자네는 사치를 좋아하는 모양이군. 족자도 걸렸고 칼 걸이도 내 것보다 훌륭하군. 틀림없이 말도 살쪘겠지."

"핫하하⋯⋯."

히코자에몬은 한바탕 웃으며 사쿠자에몬을 윗자리에 앉혔다.

"마음에 드신다면 여기 은거하셔도 좋습니다. 그러면 주군께서 난처하시겠지만."

"날더러 슨푸로 오라는 말인가?"

"무척 시끄러워지겠지요."

"히코자, 내가 무엇 때문에 은퇴를 청했는지 짐작하겠나?"

"짐작하지 못한다고 할 수도 없겠지요. 그러나 입을 잘못 놀렸다가는 주군처럼 꾸중이나 듣게요."

"주군은 내가 히데요시를 꺼려서 은거하려는 줄 알고 있어. 정말 뜻밖이야!"

"노인장, 모처럼 제 집에 오셨으니…… 오늘밤은 천천히 노인의 가르침을 받겠습니다."

히코자에몬은 먼저 선수쳐놓고 하인에게 주안상 준비를 명했다.

"단 둘이 이렇게 말씀 듣는 것은 1년 반 만입니다. 그때 노인장께서는 주군 앞에서 자기가 생각하는 대로 말하는 사나이가 되라, 지나칠 정도로 말할 수 있는 사나이가 되라고 말씀하셨지요."

"그랬지. 오늘도 그것 말고 할 말이 뭐 있겠나?"

"말하자면 이 히코자에몬에게 혼다 사쿠자에몬의 후계자가 되어달라……는 말씀입니까?"

"히코자에몬 님"

"아이구, 왜 이러십니까? 노인장께서 그렇게 부르시면 등골이 오싹해집니다."

"그게 아니야. 이번의 오다와라 정벌 말일세."

"드디어 결정된 모양이지요."

"대체 어떤 싸움이라고 자네는 생각하는가?"

"어떤 싸움……이라니, 호조 우지마사와 우지나오 부자가 100년 동안의 번영에 도취하여 교만해진 벌을 받아 쓰러지는 싸움인 줄 압니다만……."

"그렇지 않아. 그건 남들이 보는 눈이야. 도쿠가와 문중의 눈으로 볼 때 어떤 싸움인지 묻고 있는 거야."

"도쿠가와 문중의 눈……."

"언제나 그 눈으로 보지 않으면 가문은 유지될 수 없어. 도쿠가와 가문의 눈으로 간파쿠의 행동을 본다면, 이건 호조 정벌 전쟁이 아니라 도쿠가와의 영지를 바꾸려고 하는 싸움이야."

"흠, 과연."

"알겠나, 히데요시는 호조 같은 건 안중에도 없다. 여기서 어떻게 하면 이에야스를 사가미 동쪽으로 내쫓고 슨푸까지 자기 심복으로 튼튼히 굳힐 수 있는가. 이를테면 그 때문에 나오게 되는 후지산 구경이지."

"후지산 구경……."

"그렇지. 후지산을 내 산으로 만들어놓고 바라보고 싶다, 그래야 안심할 수 있다…… 히데요시는 그런 사람, 이에 대해 도쿠가와 집안에 대비책이 있는가. 어때,

히코자."

사쿠자는 그 두꺼비 같은 입술을 꽉 다물고 히코자에몬을 바라보았다.

"흠, 그럴지도 모르겠군요."

히코자에몬은 지그시 사쿠자에몬을 응시했다.

"그렇게 되면 또 한 가지 히데요시에게 큰 이득이 돌아가겠군요."

"음, 그래. 히코자도 아는가보군."

"주군을 하코네 아시가라산 너머로 쫓아버리면 오슈의 다테와 우에스기를 누르는 데 힘이 된다, 자신의 안전지대를 넓히는 것이 그대로 동쪽에 대한 큰 제방이 되는 이치로군요."

"히코자."

"예."

"자네 눈이 그 정도로 예리하니 말하기가 쉽군. 그러나 이보게, 자네 해석이 틀렸다는 건 아니지만 그 정도로는 아직 모자라. 그 생각을 뒤집으면 또 한 가지 대답이 나오지. 뒤집어 생각해 본 적이 있나."

"뒤집어 생각한다……."

"그렇지. 자네는 지금 다테와 우에스기를 누르는 데 힘이 된다고 했겠다?"

"그랬습니다."

"그것을 다시 뒤집으면, 다테나 우에스기로 하여금 끊임없이 우리 주군을 견제하게 하여 여력이 없도록 하려는 속셈도 된다는 거야."

"음."

히코자에몬은 낮게 신음했다. 젊은 히코자는 아직 거기까지는 생각해 보지 못한 모양이다.

"과연…… 정말 그렇겠군요."

"알겠는가? 그뿐만이 아니야. 그렇게 해서 만약 주군께 조금이라도 틈을 보이면 다테와 우에스기를 부추겨 주군을 멸망시키려 들 수도 있단 말이야."

"……."

"싸울 구실은 얼마든지 있어. 이번의 오다와라가 좋은 본보기지. 오다와라의 속셈은, 이에야스를 상경시킬 때는 오만도코로를 볼모로 내려 보냈으니 오다와라의 호조 부자에게도 상경을 요구하려면 오만도코로만한 볼모를 내려 보내라,

그러면 상경해 준다, 이런 체면에 관계된 문제에 있었어…… 물론 상대가 정말 강하다면 볼모도 예사로 보내는 히데요시 아닌가? 문제는 오다와라가 약하다는 거지, 이처럼 중요한 사실을 오다와라의 중신 놈들은 깨닫지 못하고 있어."

"정말 그렇군요!"

"문제는 거기에 있네. 알겠나? 오다와라를 정복하면 주군에게 반드시 영지를 바꾸라고 강요해 올 거야. 주군은 그것을 받아들일 작정이라고 나는 판단했어……."

"예, 틀림없이……."

"그러나 문중에는 예사롭지 않은 불평분자가 있네. 그 대표자는 바로 이 사쿠자…… 그러나 이건 표면상으로 본 관찰이지. 사쿠자가 염려하는 것은, 호조의 잔당들이 뿌리박고 있는 간토 땅으로 영지를 옮기게 되면 과연 가신들 불평을 가라앉혀 히데요시에게도, 다테와 우에스기에게도 모욕당하지 않을 만큼 곧바로 결속할 수 있는가 하는 것이네! 약해지면 히데요시가 틈을 노리고 끼어들어. 히데요시가 끼어들면 그날부터 다테도 우에스기도 바로 적이 된다는 것은 불 보듯 뻔한 일. 안으로 불평을 품은 채 간토로 옮기면, 옮긴 날부터 사면초가. 다음에는 호조의 잔당들까지 모두 안에서 봉기할 테지…… 어떤가, 이 늙은이가 염려하는 뜻을 알겠는가?"

그 말을 듣고 히코자에몬은 당황한 듯 눈을 깜박거렸다.

'역시 이 노인은 앞을 내다보고 있구나!'

감탄보다 그로서는 아직 그러한 일에 대한 예상이나 궁리 따위 한 번도 해 본 적 없었기 때문에 오히려 당황하는 기분이었다.

"노인장, 그렇게 되면 정말 큰일이오!"

지금 간토로 영지를 '바꾼다'는 말이 나오면 아마 가신들은 거의 대부분 반대할 것이다. 그러나 이에야스가 승낙하면 어쩔 수 없는 일이다. 모두들 불만을 품은 채 따라가게 되리라. 바로 그때가 도쿠가와 문중의 일대 위기라고 사쿠자에몬은 염려하고 있었다.

이미 규슈에서 그런 예가 있었다. 히고 땅으로 영토가 교체되자 삿사 나리마사는 이를 다시없는 출세라고 기뻐했다. 그런데 곧 그 땅의 예수교도가 그의 명을 따르지 않고 반란을 일으켜 소란 피웠다. 그렇게 되자 히데요시는 이를 문책하여 결국 나리마사를 할복케 한 것이다.

지금 호조씨는 전례 없는 총동원을 계획하여 농부, 장사꾼에 이르기까지 무기를 주어 맹훈련을 실시하고 있다. 이러한 오다와라 영지에 들어가 가신들의 결속이 무너진다면 히고 경우 정도가 아니다. 반란과 소동을 진압하는 데만도 쩔쩔매게 될 것이 아닌가?

"과연 이것은 방심할 수 없는 중대한 음모입니다."

히코자에몬이 또 한 번 감탄하자, 사쿠자는 흥 하고 코웃음 치며 말했다.

"음모라고 할 것 없어. 그것이 전국시대의 상식이야. 약해 보이는 자는 어딘가에 반드시 약점을 지닌 법. 약점을 가진 자는 반드시 멸망한다……는 것은 조금도 이상한 일이 아니고 예외도 없어."

"말하자면 비록 영지를 바꾸게 되는 일이 있더라도 가문 안의 약점을 노출시키지 않는 수단……을 강구해 두어야 한다는 말씀입니까?"

"그렇지."

사쿠자에몬은 크게 고개를 끄덕이고 히코자에몬의 넓적한 콧등을 노려보며 다시 말했다.

"간토로 옮겨가면 명색이야 어떻든 대영주지. 8주에서 10주를 다스리는 주인이 되니까. 문제는 여기에 있어."

"여기라니요?"

"공신과 노신들이 저마다 영지를 갖게 되어 성주로 벼락출세한다고 생각한다면 큰 착각이야! 사방에서 소동이 일어나면 공물은 들어오지 않는데 비용은 엄청나지. 땅만 쓸데없이 넓을 뿐 자칫하다간 당대도 유지하지 못하게 될 거다."

"아하!"

"그쯤 되면 히데요시가 아니더라도 그 허점을 노릴 것은 뻔한 일. 그러므로 여기서 재물도 필요 없다, 명예도 필요 없다, 목숨도 필요 없다는 식으로 한 번 다시 피땀 흘려 가문의 결속에 분골쇄신할 각오가 없다면, 간토로의 이전은 결실 맺지 못하네. 어떤가, 히코자, 다른 사람은 고사하고라도 자네 하나라도 그런 각오를 할 수 없을까?"

"음."

히코자에몬은 신음했다. 신음하면서 평소의 말투로 물었다.

"노인장께는 되어 있다는 것이오, 그 각오가?"

사쿠자에몬은 흘끗 상대를 쳐다본 뒤 되물었다.

"나에게 각오가 되어 있다면 자네도 그러겠다는 겐가?"

"예, 노인장한테 질 수야 없지요."

"그 말을 들으니 마음 놓이는군. 물론 나는 되어 있네."

"그렇다면 저도 힘을 다 하겠습니다."

대답하고 히코자에몬은 손가락을 꼽았다.

"부, 명예, 생명의 셋이라!"

"그래, 부를 원하는 자는 영지를 옮긴 뒤 주군께서 주시는 녹봉에 불만 품게 되지. 불만이 생기면 히데요시가 던지는 명예의 미끼에 유혹되어 약해지고 마침내 목숨도 아까워하게 되네."

"노인장!"

"아직도 미심쩍은 점이 있나?"

"그러면 노인장의 은퇴는 그 각오의 제 1단계입니까?"

사쿠자는 대답 대신 다시 흥 하고 크게 웃었다.

"히코자도 가끔은 날카로운 말을 할 줄 아는군."

사쿠자가 쓴웃음 짓자 히코자에몬도 지지 않고 대꾸했다.

"노인장의 눈에 든 히코자에몬 아닙니까. 조금은 날카로운 데가 있어야겠지요."

"흥."

"그 웃음소리가 마음에 걸립니다. 그러나 신경 쓰지 않겠습니다. 그런데 노인장께서는 은퇴하시고 뭘 하실 작정이십니까? 이 히코자에몬에게는 밝히셔도 괜찮을 텐데요."

"흥."

"말해줘도 모를 것이다, 라는 겁니까?"

"아니야, 알 수 있는 일이라도 말할 수 없는 게 있지. 굳이 말하지 않아도 알아들어 주게."

"이번에는 제가 흥, 해야 되겠군요. 말하지 않아도 듣고 보지 않아도 알라니."

"그래, 사람에게는 그러한 능력이 있을 거야. 알겠나, 히코자? 내 마음은 벌써 오다와라를 향해 진격하고 있다……."

"어허…… 점점 더 묘한 말씀을 하시는군요, 노인장."

"그러나 내 몸은 이제부터 오카자키로 되돌아가 은퇴 허락을 얻은 뒤 간파쿠와 함께 이 성으로 올 걸세."

"간파쿠와 함께……?"

"그렇지. 주군께서 이번에 상경하시면 간파쿠가 뭐라고 할 것인지 이 사쿠자에몬에게는 훤히 내다보이네. 물론 그에 대해 주군이 어떤 대답을 할 것인지도 알고 있어. 간파쿠는 오카자키, 하마마쓰, 슨푸의 차례로 도쿠가와 가문의 성을 자기 집 드나들 듯 거쳐서 들어올 거야. 그 간파쿠 주변에 도쿠가와 가문의 고집불통 뒷방 늙은이가 거머리처럼 달라붙어 떨어지지 않는다…… 하하하…… 어때 히코자, 재미있겠지?"

히코자에몬은 아연한 표정으로 두꺼비 같은 사쿠자의 얼굴을 쳐다보았다.

'정말 이 노인은 괴짜라니까…….'

언젠가 오만도코로가 오카자키에 왔을 때 그 처소 주위에 나뭇단을 산더미처럼 쌓아 올려놓고, 히데요시가 이에야스에게 조금이라도 무례한 짓을 하면 불 질러 태워죽이겠다고 협박한 사쿠자에몬이었다. 오만도코로에게서 그 이야기를 들은 히데요시는 화가 머리끝까지 올랐다고 한다.

그러므로 은퇴 말이 나왔을 때 이에야스와 마찬가지로 히코자에몬 역시 그렇게 해석했었다.

'……히데요시에게 미안해서 그러는구나…….'

그런데 알고 보니 이 노인은 그러한 체면치레는 안중에도 없는 모양이다. 그렇다 해도 히데요시가 오면 찰거머리처럼 붙어 다니겠다니 이건 또 얼마나 집요한 옹고집이란 말인가. 어쩌면 히데요시까지 협박할 셈으로 은퇴를 청하고 나선 것인지도 모른다.

"참 재미있는 노인이십니다그려."

"흥!"

"또 흥입니까? 그러면 더 이상 묻지 않겠습니다. 주안상이 마련됐을 테니 이리로 가져오게 하겠습니다."

"반가운 소리. 내가 말이 좀 많았나보이."

히코자에몬은 손뼉 쳐 여인들에게 술상을 내오게 한 뒤, 다시 물러가게 하고 직접 술을 따르면서 속으로부터 샘솟는 듯한 웃음이 자꾸만 터져 나왔다. 특별한 이유가 있어서가 아니다, 그저 생각만 해도 모든 일이 유쾌해지는 것이었다.

'히데요시 따위 추호도 두려워하지 않는 늙은이가 여기 하나 있다.'

히코자에몬도 마시고, 사쿠자에몬도 마셨다. 일단 이야기가 끝나자, 둘 다 입을 다물고 잔을 기울이면서 이따금 생각난 듯 상대의 얼굴을 바라보았다. 시선이 마주치면 웃거나 머리를 끄덕이는 것도 아니었다. 언뜻 보기에는 어색하기 짝이 없는 탐색전……처럼 보였으나, 두 사람은 그런 대로 서로 충분히 이해하며 즐기고 있었다.

"알겠는가, 히코자?"

"잘 알았소."

두어 시각 남짓…… 그 긴 시간에 두 사람이 주고받은 말은 이 두 마디뿐이었다. 그렇듯 말수적은 위인들도 아니었다. 따라서 두 사람 모두 앞서 말한 내용에서 여러 가지 연상이며 반성과 계획 등의 실마리를 찾고 있는 게 분명했다.

히코자에몬은 속으로 내내 마음은 오다와라로 진격하고 있다고 말한 사쿠자에몬의 말을 되씹고 또 뒤집어엎는 것을 안주 삼아 술을 마셨다. 그러고 보니 이제부터 오사카로 가는 이에야스도 몸은 서쪽으로 가지만 마음은 오다와라로 가고 있을 것이고, 또 가신들 마음도 그 방향으로 향해야 할 시기였다.

오다와라 싸움을 사쿠자에몬은 히데요시의 '후지산 구경'이라고 했다. 히데요시에게는 후지산 구경인 것이 도쿠가와 가문에는 흥망이 걸린 재출발의 문턱이 된다. 무력으로 적과 정면충돌하는 게 아니고 차가운 사상전의 소용돌이 속을 진격하는 것이니, 지금까지의 경험으로는 감당할 수 없는 일들도 있으리라.

히코자에몬은 어느새 노부나가에게 반기를 든 아케치 미쓰히데의 입장을 생각하고 있었다. 그때의 미쓰히데 입장은 이제부터 이에야스가 서게 될 도쿠가와 가문의 처지와 아주 흡사했다. 아니…… 흡사하다기보다 히데요시가 노부나가의 옛 지혜를 흉내 내어 똑같은 수단으로 도쿠가와 가문을 시험하고 있다……고 해도 무방했다. 미쓰히데는 자신의 영지 단바와 오미의 사카모토 등을 송두리째 빼앗기고 그때 아직 적지였던 산인 지방으로 영지를 옮기라는 말을 듣고 격분했던 것이다.

'옛 영지는 빼앗기고, 새 영지를 취하지 못했을 때 갈 곳 없는 일족가신들은 어

떻게 하란 말이냐!'

그런 불안이 그로 하여금 당치도 않는 천하탈취 반란을 시도하게 했다. 항간에서는 그렇게 하도록 만든 게 히데요시가 아니었을까 하는 풍문이 있었을 정도이니, 히데요시의 뇌리에 이에야스를 미쓰히데와 똑같은 처지에 두고 인물을 시험해 본다⋯⋯는 생각이 있다 해도 그리 이상한 일은 아니다.

혼다 사쿠자에몬은 그런 면이 분명 있을 거라고 보고 거기에 대처하는 준비에 들어간 것이다.

'재미있는 노인⋯⋯ 아니 날카로운 노인이다.'

그렇게 생각했을 때 사쿠자에몬이 갑자기 잔을 내려놓았다.

"잠이 오는군. 재워 다오, 히코자."

히코자에몬은 흠칫하여 말했다.

"예, 알겠습니다. 제가 내일 주군께, 노인장의 오다와라 진격 마음을 말씀드리겠습니다. 그러니 천천히 쉬십시오⋯⋯."

그리고 손뼉 쳐 아낙네들을 불렀다.

"우리 집에서 가장 부드러운 이불을⋯⋯ 알겠느냐?"

다음 날 아침, 혼다 사쿠자에몬은 날이 채 밝기도 전에 일어나 오카자키로 돌아갔다.

히코자에몬은 그를 전송하고 본성에 들어가, 혼다 마사노부가 나오기를 기다려 함께 이에야스 앞으로 나아갔다.

혼다 마사노부는 사도노카미(佐渡守)로 임명되어 성안에서는 '사도님'이라 불리고 있었다. 이에야스도 이젠 야하치로라고 부르지 않고 '사도'라 부르고 있다.

"어떻소, 사도님, 주군께서 결심이 서신 것 같소?"

나란히 걸어가면서 히코자에몬이 묻자 마사노부는 시치미 뗀 표정으로 히코자에몬을 쳐다보았다.

"무슨 말씀이오?"

"말하지 않아도 아시잖소, 오다와라 정벌 말이오."

"글쎄, 그런 일은 역시 주군께서 결정하시기에 달린 것이니 우리로서야 어쩔 수 없는 일 아니겠소?"

"그러면 주군께서 오다와라에 편들어도 무방하다고 들리는데⋯⋯."

마사노부는 어처구니없는 듯 히코자에몬을 쳐다보았으나 대꾸는 하지 않았다.

"주군, 오카자키의 사쿠자 노인께서 어젯밤 제 집에서 주무시고 가셨습니다."

"그랬나? 이젠 밤길을 다니기도 어렵겠지."

"늙어서 노망기도 보이는 것 같으니, 은퇴하시게 하는 것도 좋을 듯합니다."

이에야스는 히코자에몬을 흘끗 쳐다보며 마사노부에게 말했다.

"간파쿠가 어마어마하게 호조 정벌 포고령을 영주들에게 띄웠다는 풍문, 아직도 진부를 확인하지 못했나?"

마사노부가 대답했다.

"예…… 간파쿠의 성격으로 미루어 포고령을 내린 것은 생각할 여지도 없는 일입니다. 다만 그 내용이 어떤지 그것을 알아보려 하고 있습니다."

히코자에몬은 불쑥 두 사람의 대화를 중단시켰다.

"주군! 이때 주군의 뜻을 모르는 자들에게 모조리 은퇴를 명하시면 어떨까요?"

"뭐……? 무슨 까닭으로 자네가 나에게 지시하는 거냐?"

"무슨 말씀을 그렇게…… 미카타가하라며 고마키, 나가쿠테 전투와 달리 이번에는 이기는 게 뻔한 오다와라 진격이 가문의 중대사건인 것을 아는 까닭에 말씀드리는 겁니다."

"뭐, 이기는 게 뻔하며 우리 가문에 중대한 사건이라고?"

"물론입니다. 이러한 전쟁에는 노인들 경험 따위 써먹을 만한 게 못됩니다. 여기서 한 번 큰 결심을 하시어 노인들을 정리하시는 게 어떻겠습니까."

"흠, 히코자에몬 놈이 또 시작이구나."

"주군께서도 상경하셔서 간파쿠의 말에 일일이 예, 예, 하고 복종하실 마음이니, 그렇다면 가신들도 뭐든지 예, 예, 하고 주군 의견에 무조건 따르는 자들만 남겨두는 게 제일이지요."

이에야스는 다시 한번 히코자에몬을 노려보았으나 그대로 마사노부와 상경 준비에 관한 이야기를 계속했다.

이리하여 이에야스는 예정대로 12월 7일에 상경했고, 엇갈리듯 히데요시로부터 '히데타다는 상경할 것 없다'는 통첩이 와닿았다.

양쪽이 모두 오다와라 진격을 위한 미묘한 냉전을 벌써 시작하고 있었던 것이다.

아사히(朝日)의 죽음

아사히 마님은 주라쿠 저택 내전에 있는 오만도코로의 거실에서 어머니와 함께 기거하게 되면서부터 별안간 음식이 목에 잘 내려가지 않는 날이 많아졌다.

식욕부진은 늘 있던 일이었다. 정확하게 말하면 전남편 사지 히데마사가 자결한 뒤부터 단식할까 깊이 고민한 나머지 음식을 지나치게 불규칙하게 든 것이 원인되어, 하마마쓰로 출가한 뒤 슨푸에서도 공복을 느끼면서도 식사량은 줄었고 교토에 온 뒤로는 더욱 야위어가는 게 눈에 띄었다.

그래서 더욱 히데타다의 상경을 손꼽아 기다리게 되었는데…….

"오만도코로님, 나가마쓰를 교토로 부르면 안 될까요?"

어머니에게 말했을 때, 어머니는 언제나의 그 호인다운 표정으로 말했다.

"걱정마라. 간파쿠 전하가 곧 불러주신다더라."

"전하께서……?"

"그래. 네가 만나고 싶지 않아 해도 부를 참이었단다. 이제부터 오다와라에서 전쟁이 시작되므로…… 또 네가 보고 싶어 한다는 핑계로, 볼모로 온단다……."

그 말을 들었을 때 아사히 마님은 바로 수저를 놓고 목을 눌렀다. 밥을 죽이 되도록 잘 씹어 삼켰는데도 목구멍에 걸려 뱃속으로 내려가지 않았다. 심한 기침을 하고는 그냥 상을 물렸다. 그때부터 때때로 쉽사리 넘어갈 때도 있고 전혀 넘어가지 않을 때도 있었다.

어머니의 시의는 이것을 두고 머리를 갸웃거렸다.

"혹시 식도에 무슨 혹 같은 게 생긴 것은 아닐까요?"

그리고 이런 말도 했다.

"뭔가 마음에 염려하시는 일이 있어서 신경이 쇠약해진 건지도 모르겠습니다. 아무 생각 마시고 마음을 안정시키는 게 좋을 것으로……"

아사히 마님은 그때는 자기 병이 그렇게 무거운 줄 미처 알지 못했다. 다만 자기가 세상에서 가장 보고 싶은 나가마쓰마루 히데타다가 자기의 원에 의해 불려오는 게 아니라, 역시 '간파쿠의 볼모'로 온다는 사실에 한없는 쓸쓸함과 누를 길 없는 분노를 어쩌지 못하고 있었다.

이때 슨푸에 사자로 갔다온 오타니 요시쓰구의 보고를 들었다.

"─이에야스 님이 돌아올 때까지 히데타다는 성을 지켜야 하므로, 상경할 수 없을 거라는 말씀이었습니다."

그 말을 듣고 아사히 마님은 직접 히데요시를 찾아갔다.

"볼모로 오는 히데타다라면 만나지 않겠습니다."

스스로도 이상하게 느껴질 정도로 강력하게 항의한 것이다.

"제 양자인 히데타다가 어미가 보고 싶어 온다면 모르나 볼모로 끌려온다…… 면 그렇게 비참한 모습은 보기 싫습니다. 볼모로 오는 게 사실이라면 어머니 내전에 들르지 않게 해주십시오."

히데요시는 가볍게 머리를 끄덕였다.

"알겠다, 아사히, 자식을 갖고 보니 히데요시도 어미의 마음을 잘 알 것 같다. 염려하지 마라. 절대 볼모로 취급하지 않을 테니."

그리하여 히데타다는 상경할 필요 없다는 전갈이 슨푸로 갔던 것이다.

"나가마쓰 님을 볼모로 부르지 않겠다고 한다. 올 필요 없다고 통지했으니 아사히에게 알려주라는 전하의 말씀이야."

오만도코로의 이 말을 들은 날 창 밖에서는 고요히 눈이 내리고 있었다.

아사히는 전날부터 목에서부터 위에 이르기까지 심한 통증이 일어 앉아 있으면 현기증마저 느껴졌다. 그래서 어머니의 거실과 복도를 사이에 둔 방에 병풍을 둘러치고 몸져누워 있었다.

"어떠냐, 아사히, 말로는 큰소리쳐도 속으로는 역시 보고 싶지?"

아사히 마님은 어머니에게 시선을 한 번 던지고는 대답을 피했다.

"어머님, 시의는 뭐라고 하던가요?"

"뭘 말이냐?"

"매화가 필 무렵까지는 살고 싶어요."

"무슨 말을 하는 거냐. 그런 약해 빠진 소리를 하는 게 아니야."

오만도코로의 당황하는 듯한 부정은 오히려 죽음이 임박했음을 느끼게 해주었다.

'얼마 남지 않았다…….'

어머니가 앉아 있기 괴로운 듯 불안스럽게 나가는 모습을 보고 아사히는 시녀를 물리친 뒤 혼자서 가만히 천장을 바라보았다.

오늘은 벌써 12월 11일. 이대로 계속 음식이 목을 내려가지 않으면 매화는커녕 아마 설날도 맞이하기 힘들 것이다. 언젠가는 스스로 식사를 거부하고 죽은 남편의 뒤를 따르려 했던 아사히, 바로 아사히가 지금 죽음이 임박했음을 두려워하며 당황하고 있었다.

'무슨 소중한 일을 남겨놓은 것이나 아닐까……?'

그러한 불안이 끊임없이 온몸을 감싸고 있었다.

'볼모로서가 아니라 어미의 병문안을 위해 히데타다를 불러달라고 하면 무리한 일일까?'

그 정도는 오빠에게 졸라도 될 것 같기도 하고, 또 주저되기도 하고…….

'나는 히데타다를 사랑한다. 하지만 사랑하는 어미로서 히데타다에게 대체 무엇을 줄 수가 있을까…….'

그런 생각을 하니 견딜 수 없었다. 아내로서 아무 것도 할 수 없었던 아사히 마님은 어미로서도 너무 무력한 존재였다.

만약 병문안 차 불러들였다가 바로 그 자리에서 볼모로 잡혀버린다면, 그야말로 돌이킬 수 없는 회한이 남게 될 것이다.

어느새 아사히 마님은 잠들어 있었다. 자신은 깜빡 졸았다고 생각했으나, 몸이 극도로 쇠약해져 이따금 이렇게 죽은 듯 잠들어버릴 때가 있다.

얼마나 지났을까? 베갯머리에 인기척을 느끼고 살며시 눈을 뜨니 창 밖에는 벌써 황혼이 깃들어 있었다.

"누구냐?"

"그냥, 그냥 누워 있구려."

그 목소리에 아사히 마님은 깜짝 놀라 침구를 걷고 방석 위에 단정하게 앉았다.

"어서 오십시오, 대감…… 오신 줄도 미처 모르고."

똑바로 앉아, 자기가 왜 이처럼 급히 일어나 앉았는지 이상한 느낌이 들었다. 부부라고는 하나 이름뿐인 남편, 바로 그 이에야스가 칼을 든 시동 하나만 거느리고 조용히 머리맡에 앉아 있었다.

"몸이 아픈 모양이군."

"예……."

"왜 알리지 않았소. 알려주었으면 히데타다도 데리고 왔을 것을."

그 말에 아사히의 두 눈이 순식간에 흐려졌다.

'왜 이렇게 가슴이 두근거리는 것일까?'

히데타다는 몰라도 이에야스를 생각하지 않으려고 언제나 냉담하게 거부해 온 감정이 오늘따라 와르르 무너져 내렸다. 그것은 임종의 임박을 깨달은 인간의, 사람에 대한 야릇한 그리움 때문인지도 몰랐다. 그러고 보니 아마 이에야스와는 이로써 이 세상에서의 이별이 될 것이다. 왜 상경했는지도 알고 뒤에 있을 전쟁도 알고 있다.

"아닙니다, 히데타다 님을 데려와서는 안 됩니다. 데려와 볼모로 빼앗기면 너무 원통합니다."

"허, 무슨 그런 말을……."

"그래서 제가 전하와 담판했습니다. 도쿠가와 가문이 다른 영주들과 같은가, 친척한테서 볼모를 받는 법이 어디 있느냐…… 이 아사히의 자식마저 볼모로 잡지 않으면 안심할 수 없는 마음이시냐고요."

이에야스는 조용히 손을 내저으며 말렸다.

"무척 피곤해 보이는데 좀 눕구려, 응?"

"……예."

"잘 요양해서 히데타다와 함께 조용히 살 수 있을 때까지 오래 살아야지."

이에야스는 손뼉 쳐 옆방에 대기하고 있는 시녀를 불렀다.

"마님을 조심해 눕혀드려라. 무리하면 뒤탈이 있으니까."

"하오나……."

"괜찮소, 괜찮아, 알고 있어요. 나도 벌써 49살이 되려는 나이요. 인간 세상의 슬픔을 모르는 나이가 아니오. 무리하지 마시오."

억지로 눕히자 웬일인지 아사히는 온몸을 흔들며 울기 시작했다. 부부……라는 이름으로 만나게 된 사이가 아니었더라면 이에야스도 아사히도 좀 더 서로를 위로해 줄 수 있지 않았을까……하는 생각을 하니 걷잡을 수 없는 슬픔이 가슴에 복받쳐 올랐다.

"당신배려로, 히데타다를 볼모로 보낼 필요 없다는 전갈을 받았소."

"예, 그건 어머님으로부터 들었습니다."

"그러나 염려 마시오. 정월 초에 히데타다를 상경시킬 준비를 해두었소. 전하께 신년하례를 드리기 위해…… 물론 당신과 만나게 해 줄 생각으로. 그러니 몸조리 잘해서 웃는 얼굴로 맞도록 하시오."

"그럼, 정월에……?"

"그렇소. 히데타다도 당신을 보고 싶어 하고 있소. 말은 안 하지만 녀석의 몸짓을 보면 분명해."

"아, 정월에……."

"그 녀석, 생모를 잃은 뒤 당신에게 어미에 대한 꿈과 그리움의 정을 외곬으로 쏟고 있었소. 볼모로 보낼 필요가 없게 된 것이 그대 염려로 이루어진 것을 알면 가슴을 쭉 펴고 기뻐할 것이오."

아사히는 억양 없는 목소리로 말했다.

"기쁘군요! 살아 있겠습니다. 히데타다 님을 만날 때까지는."

이에야스는 슬며시 얼굴을 돌렸다. 그의 눈에도 아사히가 정초까지 버틸 수 있을지 위태롭게 보였기 때문이다.

"나리! 히데타다 님에게 무언가 보내고 싶습니다! 어미로서 선물을…… 무엇이 좋을까요? 그 아이가 가장 좋아하는 것이……."

이에야스는 얼굴을 돌린 채 말했다.

"당신의 사랑이오. 당신은 이미 그것을 보내주었소. 그 마음 자체가 그지없이 좋은 선물. 그다음에는 건강이오. 건강하게 웃는 얼굴, 알겠소?"

천장을 바라보는 아사히 마님의 눈매가 한결 부드러워져 있었다.

'어쩌다 이렇게까지 되었단 말인가?'

히데타다만 생각하는 것이 아사히에게는 삶의 보람이 되어버렸다. 아마 이 순간에도 히데타다를 만나면 무엇을 줄까 하는 공상에 젖어 있는 것이리라. 그 일만으로도 사람이 달라진 듯 생기가 돌아 보였다.

"히데타다 님은 이제 13살이 되는군요."

"그렇군. 새해가 되면 13살……."

"이제 곧 아내를……."

그렇게 말하다가 아사히는 입을 다물어버렸다.

'내 생명의 불길은 이제 거의 꺼져가고 있는데…….'

될 수 있으면 자기 마음에 드는 착한 여인을 히데타다 곁에 남겨두고 싶었다. 그러나 그것은 어디까지나 자신의 생각일 뿐, 이에야스에게는 알리고 싶지 않았다. 히데타다의 성격으로 볼 때, 아사히 마님이 말을 꺼내면 반드시 이에야스와 상의할 것이다. 그 무렵에 가서 이에야스가 처음으로 알게 되는 게 더 좋을 것 같았다.

"뭐라고 했소, 지금?"

"아닙니다, 아무것도…… 13살이면 이제 장난감은 좋아하지 않겠지요? 그렇다고 칼이나 무기 같은 것은 어미의 선물로 어울리지 않겠고……."

"아직도 그 생각을 하고 있는 거요? 무엇보다도 당신이 건강하게 웃는 모습을 보여주는 거라고 하지 않았소?"

"아……."

갑자기 아사히의 얼굴빛이 달라졌다.

"아니, 왜 그러시오! 어디가 또 아프오?"

"아니, 아니에요!"

머리를 세차게 가로젓는 아사히의 흔들리는 시선이 이에야스의 시선에 감겨들었다.

"정월까지는 아직 20일이나 남았군요."

"그렇소. 정월 초에 보낼 테니 앞으로 25일 뒤면 만날 수 있을 거요."

"대감!"

"왜 그러오. 갑자기 그렇게 겁에 질린 얼굴이 되어서."

"25일 동안…… 살아 있을 수 있을까요? 제 목숨이……?"

뜨끔하게 가슴이 찔리는 듯 이에야스 역시 당황하여 머리를 흔들었다.

"무슨 소리를 하는 거요. 꼭 나아야 한다니까……."

"시녀들을 불러주세요."

"아니, 일어나서 어떻게 하려고?"

"이렇게 누워 있을 수만은 없어요. 만나야 해요. 살아 있어야 해요, 무슨 일이 있어도……."

"그야 물론. 그러니 몸조심해야지."

"끓여놓은 죽이 있을 겁니다. 이리 가져오게 해주십시오. 먹겠습니다. 히데타다 님을 위해서 먹어야 해요."

그것은 한 줄기 빛을 의지하고 이에 매달리는 애처롭고 간절한 목소리였다.

이에야스는 아사히 마님을 부축해 앉혔다. 그 순간 여태껏 느껴보지 못했던 여인의 체취가 젖혀진 이불속에서 새어 나와 이에야스를 몹시 당황하게 했다. 한 번도 품어준 적 없는 아내. 그러나 그 아내는 히데타다에게 부드럽고 자애로운 어머니요 여인이었다.

이에야스는 차분한 목소리로 시녀에게 일렀다.

"여봐라, 마님께서 하시는 말씀 들었느냐. 어서 상을 내오너라."

아사히는 도전이라도 하는 듯 묽은 죽을 먹었다. 그때는 이미 이에야스가 몸조심을 신신당부하고 떠난 뒤였으나, 아사히는 아직도 이에야스가 그 자리에 앉아 가만히 자기를 지켜보고 있는 듯한 착각에 빠지곤 했다.

"대감도 인간으로서는 따뜻한 분이었어요…… 그걸 제가 잘못 보고."

"예……? 뭐라고 하셨습니까?"

시중들던 시녀가 놀라서 묻자 아사히 마님은 말했다.

"너에게 말한 게 아니다. 대감께 말씀드리고 있는 거야."

"대감님께……?"

시녀는 겁먹은 듯 뒤돌아보고는 그대로 입을 다물어버렸다.

"이렇게 앓는 몸으로…… 대감의 병문안을 받고 보니…… 제가 잘못 생각하고 있었다는 것을 잘 알게 되었어요. 부디 용서해 주세요."

시녀는 어찌할 줄 모르고 머리 숙였다. 환상을 보고 있다고 생각했을 것이다.

젓가락을 들고 생각난 듯 다시 죽을 마시고는 혼잣말을 계속했다.

"생각해 보면 이런 안타까운 상황에 이른 건 모두 오빠 때문…… 당신이나 저는 모두 그것에서 벗어나지 못한 가련한 인간들이었어요."

여느 때 같으면 반 공기도 먹기 전에 귀찮은 듯 젓가락을 놓는데, 오늘은 혼잣말을 하면서 두 공기째 비우고 있다.

아사히 마님의 몸속에서 무언가 기적이 일어나고 있는 것일까?

"그러므로…… 저는 히데타다 님에게 더욱 좋은 선물을 주어야만 해요."

그러고 나서 세 번째 그릇을 말없이 시녀에게 내밀었을 때는 움푹 꺼진 두 뺨에 발그레한 홍조가 돌고 눈은 꿈꾸듯 빛나고 있었다.

"그래, 우선 내 생명을 연장시켜 놓고…… 그런 다음 전하를 이리 불러야겠다. 그러면 되겠지, 히데타다 님?"

"예? 뭐라고 하셨……."

"너한테가 아니라지 않느냐, 이번에는 히데타다 님에게 말한 거야."

"예? 예."

"전하께서 두 번 다시 그대나 그대 아버님에게 무리한 소리를 못하게 내가 단단히 못 박아 두어야겠어."

"……."

"만약 그것을 들어주지 않는다면, 나는 나가마쓰의 어미로서 전하를 저주해 주겠어. 천하인은, 저도 모르는 사이에 수많은 사람들을 괴롭혀 그 죄업을 짊어지게 되는 법…… 그 원한이 두려우면 아예 천하인이 되지 말아야 하는 거지."

그러고는 시녀가 내미는 세 번째 죽그릇을 보고 깜짝 놀란 듯 젓가락을 놓았다.

"이제 됐다. 상을 내가거라. 이만해도 한결 힘이 나는 것 같구나."

"정말 잘 잡수셨습니다. 다이나곤님께서도 그렇게 말씀하셨으니, 반드시 나으실 것입니다."

"대감께서…… 뭐라고 하시더냐……?"

"미카와를 비롯하여 도토우미, 스루가에 걸쳐 있는 도쿠가와 가문의 신사와 절에, 하루빨리 나으시도록 기도드리게 하겠다고 말씀하셨습니다."

아사히 마님은 가만히 두 손을 모았다.

"오, 그렇게 말씀하시더냐. 고맙기도 해라."

아사히 마님이 조금씩 차도를 보이기 시작한 것은, 이에야스가 히데요시와 함께 여러 가지 의논을 끝내고 돌아가기에 앞서 왕궁에 인사드리러 올라간 12월 12일부터였다. 이에야스가 자야를 시켜 미리 황금 10닢을 여승방에 헌납해 두었으므로 왕궁에서도 이날 이에야스에게 연향(煉香)을 하사했다.

이에야스와 히데요시 사이에 어떤 말이 있었는지는 물론 내전에서 알 리 없었다. 그러나 정월 초 히데요시에게 신년하례를 겸해 히데타다가 상경한다는 소문이 나돌아 오만도코로는 한결 마음 놓였다.

"묘한 일도 다 있지. 히데타다 님이 온다는 말을 듣고, 아사히의 몸이 한결 좋아진 것 같아."

어머니 말에 히데요시는 씁쓸하게 웃었다.

"그것 때문이 아닐 겁니다. 역시 여자니까 서방님을 만나보고 기뻐서겠지요."

"그럴까? 그래도 이에야스에 대한 말은 한마디도 입에 담지 않는데, 히데타다 이야기는 거의 날마다……."

"핫하…… 요도 마님도 아이 핑계를 대며 나를 만나려고 기를 씁니다. 여자란 좀처럼 바른 말을 하지 않는 법이랍니다."

이 히데요시에게 아사히 마님이 오만도코로를 통해 꼭 만나서 청을 드릴 일이 있다고 요청한 것은 해가 저물어가는 12월 25일이었다.

그날 히데요시는 오사카로부터 요도를 거쳐 주라쿠 저택에 돌아왔다. 어머니를 찾은 발걸음에 곧장 아사히 마님의 병실로 들어갔다.

아사히 마님은 시의를 옆에 앉혀둔 채 보료 위에 일어나 앉아 히데요시를 맞았다.

"완전히 기운을 차렸다고 들었는데 정말 얼굴빛이 좋아졌구나. 빨리 나아서 오만도코로가 안심하시도록 해야지."

"예, 정월까지는 이제 닷새…… 자리를 걷고 일어나 새해를 맞으려고 합니다."

"그래야지. 늙으신 어머님께 걱정을 끼쳐 드리는 것은 큰 불효니까. 무슨 부탁이 있다고 들었는데……?"

"예."

아사히는 히데요시가 생각하던 것보다 훨씬 또렷한 목소리로 말했다.

"이에야스 님은 몰라도 히데타다 님은 결코 괴롭히지 않겠다고 약속해 주셨으면 합니다."

"무, 무엇이? 무슨 소리를 하는 거냐."

"아사히는 히데타다 님 얼굴을 본 뒤에 죽겠습니다. 죽기 전에 전하께 약속을 받아내고 싶습니다."

히데요시는 눈을 크게 뜬 채 잠시 아연한 모습으로 말이 없었다. 이렇게 묘한 부탁을 할 줄은 상상도 못했다. 날카롭게 혀 차는 소리가 히데요시의 입술 사이로 새어나왔다.

"무슨 정신 나간 소릴 하는 거냐?"

"정신 나간 소리……?"

"그래, 내가 히데타다를 괴롭히다니, 그런 일이 있을 것 같으냐?"

"좋으신 말씀. 전하는 자신이 저지른 죄업이 얼마나 무거운지 깨닫지 못하고 있습니다. 전하께서 선의로 하시는 말씀도 십중팔구는 모두 사람을 울리는 것……임을 깨닫지 못하십니까?"

"무슨 소리야! 아니, 네가 지금 제정신으로 그런 말을 하는 거냐?"

"예, 죽을 때가 다가오므로 꺼져가는 생명의 불…… 그 불을 바라보면서 드리는 이 누이의 소원이니…… 자, 꼭 약속해 주십시오."

히데요시는 아사히 마님 옆에 앉아 있는 시의 단바 젠소(丹波全宗)를 향해 눈을 끔벅거렸다.

'실성한 게 아닐까……?'

무언의 질문이었다.

히데요시의 신임이 두터운 내전 시약원(施藥院) 우두머리인 젠소는, 보이지 않을 정도로 고개 저은 뒤 시선을 돌렸다.

"음."

히데요시는 새삼스러운 눈빛으로 아사히 마님을 쳐다보았다.

"그렇다면 너는 네 임종을 알고 있단 말이냐?"

"예, 달리 아무 욕심도 없는 까닭에 알게 되었습니다."

"히데타다가 오게 되면 그 아이를 만나고 죽는다……는 말인가!"

"대답을 피하지 마세요. 그러기에 약속해 주십사고 말씀드리는 것입니다."

"아사히야."

히데요시는 얼마쯤 두려운 듯 초췌한 누이의 눈을 다시 바라보면서 말했다.

"내가 어찌 히데타다나 이에야스를 괴롭히려고 하겠니. 나는 어디까지나 이에야스 부자에게 의지하고 있다. 그것은 이미 천하가 다 알고 있는 사실, 누구에게 그런 말을 들었는지 이 오빠는 전혀 짐작할 수 없구나."

"아니에요."

아사히는 사이를 두지 않고 고개를 흔들었다.

"전하께는 염라대왕 간파쿠라는 별명이 붙어 있습니다. 염라대왕처럼 무서운 사람이라는 뜻입니다. 자, 약속해 주시렵니까?"

"약속하지! 세상의 평판이야 어떻든 이에야스는 나의 매부, 히데타다는 너의 양자. 일본의 모든 신들 앞에 맹세할 수 있다. 히데타다를 결코 괴롭히지 않으마."

"그 말씀을 들으니 마음 놓입니다."

아사히 마님은 표정도 바꾸지 않고 신들린 사람처럼 말을 계속했다.

"그러면 다음 청을 말씀드리지요. 히데타다에게 배필을 정해 주십시오."

"그래, 알겠다…… 히데타다는 며칠 뒤면 13살…… 살아 있을 동안에 자식의 배필을 손수 정해 주고 싶은 모양이구나. 그렇게 하는 것이 좋겠지. 들어주마. 그런데 그 상대로 점찍어둔 사람이라도 있단 말이냐?"

"예, 있습니다. 다른 사람은 안 됩니다."

"많이 생각한 모양이구나. 그래, 누군지 말해보아라."

"예, 오다 노부카쓰의 막내딸 고히메(小姬)입니다. 상경했을 때 이 어미 앞에서 혼례를 올렸으면 합니다."

"뭐! 노부카쓰의 딸과……."

히데요시의 얼굴빛이 순식간에 바뀌었다. 그럴 수밖에 없으리라. 히데요시는 이에야스에게 영지 교체에 대한 일을 승낙하게 하기 위해 이에야스의 옛 영토인 미카와, 도토우미, 스루가 세 곳을 노부카쓰에게 줄 예정임을 이미 말해버린 뒤였다.

'그 노부카쓰의 딸을 히데타다에게…….'

그렇게 되면 호조씨는 멸망해도 도쿠가와의 친척은 여전히 간토 8주의 땅에 인접하여 남게 된다. 그런데 하필이면, 이에야스조차 모르게 끝났다고 생각하고 있었는데 어찌하여 갑자기 아사히가 정면으로 도전하는 듯한 말을 하는 것일까……?

"핫하하…… 그건 너답지 않은 생각이구나. 뭔가 잘못 생각했어."

히데요시는 웃으며 손을 내저었다. 히데요시가 이에야스의 영지 교체를 계획한 데는 호조씨를 치는 일 외에 오다 노부카쓰와도 떼어낼 생각이 숨겨져 있었다. 그러나 그것을 정면으로 내세우면 이에야스를 비롯해 도쿠가와의 가신들이 더욱 경계할 것으로 판단하며 이에야스가 옮겨간 뒤 노부카쓰를 들여놓을 작정이라고 일부러 말을 꾸민 것이었다.

그 이야기를 아사히 마님은 어디서 들었을까?

'그럴 리 없다!'

만일 이 사실을 들려준 사람이 있다면 이에야스밖에 없을 텐데, 이에야스가 아사히 마님의 병석을 찾았을 때 나눈 두 사람의 대화는 시녀를 통해 한마디 빠짐없이 보고받고 있었다.

'우연의 일치일 테지…… 그렇다 치더라도 아사히의 희망이 이렇듯 공교롭게 들어맞다니…….'

히데요시는 웃으면서, 이 일만은 병자로 하여금 단념하도록 하기 위해 손을 연신 흔들어댔다.

"하하…… 오다의 고히메는 지금 겨우 6살이야. 히데타다는 13살이지. 13살이면 벌써 정실은 아니더라도 여자 생각이 날 만한 나이인데…… 기왕 네가 고를 바에는 당장 짝이 맞는 게 좋지 않겠느냐. 그렇게 하는 것이 어떠냐?"

"그건 안 됩니다."

아사히 부인은 단호하게 그 말을 일축했다. 무슨 생각을 하고 있는 것일까? 마치 신이라도 들린 듯 그의 말을 내쳐 버렸다.

"다른 여자는 맺어주고 싶지 않습니다. 고히메라야만 되겠습니다."

"그 고히메의 어디가 맘에 들어 그러는고?"

"제가 생각에 잠겨 가물가물할 때 죽은 남편 히데마사 님의 망령이 나타났어요."

"뭐, 뭐, 뭣이, 히데마사의 망령이!"

눈이 둥그레지는 히데요시 앞에서 아사히 마님은 무심한 얼굴로 고개를 끄덕였다.

"예, 어떻게 해야 좋을지 모를 때는 늘 그분이 나타나 조언해 주지요. 이번에도 그분이 히데타다의 아내는 오다의 고히메밖에 없으니 당신 손으로 일을 성사시켜 주라고……."

"그건 안 돼!"

"그러시는 걸 보니 오빠는 역시 나쁜 마음을 버리지 못하셨군요……."

"무, 무, 무엇이라고! 병자라고 해서 가만히 듣자하니 모, 못하는 소리가 없구나."

그때 옆에 앉았던 단바 젠소가 손을 쳐들었다.

"잠깐! 병자에게 심하게 대하시는 것은……."

"음."

"무슨 일이든 병환 탓으로 돌리시고……."

히데요시는 거칠게 혀를 찼다. 순간 온몸을 휩쓰는 오한이 느껴졌다.

'혹시, 사지 히데마사의 귀신이 아사히의 몸에 옮아붙은 게 아닐까…….'

그런 생각이 들자 한편 무섭기도 했다.

"하하…… 그랬느냐? 좋아 좋아, 넌 하나밖에 없는 누이다. 그런 너의 마지막 소원을 들어주지 못해서야 말이 안 되지. 그러면 곧 우라쿠에게 일을 맡기마."

"그건 제가 이미 해두었습니다. 히데타다가 도착하는 대로 주라쿠 저택에서 식만 올려주시면 됩니다."

히데요시는 다시금 혀를 차며 젠소를 돌아보았다. 젠소는 히데요시의 시선을 피한 채 연방 고개를 끄덕이고 있었다…….

히데요시는 아사히 마님을 만류하는 것을 그만두었다.

'생각하면 가련한 누이다…….'

그 누이동생이 자기가 낳지도 않은 히데타다에게 이렇듯 이상한 애착을 기울이고 있었다…… 이것은 아사히 마님의 과거가 겉으로는 어찌되었던 속으로 얼마나 공허한 것이었던가 하는 증거로 해석되었다.

"내가 천하통일에 집착하는 것과, 아사히가 히데타다에게 집착하는 것은 같은 일인지도 모른다……."

이렇게 생각하자 히데요시는 벌써 아무것도 구애받지 않았다. 오다 노부카쓰와 이에야스가 인척관계를 맺었다고 해서 그에 대항할 만한 대책이 없을 정도로 융통성이 없는 히데요시도 아니었다. 본디 노부카쓰에게 소중한 슨푸, 도토우미, 미카와 등 세 영토를 줄 의사는 전혀 없었고, 다만 이에야스에게 그 영토를 바꾸는 일에 승복시키기 위한 일시적인 구실에 지나지 않았다.

노부카쓰는 이에야스와 다르다.

"그럴 예정이었는데 그대가 하는 짓을 보니 안 되겠다."

이렇게 말할 수 있는 구실을 얼마든지 히데요시에게 주고도 남는 사람이었다. 어쨌든 히데요시는 이 자리에서는 아사히의 청을 들어주기로 결심했다.

히데요시가 고히메를 자기 양녀로서 히데타다에게 주는 것을 승인한 뒤부터 아사히의 투병의지는 무서울 정도로 진지해져 갔다. 물처럼 맑은 죽도 넘기지 못하는 일이 자주 있었으므로 아사히는 젠소의 권유대로 벌꿀과 포도주 따위를 긴 시간을 두고 핥아먹었다. 그것을 핥아먹으면서 이제나저제나 히데타다의 교토 도착을 손꼽아 기다렸다.

히데타다가 슨푸를 출발한 것은 정월 초사흗날이었다. 그런 데다 그가 오기를 안타깝게 기다리는 아사히 마님의 심정은 아랑곳없이 교토에 도착할 때까지 9일이나 소비한 뒤 마침내 아사히 앞에 나타난 것은 12일 오후였다.

"히데타다 님이 도착하셨습니다. 모시고 온 분은 이이 나오마사 님, 사카이 다다요 님, 나이토 마사나리 님, 아오야마 다다나리 님이십니다."

이 말을 듣고 아사히는 앙상한 몸을 일으켜 앉아 시녀들의 부축을 받으며 화장했다.

"나는 어미다. 보기 흉한 모습을 자식에게 보이고 싶지 않아."

그리고 화장이 끝나자 방에 향을 피우게 한 다음 몇 번이나 거울을 들여다보았다.

"나오마사 님 한 사람만 함께 이리로 오시도록 해라."

이미 죽을 때를 넘긴 사람…… 마나세 겐사쿠며 나카라이 아키히데도, 심지어 단바 젠소마저도—식도가 종양으로 막혀 있어 정월까지 버티지 못할 거라며 손을 들어버린 상태였다.

그런 사람이 화장한 탓도 있었지만 신들린 것 같은 귀기(鬼氣) 어린 맑은 눈빛은 살아 있는 영혼을 보는 듯한 아름다움을 띠고 있었다. 시녀들은 얼굴을 맞대고 쑤군거리며 몸을 떨었다.

"어머니, 히데타다가 병문안 왔습니다."

이이 나오마사를 거느리고 들어온 히데타다는, 교토에서 보니 그야말로 촌스럽고 우중충한 옷차림이 노인의 그것과 다를 바 없는 인상이었다.

아사히 마님은 그 모습을 쓰다듬듯 바라보았다.

"어서 오너라. 무척 기다렸다."

"병세는 어떠십니까?"

아사히 마님은 대답 대신 헤엄치듯 두 손을 내저었다.

"가까이…… 가까이 와서 이 어미의 손을 잡아다오."

히데타다는 여전히 유순했다. 시키는 대로 아사히 앞으로 무릎걸음으로 다가와 두 손을 어머니 손에 맡겼다. 차가운 손이었다. 아사히는 그 손을 뺨으로 가져가 비벼댔다. 반짝이는 이슬에 젖은 두 눈동자가 잠시 빨려들듯 히데타다의 이마에서 떠나지 않았다.

아들의 눈을 가만히 주시한 채 아사히 마님은 말했다.

"준비한 것을, 이리 가져오너라."

"예."

시녀 둘이 나갔다가 곧 금은박이 수놓인 눈부신 옷 한 벌을 받쳐들고 들어왔다. 이이 나오마사는 흘끗 쳐다보고 얼굴을 옆으로 돌렸다. 다음에는 세 시녀가 칼과 경대와 물이 가득한 세수대야를 받쳐들고 왔다.

그러는 동안에도 아사히 마님은 꼭 잡은 히데타다의 손을 놓지 않았다.

처음에 옷가지를 들고 들어왔던 시녀들이, 이번에는 마님에게 소용되는 것인 듯한 머리 빗는 도구를 가져왔다.

"이이 님."

"예."

"이것은 내가 히데타다 님에게 주는 선물이오."

"예."

"내 아들이 교토식으로 몸치장했다고 뭐라고 하지는 않을 테지. 나는 보고 싶소! 이곳 귀공자들에게 지지 않은 내 아들의 모습을 말이오."

"예."

"용서하시오. 여기서 옷을 갈아입히겠소."

"예, 잘 알겠습니다."

이이 나오마사는 몸을 돌려 두 사람에게 등을 보인 채 아래쪽을 감시하는 듯한 자세로 앉았다.

"자, 준비됐나? 그럼, 우선 머리를 교토식으로 깎고……."

다섯 시녀들이 일어섰다.

"히데타다 님, 정말 기쁘구나. 어미는 너의 그 환한 모습을 보기 위해 몸져누운 채 쭉 그것만 꿈꾸어 왔단다. 우선 그 머리를 교토식으로…… 그리고 나서 그 옷을 입어라. 모두가 교토에서 제일가는 당나라 비단이란다. 또한 칼도 오니키리마루(鬼切丸)라는 것이다. 와타나베 쓰나(渡邊綱)라고 하는 용감한 무사가, 귀신의 한쪽 팔을 베었다는…… 유서 깊은 명검이라고 혼아미 고에쓰가 감정한 것이다."

"……예."

기쁘기는 하나 어리둥절해진 히데타다는 영문을 모르겠는 표정으로 이이 나오마사를 돌아보았다. 그러나 나오마사는 등을 돌리고 있었다.

"어미의 선물이다…… 이 어미는 너를 위해 주머니를 다 털었단다. 기뻐해 다오."

"……예."

"자, 얘들아, 그러면 머리부터 먼저……."

그것은 아사히 마님의 생애에 있어 가장 호화스럽게 빛나는 낭비이며 놀이였을 것이다.

두 시녀가 앞머리를 물에 적셔 교토식으로 가르마를 타고 상투를 다시 틀었다. 아마 이런 일에 이르기까지, 아사히는 세심하게 생각해 두었다가 일일이 지시했을 것이다. 병풍이 둘러쳐지고 히데타다는 알몸이 되었다. 속옷까지 모두 아사히가 준비한 것이었다.

히데타다가 병풍 뒤로 들어가자 아사히 마님은 가볍게 눈을 감았다. 일본에서 제일가는 차림을 한 미목수려한 청년! 그 모습에 마지막 타들어가는 생명의 불길을 태우려는 것이었다.

아사히 마님의 핼쑥한 뺨에 오래된 불상에서나 찾아볼 수 있는 은은히 피어오르는 듯한 평안한 빛이 감돌았다.

이이 나오마사는 자신의 등 뒤에서 일어나고 있는 일을 생각하는 것이 괴로웠다. 강직한 무사로서 살아가려 하면서도, 아사히 마님의 불운을 생각할 때마다 가슴이 죄어드는 듯한 그였다. 간파쿠의 누이라는 평범하지 않은 신분이면서도, 남편을 선택할 자유를 빼앗기고 아내로서의 생활도 허락되지 않은…… 그 불운한 여인이 가까스로 찾아낸 것이 한 줄기 히데타다를 향한 애정이었으나 보기에 너무 애처로웠다. 다른 사람이 이런 편애를 쏟아 붓는다면 눈살을 찌푸리며 꾸짖을 수도 있었지만, 아사히 마님 앞에서는 가슴이 메어 눈물이 앞섰다.

병풍 안에서는 옷을 갈아입는 일이 끝난 모양이었다.

"자, 작은 칼을……."

이런 소리가 들리고 이어서 어질러진 상자들을 치우는 듯한 눈치였다.

"오!"

아사히 마님의 목소리가 울려 퍼졌다. 억양이 몹시 불안한, 그러나 최대의 탄성이라고 할 수 있는 목소리였다.

"오, 훌륭하구나! 그렇지, 기쿠노……?"

"정말 이처럼 늠름한 모습은 본 적 없습니다."

"그래! 이제 됐다. 이만하면 간파쿠 전하도 두 눈을 크게 뜨고 놀라실 거야."

"저 선명한 웃옷 색깔. 저렇듯 눈부신 모습이 마치 그림을 보는 것 같습니다."

아사히가 또다시 탄성을 질렀다.

"그렇구나! 이 모습을 오만도코로님에게 보여 드려야지. 네가 빨리 가서 모셔오너라. 히데타다 님 몸단장이 끝났으니, 오셔서 축연에 대한 의식을 가르쳐주십사고."

"예……예, 그럼 급히 뛰어서……."

그때 처음으로 히데타다의 목소리가 들려왔다.

"어머님, 축연에 대한 의식이 무엇입니까?"

"아, 내가 그걸 말하지 않았구나. 13일, 네가 전하를 뵐 때 축연의식이 있을 예정이란다."

"그건 저도 잘 알고 있습니다만……."

"아니 아니, 전하께서 내리는 잔이 아니다. 너와 오다 가문의 딸 고히메가 혼약하는 술잔이야……."

"혼약…… 아니, 그건……."

히데타다가 놀라서 나오마사를 돌아보자, 그는 등을 돌린 채 단호한 목소리로 대답했다.

"무슨 말씀이든 어머님이 하라시는 대로……."

"그럼, 아버님도 알고 계신가?"

"물론입니다…… 그저 시키시는 대로 하십시오."

"음."

히데타다는 아직 납득되지 않는 모양이었다. 그러나 그도 생각에 잠긴 계모의 태도가 예사롭지 않다는 것만은 짐작되었던지 그 이상 거스르려고 하지 않았다.

"자, 여기 이렇게 앉아서……."

"예."

"잘 들어요. 오만도코로께서 오시면, 어깨를 쫙 펴고 대장답게…… 그렇지, 히데타다는 동일본의 총대장이 되지 않으면 안 돼요. 누구에게도 지지 않는 대장 말이에요."

이때 시녀의 부축을 받은 오만도코로가 허둥지둥 들어왔다. 그 또한 아사히 이상으로 소박하고 자애로운 성품, 잠시 선 채 탄성을 질렀다.

"오! 참으로 훌륭해. 봄날 푸른 들의 채소 꽃을 보는 듯하구나."

손을 휘저으며 헤엄치듯 다가왔다.

나오마사는 마침내 뜨거워진 눈시울을 눌렀다. 지금 천지를 호령하는 간파쿠 다조 대신의 내전에 이다지도 소박한 인정의 세계가 감추어져 있었던 것인가.

오만도코로는 불안한 걸음으로 히데타다에게 다가가 별안간 두 팔을 벌려 히데타다의 어깨를 끌어안았다. 아무 꾸밈도 없었다.

'아사히의 양자면 나에게 손자!'

이렇게 믿고 있는 것이다.

"잘 왔다! 잘 왔어…… 아사히가 얼마나 애타게 기다렸는지…… 네가 오니 저렇게 기운이 되살아나…… 고맙기도 해라…… 고맙기도 해라……."

히데타다의 손을 잡아 떠받쳐 보고는, 그 손을 다시 아사히의 손에 쥐어 주었다.

"정말 눈부시구나. 자, 서 보아라. 아니, 앉아 있어도 좋아. 좀 더 내게 다가와 오른쪽을 쳐다보고……."

오만도코로가 나타나면 그곳에는 언제나 아련한 흙 내음 같은 것이 풍긴다…… 그 그윽한 향기 속에 깃든 아늑한 온기에서 바로 생명을 길러내는 우주의 힘을 나오마사는 연상하고 있었다. 그렇기 때문에 그도, 그 옛날 오만도코로가 오카자키에 왔을 때, 두 가문 사이에 감돌던 감정을 초월하여 가까이 모실 수 있었던 것이다.

"오, 나오마사 님!"

이윽고 오만도코로가 나오마사를 발견했다.

"이번에도 그대가 와주었군. 반갑기도 해라. 그대가 곁에 있다면 히데타다도 마음 놓을 수 있지. 자, 이리 와서 이 할미의 잔을 받아요."

그런 말을 듣고도 등을 돌린 채 계속 앉아 있을 수는 없었다.

'오만도코로님께서도 그동안 별고 없으신지요?"

"뭘 그리 딱딱한 인사를…… 우리는 정든 사이가 아니우? 그때는 참 그대 신세를 많이 졌지."

"황송한 말씀. 부족하기 이를 데 없었는데……."

"그때의 그 사쿠자라는 자는 지금 뭘 하고 있소. 그 사람도 참, 나도 워낙 화가 나서 전하에게 할복시키라고까지 말했지만…… 생각하면 도쿠가와 가문으로서는 충신, 그래서 다시 말해서 그만두게 했지……."

"……예. 아마 그도 감사하게 생각했을 것입니다……."

"그래? 그렇다면 다행이지! 무슨 일이든 뒤에 가서 원망이 없어야지. 그래, 아직도 건강하게 일하고 있는가?"

"예…… 그러나 얼마 전 은퇴를 청해 지금은 맡은 일 없이 지내고 있습니다."

"호……편하게 됐군. 자, 잔을 받아요. 이봐, 기쿠노, 네가 고히메 대신 여기 좀 앉아라. 잘 들어, 정말로 술을 마셔버려서는 안 돼…… 어디까지나 대신이니 흉내만……."

이때 문득 눈여겨보니 촛불을 밝힌 상 앞 히데타다 옆에 앉아 있던 아사히 마님의 눈에서 빛이 사라져가고 있었다. 기뻐서 지나치게 흥분했던 것이 피로를 몰고 왔기 때문일까.

"아, 마님!"

나오마사가 놀라 소리 지르는 순간 아사히 마님의 몸은 아무 저항도 없이 스르르 무너지듯 앞으로 쓰러졌다.

"아, 아사히, 왜 그러는 거냐?"

"어머니!"

오만도코로와 히데타다는 몹시 놀라 아사히 마님의 몸을 붙들었다.

아사히 마님은 두 사람에게 안긴 채 힘없는 손으로 허공을 쥐었다. 그냥 붙들어 달라는 표시 같기도 하고, 피곤하니 눕고 싶다고 하는 것 같기도 했다.

"얘야, 아사히, 대체 왜 그래?"

"어머님, 몸이 불편하십니까?"

히데타다는 바로 그때 시녀에게서 잔을 받고 있던 중이었다. 이 잔을 그냥 놓아야 할지 계속 들고 있어야 할지 순간 판단이 서지 않았다.

"그냥…… 그냥……."

아사히의 입에서 새어 나오는 혼잣말이 그에게 들린 것은 그가 놀라서 잔을 놓고 어머니에게 달려가려고 할 때였다.

"난 그게 보고 싶었어. 네가 그렇게 혼약 맺는 모습을."

"예……예, 그럼."

히데타다는 황급히 다시 잔을 들었고, 오만도코로는 술병을 들어 시녀를 재촉했다. 나오마사의 눈에 뜻밖에도 오만도코로가 매우 침착하게 행동하는 듯 보인 것은 어머니도 이미 불행한 딸의 임종을 예상하고 있었기 때문이리라.

아사히 마님이 말했다.

"이제 됐어……."

이미 히데타다가 제대로 보이는지 안 보이는지 알 수 없는 불안한 눈빛이었다.

"이제 됐어…… 자, 너의 색싯감으로는 우대신님의 손녀이며 간파쿠의 양딸…… 너는 내 아들……."

"어머니!"

"마음을 크게 가져야 한다…… 13일에는 어엿한 모습으로 식전에 나가야지."

"예, 말씀대로 하겠습니다."

"이 어미도…… 그 자리에 꼭 있고 싶다!"

"정신 차리세요, 어머니!"

"아니, 죽지 않아! 결코 죽지 않아!"

아사히는 다시 한번 크게 가슴 앞에서 손을 흔들었다.

"알겠니, 네 곁에, 이 어미가……."

"예!"

"앉아 있다고 생각하고 의식을 올리도록……."

"예."

"그때까지는, 움직이지 못하더라도 이 어미는 반드시 이 자리에서 너와, 전하를 지켜보고 있겠다."

"알겠습니다! 어머니!"

"전하께서 너를 결코 괴롭히지 못하게 할 거야. 괴롭히지 못하게. 암, 틀림없이……."

아마 그 일이 아사히 마님으로서는 오빠에의 마지막 저항이고, 자신의 삶에 대한 확인이었던 모양이다.

"이젠 됐어…… 물러 가거라…… 나도 좀 쉴 테니……."

이이 나오마사는 그때야 비로소 오만도코로의 뜨거운 눈물이 자기 손등에 떨어지고 있는 것을 알았다.

'과연 이 소박한 노파는 딸의 마지막 말을 어떻게 들었을까?'

지위를 다하고 수없는 신하를 거느린 히데요시도 오만도코로의 자식이지만, 그 오빠를 끝내 믿지 못하고 세상 떠나는 이 평범한 여성 또한 오만도코로가 뱃속에 품었던 자식이다.

"자, 그럼, 쉬도록 해주어라. 오, 끝까지 수고가 많았어!"

오만도코로는 말하고 황급히 딸의 얼굴을 옷소매로 가렸다.

그 죽음을 아직 히데타다에게 알리지 않기 위해서리라…….

지은이
야마오카 소하치(山岡莊八)

그린이
기노시타 지카이(木下二介)

옮긴이
박재희(청춘사도대학교 일문학 전공) 김문운(니혼대학교 일문학 전공)
김영수(와세다대학교 일문학 전공) 문호(게이오대학교 일문학 전공)
유정(조치대학교 일문학 전공) 추영현(서울대학교 사회학 전공)
허문순(경남대학교 불교학 전공) 김인영(숙명여자대학교 미술학 전공)

도쿠가와 이에야스

대망 6

야마오카 소하치 지음/책임편집 박재희 추영현 김인영
1판 1쇄/1970. 4. 1
2판 1쇄/2005. 4. 1
2판 21쇄/2024. 1. 1
발행인 고윤주
발행처 동서문화사
창업 1956. 12. 12. 등록 16-3799
서울 중구 마른내로 144 동서빌딩 3층
☎ 546-0331~2 Fax. 545-0331
www.dongsuhbook.com
잘못된 책은 구입하신 곳에서 바꾸어드립니다.
＊

사업자등록번호 211-87-75330
ISBN 978-89-497-0309-1 04830
ISBN 978-89-497-0291-9 (세트)

葛飾北齋畫